Für Renée und Laila

INHALT

PROLOG 9

ERSTES BUCH:
SCHATTEN DER VERGANGENHEIT 13

    ZU HAUSE 14
    BAGLAN 24
    DER WANDERER 35
    DIE NEUE ZEIT 51
    DÄMMERUNG 59
    UM LEBEN UND TOD 74
    NACHT 84
    EINSAMKEIT 85
    DIE BOTSCHAFT DES VERSCHOLLENEN VOLKES 97
    PERUT 105
    VOM ANBEGINN DER ZEIT 117
    DIE LÄNGSTE NACHT 131

ZWEITES BUCH:
DIE UNENDLICHEN WÄLDER 145

    IM ANGESICHT DER WELT 146
    RESTE EINES LEBENS 149
    DER WEG DES BRUDERS 161

Die Zeltpfeiler des Himmels	166
Handel und Betrug	170
Im Wald	176
Ildann Har	190
Auf der Jagd	201
Am Thel'Nia	216
Der Rat	228

DRITTES BUCH: DAS ERSTE BÜNDNIS 243

Das Erbe der Krieger	244
Auswahl	256
Die Angst im Inneren	273
Der Jagdzug	291
Lebende Schatten	303
In der Schwärze der Nacht	310
Getrennte Wege	316
Jäger und Gejagte	325
Erwachen	341
Toak	350
Die Flucht	362
Vor dem Sturm	373
Die Schlacht um Toak	390
Schwarzes Feuer	399
Die Gefallenen von Dämmerlicht	412

VIERTES BUCH: DER LEFERÍN 427

- ANKUNFT 428
- MACHT 435
- IN DEN SCHATTEN 441
- ZWISCHEN DEN SÄULEN DER CARADANN 446
- RÜCKKEHR ANS STERNENWASSER 454
- DIE KLINGEN DER GA'HEL 463
- DIE SCHLACHT DER DUNKLEN JÄGER 469
- DIE GEBURT DER WÖLFE 476
- DER GEIST DES NÂLKAR 483
- DER KAMPF DES LEFERÍN 493
- OPFER 503

EPILOG 508

NAMEN, ORTE, SPRACHE 514

PROLOG

Das Licht der Sonne durchdrang nur zögernd den Nebel, der über der Welt lag. In der Ferne waren die Gipfel der Karan-Gahar, der Säulen des Himmels, im Dunst über den Bäumen zu erahnen.
Hier in den flachen Hügeln, fernab der Ausläufer der gewaltigen Berge, war immer noch die Kälte zu spüren, die von den Gipfeln herab wehte.
Garab liebte dieses Land. Er kannte seine Pflanzen und Tiere, seine verborgenen Pfade und Geheimnisse. Nirgends in den Caradann hätte er es jemals vermocht, die Richtung zu verlieren oder auf ein ihm fremdes Wesen zu treffen.
Doch von den Ländern jenseits der Säulen des Himmels wusste das Volk Garabs, die Caradain, nur wenig und selbst dieses Wissen stammte zumeist aus dem Reich der Legenden.
Fremde Reiche lagen dort, in denen vor Zeiten große Kriege gefochten und der Sage nach das Böse aus den Tiefen unter der Welt emporgestiegen war. Dort lebten heute angeblich dunkle Wesen, die niemanden wieder aus den Grenzen ihres Reiches entließen, der sich einmal dorthin verirrt hatte. Bestien, Schattenwesen – Kreaturen voller Hass und Bosheit.

Garab schauderte, wenn er an diese finsteren Reiche dachte.

Von dort müssen sie stammen, die Schattenwesen.
Die Düsteren.

Er war nicht sehr abergläubisch, aber die dunklen Wesen, von denen sich seit dem neuen Mond alle in diesen Landen voller Angst erzählten, waren für ihn an diesem Ort und in diesem Moment Wirklichkeit geworden.
Er zwang sich seinen Blick erneut auf den Boden vor sich zu richten und den deutlichsten der Abdrücke in dem weichen

Waldboden vor sich noch einmal genauer zu betrachten, obwohl alles in ihm danach schrie die Flucht zu ergreifen. Auf einmal war jedes sonst so vertraute Rascheln und jedes Knacken ein Zeichen von Gefahr. In seinem Kopf entstanden Bilder von großen schwarzen Gestalten, die sich lautlos ihren Weg durch das Unterholz zu ihm bahnten …

Nein, ich habe eine Aufgabe! Reiß dich zusammen!

Garab trug die Verantwortung für die Menschen seines Dorfes. Sie verließen sich darauf, dass ihr Etar-Dál, ihr Anführer, sie beschützte! Garab führte als Dorfoberhaupt auch die Tangal – die Wächter und Jäger der Caradain. Ihre wichtigste Aufgabe war die Jagd zur Nahrungsbeschaffung. Ihre zweite, jedoch im Zweifelsfall ungleich wichtigere Aufgabe, war der Schutz der Bewohner vor Gefahr – im Ernstfall mit Gewalt ihrer Waffen. Wann immer die Tangal jagten, oder – in den sehr seltenen Fällen – wann immer sie kämpften, taten sie dies bevorzugt mit ihren Bögen aus den ihnen vertrauten Schatten der Wälder heraus. Doch diese Schatten waren Garab, selbst seit langem ein Jäger, mit jedem Moment weniger vertraut – mit jedem Moment, in dem die Angst wuchs und er die Spur vor sich länger betrachtete, welche düstere, alptraumhafte Bilder in seinen Geist malte.

*

Der Abdruck war nicht besonders groß. Nicht größer als ein menschlicher Fuß. Aber was zu sehen war und was Garabs Wissen über die Spuren von Tier und Mensch und seine Vorstellungskraft daraus machten, war furchterregend.
Der Abdruck war der eines Vorderfußes, ähnlich dem eines Hundes, bei dem ausschließlich die vorderen Ballen zu sehen waren. Nur mit dem großen Unterschied, dass dieser Abdruck vier statt drei Zehenballen aufwies und es gewiss keine Hunde gab, die auf den Hinterbeinen liefen und, der Tiefe des Abdrucks

nach zu urteilen, mehr wogen als der größte Mann in Garabs Dorf. Was Garab in tiefe Furcht versetzte, waren die deutlichen, geradezu monströs anmutenden Spuren riesiger Klauen – jede einzelne davon so lang wie ein Finger seiner Hand...

Hinter Garab zerbrach mit einem lauten Knacken ein dicker Ast. Er fuhr herum und seine Augen suchten mit wild klopfendem Herzen die Büsche und Baumstämme vor sich ab, während seine Hand sich fester um die leichte Schlachtaxt schloss, die er seit dem Angriff auf Harulf bei jedem seiner Waldgänge bei sich trug.

Ich bin zu lange hier gewesen. Viel zu lange!

Er spürte die Gegenwart von etwas Neuem, ihm völlig Fremdem... zwei dunkle Augen ruhten auf ihm... Garab konnte die Gewalt des Wesens fühlen... seine Wut... seinen Hunger...

Und er fühlte noch etwas anderes...

...etwas, das ihn verwirrte und ängstigte.

Alle Arten von Lebewesen des Waldes hatten schon lange vor seinem Volk in den Caradann gelebt. Aber dennoch waren sie alle sehr jung im Angesicht dieser uralten Welt.
Der Blick aus den Schatten, welchen er nun auf sich ruhen fühlte, verriet ein Wissen, welches aus längst vergangenen Tagen stammte. Garab spürte tief in seinem Innersten, dass die Augen, die ihn nun beobachteten, Dinge gesehen hatten, die nicht für die Lebenden bestimmt waren. Garab konnte die Dunkelheit spüren, die an ihm haftete...
Und nun war es hier, in seinem Land, in seinen Wäldern, keine hundert Schritte von ihm entfernt...

...und es jagte IHN!

ERSTES BUCH:

SCHATTEN DER VERGANGENHEIT

ZU HAUSE

Die Sonne stand hoch am Himmel und es war sehr heiß. Locan rann der Schweiß unter dem gepolsterten Wams über den Rücken hinab und die lederne Kappe auf seinem Kopf begann ihn fürchterlich zu jucken.
Doch was jeden anderen wenigstens einen Teil seiner Aufmerksamkeit gekostet hätte, vermochte den jungen Mann nicht abzulenken.
Locan war sechzehn Winter alt, schwarzhaarig, groß und schlank. Er hatte einen kräftigen Körper und konnte sich sehr schnell bewegen. Dies alles war seinem Gegner jedoch leider allzu bekannt.

Trotzdem werde ich ihm einige neue Überraschungen zu bieten haben!

Ein verstohlenes Lächeln glitt ihm über das Gesicht. Locans Waffe war ein Holzstab, etwa einen Fuß länger als sein Körper. Was ihn zur Waffe machte waren drei verschiedene Klingen, die daran befestigt waren. An dem einen Ende saß die zwei Fuß lange Klinge eines Kurzschwertes, am anderen Ende des Stabes befanden sich zwei Jagdmesser mit nach außen gerichteten Schneiden. Der Stab selbst bestand aus zwei Finger dickem, festem Holz und war fast auf seiner ganzen Länge mit Lederriemen umwickelt.
Als kleiner Junge hatte Locan oft die Schafe hüten müssen und sich nebenbei mit den anderen jungen Schäfern mit ihren Hirtenstäben duelliert. Locan hatte schnell erkannt, dass er ein Talent für diese Art zu kämpfen hatte – wenn man das Gefuchtel der meisten Schäfer so nennen konnte. Nur einige wenige vermochten wirklich damit zu *fechten*.

Die Waffe, die er nun in der Hand hielt, war jedoch mit einem Hirtenstab genauso wenig zu vergleichen, wie ein Holzknüppel mit einer frisch geschliffenen Stahlklinge.

*

Locan musterte seinen Kontrahenten aus seinen leuchtend blauen Augen, welcher einige Schritte von ihm entfernt stand, eingehend, während er seine Waffe zwischen den Händen drehte und ihn langsam und mit bedachten Schritten umkreiste.
Sein Gegner war etwa einen halben Kopf größer als er, breitschultrig und muskulös. Auch er behielt Locan genau im Auge und bewegte sich kreisförmig in der gleichen Richtung wie dieser, so dass beide immer denselben Abstand zueinander hielten und den Gegner stets vor sich hatten.
Auf dem von der späten Nachmittagssonne erwärmten Wiesenstück, welches von einigen hohen und lichten Laubbäumen auf der einen und einem Bachlauf auf der anderen Seite begrenzt wurde, regte sich ein schwacher Wind und wehte um die beiden einsamen Kämpfer herum.
Der größere Kämpfer hielt in jeder Hand jeweils ein fünf Fuß langes Schwert. Es waren schwere Waffen, die er jedoch mit einer Leichtigkeit durch die Luft wirbelte als wären es nur schmale Messer.

Der Angriff begann unvermittelt. Der Schwertkämpfer stieß mit dem linken Schwert nach Locans Mitte.
Locan lenkte den Hieb mit einem Ende seines Stabes ab, indem er das gegnerische Schwert zwischen den dort angebrachten Messern abfing. Gleichzeitig drehte er den Stab in seinen Händen, klemmte das Schwert damit ein und wand seinem Gegner so die Waffe aus der Hand.
Diesen schien dies allerdings nicht unerwartet zu treffen – er ließ die Waffe einfach los und Locan sah das zweite Schwert von schräg oben auf seinen Kopf zurasen. Er sprang fast waagrecht

nach hinten weg, drehte seinen Körper im Flug und rollte sich am Boden ab, um sofort wieder in Kampfhaltung zu kommen.
Sein Gegner nahm das verlorene Schwert wieder auf, kam Locan hinterher und schlug nun abwechselnd von rechts und links auf ihn ein. Locan musste sich zähneknirschend eingestehen, dass er die Schlagkraft seines Gegners wieder einmal unterschätzt hatte. Seine Hände und Arme schmerzten während er mit den Klingen seines Stabes die harten Schläge parierte.
So konnte er nicht weiterkämpfen. Allerdings würde sein Kontrahent bald ermüden, wenn er weiterhin so wild auf ihn eindrosch. So lange würde er aber nicht warten können. Nach einem harten Tag Feldarbeit hatte er nicht mehr die Kraft um noch mehr solche Hammerschläge seines Feindes einzustecken. Was hatte Taled ihn gelehrt: „Wenn du erkennst, dass dein Gegner die größeren Kraftreserven hat, musst du danach suchen, den Kampf so schnell wie möglich zu beenden."
Für das Ende eines Duells gab es nur drei Möglichkeiten: Sieg, Niederlage oder Flucht. Flucht kam hier und heute nicht in Frage. Schließlich stand es dieses Jahr schon dreiundvierzig zu sechsunddreißig für diesen Knochenbrecher vor ihm. Das war absolut nicht hinnehmbar.

Heute bin ich dran!

Locan grinste innerlich und wehrte den letzten Hieb noch ab – den nächsten parierte er einfach nicht mehr.

*

Was tut dieser Narr?

Doel verzog das Gesicht während er seinen Hieb ablenkte um seinen Bruder nicht zu verletzen.
Locan hatte sich nach hinten auf den Rücken fallen lassen, die Beine ganz an den Bauch gezogen, um sie seinem älteren Bruder gleich darauf mit ganzer Kraft in den Magen zu rammen.

Normalerweise konnte Doel jeden Magenhieb einstecken, aber dieser doppelte Tritt kam unerwartet und war einfach zu viel.
Ich bin durch die letzten vier Siege in Folge wohl doch etwas zu leichtsinnig geworden. Diese Erkenntnis kam ihm kurz bevor der Schmerz im Magen explodierte und ihn die Wucht des Tritts nach hinten warf.
Locan schwang sich wieder auf die Beine und sprang seinem Bruder sofort hinterher. Er wusste, dass dieser sich nicht so schnell geschlagen geben würde.
Doel zwang seine Aufmerksamkeit weg von den Schmerzen in seinem Bauch wieder zu seinem Gegner. Seine Schwerter hatte er während des Falls verloren und sie waren aus seinem Blickfeld verschwunden. Als er eines schließlich einige Schritte von sich entfernt auf dem Boden liegen sah, verstellte ihm Locan den Weg.
Langsam kam er näher und richtete seine Waffe auf ihn. Doel hielt sich den Bauch und stieß ein schmerzerfülltes Stöhnen aus – nicht nur sein kleiner Bruder konnte seine Gegner täuschen. Tatsächlich erschien auf Locans Gesicht ein siegesgewisses Lächeln und er ließ seinen Stab ein klein wenig mehr sinken als es ratsam gewesen wäre. Doel spannte seine Muskeln um den Stab beiseite zu schlagen und seinen Bruder einfach umzurennen.
Doch Locan überraschte ihn ein weiteres Mal. Er zog den Stab zurück und drehte sich aus Doels Sprunglinie.
Na gut, dann eben so, dachte Doel zufrieden, während er sich schon halb auf den Beinen und auf dem Weg zu seinem Schwert befand… Doch da traf ihn der Stab seines Bruders auf dem Hinterkopf und warf ihn wieder zu Boden. Er schlug unsanft auf und spürte bereits kurz darauf die Spitze einer Klinge zwischen den Schulterblättern. Locan grinste, während er seinen Gegner in Schach hielt: „Ich glaube, ich habe auf siebenunddreißig zu dreiundvierzig verkürzt, großer Bruder?!"
Doel rollte mit den Augen, grinste dann jedoch ebenfalls und sah ihn aus dem Augenwinkel an: „Also gut. Aber dass du einfach aufhörst zu parieren hätte dich normalerweise den Kopf gekostet.

So schnell hättest du nie ausweichen können, wenn ich wirklich zugeschlagen hätte! Du überschätzt dich gewaltig!"
Locan sah ihn an und erwiderte: „Du ärgerst dich nur, weil du dein Schwert losgelassen hast! Natürlich hätte ich es auch so geschafft! Du unterschätzt MICH gewaltig!"
„Na dann schlage ich das nächste Mal wirklich zu, damit du endlich einen ganzen Kopf kürzer bist als ich, so wie es sich für einen kleinen Bruder gehört!"
Locan lachte, zog die Klinge zurück, reichte ihm die Hand und zog ihn auf die Füße. Doel musterte seinen Bruder und klopfte ihm schließlich anerkennend auf die Schulter: „Wir sollten gehen! Taled wartet nicht gerne mit dem Abendbrot!"

*

Die zwei Brüder rissen sich die Lederkappen, gepolsterten Wämser und die Lederschienen für Arme und Beine vom Körper und wuschen sich im Bachlauf. Anschließend legten sie ihre wollenen Arbeitshemden und Hosen wieder an und sammelten ihre Waffen und Kleidungsstücke ein. Um unangenehme Fragen von Dorfbewohnern und Reisenden, die ihnen auf dem Heimweg begegnen könnten, zu vermeiden, wickelten sie die Waffen in Decken und stopften die Kleider in einen alten Kartoffelsack.
Sie verließen den Bachlauf, an dessen Ufer sie immer ihre Waffenübungen abhielten, durch die Baumreihen, die ihn in Richtung des Dorfes umstanden. Jenseits der wenigen Bäume lagen einige Felder, die zu dieser Jahreszeit dicht mit Getreide und Mais bewachsen waren. Doel und Locan folgten einem Feldweg, der in Richtung ihres Heimatdorfes führte.
Baglan war ein kleines Dorf am Rande der großen Wälder, die bis zum Fuße der Berge reichten. Bis dorthin waren es allerdings viele Tagesmärsche und nur selten wanderten Leute durch die Wälder.
Die Berge galten als unüberwindbar und standen, wie auch die Wälder, von alters her in dem Ruf, Dämonen und böse Geister zu beherbergen. Obwohl derlei Geschichten bei den Bewohnern

des Königreichs Turad heute nicht mehr allzu viel galten (zumindest würde keiner offen zugeben sich durch derlei ängstigen zu lassen), waren ihnen die Tiefen der unbekannten Wälder nicht sehr geheuer. Somit hielten sich die meisten, die sie etwa zur Jagd betraten, nur in den Randgebieten und selbst dort nur für kurze Zeit auf.
Baglan war dadurch gewissermaßen ein Grenzdorf des Königreiches, denn obwohl dies eigentlich im Norden bis an die Berge reichte, gingen mittlerweile nicht einmal die königlichen Steuereintreiber weiter als bis hierher. Und diese ließen sich sonst durch nichts und niemand abschrecken, wie die zwei Brüder wussten.

Sie gingen den Feldweg entlang bis dieser an der grob gepflasterten Hauptstraße endete. Dieser folgten sie nach links in Richtung des Dorfes, welches nun nur noch einige hundert Schritte entfernt war. Etwa auf der halben Strecke nach Baglan verließen sie die Straße, um rechterseits einem schmalen Waldweg zu folgen, der sie ein Stück um den kleinen See herumführte, welcher östlich des Dorfes lag. Er endete auf einem freien Uferstück im Schatten einiger alter Eichen.
Dort stand ein kleines Blockhaus, welches ihr Zuhause war, solange Locan denken konnte. Er und sein Bruder hatten keine Erinnerung an ihre Eltern. Taled hatte ihnen erzählt, dass sie am Lungenfieber gestorben waren, als Locan erst einige Monde alt gewesen war.
Taled hatte ihn und Doel damals aus der großen Stadt, in der sie geboren worden waren, mitgenommen und in der Abgeschiedenheit Baglans aufgezogen. Er war es auch, der sie im Umgang mit Waffen unterwiesen hatte und sie zu regelmäßiger Übung anhielt. Warum, das hatte Locan nie ganz verstanden. Schließlich lag der letzte Krieg im Königreich Jahrzehnte zurück und eine kriegerische Auseinandersetzung, die jemals das abgelegene Baglan erreicht hätte, war in keinem Geschichtsbuch zu finden, das es im Dorf gab.

Mit diesen Gedanken trat Locan hinter seinem Bruder Doel in das kleine Haus, um sich sofort vor den Schimpftiraden des Einsiedlers zu ducken, der Unpünktlichkeit als eines der größten Laster anzusehen schien, die es überhaupt nur geben konnte.

*

Taled war ein großer und hagerer Mann, der die Mitte seines Lebens schon überschritten hatte. Er wirkte mit seinem ordentlich gestutzten grau-weißen Vollbart geradezu asketisch und aus seinen Augen blickte ein durch lange Jahre der Mäßigung und Meditation geschulter und wacher Geist.
Was die wenigsten erwarteten, Taled aber nichtsdestotrotz ebenfalls besaß, waren ein ausgeprägter Sinn für Humor und ein kampferprobter Körper.
Im Augenblick jedoch ließ er seinen Sinn für Humor in den Tiefen seines Wesens schlummern und blickte die Brüder aus zornig funkelnden Augen an: „Ihr werdet es nie lernen, nicht wahr?! Was Disziplin bedeutet?!" Er sah sie fragend an. Locan senkte seinen Kopf und antwortete pflichtgemäß: „Disziplin bedeutet sich jederzeit und an jedem Ort völlig der Kontrolle des eigenen Geistes unterwerfen und sämtliche Einflüsse von Gefühlen oder körperlichen Bedürfnissen missachten zu können, bis sie an der Reihe sind, Beachtung zu verdienen."
Taled sah ihn auf einmal wieder sehr ruhig und gefasst an. Beinahe konnte man einen leichten Anflug von Bedauern in seiner Miene erkennen und ein Schatten von langjähriger Müdigkeit huschte über sein Gesicht: „Wirst du mir nun erklären können, warum du und dein Bruder zu spät zum Essen kommt?" Locan zögerte kurz und antwortete: „Wir haben unseren Übungskampf diszipliniert zu Ende gebracht und sind danach sofort hierher …", weiter kam er nicht, da Taled ihn mit einer herrischen Geste zum Schweigen brachte.
„Doel, du als der Ältere solltest es besser wissen als dein Bruder!" Der Ältere schwieg. Taled sah die Brüder noch eine

scheinbare Ewigkeit schweigend an und seufzte dann: „Setzt euch! Wir sprechen nach dem Essen darüber."

Die Sonne stand rot am Horizont und Locan und Doel traten, nachdem sie das Holzgeschirr am Seeufer gereinigt und danach drinnen wieder verräumt hatten, aus dem Haus. Taled saß, so wie er es immer tat, auf dem großen Stein im Schatten der alten und gebeugten Eichen und wartete auf sie.
Sie setzten sich vor dem Stein auf den Boden und warteten, bis ihr Ziehvater das Wort an sie richten würde. Er wartete an diesem Abend besonders lange und jedes Mal, wenn einer der beiden ein Geräusch von sich gab, schien er die Wartezeit weiter zu verlängern.
Endlich, nachdem die Sonne schon fast hinter den Wäldern verschwunden und Baglan nur noch als dunkler Umriss am gegenüberliegenden Seeufer zu erkennen war, öffnete er seine Augen und wandte sich mit ruhiger, gleichmäßiger Stimme an sie: „Ihr seid Kämpfer – ich habe euch dazu gemacht. Habt ihr euch aber jemals gefragt, warum ich euch meditieren lasse? Warum ich euch jeden Tag zur Feldarbeit zu Karolf auf's Feld schicke, obwohl wir genug zum Leben haben? Warum ich euch jedes Mal zürne, wenn ihr zu spät kommt?" Er sah die Brüder an und wartete.
Nach einer Weile antwortete Locan: „Wir sollen durch die Arbeit auf dem Feld und mit dem Vieh die Demut vor dem Leben lernen. Die Meditation und das Gebet sollen uns die Demut vor dem Göttlichen in allem, was ist, lehren," er hielt inne und grinste: „Aber warum du jedes Mal so einen Aufstand machst...?!"
Taled lächelte nicht zurück und Locan wurde schlagartig wieder ernst.
„Deine Antworten waren nicht falsch, Locan. Aber die Arbeit auf dem Feld und die Meditation sollen euch auch noch anderes lehren.
Die Arbeit lehrt euch die Ehrfurcht vor dem Leben. Leben ist das, was ihr als Kämpfer auszulöschen fähig werdet. Ihr sollt

euch jederzeit eurer zerstörerischen Macht bewusst sein und nie darüber vergessen, dass das Leben mehr bedeutet als ein Sieg oder eine Niederlage. Das Leben hat euch und alles andere hervorgebracht und es ist euch gegeben, alles Leben auszulöschen, das euch das eure rauben will. Das ist euer Recht. Aber die Arbeit auf dem Felde soll euch nie vergessen lassen, dass das Leben Demut verdient und daraus Gnade und Erbarmen entspringen können, welche nicht nur zu den Merkmalen jedes Kämpfers gehören sollten – nein, es sind die Eigenschaften der besten Kämpfer!"
Die Brüder schwiegen.
„Die Meditation", fuhr der Einsiedler fort, „soll euch jederzeit gewahr werden lassen, wer ihr seid. Dass ihr selbst ein Teil des Ganzen seid und dass in euch göttliches Leben strömt. Ihr seid durch göttliche Kraft mit allem anderen, was lebt, verbunden. Somit werdet ihr mit jedem Wesen, das ihr im Kampf tötet, einen Teil der göttlichen Schöpfung auslöschen, die auch euer Ursprung ist."
Die Brüder schwiegen noch immer.
Locan begriff noch immer nicht, was diese Dinge mit dem Zuspätkommen zu tun hatten und er wusste, dass es Doel nicht anders ging. Aber er wartete. Bisher war ihnen ihr Lehrer noch nie eine Erklärung schuldig geblieben. Auch wenn sie nicht immer zur gleichen Zeit kam, wie die Frage, die gestellt worden war.
Taled fuhr fort: „Disziplin. Deine Antwort war nicht falsch, Locan. Disziplin bedeutet, sich selbst mit seinem Geist völlig kontrollieren zu können, auch gegen körperliche Bedürfnisse oder Gefühle. Aber was die Regeln sind, nach denen man sich kontrolliert, nach welchen Werten ihr Entscheidungen treffen und euch disziplinieren sollt, das hast du nicht gesagt…"
Locan wollte auffahren. „… was ich auch nicht verlangt habe!", fügte Taled mit einer Einhalt gebietenden Geste hinzu.
„Ihr habt eure Übungen diszipliniert zu Ende geführt. Aber damit habt ihr den Kampf über alles andere gestellt, was in dieser Zeit seinen Platz und sein Recht auf Dasein gehabt hätte. Ihr habt

euren Tagesablauf dem Kampf geopfert. Ihr habt euer körperliches Bedürfnis nach Essen dem Kampf geopfert..."
Jetzt wollten beide Brüder auffahren, aber Taled gebot ihnen wiederum zu schweigen: „...was ich natürlich sogar oft von euch gefordert habe! Selbstverständlich kann auch dies Ausdruck von Disziplin sein. Aber habt ihr es bewusst getan?"
Die Brüder schwiegen und Taled wartete einen Augenblick, ehe er fortfuhr.
„Ich denke nicht. Weshalb habt ihr den Kampf nicht beendet als die Zeit zu kämpfen vorüber war? Weshalb habt ihr den Kampf nicht beendet, als es Zeit war zu essen und mit anderen Menschen zusammen an einem Tisch zu sitzen? Weil ihr diszipliniert üben und euch verbessern wolltet?"
Es herrschte eine tiefe Stille während der die Gedanken der zwei Schüler den Worten ihres Lehrmeisters folgten.
Taled ließ wieder einige Sekunden verstreichen und beobachtete die Brüder. Diese wechselten einen kurzen Blick miteinander und sahen ihn auf einmal schuldbewusst an. Taled nickte kaum merklich und lächelte auf einmal: „Nun, wer hat diesmal gewonnen?", fragte der Einsiedler.

BAGLAN

Als Taled frühmorgens aus dem Haus trat, hing noch der Morgennebel über dem Ufer des Sees. Alles lag im Zwielicht und die Häuser Baglans waren mehr flüchtige Schemen als reale Gebilde.
Taled erinnerte sich an seinen ersten Blick auf das kleine Dorf: Als er aus dem Wald getreten war, ans Ziel seiner Reise. Versonnen dachte er zurück an seine ersten Eindrücke, an seine Hoffnungen wie an seine Ängste, die er damals mit sich getragen hatte.
Hinter ihm knarrte die Tür und kurz darauf stand Locan neben ihm. Auch er betrachtete schweigend das friedliche Bild, das sich ihnen beiden bot.
Taled begann zu sprechen ohne sich Locan zuzuwenden: „Hat Karolf heute Arbeit für euch?"
„Ja. Wir sollen seine Weidezäune überprüfen und wo nötig ausbessern."
Taled wartete einige Augenblicke und wandte sich dann zu Locan um: „Gut."
Taleds Miene war unergründlich und er blickte seinen jüngeren Ziehsohn gedankenverloren einen langen Augenblick an, während dieser wartete, ob er noch etwas hinzufügen wollte. Als Taleds Blick schließlich an ihm vorbeiglitt und abwesend auf den Horizont gerichtet war, sprach Locan schließlich von sich aus: „Taled?! Ist sonst noch etwas?"
Taled schloss die Augen und atmete einmal tief ein ehe er sich mit einem Seufzen wieder zu Locan wandte: „Entschuldige bitte. Ich war mit meinen Gedanken woanders. Die Zeit vergeht und manchmal habe ich das Gefühl, dass zu viele Erinnerungen meinen Kopf so sehr füllen bis ich mich nicht mehr auf das Hier und Jetzt zu besinnen vermag."
Locan sah seinen Ziehvater unsicher an bis dieser ein kurzes Lachen ausstieß und ihm die Hand auf die Schulter legte: „Ich

werde nicht jünger, Locan. Aber du und Doel, ihr seid jung. Geht und beginnt euer Tagwerk. Genießt den Tag. Erfreut euch eurer starken und gesunden Glieder und schätzt den Frieden."

Taleds Blick wanderte für einen Moment zum Waldrand und als spräche er zu sich selbst, fügte er leise hinzu: „Solange wir Frieden haben."

Damit wandte sich Taled um und ging wieder ins Haus. Locan hielt noch einige Augenblicke verwirrt inne. Schließlich schüttelte er sich, sog mit geschlossenen Augen die frische Morgenluft ein und warf noch einen kurzen Blick über den See. Dann wandte er sich schließlich zum Haus um seinen Bruder zur Arbeit zu holen.

*

Die Axt wog angenehm schwer in Doels Hand als er den Holzstiel fest umfasste und sie über den Kopf schwang. Mühelos drang die scharfe Schneide durch den Holzscheit, der aufrecht auf einem großen Baumstumpf stand und die Wucht des Schlages wirbelte die zwei Hälften wild durch die Luft, bevor sie auf die beiden Haufen fielen, die bereits zu beiden Seiten des Baumstumpfes lagen.

Doel war achtzehn Sommer alt, groß und breitschultrig. Sein braunes Haar trug er kurz und sein offenes Gesicht wurde bestimmt von nachdenklichen braunen Augen und meist auch von einem bescheidenen Lächeln.

Er spürte etwas Warmes an seiner linken Wange und wandte sich mit dem Anflug eines Lächelns im Gesicht in Richtung der aufgehenden Sonne, die ihm über den See hinweg ihre Strahlen entgegen sandte.

Doel ließ seinen Blick über das Bild schweifen, das sich ihm bot: Das rotgelbe Licht strahlte über die Hügelkuppen hinweg hinter denen das Feuerrad noch nicht zur Gänze hervorgetreten war und verlieh ihnen eine scharfe Silhouette, während die Ähren auf den Feldern darunter golden leuchteten. Das Wasser des Sees glitzerte wie die Tautropfen auf den Gräsern der umliegenden Wiesen.

Doel bückte sich und betrachtete mit auf den Knien aufgestützten Händen eine Grille, die langsam einen Grashalm erklomm, der unter ihrem Gewicht sacht schwankte.

Während er noch das winzige Lebewesen beobachtete, wurde seine Aufmerksamkeit von schnellen Bewegungen auf dem Boden unter dem Grashalm gefesselt. Einen Augenblick lang ließ er seinen Blick mit einigen Ameisen ziehen, welche, obwohl schwer mit ihren kleinen Beutestücken beladen, eifrig zwischen den Gräsern entlang eilten…

Doel fühlte sich in diesem Moment eins mit allem, was ihn umgab.

Er richtete sich wieder auf und blickte zu den Häusern am anderen Seeufer hinüber. Friedlich lag das Dorf dort auf den ganz leicht vom Wald zum See hin abfallenden Wiesen.

Es war ein Ort, an dem Doel sich vorstellen konnte zu leben. Ein Ort, eine Familie zu gründen, um alt zu werden und sich schließlich zur letzten Ruhe zu begeben.

Er betrachtete die Linden am Seeufer und stellte sich vor, wie es sein mochte, am Ende eines langen, bescheidenen aber zufriedenen Lebens unter ihnen zu liegen und friedlich zu schlafen.

Doel musste über sich selbst lächeln – da stand er: Ein junger Mann, gerade erwachsen geworden, das ganze Leben noch vor sich und dachte über das Sterben nach. Auf seiner Stirn bildeten sich Falten, als ihm bewusst wurde, was er da dachte...

Es wird lange genug sein, ehe ich unter irgendeinem Baum liege um zu schlafen...

Doel schüttelte den Gedanken ab. Er hob den Blick und betrachtete die Blätter der Bäume um sich herum, auf denen sich vereinzelt bereits ein herbstlich-goldener Schimmer bemerkbar machte, dann schloss er die Augen und ließ sich die wärmenden Strahlen der spätsommerlichen Sonne ins Gesicht scheinen.

In einem war sich Doel bereits jetzt zu diesem frühen Zeitpunkt seines Lebens sicher: Alles, was er brauchte, um glücklich zu sein, würde er an diesem Ort finden.
Auch wenn die Zweifel ihn immer wieder heimsuchten. Die Zweifel, ob er das Recht hatte ein solches Leben zu führen und ob es überhaupt möglich sein würde...

Ein leises Geräusch ließ ihn jäh aus seinen Grübeleien aufschrecken. Bevor er sich umwenden konnte, erklang ein heiserer Kampfschrei und er fand gerade noch Zeit sich auf einen heftigen Aufprall vorzubereiten …
Der Angreifer riss ihn zu Boden und beide überschlugen sich in einem Gewirr aus Gliedmaßen. Doel stieß seinen hinterhältigen Gegner von sich, sprang auf – und blickte auf seinen jüngeren Bruder herab, der sich ob seines gelungenen Angriffs vor Lachen schüttelte.
Auf Doels Gesicht schlich sich nun ebenfalls ein diebisches Lächeln: „Na warte", und damit stürzte er sich auf seinen immer noch lachenden Bruder.

*

Seit Locan denken konnte, lebte er mit seinem Bruder und Taled in dem kleinen Einsiedlerhaus am See.
Ihre Eltern waren Händler gewesen und hatten in Beron, der Hauptstadt des Königreichs Turad, gelebt. Auf einer Reise, während der ihre Mutter wegen der zwei Brüder zuhause geblieben war, erkrankte ihr Vater am Lungenfieber und als er wieder nach Hause kam, war er mehr tot als lebendig. Ihre Mutter hatte ihn, entgegen der Warnungen der Heiler vor Ansteckung, lange gepflegt und war schließlich selbst erkrankt. Wenige Wochen nach seinem Tod war auch sie gestorben. Nur noch Taled war als bester Freund ihrer Eltern übrig geblieben. Er war die einzige Familie gewesen, die es für die beiden Jungen noch geben konnte.

Da die lange Krankheit des Vaters das ganze Vermögen ihrer Eltern verbraucht und Taled selbst ihnen zuletzt mit allem, was er besaß, ausgeholfen hatte, war kein Geld mehr übrig gewesen um in der großen Hauptstadt überleben zu können. Also hatte Taled sie nach Baglan gebracht, wo er gehofft hatte, sie in einfachen aber gesicherten Verhältnissen aufziehen zu können.

Manchmal glaubte Locan die Gesichter seiner Eltern im Traum sehen zu können, doch jedes Mal, wenn er wieder erwachte, konnte er sich nur an undeutliche Bilder erinnern.

Er fragte sich oft, ob sein älterer Bruder noch mehr von ihren Eltern wusste. Doch Doel sprach ihm gegenüber nie von ihnen und Locan vermutete, dass ihn die Erinnerungen quälen würden, würde er sie ans Tageslicht zerren.

Locan liebte seinen Bruder, auch wenn dieser völlig andere Vorstellungen vom Leben hatte als er. Für Locan war es keine Frage, dass er Baglan irgendwann verlassen und in die Welt hinaus wandern würde. Ein Leben als Bauer, als Ehemann und Vater war für ihn der Inbegriff von Langeweile und Verschwendung seiner Fähigkeiten. Niemals würde er seine Kraft und seinen Mut für ein solches Dasein verschwenden.

Das Leben im Dorf bestand in Locans Augen im Grunde aus einer immerwährenden jährlichen Wiederholung der gleichen Ereignisse und Tätigkeiten.

Locan hatte diese Abfolge zwar erst einige Male bewusst und in ihrer Gänze miterlebt, nämlich seit er alt genug war, voll in die täglichen Arbeiten miteinbezogen zu werden, aber er war ihrer schon jetzt überdrüssig.

Jedes Jahr dasselbe: Äcker umgraben, aussähen, ernten, einlagern. Die immer gleichen Feste: das Frühlingsfest, das Erntedankfest und schließlich die Feier des Jahreswechsels.

Locan fühlte sich gefangen in diesem ewigen Kreislauf. Er wusste, dass es jenseits der Wälder noch mehr gab. Selbst wenn man der Straße nach Süden weiter ins Königreich hinein folgte, würde man so viel mehr erleben als hier in diesem abgeschiedenen Ort voller einfacher Bauern und Handwerker.

Unbewusst reckte Taleds Ziehsohn sein Kinn als er zu den Häusern von Baglan hinübersah, während er seine Kleidung von ihrer wilden Keilerei ordnete und sich die Strähne seines fast schulterlangen Haares aus dem Gesicht strich. Taled hatte ihn und Doel vieles gelehrt, was keiner seiner Altersgenossen im Dorfe jemals können oder wissen würde.

Locan konnte lesen und schreiben, beherrschte das Rechnen und kannte die Naturgesetze, die Erklärungen für vielerlei Vorgänge lieferten, die für die meisten Menschen in Baglan immer noch völlig unverständlich waren und die einige wenige nicht selten sogar für Zauberei hielten.

Zusammen mit seinen Fähigkeiten als Kämpfer sorgte dieser Wissensvorsprung dafür, dass viele von Taleds Lektionen in Bescheidenheit und Demut wirkungslos an Locan vorübergingen.

Doel beobachtete seinen kleinen Bruder, während dieser seine Kleider ordnete und den für ihn so typischen, abschätzigen und leicht überheblichen Blick auf das Dorf warf. Sein Blick folgte ihm noch während Locan sich abwandte und ins Haus ging.

Er empfand große Zuneigung für Locan, doch dass dieser gerade das Leben in Baglan so gering schätzte, das für ihn selbst so wertvoll war, versetzte ihm immer wieder einen Stich.

Manchmal schon hatte ihn sein kleiner Bruder als Bauern verlacht und lauthals geschworen, dass er selbst niemals in Baglan versauern würde bis er alt und schwach wäre von der täglichen Landarbeit.

Doel wusste, dass er über solchen Sticheleien stehen und seinem Bruder ein Vorbild sein müsste. Doch manchmal fühlte er einfach nur Wut über die Überheblichkeit und das Unverständnis für den Wert des Lebens an sich, die seinem Bruder augenscheinlich zutiefst zu eigen waren.

„Locan wird seinen Weg finden um erwachsen zu werden und er wird auf ihm auch noch so manch Schmerzliches lernen müssen – wie jeder andere auch", hatte ihm Taled oft gesagt, wenn Doel bei ihm über seinen Bruder geklagt hatte.

„Du selbst hast hierbei etwas zu lernen, Doel: Lass deinen Bruder seinen Weg gehen um die wesentlichen Dinge des Lebens für sich zu finden. Und vergiss nicht, dass du selbst ebenso wenig weise geboren wurdest wie er oder sonst ein Mensch auf dieser Welt. Auch du wirst noch weiter lernen müssen. Achte darauf, nicht zu sehr in deiner Haltung zu verharren, sonst wirst du vielleicht irgendwann wirklich erkennen, dass du wichtige Dinge in deinem Leben verpasst hast, weil du zu sehr von der ausschließlichen Richtigkeit deines Weges überzeugt warst."
Bei dieser Lehre dachte Doel immer, dass Taled langsam alt wurde und nicht erkannte, dass sein älterer Ziehsohn bereits wesentlich weiter war als er ihm zugestand.
„Ich weiß, was ich im Leben will", sagte sich Doel selbstbewusst. Und während er das gehackte Feuerholz auf den Holzstoß an der Hauswand aufstapelte, dachte er träumerisch an das letztjährige Erntefest zurück, bei dem er dem wesentlichsten und mit Gewissheit auch dem schönsten Teil seines zukünftigen Lebens begegnet war. Seitdem schien ihm sein Weg vorgezeichnet zu sein.
Heute Abend würde er sich wieder mit ihr treffen. An der alten Weide am Seeufer, wo sie sich seit letztem Sommer so oft getroffen hatten – wo sonst niemand war außer ihnen beiden...

*

Das Abendessen verlief wie immer und es zog sich für Doel wieder einmal unendlich hin – wie jeden Abend, wenn er sich mit Enea traf.
Locan wollte einfach nicht damit aufhören, genauestens zu schildern, wie er Doel am Vortag bezwungen hatte und Taled machte heute, entgegen seiner sonstigen Gewohnheiten, keine Anstalten ihn zu unterbrechen.
Doel betrachtete seinen Ziehvater genauer und er erschien ihm wie so oft in letzter Zeit besorgt und gebeugt unter einer

schweren Last. Vielleicht waren es aber nur die zunehmenden Spuren des Alters, die sich mehr und mehr bemerkbar machten.
Schließlich war sogar Locan endlich mit seiner Mahlzeit fertig und sie räumten den Tisch ab.
Als sie fertig waren, streckte sich Doel, gähnte und sagte mit einem Blick nach draußen, als würde er es im Augenblick erst beschließen: „Ich werde mir noch etwas die Beine vertreten bevor ich schlafen gehe."
Locan, der wieder einmal in eine der vielen Heldensagen in den alten Büchern ihres Ziehvaters vertieft war, schien ihn nicht gehört zu haben. Taled, der gerade seine Pfeife stopfte, um sich danach noch vor das Kaminfeuer zu setzen, wandte sich nur halb um und antwortete, ohne von seiner Pfeife aufzusehen: „Aber lass es nicht allzu spät werden, Doel." Und mit einem leichten Lächeln sah er kurz zu ihm auf: „Du weißt, dass sich die Älteren immer um die Jüngeren sorgen, wenn sie so spät noch unterwegs sind."
Doel spürte wie seine Ohren warm wurden und er nickte nur kurz und verschwand nach draußen.
Als er die Tür hinter sich schloss, atmete er zuerst einige Male tief durch und sah zum klaren Sternenhimmel empor. Taled wusste natürlich von ihm und Enea. Selbst wenn er in all den Monaten blind und taub gewesen wäre, so hätte er Doel doch durchschaut – so wie er es immer tat.
Doel ging um das Haus herum und wandte sich in Richtung Seeufer. Eigentlich wusste das halbe Dorf, dass er und Karolfs Tochter sich auf dem letzten Erntefest näher gekommen waren und sich seitdem trafen. Selbst Karolf wusste es.
Das Problem war nur – eigentlich durfte er es gar nicht wissen. Doel war im Mannesalter und Enea eine junge Frau. Dies war keine Liebschaft unter Halbwüchsigen.
Um Enea nicht zu entehren und um sich offen mit ihr treffen zu dürfen, hätte Doel eigentlich vorher offiziell bei Karolf um ihre Hand anhalten und sie dann, für gewöhnlich spätestens innerhalb eines halben Jahres, zur Frau nehmen müssen. Bevor er dies getan hatte, waren solcherlei Treffen streng untersagt und

wurden sogar, waren sie erst einmal bekannt, vom Dorfrat bestraft.

Doch in Wirklichkeit wurden diese Regeln von der Dorfgemeinschaft eher locker gehandhabt. Die meisten Ehepaare im Dorf waren unter haarsträubenden Umständen zusammen gekommen und soweit Doel gehört hatte, hatte auch Karolf seine Frau Fahra mehr geraubt anstatt sich streng an diese Regeln zu halten.

Solange sich Doel und Enea nicht von jemandem erwischen ließen und solange ihre Eltern und der Rest des Dorfes davon ausgehen konnten, dass Doel bald bei Karolf vorstellig werden würde, wurde das Wissen um ihre Liebe im Dorf mit keinem Wort erwähnt.

Als Doel bei der Baumgruppe am Seeufer ankam, bemerkte er auf den ersten Blick niemanden. Erst als er sich der alten Weide näherte, entdeckte er eine menschliche Silhouette auf dem größten der Äste, der weit über das Wasser hinausragte.

Er hielt inne und betrachtete den ihm mittlerweile so vertraut gewordenen Umriss, der sich vor dem hellen Schein des Mondes, dessen Licht sich auf dem Wasser des Sees spiegelte, dunkel abhob. Doel fühlte von Moment zu Moment mehr wie sein Herz kräftiger schlug, wie die kühle Abendluft durch seine Lungen strömte und wie er vor Aufregung leicht zu zittern begann.

Mit einem Male konnte er sich nicht mehr zurückhalten und rannte den Rest des Weges und über die Wiese auf die Weide zu. Die Gestalt auf dem Baum hob den Kopf und sah ihm entgegen und Doel hatte das Gefühl, ihm müsste das Herz zerspringen vor lauter Glück.

*

Später saßen zwei Menschen eng aneinander geschmiegt auf dem großen Ast einer alten Weide am Ufer eines Sees, von dessen Wasser der Mond und die Sterne, die Lichter des nahen

Dorfes und ihre eigenen dunklen Spiegelbilder wie Zeichen einer zweiten Welt zu ihnen herauf schienen.
Der eine der beiden, ein junger Mann, an dessen Brust eine junge Frau lag, begann leise Worte zu sprechen, die der Wind, Wort um Wort, Zeile um Zeile, Reim um Reim, auf den See hinaustrug:

Wenn dein Name in mir hallt,
der meine klingt fort in deiner Gestalt,
und wenn ich dich stets kann sehen in mir,
du mich siehst als wär' ich bei dir,
wenn unsere Seelen sich innig verwandt,
ist es Liebe, was uns beide verband.

Die Frau regte sich leicht und drückte sich dichter an den jungen Mann, während dieser sie enger umfasste und fortfuhr:

Wenn ich auch wandelte auf fernem Pfade,
wir beide getrennt durch viele Tage,
wenn zwischen uns senkten sich Dunkelheiten,
Angst und Zweifel fehl uns wollten leiten,
wenn auseinander bricht die ganze Welt,
das Ende zwischen dich und mich sich stellt,
das Licht, entzündet von dir und mir,
währt ewiglich – verlöscht nie mehr.

Mein Lebenspfad führte mich her,
und enden wird er hier nunmehr.
Des Pfades jedoch nicht Weges Ende ist,
denn angekommen am gleichen Orte, DU hier bist.
Wie Bäche unsere Pfade sind,
ein Fluss – ist ihrer Liebe Kind.
Voller Freude, Mut und Kraft,
und ohne Furcht und frei von Sorgen,
bahnt er sich seinen Weg mit Macht,
in seines Laufes jungem Morgen.

Einige Augenblicke herrschte tiefe Stille, in der nur der ferne Ruf einer Eule zu hören war. Dann hob Enea den Kopf, sah in Doels braune Augen und sagte leise: „Das war wunderschön, Doel. Ist es von dir?"
Doel lächelte sie an und erwiderte: „Nun ja, ich habe mir hier und da etwas von den alten Liedern ausgeborgt, die Taled uns oft vorgesungen hat. Aber ja, es ist von mir."
Enea sah ihn mit einer Mischung aus Erstaunen und Bewunderung an, die sich dann aber in einem glücklichen Lächeln auflösten. Dann zog sie Doel zu sich herab in einen zuerst zögerlichen, aber schließlich langen und zärtlichen Kuss.

*

Einige Zeit später bewegten sich zwei Schatten am Seeufer entlang in Richtung des Dorfes. Dort verharrten sie in einiger Entfernung von den Häusern noch einmal eng umschlungen, bis sich schließlich der kleinere Schatten in Richtung eines etwas abseits vom Dorf stehenden Gehöfts entfernte.
Der zweite Schatten verharrte bis aus der sich öffnenden Haustür des Haupthauses ein schwacher Lichtschein trat, in dem er für einen Moment einen menschlichen Umriss erkennen konnte. Dann verschwand die Gestalt und mit ihr der Lichtschein.
Ein einsamer, aber glücklicher Schatten bewegte sich später am See entlang zu einem kleinen Haus am jenseitigen Ufer.

DER WANDERER

Karolf stand mit einem Fremden vor dem großen Wohnhaus als Doel und Locan den Hof des Bauern betraten.
Locan wusste, dass Karolf kein Mann vieler Worte war und auch keine Zeit mit Schwätzern, wie er Wanderer und fahrendes Volk oft nannte, vergeudete. Umso mehr erstaunte ihn wie aufmerksam Karolf den Worten des gebeugten und staubbedeckten Wanderers folgte.
„Guten Morgen, Karolf", begrüßte Doel den Bauern und sie machten sich bereits auf die Standpauke gefasst, da sie natürlich wieder einmal zu spät zur Arbeit kamen. Aber Karolf überraschte sie, indem er nur kurz von seinem Gespräch aufsah und ihnen zurief: „Ihr wisst ja wo ihr das Werkzeug findet. Fangt bei der nördlichen Weide an."
Die Brüder warfen sich einen kurzen, verwunderten Blick zu und während sie den Hof überquerten, musterten sie den Fremden, dem Karolf nun wieder aufmerksam zuhörte. Er trug einen langen, abgewetzten Umhang mit Kapuze, welcher sowohl sein Gesicht als auch seine übrige Gestalt fast völlig verbarg.
„Seit wann gehört Karolf zum Publikum für Märchenerzähler?", flüsterte Doel nachdem sie den Schuppen betreten hatten.
Locan grinste: „Muss wohl am Alter liegen. Wird wohl langsam schrullig."
Doel unterdrückte ein Lachen. Sie suchten zwei Hämmer, Nägel, eine Säge und ein paar Bretter zusammen, traten wieder aus dem Schuppen und konnten gerade noch den Fremden hinter der Mauer verschwinden sehen, während Karolf über den Hof auf sie zukam.
„Diese Spinner aus den Wäldern", murmelte der Großbauer kopfschüttelnd.
„Was hatte der denn zu erzählen?" fragte Doel.
„Ach", antwortete Karolf mit einer wegwerfenden Geste, „er behauptete, wichtige Nachrichten vom Rande des Gebirges zu

haben. Wenn ihr euch für seine Geschichte interessiert, könnt ihr ja heute Abend ins Gasthaus gehen. Da wollte er übernachten. Ich werde mir auch anhören, was er zu sagen hat. Wahrscheinlich will er sich aber nur seine erfundenen Märchen von denen bezahlen lassen, die sie hören wollen."
Karolf hatte in spöttischem Tonfall geantwortet, fuhr die Brüder dann jedoch plötzlich laut, aber immer noch grinsend an: „Jetzt macht gefälligst, dass ihr an die Arbeit kommt, ihr faulen Hunde!"

*

Müden, jedoch entschlossenen Schrittes ging der Wanderer die Straße nach Baglan entlang.
Sein langer Mantel verbarg die Waffen, welche er am Körper trug. Er zeigte nicht gerne offen, wie gefährlich er war, obwohl er andererseits auch ein gewisses Maß an Aufsehen erregen wollte. Schließlich war es nur eine Weile wichtig gewesen im Verborgenen zu bleiben. Auf dem jetzigen Abschnitt seiner Reise, hier im Königreich, war es sein Ziel von jemandem *gefunden* zu werden. Von einem alten Freund...

Die ersten Häuser tauchten an der Straße auf und der Wanderer musterte sie interessiert. Er war noch nie im Königreich gewesen, wenngleich er in fernen Ländern, in Reichen, welche den Menschen nur aus Legenden bekannt waren, bereits Städte gesehen hatte, welche selbst die Hauptstadt dieses Königreichs winzig erscheinen lassen würden. Doch es sah seinem Freund ähnlich, sich zwischen Bauern und Tölpeln, zwischen *Menschen* niederzulassen.
Unter seiner Kapuze musste der Wanderer lächeln.

Er hätte bessere Gesellschaft haben können.

Mit dem Interesse, welches dem eines Vaters ähnelte, der wohlwollend die Bastelarbeit seines kleinen Kindes betrachtet, musterte der Wanderer die Häuser Baglans: Die Wände einiger bestanden gänzlich aus grob behauenen Steinen. Bei den meisten Gebäuden reichten diese jedoch nur etwa hüfthoch und wurden dann von Holzstämmen abgelöst. Diese waren meist mit dem Hobel geglättet und oft auch mit Holzreliefs versehen. Der Wanderer besah sich die Reliefs im Vorbeigehen: Er sah Landschaften, Wälder, Tiere, Ernteszenen...

Ein Relief, welches an der stark verwitterten Wand eines sehr alten Hauses nur noch schwer zu erkennen war, ließ den Wanderer innehalten.

Er trat näher heran und musterte die vielen, vor langer Zeit mit Eisen in das Holz gegrabenen Linien, welche sich vor seinen Augen zu einem Gemälde einer Schlacht zusammenfügten. Er entdeckte viele Soldaten in fremdartigen Rüstungen, die sich im Kampf befanden gegen undeutlich dargestellte Bestien, bei denen oft nur Augen, Klauen und Zähne erkennbar waren. Hinter den Soldaten waren die Umrisse einer Stadt zu sehen, aus welcher sie zu kommen schienen. Hinter den Bestien war ein Gebirge angedeutet – ein Gebirge mit einer großen Höhlung, aus der die Kreaturen einer dunklen Flut gleich zu strömen schienen...

Was seine Aufmerksamkeit jedoch auf sich zog, waren zwei große Gestalten, welche in der Mitte der Schlacht aufragten. Die eine trug eine Rüstung, welche den Soldaten gleich schien, nur prächtiger und vom Künstler detaillierter ausgestaltet. Die zweite Gestalt war in einen Harnisch gehüllt, welcher durch viele Zacken und scharfe Ecken und Kanten bedrohlich wirkte.

Die Gestalten kreuzten ihre Waffen – ein strahlendes Schwert und eine riesige Axt...

Der Wanderer betrachtete das Relief eine Weile. Dann wandte er sich zum Dorfplatz um, welcher sich einige Schritte entfernt vor ihm auftat.

Er war neugierig und als ein Mann mit einem schweren Sack auf den Schultern an ihm vorbeiging, fragte er ihn, ob er wisse, was das Relief auf dem Haus darstellte.

Der Mann schwitzte unter seiner Last und war ob der Störung nicht eben erfreut, doch er tat dem Fremden den Gefallen und warf einen kurzen Blick auf das Relief. Ungläubig wandte er sich wieder dem Wanderer zu: „*Dieses* dort meint ihr?"
Der Wanderer nickte.
Der Sackträger lachte kurz auf, worauf seine Last verrutschte und er kurz um sein Gleichgewicht kämpfen musste. Als er es wiedergefunden hatte, warf er dem Fremden einen missmutigen Blick zu: „Was soll das schon darstellen?! Die Kritzelei irgendeines verfluchten Taugenichts, der sich hoffentlich jetzt in seinem Grab herumdreht und hofft, dass er mit seiner Zeit etwas besseres angefangen hätte!"
Mit diesen Worten wandte sich der Mann von dem Wanderer ab und schlurfte seinen Weg weiter.
Der Fremde sah ihm noch einen Moment erstaunt hinterher. Dann wandte er sich noch einmal zu dem Relief um und musterte die schemenhaften Bestien mit ihren Klauen und Zähnen...

Er verzog grimmig sein Gesicht. Für einen Augenblick zögerte er...
Es war noch nicht lange her, dass er auf der anderen Seite gestanden hatte...

...anderen Herren gedient hatte.

Er war so weit gegangen – wie viel weiter konnte er gehen?

Kann ich wirklich tun, weshalb ich gekommen bin?

Doch in seiner Erinnerung tauchten nun die Gesichter derer auf, welche er zurückgelassen hatte...
Der Zweifel verschwand und wich erneut der Entschlossenheit.
Der Wanderer ballte die Faust, warf einen letzten Blick auf die Axt des dunklen Kriegers an der Wand und wandte sich dann mit

einem Ruck ab um weiter seinem Weg in das Dorf hinein zu folgen.

*

Die Brüder betraten abends müde ihr Haus und stellten überrascht fest, dass Taled nicht da war. Es kam selten vor, dass der Einsiedler nicht zugegen war, wenn sie abends von der Arbeit bei Karolf nach Hause kamen. Sie dachten sich allerdings nicht viel dabei und aßen schnell gemeinsam zu Abend. Sie wollten schließlich noch ins Wirtshaus von Baglan gehen und sich anhören, was der Wanderer erzählen würde.
Locan, der sich mehr als jeder andere und vor allem viel mehr als sein Bruder für alte Geschichten aus vergangenen Tagen begeistern konnte, hatte es nach einem langen Tag schließlich doch geschafft Doel zum Mitkommen zu überzeugen. Auch wenn dieser sich gänzlich uninteressiert zeigte, so hielt Doel es doch für nötig auf Locan aufzupassen. Auch wenn es nur darum ging, ihn vor seinen eigenen Träumen und daraus geborenen Dummheiten zu beschützen.

*

Die Brüder betraten das Wirtshaus und waren sehr überrascht wie voll es an diesem Abend war. Fast ganz Baglan schien an diesem Abend in der Stube des „Weißen Bären" zu sein.
Das Wirtshaus war eines der größten Häuser Baglans. Die Schankstube selbst war dunkel aber sauber und meist herrschte eine ruhige und friedliche Stimmung. Da Baglan weitab von den großen Handelsstraßen des Königreiches lag, waren nur selten Fremde zugegen. Meist waren die Dorfbewohner somit unter sich, wenn sie nach einem harten Arbeitstag ihr wohlverdientes Bier tranken und sich einem Gespräch oder einer gemütlichen Pfeife hingaben.
Aber an diesem Abend lag eine spürbare Spannung in der Luft und überall wurde geflüstert. Die vielen Leute hatten trotz der

Größe der Stube kaum Platz gefunden und standen mit Krügen oder Bechern in den Händen dicht gedrängt herum. Locan und Doel holten sich jeder einen Krug Bier und stellten sich zu einigen von Karolfs Knechten.

Auf einmal hob sich das Gemurmel und alle drehten die Köpfe nach der Treppe, die nach oben zu den Gästezimmern führte. Dort erschien der Wanderer und blickte, offenbar nur wenig überrascht von der großen Menge, auf das versammelte Dorf hinab.
Die Gespräche verstummten nach und nach bis kein Laut mehr zu hören war. Sogar der Wirt hinter seiner Theke hatte mit dem Säubern eines Kruges aufgehört und hielt diesen, mit gebanntem Blick auf den Wanderer, nur noch abwesend in der Hand.
Nach einer kleinen Ewigkeit begann der Mann auf der Treppe zu sprechen: „Bewohner von Baglan, ich habe einen weiten Weg hinter mir und viele Gefahren überwunden. Ich kann euch wichtige Kunde aus den ewigen Wäldern, vom Fuß des großen Gebirges bringen. Doch bin ich hungrig, durstig und ohne Geld und werde im Morgengrauen verhungert sein, wenn mich nicht eure Gastfreundschaft errettet."
Noch bevor sich ein verstimmtes Gemurmel angesichts dieser Dreistigkeit erheben konnte, erklang eine klare Stimme aus dem hintersten Winkel der Stube: „Sie sei dir gewährt, ... Wanderer."
Alle verstummten und auch die Brüder wandten ihre Köpfe nach dem Sprecher, obwohl sie die Stimme sofort erkannt hatten – es war Taled, der in seine braune Kutte gehüllt, aufrecht und bestimmt ins Licht der Wirtsstube und zu der gebückten Gestalt des Wanderers trat.
Die beiden Männer blickten sich kurz an und Locan schien auf dem Gesicht des Fremdlings für einen Moment so etwas wie Erkennen aufblitzen zu sehen, bevor er mit einem höflichen, aber irgendwie auch beinah amüsiert wirkenden Lächeln erwiderte: „Ich danke euch, ... Einsiedler", und dann zu einem Tisch in der Mitte der Stube humpelte.

Taled nickte dem Wirt, der mit offenem Mund hinter der Theke stand, kurz zu und dieser begann sofort geschäftig umher zu laufen, um dem Wanderer ein Abendmahl zu bereiten.
In Baglan war es alles andere als Sitte mit Wanderern unfreundlich umzugehen und oft genug wurden gute Geschichtenerzähler von begeisterten Zuhörern eingeladen. Doch keinesfalls war es für die Dorfbewohner hinnehmbar, dass ihre Gastfreundschaft einfach eingefordert wurde. Vielmehr kam es den schwer arbeitenden Bewohnern einer Beleidigung gleich und wenn Taled nicht eingeschritten wäre, dann hätte man den Fremden möglicherweise sofort aus dem Wirtshaus geworfen. Aus Respekt vor ihm wagte es jedoch niemand zu widersprechen. Und somit war die Gastfreundschaft des Dorfes fürs Erste gewährt.

*

Der Wanderer schlang hungrig große Bissen Fleisch und Brot hinunter und trank in gierigen Schlucken aus dem großen Bierkrug, den ihm der Wirt während des Mahles mehrfach nachfüllen musste.
Taled saß dem Fremden gegenüber und sah diesem schweigend zu. Doel und Locan warteten mit dem unangenehmen Gefühl im Bauch, dass was immer der Wanderer erzählen würde möglicherweise nicht nur wahr, sondern auch für alle Dorfbewohner von größter Bedeutung sein könnte.
Der Wanderer beendete schließlich sein Mahl und kramte eine alte und abgewetzte Pfeife heraus. Doel, der selbst begabt war im Umgang mit Holz und Werkzeug, war von der eleganten Form und den winzigen, aber trotzdem ungemein präzisen Verzierungen und nicht zuletzt von dem fast schon unmöglich dünnen und langen Stiel der Pfeife fasziniert.
Der Fremde zündete sich die Pfeife an und ein unbekannter, jedoch gleichwohl angenehmer Geruch durchdrang die Stube. Das Glimmen der Pfeife beleuchtete das schmutzige und wettergegerbte Gesicht des Wanderers.

Der Fremde ließ den Rauch in Ringen aufsteigen und musterte Taled mit dem gleichen amüsierten Lächeln im Gesicht, mit dem er ihm zuvor für die Gastfreundschaft gedankt hatte.

Nach einer Ewigkeit, wie es Locan schien, neigte er sich zu Taled über den Tisch und raunte ihm einige kurze Sätze zu. Taleds Gesicht zeigte fast keine Regung und nur weil Locan ihn schon Zeit seines Lebens kannte, konnte er erkennen, dass das Gesagte seinen Ziehvater sehr in Sorge versetzen musste.

Locan spürte ein flaues Gefühl im Magen – er kannte nichts, das Taled bisher ernste Sorgen bereitet hatte. Er geriet, von seinen gelegentlichen Wutausbrüchen angesichts der Unbelehrbarkeit seiner zwei Schüler einmal abgesehen, fast nie aus dem Gleichgewicht. Selbst in Zeiten von Hunger, Armut und Krankheit – und sie alle hatten diese Zeiten in Baglan mehrfach erlebt – war er immer ein Quell von Ruhe und Zuversicht gewesen. Was konnte es nur sein, was ihm der Wanderer mit so wenigen Worten erzählte, das dem Einsiedler wirklich Sorgen bereitete?

In der Wirtsstube breitete sich Unruhe aus und die Leute begannen ungeduldig und unzufrieden ob der absichtlichen Ausgrenzung untereinander zu flüstern. Schließlich, als das Getuschel schon beinahe in laute Unmutsäußerungen umzuschlagen drohte, lehnte sich der Wanderer wieder in seinen Stuhl zurück, während Taleds Blick nun starr auf die Tischplatte gerichtet war.

Die Dorfbewohner verstummten wieder und hofften nun etwas zu erfahren. Sie vertrauten dem Einsiedler, der ihnen seit jeher immer geholfen hatte, wenn sie in Not gewesen waren.

Taled erhob sich schließlich und stand, gebeugt wie unter einer schweren Last, in ihrer Mitte. Locan konnte sich nicht erinnern, dass er jemals so alt ausgesehen hatte.

„Meine Freunde, Bewohner von Baglan! Dieser Mann bringt Kunde von jenseits der Wälder. Dunkle Kunde."

Es war nun vollkommen still in der großen Wirtsstube. Alle schienen den Atem anzuhalten. „Über die Dinge, welche er zu berichten hat, sollte nicht bei Nacht gesprochen werden." Es erhob sich wieder ein unmutiges Raunen.

Taled sprach weiter: „Wir sollten morgen früh den Dorfrat einberufen um gemeinsam die Neuigkeiten zu hören und zu beraten, was daraufhin geschehen soll."

Das Raunen wurde lauter und schließlich trat Forl, der Dorfschmied, der allseits als Heißsporn bekannt, aber leider nicht besonders klug war, vor: „Wenn es so wichtig ist, dann soll er gleich sprechen!"

Daraufhin waren einige zustimmende Zwischenrufe zu hören und der Schmied stand mit verschränkten Armen und in fordernder Haltung, offensichtlich zufrieden über die Unterstützung aus der Menge, vor Taled und dem Fremden.

Der Einsiedler hob besänftigend die Hand und setzte in versöhnlichem Ton an zu sprechen: „Forl, glaub mir ..." – weiter kam er jedoch nicht.

„Wahrscheinlich hat er gar nichts zu erzählen!", rief Forl in die Runde und erntete erneut zustimmende Rufe: „Und heute Nacht macht er sich einfach aus dem Staub und lacht sich eins! Wie kannst du dich von dem nur so einwickeln lassen, Taled?"

Der Einsiedler richtete sich aus seiner gebeugten Haltung wieder zu voller Größe auf und blickte den Schmied und nach ihm alle der zuvorderst stehenden Dorfbewohner mit entschlossener Miene an.

Forl, der sich jetzt warm gesprochen hatte und sich durch die Zustimmung der anderen weiterhin bestätigt fühlte, rief nun in die Runde: „Ich denke, wir sollten uns die Schande ersparen und den Betrüger gleich auf die Straße werfen!"

Damit wandte sich Forl zu dem Wanderer um, der immer noch am Tisch saß und ruhig seine Pfeife rauchte. Doch bevor Forl nach ihm greifen konnte, packte Taled, viel schneller als es dem alten Mann auch nur irgendjemand zugetraut hätte, den großen tönernen Bierkrug vom Tisch, trat Forl die Beine unter dem Leib weg und schlug ihm im Fallen den Bierkrug auf den Hinterkopf.

Alle im Raum verstummten und keiner rührte sich, einschließlich des Schmieds, der ohne Bewusstsein am Boden

liegen blieb. Schließlich trat Karolf nach vorne und wandte sich, nachdem er Forl kurz untersucht und sich der Leichtigkeit der Verletzung versichert hatte, mit Zorn in der Stimme an die Dorfbewohner: „Ihr solltet euch schämen! Taled hat diesem Mann die Gastfreundschaft versprochen und ihr wollt deren eherne Gesetze kurz danach brechen?! Ohne Grund?"
Viele sahen schuldbewusst auf den Boden.
Karolf fuhr etwas ruhiger fort: „Taled hat uns weder jemals im Stich gelassen, noch haben wir seinem Rat jemals zu Unrecht vertraut! Auch ist er kein Narr! Anders als so manch anderer …", und er warf einen halb wütenden, halb amüsierten Blick zu dem sich leicht regenden Forl auf dem Boden.
Dann fuhr er fort: „Ich berufe hiermit für morgen zur Mittagszeit den Dorfrat ein um die Nachricht des Fremden zu hören und, wenn nötig, darüber zu beraten."
Damit wandte er sich zu Taled und dem Wanderer um, der sich mittlerweile erhoben hatte und Karolf breit grinsend die Hand entgegenstreckte: „Es freut mich zu sehen, dass hier nicht nur Narren beheimatet sind. Mein Name ist Fedrav."
Karolf sah ihn mit unbewegter Miene an, ohne seine Hand zu ergreifen und erwiderte schließlich: „Ich tue dies nicht dir zuliebe, sondern aus Vertrauen zu Taled. Du solltest das nächste Mal nicht so arrogant sein, dein Wissen zuerst anzupreisen, wie du es heute Morgen schon bei mir auf dem Hof getan hast, und es dann einfach nach deinem Gutdünken zu verheimlichen. Wir sind vielleicht nur Bauern und in deinen Augen möglicherweise allesamt Narren, aber selbst ein Narr wie Forl hat zuerst das Recht darauf, gerecht behandelt und nicht herumgeschoben zu werden wie ein Kind oder ein Leibeigener."
Damit wandte sich Karolf um und verließ die Wirtsstube.
Der Wanderer ließ die Hand sinken und wandte sich mit zornigem Gesicht Taled zu: „Wieso lässt du dich immer wieder mit solchem Gesindel ein, Tál-ghán?"
Locan horchte auf und blickte Taled an, der sich plötzlich zu Fedrav umwandte und zischte: „Sei still! Hast du den Verstand

verloren? Wieso bist du nicht gleich zu mir gekommen? Es hätte dich kaum Zeit gekostet, herauszufinden wo ich wohne!"
Damit wandte sich Taled um und verließ den Weißen Bären. Fedrav stand noch einen Augenblick neben dem Tisch bis er bemerkte, wie ihn einige Dorfbewohner, die gehört hatten, was Karolf gesagt hatte, mit unverhohlener Abneigung musterten. Seine zornige Miene verflog, er zuckte gleichmütig mit den Schultern und wollte sich bereits abwenden, als er Locan und Doel erblickte. Die Augen des Wanderers wurden groß und sein Mund öffnete sich, als wollte er etwas sagen, entschied sich dann aber anders. Er wandte sich abrupt um und eilte Taled hinterher. Locan und Doel blieben ratlos in der sich leerenden Wirtsstube zurück.

*

Die Brüder betraten ihr Haus nur wenig später. Sie hatten sich sehr beeilt, um Taled und Fedrav einzuholen. Nun stellten sie allerdings mit Erstaunen fest, dass die beiden Männer nicht hier waren.
Sie sahen sich schulterzuckend an und beschlossen schließlich Feuer im Kamin zu machen, Tee aufzusetzen und zu warten.
Sie mussten sehr geduldig sein bis sich die Tür zur Stube endlich öffnete und Taled, gefolgt von Fedrav, eintrat.
Der Einsiedler wirkte müde und sein Zorn war wieder der besorgten Miene gewichen. Er nickte den Brüdern kurz zu und wies Fedrav mit einer kurzen Geste einen freien Stuhl am Kamin. Locan goss beiden Männern Tee in zwei tönerne Tassen und alle setzten sich um das hell tanzende Feuer.
Fedrav musterte den Inhalt seiner Tasse mit säuerlicher Miene und zog schließlich eine kleine, tönerne Flasche aus seinem Mantel und goss ein wenig davon in seinen Tee. Bevor er die Flasche wieder verkorkte, konnten die Brüder kurz den Geruch eines wohl ziemlich starken Gebräus ausmachen.
Taled musterte Doel und Locan eine ganze Weile und begann schließlich zu sprechen: „Ich habe vieles für eine sehr lange Zeit

vor euch verheimlicht. Ihr wisst weder, woher ihr kommt, noch wer ihr wirklich seid. Genauso wenig wie ihr wisst, wer ich wirklich bin."

Locan wollte etwas sagen, doch Doel hielt ihn mit einer ruhigen aber bestimmten Handbewegung zurück. Taled sank nach vorne und stützte sich mit den Ellbogen auf den Knien ab, während er in die Flammen des Kaminfeuers blickte. Seine Hände waren unruhig und doch begann er mit fester Stimme zu erzählen: „Ihr beide kennt alle Sagen und auch alle Ammenmärchen unserer Gegend zu genüge. Ich habe euch schon oft erklärt, wie viele dieser Geschichten zustande gekommen sind. Oftmals enthalten sie einen wahren Kern, der über viele Jahre hinweg und durch viele Münder gegangen, die buntesten Ausschmückungen von manchmal mehr und manchmal auch weniger begabten Erzählern erfährt. Oftmals kommt es sogar zu Prügeleien, wenn solche Geschichten abends in einem Gasthaus erzählt werden, und jemand anderes meint, dass sie falsch erzählt wurden. Auch das habt ihr bereits erlebt."

Locan hätte bei anderer Gelegenheit sicher laut zu lachen begonnen und sich lebhaft an einen Vorfall im letzten Winter erinnert, als Forl einem fahrenden Sänger mit seinen Fäusten seine Version der Jurgund-Ballade beibringen wollte und dabei seinen besten Zahn verloren hatte. Aber der ernste Ton von Taleds Worten ließ ihn schweigen.

Der Einsiedler blickte abwesend ins Feuer und begann nach einigen Augenblicken zu erzählen: „Bevor das Königreich Turad gegründet wurde und auch vor den Reichen der alten Könige, ja sogar bevor es überhaupt Menschen gab, lebte auf dieser Welt das Volk der Ga'hel, der *Geisteswanderer*."

Taled hielt kurz inne, als müsste er sich an die richtigen Worte erinnern, fuhr dann jedoch mit fester Stimme fort: „Der Überlieferung nach wurden sie gemeinsam mit dieser Welt erschaffen. Äußerlich uns Menschen gleich, waren sie doch viel mehr als wir heute sind. Anmutig von Gestalt und erhaben im Geiste.

Sie lebten in einer Welt, die erfüllt war von dem, was wir heute kleingeistig als *Magie* bezeichnen, dessen wahres Wesen wir aber genau so wenig erfassen können wie ein Maultier die Kunst des Buchschreibens, Bildhauens oder Malens erfassen könnte. Sie lebten in dieser Welt zusammen mit einer Vielzahl von Geschöpfen, die wir nur als Sagen- oder gar als Märchengestalten kennen.

Die Welt war damals dem Himmel noch nicht entrückt, so dass die Ga'hel nie den Kontakt zum lichten Reich verloren, dem alles Leben entstammt. Die Tore Zchûls, der Unterwelt, waren noch fest verschlossen und alles Böse aus der Oberwelt verbannt. Die Ga'hel geboten über alles und jeden, aber mit einer Weisheit und Güte, denen auch die alten Könige der Menschen nie mehr gleichkamen. Ihr Reich, das Reich von En'ethor, bestand beinahe fünftausend Jahre lang und kein Krieg störte für lange Zeiten den Frieden.

Die Ga'hel lehnten die Gewalt ab, was sie jedoch nicht daran hinderte, mächtige Krieger zu sein.

Die Menschen stammen ursprünglich von den Ga'hel ab und diese lehrten unsere Vorväter vieles von ihrem Wissen und ihrer Weisheit. Mit ihrer Hilfe stiegen die Menschen zum Gipfel ihrer Kultur auf und gründeten selbst große Königreiche in denen die Menschen in Frieden und Freiheit miteinander lebten."

Aber die Wege der beiden Völker trennten sich vor Urzeiten und die Menschen verloren auf ihrem Weg die Weisheit der Ga'hel. Sie wurden misstrauisch ihren alten Verbündeten gegenüber und fühlten sich zuletzt sogar durch deren Macht bedroht.

Die Ga'hel mussten sich schließlich selbst vor ihren verlorenen Brüdern schützen, auch um derer selbst willen, denn ein Krieg mit den Ga'hel hätte sie ausgelöscht..."

Locan und Doel hörten Taled gebannt zu, während Fedrav schweigend seine Pfeife rauchte und gedankenverloren zu Boden starrte. Niemand bemerkte das langsam herunter brennende Feuer, während der Einsiedler sie in eine Zeit entrückte, die tausende von Jahren in der Vergangenheit lag...

*

„Die Ga'hel entwickelten im Laufe der Jahrtausende ihre wundersamen und übermenschlichen Fähigkeiten immer weiter. Sie waren ein Volk von Gelehrten und erkundeten die Schöpfung und all ihre sichtbaren und unsichtbaren Geheimnisse mit der reinen Kraft ihres Geistes. Sie vermochten ihr Bewusstsein auszusenden um alles zu durchdringen und somit Teil des Ganzen zu werden.

Nachdem sie tausende von Jahren in Ehrfurcht vor den Wundern der Welt und in Eintracht mit allen ihren Wesen gelebt hatten, wandten sie sich in ihrem Durst nach Wissen und Weisheit den ursprünglichsten Geheimnissen allen Lebens zu, um sie zu enthüllen.

Nach Jahrhunderten der Forschung erreichten sie das erste große Ziel: Sie lüfteten den Schleier über die Grenzen des Lebens. Von jeher waren die Ga'hel bereits ein sehr langlebiges Volk gewesen und sie hatten ihre eigenen Grenzen in Ehrfurcht vor dem Wunder des Lebens stets geachtet. Doch zum Ende des Bestehens ihres Reiches hatten sie trotzdem nach und nach begonnen, ihre Lebensdauer magisch zu verlängern. Letztlich aber erlangten sie durch ihren unstillbaren Wissensdurst die eigene Unsterblichkeit.

Dieser große Erfolg machte die Ga'hel arrogant und sie begannen die Vorherrschaft und die Macht des Schöpferwesens, welches sie in ihrer Religion seit Anbeginn ihrer Existenz auf Erden stets verehrt und angebetet hatten, laut anzuzweifeln. Dies war die Zeit, in der nach der Geschichte die Ga'hel den Kontakt zu der lichten Welt und zu ihrem eigenen Schöpfer für immer verloren."

Taled hielt inne und starrte mit einer Bitterkeit in die Flammen des Feuers, die Doel erschreckte. Beinahe hatte er das Gefühl, sein Ziehvater habe die Zeit von der er sprach selbst erlebt…

Taled richtete sich ruckartig auf und blickte zuerst die Brüder und dann Fedrav mit einem bohrenden Blick an bevor er fortfuhr: „Die Ga'hel nahmen die Abkehr ihres Gottes von ihrem

Volk jedoch nur als ein Zeichen, dass dieser sich vor ihrer Macht zu fürchten begonnen hatte und sich deshalb nun vor ihnen verbarg.

Sie riefen die Neue Zeit, die Dún'chalTa, als Zeitalter der neuen Kunde und ihrer Alleinherrschaft über die ganze Welt aus. Sie rissen den großen Tempel des Lichts in der Hauptstadt ihres Reiches nieder, da sie niemanden, auch nicht Av'r'un, ihren Gott, über sich dulden wollten. Sie vernichteten in einer einzigen Nacht des dunklen Rausches über ihre Unsterblichkeit sämtliche Gebäude, Symbole und Schriften ihrer Religion und ihrer großen Kultur, die bis dorthin geprägt war von der Ehrfurcht und Demut vor dem Leben und dem Wissen um die eigene Endlichkeit.

In einer einzigen Nacht, in ihrem Versuch, sich zu unendlicher Größe zu erheben, vernichteten sie genau die Zeichen jener Eigenschaften, die sie bis dahin so groß gemacht hatten und stürzten sich und die ganze Welt damit in tiefste Finsternis.

Mit dem Frevel der Ga'hel zerbrach jedoch auch das uralte Gleichgewicht der Kräfte von Licht und Schatten. Weit unter den tiefsten Höhlen, an den Wurzeln der Welt, begann sich eine dunkle Macht zu regen. Namenlose Kreaturen, welche dort seit Äonen geschlafen hatten, begannen sich erneut zu erheben, geweckt durch eben jene Macht, welche die Ga'hel entfesselt hatten.

Alle magischen und auch die nichtmagischen Lebewesen spürten die Dunkelheit bereits in jener ersten Nacht der Dún'chalTa. Der kalte und tote Hauch der Finsternis aus den Untiefen der Welt durchflutete alles Leben.

Die Ga'hel jedoch, zumindest die meisten unter ihnen, bemerkten noch nichts von alledem. Im Vergleich zu ihrer früheren Klarheit und Verbundenheit mit allem Leben, nahmen sie die Welt nun nur noch wie durch einen Nebel war. Je mehr ihre Macht, oder das was sie nun als Macht begriffen, wuchs, desto dichter wurde dieser Nebelschleier. Doch mit seiner Blendung wurde die Machtgier und Arroganz des einst höchsten Volkes der Welt nur noch größer.

Die *Neue Zeit* hatte begonnen. Wie finster sie werden würde, konnte damals noch niemand erahnen…"

DIE NEUE ZEIT

Der junge Ga'hel reckte sein Gesicht der Sonne entgegen und atmete die unverbrauchte Luft des Frühlings ein. Am Himmel zog ein Schwarm Vögel vorbei, ein paar Schritte neben ihm hastete ein Eichhörnchen einen Baumstamm hinauf und im Unterholz des Waldrandes tummelten sich unzählige, meist kleinste Lebewesen. Er konnte all dies fühlen. Er war eins mit der Natur und allem Leben.
Der junge Geisteswanderer ließ den Blick über das Land unter ihm schweifen.
Er befand sich in den Ausläufern der Berge am Rande eines kleinen Wäldchens, das von fern nur einen kleinen grünen Fleck im grauen Gestein der Karan-Gahar bildete.
Sein Blick ging in die Ferne und am Horizont sah er die mächtigen Türme der Hauptstadt von En'ethor. Vor seinem inneren Auge erschienen die großen und prächtigen Gebäude, das goldene Dach des Tempels und das Haus seiner Eltern. Sein Vater, einer der Dreizehn, der Führer ihres Volkes, befand sich kurz vor der Enthüllung des Mysteriums ewigen Lebens.
Der junge Ga'hel erinnerte sich an die Worte, mit denen ihn sein Vater auf die Reise geschickt hatte: „Wenn wir unsterblich werden, mein Sohn, dann wirst du mit mir einer der ersten sein, die diese Gabe an sich nehmen, und du wirst einer der Mächtigsten unseres Volkes sein."
Das Volk der Ga'hel stand kurz davor sich aufzuschwingen zu fast gottgleicher Herrschaft.
Er wusste, dass sein Vater Vergleiche dieser Art nicht gerne hörte und ihn wahrscheinlich sogar entschieden zur Ordnung gerufen hätte. Aber der junge Mann konnte seine Aufregung und seinen Stolz nicht zähmen. Wozu hätte er dies auch sollen? Sie waren die Herrscher der Welt. So und nicht anders hatten das Leben selbst und ihr Schöpfer es gewollt.

Ihr Schöpfer... Der junge Ga'hel runzelte die Stirn. Viele aus seinem Volk zweifelten an der Allmacht des lichten Herrschers jenseits der Sterne. Zweifelten an der Macht Av'r'uns.
Es verbreiteten sich in letzter Zeit wie Lauffeuer neue Gerüchte und Behauptungen über seine angeblich wahre Existenz: Er sei einfach nur ein mächtiger Magier, ein Blender, der sich zum angeblichen Herrscher über das Leben aufgeschwungen habe. Viele Vertreter dieser sogenannten „neuen Kunde" zweifelten gar die uralten Überlieferungen über die Ankunft der Ga'hel in der Welt als Gesandte Av'r'uns an. Sie behaupteten nun, die Geisteswanderer seien seit Urzeiten auf dieser Welt gewesen und von einem Heuchler geblendet worden, der sie vergessen gemacht und sie durch die Auferlegung eines Übermaßes an Demut vor dem Leben in ihrer Macht eingeschränkt habe. Doch nun könnten sie ihre ursprüngliche Macht bald wieder erreichen und würden ihren rechtmäßigen Platz auf dieser Welt einnehmen. Später, wenn sie die absolute Herrschaft über alles Leben innehätten, würden sie schließlich auch die Welt jenseits der Sterne erobern können.

*

Der junge Geisteswanderer schloss die Augen und schickte seinen Geist aus, um das Leben um ihn herum zu erforschen. Dies war eine der grundlegenden Übungen in Magie und gleichzeitig eine der tiefsten Wurzeln ihrer Religion und des Glaubens ihres Volkes: Die ständige Verbundenheit mit allem Leben zu erreichen.
Er selbst war nun fast fünfzig Jahreskreise alt und von hoher Herkunft. Hatte er die Volljährigkeit in knapp zwei Monden erreicht, konnten die Vorbereitung und die Prüfungen zum Eintritt in den Tempel der Weisen beginnen. Der Tempel war Heimat des höchsten Gelehrtenkreises der Ga'hel und hatte von allen Tempeln die meisten Ratsmitglieder, Generäle und hohen Würdenträger ihres Volkes hervorgebracht.

Vorausgesetzt, er bestand alle Prüfungen, die ihm auferlegt wurden, stand ihm das Tor zu einer bedeutenden Laufbahn offen, welche ihm zuletzt ebensolche Macht eröffnen konnte, wie sie sein Vater innehatte.

Einem Ga'hel seines Alters war es bislang noch nie gelungen in den Tempel der Weisen einzuziehen. Er selbst jedoch zweifelte nicht daran – schließlich war er der Sohn seines Vaters. Sohn von einem der Dreizehn – einem der Ga'hel, die sie alle unsterblich machen würden.

Das Licht seines Geistes durchdrang zuerst, ausgehend von seinem innersten Kern, innerhalb eines Wimpernschlages seinen eigenen Körper. Dann breitete es sich in den Boden zu seinen Füßen aus, in die Luft und in einem größer werdenden Kreis um ihn herum durch alles andere: alle Gewächse, Insekten, Steine, Vögel, ... und knüpfte innerhalb von wenigen Augenblicken unzählige Verbindungen mit allen Lebensformen.

Zuerst dehnte sich sein Geist sehr schnell aus, wurde dann aber, mit der immer größer werdenden Zahl an Verbindungen, die sein Geist einging, immer langsamer. Er spürte, wie er begann, sich selbst in diesen Verbindungen zu verlieren, da er seinen Geist mit immer mehr Wesenheiten teilte. Dies war die größte Gefahr, der ein Ga'hel selbst nach Jahrzehnten des Studiums und der Übung stets unterlag: Die eigene Geisteskraft zu überschätzen, sich in einer unendlichen Vielzahl an Verbindungen zu verlieren und sich im schlimmsten Fall aufzulösen.

Schließlich, als er fast keine eigenen Gedanken mehr fassen konnte unter all den Sinneseindrücken und Signalen der Myriaden von Lebensformen mit denen er verbunden war, schickte er seine ganze Lebenskraft aus, um alles, mit dem er sich bis zu diesem Augenblick verbunden hatte, in sich zusammenzuführen.

Auf einmal war alles Eins mit ihm und er mit allem. Sein Geist war frei von seinem Körper und wirbelte in der etwa zwanzig Schritte messenden und in wechselnden Farben leuchtenden Energiekugel herum wie in einem kleinen Universum. Die

Lebensquellen funkelten wie Millionen von Sternen, während sein Bewusstsein einmal gleich einem Kometen durch den kleinen Kosmos raste und im nächsten Moment eine oder alle der Lebenssterne oder gar das Mikrouniversum selbst war.
Er wusste, er würde mit lebenslanger Übung den Bindungskreis zum Leben noch weiter vergrößern können und immer mehr die Kontrolle, über alles, was in diesem Mikrouniversum weilte, gewinnen können. Im Augenblick konzentrierte er sich jedoch nur darauf, sein Selbst nicht zu verlieren und nicht einfach zu verwehen wie Sand im Wind.

Früher hatten die Ga'hel auf diese Weise nur beobachtet, waren glücklich gewesen ein Teil des Ganzen zu sein – einfach nur zu sein und zu lernen. Seit einigen Jahrzehnten aber war die Kontrolle ein wesentlicher Bestandteil in der Lebensphilosophie des hohen Volkes geworden.
Wenn man seinen Lebensbindungskreis, die Sphäre, welche von den Ga'hel „Ívle-Lejad", die heilige Innerwelt, genannt wurde, bis in die Unendlichkeit, auf das ganze Universum ausdehnen könnte, so würde man nicht nur eins damit werden, sondern man könnte vielleicht selbst alles durchschauen und kontrollieren – selbst zum lichten Gebieter über alle Sterne und über die Ewigkeit werden.
Noch immer wurde dies von einigen wenigen als gotteslästerlicher Gedanke verurteilt. Aber die meisten der Ga'hel hatten begonnen in ihrem Streben nach Wissen und Macht in einen beinahe wahngleichen Ehrgeiz zu verfallen. Die Grenzen, die die Welt und das Reich jenseits der Sterne ihrem Wissensdurst stets aufs Neue setzten, ließ sie umso mehr verzweifeln, je mehr sie versuchten sie zu überwinden.
Aus diesem Grunde hatte das ehemals bescheidene Volk von Forschern und Gelehrten den Möglichkeiten, die die Kontrolle über die Lebensbindungen ihnen versprach, nachgegeben. Durch Kontrolle erhofften sie sich, die Fragen zu beantworten, die sich ihnen durch Hören, Sehen, Fühlen, durch stilles Beobachten in Jahrtausenden nicht erschlossen hatten.

Ihr Wissensdurst hatte sich bei vielen bereits zu einem Zorn, einer ohnmächtigen Wut gesteigert. In dieser Wut sahen sie die Rätsel des Lebens um sich herum nicht mehr als wunderbare Geheimnisse und sich selbst als Teil einer ihnen geschenkten Welt. Sie sahen nur noch geschlossene Tore, welche sie unrechtmäßig zurückhielten und ihre wachsende Macht war nicht weiter ein Schlüssel zu neuen Antworten – es war eine furchtbare Klinge mit welcher sie diese grausamen Tore zermalmen würden…

*

Eine Erschütterung ging durch den geistigen Kosmos des jungen Ga'hel. Alle Lebenssterne erzitterten, sein Bewusstsein wurde durch die ganze Kugel gewirbelt und die Ívle-Lejad löste sich schließlich abrupt auf.
Er fiel zu Boden und lag schnell atmend im warmen Gras. Die Sonne schien auf ihn herab und blendete ihn. Er richtete seinen Oberkörper schwerfällig auf und blickte, noch immer leicht benommen von der zu schnellen Lösung der vielen Bindungen, über die Hügel hinweg zur Hauptstadt von En'ethor – von dort schien die Erschütterung gekommen zu sein.
Die Umrisse der Stadt sahen noch genauso aus wie er sie in Erinnerung hatte. Eine innere Unruhe begann sich seiner zu bemächtigen und er wollte sich gerade erheben, als ein lauter Ruf durch seinen ganzen Geist hallte – der Ruf seines Vaters.
Auf einmal sah er ihn vor seinem inneren Auge mit den zwölf anderen Ga'hel des Rates der Dreizehn auf der Spitze des großen Turms des Lichttempels im Kreis stehen. Um sie alle herum gleißte ein unwirkliches, kugelförmiges Licht und der junge Ga'hel benötigte einen langen Moment um zu begreifen, was er dort sah: Die dreizehn Mächtigsten seines Volkes hatten eine gigantische Sphäre erschaffen. Einen geistigen Kosmos, welcher immer schneller zu wachsen schien…
Der junge Geisteswanderer blickte noch einmal zur Hauptstadt und nun konnte er sie sehen: Die gewaltigste Sphäre, die er je

gesehen hatte. Nicht einmal Nh'ral, der Älteste, hatte jemals etwas so Gigantisches bilden können und noch nie hatten mehrere Angehörige seines Volkes derartiges gemeinsam gewagt. Zu groß war bislang die Angst gewesen, sich durch die zu ähnlichen menschlichen Lebensgeister ineinander zu verwirren und zu verlieren. Doch die Dreizehn hatten diese Angst und offensichtlich auch die Schwierigkeiten, welche ein solches Unterfangen mit sich brachte, überwunden.

Wieder durchfuhr ihn der Ruf seines Vaters und diesmal erklang dessen Stimme in seinem Kopf – doch konnte er die Worte nicht verstehen.
Die Stimme schien aus vielen Mündern gleichzeitig zu kommen und hallte unzählig wieder, so dass es wie ein gewaltiges Dröhnen durch den Körper des jungen Ga'hel rauschte und ihn beinahe ohnmächtig werden ließ.
In seinem Kopf tauchte wieder das Bild der Dreizehn und der Ívle-Lejad auf: Die Sphäre hätte eigentlich gleichbleibend groß sein sollen, begrenzt durch die Lebenskräfte der dreizehn Ga'hel. Doch sie dehnte sich stattdessen mit wachsender Geschwindigkeit aus.
Die Ältesten selbst hätten während der ganzen Beschwörung starr an ihren Positionen stehen müssen, doch sie waren teilweise zu Boden gestürzt. Einer rannte wild durch die Gegend und schien aus vollem Halse zu brüllen während einige mit verzerrten Gesichtern lachten und nicht mehr bei sich zu sein schienen...

Dann sah der junge Geisteswanderer seinen Vater: Eigentlich ein großer, starker und stets aufrechter Mann, stand er nun zusammengesunken, kraft- und mutlos wirkend auf der Spitze des Turmes im Chaos. Sein Gesicht war von Entsetzen gezeichnet und sein Blick nach oben gerichtet auf etwas, das der Sohn nicht sehen konnte.
Dann sah sein Vater ihm auf einmal in die Augen – und in seinem Gesicht erkannte der junge Ga'hel eine Verzweiflung, die

ihn in seinen eigenen Grundfesten erschütterte. Eine Verzweiflung, die er so noch nie bei seinem Vater – die er so noch nie bei irgendeinem Ga'hel überhaupt gesehen hatte. Kein Wesen – so hätte er bis zu diesem Tage geglaubt – konnte eine solch unendliche Verzweiflung ertragen und dennoch weiterleben.
Der Blick durchdrang sein ganzes Wesen und er erkannte: Sein Vater litt unsägliche Qualen. Er sah wie er die Augen schloss und wie auf einmal ein unheimliches, grelles und eigenartig kaltes Leuchten seine Gestalt umgab. Das Leuchten schien aus der Sphäre um ihn herum zu stammen und begann, in ihn einzudringen. Als der junge Ga'hel seinen Vater wieder die Augen öffnen sah, schreckte er panisch zurück – statt in das vertraute, dunkle Blau blickte er in zwei schwarze, bodenlos scheinende Seen.
Es war dem jungen Ga'hel als schaute er in diesen Augen die Unendlichkeit. Er meinte, Sterne sehen zu können – ganze Galaxien umgeben von der erstickenden Schwärze des Alls.

So muss es sein, wie ein Gott die Unendlichkeit zu schauen und ihr zu gebieten!

Der junge Ga'hel fühlte eine unbeschreibliche Euphorie seinen Körper durchdringen und einen Jubelschrei sich in seiner Kehle formen.
Doch plötzlich lichtete sich die Schwärze in den Augen seines Vaters und verschwand. Das Leuchten, das vorher in ihn eingedrungen war, schien sich wieder aus ihm zurückzuziehen. Sein Vater schloss die Augen und senkte den Kopf – er wirkte alt und müde. Dann blickte er seinen Sohn erneut an und ohne, dass sich seine Lippen bewegten, konnte er ihn in seinem Kopf hören: „Mein Sohn, ..."
In diesem Augenblick erreichte die gewaltige Sphäre, welche sich unaufhörlich und immer schneller weiter ausgedehnt hatte, die Ausläufer der Karan-Gahar und erfasste den jungen Ga'hel.

Er fühlte, wie ihn eine unendliche Kraft überströmte und glaubte, von ihr zerrissen und fortgespült werden zu müssen. Er spürte, wie sein Geist auf einmal mit unendlich vielen Lebensquellen verbunden war und wie er sich selbst auflöste und nichts wurde.
Dann war er auf einmal wieder in seinem Körper. Konnte sehen, wie ihn die Sphäre umströmte in unendlich vielen Farben und in ihr wirbelten unendlich viele andere Lebenssterne, welche ständig zu verlöschen und neu aufzuflammen schienen.
Dann begann die Energie der Sphäre in seinen Körper einzudringen. Er konnte es verfolgen und es nahm ihm den Atem. Er fühlte, wie sein Körper zerstört und gleichzeitig neu geschaffen wurde. Er konnte die Ewigkeit in sich einströmen fühlen und vor seinen Augen begann sich alles schwarz zu färben – er meinte, nun selbst in die Tiefen des Universums schauen zu können, so wie er es in den Augen seines Vater für einen Augenblick gesehen hatte.
Er konnte seinen Vater durch die Dunkelheit und die Lichter der Unendlichkeit nun nicht mehr sehen.
Wie er ihn mit dieser unendlichen Traurigkeit angesehen hatte…

…doch er hörte noch einmal seine Stimme:

„Mein Sohn…

Tal-ghán…"

DÄMMERUNG

Der Caradain schlug die Augen auf und blickte in das graue Zwielicht um ihn herum. In Wahrheit hatte er sie die ganze Nacht hindurch nie gänzlich schließen können.
Garab war der erfahrenste Waldläufer seines Dorfes. Er war groß und kräftig und sein Gesicht wurde von einem kurzen Bart bedeckt, während sein schulterlanges, braunes Haar im Nacken von einem Lederriemen zusammengehalten wurde, so wie es bei den erwachsenen Männern der Caradain Brauch war.
Er führte sein Dorf seit fast zehn Wintern. Noch nie hatte es einen so jungen Anführer gegeben wie ihn. Denn mit seinen damals gerade einmal dreißig Wintern hatte Garab unter den langlebigen Caradain eben erst die Volljährigkeit erreicht. Doch es hatte bedeutsame Gründe gegeben, dass er den Vorzug vor seinen durchweg älteren Konkurrenten erhalten hatte, denn schon damals war der junge Caradain einer der besten Kämpfer und Bogenschützen seines Dorfes gewesen. Er hatte sich jedoch niemals von seinen Fähigkeiten vereinnahmen lassen und war nie arrogant oder von Ehrgeiz geblendet worden. Im Gegenteil war er stets bestrebt gewesen, andere zu lehren und ihnen ein Beispiel zu sein, um die Gemeinschaft durch den Fortschritt der Einzelnen zu stärken. Dies hatte ihm bereits vor seiner Ernennung zum Etar-Dál – dem *Finder des Weges*, wie die Caradain ihre Anführer nannten – große Zuneigung unter den Jägern und Kriegern Peruts eingebracht.
Der junge Anführer war in seiner Art sehr bestimmt. Jedoch war er trotzdem fähig, stets einen Ratschlag anzunehmen, wenn er ihn als weise erkannte. Neben seinen Fähigkeiten als Anführer ließ er es nie an der nötigen Entschlossenheit mangeln, selbst in vorderster Reihe mit anzupacken – sei es mit Schaufel und Hammer oder Bogen und Schwert.

Und diesmal war ihm nicht für einen Augenblick der Gedanke gekommen, jemand anderen auszusenden – ganz gewiss nicht dieses Mal.

Vor dem letzten Vollmond hatten sie Harulf, einen jungen Mann und Vater dreier Kinder, gefunden. Er war vier Tage zuvor zu einem Jagdgang aufgebrochen und nicht mehr zurückgekehrt. Einige Tage darauf hatte Garab einen Suchtrupp zusammengestellt und ihn selbst angeführt. Sie hatten Harulf in einem Zustand gefunden wie ihn kein Mensch je hätte zurichten können. Anschließend hatten sich im Dorf unheimliche Berichte, meist von heimatlosen Wanderern oder Fallenstellern gehäuft, nach denen Furcht erregende Dämonen über die hohen Gipfel der Karan-Gahar gekommen waren, um hier in den Wäldern zu jagen.

Menschen zu jagen!

Garab war vor sechs Tagen zusammen mit seinem Cousin Rodar und sechs weiteren fähigen Männern von ihrem Dorf, das im Südwesten der unendlichen Wälder lag, aufgebrochen und hatte die tieferen Regionen der Caradann betreten.
Vor vier Tagen hatten sie die Spuren gefunden, welche sie gesucht hatten. Dann war mitten in der Nacht ihr Lager überfallen worden. Garab war als einziger nicht dort gewesen, als der Angriff stattgefunden hatte, da er Wild für ihr Nachtmahl gejagt hatte. Was seine Kameraden angegriffen hatte, wusste er nicht.
Es war eine mond- und sternenlose Nacht gewesen und er hatte sich gerade an eine junge Hirschkuh herangepirscht, als er in der Ferne ein grausames Brüllen gehört hatte. Ein Brüllen, unter welches sich die Schreie sterbender Männer gemischt und sie zuletzt übertönt hatte…
Als Garab ihren Lagerplatz schließlich erreichte, hatte er dort niemanden mehr lebendig vorgefunden.

Er hatte das Nötigste ihrer Habseligkeiten an sich gerafft und den Platz so schnell wie möglich wieder verlassen. Nachdem er sich sicher gewesen war, nicht verfolgt zu werden, hatte er sich den Rest der Nacht in einem dichten Dornengebüsch versteckt. Die Trauer in seinem Herzen, dass er seine Freunde nicht hatte schützen können, hatte ihn die Dornen nicht spüren lassen, welche seine Haut aufrissen, während er unter die Zweige gekrochen war.
Am Morgen war er schließlich zu ihrem Nachtlager zurückgekehrt und hatte die Reste seiner Jagdgenossen beerdigt. Dann war er der Spur der Angreifer gefolgt...

*

Ein Ast zerbrach mit einem lauten Krachen wenige Meter von Garabs Baum entfernt. Er fuhr hoch und griff nach dem Bogen, der neben ihm an einem Ast des Baumes hing, auf dem er die Nacht verbracht hatte. Aus dem Köcher daneben zog er einen der langen Pfeile und legte ihn mit leicht zitternden Fingern auf die Sehne. Zuerst herrschte Stille... nur einige Herzschläge lang – doch Garab schien sie ewig zu dauern...

Das dunkle Wesen hält inne. Seine Augen mustern die Bäume vor sich und durch seine Nase saugt es die Luft in tiefen Zügen ein... Dort vorne sind SIE! Das Wesen setzt sich vorsichtig in Bewegung...

Dann erhob sich ein Geräusch von brechenden Zweigen und raschelndem Laub, wie wenn schwere Schritte sich ihren Weg durch das Unterholz bahnen. Garab versuchte das Dämmerlicht und den Nebel, der um die Stämme der Bäume waberte, mit seinen Augen zu durchdringen.
Er richtete den Blick auf die ungefähre Stelle, an der das Wesen, das den Lärm verursachte, zwischen den Bäumen herauskommen und auf die kleine Lichtung treten musste. Es waren einige

mittelgroße Tannen, die etwa zwei dutzend Schritte von seinem Baum entfernt, eng zusammenstanden.

Urplötzlich verstummten die Geräusche und Garab hob den Bogen, zielte auf die Tannen, deren Zweige sich im nächsten Augenblick bewegen mussten…

… und die Äste begannen leicht hin und her zu schwingen, als wenn sie von etwas größerem als einem Tier des Waldes berührt worden wären…

Garab zog die Sehne des Bogens bis an sein linkes Ohr und noch etwas darüber hinaus. Die Waffe wand sich in seinen schweißnassen Händen während sein Herz immer schneller zu schlagen schien. Das Blut rauschte in seinen Ohren wie ein wilder Gebirgsbach im Frühling wenn das Tauwasser von den Bergen fließt. Die unteren Zweige der Tannen glitten auseinander und eine Gestalt trat zwischen den Bäumen hervor…
...es war Rodar!

*

Rodar taumelte noch einige Schritte auf die Lichtung und brach dann zusammen. Garab ließ seinen Bogen sinken und wollte bereits dazu ansetzen, den Baum hinunterzusteigen – sein Mund formte schon den Namen seines Cousins – als er ruckartig innehielt.
Obwohl Rodar auf der Lichtung zusammengebrochen war, erklang nun erneut das Geräusch von brechenden Ästen und raschelndem Laub aus dem Wald hinter der dunklen Mauer aus Tannen…

Mit großen Sätzen bricht es sich seinen Weg durch das Unterholz. Der Zorn pulsiert immer stärker in seinen Adern und spült die Vorsicht fort. Es wird sie vernichten, die Mörder, die Verräter...

Garab zog sich wieder zur Gänze auf den Ast hinauf, auf dem er die Nacht verbracht hatte, und legte seinen Bogen an. Fieberhaft suchte er an der hektisch hin und her huschenden Pfeilspitze vorbei blickend, die Baumreihe hinter Rodar ab.

Es sieht das trübe Licht, das von jenseits der Tannengruppe durch die Zweige scheint. Die Zweige, durch die es sich gleich seinen Weg brechen wird ...

Noch bevor seine Augen etwas sahen, konnte Garab es auf einmal fühlen – bereits zum zweiten Mal: die Gegenwart von etwas Uraltem und unheimlich Mächtigem...

Das Rascheln und Krachen verstummte und der Caradain spürte wie Augen voll von flammendem Zorn zwischen den Zweigen der Tannen auf die kleine Lichtung blickten.

Das Wesen hält inne. Es spürt die Gefahr. Sie ist ihm gleichgültig. Angst kennt es nicht, aber die Verräter sind stark und mächtig. Langsam tritt es zwischen den Bäumen hindurch...

Garab sah etwas zwischen den Zweigen hervorkommen, was er sich in seinen dunkelsten Träumen nicht hätte ausmalen können. Das Wesen war so groß wie er es anhand seiner Fußspuren geschätzt hatte – und noch größer.
Etwa zehn Fuß hoch war es. Garab konnte seine untere Hälfte nur undeutlich sehen, da der Bodennebel die Läufe des Wesens beinahe völlig verbarg. Der Oberkörper der Kreatur war riesig und vollkommen mit schwarzgrauem Fell bedeckt. Die Arme waren so dick wie Garabs Oberschenkel und endeten in langen, klauenbewehrten Händen.

Der Kopf des Monstrums war es schließlich, der Garab vor Furcht erstarren und den Bogen in seinen Händen erschlaffen ließ: Es war der Kopf eines riesigen Wolfes.
Eine mächtige Schnauze, fingerdicke Zähne hinter entblößten Lefzen, die spitzen Ohren auf jedes Geräusch mit einem Zucken reagierend... und Augen, die mit eben jenem uralten Wissen über die Lichtung schweiften, welches Garab vor so vielen Tagen gefühlt hatte, als er zum ersten Mal die Spuren dieser Kreatur erblickt hatte...
Das Wesen stand aufrecht auf seinen Hinterläufen, sah sich langsam auf der Lichtung um und hob schließlich witternd die Schnauze. Garab hoffte inständig und am ganzen Körper bebend, dass es nicht in seine Richtung blicken mochte.
Auf einmal schien die Kreatur jedoch etwas zu wittern. Der riesige Wolf spannte seinen Körper und duckte sich auf alle vier Läufe zusammen, während aus den Tiefen seiner Kehle ein tiefes Knurren entsprang, das dem Vergleich mit jedem Hund oder normalen Wolf Hohn lachte.
Garab wurde sich auf einmal der Gefahr für seinen Cousin bewusst, welcher nur wenige Schritte neben der Kreatur lag.

Die Bestie hat ihn gewittert!

Er griff nach dem Bogen, den er in seinem Entsetzen hatte sinken lassen, und versuchte hastig mit seinen zitternden Händen den Pfeil wieder auf die Sehne zu legen.
Doch bevor er auch nur anlegen konnte, geschah etwas völlig Unerwartetes: Der Wolf wandte sich von der Richtung, in der Rodar auf dem Boden lag, ab und dem Waldrand zu, der zu Garabs Rechten lag. Garab blickte verwirrt ebenfalls dorthin und diesmal hätte er vor Überraschung auf seinem Ast fast den Halt verloren: Dort vor den Bäumen am Rande der Lichtung standen Menschen. Aber sie waren gekleidet und gerüstet wie es der Caradain noch nie zuvor gesehen hatte.

*

Garabs Augen erblickten fünf Krieger – groß, schlank und breitschultrig. Nur einer der Männer war einen guten Kopf kleiner als die anderen, die Garab ansonsten jedoch alle wohl um etwa eine Handbreit überragen würden.

Alle fünf waren in Rüstungen gehüllt, die er noch nie zuvor gesehen hatte. Sie waren auch völlig anders gearbeitet als die Rüstung des königlichen Gesandten aus Turad, der vor vielen Jahren das letzte Mal Garabs Dorf besucht hatte.

Die mattschwarzen Helme und Harnische waren aus elegant gebogenen Elementen zusammengesetzt, die sich nahtlos zusammenzufügen schienen und Garab ahnen ließen, dass sie die Beweglichkeit ihrer Träger nur wenig einschränkten. Die Rüstungen bestanden außerdem aus vielen Einzelelementen an Armen und Beinen, die, soviel er aus der Ferne erkennen konnte, meisterlich ineinander zu greifen schienen.

Unter ihren Rüstungen trugen die Krieger dunkelrote Gewänder, die ihnen fast bis zu den Knien reichten und Hosen in derselben Farbe, die jedoch nur an wenigen Stellen zwischen den Beinteilen der Rüstungen hervorstach.

Vier der Krieger trugen Schwerter in unterschiedlicher Länge und Form. Einer trug einen seltsamen Stab, an dessen Enden lange Klingen befestigt waren. Der eher schmächtig wirkende der Männer trug neben seinem sehr filigranen Schwert einen Bogen. Der Krieger, der in der Mitte der fächerförmig aufgestellten Truppe stand, war für Garab anhand dessen Rüstung und Helm – die auch auf diese Entfernung deutlich sichtbare, hell scheinende, silberne Symbole und Verzierungen erkennen ließen – aber auch an dessen Haltung deutlich als Anführer zu erkennen. Er trug an jeder Seite, in ebenfalls silbern verzierten Scheiden, jeweils ein gut armlanges Kurzschwert.

Garab erschien die Anwesenheit dieser Krieger so unwirklich, dass er fast die Gegenwart der Bestie auf der Lichtung vergessen hätte, bis sich diese durch ein tiefes und lang anhaltendes Grollen wieder bemerkbar machte.

Der Anführer der fünf Krieger zog langsam seine beiden Schwerter, was ihm seine Mitstreiter unverzüglich nach taten. Garab stellte erstaunt fest, dass alle Klingen aus einem ungewöhnlichen, tiefschwarz glänzenden Stahl gefertigt zu sein schienen.
Die Formation bewegte sich langsam und vorsichtig, sich zu den Seiten hin ausbreitend, auf das Wolfswesen zu. Der Bogenschütze löste sich seitlich nach hinten aus der Formation heraus und legte im Gehen langsam einen Pfeil auf die Sehne seines langen Bogens. Die Bewegungen der fremden Krieger wirkten auf Garab beeindruckend kontrolliert, fast katzenartig, aber dennoch verbargen sie in keinem Moment die Stärke dieser Männer.
Durch ihr perfekt aufeinander abgestimmtes Vorgehen brachten sie das immer noch grollende Wesen in ihre Mitte. Der Bogenschütze blieb außerhalb der Formation, ließ sich auf ein Knie sinken und legte auf den Wolf an.
Die Kreatur musterte jede Bewegung der fünf Krieger, bewegte sich jedoch nicht. Dieses Verhalten verwirrte Garab.

Es muss doch spüren, dass diese fünf Krieger eine Gefahr darstellen?!

Garab war sich nicht sicher, welcher der Gegner aus einem Kampf siegreich hervorgehen würde. Er wusste auch nicht, ob die Krieger ihm freundlich gesinnt sein würden, oder Rodar?!
Sein Cousin musste in der Nähe des Kriegers liegen, der Garabs Baum am nächsten stand. Doch dieser schien dessen Körper, der durch den Bodennebel fast völlig verborgen war, nicht entdeckt zu haben.
War die Gruppe bereits am Waldrand gewesen als Rodar zwischen den Tannen hervor getaumelt war?
Garab wusste es nicht. Er legte wieder den Pfeil auf die Sehne seines Bogens, den er beim Erscheinen der fünf Krieger erneut hatte sinken lassen. Er beschloss abzuwarten. Aber er würde sich bei Gefahr zu wehren wissen, egal gegen wen. Obwohl er bereits

ahnte, dass er gegen keinen dieser Gegner eine Chance haben würde.

*

Der Anführer der fünf Krieger hob seine beiden Schwerter und kreuzte sie vor seinem Körper, drehte sich dann seitlich zu dem Wolfswesen und bewegte sich langsam vorwärts. Seine drei Gefährten bildeten ein Dreieck, das den Wolf und ihren Anführer einschloss.
Garab traute seinen Augen nicht.

Dieser Tor wird doch nicht alleine gegen diese Bestie antreten wollen?

Der Wolf begann den Krieger anzuknurren. Das Grollen wurde mit jedem Schritt, den dieser näher kam, lauter und das Wesen spannte seinen ganzen Körper an und duckte sich zusammen...

Es geschah fast zu schnell für Garabs Augen: Der Wolf sprang seinen Gegner über eine Entfernung von mehr als fünf Schritten hinweg in einem übermannshohen Bogen an.
Der Krieger reagierte unglaublich schnell, warf sich zur Seite, rollte sich ab und kam wieder zum Stehen gerade als das Wesen sich zu ihm umgewandt hatte.
Sie waren nun nur noch durch gute zwei Schritte voneinander getrennt.
Der Wolf bewegte sich auf allen Vieren im Kreis um seinen Gegner herum, der die gleiche Bewegung vollführte.
Sie umkreisten sich einige Augenblicke bis die Kreatur einen kurzen Satz auf den Krieger zu tat und gleichzeitig mit den langen Klauen des linken Vorderlaufes nach ihm hieb.
Doch der Mann war schneller, machte einen Schritt auf den Wolf zu, drehte sich im letzten Moment am Hieb seines Gegners vorbei und trennte ihm mit seinem rechten Schwert den Vorderlauf ab.

Die Bestie brüllte laut auf und humpelte auf seinem rechten Vorderlauf einige Schritte davon. Der Krieger ließ sich von der vermeintlich schweren Verletzung seines Gegners jedoch nicht täuschen und behielt seine wachsame Haltung bei. Der Wolf kauerte sich zusammen, leckte seine stark blutende Wunde, blickte seinen Gegner darüber hinweg jedoch unentwegt mit loderndem Hass in den Augen an.

Der Krieger wartete ab. Die Bewegungen des Wolfes schienen langsamer und unbeholfener zu werden. Aus seinem Armstumpf floss ein ununterbrochener Blutstrom und das dunkle Lodern schien weiter zuzunehmen. Er wankte und sein verbliebener Vorderlauf knickte ein Stück ein.

Der Krieger schien zu beschließen, dass sein Gegner besiegt sei. Er richtete sich auf, ließ die Schwerter sinken und wandte sich einem seiner Gefährten zu, wie um zu ihm zu sprechen. Dabei bot er dem Wesen seinen ungeschützten Rücken dar.

Der Wolf war auf einmal wieder auf den Beinen, rannte nur auf seinen drei verbliebenen Läufen und mit weiten, kraftvollen Sätzen auf seinen Gegner zu und sprang ihn an. Garab stieß ungewollt einen Warnruf aus, aber der Krieger hatte schon viel früher reagiert – Garab begriff in jenem Moment, dass die Unbekannten nicht nur mächtige Krieger waren, sondern dass sie außerdem auch über eine berechnende und gnadenlose Intelligenz verfügten.

Der Sprung des Wolfes war nicht so sicher wie es sein weiter Satz zu Beginn des Kampfes gewesen war, musste jedoch allein wegen der ungeheuren Körpermasse der Bestie jeden noch so starken Mann von den Beinen reißen. Doch der Krieger war bereits zu Beginn des Sprunges nicht mehr dort, wo er hätte sein müssen, um Opfer des Angriffes zu werden.

Er vollführte eine Bewegung, die so schnell war, dass Garab sie nur verschwommen wahrnehmen konnte: Er ging etwas in die Knie, holte mit beiden Schwertern nach rechts hin aus und vollführte dann eine Drehung nach links und traf den Wolf nacheinander mit zwei gewaltigen Hieben. Die Wucht dieser Schwertattacke schleuderte das Wesen augenblicklich zu Boden, wo es sich mehrfach überschlug und zuletzt noch einige Schritte weit über den feuchten Waldboden rutschte.

Garab sah an den zwei großen klaffenden Wunden, von der eine zwischen Schulter und Hals ihm fast den Kopf abgetrennt hätte, dass der Wolf tot sein musste.

Die anderen drei Krieger wandten sich ihrem Anführer zu und steckten ihre Waffen weg, ohne den Wolf auf seinen tatsächlichen Tod hin zu untersuchen. Sie mussten sich sehr sicher sein, dass die beiden mächtigen Hiebe ihres Anführers das dunkle Wesen getötet hatten.

Der Bogenschütze wandte sich mit einem Mal dem Baum zu auf dem Garab saß, hob seine Waffe und zielte auf ihn, obwohl er zwischen den Ästen völlig verborgen war und vom Boden aus unmöglich zu entdecken sein konnte. Der Anführer sah ebenfalls zum Baum hinüber und blickte genau auf die Stelle, an der Garab hinter den Zweigen saß und rief ihn an: „Kommt herunter, Caradain. Wir wissen wo Ihr seid. Es besteht keine Gefahr. Der Cûzhal, der Diener des Abgrunds, hat sein verdientes Ende gefunden."

*

Garab war von seinem Baum herabgestiegen und schritt langsam über die kleine Lichtung zu den Fremden hinüber. Er hatte den Bogen in der Hand, aber den Pfeil wieder in den Köcher zurückgesteckt. Er machte sich keine Illusionen gegen die fünf Fremden kämpfen zu können, sollten sie ihn angreifen. Auch glaubte er nicht, dass er vor ihnen etwas zu befürchten hatte, obwohl ihr Anblick ihn mit einer großen inneren Unruhe erfüllte.

Die Krieger erwarteten ihn in völlig regungsloser Haltung. Erst als er einige Schritte von ihnen entfernt stehen blieb, richtete der Anführer das Wort an ihn: „Ihr seid einer der Caradain, nicht wahr? Wie ist Euer Name?"

Garab war sich sicher, dass sein Gegenüber genau wusste, dass er dem Waldvolk angehörte. Auch gefiel ihm die Reihenfolge der Vorstellung nicht: „Wenn ich ein Caradain wäre, so wäret Ihr wohl ein Eindringling in meinem Land."
Die vier Krieger spannten sich alle bei diesen Worten an – einer stieß sogar ein verächtliches kurzes Lachen aus – und ihre Hände bewegten sich zu den Waffen. Der Anführer richtete sich nur etwas aus seiner entspannten Haltung auf und musterte Garab eindringlich, während dieser ungerührt fortfuhr: „Somit wäret Ihr, den Regeln der Höflichkeit entsprechend, verpflichtet Euren Namen zuerst zu nennen."
Beide Parteien standen sich regungslos gegenüber. Garab sah dem Anführer ruhig ins Gesicht, welches er allerdings unter dem Nasenschutz, den langen Seitenteilen des Helms und den Schatten, die diese warfen, nicht wirklich erkennen konnte. Nur der Glanz der Augen verriet ihm, dass er ebenso aufmerksam gemustert wurde…
Garab ergriff wiederum das Wort: „Solange Ihr Euch nicht entscheiden könnt, was Ihr tun wollt, werde ich nach meinem Cousin sehen, der sicher verletzt ist."
Damit wandte er sich einfach von den Fremden ab und ging mit schnellen Schritten auf die Stelle zu, an der er Rodars Körper im Bodennebel vermutete. Hinter sich hörte er ein metallisches Klirren und das Geräusch, welches ein Schwert verursacht, welches gerade aus der Scheide gezogen wird. Doch dann erklang ein knapper Ruf und das Schwert wurde, dem Geräusch nach zu urteilen, langsam wieder zurückgesteckt. Garab musste fast lächeln – zumindest ein wenig hatte er die Fremden aus der Fassung bringen können.
Es erfüllte ihn mit Zorn auf dem ureigenen Gebiet seines Volkes, auf solche Art und Weise angesprochen zu werden. Die Caradain waren zwar kein sehr altes Volk, aber dafür waren sie tapfer, ehrenhaft und vor allem gerecht. Sie lebten unter den gefährlichen Schatten der Caradann seit vielen Generationen und sie liebten dieses Land, welches ihnen ihr Leben, aber auch oft genug einen frühen Tod brachte. Sie lebten mit allen Wundern

der Wälder in Eintracht zusammen – den guten wie den gefährlichen. Sie akzeptierten es genauso gegen Wölfe, Bären und andere tödliche Kreaturen um ihr Leben kämpfen zu müssen, wie es das Jagdwild akzeptierte, von ihnen gejagt zu werden. Sie akzeptierten die gnadenlose Härte des Winters, dessen eisige Kälte manchmal bis weit ins Frühjahr hinein von den Karan-Gahar herabzog, genauso wie sie die frische Milde des Frühlings und die Wärme des Sommers liebten. Sie akzeptierten alle Aspekte des Lebens in der Wildnis – und gerade weil dieses Leben oft so hart und gefährlich war, waren die Achtung und der Respekt voreinander mit die wichtigsten Bestandteile ihrer Kultur geworden.

Garab hasste es, wenn jemand einem anderen Menschen, einem Tier oder sogar einer Pflanze gegenüber respektlos war. Die Caradain dienten keinen Königen – die meist nur aufgrund einer Erbfolge auf ihren Thronen saßen. Sie wählten ihre Anführer aufgrund von Weisheit, Erfahrung aber vor allem aufgrund ihres Herzens. Sie prüften sie hart und selbst wenn er einmal gewählt war, würde kein Caradain einem Anführer weiter folgen, der sich nur im Geringsten als unwürdig erwies.

Diesem Mann aber, dem Anführer der unbekannten Krieger, hätten – zumindest seinem bisherigen Gebaren zufolge – die meisten seines Dorfes den Rücken gekehrt.

*

Garab beugte sich zum regungslosen Körper seines Cousins hinab, fühlte seinen Herzschlag an der Hauptader am Hals und horchte auf die Regelmäßigkeit seines Atems. Rodars Herz schlug zwar etwas schwach und sein Atem ging schwerer als sonst, aber er lebte. Garab untersuchte Rodars Vorderseite auf Verletzungen. Er bemerkte wie einer der Krieger zu ihm trat und ihn ansprach: „Lass mich deinen Freund ansehen."

Die Stimme klang in seinen Ohren seltsam. Aber Garab wandte sich dem Sprecher nicht zu, denn er hatte gerade die Untersuchung von Rodars Oberkörper beendet, als er über der

Schulter einen nach hinten führenden Riss in seinem Wams entdeckte.

Er drehte ihn langsam auf die Seite, um seine Rückseite zu untersuchen… Ein Schauer lief Garab den Rücken hinunter: Rodars Wams und das Hemd darunter waren völlig zerfetzt und von seiner linken Schulter bis zur rechten Hüfte hinab liefen fünf tiefe Risse.

Die Spuren von langen und messerscharfen Klauen…

Der fremde Krieger ließ sich auf einmal dicht neben Garab auf ein Knie nieder und nahm seinen Helm ab. Garab erkannte aus dem Augenwinkel, dass es sich um den eher schmächtigen der Männer handelte und wandte sich zu ihm um. Doch in dem Moment, in dem er sein Gesicht sehen konnte, stellte er überrascht fest, dass es eine Frau war.

Er blickte in ein schmales, filigran geschnittenes und unnatürlich hellhäutiges Gesicht. Die Frau hatte langes schwarzes Haar, welches sie am Hinterkopf eng zusammengeflochten hatte. Die Augen lagen unter schwarzen, schmalen Brauen und waren von einem tief dunklen Blau – sie irritierten Garab.

Die Frau griff nach seinen Händen, die Rodars leblosen Körper hielten und schob sie sanft zur Seite, während sie ruhig und eindringlich ihre Worte wiederholte: „Ich bin Heilerin. Lass mich deinen Freund ansehen!"

Garab ließ sich nur zögernd dazu bewegen, seinen Cousin der fremden Frau zu überlassen. Er rückte ein Stück zur Seite bis er neben ihr am Boden kauerte und jede ihrer Bewegungen verfolgen konnte.

Die Kriegerin kniete sich neben Rodars Körper hin und besah sich die langen Wunden an seinem Rücken genau. Schließlich beendete sie die Untersuchung und legte zu Garabs Überraschung einfach die Hände in den Schoß und schloss die Augen. Er wollte schon fast empört auffahren, aber etwas hielt ihn zurück: Die junge Frau hatte irgendwie sein Vertrauen geweckt.

Obwohl Garab niemandem so leicht vertraute, so hatte er doch ein Gefühl dafür entwickelt, wenn jemand böse Absichten hegte. Diese Frau war frei von Hinterlist, Verrat oder ähnlichem. Er beschloss, ihr Zeit zu geben – für einen Augenblick zumindest.
Die Kriegerin regte sich einige Zeit überhaupt nicht. Dann begann sie, anfangs noch völlig unhörbar, ganz leise zu singen. Sie sang in einer Sprache, die Garab noch nie gehört hatte. Trotzdem hatte er bei manchen Wörtern den Eindruck, sie beinahe verstehen zu können und es durchdrang ihn ein Gefühl seltsamer Vertrautheit.
Die Kriegerin steigerte die Lautstärke ihres Gesanges ein wenig, hob schließlich ihre Hände und richtete ihre Handflächen auf Rodars Rücken, so dass sie nur knapp davor waren, seine Haut und die Wunden zu berühren.
Für einen Augenblick glaubte Garab einen besorgten Ausdruck auf ihrem Gesicht erkennen zu können. Doch dann nahm er einen flüchtigen Lichtschein unter den Händen der Fremden wahr und vor seinen ungläubigen Augen fuhr die Frau die Wunden Rodars in einer einzigen fließenden Bewegung entlang – und wo sie gewesen war, waren die Wunden verschlossen.
Garab fehlten die Worte, er starrte ungläubig auf den nun unversehrten Rücken seines Cousins. Es gab in seinem Volk viele Geschichten von Zauberei, Magie oder ähnlichen Dingen. Aber keines dieser Märchen – denn nichts anderes waren sie in seinen Augen – reichte an das heran, dessen er soeben Zeuge geworden war. Keines – außer einem…
Die Kriegerin beendete ihre Arbeit und ihren Gesang, legte ihre Hände wieder in den Schoß und hielt still inne. Hinter sich hörte Garab eine Bewegung und er wandte sich zu dem Anführer der Gruppe um. Dieser hatte seinen Helm abgenommen und blickte ihn aus Augen an, die ebenso tiefblau waren wie die der jungen Kriegerin. „Ich sehe in deinen Augen, dass du uns erkannt hast."
Garab schwindelte es auf einmal.
„Wir sind es, junger Caradain", fuhr der Mann mit feierlichem Ernst fort, „wir sind die Ewigdauernden – das unsterbliche Volk der Ga'hel."

UM LEBEN UND TOD

Locan sah Taled mit aufgerissenen Augen und offenem Mund an. Ihr Pflegevater, Angehöriger eines unsterblichen und magiekundigen Volkes? Er konnte nicht glauben, was er hörte. Doel blieb gefasster als sein Bruder und sah Taled nachdenklich an. Fedrav musterte alle drei aufmerksam und mit gespannter Miene.

„Aber dann, … dann müsstest du ja über hundert Jahre alt sein!?", brachte Locan mühsam hervor.

Taled sah ihn aus müden und traurigen Augen an: „Ich bin vor über vierhundert Jahren in Síel'Garad, der Hauptstadt des Königreiches En'ethor, das jenseits der Karan-Gahar lag, geboren worden. Mein wahrer Name lautet Tal'ghán."

Er hielt inne und wandte seinen Blick wieder dem Feuer zu: „Ich bin einer der Hinterbliebenen des einst großen Volkes der Ga'hel.

Die gewaltige Energie, welche vom Rat der Dreizehn entfesselt worden war, machte die meisten meines Volkes unempfindlich gegenüber der Macht der Zeit. Sie wurden unsterblich. Nur wenige lehnten dieses *Geschenk*, wie die Narren es nannten, ab. Ich war einer von ihnen."

Taled blickte in die glühenden Reste des Feuers, welche noch vor sich hin glommen und fuhr fort: „Die Energie, welche die Dreizehn riefen, bewirkte jedoch noch anderes. Sie tötete alle von ihnen bis auf den obersten Ratsherrn. Sie tötete meinen Vater."

Das Knistern der Flammen war das einzige, was zu hören war, während Locan und Doel die unvergossenen Tränen in Taleds Augen sahen, bis dieser fortfuhr: „Doch dies war nicht das Schlimmste was geschah!

Etwas anderes muss mit den gerufenen Kräften aus der Dunkelheit gekommen sein – und es weckte die Mächte der Tiefe aus ihrem Jahrtausende währenden Schlaf. Aus den ewigen

Schatten krochen namenlose Schrecken, Dämonen und unzählige ihrer Hörigen auf verborgenen Wegen an die Oberfläche."

Die Glut des Feuers spiegelte sich in Taleds Augen, als würde er die Armeen der Finsternis erneut aus ihren Höhlen steigen sehen. Seine sonst so ruhigen Hände verkrampften sich ineinander, während er sprach: „Niemand wollte die Bedrohung sehen und die meisten verschlossen ihre Herzen, in denen sie die Dunkelheit hätten fühlen können, wären sie nicht so vollkommen verblendet gewesen.

Es gab Zwietracht. Die, die sich der Macht der Ewigkeit verschlossen und der Unsterblichkeit entsagt hatten, ahnten was kommen würde – wir konnten die Bedrohung spüren. Und wir waren es, welche warnten vor der dunklen Gefahr aus dem Innersten der Welt. Doch sie hörten unsere Warnungen nicht – sie verstießen uns."

In Taleds Gesicht war der Schmerz zu sehen, als dieser von den dunkelsten Stunden seines Volkes sprach: „Sie hielten uns für schwach und feige und nannten uns die *Unwürdigen*."

Locan und Doel blickten beide ihren Ziehvater entsetzt an und konnten, wollten nicht glauben, was sie gehört hatten. Taled blickte schließlich von der Glut des Kamins auf und sah die Brüder voller Leid in seinen Augen an: „Es vergeht kein Tag an dem ich mich nicht schäme für die abgrundtiefe Torheit und den blindwütigen Stolz meines Volkes – doch verstoßen zu werden war ebenso schmerzhaft!"

Taled hielt inne, richtete den Blick wieder auf die Glut und sprach, mehr zu sich selbst als zu seinen Ziehsöhnen: „Doch sie alle zahlten einen hohen Preis dafür."

Das Feuer flackerte in diesem Moment kurz auf und begann einen etwas abseits liegenden Holzscheit zu verzehren und daran neu zu wachsen.

„Wir verließen unsere Hauptstadt und zogen gen Westen. Auf der Suche nach einer neuen Heimat.

Als die Dunkelheit schließlich vor den Toren von Síel'Garad angelangt war und mein Volk seiner Vernichtung ins Angesicht blickte, konnten sie sich nicht mehr selbst belügen. Denn die

Zahl der Dunklen war endlos und ihr Hass auf uns, die Kinder des lichten Herrschers, ohne Maß.

Als ihre Häuser brannten, ihre Familien starben, begriffen sie, dass die Unsterblichkeit keiner Klinge und keinem schwarzen Feuer zu widerstehen vermochte.

Die dunklen Heerscharen griffen an, mit all ihrer Macht, all ihrem brennenden und verzehrenden Hass – und unsere Stadt fiel in Trümmer."

Das wiedererstarkte Feuer im Kamin knackte als Taled fortfuhr: „Ich floh über die Berge, wohin sich bereits in früheren Zeiten manche aus unserem Volk gewandt hatten, um die gefallenen Menschen erneut zu lehren und vielleicht wieder zu ihrer alten Größe zu führen. Doch sie hatten sich über viele Jahrhunderte mit den Menschen vermischt und aus ihnen ist das Volk der Waldmenschen, der Caradain hervorgegangen.

Doch ich suchte nicht nach ihnen. Ich hielt mich verborgen und wanderte durch die Wälder ins Königreich. Von den großen Schlachten hörte ich nur noch wenig. Den Erzählungen nach ist die Macht der Finsternis am Abgrund durch das Ritual der Dreizehn so stark geworden, dass es selbst die Wächter der Festung von Dämmerlicht verdorben und zu dunklen Kreaturen gemacht hat. Diese Kreaturen sollen es gewesen sein, die die Tore des großen Festungswalles für ihre Brüder aus der Unterwelt öffneten."

Taled seufzte: „Doch nichts ist gewiss und Wahrheit von Lüge zu unterscheiden so gut wie unmöglich..."

Taled hielt unvermittelt inne und drehte den Kopf zur Seite, als würde er lauschen. Die Brüder sahen ihren Ziehvater verwirrt an und plötzlich sprang Fedrav, seinen Stuhl dabei umstoßend, auf. Er stand im Raum, den weiten Umhang zurückgeschlagen und seine rechte Hand lag auf dem Griff eines großen Schwertes.

Taled wandte ihm den Kopf zu, in seinen Augen loderte die blanke Wut: „Sie sind hier, Fedrav. Sie haben es tatsächlich gewagt hierherzukommen!"

Fedrav zog sein Schwert, während sich Taled zu den Brüdern umwandte: „Lauft! Und seht nicht zurück!"
Locan starrte nur von Taled zu Fedrav, ohne sich zu rühren. Doel packte seinen Bruder am Kragen und riss ihn zu sich herum: „Locan, geh nach oben und hol unsere Waffen!"
Sein Bruder sah ihn nur schockiert an, bis Doel ihn herumdrehte und zur Treppe stieß, die zu ihren Schlafzimmern führte. Locan stürzte auf die untersten Stufen und schloss mit einem Stöhnen die Augen, als der Schmerz durch sein Schienbein fuhr.
Taled machte einen Schritt auf Locan zu, als wollte er ihn aufhalten. Doch in diesem Moment traf ein schwerer Schlag die Haustür und ließ sie in ihren Angeln erbeben.
Taled blickte gehetzt zwischen Locan, Doel und der Tür hin und her und rang sichtlich mit sich selbst. Ein zweiter Schlag, welcher vom Geräusch brechenden Holzes und kreischenden Metalls begleitet wurde, ließ ihn eine Entscheidung treffen. Er hetzte zur Tür, während er ein zweites Mal die Brüder anschrie, sie sollten davonlaufen.
Locan zwang sich aufzustehen und stürzte die Treppe nach oben, während Doel zu dem großen Schrank hastete, der in der Ecke neben dem Kamin stand und beide Türen aufriss. Unter einigen Kleidungsstücken stand eine kleine Truhe auf dem Boden, die er hastig öffnete. Hinter ihm begannen Taled und Fedrav mit dem schweren Tisch die Haustür zu verbarrikadieren. Während Doel noch in der Truhe wühlte, ertönte hinter ihm auf einmal ein ohrenbetäubender Knall.
Etwas traf ihn hart an der Schulter, riss ihn herum und schleuderte ihn zu Boden. Nach einem kurzen Augenblick der Benommenheit öffnete er die Augen und erstarrte – die Szene, die er vor sich sah, schien aus einer anderen Welt zu stammen: Die Haustür war vollkommen zerstört. Es musste ein Stück Holz aus den Balken des Türrahmens gewesen sein, welches Doel getroffen hatte. Überall lagen Holzteile und Mauersteine herum und die Einrichtung lag in Trümmern.
Doch was Doel fesselte war das, was sich inmitten des Chaos abspielte: Mehrere schwarze Schatten umringten Taled und

Fedrav und hieben mit ihren langen Klauen auf sie ein – sie hatten die Gestalt von riesenhaften Wölfen.

Während Fedrav sich mit seinem Schwert zu wehren versuchte, hielt Taled nur den langen Schürhaken des Kamins in der Hand. Doch er war nicht annähernd schnell genug, um den Angriffen von dreien der Kreaturen, die sich gleichzeitig auf ihn zu stürzen versuchten, etwas entgegenzusetzen. Doel musste mit ansehen, wie sein Ziehvater von einem mächtigen Hieb an der Schulter getroffen und zu Boden geschleudert wurde.
Die Kreatur, die ihn verwundet hatte, wollte sich gerade auf ihre sichere Beute stürzen, als sie auf einmal, wie von einem unsichtbaren Schlag am Kopf getroffen, nach vorne taumelte und zu Boden stürzte. Das Wesen lag zuckend am Boden und Doel sah einen Schwertgriff aus ihrem Nacken ragen.
Als der Körper der Kreatur aufhörte zu zittern und der letzte Atemzug gurgelnd aus ihrer Kehle quoll, schien es Doel, als würde sie für einen Moment vor seinen Augen verschwimmen.

Werde ich bewusstlos oder wahnsinnig?

Ein Ruf ließ ihn den Blick von dem toten Körper abwenden: Oben auf der Treppe konnte er seinen Bruder sehen, der eines von Doels Kurzschwertern auf den Wolf geschleudert hatte. Er kauerte mit schreckensbleichem Gesicht und den restlichen Waffen in seinen Armen auf der obersten Stufe.
Die Kreaturen hatten beim Tod ihres Artgenossen innegehalten und musterten nun ihren neuen Gegner auf der Treppe. Dann lösten sich zwei von ihnen mit langsamen und vorsichtigen Bewegungen – die Doel irgendwie falsch und abartig vorkamen, so als dürfe sich kein Wesen auf dieser Welt derartig bewegen – und gingen auf Locan zu. Zwei weitere gingen wieder auf Fedrav los, der die kurze Unaufmerksamkeit seiner Gegner auszunutzen versuchte und einen Hieb gegen den Oberkörper des einen führte. Die Kreatur duckte sich mühelos unter der Klinge hinweg und schien nun noch angriffslustiger geworden zu sein.

Die letzte Bestie wandte sich zu dem am Boden liegenden Taled um...

Doel konnte sich daraufhin aus seiner Erstarrung lösen, richtete sich auf und griff in die Truhe im Schrank hinter sich.
Locan sah die beiden dämonischen Wölfe den Fuß der Treppe erreichen und auf allen Vieren Stufe um Stufe zu ihm nach oben steigen – sie gaben dabei die ganze Zeit keinen Laut von sich. Es war unheimlich still geworden.
Die vorderste der Kreaturen hatte Locan fast erreicht und streckte einen klauenbewehrten Vorderlauf nach ihm aus ...

„HEEE!", schallte da auf einmal Doels Stimme durch den Raum und der Wolf fuhr herum, kurz bevor ihn etwas mit Wucht ins Gesicht traf. Die Kreatur brüllte und hieb mit ihren Klauen ziellos durch die Luft bis sie plötzlich zusammensackte und reglos auf den Stufen liegenblieb – Locan sah ein Handbeil aus ihrem Schädel ragen.
Doel hatte es aus der Truhe im Schrank geholt und lief nun mit der großen Axt, mit der er morgens noch Holz gespalten hatte – *war das erst heute morgen gewesen?* – auf die Treppe zu, um die zweite Kreatur anzugreifen. Doch die Bestie wandte sich von ihm ab und sprang mit einem großen Satz auf Locan zu, der schnell durch die Tür in das Schlafzimmer flüchtete.
Doel wollte der Kreatur folgen, als er auf einmal Taled rufen hörte. Er fluchte und fuhr herum. Taled hatte sich mittlerweile wieder halb aufgerichtet. Ein weiterer Wolf lag leblos, mit gebrochenem und blutverschmiertem Schädel neben ihm auf dem Boden – der Schürhaken völlig verbogen daneben.
Fedrav mühte sich immer noch mit denselben zwei Gegnern ab und konnte nicht verhindern, dass sich einer davon Taled zuwandte. Doel sah, wie jener mit drei großen Sätzen bei ihm war, die zur Abwehr erhobenen Hände seines Ziehvaters hinwegfegte, ihn mit der linken Hand am Hals packte und in die Höhe riss.

Doel war nur noch wenige Schritte von Taled entfernt, als sich Fedrav seines Gegners mit einem Tritt in die Beine für einen Moment entledigte, herumfuhr und mit erhobenem Schwert auf den anderen Wolfsdämon zusprang.

Vor Doels Augen schien die Zeit zu gerinnen und immer langsamer zu werden. Er nahm alles im Raum überdeutlich und unendlich langsam war: Fedrav, der auf den Dämon zusprang und auf dessen Gesicht sich Panik widerspiegelte – der Dämon, auf dessen Rücken das Schwert zuraste und der den rechten, klauenbewehrten Arm zum tödlichen Schlag gegen Taled erhoben hatte – und Taled: wie er seinen Blick auf einmal in Doels Richtung wandte und ihm fest in die Augen blickte.

Der Augenblick schien Ewigkeiten zu währen und war doch mit einem Wimpernschlag vorüber: Doel sah die Klauen des Dämonen sich auf Taleds Kopf herabsenken – sah fassungslos mit an, wie sein Ziehvater von dem gewaltigen Schlag getroffen und herumgewirbelt wurde – wie sein Körper auf dem Boden aufschlug.

Er stieß einen Schrei aus, als er sah wie Taleds Leib sich zuerst verkrampfte und dann schlaff in sich zusammenfiel, während der Dämon blitzschnell unter Fedravs Schwert hindurch tauchte und ihn dann mit einem Hieb zu Boden rammte.

Doel hob die Axt unter Tränen hoch über seinen Kopf, überbrückte die letzten Schritte mit riesigen Sätzen und trennte die klauenbewehrte Hand, die auf ihn zuraste, einfach am Handgelenk ab. Er enthauptete den Dämon in der gleichen Bewegung mit einem rauen Schmerzensschrei, der noch anhielt, nachdem die Bestie schon zu Boden gegangen war…

*

Locan stemmte die Füße gegen die Tür um den Wolf zurückzuhalten, der sich von der anderen Seite dagegen warf.

Was geschieht hier?

Der Schwertwurf war noch instinktiv geschehen: Er hatte Lärm gehört, war durch die Tür gestürmt und hatte nur verschwommene schwarze Gestalten gesehen, die mit Fedrav und Taled rangen. Er hatte eines von Doels Kurzschwertern nach dem Gegner geschleudert, der ihm am nächsten gewesen war – doch danach hatte er erst wahrgenommen, was es für Wesen waren, die in ihr Haus eingedrungen waren…

Was sind das für Monster?

Er konnte es auch jetzt noch nicht fassen und die Bilder liefen immer und immer wieder vor seinem inneren Auge ab. Nur langsam konnte er seine Sinne nach und nach wachrufen und sich selbst in die Gegenwart zurückholen.
Die Gegenwart, in der sein Verfolger sich immer brutaler gegen die Holztür warf, die er – mit dem Rücken auf dem Boden liegend und die Füße gegen die Tür stemmend – nur mühsam geschlossen halten konnte. Er fasste einen verzweifelten Entschluss, wartete ab, bis der Dämon für seinen nächsten Schlag ausholte und rollte sich schnell zur Seite. Die Kreatur brach mit brutaler Gewalt durch die nun einfach aufschlagende Tür und stürzte halb an Locan vorbei – und über ihn hinweg.
Locan griff nach seinem Stab und sprang auf die Beine. Dann setzte er der Bestie nach, die sich jedoch schon wieder gefangen hatte und sich nun zu voller Größe aufrichtete...
Locan zögerte nicht, obwohl er panische Angst hatte: Sein Angriff war schnell und entschlossen – aber die Größe und das furchtbare Gesicht seines Feindes ließen seinen tödlichen Hieb nicht ansatzweise so genau ausfallen, wie er sonst gewesen wäre. Die Kreatur warf sich rechts an Locan vorbei und versetzte ihm dabei mit ihrem Körper einen Schlag gegen seine Brust, der ihn zu Boden schmetterte. Locan schrie auf, wälzte sich herum und blickte zu seinem Gegner hoch, der nun über ihm aufragte und aus seinen dunklen Augen auf ihn herabsah…

Locan war starr vor Schrecken und konnte nur zusehen, wie die Kreatur sich zu ihm herabbeugte bis ihr gewaltiger Schädel dicht über seinem Gesicht schwebte…

Er schloss die Augen und hob abwehrend seine leeren Hände...

Doch dann hörte er einen brechenden Laut und fühlte eine heiße Flüssigkeit auf sich herabtropfen. Er öffnete die Augen und konnte zuerst durch seine eigenen Tränen nicht genau erkennen, was er sah…

Schwärze, Augen, Zähne und Klauen, rotes Blut, … dann: ein schmerzverzerrtes Gesicht … wieder Schwärze …

Er blinzelte und als er die Augen wieder öffnete, sah er Doel neben sich knien und ihn ansprechen: „Locan! … Locan, wach auf!"
Doel packte ihn an den Schultern und schüttelte ihn so kräftig, dass seine Zähne aufeinander schlugen. Locan öffnete die Augen und sah, dass seinem Bruder die Tränen über die Wangen liefen. Dann hörte er lautes Poltern auf der Treppe, Doel richtete sich blitzschnell auf und hob sein Schwert – doch er war nicht schnell genug: etwas packte ihn am Fuß, er wurde zu Boden gerissen und schlug mit dem Kiefer auf die schweren Bretter auf. Sein Körper erschlaffte und er wurde von einer klauenbewehrten und von schwarzem Fell bedeckten Hand zur Tür gezerrt…

Alles verschwamm vor Locans Augen, er schwindelte.
Doel wurde mit einem Ruck durch die Tür gezerrt und fiel...

Locan wollte sich aufrichten, doch seine Muskeln gehorchten ihm nicht. Seine Brust schmerzte an der linken Seite unerträglich wo ihn der Körper der Bestie gerammt hatte.
Wieder hörte Locan laute Geräusche vor der Tür. Das Klirren eines Schwertes, einen Schlag – und dann war auf einmal Fedrav da.

Er beugte sich zu Locan hinab, Blut klebte an seinen Händen…

„Locan! Locan, kannst du mich hören?!", rief er, „Locan, wir müssen hier weg! Es sind noch mehr von ihnen hier", damit zog er Locan auf die Füße und lud ihn sich auf die Schultern. Locan konnte undeutlich ein flackerndes Licht durch die Tür sehen – das Haus hatte zu brennen begonnen.
Fedrav trat den Fensterladen ein, ließ Locan so langsam wie möglich auf das Dach des darunterliegenden Schuppens hinab und stieg dann hinterher.
Locans Bewusstsein verließ ihn Stück für Stück… nur undeutliche Bruchstücke drangen noch an seine Ohren und Augen:

… Fedrav   … Blut
    … ein Pferd
… der beißende Gestank von Rauch
                … Dunkelheit…
        … und dann:
                    …nichts mehr

NACHT

Ein leises Rauschen durchdrang die Stille der Nacht, welche über dem Wasser des Sees lag. Kaum hörbar zuerst, dann immer lauter erklang das Geräusch.
Eine Schar Gänse, welche am Ufer zwischen dem hohen Schilf geschlafen hatte, schrak auf und flog mit lautem Geschrei davon. Aufgeschreckt von ihren angeborenen Instinkten, welche sie vor drohender Gefahr warnten, noch ehe sie zu sehen, hören oder zu riechen war.
Eine Wolke schob sich vor die leuchtenden Sterne und den vollen Mond, welche die bis dahin klare Nacht erleuchteten. Eine *schwarze* Wolke, welche vom Boden zum Himmel aufstieg und immer weiter anwuchs…
Der Geruch von brennendem Holz zog über das Wasser in Richtung des Dorfes.
Doch erst als der Schein des lodernden Feuers den See blutrot färbte, gellten die ersten Warnrufe vom Ufer in Richtung des einsamen, brennenden Hauses hinüber.
Als die ersten Menschen das Haus erreichten, wuchsen die Flammen bereits wie lebendige Türme über die Ruinen, welche sie nährten…

… nährten mit Holz, Stein, Blut und den Körpern von Verrätern…

EINSAMKEIT

Locan stand auf einer kleinen Lichtung in einem dunklen Wald. Die Bäume reckten ihre dunklen Äste über die Lichtung und bildeten ein Dach, das diese wie eine Höhle wirken ließ.
Er ging zur Mitte der Lichtung, bis er unter der kreisrunden Lücke stand, die die Äste gerade noch ließen und legte den Kopf in den Nacken.
Der Himmel war seltsam farblos und die Sonne ... die Sonne schien rot zu glühen und warf ein dunkles Licht auf die Erde. Alles, was von ihren Strahlen getroffen wurde, erschien dunkler als es selbst die Schatten an diesem finsteren Ort waren.
Locan wandte seinen Blick mit einem Schaudern vom Himmel ab und zu den Ästen der Bäume – er konnte kein einziges Tier entdecken. Keine Vögel, keine Eichhörnchen, Hasen oder andere Nagetiere. Und auch keine Füchse oder Wölfe. Nicht einmal Insekten schien es in diesem unheimlichen Wald zu geben.

Locan hörte ein Geräusch und wandte sich schnell zum Waldrand einige Schritte hinter sich um: Am Boden erkannte er zwei Körper, die dort noch nicht gelegen hatten, als er zwischen den Bäumen hindurch getreten war. Reglos ausgestreckt erkannte er die Gestalten von Taled und Doel – umgeben von einer Lache aus dunklem Blut...

Locan wollte schreien, aber aus seinem Mund kam kein Laut. Er setzte an zu den beiden hinüberzulaufen, als ein großer, dunkler Schatten neben seinem Bruder und seinem Ziehvater aus dem Wald trat. Die Gestalt war riesig, hatte ein schwarzes Fell, lange Klauen und wie unter einem schwarzen Feuer glühende Augen – es war ein Wolfsdämon.
Auf einmal hielt Locan seinen Stab in der Hand. Er spürte das beruhigende Gewicht der Waffe. Eine tosende Wut ergriff von ihm Besitz und er hob seine Waffe, begann auf den Dämon zuzulaufen und stieß einen langen Schrei aus, während er immer

schneller rannte. Der Dämon blieb aufrecht stehen und erwartete ihn regungslos.

Da erreichte ihn Locan und die Klinge seines Stabes traf die Brust und das Herz des Dämons.

Das Wesen rührte sich nicht, während es von Locans Waffe immer weiter durchbohrt wurde. Der Junge legte all seine Wut in den Stoß und trieb die Klinge durch die Brust der Kreatur, bis sie an seinem Rücken wieder austrat.

Locan hielt inne, ließ den Stab los und taumelte einige Schritte zurück bis er stolperte und zu Boden fiel. Er starrte den Dämon an, welcher nach wie vor regungslos vor ihm stand.

Aus seiner Wunde rann rotes Blut in einem endlosen Strom seinen Körper hinab und sammelte sich am Boden, wo es sich mit dem Blut von Taled und Doel vermischte, bis es nur noch eine einzige, große Lache war. Dann sah Locan wie neben dem Dämon noch ein weiterer, riesiger schwarzer Schemen aus dem Wald trat, dann noch einer und noch einer…

Es waren unendlich viele und Locans Klinge war wirkungslos gegen sie…

*

„Locan! Locan! … LOCAN!" Locan fuhr aus seinem fiebrigen Schlaf hoch und wähnte sich im ersten Augenblick immer noch auf der dunklen Lichtung in dem verfluchten Wald, umringt von Dämonen.

„Locan, du hast geträumt." – Es war Fedrav. Locans Atem ging in kurzen und hektischen Stößen, während sein Herz raste und das Blut mit solcher Gewalt durch seinen Körper trieb, dass jeder Schlag seinen schmerzenden Kopf zu zersprengen schien.

Er blickte panisch und mit weit aufgerissenen Augen um sich. Er lag am Rande einer kleinen Lichtung – es war die gleiche wie in seinem Traum. Nun erinnerte er sich dunkel daran, dass sie in der Nacht an diesem Ort Halt gemacht hatten. Fedravs Pferd hatte vor Müdigkeit nicht mehr weitergekonnt und wäre bald

unter ihrem doppelten Gewicht, das es stundenlang bei hohem Tempo getragen hatte, zusammengebrochen.
In Wirklichkeit war die Lichtung nicht annähernd so furchterregend wie in seinem Traum. Die Bäume waren ganz normale Bäume und im hellen Licht des Vollmondes konnte er sogar das kräftige Grün ihrer Blätter erkennen. Fedrav kauerte auf einem Knie neben ihm und betrachtete ihn aufmerksam.
Langsam beruhigte Locan sich wieder ein wenig und versuchte schließlich sich etwas aufzusetzen. Ein starker Schmerz durchfuhr seinen Körper, Übelkeit und Schwindel überkamen ihn und er musste die Augen für einen Moment schließen.
„Vorsicht, Vorsicht!" Fedrav hielt ihn an den Schultern und drückte ihn langsam wieder auf die Decke, auf der er lag. Locan stöhnte auf und begann verwirrt zu überlegen, weshalb ihn die rechte Seite so sehr schmerzte und er sich so unheimlich schwach fühlte.
„Ich hatte bisher keine Zeit, die Wunde zu versorgen", bemerkte Fedrav, während er sich aufrichtete, zum Pferd umwandte und in der Satteltasche zu kramen begann, „ich musste sehen, dass wir dort so schnell wie möglich wegkommen."
Auf einmal brachen einzelne Bilder wieder auf Locan herein. Er erinnerte sich an schwarze Schemen, an einen Kampf in ihrem Haus ... und an Doel und Taled...
Ein bitterer Geschmack legte sich auf seine Zunge, als er die Frage aussprach, vor deren Antwort er mehr Angst hatte, als er es sich jemals hätte vorstellen können: „Sind...", ihm wurde mit einem Mal erneut übel, als die Gedanken, die seinen Worten vorausgingen, sich in seinem Kopf formten.
Er richtete sich vorsichtig auf die Ellbogen auf damit er Fedrav sehen konnte, der noch immer in den Satteltaschen wühlte. Gegen den Widerstand seines Geistes, der die düstern Erinnerungen nicht Wirklichkeit werden lassen wollte, stieß er die verhassten Worte mit einem Keuchen hervor: „Sind sie tot?"
Fedrav hielt in seinem Suchen inne und ließ seine Hände auf dem Sattel ruhen. Locan konnte sehen, wie er sie zu Fäusten

ballte bis die Knöchel weiß hervortraten und wie sich seine Brust hob und senkte unter tiefen und schweren Atemzügen: „Ja."
Fedrav wandte sich langsam um, sah Locan jedoch nicht in die Augen, sondern heftete seinen Blick auf einen Punkt irgendwo hinter ihm, während er fortfuhr: „Als wir flohen, brannte das ganze Dorf und überall waren diese Bestien...
Es tut mir Leid, Locan. Es hat niemand überlebt.
Sie sind alle tot!"

Die Worte trafen Locan wie Hammerschläge…

...die Übelkeit in seinem Magen explodierte

…alles begann sich um ihn zu drehen

…er fiel zur Seite und übergab sich krampfhaft, während ihm heiße Tränen über das Gesicht liefen bis ihn tröstende Dunkelheit umfing…

*

Als Locan wieder zu Bewusstsein kam, lag er nicht mehr auf der Lichtung, sondern mitten im Wald. Ein Lagerfeuer warf seinen orangeroten Schein auf teilweise haushohe Felsen, die den kleinen freien Platz umgaben. Sie ließen Locan nur die Wipfel der Bäume sehen, welche die Steine eng umringten und ihre Äste über ihre Spitzen streckten.
Locan richtete sich vorsichtig auf und bemerkte erleichtert, dass die große Prellung an seiner Seite ihn nicht mehr so sehr schmerzte. Ihm fiel erst jetzt auf, dass er kein Hemd trug, sondern nur mit einer dicken Wolldecke zugedeckt war. Er spürte einen leichten Druck um seine Brust herum und schob die Decke von seinem Oberkörper herab. Er sah einen straffen Verband, den Fedrav offensichtlich aus den zerfetzten Resten seines Hemdes gefertigt hatte, der seinen Bauch und die Brust bis hoch unter die Arme bedeckte. Auch seine Schulter war mit

einem Verband versehen, von dem ein scharfer, jedoch nicht unangenehmer Geruch in seine Nase stieg.

Diese Wunde...

Erneut formten sich in Locans Kopf die Bilder der vorigen Nacht... wieder stieg Übelkeit in ihm auf und er schüttelte die aufkommenden Gedanken ab. Er tat einige tiefe Atemzüge bis er sich wieder beruhigt hatte und begann dann – teilweise aus Neugier, hauptsächlich jedoch um sich abzulenken – seine Umgebung genauer in Augenschein zu nehmen.
Fedrav war nicht zu sehen und das Pferd stand einige Schritte entfernt am gegenüberliegenden Ende des Felsenrings. Locan sah zu dem Haufen aus Sattel, Satteltaschen und anderen Gegenständen hinüber, der auf der anderen Seite des hell lodernden Feuers lag. Er erinnerte sich plötzlich, dass Fedrav auch einen Bogen dabei gehabt hatte. Er hatte ihn das letzte Mal, als er bei Bewusstsein gewesen war, am Sattel hängen sehen. Der Bogen war verschwunden.
Locan war für einen Moment beunruhigt, zuckte dann jedoch unbewusst mit den Schultern: Fedrav war wahrscheinlich auf der Jagd. Er hatte sicher keine Zeit gehabt, seine Vorräte in Baglan zu ergänzen, bevor sich die Ereignisse überschlagen hatten.
Locan bemerkte auf einmal, dass neben ihm ein kleiner Lederbeutel und ein Jagdmesser am Boden lagen – so, als wären sie eigens für ihn dort abgelegt worden. Er öffnete den Beutel und fand ein Stück altes und schon ziemlich hartes Brot, einen leicht angeschimmelten Käse und ein paar Streifen Dörrfleisch.
Sein Magen ließ sich beim Anblick des kargen Mahls lautstark hören. Locan griff nach dem Messer und hatte in kürzester Zeit alles aufgegessen. Sein Hunger war aber noch nicht einmal annähernd gestillt. Er fühlte sich völlig ausgelaugt und blickte suchend zu dem Haufen mit Fedravs Sachen hinüber. Natürlich waren dort keine Lebensmittel mehr. Fedrav hatte ihm die einzigen Vorräte überlassen. Beim Anblick des leeren Beutels empfand Locan mit einem Mal ein starkes Schuldgefühl,

welches er jedoch schnell wieder abschüttelte: „Fedrav ist gewiss jagen und wird bald zurück sein", beruhigte er sein Gewissen.
Wieder überkam ihn Müdigkeit. Die Erlebnisse der letzten Stunden und seine Verletzungen forderten nun ihren Tribut. Er wickelte sich wieder in die warme Decke ein und blickte mit immer schwerer werdenden Augen ins Feuer, bis die Flammen nur noch flüchtige Schemen waren, die ihn in einen traumlosen und heilsamen Schlaf hinüber begleiteten…

*

Als Locan wiederum erwachte und sich umsah, schien kaum Zeit vergangen zu sein. Der kleine freie Platz lag auf den ersten Blick genauso da wie zuvor. Nur das halb heruntergebrannte Feuer ließ ihn erkennen, dass er bei weitem nicht so lange geschlafen hatte, wie er angesichts seiner neu erwachten Lebensgeister angenommen hätte.
Locan fühlte sich durch den Schlaf erfrischt und spürte neue Kraft in seinen Armen und Beinen. Er zog die Decken von sich und stützte die Hände auf den Boden…

„Das würde ich an deiner Stelle bleiben lassen, wenn du dir selbst große Schmerzen ersparen willst."
Locan schrak zusammen und blickte nach oben, wo auf einem der Felsen Fedrav auf einem Bein kniete und auf ihn heruntersah. Er musste von außen hinauf geklettert sein, anstatt durch die einzige Lücke auf der gegenüberliegenden Seite den Steinkreis zu betreten. Locan fragte sich allerdings, wieso er die zusätzliche Anstrengung auf sich genommen hatte: „Was machst du dort oben? Wolltest du mich beobachten?"
Fedrav verzog in einem Anflug von Geringschätzung das Gesicht: „Von einem Zögling von Tal'ghán hätte ich mehr Verstand erwartet! Und ganz nebenbei auch etwas mehr Höflichkeit!", mit diesen Worten richtete er sich auf und ließ den Blick über die Bäume hinweg bis zum Horizont schweifen, an dem bereits das erste zarte Licht der aufgehenden Sonne zu

erahnen war. Er war offensichtlich auf der Suche nach irgendwelchen verräterischen Anzeichen von Verfolgern – wenngleich er sie unter den Bäumen genauso wenig hätte sehen können, wie diese ihr Lagerfeuer zwischen den Felsblöcken. Aber von seiner Position aus ließen sich durchaus Hinweise auf Verfolger, wie etwa aufgeschreckte Vögel und – für das geübte Auge eines Waldläufers – auch andere Anzeichen entdecken.

Locan schalt sich einen Narren, dass er Fedravs Absicht nicht erkannt hatte. Zusätzlich hätten, während seiner Abwesenheit, ihre Verfolger inzwischen das Lager aufspüren und Fedrav dort, von den Steinen verborgen, auflauern können. Der zurückkehrende Jäger wäre eine einfache Beute gewesen, wenn er den Steinkreis ahnungslos durch die schmale Lücke betreten hätte.

Der Freund Taleds beendete seinen Rundblick und sprang mit sicheren Sätzen die Felsen hinunter. Als er vor Locan stand, lud er die toten Körper zweier Hasen neben dem Feuer ab. Danach legte er seinen Bogen ab und wandte sich ihm mit strengem Blick zu: „Und was die Höflichkeit betrifft…".

Locan konnte die schnell von der Seite heran fliegende Handfläche in seinem geschwächten Zustand nicht abwehren und fühlte nur ein schmerzhaftes und gut hörbares Klatschen auf der linken Wange. Sein Kopf flog auf die Seite und er griff sich hastig an die schmerzhaft brennende Seite seines Gesichtes.

Auf einmal durchfuhr ihn rasende Wut und er riss den Kopf zu Fedrav herum, um ihn hasserfüllt anzustarren. Dann brach ein rasendes Brüllen durch seine Kehle, während er mit einem Mal auf den Beinen war und sich auf den Freund seines toten Ziehvaters warf.

Dieser schien darauf gefasst gewesen zu sein, drehte sich zur Seite, ergriff Locans linkes Handgelenk und schleuderte ihn an sich vorbei. Durch seinen eigenen Schwung verstärkt, beförderte ihn Fedravs Wurf quer über den Platz, knapp am Feuer vorbei und ließ ihn schmerzhaft auf dem harten Boden aufschlagen. Dort überschlug er sich und kam schließlich an einem Felsen zum Stillstand.

Locan spürte den Schmerz: an seiner Wange, überall am Körper, wo er auf dem Boden und am Felsen aufgeschlagen war und an der großen Prellung an seiner Seite. Doch nahm er alles nur wie durch einen roten Nebel wahr und sprang sofort wieder auf. Keuchend stand er vor dem schwelenden Lagerfeuer und starrte zu Fedrav hinüber, der ihm ruhig, aber wachsam entgegensah.

Das Feuer malte ihre hin und her zuckenden Schatten vielfach vergrößert an die Felsen um sie herum. Wenn Locan in diesem Augenblick nicht von seiner übermächtigen Wut verzehrt worden wäre, hätten sie ihn an die alten Göttergeschichten erinnert, die er früher im Gasthaus von den Wanderern so gerne gehört und welche er vielfach in Taleds Büchern gelesen hatte...
Sein Fuß stieß gegen irgendetwas und er sah zu Boden: Fedravs Schwert ragte aus dem Haufen an Habseligkeiten, der neben Locans Fuß am Boden lag. Er bückte sich schnell und zerrte es mit einem schnellen Ruck heraus, zog die lederne Schwertscheide ab und warf sie achtlos auf den Boden. Er riss die Waffe hoch über den Kopf, setzte mit einem wütenden Schrei über das Feuer und ließ die Klinge auf Fedrav hinabfahren.
Doch der erfahrene Waldläufer war zu schnell für den Jungen, der vor Zorn und Kummer nicht Herr seiner Sinne und seines Verstandes war. Fedrav riss die linke Hand schräg nach oben, noch bevor Locan den Schlag richtig ausführen konnte.
Ein plötzlicher, stechender Schmerz zwang den Jungen, das Schwert loszulassen. Er zog seinen rechten Arm stöhnend an den Körper und umklammerte ihn schützend mit der linken Hand, während er wimmernd auf die Knie sank ... das Schwert fiel mit einem dumpfen Geräusch auf den weichen Waldboden. Fedrav hob es auf und legte Locan die Klinge unter das Kinn, so dass dieser zu ihm aufblicken musste. Der Waldläufer sah ruhig auf ihn hinunter, während Locans Blick ihn aufspießen wollte…
Nach einigen Augenblicken schloss Locan die Augen und ein Schauer lief durch seinen Körper. Fedrav zog das Schwert zurück und Locan fiel auf den Boden, den rechten Arm immer

noch umklammert. Fedrav hatte mit dem Knauf seines Jagdmessers eine empfindliche Stelle an Locans Oberarm getroffen und ihn so entwaffnet.
Er bückte sich, hob den Verletzten auf, legte ihn wieder auf das Lager am Felsen und überprüfte kurz die Verbände. Locan war bei Bewusstsein, starrte aber nur in die Leere, während ihm Tränen über das manchmal von Wut, dann wieder von Leid und Trauer verzerrte Gesicht rannen.

*

Fedrav beendete seine Kontrolle, erhob sich und sah auf Locan herab: „Solltest du die Mörder suchen wollen, würde ich an deiner Stelle vorher noch ein wenig das Fechten üben. Du magst mit den Schafhirten aus deinem Dorf und vielleicht sogar mit dem einen oder anderen Soldaten des Königreichs der Menschen fertig werden, für diese dunklen Kreaturen wärst du jedoch nur leichte Beute!"
Locan starrte weiterhin reglos ins Nichts. Fedrav hatte seinen Entschluss Rache zu nehmen bereits erraten, noch bevor er ihm selbst richtig bewusst geworden war.

„Ich kann dich an einen Ort bringen, an dem du lernen kannst, Gegner wie diese zu bezwingen!"
Locan reagierte noch immer nicht auf die Worte des Waldläufers, doch als dieser fortfuhr, war der verwaiste Junge auf einmal voll angespannter Aufmerksamkeit: „Was Tal'ghán euch an jenem Abend nicht erzählt hat, ist, dass ihr, du und dein Bruder, selbst Abkömmlinge des Volkes der *Neiathan*, der *Ewigdauernden,* wie sie die Caradain, die in diesen Wäldern leben nennen, seid. Ihr gehört genau jenem alten und mächtigen Volke an, das sich selbst die Ga'hel, die *Geisteswanderer* nennt!"
Locan starrte Fedrav nun mit weit aufgerissenen Augen an, in denen purer Unglaube stand.
Fedrav lachte kurz auf und fuhr mit spöttischem Unterton fort: „Was hattest du denn geglaubt? Dass ein Ga'hel über die Berge

kommt und sich zweier sterblicher Waisenkinder annimmt? Meinst du ein Mann wie Tal'ghán hätte keine wichtigere Aufgabe gehabt? Nein Locan – du bist ein Sohn der Neiathan, welchen Tal'ghán mit in sein Exil genommen hat."

Angesichts der ungeheuren Bedeutung von Fedravs Worten entrang Locan seiner Kehle nur mit großer Mühsal ein einziges, heiseres Wort: „Warum?"
Der Waldläufer musterte Locan einen Moment und schien zu zögern, bis er schließlich den Blick senkte. Locan meinte für einen Moment, Bitterkeit darin zu erkennen.
„Es steht mir nicht zu, dir weiteres über deine Herkunft zu enthüllen..."
Locan wollte bereits empört auffahren, doch Fedrav hob seine Hand und vollendete seinen Satz: „ ...doch ich weiß, wo du alles erfahren kannst!"
Locan schwieg und hing nun wieder gebannt an den Lippen des Waldläufers: „Ich kann dich an einen Ort bringen, wo du deine eigene Geschichte erfahren wirst, wo du Unterweisung von den mächtigsten der Mächtigen erhalten kannst...

... einen Ort, an dem du nach deiner Bestimmung suchen kannst!"

Fedrav hielt kurz inne und sprach dann langsam weiter: „Und wenn deine Bestimmung mit der Vernichtung der Mörder deines Bruders und deines Ziehvaters beginnt, so wird dir auch dies möglich werden!"
Locan wandte seinen Blick ab und starrte in die Flammen. Er konnte nur schwer verarbeiten, was er soeben gehört hatte und er brauchte lange, bis er seine letzte Frage stellen konnte – sein Entschluss war zu diesem Zeitpunkt längst gefallen: „Wo liegt dieser Ort?"

Fedrav stand hoch aufgerichtet vor ihm und seine Züge nahmen einen Ausdruck von Stolz an, als er mit lauter und kraftvoller

Stimme fortfuhr: „Der Ort, an den ich dich bringen kann, ist die letzte Heimstatt der Ewigdauernden – deines Volkes. Die große Festung der Ga'hél – *Val'Garad*, welche auf den hohen Zinnen der Karan-Gahar liegt."

*

Irgendwann war Locan vor Erschöpfung eingeschlafen. Fedrav saß am Feuer und betrachtete den schlafenden Jungen.
Er kannte die Gefühle, die der Junge nun spürte: den Schmerz über den großen Verlust und den Zorn auf sich selbst – auf seine eigene Hilflosigkeit, die Machtlosigkeit angesichts der Schrecken der Welt. Fedrav hatte dies alles bereits selbst ertragen müssen.

Vor langer Zeit...

Wenn er wieder erwachte, würde nur noch der Zorn auf die Mörder zurückbleiben. Und er würde das Leid und die Einsamkeit tief in Locans Innerem verschütten...

...und es würde nur noch das eine Ziel geben: die Festung Val'Garad zu erreichen und dort so lange Unterweisung im Töten zu erhalten, bis er auf die Jagd nach den Mördern seiner Familie gehen konnte.

Während Fedrav den Waisen betrachtete, stiegen Scham und Reue in ihm auf.

Was für ein Schicksal habe ich ihm beschert?

Der Waldläufer rang lange und hart mit sich selbst und fast hätte er den unschuldigen Jungen aufgeweckt.
Beinahe hätte er Locan erzählt, wie viel er selbst zu dessen Leid beigetragen hatte...
Beinahe hätte er ihm gesagt, welche Lügen er ihm erzählt hatte...

Doch dann erinnerte sich Fedrav daran, was er selbst zu verlieren hatte. Und er schwor sich, zum wievielten Male wusste er nicht mehr, das Leiden diesmal nicht ertragen zu müssen. Er würde nicht noch einmal hilflos mit ansehen, wie seine Welt zerbrach.

Nie mehr!

DIE BOTSCHAFT DES VERSCHOLLENEN VOLKES

Ga'hel

Ewiges Volk

Kinder des Lichts

Neiathan – die Ewigdauernden

Die vielen Namen, welche die Caradain auf das vom Angesicht der Erde verschwunden geglaubte Volk verwandten, welchem die Krieger anzugehören behaupteten, hallten immer noch in Garabs Kopf wider, als sie bei Einbruch der Dunkelheit ihr Lager aufschlugen.
Es war keineswegs seine Art, einfach zu glauben, was ihm ein völlig Fremder erzählte. Nachdem er jedoch gesehen hatte, wie der Anführer der geheimnisvollen Schar den schwarzen Dämon getötet und was die Heilerin an Rodars Rücken vollbracht hatte, waren seine Zweifel verstummt.
Garab war sich jedoch sehr wohl bewusst, dass diese vermeintliche Gewissheit auch wesentlich mit seiner Hoffnung zusammenhing, die Ga'hel könnten ihm und seinem Volk im Kampf gegen die tödlichen Bestien zur Seite stehen – denn dass es in den Caradann mehrere von ihnen gab, war für ihn angesichts der gefundenen Spuren düstere Gewissheit.

Nach dem Kampf mit dem Wolfswesen und der Heilung Rodars durch die Kriegerin, hatten die Ga'hel Garab angeboten, ihm beim Transport seines Cousins zurück nach Perut zu helfen und ihn vor weiteren Angriffen zu schützen.

Nachdem sie den Rest des Tages bereits ein gutes Stück des Weges zurückgelegt hatten, machte der Anführer der Krieger an einem offenen und vor Entdeckung völlig ungeschützten Platz im Wald Halt. Erstaunt beobachtete Garab die Anstalten der Krieger, ihr Nachtlager aufzuschlagen und Holz für ein Feuer aufzuschichten.

Er wandte sich mit Besorgnis in der Stimme an Chilvan, den Hauptmann der Ga'hel: „Dieser Platz ist völlig ungeschützt! Wir werden unsere Anwesenheit durch den Lichtschein und noch mehr durch den Rauch und Geruch des Feuers auf eine weite Entfernung hin jedem Wesen verraten!"

Der Anführer unterbrach sein Gespräch mit einem seiner Krieger und sah Garab einen Moment lang an, ohne jedoch zu antworten. Dann wandte er den Kopf halb zu dem Krieger, mit dem er gesprochen hatte, um, und nickte ihm kurz zu. Darauf verbeugte sich dieser ruckartig, wandte sich ab und ging mit schnellen Schritten davon. Garab sah Chilvan erwartungsvoll und noch immer verwundert an.

„Wir sind Ga'hel, Caradain. Und wir sind auf der Jagd!"

Garab blickte ihn verständnislos an.

Chilvan nahm seinen Helm ab und Garab musterte, trotz seiner anhaltenden Sorge wegen des Feuers, neugierig dessen Gesicht: Es war dem der jungen Frau in seinen filigranen Linien ähnlich, war jedoch im Vergleich zu dem ihrigen deutlich kantiger. Seine Haut war jedoch ebenso hell und seine Augen leuchteten ebenfalls in einem tiefen, dunklen Blau.

Er musterte Garab mit unverhohlener Neugier und fuhr dann in höflichem, jedoch auch etwas belehrend klingendem Ton fort: „Ich bin General der Streitmacht des ewigen Volkes. Ich befehlige eine Hundertschaft in diesen Wäldern."

Garab stutzte und fühlte dann, wie ihn Zorn überkam: „Eine Hundertschaft?"

Chilvan sah ihn aufmerksam an und Garab meinte zu sehen, wie sich seine Mundwinkel kurz zu einem Anflug höhnischen Lächelns verzogen.

„Wer gab Euch die Erlaubnis, eine Hundertschaft Eurer Krieger in unsere Wälder zu führen?"

Garab konnte nur noch mit Mühe an sich halten, so sehr erzürnte ihn, was die Neiathan getan hatten, ohne sich auch nur im Geringsten um die zu kümmern, die diese Wälder seit vielen Jahren bewohnten.

Chilvan überraschte ihn, indem er nichts erwiderte. Er wandte sich stattdessen seelenruhig um und setzte sich an das hell lodernde Feuer, wo er seinen Helm neben sich ablegte.

Garab fragte sich einen Moment, wann der Krieger das Feuer entzündet hatte und wie ihm dies so schnell hatte gelingen können. Dann bedeutete Chilvan Garab mit einer einladenden Geste, sich ihm gegenüber niederzulassen.

Garab sah ihn mit einer Mischung aus blankem Zorn und purem Erstaunen an und rührte sich nicht von der Stelle.

Chilvan musterte ihn wiederum einen langen Augenblick und ergriff dann erneut das Wort: „Ich versichere dir, Caradain, dass du keinen Grund zur Besorgnis hast. Ich muss mich möglicherweise für meine, in Eile und Anspannung vielleicht etwas unbedacht gesprochenen Worte heute Morgen entschuldigen."

Chilvans Stimme klang in Garabs Ohren zwar nicht nach aufrichtigem Bedauern, jedoch hatte er das Gefühl, von dem macht- und befehlsgewohnten Mann nicht mehr erwarten zu können.

Chilvan fuhr fort: „Seit wir auf der Jagd nach den Cûzhal sind, befinde ich mich etwas ... wie soll ich sagen...", er schien nach Worten zu suchen, lächelte Garab dann jedoch mit einem angedeuteten Schulterzucken an, „befinde ich mich etwas in Sorge."

Unter anderen Umständen hätte Garab lauthals gelacht. Der Ga'hel hatte heute bereits mehrfach bewiesen, dass er nicht zu der Sorte Mensch – oder Ga'hel – gehörte, die sich selbst von der grausamsten Kreatur oder einer noch so bedrohlichen Situation schnell aus der Fassung bringen ließ.

Garab gewann den Eindruck, dass er einen Mann vor sich hatte, der über ein zu großes Maß an Selbstbewusstsein verfügte – oder schlichtweg: der arrogant und selbstherrlich war und ihn deshalb gering schätzte oder vielleicht sogar verachtete.
Jedoch war Chilvan klug genug, um einzusehen, dass er sein morgendliches Verhalten erklären musste, wollte er mit Garab, immerhin dem Anführer eines Dorfes der Caradain, keinen Streit beginnen. Und Garab war sich sicher, dass Chilvan alles tun würde, was nötig war, um seine Ziele zu erreichen – wie genau diese auch aussehen mochten. Er beschloss, die in seinen Ohren geheuchelte Entschuldigung zu übergehen und sich die Erklärungen des Ga'hel anzuhören.

Garab setzte sich Chilvan gegenüber ans Feuer und lehnte seinen Bogen neben sich an einen der Baumstämme, die die Krieger herbeigeschafft hatten, um ihnen etwas mehr Bequemlichkeit zu verschaffen.
Chilvan lehnte nicht an dem Baumstamm, der hinter ihm lag, sondern saß, mit dicht am Körper übereinander geschlagenen Beinen und kerzengeradem Rücken auf dem Boden. Seine Hände lagen auf seinen Knien und er folgte jeder von Garabs Bewegungen mit großer Aufmerksamkeit.
Garab sah seinem Gegenüber noch einige Augenblicke in die Augen und ergriff dann von sich aus das Wort: „Mein Name ist Garab. Ich bin der Etar-Dál des Dorfes Perut im Südwesten der Caradann. Mein Cousin Rodar und ich waren auf der Jagd nach einem unbekannten Wesen, welches sich an unseren Tieren vergriffen hatte.
In den vergangenen Wochen waren einige unserer wenigen Kühe und Schafe gestohlen worden. Wir Jäger fanden monströse und uns bis dahin völlig unbekannte Spuren, versuchten diese jedoch, jedes Mal wenn wir sie fanden, zu verwischen. Wir wollten verhindern, dass sich unter den Frauen und Kindern aber auch unter den anderen Dorfbewohnern Angst verbreitet."

Garab hielt kurz inne, so als müsse er sich zuerst an Dinge erinnern, die lange zurücklagen, und Chilvan ermutigte ihn schließlich, mit einem angedeuteten Nicken, fortzufahren.
„Wir berieten uns unter den Jägern Peruts und beschlossen, verstärkt Wache zu halten und zusätzlich einige Späher auszusenden. Es dauerte nicht lange und einer von uns wurde Opfer der unbekannten Kreatur. Wir fanden nur wenige Überreste von ihm…"
Garab hielt abermals inne. Seine Gesichtszüge waren wie versteinert und in seinen Augen spiegelte sich das tanzende Feuer. Es schien, als wären dahinter Angst und Zorn lebendig geworden und warteten hinter den Mauern seines Geistes darauf, frei zu kommen und sich auf die Kreaturen zu stürzen, welche die Schuld für all dies trugen.
„Ich beschloss nach dem ersten Todesfall, der sich natürlich nicht mehr vor den anderen Dorfbewohnern verheimlichen ließ, mit einigen anderen Jägern auf den Angreifer Jagd zu machen. Rodar, mein Cousin, redete so lange auf mich ein, uns begleiten zu dürfen, bis ich schließlich einwilligte. Einige Tage später stießen wir auf erste Spuren des Wesens. Bevor wir es jedoch konnten, spürten uns mehrere von ihnen auf und fielen über Rodar und die anderen her während ich auf der Jagd war."
Garab nahm einen Stock, der in seiner Reichweite lag und stieß ihn zornig ins Feuer, so dass Funken daraus hervor stieben. Chilvan beobachtete ihn und seine Bewegungen aufmerksam, gerade so, als wären ihm Empfindungen wie Wut, Verzweiflung oder Selbstvorwürfe völlig fremd und als würde er Garab als interessantes Studienobjekt betrachten.
„So, was ist nun mit diesem Lagerplatz und dem Feuer?"
Chilvan sah ihm in die Augen und deutete dann mit einer Kopfbewegung zur Seite. Garab folgte der Geste mit seinem Blick und sah, dass sich einer der männlichen Krieger einige Schritte von ihnen entfernt auf dem Boden niedergelassen hatte. Wie Chilvan saß er mit überkreuzten Beinen, kerzengerade aufgerichtet und die Hände auf den Knien liegend – die Augen hatte er geschlossen.

Garab sah fragend wieder zu Chilvan. Dieser ließ ihn noch einige Augenblicke warten und antwortete schließlich: „Wir Ga'hel haben die Fähigkeit, das Leben um uns herum in einem weiten Umkreis spüren zu können. Meine Krieger werden abwechselnd wachen und ihnen wird nichts entgehen, was sich uns nähert."
Chilvan hielt inne und ein kaltes Lächeln breitete sich über sein Gesicht aus: „Nein, Garab, wir versuchen keinesfalls uns vor ihnen zu verbergen!"
Garab blickte ihn überrascht an.
Chilvan fuhr fort, ohne sein beunruhigendes Lächeln abzulegen: „Wir sind Jäger und haben keineswegs vor, uns zu Gejagten machen zu lassen, so wie du und dein Cousin. Wir sind ausgezogen die Cûzhal zu jagen und von dieser Welt zu tilgen."

*

Garab fixierte sein Gegenüber und wog die Worte, die ihm auf der Zunge lagen, eine Weile ab, bevor er sich entschied, behutsam vorzugehen um zu erfahren, was er wissen musste: „Wer sind sie? Die Cûzhal? WAS sind sie?"
Das kalte Grinsen war wieder aus Chilvans Gesicht verschwunden und einem seltsam verbitterten Ausdruck gewichen: „Sie sind die Diener des Abgrunds. Die Untergebenen des Einen, den ihr in euren Legenden „Durazc" nennt."
Wenn Garab die grausame Kreatur nicht vor einigen Stunden selbst gesehen hätte, hätte er den Ga'hel ausgelacht. Aber nun jagte ihm der Gedanke an die Legenden der Unterwelt und ihren grausamen Herrscher, kalte Schauer über den Rücken.
Doch währte die tief sitzende Angst vor unbekannten Geistern alter Geschichten nur kurz und Garab besann sich wieder seines Verstandes.
Jeder Caradain kannte die Erzählung, wie Engadan, der Sohn von Av'r'un die Welt erschaffen und wie er mit seinem neidischen und dem Bösen verfallenen Bruder, Durazc, darum gekämpft hatte. Sie war jedem Caradain bekannt und für die

meisten beschrieb sie Ereignisse, welche sich zwar vor Urzeiten ereignet hatten, jedoch deshalb nicht weniger wahr waren.
Für Garab jedoch waren weite Teile der Geschichte, wie etwa die Öffnung des Abgrundes unter der Welt, der große Krieg zwischen Dämonen und den Ga'hel, ja sogar die Ga'hel selbst bislang mehr religiöse Dichtung und Erfindung gewesen. Manche würden gar sagen: „Aberglaube und Märchen für Alte, Schwachsinnige und Kinder."
Doch nun sah Garab einen Ga'hel vor sich. Und er hatte einen der Diener des Abgrundes, einen Diener von Durazc gesehen...
Wie konnte er nun noch Aberglaube und Wirklichkeit sicher voneinander trennen? Die Grenzen und Gesetze der Welt, in der Garab bisher gelebt hatte, schienen nun vor seinen Augen zu verschwimmen, um einem neuen, größeren und bedrohlicheren Bilde Platz zu machen...

Garab verdrängte diese Gedanken, die ihn ängstigten, sich wie lähmende Gewichte an seine Gliedmaßen zu heften begannen und stellte Chilvan eine weitere Frage: „Ohne dass ich Eurer Geschichte Glauben schenken würde," über Chilvans Gesicht huschte ein kurzes Lächeln, in dem Garab zu seiner Überraschung so etwas wie Anerkennung zu entdecken glaubte, „könnt Ihr mir erklären, wie diese Bestien in unsere Wälder gelangt sind?"
Das Lächeln in Chilvans Gesicht wurde durch ein anerkennendes Nicken ergänzt, bevor er antwortete. „Nun, es erfreut mich zu sehen, dass es in deinem Volk nicht nur abergläubische Narren zu geben scheint!"
Garab begegnete dieser Gleichzeitigkeit von Lob und Beleidigung mit absoluter Ausdruckslosigkeit und Chilvan fuhr nach kurzem Zögern ungerührt fort: „Doch kann ich dir leider zum jetzigen Zeitpunkt nicht mehr sagen als dies: Wir Ga'hel sind nun, Jahre nach dem großen Krieg, der uns beinahe ausgelöscht hätte, aus unseren geheimen Zufluchtsorten in den Karan-Gahar hierher gekommen, um euch eine Botschaft zu überbringen: Ein großes Übel ist von jenseits des Gebirges, aus

den Einöden des Nordens, gekommen, um diesen Teil der Welt heimzusuchen."

Chilvan hatte sich noch mehr aufgerichtet als zuvor und unterstrich seine Worte mit kraftvollen und eleganten Gesten während er fortfuhr: „Die Diener des Abgrunds sind in diesen Teil der Welt gelangt und bedrohen die Menschen in den Caradann. Sobald sie euch vernichtet haben, werden sie sich über das Königreich im Süden und alle von Menschen bewohnten Länder ausbreiten und alles Leben beenden.

Wir Ga'hel bieten euch einen Pakt an, um gemeinsam gegen die Bedrohung zu kämpfen und zu siegen. In diesen Wäldern weilen bereits mehrere Dutzend der dunklen Kreaturen und wenn sie eure Dörfer aufgespürt haben, wird kein Mann, keine Frau und kein Kind ihren Angriff überleben."

PERUT

Einen weiteren ganzen Tag waren sie nun bereits unterwegs. Die Ga'hel hatten keine Pferde, worauf zu reiten im Wald jedoch ohnehin unmöglich gewesen wäre.
In den Caradann gab es keine Straßen oder Wege, die in besiedelten Gegenden diese Namen erhalten hätten. Nur dem Waldvolk gelang es, meist auf Wildwechseln und alten ausgetretenen Pfaden, schnell von einem Ort zum nächsten zu gelangen. Ihr Wissen über den Wald ermöglichte es ihnen, sich am Stand der Sonne, verschiedenen Pflanzenarten und anderen Anhaltspunkten im Wald orientieren zu können.
Aber selbst wenn die uralten und längst überwucherten Straßen der vergangenen Königreiche noch passierbar gewesen wären – so hätten sie zumindest zwei Pferde benötigt um Rodar zu transportieren, der immer noch nicht wieder bei Bewusstsein war. Die Heilerin versorgte ihn sehr gewissenhaft und trotzdem wollte er nicht erwachen. Doch sie hatte Garab bereits versichert, dass sein Cousin ansonsten gesund sei und sein Geist aus den Schatten bald wieder einen Weg zu den Lebenden zurück finden werde.
Sie hatten Rodar auf ein Tierfell gelegt, welches die Krieger auf ein Holzgestänge gezogen hatten. In Ermangelung von Reit- oder Lasttieren, waren es zwei der Ga'hel, die dieses Gestänge trugen. Garab war mit jedem Moment, den die zwei Neiathan unbeirrt voranschritten, ohne irgendein Zeichen der Ermüdung erkennen zu lassen, mehr von ihrer scheinbar unerschöpflichen Kraft beeindruckt.
Es war auch nicht irgendein Fell, auf welches sie Rodar gelegt hatten. Kein Tier in den Caradann war so groß, um genug Haut am Leib zu haben, dass man darin einen Mann hätte einhüllen können – es sei denn, einer der uralten Fûh-ra, der weißen Bären des Gebirges, würde sich in die Niederungen der Wälder verirren.

Es war das Fell des Wolfsdämons, den Chilvan getötet hatte. Garab dachte mit Schaudern daran zurück, mit welch grausamer Präzision der Ga'hel seinen toten Feind höchstselbst gehäutet und den Kadaver anschließend für die Krähen achtlos liegen gelassen hatte. Aus welchem Grunde er diese schmutzige und mühevolle Arbeit nicht seinen Kriegern überlassen hatte, konnte Garab nur vermuten. Irgendein persönlicher Groll gegen die Cûzhal, so schien es Garab, könnte Chilvans Hass auf diese Kreaturen verursacht haben. Doch wie viel Verachtung konnte man einem lebendigen Wesen – selbst wenn es abgrundtief böse war – entgegenbringen?

Es war lebendig gewesen und hatte um sein Leben gekämpft. Es hatte sein Leben verloren, in einem, letztlich durch eine List gewonnenen, aber trotzdem offenen Kampf. Es war gestorben aufgrund seiner aggressiven Wesensart und dem Sieger war es, auch nach den Regeln der Caradain, durchaus gestattet, sich die ihm zustehenden Siegeszeichen zu holen. Aber die Erinnerung, wie Chilvan die sterblichen Überreste des Wolfes scheinbar aus Spaß verstümmelt hatte, während er präzise dessen Fell abgezogen hatte, ließ Garab nicht los.

Er war zwar froh, die mächtigen Krieger der Ga'hel in einem möglichen Kampf gegen die schwarzen Kreaturen an der Seite seines Dorfes zu haben. Jedoch wusste er gerne genau, worin die Ursachen für eine Feindschaft begründet lagen, ehe er sich seine Verbündeten aussuchte.

Andererseits war ihm völlig klar, dass er auf die fremden Krieger angewiesen war und aus diesem Grunde schob er sämtliche Zweifel beiseite und ließ seine Fragen ruhen, bis er Gelegenheit fände, sie zu beantworten.

*

Am Ende des zweiten Tages schlugen sie ihr Lager erst auf, als Garab in der tiefen Dunkelheit unter den großen Bäumen nicht einmal mehr seinen direkten Vordermann erkennen konnte. Er war sich jedoch sicher, dass die Ga'hel in der Nacht wesentlich besser sehen konnten als er. Dies entnahm er ihren sicheren Schritten, welche sie selbst auf dem ihnen unbekannten Waldgebiet unbeirrt vorantrugen.

Diesmal wurde kein Feuer entzündet, da allen bewusst war, dass man damit mögliche Verfolger zu Garabs Dorf führen könnte, noch bevor dort die entsprechenden Vorbereitungen getroffen werden konnten, um einem Angriff zu begegnen. Und die Hauptmacht der Ga'hel konnte frühestens einen Tag nach ihrem eigenen Eintreffen in Perut das Dorf erreichen. Solange würde der Bote, welchen Chilvan bereits vor ihrem Zusammentreffen mit dem Cûzhal ausgesandt hatte, brauchen um die Streitmacht des Generals zu erreichen.

Garab selbst konnte seine Sorge nicht mehr verbergen und wurde immer schweigsamer. Rodars Zustand hatte sich über den Tag hinweg nicht gebessert. Dies und die Angst, dass auf sein Dorf vielleicht bereits ein Angriff erfolgt haben könnte, trugen nicht gerade zur Besserung seiner Laune bei.

*

Helana erhob sich auch an diesem Morgen wieder ohne die Nacht über wirklich Schlaf gefunden zu haben. Eine ganze Weile saß sie aufrecht im Bett, ihre linke Hand auf der leeren Fläche neben sich liegend – dort, wo sonst immer Garab lag und mit ihr jeden neuen Tag begann.

Helanas Augen waren rot vom fehlenden Schlaf und den Tränen, die sie darüber geweint hatte, dass sie sich in ihrem ganzen Leben noch nie so einsam gefühlt hatte. Jeder in Perut mied sie, seit Rodar und Garab verschwunden waren. Normalerweise half im Dorf jeder jedem und für gewöhnlich scherten sich die Leute auch nicht um irgendwelche Gerüchte oder Geschichten. Aber dieses Mal war alles anders…

Die Spuren, die Überfälle, das Verschwinden ihres Anführers und stärksten Kriegers… all das verunsicherte die Menschen im Dorf zutiefst. Selbst Horam, der Stellvertreter Garabs, konnte die Gerüchte nicht zum Schweigen bringen und vor allem konnte er nicht verhindern, dass beinahe alle Helana und Todar, ihren fünfzehn Winter alten Sohn, mieden. Das Dorf schien zu glauben, dass die ganze Familie verflucht sei.

Auch Harulfs Witwe, Lanu, und Rodars Frau, Diara, wurden gemieden, was Helana in Zorn versetzte. Sie selbst kam zurecht, das wusste sie. Aber eine Witwe und eine junge Frau – Diara war erst zwanzig Winter alt – und einen Jungen aus der Dorfgemeinschaft auszuschließen, das versetzte sie in hilflose Wut.

Doch sie glaubte noch immer daran, dass Garab zurückkehren würde. Sie kannte ihn und was noch wichtiger war – sie fühlte einfach, dass er noch lebte. Selbst wenn die Spuren, die die Jäger am letzten Lagerplatz von ihm und seinen Männern gefunden hatten, vom Gegenteil kündeten. Selbst wenn die nagende Angst nie ganz aus ihrem Bewusstsein verschwand – die Angst Garab könnte trotz ihres Vertrauens in ihn nie wieder zu ihr zurückkehren.

*

Helana stand vom Bett auf, wusch sich mit eiskaltem Wasser, kleidete sich an und ging ohne Frühstück nach draußen, um etwas Gartenarbeit zu erledigen, bevor ihr Sohn Todar aufwachte.

Es war ein kühler Spätsommertag und Morgennebel waberte über den Boden und zwischen den Bäumen am Waldrand entlang. Die Erde war dunkel, beinahe schwarz und ließ sich leicht umgraben. Helana liebte diese fruchtbare Erde, die ihr so vertraut war wie alles andere in Perut und unter den Schatten der Bäume der Caradann. Sie konnte sich ein Leben außerhalb des Waldes nicht vorstellen.

Ihre Eltern und Großeltern hatten hier gelebt und alles, was sie sich aufgebaut hatten, mühsam dem Wald abgerungen. Es war ein Leben voller Entbehrungen – aber es war ein Leben, welches man jedes Jahr, jeden Tag und jeden Augenblick in jeder Arbeit, jeder Jagd oder jedem Fest spüren konnte. Die Geschichten von waldlosen Flächen, endlosen Feldern, Häusern aus Stein und riesigen Städten mit unzähligen Bewohnern, die die wenigen weitgereisten Wanderer erzählten, gaben Helana die Gewissheit, an diesem Ort auf dieser großen weiten Welt genau am richtigen Platz zu sein und genau das Leben zu führen, welches ihr bestimmt war.

Das einzige, was dieses Leben für sie im Augenblick aber fast unerträglich machte, war die Angst, einen damit untrennbar verbundenen Teil zu verlieren – Garab.

Die Angst fraß sich durch ihr Innerstes und flüsterte ihr in jedem noch so kurzen Augenblick, in dem sie nichts zu tun und nichts zu denken hatte, zu, dass er schon längst tot in den Wäldern lag und nie wieder zu ihr zurückkehren würde. Sie flüsterte ohne Unterlass, raubte ihr den Schlaf, nahm ihr die Luft und ließ ihr Herz so stark gegen ihre Brust hämmern, dass sie glaubte, zerspringen zu müssen.

Neben Helanas aufgestützter linker Hand fiel ein einzelner Tropfen zu Boden, gefolgt von einem zweiten...

Vor ihren Augen verschwammen der Boden und die kleine Hacke, die sie in der Hand hielt. Und sie hatte erneut – das wievielte Mal in den letzten Tagen konnte sie nicht mehr zählen – das Gefühl, keine Luft mehr zu bekommen.

Helana ließ die Hacke los und richtete sich hastig auf. Sie versuchte ihre Brust zu strecken, ihre Lunge zu weiten und die eisernen Bänder zu zersprengen, die sich darum gelegt hatten, um sie zu ersticken. Einen langen angstvollen Moment war sie der Panik nahe und drohte über den Rand in den Abgrund der Verzweiflung zu stürzen...

Doch dann strömte auf einmal wieder Luft in ihre Lungen, ... ein kurzer Atemzug, ... ein kurzes Ausatmen, ... dann der erste freie, tiefe Atemzug, der die Angst zurückdrängte hinter die erneut geschwächten Mauern ihres Bewusstseins.

Die letzten Tränen liefen Helana heiß über die Wangen, doch die verbleibenden feuchten Spuren kühlten in der Morgenluft angenehm das Gesicht. Sie atmete ruhiger und zunehmend gleichmäßiger und ließ ihren Blick über das Dorf schweifen um sich abzulenken.

*

Perut war eines der einsamen Dörfer in den Caradann. Es bestand aus einer überschaubaren Ansammlung hölzerner Häuser, die zum Rand des Dorfes hin einen geschlossenen Ring bildeten, der sich bei einem Angriff leichter verteidigen ließ, als wenn die Häuser ungeordnet durcheinander gestanden hätten.
Etwa jeden sechsten bis spätestens achten Winter war die Kälte, die aus den Bergen herabkam, so groß, dass ihr Dorf von Wölfen angegriffen wurde, die im Wald keine Nahrung mehr fanden. Die Erfahrungen aus diesen Angriffen hatten die Dorfbewohner nach dem letzten großen Brand vor etwa zehn Wintern dazu veranlasst, die zerstörten Häuser so zwischen den verbliebenen wieder aufzubauen, dass sie eng zusammen standen und es eigentlich nur noch zwei Möglichkeiten gab, das Dorf zu betreten. Dort waren jeweils zweiflügelige Tore aus dicken Balken in den Wall aus Häusern eingelassen worden. Der äußere Ring war später noch zusätzlich mit Steinwällen verstärkt und die wenigen freien Zwischenräume ebenfalls mit Steinen aufgefüllt worden. Bei einem Angriff konnten die Bewohner auf den Dächern über ihren Angreifern stehen und würden somit weder von Tieren noch von Menschen leicht zu bezwingen sein.

Helana dachte mit dem Anflug eines Lächelns daran, dass es Garab gewesen war, der damals diese Ideen in den Dorfrat eingebracht hatte. Der große Angriff der Wölfe im darauf folgenden Winter hatte ihm Recht gegeben und die Entscheidung, wer der nächste Anführer des Dorfes werden sollte, war für die Bewohner entscheidend vereinfacht worden.
Wieder stiegen Helana Tränen in die Augen, als sie an das Gesicht ihres Mannes dachte, wie er damals zum Anführer erhoben worden war. Sie schloss die Augen und wandte sich vom Dorf ab…

*

Als Helana ihre Augen wieder öffnete und ihr Blick sich auf den Wald richtete, musste sie mehrfach blinzeln um sicher zu sein nicht einen Tagtraum zu erleben: Vom Waldrand lösten sich mehrere Gestalten, von der die vorderste in genau dem Augenblick, in dem sie Helana erblickte, stocksteif stehen blieb. Auch Helana hielt, ohne es zu merken, den Atem an und tat einen unsicheren Schritt in Richtung Wald. Dann begann die Gestalt am Waldrand an den anderen vorbei auf Helana zuzulaufen und der kühle Morgenwind trug ihr den Ruf einer Stimme zu, die sie in den vergangenen Nächten so oft zu hören geglaubt hatte, nur um doch wieder enttäuscht in die Kissen zu sinken – es war Garab.
Helana spürte so deutlich wie der eiserne Ring um ihre Brust zersprang, dass sie fast glaubte, ein Geräusch davon hören zu müssen. Ihre Beine setzten sich wie von selbst in Bewegung und sie rannte auf ihren Mann zu – sie konnte sich nicht erinnern jemals in ihrem Leben so schnell gerannt zu sein, aber sie spürte keine Atemlosigkeit und ihre Beine waren unendlich leicht.

*

Von weit oben sah ein Adler, der langsam seine Kreise zog, wie sich zwei Zweibeiner – kaum mehr als kleine dunkle Punkte aus der großen Höhe zwischen den Wolken – auf der Wiese zwischen den hölzernen Höhlen und dem Wald einander näherten und dann beieinander verharrten. Der Adler kreiste und beobachtete wie zuerst einige wenige weitere Punkte aus dem Wald hervortraten und dann viele Punkte aus den Höhlen auf die Wiese strömten.
Der König der Lüfte schraubte sich höher und höher hinauf. Das letzte, was er von den Zweibeinern sah, waren die zwei ersten, die auf der Wiese immer noch eng beieinander verharrten...

*

Als Garab sich aus Helanas Umarmung löste, ihr Gesicht noch einmal in beide Hände nehmend und sie freudestrahlend anlächelnd, bemerkte er die Unruhe um sich herum. Jemand trat hinter ihn und legte ihm die Hand auf die Schulter.
Garab erhob sich – er und Helana waren während ihrer langen Umarmung im Gras zusammengesunken – und wandte sich um. Horam stand hinter ihm und blickte ihn nachdenklich, aber nicht unfreundlich an, bis er ihn schließlich kurz in die Arme schloss. Dann hielt er ihn an den Schultern auf Armeslänge von sich: „War deine Jagd erfolgreich?"
Garab blickte Horam an und nickte dann leicht zu den Ga'hel hinüber, die sich in einiger Entfernung von den Dorfbewohnern hielten und abwarteten.
Horam folgte seinem Blick und sah die Unbekannten forschend an. Garab sah an ihm vorbei zu der immer weiter anwachsenden Gruppe der Dorfbewohner, die sich unruhig eng beieinander hielten und nicht wussten, was sie von den unbekannten Neuankömmlingen halten sollten, die ihr Anführer aus dem Wald mitgebracht hatte. Garab bemerkte, dass einige der eben erst ankommenden Männer Jagdbögen, Messer und teilweise auch Speere dabei hatten.
Er legte Horam seine rechte Hand auf den Oberarm, worauf dieser sich zu ihm umwandte: „Horam, wir müssen reden."
Der Ältere sah ihn reglos an, als warte er auf etwas. Sein Blick wanderte zu der Bahre, welche zwei der Krieger noch immer trugen: „Wo sind die anderen?"
Garab hatte diese Frage bereits gefürchtet und fuhr nun mit unterdrückter Stimme fort, so dass keiner der Umstehenden ihn hören konnte: „Nur Rodar hat überlebt! Wir sollten schnell mit den Familien der anderen sprechen, ehe sie es erfahren! Es wäre nicht gut für das Dorf, wenn dies hier geschieht!"
Horam sah bestürzt aus. Sein Blick flog erneut zu den Fremden und dann trat er nahe an Garab heran und senkte seine Stimme

fast zu einem Flüstern: „Was habt ihr im Wald gefunden, Garab?"

Der Anführer sah seinen Stellvertreter an und suchte nach einer Möglichkeit, ihn davon zu überzeugen, dass er ihm an diesem Ort, zwischen all den anderen Dorfbewohnern, nicht die Wahrheit über seine Jagd sagen konnte...

In diesem Augenblick zerriss ein hoher Schrei die Luft und Garab sah Diara auf die Ga'hel zulaufen – sie hatte Rodar, ihren Mann, zwischen den Kriegern entdeckt.

Garab sah bereits die ersten Frauen auf sich zukommen in deren Gesichtern Angst und gleichzeitig Hoffnung stand, ob ihre Männer noch zu ihnen zurückkehren würden.

Er packte Horam fest am Arm und flüsterte ihm, diesmal mit befehlsgewohnter Stimme, zu: „Wir müssen mit den Familien sprechen! Danach wirst du alles erfahren, aber hilf mir jetzt!"

*

Zusammen mit Horam gelang es Garab die Frauen der gefallenen Männer schnell von der Menge der Dorfbewohner wegzubringen. Die Menge wurde von ihnen auf die Stunde vor Sonnenuntergang vertröstet, zu der sie dann alles erfahren sollten, was für die Dorfgemeinschaft von Bedeutung war.

Galdas, der Heiler, nahm sich, mit Unterstützung der Heilerin der Ga'hel, Rodars an, während Helana sich auf Garabs Bitte hin um Diara kümmerte.

Die Enthüllung der furchtbaren Nachrichten für die Witwen der Verstorbenen übernahm Garab selbst. Niemandem hätte er diese Bürde auferlegen können, auch wenn er gewollt hätte.

Als er aus der Hütte trat, in der die Klagerufe der Frauen erklangen, fühlte er sich um viele Jahre gealtert.

Garab berichtete Horam in Kürze von den grausamen Ereignissen der Jagd und dem wundersamen Zusammentreffen mit den Ga'hel.

Nach einer anschließenden, kurzen Beratung mit dem Älteren ging er zu seinem und Helanas Haus. Als er gerade die Tür öffnen wollte, schwang sie von alleine auf. So schnell, dass sie knallend gegen die Hauswand schlug. Garab wurde von etwas getroffen und aus lauter Überraschung – weniger von der Wucht des Aufpralls – zu Boden gerissen.
Als er am Boden lag, prügelte eine Gestalt mit ganzer Kraft auf ihn ein – es war sein Sohn.
Garab packte ihn an den Handgelenken und fuhr ihn zornig an: „Was soll das, Todar?"
In diesem Augenblick erst, als er ihn genau ansehen konnte, sah er, dass seinem Sohn Tränen über das Gesicht strömten. Garab war so überrascht, dass er Todars Handgelenke wieder losließ, worauf dieser aufsprang und in Richtung Wald davonrannte ohne sich noch einmal umzublicken.
Garab sah seinem Sohn erschüttert hinterher. Er und Todar hatten sich immer sehr nahe gestanden. Er hatte im Gegensatz zu vielen anderen Vätern des Dorfes Todar immer sehr respektvoll behandelt und ihn nie geschlagen – höchstens in ihren zahlreichen Übungskämpfen – aber es auch nicht an der nötigen Strenge fehlen lassen. Er war sich sicher, dass ihre gute Verbindung zum Teil daraus resultierte, dass er dem Jungen immer klar seine Grenzen gesetzt, ihm gleichzeitig aber immer Möglichkeiten aufgezeigt hatte wie er anders handeln und somit wachsen konnte. Was Todar aber soeben getan hatte, verstand Garab nicht.
Nachdenklich ging er ins Haus und schloss die Tür hinter sich. Als er sich umwandte, stand auf einmal Helana vor ihm. Sie sah ihn nachdenklich an und begann dann mit einer entsprechenden Geste zur Treppe leise zu sprechen: „Diara ist oben. Sie schläft. Die Aufregung war einfach zu viel für sie. Warst du bei Rodar?"
Garab spürte, wie eine große Müdigkeit ihn befiel und er konnte erst nach einem tiefen Atemzug antworten: „Galdas und die Heilerin der fremden Krieger kümmern sich um ihn."
Helana nickte und Garab fragte sie nach Todars Verhalten.

Seine Frau sah ihn nur mit gerunzelter Stirn an: „Du verlässt einfach Hals über Kopf das Haus, um dich auf der Jagd gegen Dämonen zu opfern, damit der Rest des Dorfes überlebt und erwartest, dass dein erst fünfzehn Winter alter Sohn versteht, dass du ihn zurücklässt?"
Garab sah sie mit weit aufgerissenen Augen an und glaubte nicht, was er hörte. Nur mühsam vermochte er seine Stimme im Zaum zu halten: „Du meinst, ich hätte ihn mitnehmen sollen?"
Die Falten auf Helanas Stirn gruben sich noch tiefer in ihre Haut: „Natürlich nicht! Aber dein Sohn steht zwischen seinem alten Selbst als Kind und seiner zukünftigen Rolle als Mann. Er hatte einerseits große Angst, seinen Vater nie wieder zu sehen. Andererseits wäre es, als langsam erwachsen werdender junger Mann, die einzige Chance für ihn gewesen, dieser Angst zu begegnen, indem er dich begleitet hätte um dir beizustehen, wenn du in Gefahr gewesen wärst..."
Garab fuhr Helana – nun mit deutlichem Zorn in der Stimme – dazwischen: „Er ist aber noch zu jung, um...", nach einem kurzen Blick in das Gesicht seiner Frau entschied sich Garab jedoch, seinen Satz nicht zu Ende zu führen.
Helana grinste ihn belustigt an: „Garab!?"
Er atmete aus, beruhigte sich und musste nun, angesichts seiner eigenen Narrheit, wegen der er seine Frau immer wieder unterschätzte, selbst lächeln.
Helana sprach in ihrer ruhigen Art weiter: „Ich weiß, dass unser Sohn zu jung ist. Was denkst du, was ich ihm die ganzen letzten Tage versucht habe zu erklären!? Aber ich denke du weißt genauso gut, dass DIES nichts ist, was DEIN Sohn sich von einer Frau sagen lassen wird! Auch wenn es seine Mutter ist."
Sie legte ihm die Hand auf die Wange und lächelte ihn sanft an.
„Ich werde später mit ihm reden", entgegnete Garab, „nach der Dorfversammlung."
Helanas Lächeln wich einem ernsten und besorgten Ausdruck: „Was ist im Wald passiert, Garab?"
Langsam und zuerst stockend begann Garab die ganze Geschichte zu erzählen. Während er erzählte, fühlte er sich

wieder zurückversetzt an den Tag, an dem er zum ersten Mal die Spuren im Waldboden gefunden und den Blick der uralten Kreatur auf sich ruhen gespürt hatte…

Ein Schauer lief ihm über den Rücken, als er von neuem gewahr wurde, welchen Mächten sie sich gegenüber sahen.

Vom Anbeginn der Zeit

Die Abenddämmerung brach bereits herein, als sich alle Bewohner in der Mitte des Dorfes einfanden. Horam war nach seiner Beratung mit Garab herumgegangen und hatte die Nachricht von der Versammlung verbreitet.
Alle Einwohner Peruts standen in einem Halbkreis auf dem Dorfplatz zusammen, dem gegenüber nur Garab, Horam, Galdas, Chilvan und die Heilerin der Ga'hél saßen. Hinter Chilvan standen zwei seiner Krieger, während der dritte irgendwo am Rande des Dorfes Wache hielt.
Garab war in diesem Augenblick in Gedanken noch bei Todar, seinem Sohn. Er hatte ihn vor der Versammlung lange gesucht, jedoch nicht finden können. Er war sich dennoch sicher, dass er irgendwo in der Menge steckte. Garab hätte ihn rufen können und die Dorfbewohner hätten ihn sicher zu ihm gebracht, aber er wollte seinen Sohn nicht auf diese Weise in den Mittelpunkt rücken.
Völlig in Gedanken wanderte Garabs Blick durch die Reihen der Bewohner von Perut. Er kannte jeden einzelnen von ihnen. Die meisten mochte er, viele waren seine Freunde und einige wenige bedeuteten ihm soviel wie sein Leben – WAREN sein Leben. Sein Blick wanderte zu Helana und er bemerkte nicht, dass sich die Gespräche unter den Dorfbewohnern langsam legten und schließlich auch das letzte Flüstern verebbte.
Schließlich war es Horam, der an seiner Stelle das Wort ergreifen musste, damit niemandem allzu sehr auffiel wie abwesend ihr ansonsten so aufmerksamer und wacher Anführer an diesem Abend war.

*

„Caradain, Kinder der unendlichen Wälder, Bewohner von Perut – ihr seid heute Abend zu einer Versammlung gerufen worden, auf der ihr dunkle und traurige Dinge erfahren werdet und auf der Entscheidungen getroffen werden müssen, welche über unser Überleben entscheiden könnten."

Horam sprach langsam und deutlich und verlieh somit jedem seiner Worte Bedeutung. Der zweite Anführer war wesentlich älter als Garab und nur wenige hätten gedacht, dass der erfahrene Mann bei der Wahl zum Obersten des Dorfes unterliegen würde. Doch Horam hatte sich nicht lange daran gestört. Er hatte schnell entdeckt, dass er und Garab einander sehr gut ergänzen konnten und dieser hatte ihn stets als Ratgeber geachtet. So hatte sich Horam durch seine Bescheidenheit unter den Bewohnern große Zuneigung verdient. Dies war auch der Grund, warum alle Augen sich vertrauensvoll auf ihn richteten, als er weitersprach: „Garab, unser tapferer und mutiger Anführer, ist von seiner Jagd zurückgekehrt. Sein Cousin, Rodar, liegt verletzt im Haus unseres Heilers Galdas. Er wurde von den Wesen angegriffen, die sie beide zusammen gejagt hatten. Von den Wesen, die unsere Tiere, Harulf und zuletzt die Mitglieder von Garabs Jagdgruppe getötet haben."

Garab zwang sich in diesem Moment, nicht zu Harulfs Witwe hinüberzusehen, auf die sich kurzzeitig die meisten Augenpaare auf dem Dorfplatz richteten. Die anderen Frauen waren noch zu sehr in ihrer Trauer gefangen, als dass sie der Versammlung hätten beiwohnen können. Doch Horam fuhr unvermittelt fort und zog damit die Aufmerksamkeit wieder auf sich: „Eines der Wesen, das Rodar verletzte und die anderen tötete, ist erlegt worden."

Ein Raunen ging durch die Reihen der Zuhörer und ehrfürchtige Blicke richteten sich auf Garab, welcher in diesem Moment von einem Gefühl der Scham erfasst wurde. Und in seinem tiefsten Inneren musste er sich selbst auch einen gewissen Neid auf Chilvans Sieg über den Cûzhal eingestehen.

Horam hielt nun inne und warf Garab einen Blick zu, der daraufhin das Wort übernahm: „Nicht ich bin es gewesen, der die dunkle Kreatur besiegte."

Wieder ging ein überraschtes Murmeln durch die Menge und nicht wenige Augenpaare richteten sich nun auf die zwei Fremden neben Garab und Horam. Garab folgte den Blicken kurz und wandte sich dann wieder den Dorfbewohnern zu: „Ja, ihr vermutet richtig: Es waren jene Krieger, die ich in den Caradann traf, die die schwarze Kreatur bezwangen. Ihr alle kennt diese Krieger aus unseren Geschichten – auch wenn ihr sie vielleicht nicht alle für wahr gehalten habt. Ich werde das älteste Mitglied unserer Gemeinschaft nicht um die Ehre bringen, diese Geschichte für uns zu erzählen."

Nun richteten sich alle Augenpaare auf die Dorfälteste, die Lhanadu: eine kleine dürre und gebückte Frau, deren Gesicht voller Falten war. Die alte Frau saß auf mehreren grob gewebten Decken und trug ein dichtes Schaffell über den Schultern. Sie zitterte trotz der lauen Nachtluft und ihre ersten Worte waren kaum zu vernehmen, als sie begann, die Geschichte der Entstehung der Welt vorzutragen. Mit jedem Wort der uralten Erzählung, die Grundlage des Weltbildes und des Glaubens der Caradain war, erstarkte ihre Stimme jedoch und bald erinnerte die Zuhörer nichts mehr an die Gebrechlichkeit und Schwäche der alten Frau.

Während die Geschichte ihren Verlauf nahm, fielen die Blicke der Caradain aus Perut immer öfter auf die geheimnisvollen Krieger, die ihr Anführer aus den Wäldern mitgebracht hatte und die den Dämonen getötet hatten.

Immer mehr wurde die anfängliche Ahnung zur Gewissheit, dass an diesem Abend Geschichten und Wirklichkeit eins waren, als die Nebel der Zeiten zwischen Vergangenheit und Gegenwart sich lichteten um sich schließlich vollständig aufzulösen …

*

„Vor Urzeiten war die Welt durch den ältesten, höchsten und weisesten der Götter, Engadan, erschaffen worden. Seine große Macht, jedoch auch seine Weisheit und seine innere Reinheit

ließen ihn dieses, bis dahin größtes Werk der Kinder Av'r'uns, vollbringen.

Sein Bruder jedoch, der Gott der Dämmerung, dessen wirklicher Name keinem sterblichen Wesen je bekannt geworden war, neidete ihm sein prachtvolles Werk. Engadan erhielt von allen anderen Göttern Anerkennung für die Reinheit und Ausgewogenheit seines Werkes, seinen Bruder jedoch verehrte niemand.

Der Gott der Dämmerung wurde durch seinen Neid und seine Missgunst verbittert und schließlich so zornig, dass er herabstieg auf die Welt, dunkle Absicht gegen das Werk seines Bruders in sich tragend. Dort angekommen, ergriff er sein gewaltiges Schlachtbeil, schwang es einmal hoch in den Himmel und spaltete mit einem Hieb die ganze Welt in zwei Teile.

Engadan sah, was sein Bruder getan hatte und versuchte mit seiner ganzen Macht sein geliebtes Werk zusammenzuhalten, doch hatte ihn die Schöpfung bereits zu viel Kraft gekostet. Die anderen Götter hörten das Getöse der brechenden Welt und eilten Engadan zu Hilfe. Mit vereinten Kräften vermochten sie die Welt zusammenzuhalten – aber Engadans Werk blieb gespalten und konnte nicht mehr in seiner Vollkommenheit gerettet werden. Engadan stieg nun ebenfalls auf die Erde herab und während alle Götter die Welt zusammenhielten, zog Engadan sein Schwert Herír und begann gegen seinen Bruder zu kämpfen.

Es war vorher noch nie geschehen, dass zwei Götter einander bekämpft hatten. Die Welt, die Engadan erschaffen hatte, erbebte unter ihren Hieben und der Lärm des Kampfes hallte bis weit hinein in die Leere, die alles umgab. Dies weckte schließlich auch Av'r'un, den Vater aller Götter, in seinem Reich hinter den Sternen.

Als Av'r'un den Kampf seiner beiden Söhne sah, da geriet er in großen Zorn über sie und befahl beide zu sich.

Engadan hörte die Stimme seines Vaters und erwachte aus seinem Zorn. Er ließ sein Schwert sinken und wandte sich Av'r'un zu. Sein Bruder aber sah, dass Engadan ungeschützt *war und holte zu einem feigen und verabscheuungswürdigen Schlag gegen ihn aus. Engadan wurde schwer getroffen und lag hilflos auf der Ebene seiner Schöpfung, sein Bruder stand über ihm und verspottete ihn. Zuletzt, nachdem der dunkle Gott seinen Bruder genug verlacht hatte, beugte er sich schließlich zu Engadan hinunter. Er legte ihm die Hand auf die Brust und begann ihm seine Seele und mit ihr seine ganze Macht zu entreißen.*

Av'r'un blickte auf das Geschehen und die Verzweiflung, aber auch den Stolz seines ältesten Sohnes, der im Angesicht ewiger Verdammnis nicht um Hilfe rief.

Der Vater aller Götter aber wandte sich seinem zweiten Sohn zu und es erwachte in ihm ein Zorn, der alles Sein verstummen und erstarren ließ. Der Gott der Dämmerung erzitterte, als er spürte, wie sein Vater ihm zürnte, doch in seinem Hochmut ließ er nicht ab von seinem grausamen Tun.

Da traf ihn Av'r'uns Macht und schleuderte ihn von Engadan fort. Der Gott der Dämmerung richtete sich auf und er verwünschte Av'r'un. Er begann zu toben und in seiner Raserei die Welt auf ein Neues auseinanderzureißen, obwohl alle Götter verzweifelt versuchten sie zusammenzuhalten. Av'r'un sah, wozu sein zweiter Sohn in seinem Hass und Wahn fähig geworden war und gebot ihm mit all seiner Macht schließlich Einhalt.

*

Engadan wurde geheilt und der Gott der Dämmerung wurde von Av'r'un gerichtet. In die Tiefen der Welt wurde er verbannt. Seine Existenz war nun auf ewig mit der Schöpfung Engadans, die Av'r'un guthieß, verbunden. Und wenn er fortbestehen wollte, so musste er für immer danach trachten, das von ihm gespaltene Werk zusammenzuhalten oder er würde mit der Welt im Nichts vergehen. Es sollte für den gefallenen Gott eine gerechte Buße und die letzte Möglichkeit sein, sich wieder zum Guten zu wenden.

Der Gott der Dämmerung war in seiner Verbannung nicht müßig und schuf in jahrhundertelanger Arbeit ein weites Reich in den Tiefen unter der Welt. Darin errichtete er gewaltige Säulen, die sie stützten und vor dem Auseinanderbrechen bewahrten. Av'r'un sah dies und begann zu hoffen, dass sein zweiter Sohn sich bessern würde. Er verkündete einen zweiten Urteilsspruch: Nach 10.000 Jahren würde er seinen zweiten Sohn begnadigen, sollte er der Welt seines Bruders bis dahin ein guter Diener gewesen sein. Auch Engadan, dem neben seiner Macht und Weisheit auch die Güte von Av'r'un zu Eigen war, wollte seinem Bruder dann verzeihen.

Doch beide hatten sie nicht mit der Finsternis gerechnet, die sich schon seit längerem des Gottes der Dämmerung bemächtigt hatte. In den dunklen Tiefen der Unterwelt begann dieser sein Reich zu gestalten und es in ein verzerrtes Spiegelbild des Oberlandes zu verwandeln. Und während sich auf der Welt langsam das Leben regte, erschuf Engadans Bruder dunkle Geschöpfe des Hasses und der Bosheit aus der reinen Finsternis seines Herzens, in die er sein ganzes Reich tauchte. Und er nannte sein Reich Zchúl – Abgrund. Er selbst sollte später bei dem Namen Durazc, genannt werden. Durazc – der Verräter.

Engadan, der auf der Welt wirkte und alles so erschuf wie es bis heute ist, bemerkte zu spät, was sein Bruder tat. Er konnte nur noch zusehen wie Durazc seine schwarzen Horden entfesselte und auf seine friedliche Welt losließ.

Doch blieb er nicht untätig. Er ergriff sein Schwert Herír und stieg voll unbändigen Zornes abermals hinab auf die Welt, um ein ganzes Jahrtausend lang die Kreaturen seines Bruders vom Antlitz seiner Schöpfung zu tilgen. Durazc selbst wagte sich in dieser Zeit niemals selbst aus den Tiefen seines Reiches an die Oberwelt – zu sehr fürchtete er den brennenden Zorn Engadans und Av'r'uns, von denen er nun keine Gnade mehr zu erwarten hatte.

Nachdem er die schwarzen Horden größtenteils vernichtet und die restlichen aus weiten Teilen der Welt vertrieben hatte, erschuf Engadan aus seinem eigenen Fleisch und Blut das Volk der Ga'hel. Lichte und edle Wesen voller Güte und Ehrfurcht vor dem Leben, die er alles lehrte, was er selbst an Wissen besaß. Schließlich aber musste er sie auch die Kunst des Kampfes lehren, denn Zchúl schien ein nie versiegender Quell schwarzer Kreaturen zu sein und er konnte dem Strom allein nicht mehr Herr werden.

*

Engadan führte das Volk der Ga'hel schließlich in den größten Krieg, der jemals auf der Welt stattfinden sollte.
Durazc gebot ein Meer dunkler Kreaturen auf. In den vielen Jahren, in denen er seinen Bruder aus dem Abgrund hasserfüllt bei der Vernichtung seiner Armeen beobachtete, hatte er immer neue und mächtigere Kreaturen erschaffen. Mit seinen stetig stärker werdenden dunklen Künsten machte er sie zu Gebilden aus reiner Dunkelheit und loderndem Hass, deren bloße Existenz jedem Leben lästerte. Doch noch hatte er die düsterste seiner Schöpfungen nicht enthüllt...
Engadan und die Ga'hel marschierten Durazcs Dienern entgegen, trafen aber immer nur auf kleinere Scharen, die sie mühelos zerschlugen. So gelangten sie schließlich auf die Ebene, auf der Engadan und Durazc sich vor tausend Jahren bekämpft hatten. Dort tat sich vor ihnen der Schlund nach Zchúl auf und aus ihm strömten die ungezählten Horden der Finsternis.
Die Ga'hel traten ihnen, angeführt von Engadan, mit tödlicher Ruhe entgegen und entfesselten ihre gewaltige Macht. Die Horden von Durazc wurden zu abertausenden niedergemacht und der gefallene Gott erzitterte vor dem Zorn seines Bruders und des Volkes der Ga'hel. In seiner Furcht entfesselte er schließlich die schrecklichsten seiner Diener – die Nâlcar.
Die Nâlcar waren dürre, kaum mannshohe Gestalten, gehüllt in schwarze Lumpenmäntel, die ihre verkrüppelten Gliedmaßen verbargen. Sie waren Durazcs Gegenstück zu den von seinem Bruder geschaffenen Ga'hel. Es waren verzerrte Abbilder ihrer lichten Gestalten und wo die Ga'hel aus ihrem tiefsten Innersten

vor Leben strahlten, da verzehrten die Nâlcar alles Licht. Sie hassten es, denn sie selbst waren nur Schatten und Dunkelheit. Durazc hatte die reinste Finsternis aus dem Nichts zwischen den Sternen geholt und ihr in den Nâlcar unheilvolle Gestalt und tödlichen Willen gegeben.
Diese Kreaturen entzündeten sich in schwarzem Feuer sobald sie das Licht der Oberfläche berührten und wuchsen zu Dämonen von gigantischer Größe an. Sie verschlangen alles Licht, verdunkelten das Land und ließen nur Leere und Finsternis zurück. Diese Wesen zu schaffen und an die Oberfläche zu lassen, war eine der größten Sünden, welcher sich Durazc jemals schuldig gemacht hatte.
Engadan sah, wie die Nâlcar die Reihen der Ga'hel wanken ließen und wie sich selbst die tapfersten Krieger in Verzweiflung abwandten vor dem Schrecken aus der Tiefe.
Engadan selbst stürmte durch die Reihen von wieder erstarkenden Dämonen zum Anführer der Nâlcar.
Nâc-Ûrazh, der schwarze Fürst, sprang ihm entgegen und hüllte Engadan in sein Feuer während er mit langen Klauen nach ihm griff.
Doch Av'r'uns Sohn befreite sich mit einem mächtigen Schlag Herírs und trennte Nâc-Ûrazh den linken Arm ab. Der Dämon brüllte vor Schmerz und Wut und auf einmal flammte wilde Furcht vor dem weißen Licht des Schwertes und dessen Meister in ihm auf. Er wandte sich zur Flucht und die Schlacht wäre entschieden gewesen – wäre nicht Durazc selbst auf einmal aus Zchúl emporgestiegen und auf der Ebene vor ihren Toren erschienen.
Die Schlacht kam zum Erliegen, als der Weltenschöpfer und der gefallene Gott einander nach tausend Jahren erneut gegenüberstanden.

*

Der Augenblick schien eine Zeit zu überdauern, in der Königreiche hätten zerfallen, Berge vom Wind abgetragen und

Meere zu Wüsten hätten vertrocknen können. Die ganze Welt hielt inne ... um dann, innerhalb eines Wimpernschlags, in dem sich die zwei mächtigen Götter ihre Waffen entgegenschleuderten, unter Blitz und Donner zu erzittern.

Ein Kampf entbrannte, wie er von lebendigen Wesen noch nie zuvor gesehen worden war.

Engadans reiner, heller Zorn ließ seine Klinge so schnell durch die Luft schneiden, dass sie die Wirklichkeit selbst zu teilen und den Blick auf ferne Welten, Zeiten und Räume freizugeben schien.

Dagegen waren Durazc dunkle Wut und sein nie versiegender Hass, mit denen er sein schwarzes Beil schwang, wie riesige Brocken rotglühenden Gesteins, die vom Himmel regneten.

So kämpften die zwei Brüder – wie lange konnte hinterher niemand sagen. Sie kämpften bis zu dem Moment, in dem Durazc auf einmal erkannte, dass er seinem älteren Bruder letztlich unterliegen würde. Unter großer Furcht löste er sich von seinem Gegner und trat einige Schritte zurück. Engadan hielt inne und wartete.

Durazc begann zu seinem Bruder zu sprechen. Er sprach von seinen großen Fehlern, von Vergebung und Wiedergutmachung. Er ließ seine Waffe fallen und sank auf die Knie – auf den Boden, der vom roten Blut der Ga'hel und dem schwarzen Blut der Dämonen getränkt war – und streckte seinem Bruder flehend die Hände entgegen.

Engadan hörte ihm zu. Er sah nicht den Funken der Niedertracht und des Verrats in Durazcs Augen, während dieser Nâc-Ûrazh, den Obersten der Nâlcar durch die Kraft seiner Gedanken herbeirief. Der Dämon schlich sich, wieder geschrumpft und mit pestschwarzen Lumpen verhüllt, unsichtbar von Schatten zu Schatten bis in Engadans Rücken. Zusammen mit seinen stärksten Dienern, welche sich wie er in den Schatten verbargen, legte er den Hinterhalt. Und die Ga'hel, die nur auf einen Befehl ihres Herrn warteten, um sich auf den verhassten Durazc zu stürzen, bemerkten es nicht.

Durazc sah weiter zu seinem Bruder auf, doch Engadan erkannte endlich das verräterische Leuchten in seinen Augen. Er sprang zur Seite – genau in jenem Augenblick, als Nâc-Ûrazh und seine Nalcar ihre Umhänge abwarfen, innerhalb von wenigen Herzschlägen zu flammenden Giganten heranwuchsen und ihn mit ihrem schwarzen Feuer zu verzehren suchten. Durazc sprang fluchend auf und griff zu seinem Beil, um sich zusammen mit den Dämonen auf seinen Bruder zu werfen. Die Ga'hel erkannten den Verrat und stürzten sich mit großem Zorn auf die verfluchten Wesen, um ihrem Herrn beizustehen.
Engadan wurde von mehreren Nâlcar und Nâc-Ûrazh bedrängt und blutete bereits aus tiefen Wunden. Doch er warf sich entschlossen auf den Obersten der Lichtverzehrer und kämpfte, ohne auf die anderen Nâlcar zu achten, mit einer Macht und Schnelligkeit, dass Herír erneut nur noch als blitzender Schemen auszumachen war.
Nâc-Ûrazh stieß sein furchtbares Brüllen aus, welches alle Lebewesen auf dem Feld bis ins Mark erschütterte, seine Nâlcar aber frohlockend einstimmen ließ. Sie griffen Engadan mit tödlichem Eifer und ohne Rücksicht auf ihre eigene Unversehrtheit an. Engadan erkannte, dass er sich nur noch wenige Augenblicke gegen die Dämonen halten konnte. Er sammelte noch einmal all seine Kraft, holte zu einem mächtigen Streich aus, ließ seinen Schlachtruf über das Feld hallen und schwang Herír.
Das weiße Schwert zerriss die Reihe der Nâlcar, die aus seinem Rücken auf ihn zustürzten. Nâc-Ûrazh witterte den Sieg, als sein Gegner von ihm abgewandt war und sprang ihn mit weit aufgespannten Flügeln, die das gewaltige Gewicht des Dämonen schon seit Äonen nicht mehr zu tragen vermochten, an. Doch Engadan drehte Herírs Spitze noch im Schwung herum, während es sich durch Haut, Knochen und das Feuer der Lichtverzehrer fraß, so dass seine Spitze zuletzt auf Nâc-Ûrazh zuschoss.
Die Himmelsklinge fuhr durch den gewaltigen Schädel des Dämonen. Seine ausgestreckten Klauen jedoch zerrissen Engadans Rüstung und drangen ihm selbst durch das Fleisch bis

auf die Knochen. Der Herr des schwarzen Feuers stieß ein qualvolles Heulen aus und zerfiel zu Asche.

Die Nâlcar sahen, dass ihr Mächtigster gefallen war und wandten sich heulend zur Flucht. Engadan wankte, aus vielen Wunden blutend. Um ihn herum vernichteten die Ga'hel das schwarze Heer seines Bruders, den Engadan jedoch nicht sehen konnte. Die Siegesrufe der Ga'hel hallten schon über das Feld und der Gott meinte, sein Bruder sei mit den Überbleibseln seines Heeres wieder nach Zchûl verschwunden. Er wollte sich gerade vom Schlachtfeld abwenden, als ihn von hinten das Beil Durazcs traf und ihm den rechten Arm abschlug.

Der Herr des Abgrunds hatte sich feige an ihn herangeschlichen, um ihn im Augenblick des Sieges zu erschlagen. Die Ga'hel sahen was geschah, schrien vor Wut und Trauer und wollten Engadan zu Hilfe eilen. Doch waren sie nicht schnell genug... Engadan sank zu Boden als Durazc das Beil zum tödlichen Schlag erhob. Doch mit dem letzten Rest der Kraft, die seinem Körper noch innewohnte, griff er mit der Linken nach Herír und stieß es seinem Bruder in den Leib.

Durazc ließ sein Beil, das er bereits zum Schlag erhoben hatte, fallen und sank vor Engadan auf die Knie. Beide blickten sie sich an und Durazc spie fürchterliche Flüche gegen Engadan aus und verwünschte ihn.

Die Ga'hel erreichten die beiden Götter und zerrten Durazc von ihrem Herrn fort. Doch Engadan gebot ihnen Einhalt, als sie seinen Bruder töten wollten.

Er erhob sich mühsam, griff nach seinem Schwert und wandte sich ihm zu. Er bat vor den umstehenden Ga'hel bei seinem Vater Av'r'un um Vergebung für seinen Bruder und dass dieser ihm in ferner Zukunft verzeihen möge, wenn die Wunden der Welt verheilt seien. Denn dann wolle auch er seinem Bruder, trotz all des durch ihn verursachten Leids, verzeihen und seiner gedenken, als der, der er gewesen war, bevor Hass und Neid ihn verzehrt hatten.

Mit diesen Worten trieb Engadan Durazc sein Schwert tief ins Herz, wo der weiße Stahl von Finsternis zerrissen wurde. Der

Gott der Dämmerung löste sich in einem Ausbruch schwarzen Feuers auf und verging.
Engadan stand noch einen Augenblick auf dem Feld seines Sieges, wie auch seiner Niederlage, bis er vor Schwäche zu Boden fiel und starb.

*

Die Ga'hel standen nach dem großen Krieg vor den Trümmern ihrer Welt. Unzählige von ihnen waren gestorben in der letzten großen Schlacht und nun war auch noch Engadan – der Vater ihres Volkes – von ihnen gegangen. Sie trugen seinen geschundenen Körper vom Schlachtfeld, säuberten ihn und bahrten ihn zusammen mit seinem zerbrochenen Schwert Herir in einem geheimen Grab auf.
Die mächtigsten Magier der Ga'hel versiegelten das Tor zur Unterwelt. Das magische Volk kehrte in sein Land zurück und lebte in Trauer um seinen Schöpfer weiter. Sie lehrten das junge Volk der Menschen, das zu dieser Zeit auf Erden wandelte, vieles von ihrem geheimen Wissen. Doch dann verschwanden sie irgendwann in den Schatten der Vergangenheit und nur die Geschichten erzählen noch von ihnen..."

*

Die Lhanadu beendete die Geschichte und der Kopf der alten Frau sank müde auf ihre Brust. Zuerst war es still auf dem Platz, doch nach und nach erhob sich leises Gemurmel und immer mehr Blicke richteten sich nun auf die Ga'hel und Garab. Dieser spürte die wachsende Unruhe und erhob sich schließlich: „Meine Freunde – wir haben die Geschichte unserer Vergangenheit gehört und ihr fragt euch zu Recht, w*eshalb*?"
Zustimmendes Gemurmel erhob sich auf dem Dorfplatz und nun hingen alle Augen an Garabs Lippen. Er wog jedes seiner nächsten Worte sorgfältig ab, wohl wissend, wie sehr er die

Dorfbewohner, die Menschen, die seiner Führung vertrauten, nun erschreckte: „Das Tor zur Unterwelt, die Kluft, die in die Tiefen der Welt hinabreicht, blieb nicht verschlossen."
Es war nun so still auf dem Platz, dass man jeden Atemzug hören konnte. „Das Tor wurde wieder geöffnet von den dunklen Mächten, die in Zchûl hausen. Die Dämonen, die unsere Wälder und unser Dorf heimsuchen, sind aus der Unterwelt ans Licht gekommen, um Tod und Zerstörung über uns zu bringen. Sie werden Cûzhal genannt – Diener des Abgrunds."

Auf dem Platz herrschte immer noch Stille. In einem Dorf außerhalb der Caradann, in einem Dorf der Menschen des Königreiches, wären nun Angst und Verzweiflung ausgebrochen und hätten die Bewohner kopflos umherlaufen lassen. Doch die Caradain waren keine Menschen des Königreichs. Sie waren ein zäheres und mutigeres Volk. Sie fürchteten den Tod nicht – sie wussten, dass jeder ihm zur rechten Zeit begegnen würde und sie lebten jeden Tag in dem Wissen darum. Doch was sie fürchteten, das war das Verderben, welches das mächtige Volk der Ewigdauernden heimgesucht hatte. Die Bedrohung aus dem Abgrund der Welt, von der Garab nun gesprochen hatte. Die einzige Bedrohung, die ihnen nicht nur ihr Leben, sondern – wie sie glaubten – auch ihre Seele rauben konnte.
Was sie jedoch ruhig bleiben ließ, war etwas anderes als die Fügung in das eigene Schicksal: Sie vertrauten ihrem Anführer – vielmehr als er selbst wusste.
Garab wartete einige Augenblicke ab, ehe er das aussprach, was ihn selbst am meisten hoffen ließ: „Doch wir sind nicht allein gegen diese Kreaturen der ewigen Dunkelheit. Die Krieger, die mir in den Caradann begegneten, sind mächtige Kämpfer. Sie kamen aus den großen Bergen, um die dunkle Brut zu verfolgen und zu vernichten, die sich aus den dunklen Tiefen erhoben hat und durch den Schlund im Norden der Welt an die Oberfläche gestiegen ist. Sie kamen, um uns vor ihr zu schützen – uns im Kampf beizustehen. Denn sie sind die Kinder Engadans, die

nach ungezählten Jahren aus den Nebeln der Zeit wiederkehren –
das verlorene Volk der Ewigdauernden, die Ga'hel."

DIE LÄNGSTE NACHT

Garab lehnte mit dem Rücken an einem Schornstein und starrte in die Nacht hinaus. Hinter ihm lag das ganze Dorf in absoluter Dunkelheit. Nichts, was sie beobachtete, konnte in einem verräterischen Gegenlicht die vielen Gestalten ausmachen, die auf den Dächern mit den darauf angebrachten, roh gezimmerten Laufgängen standen. Es waren vorwiegend Ga'hel, die mit Garab und einigen der besten Tangal des Dorfes auf den Dächern Wache hielten und auf den Angriff warteten. Auf den Angriff, der – dessen war sich Garab auch ohne die Berichte der Ga'hel sicher – kommen würde.
Bereits am Morgen des Vortages waren alle Frauen und Kinder von einigen Tangal und Ga'hel durch den Wald zum nächsten Caradaindorf gebracht worden. Dort würden sie hoffentlich in Sicherheit sein.
Die gemischte Eskorte war unvermeidlich gewesen, da nur die Ga'hel durch ihre magische Wahrnehmung einen Angriff der Cûzhal früh genug bemerken konnten. Im Falle eines Angriffs waren die mächtigen Krieger außerdem die einzigen, die den dunklen Wesen im Nahkampf gewachsen waren. Dass dadurch weniger Krieger für die Verteidigung Peruts zur Verfügung standen, war ein Nachteil, der in kauf genommen werden musste. Die Frauen und Kinder im Dorf zu behalten, wäre leichtsinnig und gefährlich gewesen.

Es war bereits in der Nacht vor dem gestrigen Tag gewesen, dass Chilvans Trupp eingetroffen war. Es waren insgesamt dreißig an der Zahl und alle trugen genau die gleichen Gewänder und Rüstungen wie seine anderen Krieger. Alle hatten sie den gleichen, entschlossenen Blick und dieselben, beinahe unmenschlich gleichförmigen Bewegungen beim Marschieren und bei allem anderen, was sie taten. Und noch etwas verband sie: Garab hatte den Eindruck, dass niemandem von ihnen die

Bewohner von Perut irgendetwas bedeutete. Dieses Gefühl hatte ihn doch etwas überrascht. Er war davon ausgegangen, dass nicht alle Ga'hel so... *kalt* waren wie Chilvan und seine drei Krieger – doch diese waren es.

Gleichzeitig nahm er eine Aura von Macht wahr, welche die Ga'hel umgab. Mit dem Eintreffen der großen Schar war ihm bewusst geworden, dass er dies auch schon vorher bei Chilvan und den anderen gespürt hatte.

Das Gefühl beruhigte ihn angesichts des wahrscheinlich bevorstehenden Kampfes. Die Ga'hel mochten in den Jahrhunderten ihres Lebens manches Gefühl oder besser Mitgefühl verloren haben und es mochten andere Gründe als Nächstenliebe sein, weshalb sie gemeinsam mit den Caradain fochten. Wenn sie Garabs Dorf retteten, konnte ihm dies alles gleichgültig sein.

*

Die zweite Hälfte der Nacht war bereits angebrochen, als das Geräusch von eiligen Schritten Garab aus seinen trüben und dunklen Gedanken riss. Er blickte auf und sah Fulfar, den besten Bogenschützen des Dorfes, auf sich zukommen.

„Was ist geschehen, Fulfar?", flüsterte Garab, als der mehr als zwanzig Winter ältere Mann neben ihm stehen blieb.

„Etwas regt sich am Waldrand", antwortete dieser in ruhigem Ton, ohne die geringsten Anzeichen von Furcht in der Stimme und deutete auf eine bestimmte Stelle, viele hundert Schritt entfernt.

Garab blickte in die gewiesene Richtung und versuchte, im kaum vorhandenen Licht der wenigen Sterne, die zwischen den dicht am Himmel hängenden Wolken hindurch leuchteten, vor dem dunklen Wall der Bäume etwas zu erkennen. Er wusste, dass Fulfar trotz seines höheren Alters wesentlich bessere Augen hatte als er und ihm nichts anderes übrig bleiben würde, als sich auf ihn und seine eigenen, verbleibenden Sinne zu verlassen.

Er schloss die Augen, horchend... riechend ... fühlend ... Er öffnete sich dem Wind – der ihm die leisesten Laute und die flüchtigsten Gerüche zutrug und versuchte die feinen Schwingungen der Luft zu lesen...

So standen die beiden Tangal einen Moment. Der Augenblick dehnte und wandelte sich schließlich zu einem Raum, in dem Zeit keine Rolle mehr spielte ...

Die Wolken verdichteten sich und das letzte Licht der Sterne verschwand. Garab hörte, wie Fulfar begann ein wenig schneller zu atmen, als er seine Augen noch mehr anstrengte. Doch er wusste ohne die Augen zu öffnen, dass das Licht nun so gering war, dass auch Fulfar nichts mehr wahrnehmen konnte.

Unvermittelt stürmte es auf Garabs Sinne ein: *Geruch... Geräusch ... Bewegung ...*

Auf einmal spürte er eine Präsenz, die seinen Geist erstürmte und ihn schwindelnd in die Knie brechen ließ. Und dann hörte er Worte in seinem Kopf – ein Brüllen, das ihn bis ins Mark erzittern ließ. Es war als würden Lawinen direkt neben ihm in ein Tal donnern:

„... *VVELKEN!*"

„... *NIERGAN!*"

„... ***MORGUTAN!!!***"

Garab musste sich mit den Händen abstützen, um nicht ohnmächtig zu werden. Er fühlte – weit entfernt, wie ihm schien, und wie durch einen Nebel – eine Erschütterung, einen Aufprall ...

... und er wusste, dass SIE hier waren.

*

Garab hörte das Schaben riesiger Klauen auf Holz... schwere, tiefe Atemzüge aus einem riesigen Brustkorb ... und er spürte den Blick des Wesens auf seinem Rücken. Er richtete seinen Oberkörper auf, fiel dabei fast nach hinten, und öffnete taumelnd die Augen ...
...um die mächtige Kreatur anzusehen, die über ihm stand.

Es war ein Cûzhal. Er schien Garab viel größer als der, den er in Erinnerung hatte – der, den Chilvan getötet hatte. Die Kreatur stand vor ihm und beugte sich zu ihm herab.
Garab sah undeutlich schwarzes Fell ... lange und muskulöse Arme ... weiße Klauen ...

Garab starrte in die schwarzen Augen des Cûzhal: Der Blick brannte sich in seinen Kopf und er meinte wieder die Stimme in seinem Geiste zu hören – doch diesmal schien es ihm fast...
... es war eine fremde Sprache und er verstand den Sinn der Worte nicht...
wenngleich...
... Garab meinte für einen kurzen Augenblick beinahe etwas in dieser Sprache wiederzuerkennen...

Die gewaltige Kreatur öffnete ihr Maul ein wenig und beugte sich noch näher an Garabs Gesicht heran, so dass er den Luftzug des heißen Atems spüren konnte.
Irgendetwas irritierte Garab, aber er war noch immer zu benommen von der Präsenz des Wesens in seinem Geist, als dass er hätte fassen können, was es war...

Die Kreatur schien Garab zu mustern. Sie legte den Kopf leicht schräg und blickte ihm direkt in die Augen. Garab schien es, als könne er durch das Dunkel hindurchblicken..., als sähe er...

Auf einmal ruckte der Kopf der Kreatur nach oben, ihr Blick ging über Garab hinweg und dann brüllte sie so laut, dass er hintenüber auf den Rücken fiel...

... nur einen Wimpernschlag, bevor ein Pfeil die Schulter der Kreatur traf und sie erneut brüllend einen Schritt zurücktaumeln ließ.

Die Präsenz des Wesens in seinem Geiste riss plötzlich ab. Jedoch war Garab noch zu benommen, um sich umzuwenden und zu sehen, woher der Pfeil gekommen war, ganz zu schweigen davon, sich aus der Nähe des Cûzhal zu bewegen.
Die Kreatur knurrte über Garab hinweg etwas oder jemanden an. Immer stärker und lauter wurde das Grollen aus der mächtigen Kehle...
Plötzlich verstummte die Wolfskreatur und kauerte sich blitzartig zusammen, als etwas langes schemenhaft und nur haarscharf an ihr vorbei zischte...
...dann richtete sie sich zu ihrer vollen Größe auf, ein weiteres ohrenbetäubendes Brüllen brach aus dem Rachen der Bestie, sie wandte sich ab und sprang mit einem riesenhaften Satz über den Dachfirst in das Dorf hinein.

Garab konnte ein Klirren und einen dumpfen Schrei hören, der ihm aber seltsam hoch vorkam. Dann spürte er, wie jemand ihn an der Schulter berührte und er vernahm eine Stimme – doch diesmal war sie menschlich, oder zumindest fast: Es war die Heilerin Ilijé.
Als er sich nicht bewegte und auch nicht antwortete, ließ sie sich vor ihn auf ein Knie nieder und sprach ihn nochmals an: „Seid Ihr verletzt?"
Garab schüttelte heftig den Kopf, um wieder zu sich zu kommen. Ilijé schien dies als ein Nein zu verstehen und wollte sich schon wieder erheben, als er sie am Arm zurückhielt: „Was war das für eine Stimme vorhin?"
Ilijé sah ihn irritiert an: „Wovon sprecht ihr?"
Garab starrte sie noch einen Augenblick an. Seine Gedanken gingen noch immer verwirrend langsam und er war nicht fähig, seine Erlebnisse zu ordnen.

Da zerrissen Schreie die Luft und sein Körper schien sich auf einmal wie von selbst zu bewegen: Er sah und spürte wie er aufsprang, direkt über das Hausdach rannte, sich auf der anderen Seite zu Boden fallen ließ, seinen Bogen von der Schulter riss und einen Pfeil an die Sehne legte...

Das Bild, das sich ihm bot, war unbeschreiblich: Mehrere der gigantischen Cûzhal waren in Perut eingedrungen und befanden sich im Kampf mit den Dorfbewohnern und den Ga'hel.
Auf den zweiten Blick sah Garab allerdings, dass eigentlich nur noch die unsterblichen Krieger Gegenwehr leisteten und die meisten seiner Männer – überwältigt oder tot vermochte er nicht zu erkennen – bereits am Boden lagen.
Garab spannte den Bogen durch und schoss auf einen nahen Cûzhal, der sich gerade im Kampf mit einem Ga'hel-Krieger befand, welcher der Kreatur jedoch offensichtlich unterlegen war. Der Wolf wollte soeben einen mächtigen Schlag gegen den Kopf des Kriegers führen, nachdem er mit dem vorigen dessen Deckung hinweggefegt hatte, als ihn Garabs Pfeil zwischen die Schulterblätter traf.
Die Bestie brüllte auf und krümmte sich zusammen. Der Ga'hel verschwendete keinen Wimpernschlag lang den Vorteil, der sich ihm nun bot und trennte seinem Gegner mit einem mächtigen Hieb seines Schwertes den Kopf ab.
Der Krieger wandte sich sofort dem nächsten Cûzhal zu, welcher auf allen Vieren mit großen Sätzen auf ihn zusprang. Doch selbst die schnellen Bewegungen des Ewigdauernden waren zu langsam für den Dämon, der ihn einfach umrannte – um sich danach mit unverminderter Geschwindigkeit Garab zuzuwenden...

*

Noch während Garab versuchte einen neuen Pfeil auf die Sehne zu legen, wusste er innerlich bereits, dass auch er zu langsam sein würde...

... auf einmal traf ein Pfeil die heranrasende Kreatur ins rechte Auge, ließ sie im Lauf tot zusammenbrechen und schließlich genau vor Garabs Füße rutschen.

Nun erst bemerkte er, dass Ilijé ebenfalls mit ihm über das Dach gerannt und auf den Dorfplatz gesprungen war. Die Kriegerin verschwendete keinen weiteren Augenblick und legte bereits den nächsten Pfeil auf ihren Bogen. Garab tat es ihr sofort nach.

Zusammen schickten sie tödliche Schemen nach den riesigen Körpern der Schattenwesen aus und entschieden damit die meisten der noch ausgefochtenen Kämpfe.

Garab legte gerade seinen letzten Pfeil an, als er hinter sich eine Erschütterung spürte.

Er fuhr herum, ließ den Bogen in der Bewegung fallen und griff nach dem Schwert in seinem Gürtel – doch er war nicht einmal ansatzweise schnell genug...

Eine gigantische Hand griff nach seinem Hals und er spürte wie er mit unnachgiebiger Gewalt in die Knie gedrückt wurde. Er gab es auf, nach seiner Klinge zu greifen und versuchte mit beiden Händen die mächtigen Klauen auseinanderzuziehen – genauso gut hätte er versuchen können mit bloßen Händen sein Schwert zu verbiegen.

Mit einem Mal bemerkte Garab, dass die Kreatur ihn zwar am Hals hielt so dass er sich nicht befreien konnte, ihm jedoch nicht die Luft zum Atmen abdrückte. Verwirrt hob er seinen Blick, um nach Ilijé Ausschau zu halten.

Sie befand sich nur einen Schritt vor ihm – in den Klauen der rechten Hand des Dämons.

Der Cûzhal hielt sie auf Höhe seiner Augen vor sich und schien sie zu mustern.

Ilijé hatte zwar den Arm des Wolfes gepackt, starrte ihm jedoch völlig reglos in die Augen und Garab hatte für einen Moment den Eindruck, dass zwischen den beiden so grundverschiedenen

Wesen die Luft zu verschwimmen schien... als würde zwischen ihnen ein unsichtbares Feuer lodern...

Garab wurde sich auf einmal bewusst, dass der Waffenlärm auf dem Platz verklungen war.
Der Wolfsdämon starrte Ilijé noch einen Augenblick an, dann wandte er den Kopf von ihr ab und blickte zu den Kämpfenden hinüber.
Chilvans Stimme war zu vernehmen – doch in einer Tonlage, in der Garab ihn noch nie hatte sprechen hören. Der Ga'hel schrie und seine Stimme klang in einem Moment wie zorniges Brüllen, drohte im nächsten Augenblick jedoch in hysterisches Kreischen zu verfallen. Doch Garab verstand jedes Wort, das er sprach und dabei lief es ihm eiskalt den Rücken hinunter:
„WAS WILLST DU, ANBETER DER EWIGEN FINSTERNIS?"

Garab meinte absurderweise fühlen zu können, wie der Cûzhal unter dem Hall der Stimme erzitterte.

Wieder erklang die Stimme des Heerführers: „WILLST DU ETWA VERHANDELN?"

Garab erschien der Gedanke zu seiner eigenen Überraschung nicht einmal abwegig, dass die Wesen, die sie überfallen hatten, zu so etwas fähig sein könnten. Er hörte wie Chilvan zu lachen schien...

„DU HAST NICHTS, MIT DEM DU VERHANDELN KÖNNTEST – VOLCAM! GAR NICHTS!"

Die Cûzhal haben Namen?
Garab hatte ein ungutes Gefühl in seinem Magen, welches nicht davon herrührte, dass ihn ein gigantischer Wolf in den Klauen hielt.

Wieder erklang das Lachen Chilvans und nun glitt es endgültig hinüber zur Hysterie. Doch als er schließlich aufhörte zu lachen und erneut sprach, war seine Stimme von einer eiskalten Ruhe erfüllt: „Der Caradain, den du festhältst, das ganze Dorf voller Sterblicher und Ga'hel – ja, selbst die Enkelin Dala'runs dort in deinen hässlichen Klauen… NICHTS HAST DU, UM DAMIT UM DEIN ERBÄRMLICHES LEBEN FEILSCHEN ZU KÖNNEN! GAR NICHTS!"

Chilvans Stimme überschlug sich nun wieder beinahe: „DU WIRST STERBEN – HIER UND HEUTE, DU VERFLUCHTE MISSGEBURT! UND NICHTS MEHR WIRD MICH JEMALS WIEDER AN DICH ERINNERN!"

*

Garab spürte wie sich die Klauen des Cûzhal langsam lockerten und seinen Hals schließlich freigaben. Er blickte nach oben und sah zu seiner Überraschung, wie ihn die Kreatur ansah. Sie hatte ihr Maul geschlossen und ohne die gewaltigen Fänge, die gekräuselten Lefzen und das Knurren … meinte Garab etwas Neues in diesem Blick zu entdecken…

Dann wandte das Wesen den Kopf nach rechts zu Ilijé und Garab sah, wie er sie behutsam absetzte, sie einfach stehenblieb und zu ihm aufsah – und wie sich die beiden einen langen Moment anblickten…

… da erschallte wieder Chilvans Kreischen auf dem Platz: „VERSUCH NICHT UNS ZU TÄUSCHEN! DU BIST EINE VERFLUCHTE …"

… weiter kam der Ga'hel nicht, da in diesem Moment das Brüllen des Cûzhal die Nacht zerriss und alles andere verstummen ließ.

Garab sah, wie sich am ganzen Körper der Kreatur die mächtigen Muskeln unter dem ohrenbetäubendem Brüllen anspannten.
Vornübergebeugt, mit drohend ausgebreiteten Armen und weit aufgerissenem Maul, konnten die Ga'hel wohl nicht mehr viel anderes von ihr sehen, als ihre gewaltigen Fänge.

Dann krümmte sich der Cûzhal zusammen und schoss so kraftvoll und schnell nach vorne, dass Garab nur noch einen flüchtigen Schatten ausmachen konnte.
Während seine Augen dem Cûzhal folgten, sah Garab den Dorfplatz nun zum ersten Mal wieder: Er hatte sich geirrt – damit, dass alle Kämpfe bereits entschieden waren. Es standen neben einigen Ga'hel auch noch drei Cûzhal aufrecht und blickten auf Chilvan, welcher nun von dem Wolf erreicht wurde...
... und auf den Kampf, der sofort mit unwirklicher Gewalt in ihrer Mitte losbrach...

Garab hatte noch nie gesehen, wie zwei Geschöpfe sich derartig bekämpft hatten.
Chilvan hatte seine beiden Schwerter in den Händen und hieb doppelt so schnell auf seinen Gegner ein, wie Garab es von dem Kampf auf der Waldlichtung in Erinnerung hatte.
Der Cûzhal bewegte sich trotz seiner gewaltigen Masse und Größe beinahe mit unwirklicher Geschwindigkeit, wich den tödlichen Klingen aus und sprang seinen Gegner immer wieder von Neuem an.
Der Kampf schien eine Ewigkeit zu währen – und dauerte doch nur einige Momente. Chilvan konnte gegen den gewaltigen Cûzhal nur zu Beginn bestehen. Schon nach einigen Augenblicken war der Ansturm der immer zorniger und schneller dreinschlagenden Kreatur für ihn nicht mehr aufzuhalten.
Das Wesen packte schließlich die Klinge von Chilvans linkem Schwert mit der bloßen Hand und schleuderte die blutbefleckte

Waffe in die Finsternis. Gleichzeitig stach der Ga'hel mit dem linken Schwert nach der Brust der Kreatur ... doch diese war schneller als der Stoß und drehte ihren Rumpf weg. Das Schwert drang tief in die Schulter des Wolfes, der sich aber nochmals ruckartig drehte und Chilvan, der seine Waffe nicht losließ, von den Füßen riss und zu Boden schleuderte.

Die Kreatur stieß ein wütendes Gebrüll aus, packte das Schwert und riss es aus ihrer Schulter. Mit einem Schritt war sie bei Chilvan, packte ihn, hielt ihn mit beiden Pranken dicht vor seinen Kopf und brüllte ihm mit mehreren, langgezogenen Lauten mitten ins Gesicht – Garab glaubte niemals zuvor soviel Zorn in einem Laut gespürt zu haben.

Als das Wesen seinen Kopf beim letzten Brüllen jedoch von Chilvans Gesicht weg zum Himmel erhob und sich der Laut in ein langgezogenes Heulen wandelte – war es kein Zorn mehr, den Garab hörte...

Und als er seinen Kopf zur Seite wandte, sah er Ilijé neben sich, die den Blick fest auf die Kämpfenden gerichtet hatte und der Tränen über das Gesicht liefen...

*

Schneller als Garab begreifen konnte, stürmten mehrere der Ga'hel – die bis dahin wie versteinert den Kampf beobachtet hatten – auf den Cûzhal zu, der ihren Anführer festhielt. Einige wurden von den drei verbliebenen Wolfsdämonen aufgehalten. Die Krieger, welche Chilvans Gegner erreichten, wagten jedoch zuerst nicht, ihn anzugreifen. Die Kreatur beachtete sie nicht und blickte stattdessen nur den Ga'hel in seinen Klauen an.

Da trat einer der Krieger vor und stach mit einem Speer nach dem Cûzhal. Der Stich traf die Kreatur in den rechten Hinterlauf, gleichzeitig stürzten sich zwei Krieger von vorne auf den Cûzhal und wanden ihm ihren Hauptmann aus den Klauen. Einen der beiden Ga'hel fegte der Wolf mit einem einzigen, blitzschnellen Hieb von den Füßen, bevor dieser sich aus der Reichweite der gewaltigen Klauen bringen konnte. Dem anderen gelang es seinen Hauptmann einige Schritte weit von der Kreatur wegzuschleifen.

Der Cûzhal sah sich auf einmal umringt von Kriegern und musterte diese knurrend, während er sich im Kreise drehte. Dann machte er einen gewaltigen Satz über die Köpfe der Ga'hel hinweg aus dem Kreis heraus – und landete mit einigen weiteren Sätzen wieder bei Garab und Ilijé.

Er packte die Heilerin im Vorbeispringen... Garab sah einen weiteren Cûzhal auf sich selbst zuschießen... sah die Klauen, welche sich nach ihm ausstreckten und sein letzter Gedanke galt Helana und Todar, bevor die Dunkelheit über ihm zusammenschlug …

ZWEITES BUCH:

DIE UNENDLICHEN WÄLDER

IM ANGESICHT DER WELT

Nebel hing über den unendlichen Wäldern. Er umwaberte die Spitzen der höchsten Bäume, welche wie Inseln aus einem Meer herausragten.
Die Wälder atmeten den neuen Morgen ein, wie sie es seit tausenden von Jahren taten.
Vieles hatten sie gesehen – vieles, was seinen Anfang im Angesicht der Welt genommen hatte – seinen Anfang und sein Ende.

Die meiste Zeit waren es die Menschen – die Menschen, die immer aufs Neue begannen…
Häuser waren gebaut, Siedlungen errichtet worden – waren vergangen und verschwunden im Grund des Waldes. Doch immer neu fingen sie an, es zu versuchen – den Wald zu bezwingen und etwas Dauerhaftes zu schaffen
– der Anfang war Teil ihrer Natur.

Königreiche waren gekommen und wieder gegangen – keines hatte Bestand gehabt vor der unbezwingbaren Macht der Zeit – nichts auf der Welt konnte vor der Zeit bestehen.
Sie wollten es nur nicht einsehen – sie kämpften immer aufs Neue gegen die Welt an
– der Anfang war Teil ihrer Natur.

Schlachten und Kriege waren geschlagen, gewonnen und verloren worden. In Wahrheit waren alle Schlachten, die im Angesicht der Wälder begonnen worden waren, letztlich verloren gewesen – für alle, die sie schlugen. Denn wahre Sieger konnte es in Kriegen nicht geben.
Doch auch das wollten sie nicht einsehen
– war auch dies Teil ihrer Natur?

Tag um Tag rangen die Menschen mit dem Leben auf dem Antlitz der Welt. Tag um Tag versuchten sie ihm eine – wie sie meinten – höhere Bedeutung zu geben. Suchten sie immer aufs Neue – den Anfang.
Sie versuchten ihr Sein festzuhalten – die Zeit zu besiegen – über ihr Schicksal zu triumphieren. Versuchten sich festzuhalten, an den Dingen in ihrem Anfang – an ihrem Leben – obwohl es nicht ihre Bestimmung war, von Dauer zu sein. So wie es die Bestimmung keines Wesens – sei es Mensch oder Tier oder von anderer Art – jemals gewesen war, unsterblich zu sein.
Es war Teil ihrer Natur, den Anfang immer aufs Neue zu wagen und um seinen Erhalt zu kämpfen – und durch den Kampf würden sie lernen.
Würden sie irgendwann lernen – den anderen Teil ihrer Natur, der Natur allen Lebens, anzunehmen
– das Ende

Denn wer das Ende als sicher begreift…
nur der kann begreifen:
Das Ende dieses Lebens ist nur der Anfang eines neuen.

* *

So strecken die Bäume auch weiterhin ihre Äste über den Kreislauf des Lebens der Menschen und erwarten, dass deren Tag der Erkenntnis kommen mag.

Doch nun war etwas eingekehrt in die Wälder, was selbst die Bäume bis in ihre Wurzeln erschauern ließ:
Wesen, die ihrer Bestimmung trotzten – die die Zeit *überdauern* wollten.

Wesen, die immer mehr dunkle Macht und Zorn angesammelt hatten – um die zu vernichten, die ihnen trotzten…

Wesen, die schon einmal zurückgeworfen worden waren – vor vielen Jahren...

... zurückgeworfen – doch nicht vernichtet.

Sie haben schon jetzt zu lange überdauert – wollen sich nicht fügen in ihr Schicksal...

Sollten sie zuletzt triumphieren?

Sollten sie den Gesetzen des Lebens trotzen?

Sollten sie den Zorn des Lebens selbst und damit ihres Erschaffers auf sich laden?

> **Das Böse mag die Lebendigen erzittern lassen**
> **Das Böse mag gegen die Gesetze des Lebens aufbegehren**
> **Doch solange das Böse seinen Ursprung im Leben hat**
> **Wird es vergehen –**
> **So wie ein Sturm vergehen muss**
> **Wenn die Sonne die Wolken mit ihrem Licht durchdringt**

Und die großen Wälder überdauern weiter die Zeit – bis zu ihrem Ende, welches sicher ist, welches sicher war seit ihrer Geburt – seit ihrer Geburt im Angesicht dieser Welt.
Und nichts kann sie schrecken – denn das Ende ist letztlich immer gewiss.

Das Ende ist das Einzige, was vor jedem neuen Anfang kommen muss.

RESTE EINES LEBENS

Die Sonne erhob sich langsam aus ihrem Bett hinter dem Horizont und tauchte das Land in ein Farbenspiel aus zarten Rottönen, die sich mit dem dunklen Blau des Morgenhimmels in immer neuen Farben mischten.

Doel starrte auf das Schauspiel – nahm es jedoch nicht wirklich wahr. Vor seinen Augen erblickte er stattdessen die immer gleichen, dunklen und grausamen Bilder aus seinen Erinnerungen. Bilder aus jener Nacht, von der ihm Karolf gesagt hatte, sie sei vor vier Tagen gewesen.

Vor vier Tagen…

* *

Der Feuerschein ihres brennenden Hauses war schnell von einigen Dorfbewohnern gesehen worden. Karolf, seine Knechte und noch ein paar andere hatten ihn und Taled unter größter Gefahr für das eigene Leben aus dem brennenden Haus gerettet.
Doel hatte schwere Brand- und Schnittwunden davongetragen. Seinen rechten Arm musste er noch immer in einer Schlinge tragen, da die schwerste Verletzung, welche er an seinem Unterarm erlitten hatte, nur sehr langsam verheilte. Die Haut um die fünf langen Schnitte war heiß und spannte sich über dem geschwollenen und zunehmend entzündeten Fleisch. Bana, die Heilerin des Dorfes, hatte getan, was sie vermochte, doch auf seine Fragen nach seiner Verletzung hatte sie bislang nicht geantwortet. Doel wusste, was das bedeuten konnte und zwang sich, nicht darüber nachzudenken. Er war erleichtert, dass sie selbst ihm seine Ausrede abgenommen hatte, dass er sich nicht an die Nacht erinnern konnte und keine weiteren Fragen gestellt hatte – vorerst.

Lange werden sie mir meine Geschichte nicht abnehmen und wissen wollen, was genau geschehen ist.

Taled war weniger gut weggekommen als er. Seit er gefunden worden war, lag er bewusstlos in Banas Hütte. Seine Schulter und vor allem sein Gesicht waren von den Ereignissen jener Nacht furchtbar zugerichtet. Er hatte viel Blut verloren. Wäre es überhaupt möglich gewesen, so wäre Bana auf Doels Fragen nach Taleds Zustand ganz gewiss noch schweigsamer gewesen, als sie es ohnehin schon war.

Doel starrte nun direkt in die mit jedem Augenblick heller scheinende Sonne und hoffte, ihre Strahlen würden ihm die Gedanken, die ihn ununterbrochen quälten, aus dem Kopf brennen. Schließlich musste er doch die Lider senken und beobachtete die bunten Lichtpunkte, die noch lange danach vor seinen Augen tanzten …
Doch obwohl er nichts sah, erblickte er in seinen Erinnerungen doch jedes einzelne der Bilder: *den geschundenen Taled... die zerstörte Hütte... das lodernde Feuer …*

…und er sah ein weiteres Bild, welches ihn fast ununterbrochen quälte: *Locan, wie er auf der obersten Stufe der Treppe saß und zuerst ihn anstarrte und dann seinen Kopf zum Fuß der Treppe wandte…*

… wo ein riesiger Wolf lauerte…

… und näherkam…

Doch war diese Erinnerung noch nicht das Schlimmste, was sein Verstand hervorbrachte – in Doels Kopf nahmen manchmal auch andere Bilder Gestalt an: ein von vielen Wunden entstellter Locan. In Finsternis gehüllt – wie er manchmal seine Hand wie

zum Schutz erhob – sein Gesicht gezeichnet von blankem Grauen...
... und wie er manchmal einfach nur reglos dalag – reglos und *tot*.

Doel verdrängte diese Fantasiegebilde und versuchte immer wieder aufs neue, sich auf das zu besinnen, was er wusste: Locan war verschwunden. Genauso wie der Fremde, der Wanderer – *Fedrav*.
Doch solange sie nicht gefunden waren, solange sein Bruder nicht tot gefunden war – solange musste er hoffen und die Suche aufnehmen.

Doel erhob sich von seinem Platz auf der kleinen Steinmauer und ging, ohne sich noch einmal zum Dorf umzuwenden, in Richtung Seeufer davon.

* *

Die Einsiedlerklause war bis auf die steinernen Mauern fast völlig ausgebrannt. Das Dach war größtenteils verschwunden und nur noch einige gesplitterte und verkohlte Balken ragten, sich gegenseitig in einem unmöglich scheinenden Gleichgewicht haltend, in den blauen Himmel. Doel betrat das Haus durch die Tür, von der nur noch einige verkohlte Splitter in den Angeln hingen. Er starrte die Tür an und erinnerte sich an die unglaubliche Gewalt, mit der sie in tausend Stücke zerbarst war.

Über welche Kraft verfügen diese Wesen?

Doel wandte sich schließlich von dem beunruhigenden Anblick ab und sah sich in dem um, was vom Hauptraum der Hütte übrig geblieben war.
Die Überreste des fast zur Hälfte eingestürzten Dachstuhls versperrten den größten Teil des Raumes und hatten alles unter verbrannten Balken, Stroh und Asche begraben. Dass vom

Dachstuhl, den Möbeln und allen anderen hölzernen Gegenständen überhaupt noch etwas geblieben war, war wohl dem starken Regen zu verdanken, der nach Karolfs Bericht noch in jener Nacht eingetreten war.

Doel sah durch den Raum und zwischen den Dachbalken hindurch zur Tür ihres Schlafraumes – das Bild seines Bruders wieder vor Augen.

Er veränderte seine Position, so dass er den Fuß der Treppe sehen konnte…

Dort hatte das Wesen gesessen und lauernd zu seinem Bruder hinaufgeblickt!
Der riesige Wolf... mit Armen und Beinen, beinahe menschlich – nur länger und dicker von riesigen Muskeln... lange Klauen...

Doel wandte sich auch von diesem Anblick und erneut auch von der Frage ab, mit was er es eigentlich zu tun hatte – früh genug würde er auf die Antwort stoßen.

Er richtete den Blick auf die Trümmer vor der Treppe und schätzte seine Möglichkeiten ab, mit seinem unbrauchbaren Arm über sie hinüber und von dort ins obere Stockwerk zu gelangen – er kam zu keinem guten Ergebnis.

Taleds älterer Ziehsohn verließ das Haus, umrundete es und besah sich die Rückseite. Doch auch zu der Kletterpartie über das kleine Vordach zum Fenster im Obergeschoss, die ihm unter normalen Umständen keine Probleme bereitet hätte, war er mit seiner Verletzung nicht fähig.

Als er sich bereits abwenden wollte, fiel ihm die Leiter ein, die in dem kleinen Schuppen an der Seeseite des Hauses stand. Doel ging um die Ecke und sah erleichtert den nur leicht von Brandspuren gezeichneten, kleinen Schuppen gleich neben der Hauswand.

Einige Augenblicke später stand er im Schlafraum im Obergeschoss des Hauses. Dieser Teil war vom Feuer größtenteils verschont geblieben.
Doel entdeckte auf dem Fußboden große Flecken getrockneten Blutes...
Er starrte lange auf die Stelle am Boden...

Ich habe zwei von ihnen getötet...

In dem Gedanken lag für Doel im Augenblick kein Trost. Er seufzte, ließ den Kopf kurz hängen und schloss die Augen.
Dann straffte er sich erneut, ballte seine linke Faust und biss die Zähne zusammen. Mit einem Ruck richtete er sich auf und zuckte unter dem Schmerz seiner Verletzungen zusammen.
Als Doel seinen Blick weiter durch den Raum schweifen ließ, fiel sein Blick auf Taleds Bett und dann auf die große, grobe Truhe an ihrem Fußende.
Auf einmal wurde ihm bewusst, dass außer ihm niemand mehr da war, der als Taleds Erbe in Frage kommen könnte. Es war ein furchtbarer Gedanke und fast schämte er sich dafür.
Doel wusste jedoch, dass Taled aus seinem früheren Leben vor seinem Einsiedlerdasein Dinge von großem Wert besaß. In ihrem verlassenen Haus waren sie Dieben schutzlos ausgeliefert. Er durfte nichts davon hier lassen.
Mit langsamen und zögerlichen Schritten näherte er sich der Truhe und als er seine Hand danach ausstreckte, hielt er einen Moment inne... Er fühlte die Scheu, den Besitz seines Ziehvaters anzurühren und eigenartiger Weise genoss er das Gefühl – es war ihm vertraut und verband ihn mit Taled.
Der Moment ging vorüber, der Ziehsohn des Einsiedlers atmete einmal tief durch und öffnete dann vorsichtig den Deckel...

* *

Doel schritt auf die kleine Hütte zu, die etwas außerhalb des Dorfes zwischen einigen Bäumen stand. Er verharrte kurz als er an der Tür ankam, atmete einige Male tief durch und versuchte sich auf das vorzubereiten, was ihn im Inneren erwarten würde. Schließlich gab er es auf, das leise Zittern in sich beruhigen zu wollen. Er klopfte vorsichtig an, wartete einen Augenblick und betrat dann das Haus der Heilerin.

Die Decke der kleinen Hütte war im Inneren so niedrig, dass Doel sich bücken musste, um nicht laufend mit seinem Kopf an die Balken zu stoßen.

Bana, die Heilerin, stand am Feuer und rührte in einem großen Topf. Taled lag auf einem Bett an der Wand der Hütte.

Doel trat verhalten zu ihm und betrachtete seinen Ziehvater. Die Leere, welche er bereits den ganzen Tag gespürt hatte, schien sich beim Anblick Taleds nur noch weiter zu vertiefen...

Er spürte, wie sich ihm die Kehle zuschnürte und er mehrere Male schwer schlucken musste, um nicht von seinen Gefühlen übermannt zu werden.

Taleds Gesicht war, obwohl er schon immer sehr hager gewesen war, schrecklich eingefallen und auf der blassen Haut seiner Stirn standen Schweißtropfen.

„Er ringt mit dem Tod", erklang auf einmal Banas Stimme, die neben Doel trat. Er wandte den Blick nicht von Taled ab und sie betrachtete ihn einen langen Moment – in ihrem Blick lag tiefes Verständnis, welches früher noch mit einer tiefen Verachtung gegenüber aller Gewalt gepaart gewesen wäre. Doch das Feuer der Verachtung war mit dem Anblick immer neuen Leids in den letzten Jahren mehr und mehr der Resignation gewichen, letztlich nichts an dieser verfluchten Welt ändern zu können. Sie versuchte nur noch mit allen Mitteln die zu retten, die ihr lieb und teuer waren. Das Dorf schätzte sich glücklich, eine so begabte Heilerin zu haben wie Bana.

„Doel", der junge Mann neben ihr wandte sich zu ihr – sein Gesicht von Bitterkeit und Verzweiflung gezeichnet, „du weißt, dass ich seit Jahrzehnten Menschen mit meiner Heilkunst beistehe. Ich habe viele von ihnen an der Schwelle zum Jenseits angetroffen – oft war es mir bestimmt, Menschen vor dem Tod zu bewahren – oft aber auch nicht." Die alte Frau hielt für einen Augenblick inne und schloss die Augen.

Als sie sie wieder öffnete, blickte sie an Doel vorbei in die Leere, als ob sie dort etwas sähe, was niemand außer ihr sehen konnte: „Ich sage: Es war mir bestimmt. In Wahrheit ist es den Menschen bestimmt, entweder gleich oder später zu sterben. Ich bin nur ein Diener des oft grausamen und unverständlichen Schicksals, das jedem widerfährt und doch für jeden von uns einzigartig ist."

Sie blickte Doel wieder an und fuhr mit einem warmen Ausdruck im Gesicht fort: „Taled hat schon ein sehr, sehr langes Leben hinter sich, das weiß ich."

Doel sah sie überrascht an.

Mit einem forschenden Ausdruck im Gesicht fuhr sie fort: „Du wusstest es ebenfalls, bevor er es euch in dieser Nacht erzählt hat, nicht wahr?"

Er antwortete nicht.

„Locan hat es sicher nicht gewusst, er war noch zu jung dafür."

Doel musste beim Gedanken an seinen kleinen Bruder wehmütig lächeln. Locan war immer sorglos und unbedarft gewesen. Er hatte nie an Taled gezweifelt und auch nie mitbekommen, wenn die Dorfbewohner über ihn getuschelt hatten. Doel hatte stets dafür gesorgt, dass ihn all dies nie erreichte. Nicht solange er noch so jung gewesen war.

* *

„Was willst du mir sagen, Bana?", Doel starrte die alte Frau neben sich trotzig an, als er den Sinn ihrer Worte bereits zu erahnen begann, jedoch nicht wahrhaben wollte.

Die Heilerin antwortete erst nach einem kurzen Zögern: „Er wird den nächsten Sonnenaufgang nicht mehr erleben…"

Ein Teil von Doel hatte es gewusst. Er hatte es erfolgreich aus seinem Bewusstsein verbannen können, seit er Taled das erste

Mal besucht und gesehen hatte, welche Verletzungen seinen Körper zeichneten.

Auf einmal sah Doel Bilder seines früheren Lebens vor seinem inneren Auge an sich vorüberziehen: die letzten Worte, die er mit Taled gewechselt hatte... die gemeinsame Arbeit mit seinem Bruder und seinen letzten Kampf mit Locan... das ganze letzte Jahr – das Arbeiten... das Lernen... die unbeschwerten Stunden …

Doel erinnerte sich zurück an die Tage, als er noch voller kindlicher Träume und närrischer Vorstellungen gewesen war und noch nichts gewusst hatte von den Gefahren der Welt. Und er erinnerte sich an das Gespräch mit Taled, das seine Illusionen zerstört und ihn von einem Jungen zum Mann gemacht hatte.

Er dachte an seine Kindheit, an die ersten Erinnerungen mit Locan und Taled überhaupt…

Doch angesichts der plötzlichen Leere seines bereits erlittenen und seines noch bevorstehenden Verlustes verblassten alle Bilder und das Nichts breitete sich in ihm aus und hinterließ nichts als den Augenblick – nichts als Schmerz, Einsamkeit und Tod.

* *

Vom Krankenbett erklang ein leises Stöhnen und Doel war mit einem Schritt neben Taleds Lager.

Die Nacht ging schon ihrem Ende entgegen und bald würde der Morgen grauen. Ein Teil von Doel hatte in den letzten Stunden zu hoffen begonnen, Taled könnte die Nacht doch noch überleben, da sich Banas Vorhersage bis jetzt nicht erfüllt hatte. Doch auch dieser Teil von Doel konnte die immer bleichere Gesichtsfarbe, die immer schwereren Atemzüge und Banas ergebnislose Bemühungen nicht verdrängen. Taled hatte die Augen noch immer geschlossen, bewegte aber den Kopf leicht hin und her und Doel konnte sehen, wie sich die Augen unter den Lidern bewegten. Auch Taleds Lippen schienen sich mit einem Mal kaum wahrnehmbar zu bewegen.

Doel beugte sich über seinen Ziehvater, um zu verstehen, was dieser ihm vielleicht zu sagen versuchte.

„Er kann nicht mehr sprechen," erklang die leise Stimme der Heilerin neben dem Bett.

Doel schien ihren Einwand nicht richtig gehört zu haben: „Er hat sich die letzten Stunden überhaupt nicht bewegt, vielleicht erholt er sich doch!".

Bana sah ihm traurig in die Augen und wollte schon den Kopf schütteln, wandte ihren Blick dann aber wieder Taled zu. Ihre Augen weiteten sich plötzlich vor Staunen: „Sieh!"

Doel fuhr herum und hätte fast aufgeschrien: Taled hatte ihm den Kopf zugewandt und blickte ihn mit klaren, unverschleierten Augen an. Der junge Mann sank auf die Knie und sah dem Greis – denn das war er, wie Doel in diesem Augenblick zum ersten Mal bemerkte – in die Augen, welche in dem furchtbar entstellten Gesicht ruhten. Und in diesem Moment erkannte er, was er sah: die Augen eines Sterbenden.

Er spürte, wie ihm Tränen langsam über das Gesicht liefen und er blickte Taled mit all der Liebe an, derer er sich nie in diesem Umfang bewusst gewesen war.

Taled öffnete leicht den Mund, als ob er etwas sagen wollte, doch kein Laut kam mehr über seine Lippen. Seine rechte Hand auf dem Bettlaken zitterte leicht – und Doel ergriff sie…

* *

Als Doel am nächsten Morgen aus der Hütte der Heilerin trat, in der sein toter Ziehvater lag, war er nicht mehr derselbe wie zuvor. In der großen Leere seines Inneren würde sich aus den Resten seines Lebens, die zerstört und zu Staub zertreten am Boden lagen, irgendwann nach und nach sein neues Leben, sein neues Selbst formen.

Doch im Augenblick füllte sich das klaffende Loch, welches seine Verluste hinterlassen hatten, nur mit Wut und Hass.

Wut auf die Grausamkeit des Lebens, Wut auf die Gleichgültigkeit, mit der das Schicksal mit ihm spielte, Wut auf das bloße Sein der Gewalt auf der Welt, die ihn daran zweifeln ließ, ob er jemals wieder eine Waffe würde anfassen können.

Wir haben hier in Frieden gelebt und niemandem etwas zu Leide getan.
Warum das alles?
WARUM?

Doch, er würde wieder eine Waffe führen können! Er dachte an die Wölfe, die ihn verletzt und Taled getötet hatten – die sein Leben ohne erkennbaren Grund zerstört hatten. Er würde ihnen die gleichen Schmerzen zufügen, die sie ihm zugefügt hatten!

Ich werde sie jagen, finden und töten!

Doch seine Wut galt auch Taled!
Taled, der ihm nichts über die Gefahr gesagt hatte, welche ihm und seinem Bruder drohte. Und der ihnen nicht genug beigebracht hatte um darauf vorbereitet zu sein, was kommen könnte. Was schließlich wirklich über sie gekommen war...

All seine Lehren waren nutzlos gegen das, was uns heimgesucht hat! Er hätte uns viel früher warnen sollen!
Er hat VERSAGT!

Die gewaltige Masse aus Hass und Wut die sich in seiner Brust zusammenballte, die alles andere verdrängte, erfüllte ihn und nahm ihm den Atem.
Er stützte sich auf seine Knie und spürte, wie er zitterte und nach Atem ringen musste, um nicht ohnmächtig zu Boden zu gehen.
Während er noch ruckartig Luft in seine Lungen saugte, spürte er wieder das Schwert in seiner Hand, welches er aus Taleds Truhe an sich genommen hatte. Jetzt erst wurde er sich bewusst, dass er die Waffe die ganze Nacht, die er am Sterbebett seines Ziehvaters verbracht hatte, in Händen gehalten, oder besser – sich daran festgehalten hatte.

Er hielt es, noch in der Scheide steckend, vor sich und betrachtete es angewidert: So schön und elegant es war, es war ein Werkzeug, um Gliedmaßen abzuhacken, um Leiber zu durchbohren – *Leben zu nehmen.*
Die Waffe schien ihm nun, nach dieser finstersten Nacht seines Lebens, das Symbol für die unerbittliche Grausamkeit des Todes zu sein, dessen Kälte nun sein Inneres auszufüllen schien.
Doels Hände verkrampften sich um die Waffe als wollte er sie zerbrechen und er verspürte den Wunsch, sie weit von sich zu schleudern.

Doch auf einmal tauchten vor seinen Augen das friedliche Zuhause, die Menschen und das Leben auf, welche er verloren hatte...
Dieses Mal spürte Doel eine abgrundtiefe Traurigkeit, die ihn nun gänzlich auf die Knie sinken ließ...
Taleds Schwert fiel aus seinen zitternden Händen und er verbarg sein Gesicht in ihnen, während Tränen über seine Wangen liefen und Schauer wie Wellen durch seinen Körper liefen...

Als er nach langem aus seiner Trauer erwachte und die Hände von seinem Gesicht nahm, sah er Taleds Klinge vor sich liegen. Und während er die Waffe ansah, veränderte sich sein Blick auf den Leid- und Todbringer vor sich…

Vor seinem inneren Auge erschien das Bild des lachenden Locan, der ihn vor einer scheinbaren Ewigkeit beim Holzhacken überfallen hatte und sich diebisch über seinen Erfolg gefreut hatte...
Doels Abscheu vor der Waffe wich grimmiger Entschlossenheit und in seinem Geist entbrannte sein Wille erneut – stärker als jemals zuvor.
Der Wille, die Spur zu finden und zu verfolgen, welche Locan hinterlassen haben *musste*!

Der Wille, die Kreaturen zu verfolgen, die in der selben Nacht wie sein Bruder verschwunden waren und die ihn vielleicht mit sich genommen hatten.
Der Wille, seinen Bruder vor dem Tod zu retten – egal, was sich ihm dabei in den Weg stellte!
Und wenn er dabei scheiterte – wenn es auch am Ende nur der tote Körper seines Bruders wäre, welchen er in ihre Heimat zurückholte. Dann könnte er ihm zumindest hier, in der vertrauten Erde am See, eine letzte Ruhestätte geben.

Doel ergriff das Schwert mit beiden Händen, erhob sich und nach einem letzten, langen Blick über den See zu seinem alten Zuhause hinüber, wandte er sich um und ging mit entschlossenen Schritten davon.

DER WEG DES BRUDERS

Doel schloss die Tür seiner Kammer im oberen Stockwerk von Karolfs Haus so leise er konnte und horchte noch einige Augenblicke, ob sich im Hause etwas rührte.
Karolf und seine Frau hatten darauf bestanden, dass er nach Taleds Tod zuerst einmal bei ihnen blieb. Ihre Enea hatte sich in den vergangenen Tagen jeden freien Moment um Doel gekümmert. Sie hatte jedoch nicht zu seinen wahren Gedanken und Gefühlen durchzudringen vermocht – es hätte ihr auch nicht gefallen, was sie dort vorgefunden hätte.
Doel wusste, er würde gehen müssen.
Er musste die Wesen verfolgen und seinen Bruder retten.

Bei dem wiederholten Gedanken an Locans lachendes Gesicht nach ihrer letzten Rauferei hinter dem Haus, schnürte sich Doel erneut die Kehle zu.
Schnell schüttelte er die quälenden Erinnerungen ab, die mit seinem Bruder zusammenhingen, und versuchte sich selbst in die Gegenwart zurückzuholen. Doch auch hier warteten keine angenehmen Gedanken auf ihn.
Bis spät abends hatten Karolf und seine Frau Fahra über die Geschehnisse vor fünf Tagen gesprochen – und auch über Doels Zukunft in Baglan oder auf ihrem Hof. Doel hatte vorgegeben, müde zu sein und war früh zu Bett gegangen. Er hatte wach gelegen und gehorcht, wann das Ehepaar endlich schlafen gehen würde und bei dem Gedanken, zwei Menschen zu hintergehen, die sich so um ihn sorgten und ihn sogar dauerhaft bei sich aufnehmen wollten, waren ihm Tränen in die Augen getreten.
Bei dem Gedanken an Enea wurde ihm beinahe übel. Er ahnte, was er ihr antat, wenn er einfach so verschwand.
Doels Blick verfinsterte sich weiter als er das untere Stockwerk betrat und die Vorratskammer öffnete: Nicht genug damit, dass er einfach verschwand, Karolf und Fahra und vor allem Enea

einfach im Unklaren über seinen Verbleib ließ – nein, er bestahl sie auch noch.
Als er sich den gefüllten Vorratsbeutel über die Schulter hängte, schien dieser viel schwerer zu sein als er es angesichts der wenigen Lebensmittel, die darin waren, tatsächlich sein sollte.
Doel schüttelte die trüben Gedanken ab, schloss die Tür der Vorratskammer und wandte sich um.
Vor ihm stand Enea.

Er wusste nicht, was er sagen sollte. Er fühlte sich wie gelähmt und konnte den Blick nicht von ihren Augen nehmen. Enea sah ihn lange an. Dann ging sie schließlich die wenigen Schritte, welche sie voneinander trennten, auf ihn zu und umarmte ihn. Doel erwachte aus seiner Erstarrung, legte die Arme um sie und hielt sie lange fest.
„Sag mir, dass du zurückkommen wirst!"
Doel zitterte bei diesen Worten und jede Faser seines Körpers wollte in diesem Augenblick nichts anderes, als bei dieser Frau zu bleiben. Er konnte nicht gehen.

Als ob Enea gespürt hätte, was in ihm vorging, löste sie die Umarmung plötzlich, nahm ihn an der Hand und zog ihn zur Haustür. Dort angekommen, ließ sie ihn los, öffnete vorsichtig den großen Riegel und zog die schwere Tür einen Spalt weit auf. Doel wollte den Mund öffnen, wollte etwas sagen, doch war seine Kehle wie ausgetrocknet – außerdem erschienen ihm alle Worte, welche ihm im Kopf herumgingen, leer und bedeutungslos zu sein.
Enea blickte ihn noch einmal an. Ihre Augen zitterten und sie wirkte mit einem mal klein und verlassen.
Doel machte einen Schritt auf sie zu, doch sie wich kaum merklich zurück: „Du musst gehen. Es wird nicht einfacher, wenn wir es weiter aufschieben."
Enea versuchte ihre wahren Gefühle hinter einem tapferen Lächeln zu verbergen, es gelang ihr jedoch nicht ganz: „Ich weiß, dass du gehen willst. Dass du gehen *musst*."

Doel schwieg.

„Du musst nach Locan suchen und herausfinden, ob er noch lebt. Und wenn…", Enea biss sich auf die Lippen, bevor sie die Worte aussprach, welche ihr durch den Kopf gegangen waren. Einen kurzen Moment, in dem beide wussten, dass sie dasselbe dachten, schwiegen sie. Dann fuhr Enea fort, bewusst die Worte vermeidend, die Doel so sehr fürchtete: „Du musst gehen und tun, was dir möglich ist! Vorher wirst du keine Ruhe finden."

Doel wollte etwas erwidern, doch Enea schüttelte schnell und energisch den Kopf. Als sie sprach, gelang ihr nun ein wirkliches, warmes aber auch trauriges Lächeln: „Ich kenne dich bereits etwas, Doel – ich weiß, dass du bleiben würdest, würde ich dich darum bitten."

Taleds Ziehsohn erwiderte nichts und presste nur stumm seine Lippen zusammen.

„Doch würdest du hierbleiben, würdest du deinen Bruder aufgeben und würdest nicht erfahren, weshalb all dies geschehen ist…", Enea sah Doel so ernst und eindringlich an, wie sie es nie zuvor getan hatte, „dann würdest du im Herzen nie wieder ganz und heil sein können und unsere Liebe würde daran zerbrechen!"

Einen weiteren, diesmal endlos scheinenden Moment, schwiegen sie, bis Enea ein letztes Mal all ihre Entschlossenheit aufbrachte: „Du musst gehen! Und ich werde darauf vertrauen, dass all das, was du die letzten Monde am See zu mir gesagt hast, wahr wird!"

Doel presste die Lippen zusammen und nickte kurz: „Ich komme zurück!" Dann trat er durch die Tür und verschwand in der Dunkelheit.

* *

Der einsame Schatten horchte noch einmal wachsam in Richtung des Gesindehauses, in dem die Knechte schliefen, und warf dann einen letzten Blick zurück nach Baglan, wo er gerade noch das fahle Licht aus dem Weißen Bären erkennen konnte, das den Dorfplatz schwach erhellte.

Er atmete noch einmal tief durch, wandte sich ab von dem Ort, an dem er sein gesamtes Leben verbracht hatte und lief querfeldein in Richtung der dunklen Mauer aus Bäumen, die einen Steinwurf weit vom Dorf aus begann.

Begleitet wurde er einzig von einem Paar Augen und einem liebenden Herz, welches ihn auf seinem Weg ins Ungewisse begleitete.

* *

Doel war noch nie tiefer im Wald gewesen, als es zum Jagen unbedingt erforderlich gewesen war. Er hatte ihn auch noch nie nachts betreten, was – dessen war er sich sicher – auch sonst niemand aus dem Dorf je gewagt hatte.

Es hatte wohl in früheren Zeiten, welche aber nicht einmal die Ältesten des Dorfes selbst miterlebt hatten, lebendige Beziehungen zwischen Baglan und Menschen in den Caradann gegeben, die dort angeblich in kleinen Dörfern lebten.

Doch irgendwann, lange vor Doels Zeit, waren diese Beziehungen aus irgendwelchen Gründen zum Erliegen gekommen. Den Geschichten nach waren auch bereits mehrere Menschen aus Turad im Wald verschwunden und nie mehr gesehen worden. In Baglan war – wie nach und nach auch im ganzen restlichen Königreich – Misstrauen entstanden gegenüber allem, was aus dem Wald kam. Düstere Legenden, die sich um den Wald und seine Bewohner rankten, wurden allerorten erzählt. Es wurde von dunklen Zauberern gesprochen, die sich die Tiere des Waldes und auch seine Geister und Dämonen untertan machten, um irgendwann vielleicht sogar ihre Klauen nach dem Königreich der Menschen auszustrecken.

Wanderer, die nach wie vor bisweilen aus dem Wald kamen, wurden jedoch stets gastfreundlich behandelt und ihre Geschichten waren gerne gehört, obwohl niemand offen zugab, ihnen wirklich Glauben zu schenken

Dies war auch der Grund, weshalb Fedrav so viele Menschen angelockt hatte – an jenem Abend im Weißen Bären.

Fedrav.

Doel hatte die letzten Tage viel über den geheimnisvollen Fremden nachgedacht, als er noch auf dem Krankenbett gelegen hatte.
Nach so vielen Jahren war jemand aus Taleds Vergangenheit aufgetaucht und auf einmal waren sie angegriffen worden.

Dieser Narr hat sich verfolgen lassen.

Doch war Fedrav nicht ein erfahrener Waldläufer gewesen? Dies war zumindest der Eindruck, den Doel in der kurzen Zeit von ihm gewonnen hatte. Fedrav war ihm nicht wie ein unerfahrener Mann erschienen.
Doch was wusste er andererseits schon über diese Dämonen? Über ihre Fähigkeiten und die Macht, die sie besaßen?!
Doel schüttelte die finsteren Bilder ab, die sich in seinen Gedanken formten und konzentrierte sich wieder auf den Weg vor sich. Gerade rechtzeitig, um einem Ast, der in Kopfhöhe über den Pfad ragte, auszuweichen, den er wegen seines gesenkten Blickes sonst nicht bemerkt hätte.

„Zuerst muss ich ein paar Meilen zwischen mich und das Dorf bringen und einen Schlafplatz finden. Und dann – brauche ich ein paar Antworten." Doels Gesicht verhärtete sich, als er schneller ausschritt und schließlich wie ein Schatten durch das Unterholz hastete, gleichzeitig auf der Jagd nach den Ereignissen der Vergangenheit... und auf der Flucht vor ihnen.

Die Zeltpfeiler des Himmels

Die eisige Luft der Karan-Gahar flutete in Locans Lungen und ließ das Stechen in seinem Kopf, das ihn seit dem Vortag begleitete, wieder stärker werden.

Fedrav hatte sich, einige Schritte voraus, umgewandt und beäugte ihn kritisch, als ob er erwartete, dass er jeden Augenblick bewusstlos werden und den Abhang hinunterstürzen konnte. Die immer dünner werdende Luft machte dem Jungen, der nur in der Ebene aufgewachsen war, schwer zu schaffen. Sie hatten in wenigen Tagen die weiten Wälder der Caradann durchquert und dabei schließlich zuerst die Bergwälder, dann die Bergwiesen und zuletzt jegliches Grün und damit, so schien es Locan zumindest, auch jegliches Leben hinter sich zurückgelassen.

Locan hatte beim Anblick des weit unter ihm liegenden, endlosen grünen Meeres aus Bäumen kaum etwas gefühlt. Seine Neugier und seine Fähigkeit sich zu begeistern, die ihn früher an die abgelegensten Orte geführt hatte, schien mit Taled und Doel begraben worden zu sein. Er vermied es, das Thema gegenüber Fedrav erneut anzusprechen. Sein früheres Leben lag wie ein Schatten hinter ihm und er wagte nicht, an die Schleier in seinem Inneren zu rühren, die es verbargen.

Der Waldläufer hatte Locan während der letzten Tage jedes Mal, wenn diesen Trauer und Verzweiflung überkamen und zu überwältigen drohten, zu kleinen Kämpfen provoziert, wodurch der Waise seinen Gefühlen im Zorn hatte freien Lauf lassen können. Locan wusste nicht, ob er dem Wanderer dafür dankbar sein oder ihn dafür hassen sollte.

Aber die Methode verfehlte ihre Wirkung nicht – Locans Trauer versank zusammen mit seiner Verzweiflung und seiner Wut in einer stetig anwachsenden Dumpfheit und Gefühllosigkeit. Er wusste, die Wut würde wieder da sein, sobald er die Gelegenheit erhielt, seine Feinde zu stellen und zu vernichten. Dass mit der

Wut auch Trauer, Verzweiflung und Einsamkeit wieder an die Oberfläche kommen würden, daran wollte Locan nicht denken und verdrängte diesen Gedanken jedes Mal, wenn er an seine bevorstehende Rache dachte. Die Rache, die er nehmen würde, nicht nur für Doel und Taled, sondern auch für seine Heimat, für die Menschen von Baglan – für das Leben, das SIE ihm genommen hatten.

**

Locan hatte mit zunehmender Dauer ihrer Reise immer größere Probleme mit der dünnen Luft der Bergwelt zurechtzukommen. Auch Fedrav atmete schwerer als gewöhnlich, schien jedoch früher bereits längere Zeit in ähnlichen Höhen verbracht und sich daran gewöhnt zu haben.
Locan beschränkte sich immer mehr darauf, sich auf seine Atmung zu besinnen und darauf, nicht den Fuß aus Versehen neben den Weg zu setzen. Seine Umgebung und auch Fedrav erreichten seine Sinne und sein Bewusstsein immer weniger. Es schien Locan, als irrte er durch einen dunklen Tunnel und wusste nicht, ob ihn am Ende Licht oder eine noch tiefere Finsternis erwarteten...
Der verborgene Pfad, dem Fedrav folgte – denn für Locans Augen war zu keiner Zeit ein Weg zu erkennen – wand sich immer steiler und waghalsiger die Zeltpfeiler des Himmels hinauf.
Sie kämpften sich die steilen Hänge entlang und anfangs dachte Locan noch, wie viel Glück sie hatten, dass es dieses Jahr anscheinend noch nicht wirklich geschneit hatte. Am dritten Tag des Aufstiegs, als sie längst nur noch Wolken unter sich sahen und er sich fühlte, als befände er sich an einem geheimnisvollen Ort zwischen Himmel und Erde, dachte Locan gar nichts mehr. Er trottete halb bewusstlos hinter seinem Führer her, Zeit und Raum weder wahrnehmend noch wissend, dass er sie jemals gekannt hatte.

Am Morgen des vierten Tages erwachte er nach einer nur im Halbschlaf verbrachten Nacht und blickte aus ihrem notdürftigen Unterschlupf unter einem überhängenden Felsen auf eine makellose Fläche von strahlendem Weiß.
Er brauchte einige Augenblicke, um zu verstehen, dass es die ganze Nacht über geschneit haben musste und nun eine beinahe hüfthohe Schneedecke den Boden bedeckte. Nach einem kargen Frühstück setzten sie ihren Weg durch die nun vollkommen winterliche Bergwelt fort. Locan folgte Fedrav, der mit seinem Körper eine tiefe Schneise in den Schnee pflügte, mit gesenktem Kopf und verfiel immer tiefer in einen schlafwandlerischen Zustand.
Sein Geist wanderte in weiter Ferne auf Pfaden zwischen Traum und Wirklichkeit – zwischen dem Jetzt und der geliebten Vergangenheit, bevor ihm ein grausames Schicksal alles entrissen hatte, was er je geliebt. Locan bemerkte nicht, wie sich die Landschaft um ihn herum in ein felsiges Hochland wandelte und wie er Fedrav immer tiefer in einen Irrgarten kleiner Täler, Felsgrate und Schluchten folgte.
Wie viel Zeit vergangen war vermochte Locan hinterher nicht mehr zu sagen. Er bemerkte nur, dass sein unverkennbarer Pfad im Schnee auf einmal verschwunden war. Locan erwachte etwas aus seinem Dämmerzustand, blieb stehen, hob leicht verwundert den Kopf und bemerkte, dass er an einem steilen Hang stand, auf dem keinerlei Schnee lag.

Doch das war nicht das einzige, was er sah...

Locans Augen weiteten sich bei dem Anblick der sich ihm bot. Er hob den Kopf so weit er konnte und taumelte einige Schritte zurück, um erfassen zu können, was sich vor ihm auftürmte: die größte Mauer, die er jemals gesehen hatte, ragte vor ihm in den Himmel. Inmitten der Mauer befand sich ein gewaltiges zweiflügeliges Tor, flankiert von Türmen, die die Mauer noch einmal weit überragten – wie die höchsten Gipfel der Karan-

Gahar die Grate des Gebirges überragten – wie zwei wahrhaftige Zeltpfeiler des Himmels.

* *

Locan war nun fast vollends aus dem Dämmerzustand der letzten Stunden und Tage erwacht, glaubte sich aber im Gegenteil bei diesem Anblick völlig aus der Wirklichkeit gerissen.
Die Mauer schien weder von Menschenhand gemacht, noch für die Zwecke von Menschen bestimmt zu sein. Die riesigen, fast schneeweißen und perfekt gearbeiteten Steine, aus denen sie bestand, waren teilweise beinahe so groß wie es ihr Haus in Baglan gewesen war. Das Tor schien für Riesen gemacht worden zu sein und nicht einmal in Beron – dessen war sich Locan, ohne die Stadt jemals gesehen zu haben, völlig sicher – nicht einmal dort konnte es solche Tore geben. Die beiden Türme schließlich entzogen sich völlig Locans Fassungsvermögen: Jeder von ihnen war in seinem Durchmesser größer als der Marktplatz in Baglan und ihre Höhe war für ihn nicht greifbar...

Der Schwindel, der ihn seit seinem Eintritt in die felsige Gipfelwelt ständig plagte, ergriff Locan erneut. Er bückte sich, stützte sich mit den Händen auf den Oberschenkeln ab und versuchte mit ruhigen und gleichmäßigen Atemzügen das Summen in seinem Kopf wieder zum Schweigen zu bringen. Doch diesmal konnte er es nicht mehr zurückdrängen – der schnelle Aufstieg in die ungewohnte Umwelt, seine Verletzung und die alptraumhaften Erlebnisse forderten nun ihren Tribut. Locan brach in die Knie und sein Oberkörper wankte hin und her, während er mit jedem Augenblick der Bewusstlosigkeit näherkam.
Wie durch einen Nebel war das letzte, was er sah, die gewaltigen Torflügel, welche sich langsam öffneten ...

HANDEL UND BETRUG

Der Ast bog sich unter dem Druck von Fedravs Hand störrisch zur Seite und brach schließlich zur Gänze durch, als der Waldläufer kurz aus dem Gleichgewicht geriet und sein Körper gegen den abgebrochenen Stumpf taumelte. Fedrav verzerrte sein Gesicht wegen des Schmerzes, den das gesplitterte Holz in seiner Seite verursachte, taumelte noch einige Schritte weiter und hielt dann in seinem irrwitzigen Lauf inne.
Vor zwei Tagen hatte er das eisige Hochland verlassen, wo er den Jungen seinem Schicksal überlassen hatte und seit etwas mehr als einem Tag befand er sich wieder unter den Bäumen der Caradann. Seitdem hatte er keinen Schlaf mehr gefunden und war wie von Sinnen durch den Wald gehetzt. Das Pferd, welches er vor ihrem Aufstieg in die Bergwelt in den Wäldern freigelassen hatte, vermisste er nun schmerzlich. Doch es mitzunehmen wäre unmöglich gewesen. Sein Gewissen plagte ihn beim Gedanken an das Tier und seinen nur allzu wahrscheinlichen Tod durch Wölfe oder Bären.
Noch viel mehr quälte ihn sein Gewissen jedoch, als er – *zum wievielten Male?* – an den Jungen dachte, der wie blind durch den Schnee getaumelt war als Fedrav ihn zuletzt gesehen hatte. Der Spur hinterher, die der Freund seines Ziehvaters für ihn gelegt hatte…
Fedrav redete sich ein, dass er für den Jungen das Richtige getan hatte. Dass es unumgänglich gewesen war, ihm zu erzählen, dass sein ganzes Dorf ausgelöscht worden sei.

Der Junge hat dort ohnehin niemanden mehr gehabt.

Doch wer trug dafür die Verantwortung, dass es so war?

Ich hatte keine andere Wahl. Oder?

Fedrav schüttelte die Gedanken von sich und blickte nach oben, wo ihn durch eine Lücke zwischen den Bäumen hunderte von hell leuchtenden Sternen anfunkelten.
Er wusste nicht, ob er die richtige Entscheidung getroffen hatte, damals, als das Dunkel in die Caradann gekommen war. Als er eine Wahl hatte treffen müssen: zu bleiben und zu sterben und die, die er liebte, mit sterben zu lassen – oder: sie zu retten, fortzugehen und aufzugeben, was er war und woran er glaubte.
Eigentlich wusste es Fedrav tief in seinem Innersten. Während er mit den Augen die große Dunkelheit zwischen den Sternen zu durchdringen versuchte, wurde er sich wieder einmal des ganzen Ausmaßes des üblen Scherzes, den das Schicksal mit ihm trieb, bewusst.

Manchmal kann man nur das Falsche tun, egal wofür man sich entscheidet.

Der Waldläufer senkte seinen Blick wieder, durchbohrte die Dunkelheit vor sich und atmete einige Male tief durch.

Wenn es schon die falsche Entscheidung war und ich mir diese Schuld aufgeladen habe, dann darf es wenigstens nicht umsonst gewesen sein!

Sein Blick ging noch einmal für einen Moment zu den Sternen hinauf, als suche er etwas, das er nur dort oben zu finden hoffen konnte.
„Richte über mich, wenn meine Zeit kommt, aber lass es nicht umsonst gewesen sein!" rief Fedrav in seiner Angst flehend aus. Seine Stimme schallte hinauf in die Leere zwischen den ungezählten Lichtern und verklang in ihrer stillen Unendlichkeit...
Und während seine eigenen Worte noch in ihm nachhallten, stürzte er sich mit noch größeren Sätzen als zuvor zwischen die Bäume.

Lass es nicht umsonst gewesen sein.

Zurück blieben nur die Sterne und das Schicksal, welches weder Lachen noch Weinen, weder Gut noch Böse und auch kein Richtig und kein Falsch kennt.
Es kennt auch kein Mitleid mit den Kreaturen, denen es bisweilen Schreckliches auferlegt. Denn des Schicksals einziger Wille, einziges Gesetz und einziger Sinn – wenn es denn Wirklichkeit ist – ist das unendliche Aufeinanderfolgen der Dinge bis zum Ende aller Tage. Denn die Welt würde bersten, müssten die Dinge in ihrem Lauf auch nur für einen Wimpernschlag innehalten.

* *

Der Geruch von brennendem Holz stieg ihm in die Nase als er sich vorsichtig durch das Gebüsch schob, welches im Wald um Dret herum wild wucherte, jedoch im Frühling die schönsten Blüten und im Sommer die süßesten Beeren hervorbrachte.
Wehmütig dachte Fedrav an seine beiden Kinder, die jeden Sommer, lachend und sich gegenseitig die gepflückten Beeren aus den Körben klauend, um diese Büsche herumtollten, während Nenna, seine Frau, über sie wachte.
Fedrav sah sie vor sich, jenes sanfte Lächeln im Gesicht, welches er so sehr liebte, seit er über die Berge in jenes kleine Dorf gekommen war, um den Wahnsinn der Welt hinter sich zu lassen und zu vergessen…

… doch der Wahnsinn hatte IHN nicht vergessen.

Er hatte lange geruht, sich verkrochen, war gewuchert wie unheilvolles Gewürm in tiefen und fauligen Mooren, nur um irgendwann wieder hervorzukriechen und ihm nachzustellen...

Als er sah, woher der Brandgeruch stammte, arbeitete sich Fedrav so schnell er konnte aus dem Gebüsch hervor und legte

den Rest der Strecke, zwischen den immer lichter werdenden Bäumen mit weit ausgreifenden Sätzen zurück. Er achtete nicht mehr darauf, ob er entdeckt wurde oder nicht.
Auf den Baumstämmen an seinem Weg tanzte der Schein des fernen Feuers...

...der Wahnsinn hatte ihn eingeholt.

* *

Fedrav rannte über die Wiese, welche die kleine, wild durcheinander gewürfelte Ansammlung von Häusern umgab, die auf der großen Lichtung standen. In seiner Brust verursachte ihm das Atmen Schmerzen und sein Verstand sagte ihm, dass er eigentlich nicht dorthin wollte, wohin seine Beine ihn trugen. Dass er eigentlich in die andere Richtung laufen sollte, doppelt so schnell wie jetzt...
Doch sein Herz trieb ihn unerbittlich auf die lichterloh brennenden Holzgebäude zu, während die Hoffnung in seinem Inneren vielmehr einer verlöschenden Kerze glich, deren kleine Flamme im anschwellenden Gebrüll eines Sturms immer mehr zu zittern begann.

Als Fedrav um die Ecke des letzten Gebäudes kam, das seinen Blick von dem kleinen Dorfplatz getrennt hatte, hielt er so schnell in seinem Lauf inne, als wäre er gegen eine feste Mauer geprallt. Seine Augen quollen hervor, als er das Bild zu begreifen versuchte, welches sich ihm bot:
Der Platz war übersät mit leblosen Körpern.

Fedrav bewegte sich mit unsicheren, taumelnden Schritten weiter und als er im Vorübergehen die furchtbaren Verstümmlungen sah, welche die Leichen aufwiesen, war er sich sicher, was geschehen war.
Er bewegte sich auf ein Haus am äußersten Rande des Platzes zu. Mit jedem Moment wurde er dabei langsamer und sein Herz

hämmerte schließlich so stark gegen seine Brust, dass es schmerzte. Als er zuletzt nur noch wenige Schritte zu gehen hatte, konnte er bereits sehen, was er seit Wochen in Angstträumen gesehen, es des tags jedoch nicht gestattet hatte, in seinen Gedanken Wirklichkeit werden zu lassen.
Fedrav blieb stehen, sank auf die Knie und verbarg seinen Kopf in den Händen, während die Tränen zwischen seinen Fingern hindurch rannen.

Nach einer, wie es ihm schien, ewig langen Zeit, versiegten die Tränen und er konnte sein eben noch so stark schlagendes Herz nicht mehr fühlen. Er fühlte sich, als wäre er aus Stein.
Beinahe darüber verwundert, dass er es noch konnte, stand er auf und ging auf den leblosen Körper einer Frau zu, die vor seinem Haus lag. Er untersuchte sie mit der Routine eines Jägers – eines Kriegers – doch er sah ihr Gesicht nicht an.
Der Oberkörper der Frau war von der Schulter bis fast ganz zur Hüfte hinab völlig aufgerissen. Der Krieger erkannte die fünf parallel verlaufenden, klaffenden Schnitte, die er bereits so oft gesehen hatte, seit SIE in die Caradann gekommen waren.
Fedrav wurde sich mit einem Mal der Sinnlosigkeit seiner Hoffnungen bewusst – und wie er fehl gegangen war, mit all seinen Entscheidungen, seit SIE hier waren.

Verzeih mir Tal'ghán!

Der Krieger spürte eine Bewegung hinter sich – er war zu unachtsam gewesen, zu leichtsinnig – es spielte keine Rolle mehr...

Es ist alles Wahnsinn.

Er war zu müde, um sich zu rächen. Er sah keinen Grund mehr die Mörder zu töten.

Wofür?

Es würde nichts ändern. Und war es nicht die Strafe, die er verdiente? Zu sehen, dass er selbst dieses Übel genährt und gestärkt hatte? Solange, bis es ihm alles entreißen konnte?

Wann endet all das?

Der gebrochene Mann erhob sich langsam und wandte sich seinem Verhängnis zu. Er wollte in die Augen derer sehen, die ihm alles genommen hatten. Er wollte sie, im Augenblick ihres scheinbaren Triumphes, erkennen lassen, dass sie nun keine Macht mehr über ihn hatten. Zuletzt würde er der Gewalt, dem Morden und dem Tod doch noch Einhalt gebieten können.

In das Haus meiner Seele hält der Wahnsinn keinen Einzug.

Nach einem Moment wandte er den Blick jedoch wieder von seinen Mördern ab – er blickte zu den drei leblosen Körpern, welche neben ihm auf der Erde lagen.
Das Letzte, was er in dieser Welt vor sich sah, war das Erste, was er in der nächsten zu erblicken hoffte – die Gesichter derer, die er zu Lebzeiten geliebt hatte.

In das Haus meiner Seele erhält nur die Liebe Eintritt.

IM WALD

Doel stolperte zum wiederholten Male und konnte den Sturz nur noch mit größter Mühe abfangen – den Sturz, der ihm ohnehin bald drohen würde.
Es war später Nachmittag, der Himmel war von grauen Wolken verhangen und es regnete. Derselbe, immer gleiche Nieselregen, der ihn schon an den letzten zwei der insgesamt vier Tage seiner Reise durch die Caradann begleitet hatte. In dieser Zeit hatte Doel keinen Menschen mehr gesehen und er musste sich eingestehen, dass er vollkommen die Orientierung verloren hatte. Und nun war er auch noch am Ende seiner Kräfte.
Die Wunde an seinem Unterarm verheilte nicht und Doel konnte mittlerweile nicht nur seinen ganzen Arm weder spüren noch bewegen, auch seine ganze rechte Seite begann, taub zu werden. Zudem fühlte er sich jeden Tag, nach jeder von Alpträumen verdüsterten Nacht und selbst nach jeder Rast, welche er sich gönnte, schwächer. So, als würden mit dem Gefühl für seinen Körper auch dessen Kräfte schwinden…
Doel war sich sicher, dass er, wenn er nicht vor Einbruch der Nacht Hilfe finden würde, am nächsten Morgen keine Kraft mehr haben würde, um seinen Weg fortzusetzen – und dass er dann sterben würde.
Zum wiederholten Male stolperte er über einen Ast und konnte seinen Fall erst im letzten Augenblick mit dem linken Arm an einem Baumstamm aufhalten. Doel stützte seinen Kopf in seine Armbeuge und atmete einige Male tief durch – auch das Luftholen bereitete ihm mittlerweile Schwierigkeiten. Er hatte die Augen geschlossen und horchte auf seinen schweren Atem und auf die Geräusche des Waldes...
Ein heiseres Krächzen zerriss die tiefe, nur von seinen kratzenden Atemzügen zerrissene Stille und Doel hob schwerfällig den Kopf und blickte gen Himmel: „Krähen. Ha!"

Doel hätte fast laut gelacht als er die schwarzen Aasvögel über sich kreisen sah, doch stattdessen grub sich ein grimmiger Ausdruck in seine Gesichtszüge. Er stieß sich von dem Baumstamm ab, um wieder gerade stehen zu können: „Ihr könnt von Glück sagen, dass ich nur noch einen Arm bewegen kann", rief er zum Himmel hinauf, „sonst hätte ich euch längst mit ein paar Pfeilen geantwortet!" Von seinem Zorn und seinem aufflammenden Überlebenswillen neu bestärkt, setzte er entschlossen seinen Weg fort.
Über ihm verdunkelte sich der Himmel im zunehmenden Zwielicht der herannahenden Nacht ...

* *

Ein großer Körper schiebt sich zwischen zwei eng stehenden Bäumen hindurch und bleibt zwischen ihnen stecken. Das Wesen stößt ein Schnauben aus und hebt seinen Hinterlauf zu einem Tritt gegen einen der Bäume: Der junge, jedoch mehr als armdicke Stamm des Laubbaums leistet der Kraft des Tieres keinen Widerstand und zerbricht mit einem lauten Krachen, welches in den Tiefen des Waldes verhallt. Das Wesen setzt seinen Weg unangefochten fort – auf der Suche nach Nahrung.

Ein zweiter Körper bewegt sich einige Zeit später zwischen zwei Bäumen hindurch, von denen der eine – ein junger Laubbaum, jedoch mit einem mehr als armdicken Stamm – erst vor kurzem zerbrochen wurde. Das Wesen untersucht den Baum kurz, aber sorgfältig und folgt schließlich mit schnellen Schritten einer Spur, die weiter durch das Unterholz führt. Während es beinahe lautlos über den Waldboden hastet, nimmt das Wesen einen langen Stock von seinem Rücken, verbindet die beiden Enden mit einer dünnen Schnur und zieht schließlich einen weiteren, kürzeren und dünneren Stock mit einer scharfen Metallspitze aus einem Behälter auf seinem Rücken...

* *

Die Luft des Waldes fühlte sich dünn an, während sie durch Doels Lungen strömte und mit jedem Atemzug hatte er mehr das Gefühl langsam zu ersticken.

Zum wiederholten Male rastete er an diesem Tag. Mit dem Rücken an einen Baum gelehnt, versuchte er seine schleppenden Atemzüge zu beschleunigen, um die quälende Atemnot zu bekämpfen – jedoch ohne Erfolg. Die teilweise Lähmung seines Körpers hatte begonnen seine Lungen anzugreifen und das Atmen war ihm seit dem Mittag immer schwerer geworden. Er fühlte sich stark fiebrig und die noch nicht gelähmten Muskeln in seinem Körper begannen immer stärker zu zittern unter der Belastung, die er ihnen abverlangte.

Doel schloss die Augen und horchte in seinen Körper hinein, um ihm die letzte Kraft zu entlocken, die ihm vielleicht noch innewohnte: Er spürte in seine zunehmend nutzlosen Arme und Beine, in seine teilweise schon gelähmten Muskeln und in sein Herz hinein, dessen Kraft mit jedem Schlage weiter wirkungslos in seinem Körper zu versickern schien…

Während er auf den Rhythmus seines Herzens horchte, meinte er auf einmal ein Geräusch zu hören, das er nicht zuordnen konnte. Das Geräusch wiederholte sich und schien lauter zu werden, doch Doel begriff nicht, woher es stammte – es klang wie fernes Donnergrollen. Er versuchte es mit seinen Sinnen zu fassen, herauszufinden, woher es kam… Doch obwohl es mittlerweile sehr laut geworden war, begriff er immer noch nicht, was es war. Auf einmal herrschte Stille und statt des donnernden Geräusches vernahm Doel nun ein gleichmäßiges auf- und abschwellendes Rauschen…

… und mit einem Male wurde sich Doel bewusst, dass das Geräusch nicht von seinem Körper stammte – es kam von *außerhalb!*

Doel öffnete die Augen, starrte zwischen den Ästen hindurch in den Himmel und nach einem langen Augenblick des Suchens in seinem Gedächtnis, konnte er das Geräusch endlich einordnen: Es war ein Atemgeräusch – jedoch ein Atemgeräusch, welches weder von einem Mensch noch von einem der Tiere stammen konnte, die Doel kannte. Einen Augenblick dachte er an das Schnauben von Karolfs Arbeitspferden…

… doch die Lungen, welche *dieses* Atemgeräusch erzeugten, mussten um ein Vielfaches größer sein als die jedes Pferdes, das Doel jemals erblickt hatte. Und vor allem wurde Doel im teilweisen Erwachen aus seinem fiebrigen Zustand plötzlich noch etwas bewusst: D*as Wesen war ganz in seiner Nähe...*

Er wandte langsam seinen Kopf nach links und begriff einige Augenblicke lang nicht, was seine Augen sahen: Eine gewaltige, weiße Masse ragte einige Schritte von ihm entfernt zwischen zwei Tannen auf. Die untersten Äste der Bäume, die Doel auf seinem Weg vorhin nur knapp mit seinem Kopf gestreift hatte, bogen sich unter der hoch aufragenden, behaarten Gestalt des Wesens nach oben.

Weißes Fell…?

Doels Gedanken flossen immer noch zäh wie flüssiges Blei durch sein Gehirn und nur langsam glitt sein Blick von dem, was der Rücken einer Kreatur sein musste, weiter nach unten – bis zu dem riesigen Kopf mit den tiefschwarzen Augen, die das fremde, zweibeinige Wesen vor sich aufmerksam beäugten.

**

Der Geruch des zweibeinigen Wesens steigt durch die Nüstern des Fûh-ras – des großen weißen Bären der Karan-Gahar. Das Wesen vor ihm verhält sich für den Instinkt des Bären sonderbar: Es bewegt sich nur unmerklich und scheint die Gefahr nicht wahrzunehmen, die sich ihm doch schon von weitem angekündigt haben müsste. Der Bär bewegt sich im Wald auf fremdem Gebiet und leises Anschleichen ist ihm mit seinem

gigantischen Körper durch das Unterholz unmöglich. Trotzdem flieht das zweibeinige Wesen nicht...
Der große Jäger ist verunsichert – ist dieses Wesen möglicherweise gefährlicher als es aussieht? Es trägt eine uralte und große Macht in sich... auch wenn sie noch nicht zur Gänze erwacht und noch keiner Bestimmung unterworfen ist – weder zum Guten noch zum Bösen... doch was, wenn es den Weg zum Bösen einschlägt?
Die Unsicherheit und die Angst fällen die Entscheidung im Instinkt des großen Jägers und lassen ihn langsam seine fingerlangen Zähne entblößen, während sich ein bedrohliches Grollen aus dem tiefsten Innern des gewaltigen Körpers seinen Weg bahnt...

* *

In Doels Kopf wollten sich die Gedanken noch immer nicht schneller fortbewegen als die Schnecken, welche früher den Salat in ihrem Garten in Baglan aufgefressen hatten. In einem anderen Leben…

Er blieb reglos am Baum gelehnt stehen und starrte das große Raubtier an – solange, bis der Bär sich knurrend auf seine Hinterbeine aufrichtete, wodurch er mehr als doppelt so groß wie Doel war, und seine gewaltigen Kiefer zu einem ohrenbetäubenden Brüllen auseinanderriss.

In diesem Moment setzte Doels Verstand aus und eine Welle von Angst und Panik setzte seinen Überlebensinstinkt in Gang, der nur darauf gewartet zu haben schien, die Kontrolle über seinen geschwächten Körper zu übernehmen.

Der Bär fiel auf seine Vorderläufe zurück und bewegte sich mit großen Sätzen auf seinen Feind zu. Doch als das Tier gerade am Baum anlangte und mit seiner riesigen Pranke nach dem Zweibeiner schlug, war dieser schon nicht mehr dort.

Doel hatte sich von dem Baum abgestoßen und war mit einem Satz, der ihm noch vor einigen Augenblicken völlig unmöglich gewesen wäre, an dem Bär, der sich im vollen Lauf befand, vorbei gehechtet. Das geplante Abrollen funktionierte aufgrund seines bewegungsunfähigen Armes nicht so wie sonst und Doel schlug hilflos auf dem Boden auf.

Der Fûh-ra war indessen so erstaunt über das plötzliche Verschwinden seiner sicher geglaubten Beute, dass Doel einige wertvolle Momente gewann, in denen er sich aufrappeln und mit seiner Linken mühsam Taleds Schwert aus der Scheide ziehen konnte – es war die einzige Waffe, die er außer seinem Bogen bei sich hatte.

Unsicher stand er einige Schritte von dem Bären entfernt – der sich mittlerweile wieder zu ihm umgewandt hatte – und versuchte, eine gute Verteidigungsposition einzunehmen. Der Bär beäugte seinen offensichtlich unterschätzten Gegner und dessen große Klinge und folgte aufmerksam Doels Bewegungen, wie um dessen Gefährlichkeit neu zu ermessen…

Doel spürte, wie sein Herz raste und gegen seine Brust hämmerte. Wie es ihn mit neuer Energie aus den verborgenen Reserven seines Körpers versorgte – Reserven, die nur zu bald aufgebraucht sein würden und ihm dann bitter fehlen würden. Taleds Ziehsohn wusste, er war am Ende, ob er dem Bären entkam oder nicht.

Der große Weiße begann sich langsam zu nähern und hieb schließlich immer wieder mit seiner Vorderpranke nach seinem Gegner. Doel wich diesen zuerst zaghaften, aber zunehmend nachdrücklicheren Angriffen die ersten Male noch aus, verlor jedoch rasch an Boden. Schließlich nahm er das Schwert, welches er bisher vor sich gehalten hatte um seinen Gegner auf Distanz zu halten, etwas zur Seite. Sein Gegner ließ sich dadurch prompt zu einem gewagten Hieb verleiten und Doel zog die Schneide seines Schwertes über den Vorderlauf des Bären, wo sie einen tiefen, roten Schnitt hinterließ.

„Das wird ihn etwas abschrecken", dachte Doel.

Doch anstatt sich zurückzuziehen, brüllte der Bär wütend und begann sich tobend auf Doel zuzubewegen, immer mit seinen

Vordertatzen auf den Boden hiebend, wobei er tiefe Furchen im weichen Waldboden hinterließ.

Doel musste schnell zurückweichen, wagte jedoch nicht, dem Fûh-ra den Rücken zuzukehren.

Mit einem Mal machte der Bär einen großen Satz nach vorne. Doel musste zwei schnelle Schritte rückwärts gehen, stieß dabei mit dem Fuß gegen einen Stein und schlug der Länge nach auf den Boden.

Der Fûh-ra brüllte und stürzte sich auf sein Opfer, um es mit seinen Vorderpranken zu zerreißen – Doel vermochte nur noch Taleds Schwert nach oben zu stoßen und zuzusehen, wie der riesige Schatten auf ihn stürzte…

… Doel spürte, wie seine Klinge in Fleisch drang und heißes Blut spritzte ihm ins Gesicht, lief ihm in den Mund...

… er musste schlucken, wollte er nicht ersticken...

… heißes Feuer flutete durch seinen Körper und Doel wusste, nun würde er verbrennen...

… das Feuer verbrannte alles in seinem Inneren und flutete durch seine betäubten Lungen, seine geschwächten Glieder...

… und schließlich in seinen gefühllosen und zerstörten rechten Arm...

… Doel meinte, seine Knochen würden durch rotglühende Eisen ersetzt werden und er hörte einen Schrei – seine eigene gequälte Stimme, welche danach brüllte, dem Schmerz zu entrinnen...

… tödliche Dunkelheit umfing ihn.

* *

… eine Stimme erklingt...

... Licht blendet seine Augen...
... er hört, wie er gerufen wird...

...Doel hat das Gefühl, in einer großen Stille zu erwachen...
... einer Stille, welche ihn tröstend umfängt...
... er spürt eine Wärme auf seinem Rücken, wie die kräftigen Strahlen einer aufgehenden Sommersonne...
... er will sich umwenden, doch etwas hält ihn davon ab...

... er spürt seinen Körper auf eine neue und kraftvolle Weise...

... Doel blickt auf seine Hände hinab – sie scheinen von einem weißen Leuchten durchdrungen zu werden...

... er fühlt keine Schmerzen mehr...

... Geräusche erklingen wie aus weiter Ferne...
... und Doel erinnert sich – erinnert sich langsam...

„Es gibt etwas, das ich tun muss...!"

... Doel hebt den Kopf und sieht vor sich – wie in weiter Ferne – ein kaltes, weißes Licht...

... er möchte sich umwenden, zu der wärmenden Sonne hinter sich – doch er spürt, mit einer tiefgehenden Sicherheit, dass sein Weg vor ihm liegt...

... er bewegt sein Bein und macht den ersten Schritt in Richtung des weißen, kalten Leuchtens...

**

Als Doel erwachte, war es bereits Abend und die letzten schwachen Sonnenstrahlen tauchten die Bäume um ihn herum noch einmal in goldenes Licht, bevor sie der Nacht weichen würden.

Er war von dem Schauspiel gefesselt und es dauerte lange, ehe er sich überhaupt dessen bewusst wurde, wo und in welcher Lage er sich befand: Doel lag am Rande einer kleinen Lichtung an einen Felsen gelehnt und in eine wärmende Decke gehüllt.

Er stellte erstaunt fest, dass er vom Kampf gegen den Fûh-ra völlig unverletzt geblieben und seine alte Armwunde mit einem frischen Verband versorgt worden war. Und erst in dem Augenblick, in dem er den Verband betrachtete, wurde er sich erneut bewusst, dass er seinen rechten Arm wieder spürte.

Zuerst traute er dem Gefühl nicht, als er jedoch versuchte seine Finger ein wenig zu beugen und sie ihm anstandslos gehorchten, wollte er vor Freude laut aufschreien.

„Es wird noch etwas dauern, bis du den Arm wieder so gebrauchen kannst wie vor deiner Verletzung."

Doel hob blitzartig den Kopf, um den unvermittelt aufgetauchten Sprecher sehen zu können: Am anderen Ende der Lichtung war ein Mann mittleren Alters zwischen den Bäumen hervorgetreten, auf seinem Rücken ein großes Bündel und in der Linken einen Bogen tragend.

Der Fremde bemerkte Doels unsicheren Blick und blieb einen Augenblick stehen, ehe er weiter auf ihn zuging: „Sorge dich nicht. Ich bin ein ehrenhafter Waldläufer der Caradann und werde dir kein Leid zufügen", und mit einem Schmunzeln fügte er hinzu: „wieso hätte ich mir auch sonst die Mühe machen sollen, dich wieder zusammenzuflicken?!"

Doel spürte, wie unangemessen seine Reaktion gewesen war und wie unhöflich er sich seinem unbekannten Helfer gegenüber verhalten hatte. Schnell versuchte er seinen Fehler zu korrigieren: „Entschuldigt bitte, Herr, aber ich bin fremd in diesen Wäldern und habe bislang auf meiner Wanderung noch keinen Menschen getroffen," er hielt einen Augenblick inne und fügte mit einem Neigen seines Kopfes hinzu: „und ich danke Euch für Eure Hilfe."

Der Fremde beugte ebenfalls kurz seinen Kopf und erwiderte: „Es war mir Verpflichtung und Freude zugleich." Dann kam er die letzten Schritte heran, legte das große Bündel auf dem Boden ab und Doel erkannte, dass es das Fell eines Rehs war, in welchem sich einige blutrote Fleischstücke befanden. Diese begann er nun mit seinem Dolch geschickt zu zerlegen. Doel wagte es nicht etwas zu sagen, um den Fremden nicht zu stören. Schließlich richtete dieser jedoch wieder das Wort an ihn: „Wie lange hast du unter dieser Lähmung gelitten? Solche Wunden wie die deine sind sehr selten."

Doel war überrascht, woher der Waldläufer wusste, dass er unter einer Lähmung gelitten hatte. Und dann – aus einem unbestimmten Gefühl heraus – begann er, dem Waldläufer seine ganze Geschichte zu erzählen.

Für einen kurzen Augenblick fragte er sich, ob es weise war, diesem Fremden alles zu offenbaren!? Doch dann folgte er dem Gefühl des Vertrauens, dass der Mann irgendwie in ihm geweckt hatte, seit er seine Worte gesprochen hatte. Der Waldläufer hörte ihm schweigend zu, während er beiläufig damit fortfuhr, die Fleischstücke zu zerteilen.

Als Doel bei der Stelle seiner Geschichte anlangte, wie Fedrav im Weißen Bären seinen Namen offenbart hatte, sah er kurz auf, setzte seine Arbeit jedoch gleich wieder fort. Erst als Doel die dunklen Angreifer beschrieb, die sein altes Leben zerstört hatten, ließ der Waldläufer seinen Dolch langsam sinken.

Er folgte der Erzählung von da an mit einem Gesichtsausdruck, der Doel erschauern und gleichzeitig tiefstes Mitleid verspüren ließ – ihm aber auch vieles über sein Gegenüber verriet, was dieser wohl tief in seinem Innersten zu verbergen suchte...

Doel erzählte die ganze Geschichte seiner Reise: Von dem Überfall vor etwa zehn Tagen, – *Ist mein altes Leben wirklich erst vor zehn Tagen zu Ende gegangen?* – von Taleds Tod und dem Verschwinden von Locan, bis zu seiner Wanderung in die Caradann und dem Angriff des Bären. Von Taleds Erzählung und Herkunft offenbarte er dem Fremden gegenüber jedoch nichts.

Nachdem Doel mit seinem Bericht zu Ende gekommen war, blieb der Fremde noch einige Zeit wortlos vor ihm sitzen und starrte ihn mit versteinerter Miene an. Jedoch schien es Doel, als sähe er durch ihn hindurch und erblickte etwas anderes – etwas Dunkles und Grausames...

Plötzlich stand der Namenlose unvermittelt auf, reichte Doel wortlos seinen Dolch und deutete mit einem Kopfnicken auf das Fleisch. Dann wandte er sich um und verschwand mit einigen schnellen Schritten zwischen den Bäumen.

* *

Spät abends saßen Doel und der Fremde vor einem hell lodernden Feuer und aßen einen Eintopf aus Rehfleisch.

Nachdem der Fremde ihn allein gelassen hatte, war er lange Zeit fort geblieben und dann mit einem großen Arm voll Feuerholz wieder zurückgekommen. Doel war sich sicher, dass er nicht die ganze Zeit mit Holzsammeln verbracht hatte, wagte es aber nicht, nach dem Grund für die Verschwiegenheit des Jägers zu fragen. Zu sehr bedauerte er ihn wegen des Schmerzes, den er während seines Berichtes in dessen Augen gesehen hatte.

Um den Fremden von dessen dunklen Erinnerungen abzulenken, jedoch auch um seine brennende Neugier zu befriedigen, erkundigte er sich nach dem Umstand ihres Zusammentreffens und auch nach der Ursache seiner unglaublichen Heilung.

Der Fremde sah ihn mit einem milden Lächeln an und begann dann seinerseits zu berichten: „Ich bin gestern auf deine Spur gestoßen und habe sie verfolgt."

Auf Doels fragenden Blick hin, fügte der Fremde hinzu: „Ich habe an deiner Spur erkannt, dass du in keinem guten Zustand sein kannst. Du hast auf deinem Weg viele Äste abgebrochen, als du dich an ihnen festgehalten hast. Ich wollte herausfinden, wer du bist."

Als Doel nickte, fuhr der Fremde fort: „Zur Mittagszeit kam zu deiner Spur eine zweite hinzu – die des Bären. Ich habe meinen Bogen bereit gehalten und bin gelaufen so schnell ich konnte. Jedoch war der Leferín bereits verschwunden als ich dich fand."
Doel blickte den Waldläufer fragend an, bis dieser mit erstauntem Ton fortfuhr: „Weißt du nicht wer die Leferín waren?" Doel schüttelte den Kopf.
„Erzählt man sich bei euch im Königreich denn die alten Geschichten nicht mehr? Die Geschichten von den Wesen der Vorzeit?"
Doel schüttelte erneut den Kopf und der Waldläufer sah ihn mit ungläubigem Blick an. Dann schloss er kurz die Augen, als würde er sich längst vergangener Worte erinnern und begann zu erzählen: „Man sagt, dass vor Urzeiten, als auf der Welt der Krieg zwischen Engadan und den dunklen Horden der Unterwelt tobte, sich dunkles, blutgieriges Getier in den Wäldern, Bergen, Flüssen und Meeren der Welt ausbreitete. Av'r'un selbst erblickte dies und er erwählte von den Geschöpfen Engadans drei Arten, segnete sie und hieß sie die gerechte Herrschaft über alle Tiere zu führen, welche ihrer ureigenen Bestimmung folgten und ihren gerechten Platz in der Welt einnahmen, der ihnen von ihrem Schöpfer zugedacht worden war.
Die dunklen Bestien der ewigen Finsternis jedoch sollten sie jagen und töten, wo immer jene ihr Unheil anrichteten und nach dem Blut der Lebenden trachteten. Und Av'r'un machte die drei Arten weiß wie das Licht der Sterne, die in der ewigen Dunkelheit scheinen und allen Lebenden leuchten und Hoffnung spenden. Der schwarzen Brut aber war das Leuchten der Erwählten verhasst und sie flohen vor ihnen, wann immer sie deren reine, für die Dunklen tödliche Kraft in ihren hasserfüllten Herzen spürten. Av'r'un nannte die Erwählten die *Leferín*."
Der Fremde hielt einen Augenblick inne und sah Doel mit einem forschenden Blick an, ehe er ergänzte: „Der Fûh-ra ist einer der Leferín. Und du hast gegen ihn gekämpft und überlebt."
Doel blickte den Waldläufer schockiert an und suchte nach Worten: „Ich wusste nicht...", er stockte und suchte erfolglos

nach Worten. Schließlich endete er lahm: „…was hätte ich denn tun sollen?"
Der Fremde sah ihn zuerst mit einem eigenartigen Gesichtsausdruck an, blickte dann einen Augenblick ins Feuer ehe er den Kopf schüttelte und in einem unwirschen Tonfall antwortete: „Auch die Leferín sind Tiere. Und wenn man das alte Geschwätz außer Acht lässt, dann sind sie kein bisschen mehr als das und es gelten für sie die gleichen Regeln, die für jedes Tier und jeden Menschen gelten: töten oder getötet werden. Sollte der Weiße also an der Wunde sterben, welche du ihm beigebracht hast…"
Er zuckte mit den Schultern und damit schien das Thema für ihn beendet zu sein. Doel hatte jedoch das Gefühl, dass der Waldläufer mit seinem unwirschen Ton etwas zu verbergen versuchte. Statt ihn direkt danach zu fragen – er hätte ihm wahrscheinlich sowieso nicht die Wahrheit erzählt – stellte Doel eine Vermutung an, die ihm bereits beim Anblick seines verbundenen und wieder fühlenden Armes in den Sinn gekommen war: „Es war das Blut des Bären, was mich heilte, nicht wahr?!"
Der Waldläufer sah ihn mit einer Spur von Überraschung an und musste schließlich lächeln: „Ich hätte nicht gedacht, dass du dich überhaupt an etwas erinnerst. Aber ja, du hast Recht. Du musst den großen Weißen mit dem Schwert schwer verletzt haben. Die ganze Waffe, deine Hände und dein ganzes Gesicht waren davon bedeckt.
Das Blut der Leferín besitzt angeblich magische Kräfte. Der Überlieferung nach heilt es jede Wunde und jede Krankheit so vollkommen, als wäre sie nie dagewesen."
Wieder machte der Jäger eine kurze Pause und starrte ins Feuer, während sein Blick erneut jenen verbitterten und lebensmüden Ausdruck annahm, den Doel schon früh an ihm bemerkt hatte. „Dies ist auch der Grund, weshalb sie vor Jahrhunderten so stark gejagt wurden, dass sie sich schließlich in die höchsten Bergregionen zurückzogen und seither nie mehr in den Wäldern erschienen sind."

„Und wieso taucht nun einer von ihnen hier auf?" Doel sah den erfahrenen Mann erwartungsvoll an – er wurde jedoch enttäuscht als dieser nur mit einem bloßen Schulterzucken antwortete und weiter ins Feuer starrte.

Sie verfielen in ein tiefes Schweigen, während dem Doel seinen geheimnisvollen Retter aufmerksam beobachtete und versuchte, aus dessen so unterschiedlichen und widersprüchlichen Aussagen ein Bild von dem Mann zu formen, dessen Namen er noch nicht einmal kannte. Doel spürte tiefe Müdigkeit in sich aufsteigen, beschloss jedoch, eine letzte Frage zu stellen, bevor er sich niederlegen würde: „Ich vergaß, Euch meinen Namen zu nennen: Ich bin Doel."
Der Fremde nahm es mit einem leichten Kopfnicken zur Kenntnis, erwiderte jedoch nichts darauf. Doch Doel ließ sich nicht entmutigen: „Wie soll ich Euch nennen? Nun, nachdem Ihr mich gerettet habt, würde ich gerne Euren Namen erfahren."
Der Waldläufer sah ihn einen Augenblick an und blickte dann wiederum einige Zeit sinnend ins Feuer – die Flammen malten tanzende Schatten auf sein Gesicht. Schließlich antwortete er: „Mein altes Ich ist durch das verloren gegangen, was nun mein neuer Name ist. Ich bin Ildann Har", und er starrte über das Feuer hinweg in den Wald, wo die Flammen die gleichen Schatten auf die dunklen Bäume malten wie auch auf sein Gesicht, „der Tod des Waldes."

ILDANN HAR

Garab wandelt im Traum durch verwüstete und brennende Dörfer. In den finsteren Gassen zwischen den Häusern lauern dunkle Kreaturen mit glühenden Augen auf ihn und überall, wohin er auch blickt, liegen seine Freunde und seine Familie leblos auf der Erde. Ihre toten Augen blicken anklagend zu ihm empor…

Garab schrak aus seinem kurzen Schlaf auf und starrte in die Dunkelheit, als erwartete er, dort die dunklen Kreaturen aus seinem Alptraum zu sehen.
Doch es war kein Alptraum, sondern die grausame Wirklichkeit, in der er jeden Tag immer wieder neu erwachte. Tagsüber versuchte Garab einem Traum nachzulaufen, dem Traum, dass Perut immer noch dort sein würde, wo es immer war, wenn er nur zurückkehrte. Dass ihn seine Freunde und seine Familie, Helana und Todar, herzlich empfangen würden, wenn er zurückkehrte. Er durfte nur einfach nie mehr zurückkehren – dann würde es auf ewig so bleiben können…
In diesem Traum lebte Garab tagsüber – doch nachts brach sich die Wirklichkeit ihren Weg durch die zerfallenden Dämme seines wehrlosen Bewusstseins… und erinnerte ihn daran, wer und was er wirklich war: allein – ein Dorfoberhaupt ohne Dorf, ein Vater ohne Sohn, ein Ehemann ohne Frau.
Ildann Har horchte auf ein gleichmäßiges Geräusch, nur wenige Schritte neben ihm. Dort lag der Junge und schlief. Obgleich auch ihn düsterere Träume zu quälen schienen. Garab konnte sich die Bilder vorstellen, die darin eine Rolle spielten: Es waren dieselben wie in seiner Erinnerung von jener Nacht – jener Nacht, in der ihm alles genommen worden war.
Er war viele Stunden nach dem Kampf wieder zu sich gekommen. Mitten im Wald hatte er sich wiedergefunden – weit entfernt von seinem Dorf. Wie ein Besessener war er zurück

gerannt, doch er war zu spät gekommen. Im Morgengrauen fand er nur noch die schwelenden Überreste Peruts vor – und die vielen Toten. Gezeichnet mit furchtbaren Wunden und verstümmelt von den Hieben langer Klauen.
Garab war sofort weiter gerannt in Richtung des nächsten Dorfes, wohin die Frauen und Kinder eskortiert worden waren. Er hatte nicht weit laufen müssen, um die grausame Stätte des Überfalls, wenige Meilen von Perut entfernt, zu entdecken…

* *

Doel erwachte gegen Mittag aus seinem tiefen und erneut sehr heilsamen Schlaf. Er setzte sich auf und sah sich auf ihrem kleinen Lagerplatz um. Von Ildann Har war jedoch, außer seinem Vorratsbeutel, keine Spur zu entdecken.
Doel machte sich keine Sorgen – der Waldläufer würde schon wieder auftauchen – und konzentrierte sich stattdessen auf seinen rechten Arm. Er spürte ihn jetzt wieder zur Gänze, doch anstatt des vertrauten Gefühls, seinen alten Arm wiederzuhaben, hatte er im Gegenteil fast den Eindruck, als würde er über eine neue Gliedmaße verfügen. Er öffnete und schloss seine Hand mehrfach und mit noch ungelenken und unsicheren Bewegungen. Er nahm die Gefühle wahr, die von der Bewegung herrührten und fühlte sich dabei wie ein kleines Kind, das Laufen lernte. Es würde einige Zeit dauern, bis er seine alte Kraft und Geschicklichkeit wiedergewonnen haben würde.

Doel erhob sich langsam und vorsichtig und begann mit einigen Kräftigungsübungen, die er von Taled gelernt hatte. Er spürte, wie sich sein Körper erwärmte, wie seine Muskeln und Gelenke zunehmend schneller und genauer seinen Gedanken gehorchten und das Blut gleichmäßig durch seine Adern strömte – es war ein gutes Gefühl und er nahm nichts anderes wahr außer der Bewegung.
Nach einiger Zeit war er völlig durchgeschwitzt, jedoch mit dem Zustand seines Körpers – vor allem angesichts der Ereignisse,

die hinter ihm lagen – leidlich zufrieden, obwohl er sich seit Jahren nicht mehr so ungelenk und unsicher gefühlt hatte.

Nun gut – ich hoffe mein Arm erinnert sich noch daran, was ein Schwert ist!

Doel ging auf sein Lager zu und hob die Waffe seines Ziehvaters, welche direkt neben seiner Schlafmatte in Griffweite gelegen hatte, vorsichtig und mit einer gewissen Scheu auf.
Er kannte das Schwert Taleds nur von den flüchtigen Augenblicken, wenn sich dieser damit zu seinen einsamen Waffenübungen aus dem Haus begeben hatte. Locan und er hatten zwar gewusst, wo ihr Ziehvater seine Waffe aufbewahrt hatte, hätten aber nie gewagt sie aus dessen Truhe herauszuholen. Somit hatte er sie – bis zu dem verzweifelten Kampf gegen den Fûh-ra, an den er sich kaum mehr erinnern konnte – auch noch nie in Händen gehalten, geschweige denn mehr als deren Griff und Scheide zu sehen bekommen. Taled hatte ihn und seinen Bruder nie bei seinen eigenen Übungen zusehen lassen und das Schwert auch niemals bei Übungskämpfen mit ihnen eingesetzt.
Nun betrachtete Doel sinnend die reich verzierte Scheide, den langen, mit feinstem, weiß gebleichten Leder umwickelten Griff und die kunstvoll gearbeitete Parierstange. Alles schimmerte in einem so ungewöhnlich hellen, silbernen Farbton, dass sich Doel fragte, ob es tatsächlich einfach nur mit dem wertvollen Edelmetall überzogen war oder sogar gänzlich daraus bestand. Er hatte jedoch noch nie zuvor ein derart helles, fast weißes Silber gesehen.
Forl, der Schmied von Baglan, hatte einige kleinere Schmuckgegenstände aus Silber besessen, wenngleich er sie sicher nicht selbst hergestellt hatte. Bei dem Gedanken, der grobschlächtige Mann könnte ein derart feines Material so kunstfertig verarbeiten, musste Doel kurz lächeln.
Als er das sonderbare Metall des Schwertes schließlich lange genug betrachtet hatte, glitt sein Blick zur Parierstange, in deren

Mitte ein großer, perfekt rundgeschliffener und milchig weißer Edelstein eingesetzt war.

Doel wusste von einem fahrenden Edelsteinhändler, der vor langer Zeit einmal durch Baglan gereist war, dass es bereits eine große Kunst war, einen Stein mit geraden Flächen und Kanten zu versehen. Eine runde Oberfläche zu schleifen, konnte für einen Handwerker je nach Art und Beschaffenheit des Steines leicht eine mehrjährige Arbeit bedeuten – wenn er sie denn überhaupt zuwege brachte.

Das Schwert selbst strahlte in Doels Augen, trotz der verzierten Scheide und der edlen Materialien, eine Klarheit und seltsame, fast erhabene Schlichtheit aus. Eigenschaften, die ihn, wie er auf einmal überrascht feststellte, auch an ihren einstigen Träger erinnerten...

Doel schüttelte die in ihm emporsteigenden, traurigen Gedanken ab und zog die Waffe vorsichtig aus der Scheide. Sie gab dabei ein leises, klingendes Geräusch von sich, das auch noch weiter anhielt, als er das Schwert senkrecht vor sich hielt. Das Klingen verebbte nur allmählich, während Doel das fein gearbeitete Blatt betrachtete. Es war zu seinem großen Erstaunen aus dem selben ungewöhnlich hellen, silberweißen Material gefertigt wie Knauf und Parierstange, was Doels Verdacht bestätigte, dass es unmöglich Silber sein konnte. Einen solchen Stahl hatte Doel jedoch ebenfalls niemals zuvor gesehen.

Das Schwert schien das trübe Tageslicht einzufangen und in vielen Farben, mehrfach verstärkt, zurückzuwerfen. Es klebte kein Blut des Bären daran, woraus Doel schloss, dass der Jäger es gereinigt haben musste, nachdem er seine Wunden versorgt hatte.

Doel betrachtete die schlanke Klinge lange. Und während er die kunstvollen Einprägungen auf dem Blatt – die so fein und doch so deutlich waren, als wären sie mit einer Feder in das Material hineingeschrieben worden – vorsichtig mit den Fingern nachzog, wurde ihm langsam klar, wie wenig er seinen Ziehvater gekannt hatte.

**

Das Schwert war trotz seiner Länge so leicht, dass Doel es sowohl mit zwei als auch nur mit einer Hand zu führen vermochte. Er schwang die Waffe versuchsweise einige Male vorsichtig mit der Rechten durch die Luft, um ein Gefühl für deren Gewichtsverteilung zu bekommen.
Die Klinge gab, während sie langsam die Luft durchschnitt, wieder den singenden Ton von sich, den Doel schon zuvor gehört hatte.
Nach einigen lockeren Schwüngen ergriff er die Waffe mit beiden Händen und führte entschlossen einige einfache Schlagkombinationen gegen einen imaginären Gegner aus.
Das Schwert lag so perfekt in Doels Händen, dass er immer sicherer und mutiger wurde und seine Geschwindigkeit schon nach kurzer Zeit vervielfachen konnte. Obwohl er sich anfangs noch etwas unsicher gefühlt hatte, verleitete ihn das Gefühl der perfekt ausbalancierten und erstaunlich leichten Waffe dazu, so lange zu üben bis ihm der Schweiß den Rücken hinunterlief.

Doel steckte die Klinge zurück in die Scheide. Er war von dem Schwert tief beeindruckt und spürte, dass er damit eine Waffe besaß, mit der er auch seine geheimnisvollen Gegner würde schrecken können – sobald er wieder völlig bei Kräften war.
Er fühlte mit einem Mal eine tiefe Müdigkeit und wurde sich bewusst, dass er noch nicht wieder kräftig genug war, um längere Zeit ein Schwert schwingen, geschweige denn einen wirklichen Kampf ausfechten zu können. Das Blut des Leferín hatte ihn zwar geheilt, die tiefe Erschöpfung seines Körpers, durch die zehrende Kraft der Wunde in den letzten Tagen, jedoch nicht einfach ungeschehen machen können.
Es war mittlerweile schon weit nach Mittag geworden und Doel legte sich erneut nieder und war bald darauf tief eingeschlafen. Das Schwert seines Ziehvaters hielt er mit beiden Händen umklammert.

Im Traum wandert Doel durch einen hellen Frühlingswald. Die wärmende Sonne dringt zwischen den Bäumen hindurch und streichelt sein Gesicht. Der Wald endet und Doel tritt zwischen den Bäumen hervor an den Rand einer großen, kniehohen und mit farbenfrohen Blumen bestandenen Wiese – und er sieht Enea mit ausgebreiteten Armen und einem glücklichen Lächeln im Gesicht auf sich zulaufen...

* *

Garab betrachtete den schlafenden Jungen und hing seinen Gedanken nach. Er hatte ihn während seiner Übungen mit dem Schwert die ganze Zeit beobachtet und versuchte nun die verschiedenen Eindrücke, die er von ihm gewonnen hatte, zu einem stimmigen Gesamtbild zusammenzufügen.

Er fragte sich, seit er Doel mit dem Blut des Fûh-ra bedeckt und mit dem weißen Schwert in der Hand gefunden hatte, was er mit dem Jungen anfangen sollte. Bis zu jenem Zeitpunkt hatte er gewusst, was er zu tun hatte: Er wollte die Mörder seiner Familie und seines Dorfes finden und sie töten.

Garab machte sich keine Illusion über seine Erfolgsaussichten in einem offenen Kampf gegen die Bestien, die sein Dorf überfallen hatten. Schon gar nicht, nachdem sie die Ga'hel offenbar letztlich doch noch bezwungen hatten.

Doch er wusste, dass sie mit Pfeilen ebenso einfach zu töten waren, wie alle Wesen, die nicht vermochten, sich mit dicken Rüstungen zu umgeben. Und er würde wenigstens einige von ihnen mit in den Tod reißen, wenn er sie fand...

Doch was sollte er mit Doel anfangen? Einem völlig unerfahrenen Jungen, der seinen eigenen Erzählungen nach, noch nie einen wirklichen Kampf ausgefochten hatte, bis auf den in der Nacht des Überfalls?!

Und noch dazu: Was sollte er überhaupt von einem Jungen halten, der aus dem Königreich kam, jedoch ein Schwert trug, das ganz offenbar von den Ga'hel stammte?

* *

Doel erwachte am frühen Abend durch den erneuten Geruch von Fleisch. Ildann Har saß am Feuer und briet zwei tote Hasen an Spießen. Als er den Blick seines Schützlings bemerkte, sagte er mit einem angedeuteten Lächeln: „Ich dachte mir, du könntest etwas festere Nahrung vertragen, nachdem du heute Mittag schon auf so beeindruckende Weise dein Schwert durch die Luft schwingen konntest!"
Doel spürte, wie er leicht rot wurde: Einerseits, weil ihn der Jäger bei seinen, ihm nun im Nachhinein äußerst ungelenk erscheinenden Übungen beobachtet hatte – andererseits, weil er das Lob in dessen Äußerung wohl bemerkt hatte und es ihm unangenehm war. Das letzte Lob dieser Art hatte er von Taled erhalten.

Sie aßen schweigend von der großen Fleischportion und auch hinterher schien vor allem der Waldläufer zuerst kein Interesse an einer Unterhaltung zu haben. Schweigend saßen sie an dem kleinen Feuer, das der Jäger auch bei zunehmender Dunkelheit erstaunlicherweise nicht löschte.
Doel räusperte sich, um das unangenehme Schweigen zu brechen: „Wäre es nicht besser, das Feuer zu löschen?"
Ildann Har reagierte nicht auf die Ansprache.
Er fuhr etwas verunsichert fort: „Die Kreaturen, von denen ich Euch berichtet habe, sind vielleicht noch in diesem Teil der Wälder und könnten das Feuer aufspüren!"
Der Waldläufer reagierte auch jetzt nicht und rauchte nur schweigend seine Pfeife.
„Glaubt Ihr meiner Erzählung nicht? Vielleicht kommen die Kreaturen ja sogar aus diesem Teil der Wälder und wir befinden uns in höchster Gefahr?!"

Sein Gegenüber regte sich wiederum für einige Augenblicke nicht, antwortete jedoch just in jenem Moment, in dem Doel die Unterhaltung schon fast aufgegeben hatte: „Nein, sie kommen nicht aus den Caradann."

Doel starrte den Jäger an, auf dessen Gesicht wieder die Schatten des Feuers tanzten: „Ihr wisst, woher sie stammen?"

Er sprang von seinem Lager auf, mit einem Male von Zorn und neuer Kraft erfüllt. Er musste sich beherrschen, den Waldläufer nicht anzubrüllen: „Ihr habt von ihnen gewusst und mir die ganze Zeit nichts erzählt?"

Ildann Har atmete tief durch, blickte zu Doel auf und fuhr in besänftigendem Ton fort: „Ich kenne die Kreaturen, von denen du erzählt hast. Es sind dieselben, die auch mir mein Leben genommen haben."

Doel war überrascht von der plötzlichen Offenheit des Waldläufers und setzte sich auf dessen entsprechende Geste hin wieder nieder.

Ildann Har starrte wieder in das Feuer, seine Pfeife nur noch unbewusst in Händen haltend. Schließlich begann er, mit langsamen, ungelenken Worten, als würde er sich nur mühsam erinnern, zu erzählen…

* *

Das Feuer war weit heruntergebrannt und glühte nur noch schwach vor sich hin, als Garab seine Geschichte beendete. Er hatte Doel vieles erzählt: von den Angriffen auf die Tiere und Dorfbewohner, seine Jagd auf die Unbekannten, das Zusammentreffen mit den Ga'hel und schließlich vom Kampf um sein Dorf – und von dessen Vernichtung.

Die letzten Worte kamen ihm nur schwer über die Lippen, nachdem er die dunklen Erlebnisse nun noch einmal durchlebt hatte: „Seitdem ich an jenem Tag die Überreste Peruts und die leblosen Körper meiner Familie und meiner Freunde hinter mir ließ, bin ich auf der Jagd nach diesen Kreaturen."

Er hielt kurz inne und sah Doel an: „Aus diesem Grunde besteht auch keinerlei Anlass zur Eile", ein trauriges Lächeln glitt ihm kurz über das Gesicht, „es sei denn, *du* könntest ihre viele Tage alten und von Wind und Regen verwaschenen Spuren in den Wäldern lesen?!"
Ildann Har blickte wieder in die Flammen: „Ich kann es nicht! Die Spur, welcher ich gefolgt war, habe ich verloren."
Doel schwieg verlegen, beobachtete den Waldläufer dann jedoch aufmerksam, wie er noch mehr Holz ins Feuer warf, wodurch sich dieses weiter vergrößerte und einen hellen Schein warf. Er wusste nicht viel über das Anlegen von Lagerfeuern, jedoch war es nicht zu übersehen, dass der Waldläufer keinerlei Mühe darauf verwendete das ihrige nur annähernd klein und unauffällig zu halten – im Gegenteil schien er es mit Absicht so hell leuchten zu lassen wie nur irgend möglich: „Ihr wollt in Wahrheit, dass sie Euch finden, nicht wahr?"
Garab schwieg einige Augenblicke, betrachtete die rotglühenden Holzscheite und die hoch auflodernden Flammen vor ihnen. Schließlich blickte er Doel direkt an und sprach endlich aus, was ihm schon im Kopf herumging, seit der Junge ihm seine Geschichte erzählt hatte – und vor allem auch, seit er wusste, dass dieser durchaus mit einer Waffe umzugehen vermochte und der Hieb gegen den Fûh-ra nicht einfach nur ein Glückstreffer gewesen war: „Du kannst mit mir ziehen, wenn du willst."
Doel sah ihn erstaunt an.
„Du kannst gut mit dem Schwert umgehen und du hast die gleichen Gründe wie ich, um die Cûzhal zu hassen und zu töten. Und du willst deinen Bruder retten. Und du hast – wie ich – keine Spur, welcher du folgen könntest. Außer der Hoffnung, sie im Norden zu finden. Dort, woher sie kommen und wohin sie möglicherweise wieder gehen."
Doel blickte nun selbst sinnend und mit von Sorge um seinen Bruder beschwertem Herzen in die Glut und für eine lange Zeit war es still auf der Lichtung. Schließlich gab er mit einem leichten Nicken sein Einverständnis.

Garab nickte seinerseits mit ernstem Gesicht: „Dann ist es besser, wenn wir uns nun schlafen legen. Wir werden morgen in Richtung Norden aufbrechen – in diese Richtung hat auch die Spur geführt, die ich verfolgt hatte, als ich auf die deine und die des Fûh-ra gestoßen bin."

* *

Später, als Doel bereits schlief, gingen Garab noch immer einige sorgenvolle Gedanken durch den Kopf.
Wie konnte es sein, dass ein Junge aus dem Königreich ein Schwert trug, welches ganz offensichtlich vom ewigen Volk angefertigt worden war?
Garab hatte die Machart der Waffen der Ga'hel noch deutlich vor Augen: Auch wenn Doels Klinge interessanterweise nicht aus demselben schwarzen Metall bestand wie die Waffen von Chilvan und seinen Kriegern, stammte es doch unverkennbar aus den gleichen Schmieden wie sie.

Wie kommt der Junge in den Besitz dieser Waffe?

Außer dieser gab es noch eine Reihe weiterer Fragen, die Garab durch den Kopf gingen...

Warum haben die dunklen Kreaturen ein Dorf im Königreich angegriffen? Ein Dorf, in dem zufällig gerade ein Bote aus den Caradann weilte und einen alten Freund besucht hatte...

Garab kannte Fedrav: Er war Anführer des Dorfes Dret, weiter im Norden der Wälder.

Warum hat er sein Volk verlassen, um selbst eine Botschaft nach Baglan zu überbringen, die er leicht einem seiner Krieger hätte auftragen können?

Und wenn die Botschaft vielleicht sogar mit den Cûzhal zusammengehangen hatte – wieso hat er dann keines der anderen Dörfer benachrichtigt, wie es die Gesetze der Caradain vorschreiben?

Und wohin sind Fedrav und der junge Bruder Doels nach dem Angriff spurlos verschwunden?

Garab musste versuchen auf diese Fragen Antworten zu bekommen. Vielleicht konnte ihm der Junge dabei helfen!

Eine weitere Frage beschäftigte Garab jedoch, bei deren Beantwortung ihm Doel nicht helfen konnte – sie betraf dessen Zusammentreffen mit dem Fûh-ra: In keiner Legende, keiner Erzählung und keinem Bericht eines Wanderers oder Jägers hatte jemals ein Fûh-ra ohne Grund einen Menschen angegriffen. Glaubte man den Geschichten, so waren alle Leferín – alle erwählten Arten – beseelt vom Geiste Av'r'uns und unfähig, einem unschuldigen Lebewesen etwas anzutun.

Warum hat der Große Weiße Doel angegriffen?

Garab wälzte den Gedanken – wie auch sich selbst auf seinem Nachtlager – lange Zeit hin und her, bis er schließlich von einer anderen Frage verdrängt wurde: Was hatte das mächtigste Raubtier aus diesem Teil der Welt überhaupt dazu gebracht, sein angestammtes Reich zu verlassen?

Was um alles in der Welt hat den Fûh-ra aus den Bergen vertrieben?

Garabs Gedanken wanderten zu den Säulen des Himmels im Norden der Caradann – dorthin, wohin auch die Spur der dunklen Kreaturen führte…

AUF DER JAGD

Doel und Garab begannen ihre Jagd mit dem ersten Licht des neuen Tages. Morgennebel waberte zwischen den Stämmen der Bäume, als sie ihr kurzes Frühstück aus Brot und einigen von Ildann Har gesammelten Früchten einnahmen und dann ihr knappes Gepäck schulterten.
Nach einem kurzen Marsch erreichten sie die Gegend bis in die Garab die Spur der Cûzhal verfolgt hatte, als er auf die Fährte des Fûh-ra gestoßen war.
Der Waldläufer suchte akribisch die Gegend ab, während Doel nur still hinter dem erfahrenen Mann hinterher gehen und staunen konnte, was dieser aus kleinsten Spuren herauszulesen vermochte. Garab ließ immer wieder Anmerkungen zu diesem Abdruck im Boden, zu jener beschädigten Baumrinde oder anderen Zeichen der Anwesenheit lebender Kreaturen fallen. Doel lernte in kürzester Zeit, dass der Wald bei weitem nicht so leer war, wie es ihm in der Vergangenheit immer erschienen war – im Gegenteil: Die Anzahl der Tiere, die sich laut Ildann Har allein in der letzten Nacht im Umkreis von einigen dutzend Schritten um sie herum auf Nahrungssuche befunden hatte, war erstaunlich.
Garab suchte lange und gründlich nach der Spur, die er vor einigen Tagen noch verfolgt hatte – aber es war vergeblich: Wind, Regen und das natürliche Wachstum der Wälder hatten alle Spuren verschwinden lassen. Die dunklen Wesen waren scheinbar keineswegs annähernd so ungestüm durch die Wälder gebrochen, wie sie Garab bislang hatte kämpfen sehen und hatten somit auch keinerlei gröbere Spuren hinterlassen. Er seufzte und richtete sich aus seiner knienden Haltung, in der er zuletzt den Boden abgesucht hatte, auf und wandte sich zu Doel um: „Es ist keine Spur mehr zu finden." Garab hielt einen Augenblick inne und schloss die Augen um nachzudenken.

Warum war Fedrav an genau dem Abend in Baglan als die dunklen Kreaturen angriffen?

Garab hatte bereits die ganze Nacht über keine Antwort auf diese Frage finden können und auch das Tageslicht vermochte sie ihm nun nicht zu enthüllen. Er seufzte und blickte wieder zu Doel auf: „Es gibt etwas, das ich dir bisher nicht erzählt habe."
Doel warf ihm einen fragenden Blick zu.
„Ich kenne Fedrav."
Er fühlte das Misstrauen im Blick des jungen Mannes so deutlich, als hätte dieser es ihm laut ins Gesicht geschrien. Bevor Doel jedoch etwas erwidern konnte, fuhr er rasch fort: „Ich hätte es dir gleich sagen sollen, aber ich musste erst selbst über die Dinge nachdenken, die in letzter Zeit geschehen sind und über das, was ich von dir erfahren habe."
Doels Züge glätteten sich etwas und er nickte kurz, bevor er entgegnete: „Wer ist er?"
Garab atmete noch einmal ein, ehe er fortfuhr: „Fedrav ist Oberhaupt des Dorfes Dret, welches etwa vier Tagesmärsche nördlich von hier liegt. Ich kann dir nicht viel über ihn sagen, denn ich selbst habe ihn nur einmal bei einem Treffen der Oberhäupter in Fenga, dem größten Dorf in den Caradann, gesehen und ich war damals fast noch ein Kind."
Garab hielt kurz inne, ehe er fortfuhr: „Aber es ist auch nicht von Bedeutung wie gut ich ihn kenne. Für einen Etar-Dál, ein Oberhaupt der Caradain war sein Verhalten mehr als sonderbar."
Doel folgte ihm nun mit größter Aufmerksamkeit, als Garab ihm von den Pflichten eines jeden Etar-Dál des Volkes der unendlichen Wälder erzählte. Diesen Pflichten zufolge hätte Fedrav das nächstgelegene Dorf unverzüglich benachrichtigen müssen, wenn er von einer Bedrohung erfahren hätte, die die Caradain als Volk beträfe.
„Wenn Fedrav von einer Bedrohung wusste, die so bedeutend war, dass er sogar bis ins Königreich reiste um euren Ziehvater – seinen alten Freund – aufzusuchen, warum hat er dann nicht einmal einen Boten in das nächste Dorf gesandt? Oder, warum

ist er selbst nach Baglan gereist und hat keinem seiner Krieger diese Aufgabe übertragen? Und selbst wenn seine Reise aus irgendeinem Grund so wichtig gewesen ist, dass er selbst sie antreten musste – wieso ist er dann ohne Begleitschutz gereist? Wenn er doch von einer großen Gefahr wusste und seine Botschaft von so großer Wichtigkeit war?"

Garab hielt inne und bemerkte, wie sehr er sich in seinen Fragen ereifert und zuletzt immer schneller und lauter gesprochen hatte. Er musste sich selbst eingestehen, dass er hoffte, in Fedravs Verhalten eine Erklärung für das zu finden, was ihm selbst widerfahren war. Als er Doel ansah, erkannte er, dass es dem Jungen nicht anders ging: Sie beide hatten eine Spur – und ohne, dass sie noch lange darüber beraten mussten, hatten sie ihre Richtung gefunden.

* *

Gegen Mittag, als die Strahlen der spätherbstlichen Sonne bereits wärmend durch die Zweige der Bäume drangen, legten sie die erste Pause des Tages ein.

Doel warf seinen Beutel auf die Erde, nahm Taleds Schwert von seinem Rücken herunter und lehnte es gegen einen Baumstamm, an dem er sich kurz darauf ebenfalls schwer atmend niederließ. Er hatte bereits nach der Hälfte der morgendlichen Strecke sehr zu kämpfen gehabt, war jedoch zu stolz gewesen, dies vor dem zähen Waldläufer zuzugeben.

Dieser musterte ihn nun mit forschendem Blick: „Wie fühlst du dich?"

Doel brauchte noch einige Atemzüge bis er antworten konnte: „Es geht schon."

Er bemerkte den Zweifel in den Augen seines Weggefährten und ergänzte mit einem entschuldigenden Lächeln: „Ich marschiere nun mal nicht jeden Tag meilenweit durch pfadlose Wälder. Bei der Feldarbeit sind mehr die Arme gefragt."

Ildann Har ließ nun ein seltenes Grinsen sehen und begann in seinem Vorratssack zu wühlen: „Nach dem Essen und etwas

Ruhe kannst du ja zeigen, was du mit deinen Armen anzufangen weißt", und mit einem kurzen Kopfnicken wies er auf Doels Schwert.

Doel starrte den Waldläufer an, als hätte dieser den Verstand verloren: „*Waffenübungen*? Wir haben keine Zeit für Waffenübungen! Mein *Bruder* hat keine Zeit mehr!"

Ildann Har sah den Jungen mitfühlend an, ehe er ihm mit nüchterner Stimme die Wahrheit sagte: „Dein Bruder ist entweder aus einem bestimmten Grund verschleppt worden, der beinhaltet, dass er lebend an seinem Zielort ankommt oder er ist bereits tot!"

Doel schwieg und starrte mit mahlendem Kiefer einen Stein vor sich am Boden an.

„Wenn wir deinen Bruder finden sollten, dann werden wir auch auf seine Entführer treffen. Und diese werden uns nicht freundlich gesinnt sein!"

Ildann Har deutete erneut auf Doels Schwert: „Er hat also nicht nur Zeit auf uns zu warten, im Gegenteil würde dein Bruder es sicher begrüßen von uns nicht nur gefunden, sondern auch gerettet zu werden. Es würde ihn bestimmt nicht erfreuen dich wiederzusehen, nur um dann zuzuschauen wie du abgeschlachtet wirst, weil du dich vor Schwäche und mangels Übung nicht verteidigen kannst!"

* *

Ildann Har wog das Kurzschwert bedächtig in der Hand, welches er, außer bei den regelmäßigen Kampfübungen mit seinen Kriegern, schon seit vielen Jahren nicht mehr in einem wirklichen Kampf verwendet hatte. Er schwang es einige Male vorsichtig durch die Luft – langsam, ohne seinem Gegner etwas von seinen wahren Fähigkeiten zu verraten. Gleichzeitig beobachtete er Doels Aufwärmübungen, bei denen der junge Mann ebenso bedächtig war wie er selbst.

Garab ertappte sich dabei, wie er sich vorstellte, wie Todar wohl in diesem Alter gewesen wäre. Er sah vor seinem inneren Auge

Bilder von seinem Sohn und sich – wie er ihn alles lehrte, was er selbst wusste, bis Todar ihm irgendwann überlegen gewesen wäre und schließlich selbst seine Rolle im Dorf übernommen hätte. Wie er eine Familie gegründet hätte und Garab und Helana stolze Großeltern geworden wären...

Er spürte, wie ihm Tränen in die Augen stiegen und er schüttelte die Bilder ab und versuchte sich stattdessen wieder auf den Schwung seines Schwertes zu konzentrieren. Die Bewegungen seines Körpers...

Ildann Har, der Tod des Waldes, ahnte, dass er einen neuen Sinn für sein Leben finden, sich eine neue Zukunft schaffen musste. Doch wie errichtet man ein neues Lebenshaus, wenn die glühenden Überreste des alten noch schwelen und man keine Kraft findet, ihnen den Rücken zu kehren? Wenn man noch zu sehr am Vergangenen festhält, aus Angst, es irgendwann einmal vergessen zu können?

Er wusste tief in seinem Innersten, dass ihn das eigene Schwert und der eigene Pfeil, nach Vollendung seiner Rache, genauso tödlich treffen konnten wie zuvor seine Feinde. Er spürte, dass das lodernde Feuer des Hasses ihn genauso verzehren konnte wie die Kreaturen, die er jagte.

Oder es würde mit ihnen verlöschen und ihn leer und lebensmüde zurücklassen – unfähig, noch einmal die Kraft und den Mut aufzubringen, nach den Dingen zu streben, die ihm so grausam entrissen worden waren: Liebe, Heimat – einen eigenen Platz in den Weiten der Welt.

Ildann Har starrte auf die Klinge in seiner Hand, ohne sie jedoch wirklich wahrzunehmen – was er sah, waren die möglichen Wege, die sein Leben nehmen konnte. Sein Leben, das seit jener Nacht wie auf der dünnen und tödlichen Schneide eines Schwertes verlief und jeden Moment abzurutschen drohte.

**

Doel beobachtete den Waldläufer, der seit einigen Augenblicken wie versunken in den Anblick seines Schwertes war. Er ahnte, was in dem Mann vorgehen musste, der sich ihm als der *Tod des Waldes* vorgestellt hatte: Er erinnerte sich an Enea und für einen Moment vermochte er sich nicht mehr an die verzweifelte Hoffnung zu klammern, sie eines Tages wiederzusehen…

Er spürte, wie sich in seinem Herzen eine tiefe Traurigkeit regte, die sich seit Taleds Tod und Locans Verschwinden oft wie ein Schleier um seine Gedanken und Gefühle legte.

Die Hoffnung, Enea eines Tages wieder in die Arme schließen zu dürfen, war in dieser Dumpfheit wie eine Quelle klaren Wassers, welches sich mit fröhlichem und freundlichem Plätschern einen Weg in sein Herz bahnte und ihn jedes Mal neu belebte. Seinen Bruder gesund wiederzusehen war die zweite Hoffnung, welche ihm weitere Kraft gab, jeden Tag aufs Neue aufzustehen und seinen Weg weiterzugehen.

Doel empfand im Augenblick keinen Zorn und keinen Hass mehr. Diese Gefühle, die ihn nach jener Nacht noch einige Zeit lang begleitet hatten, waren der puren Entschlossenheit gewichen, Locan zu retten und die Mörder seines Ziehvaters zu stellen. Er war nie ein Mensch gewesen, den seine Wut lange zu beherrschen vermocht hätte. Er fragte sich oft, ob dies mehr an der ihm eigenen Art lag oder Ergebnis der vielen Lektionen Taleds war. Vermutlich war es beides.

Doel blickte für einen Augenblick ebenso versonnen und abwesend auf sein Schwert wie einige Schritte neben ihm Ildann Har. Und vor seinem inneren Auge sah er das ihm so wohlbekannte Gesicht und hörte er die Worte, die ihm eine der obersten Regeln für sein Leben geworden waren:

Egal ob du an keinen, an einen oder mehrere Götter glaubst, ob du die Ereignisse in deinem Leben für Schicksal oder Zufall hältst – du wirst nie vor dem Teil der Verantwortung fliehen können, den du selbst an deinem Leben trägst. Denn was auch immer in dein Leben tritt an Menschen, Freunden oder Feinden, an Dingen oder Ereignissen – entscheidend ist, wie du all diese Gäste im Haus deines Lebens empfängst: mit Angst und

Ablehnung oder mit Offenheit und Zuversicht. So wie du dich entscheidest, so werden auch deine Gäste sein.

Obwohl sein großer Verlust ihn nun nicht weniger schmerzte als zu Beginn, hatte Doel sich in den vergangenen Tagen mehr und mehr damit abfinden können, was ihm widerfahren und sich dem zugewandt, was für sein weiteres Leben bedeutsam war: Locan und Enea.

Ich weiß, was Taled mir sagen wollte. Ich werde nicht in Trauer vergehen – ich werde Locan retten und mein Leben weiterleben. Ich werde ihn nicht enttäuschen.

Und damit riss sich Doel von seinen Erinnerungen los und wandte sich Ildann Har zu. Das schwere Gewicht auf seiner Brust, das er bei den Gedanken an Taled verspürte, versuchte er mit der Luft aus seinen Lungen entweichen zu lassen. Obwohl es ihm nicht ganz gelang, spürte er ein wenig mehr Ruhe und einen leisen Anklang von Frieden in sich entstehen.

* *

Die beiden Kontrahenten standen sich einige Augenblicke reglos gegenüber. Garab beobachtete seinen jungen Gegner und beschloss einfach, solange zu warten, bis dieser die Spannung nicht mehr ertragen würde – seine Geduld wurde jedoch auf eine lange Probe gestellt.
Doel war keineswegs ein Hitzkopf, verfügte jedoch auch nicht über die nötige Geduld, um endlos auf den ersten Zug seines Gegenübers zu warten.
Er vollführte drei schnelle Schritte auf Ildann Har zu und schwang das Schwert hoch über seinen Kopf, um es auf seinen Gegner niedersausen zu lassen – Ildann Har war jedoch schon einen Schritt zur Seite gewichen, ehe die Klinge ihren Weg auch nur zur Hälfte vollendet hatte.

Der erfahrene Waldläufer empfand bereits während seiner Ausweichbewegung eine gewisse Enttäuschung über den plumpen und langsamen Angriff des Jungen – jedoch nur bis zu dem Augenblick, in dem sein Gegner den Schwung seiner Waffe jäh abfing, mit einem Seitwärtsschritt auf einmal direkt neben ihm stand und ihm mit dem Ellbogen einen schweren Stoß gegen die Brust versetzte.
Garab taumelte einige Schritte zurück und konnte erst im letzten Moment das Schwert seines nachsetzenden Gegners mit dem eigenen abfangen. Die Waffen klirrten aneinander und zwischen den Klingen grinste Garab ein spitzbübisches Gesicht entgegen: Doel war sichtlich erfreut über seinen schnellen Erfolg.
Der erfahrene Waldläufer verzog sein Gesicht ebenfalls zu einem kurzen Grinsen – und hebelte seinem übermütigen Gegner mit einem schnellen, entschlossenen Tritt das vordere Standbein aus, was diesen der Länge nach zu Boden warf. Noch während er heftig nach Luft rang, blitzte auch schon der Stahl von Garabs Klinge dicht vor seinen Augen.
„Tot – würde ich sagen", lächelte der Waldläufer dem Jungen von oben entgegen, jedoch nicht ohne sich mit der linken Hand die schmerzende Brust zu reiben.

* *

Nach einigen Kämpfen und einer weiteren kurzen Pause setzten sie ihren Weg am Nachmittag fort. Doel trottete dem Waldläufer, der sich von der kurzen Waffenübung mehr erfrischt als erschöpft zeigte, müde und zerschlagen hinterher. Er hatte sämtliche Auseinandersetzungen bereits nach wenigen Hieben verloren und sein spitzbübisches Grinsen war ihm kein zweites Mal mehr übers Gesicht gehuscht. Vielmehr hatte er frustriert feststellen müssen, dass er – bis auf den geglückten Ellbogenhieb beim ersten Kampf – keinerlei Gelegenheit mehr bekommen hatte, seine Fähigkeiten wirklich auszuspielen. Die Kämpfe waren von seinem Gegner völlig in dessen eigene Richtung gelenkt worden und nur allzu oft waren es die einfachsten Schliche gewesen, die Doel zum Verhängnis geworden waren.

Garab ging mit weit ausholenden Schritten voraus und dachte versonnen an die Waffenübungen zurück. Es hatte ihn überrascht, über welch eine Vielzahl an Angriffs- und Abwehrvariationen und Finten der Junge verfügte. Nicht weniger war er beeindruckt von der Selbstverständlichkeit mit der er diese angewandt und mit welcher Kraft und Schnelligkeit er sie vollführt hatte – auch wenn sie letztlich nicht zum Erfolg geführt hatten.
Doel hatte in dem alten Mann – seinem Ziehvater Taled – offenbar einen vorzüglichen Lehrer gehabt, welcher aus ihm einen für sein Alter ausgezeichneten Kämpfer geformt hatte. Garab fragte sich zum wiederholten Male, wie die einzelnen Bausteine der Geschichte Doels sich zu einem Ganzen fügen mochten: Der Junge war von einem Manne aufgezogen und ausgebildet worden, dessen Herkunft – ein Händler aus der Hauptstadt des Königreiches – für Garab mehr als zweifelhaft zu sein schien. Scheinbar konnte niemand diese Geschichte bestätigen: Die Eltern der Brüder waren tot und Taled war Doels Schilderung zufolge als Fremdling nach Baglan gekommen.
Zu der Geschichte passte auch nicht, dass Taled über solch ausgeprägte Kenntnisse des Waffenhandwerks verfügt hatte. Natürlich war es möglich, dass er in seiner Vergangenheit ein Krieger gewesen war, bevor er sich zu den Händlern und anderen höhergestellten Einwohnern der Hauptstadt Turads gesellt hatte. Jedoch hatte Garab angesichts der Art und Weise von Doels Fähigkeit zu kämpfen, erhebliche Zweifel an dieser Möglichkeit.
Er erinnerte sich noch einmal an die fließenden Angriffs- und Ausweichbewegungen, die der Junge bei ihren Waffenübungen angewandt hatte. Der Waldläufer hatte die Kämpfe zwar dominiert und Doel somit sehr eingeschränkt, außerdem schienen die Fähigkeiten des Jungen auch bei weitem noch nicht völlig ausgeprägt zu sein, jedoch hatte er genug gesehen, um zu

erkennen, dass dieser unmöglich von einem Kämpfer aus dem Königreich Turad ausgebildet worden sein konnte.
Ein Krieger, der diese Art zu kämpfen vollkommen beherrscht, muss für einen Menschen aus dem Königreich ein weit überlegener Gegner sein.

Ein weiterer, vielleicht auch wesentlich bedeutungsvollerer Baustein von Doels unklarer Vergangenheit, war das Schwert, welches dieser bei sich trug: Es war eine Ga'hel-Waffe, dessen war sich Garab vollkommen sicher.

Doch woher stammt sie? Gehörte sie ursprünglich Taled selbst oder den Eltern der beiden Jungen? Hatte Taled sie vielleicht auf einem anderen Wege, möglicherweise auch unrechtmäßig, in seinen Besitz gebracht?

Die Gedanken kreisten in seinem Kopf, während seine Überlegungen ihn nach und nach zu einem entscheidenden Punkt führten:
Entweder weiß Doel nicht mehr, als er erzählt hat – oder er verheimlicht etwas.

Garab musste fast gegen seinen Willen lächeln: Wie konnte er erwarten, dass der Junge ihm sofort und uneingeschränkt vertraute?! Er selbst war schließlich das beste Beispiel dafür, wie sehr Gewalt und Leid das Vertrauen aus dem Herzen eines Menschen brennen konnten. Vielleicht sollte er Doel zuerst einmal seinen wirklichen Namen nennen – auch wenn er ihn, seit dem Tode derer, die er geliebt hatte, eigentlich nie mehr aus dem Munde eines anderen Menschen hatte hören wollen. Doch der Junge rührte etwas in Garab an, was er einige Zeit lang verloren geglaubt hatte. Wenn er ihn betrachtete, dann dachte er daran, wie Todar wohl in diesem Alter gewesen sein mochte. Was für ein Mann er wohl geworden wäre, wenn nicht…
Garab schüttelte die düsteren Gedanken ab, bevor sie noch richtig Gestalt annehmen konnten und konzentrierte sich

stattdessen auf die Mörder. Die Wut, die innerhalb von kürzester Zeit in ihm heranwuchs, fegte die Trauer hinweg und loderte heiß in seiner Brust – Garab hatte das Gefühl, sie müsste ihn verbrennen.

Der Boden unter seinen Füßen stieg nun steil an und er beschleunigte seine Schritte bis er fast den Hügel hinaufrannte, der gerade auf ihrem Weg lag. Der Schweiß lief ihm über die Stirn, als er die lodernde Flamme in seinem Inneren mit der körperlichen Anstrengung zu ersticken versuchte. Doch auch als ihm vor Anstrengung bereits schwindlig zu werden drohte, schwand die Wut nicht aus seinem Inneren.

Er ließ die letzten kleineren Bäume hinter sich und gelangte auf der Spitze des Hügels an, wo nur noch einige große und zähe Büsche auf dem leicht steinigen Boden wuchsen. Einige Schritte trugen Ildann Har seine Beine noch, ehe er hinter einem Busch in die Knie brach. Das Feuer loderte mit immer stärkerer Kraft in ihm und er glaubte verbrennen zu müssen, wenn er ihm nicht Nahrung gab: wenn er nicht brüllen und um sich schlagen, wenn er nicht jemanden verletzen oder töten konnte…

Ein Ast brach und seine Gedanken klärten sich durch das Geräusch für einen Moment. Er kroch langsam neben den Busch, hinter dem er sich vor Doels Blick verborgen hatte – er wollte nicht, dass der Junge ihn so sah – und beobachtete seinen Weggefährten: Doel hatte sich gerade, einige hundert Schritte entfernt, am steilen Hang des Hügels, an einem Baum abgestützt und rang keuchend nach Luft, während er sich mit einer Hand die offensichtlich schmerzende Seite hielt.

Garabs Geist wurde bei diesem Anblick allmählich klarer und nach einigen Augenblicken glätteten sich seine verzerrten Gesichtszüge. Er spürte, dass Doel – welches Geheimnis dessen Leben auch immer bergen mochte – dass dieser Junge aufrecht und ehrlich war. Und er hatte, genau wie er selbst, alles verloren, was ihm wichtig – was sein Leben – gewesen war.

Garab spürte, dass er derjenige war, der Doel helfen konnte – dass er ihm helfen *musste*!

Der Gedanke gab ihm Trost und löste Wärme in ihm aus – kein loderndes, alles verzehrendes Feuer – sondern eine Wärme, die er so schon einmal gefühlt hatte… vor langer Zeit in einem anderen Leben: Er wurde gebraucht!
Er fühlte sich für diesen unerfahrenen Jungen verantwortlich, denn Doel würde ohne ihn in diesen Wäldern untergehen.

Garab gab sich einen Ruck und stand auf. Er spürte seine frühere Entschlossenheit und Klarheit zurückkehren, die ihm verloren gegangen waren. Er trat hinter dem Busch hervor und während er den Jungen dabei beobachtete, wie er den Hang hinauftaumelte, stahl sich ein flüchtiges Lächeln in sein Gesicht: Bevor aus Doel so etwas wie ein Waldläufer werden konnte, musste er zuerst einmal einen vollen Tag durchmarschieren können. In Gedanken legte Garab bereits ihre Strecke für die nächsten Tage fest – und jeden Tag würde sie etwas länger sein als am vorherigen…

* *

Garab musste Doel weit weniger antreiben als er gedacht hatte – der junge Mann entwickelte angesichts der Hoffnung, in Fedravs Heimatdorf Dret vielleicht seinen Bruder wiederzufinden, eine ungeahnte und scheinbar von Tag zu Tag wachsende Willenskraft. Abend für Abend schlief er vor Erschöpfung zwar jedes Mal schneller ein als am Vorabend und jeden Morgen fiel ihm das Aufstehen zusehends schwerer, jedoch glomm in seinen Augen ein hoffnungsvolles Feuer, das alle Müdigkeit aus seinen Gliedern zu vertreiben schien. Es gab ihm die Kraft, den Gewaltmarsch fortzusetzen, von dessen Tempo Garab irgendwann nicht mehr mit Gewissheit sagen konnte, ob er oder der junge Bursche es war, der es vorgab.
Der erfahrene Caradain hatte versucht dem Jungen keine falschen Hoffnungen zu machen und ihm immer wieder vor Augen geführt, wie gering die Wahrscheinlichkeit war, dass sie Locan oder auch nur Fedrav in Dret finden würden.

Wie klein diese Wahrscheinlichkeit jedoch in Wirklichkeit war, darauf war nicht einmal er selbst vorbereitet...

* *

Der Geruch von nassem, verbranntem Holz stieg Garab bereits in die Nase, lange bevor Doel etwas bemerkte.
Statt der veranschlagten vollen vier Tage war es bereits der Morgen des vierten, als sie sich Dret näherten. Garab wurde mit jedem Schritt verschlossener und seine Stirn legte sich mehr und mehr in Falten, als er sich ausmalte, was sie wohl erwartete.
Als er befürchten musste, dass selbst Doel der Brandgeruch bald auffallen musste, hielt er auf ihrem Marsch inne und wandte sich zu ihm um. Doel blieb stehen und blickte Garab überrascht an, während dieser seinen Bogen spannte und ihm bedeutete, sein Schwert zu ziehen. Als sie bereit waren, wandte sich Garab um, bevor Doel eine Frage stellen konnte und marschierte so schnell weiter, dass der Junge Mühe hatte hinterher zu kommen.
Nach einiger Zeit wurde der Brandgeruch so stark, dass der Waldläufer sicher war, dass selbst sein unerfahrener Weggefährte ihn bemerkt haben musste...

Vom Dorfe Dret waren nur ein paar verkohlte und noch immer schwelende Ruinen übrig geblieben. Garab und Doel kauerten zwischen einigen licht stehenden Bäumen am Rande eines Abhangs, der leicht zum Dorf hin abfiel und suchten die weite Fläche vor ihnen aufmerksam mit ihren Augen ab. Nach einiger Zeit war sich Garab sicher, dass sich zwischen den Ruinen nichts rührte und wandte sich zu Doel um: „Du wartest hier."
Wie erwartet wollte Doel auffahren, doch Garab drückte ihn mit seiner kräftigen Hand zurück in seine geduckte Haltung: „Dort unten erwartet uns nichts als Tod. Nichts, was du bisher in deinem Leben gesehen hast, kommt dem nur annähernd gleich. Ich weiß es – ich habe es bereits in meinem Dorf gesehen."
Garab hielt einen kurzen Moment inne, während er Doel voll Mitleid ansah: „Du musst das nicht sehen!"

Doel blickte ihn einen langen Augenblick an bevor er seinen Mund öffnete und Garab die Worte hörte, von denen er gefürchtet hatte, dass der jüngere Mann sie aussprechen würde: „Wenn dies bereits das zweite Dorf in den Caradann ist, welches sie vernichtet haben und wenn sie selbst bis nach Baglan vorgedrungen sind, dann *werde* ich dies früher oder später sehen müssen!"

Die Hand des älteren Mannes glitt von der Schulter des jüngeren und er verstand, dass er ihn nicht vor der Gewalt und dem Tod schützen konnte. Genauso wenig wie er seinen Sohn vor dessen eigenem Tod hatte schützen können. Doch vielleicht würde der Anblick Doel hart genug machen, um die kommenden Dinge zu überstehen. Auch um den gleichen, schrecklichen Preis, den Garab, wie viele Krieger vor ihm, bereits bezahlt hatte und noch immer zu zahlen verdammt war.

Als sie später zwischen den Ruinen und den Toten umher gingen und er sehen konnte, wie sich das Wasser des Regens auf Doels Gesicht mit dessen Tränen vermischte, und als er sah, wie dieser seine vermeintliche Schwäche zu verbergen suchte, da stiegen in Garab Zweifel auf... Zweifel, ob es nicht besser war selbst zu sterben, anstatt immer mehr und mehr von der Gewalt und vom Tod zu erfahren und Gewalt und Tod selbst zu säen, solange bis die eigene Seele zuletzt daran zugrunde gehen und verlöschen musste...

Nach langer Suche fanden sie schließlich Fedrav. Doch was ihnen dieser im Leben nicht mehr hatte mitteilen können, das konnte nun auch sein verunstalteter Leichnam ihnen im Tod nicht mehr sagen.

Sie kehrten Dret den Rücken.

Mutlos setzten sie ihren Weg in Richtung Norden fort. Die Angreifer hatten in Dret keinerlei Spuren hinterlassen, welchen sie hätten folgen können. Somit war ihr nächstes Ziel, ihre nächste und wahrscheinlich auch letzte Hoffnung, die Spur vielleicht noch einmal wiederzufinden, Fenga am See Thel'Nia.

Wenn sie irgendwelche Nachrichten über die dunklen Kreaturen zu finden hoffen durften, dann im größten Dorf der Caradain.

AM THEL'NIA

Doel saß erschöpft auf dem Boden und lehnte an einem dicken Baumstamm. Sein Atem ging stoßweise und seine Augen brannten vom Schweiß, der ihm in Strömen über die Stirn rann.
Sie hatten heute das Hügelland der Caradann erreicht. Garab hatte ihm erzählt, dass es dort einen See gab, an dessen Ufer Fenga lag.
Die ersten kleineren Anhöhen am Vortag hatte Doel noch ohne größere Anstrengungen überwunden, das dauernde Auf und Ab und die immer steiler werdenden Hänge der heutigen Strecke hatten ihm jedoch den letzten Rest seiner Kräfte geraubt. Zumindest hatte er das bis zu dem Moment angenommen, in dem Garab ihn zum wiederholten Male zu einem weiteren Übungskampf aufgefordert hatte.
Und Doel hätte gelogen, hätte er behauptet diesmal wesentlich erfolgreicher gewesen zu sein als bei vorhergehenden Gelegenheiten.
Er hatte die vergangenen Tage mehrfach versucht seinen Kampfstil zu verändern, war zuerst eher defensiv, dann offensiv mit langsamen wuchtigen Schlägen und zuletzt mit kurzen schnellen Hieben gegen den Waldläufer vorgegangen. Der erfahrene Kämpfer hatte ihn jedoch jedes Mal wieder auflaufen lassen und immer wieder neue Kniffe gefunden, um den jüngeren und eigentlich auch wendigeren Gegner am Ausspielen seiner Stärken zu hindern.
Zu allem Übel war zu der grundsätzlichen Überlegenheit des Waldläufers in den letzten Tagen noch eine Unaufmerksamkeit Doels hinzugekommen, die er von sich selbst nicht kannte. Doch wusste er sehr wohl, was ihn einerseits daran hinderte sich richtig auf die Kämpfe zu besinnen und ihn andererseits zu immer neuen, immer wilderen, jedoch gleichzeitig immer plumperen Attacken und zum Einstecken immer neuer schmerzhafter Hiebe trieb: Es waren die Toten, die er in Dret

gesehen hatte und die seine Seele selbst nachts nicht ruhen ließen. Die seinen Geist ständig dazu zwangen gegen sie anzukämpfen, damit die dunklen Bilder nicht mehr Gestalt annehmen konnten und damit nicht – was noch unendlich schlimmer sein würde – die Toten von Dret zu Menschen wurden, die er kannte... Dass sie nicht die Gestalt von Locan und Enea annahmen

Doel schmerzte jede einzelne Stelle seines Körpers – sei es von den Treffern mit der flachen Seite der Klinge aus den Übungen oder seien es die Muskelschmerzen vom langen Marsch. Doch er hieß die Schmerzen willkommen, hielten sie ihn doch im Hier und Jetzt und hinderten sie seine Gedanken daran, zu weit zu wandern und in dunkle Pfade abzugleiten.

Er glaubte, noch nie so eine tiefe Müdigkeit gefühlt zu haben wie in diesem Moment – wie in den vergangenen Tagen seit Dret. Während sich seine Augen schlossen, bevor er in tiefen Schlaf fiel, hoffte er nur noch, dass sie ihre Jagd nach dem nächsten Erwachen endlich ans Ziel führen möge. Dass seine Hoffnung nicht wieder enttäuscht wurde. Dass er diesmal seinen Bruder wiedersehen würde... und dass er die Mörder Taleds aufhalten würde...

Seit er die Toten gesehen hatte, die Männer, Frauen und Kinder, seitdem wusste er, er musste versuchen diese Bestien aufzuhalten – dass nicht noch mehr dieses Schicksal teilen und dass nicht noch mehr Menschen wie er und Garab zurückbleiben mussten.

* *

Garab betrat den schmalen Baumstamm, der die kleine Schlucht, an deren Grund ein Bach floss, überspannte. Er kannte die Wege in diesem Teil der Caradann nicht so gut wie in den Waldgebieten, die sie die letzten Tage durchquert hatten. Aus diesem Grunde war er den ganzen Morgen bereits sehr vorsichtig gewesen und hatte die Umgebung öfter als sonst auf Spuren abgesucht. Sie näherten sich Fenga, dem großen Dorf am See,

und Garab hoffte bereits seit längerem, auf Spuren der dort ansässigen Caradain zu treffen. Er rechnete innerlich jedoch schon mit dem Schlimmsten.
Es gab leider auch keinen Anlass zur Zuversicht: Wenn die Cûzhal wirklich von jenseits des Gebirges stammten, dann waren sie auf ihrem Zug nach Perut an Fenga vorbeigekommen. Fenga war zwar um ein Vielfaches größer als Garabs eigenes Dorf, er war sich jedoch nicht allzu sicher, dass dies für die mächtigen Wolfsdämonen ein ernstes Hindernis darstellen würde.

* *

Tief in seine düsteren Gedanken versunken, setzte Garab auf dem Baumstamm vorsichtig einen Fuß vor den anderen. Hinter sich spürte er Doel ebenfalls die provisorische Brücke betreten und wandte sich schnell zu ihm um: „Nicht!", Doel hielt ruckartig inne und starrte Garab an, „der Baumstamm trägt uns beide nicht gleichzeitig."
Garab wollte sich soeben wieder umwenden, als er bemerkte, dass Doels Blick sich nicht verändert hatte und er völlig regungslos dastand. Die Aufmerksamkeit des Jungen galt auch keineswegs ihm, sondern etwas, das sich hinter Garab befand. Er wandte sich um und seine Augen fielen auf drei Männer, deren gespannte Bögen auf ihn und Doel zielten.
Eine tiefe Erleichterung breitete sich in Garab aus, als er die Caradain sah – wenn sie hier auf Wächter trafen, konnte Fenga noch nicht vernichtet worden sein.
Die Waldläufer trugen die typische Tangal-Tracht der Caradain und sahen den beiden Fremdlingen keineswegs freundlich entgegen. Nachdem keine der beiden Seiten einige Atemzüge lang Anstalten gemacht hatte, ein Wort zu sprechen, machte Garab schließlich den Anfang: „Seid gegrüßt, Tangal der Caradain vom See. Wir sind nur Wanderer auf Eurem Gebiet und nicht Eure Feinde." In der Mundart des Waldvolkes fügte er hinzu: „Tei hilna – vaet di Caradann."

Zwei der Angesprochenen tauschten kurze Blicke miteinander, ohne jedoch ihre Bögen abzusetzen. Doel musste trotz seiner Aufregung die Männer bewundern, die ihre starken Langbögen die ganze Zeit voll gespannt hielten, ohne dass ihre Armmuskeln zu zittern begannen. Er hatte nicht verstanden, was Ildann Har zuletzt zu den Fremden gesagt hatte, es zeigte jedoch seine Wirkung.

Der Mittlere der drei senkte langsam seinen Bogen und musterte sie noch einmal einen Augenblick, ehe er das Wort an sie richtete: „Es sind keine Zeiten für *'Wanderungen'* in diesen Wäldern." Der Mann ließ keinen Zweifel daran, dass er sie entweder für sehr leichtsinnig oder für sehr geschickte Lügner hielt.

„Da Ihr unsere Sprache sprecht und zudem die Gewänder eines Tangal tragt", er wies mit seinem Bogen auf Garabs Kleidung, „glaube ich nicht, dass Ihr fremd in den Wäldern seid. Woher stammt Ihr?"

Garab hatte nicht vor, die Männer zu belügen – er hatte auch keinen Grund dazu. Jedoch wollte er vermeiden, dass die Wahrheit über seine und Doels Herkunft zu schnell bekannt wurde: „Ihr habt es richtig erkannt: Ich stamme aus den Caradann und bin ein Tangal. Mein Begleiter kommt aus dem Reich Turad und stammt aus einem Dorf am südlichen Rand der Wälder. Uns beide vereint ein Schicksal, welches von großer Bedeutung für Euch und Euer Dorf Fenga sein kann. Doch sagt, was veranlasst Euch dazu zu glauben, dass die Caradann kein sicheres Gebiet mehr sind, für jemanden, der sich gegen die Tiere des Waldes zu behaupten vermag?"

Der Mann, der offenbar der Anführer zu sein schien, nickte seinen Männern kurz zu, worauf diese ihre Bögen senkten, Doel und Garab jedoch nicht aus den Augen und auch die Pfeile auf den Sehnen ließen.

„Unser Dorf wurde von einem unbekannten Unheil heimgesucht", die Stimme des Mannes wurde unwillkürlich leiser als er weiter sprach, „ein Unheil, welches bereits Opfer gefordert hat. Aus diesem Grunde sind die Wachen von Fenga verstärkt worden und wir müssen jeden kontrollieren, der unsere Grenzen übertritt."

„Es sind die schwarzen Wesen, nicht wahr?" Die Wächter blickten ruckartig zu Doel hinüber und Garab schloss für einen Moment die Augen: *Dieser dumme Junge!*

Der Anführer der Wache blickte wieder auf Garab und durchbohrte ihn mit seinen grauen Augen: „Was wisst Ihr über die Schatten? Sprecht!"

Garab erkannte, dass es keinen Zweck mehr hatte, ihr Wissen von den Cûzhal geheim zu halten: „Mein Begleiter und ich haben unsere Heimat verloren – sie ist uns geraubt worden vom gleichen Übel, das auch Euch heimsucht!"

Die zwei Wächter tauschten hinter ihrem Anführer beunruhigte Blicke, während Garab fortfuhr: „Es sind riesige, schwarze Wölfe von aufrechter Gestalt, gegen die mein Dorf kämpfte – und verlor."

Garab schwieg einen Augenblick, ehe er leiser hinzufügte: „Sie töteten alle."

Der Anführer der Wächter starrte Garab lange an, mit einem Gesichtsausdruck, in dem sich Misstrauen mit blanker Furcht vermischte. Garab meinte zu seiner Überraschung jedoch auch eine Art grimmiger Genugtuung wahrnehmen zu können, als hätte der Mann einen Teil der Nachricht so oder ähnlich erwartet und als würde eine Vermutung dadurch bestätigt.

Nach einer scheinbaren Ewigkeit straffte der Wächter seine Schultern und machte die Andeutung einer Verbeugung, ehe er in bedacht höflichem Ton wieder das Wort an sie richtete: „Mein Name ist Kenem. Ich bin Anführer der Tangal von Fenga und entschuldige mich für das Misstrauen, welches wir Euch entgegengebracht haben. Es ist jedoch in solchen Zeiten nicht immer gewiss, wie viel Vertrauen nötig und wie viel Misstrauen unumgänglich ist."

Garab erwiderte mit einem kurzen Nicken, während Kenem fortfuhr: „Wenn es auch Eurem Wunsch entspricht, dann bringe

ich Euch sofort zu Elow, unserem Etar-Dál, um angesichts Eurer bedeutsamen Nachrichten neu über unsere Lage zu beraten."
Der Wächter machte eine einladende Geste, worauf Garab Doel zunickte und sie beide die Schlucht vollends überquerten. Ehe sie den Weg zum Dorf einschlugen, fügte Kenem, in eben jenem Ton grimmiger Genugtuung, den Garab vorhin wahrzunehmen geglaubt hatte, noch hinzu: „Ihr seid nicht die ersten, die die dunklen Kreaturen gesehen haben. Ich befürchtete bereits, dass nicht nur bei uns diese furchtbaren Dinge geschehen."
Ehe Garab jedoch etwas entgegnen konnte, hatte sich Kenem bereits umgewandt und mit weiten Schritten den Pfad zum Dorf eingeschlagen.

* *

Fenga lag scheinbar friedlich am Ufer des Thel'Nia – des Sternenwassers. Der große See befand sich inmitten des Hügellandes der Caradann, welches sich in deren Nordosten erstreckte und bereits an die Ausläufer der Karan-Gahar angrenzte. Seinen Namen hatte er von der Klarheit seines Wassers, welches am Tag vom Sonnenlicht bis weit in die Tiefe durchdrungen wurde und in welchem des Nachts bei Sternenlicht ein zweites Himmelsgewölbe geboren zu werden schien.
Doel sah zum gegenüberliegenden Ufer des langgestreckten Sees hinüber, an dem das große Dorf lag.
Er war zwar nicht besonders beeindruckt von den hölzernen Häusern, ahnte aber, dass ihre Größe und Festigkeit für die Maßstäbe des Waldvolkes außergewöhnlich groß waren. Garabs Erzählungen nach hatten hier im Hügelland die ersten Caradain gesiedelt. Woher die Menschen aus den Wäldern aber ursprünglich stammten, konnte auch er nicht beantworten.
Doel wollte in seiner ruhigen Betrachtung fortfahren, bemerkte jedoch, dass Kenem und seine Männer auf ein Ende der Rast und zum Weitergehen drängten.
Als er sich erhob und sein Blick noch einmal nach Fenga hinüberschweifen ließ, bemerkte Doel an beiden Seiten des

Dorfes starke hölzerne Palisadenzäune, deren einzelne Pfeiler am oberen Ende stark angespitzt zu sein schienen.

Woher das Volk der Caradain auch ursprünglich stammt – verteidigen mussten sie sich wohl auch bereits dort.

* *

Sie näherten sich dem Dorf von Westen her und konnten bereits früh einen genaueren Blick auf die Verteidigungsanlagen werfen, da die Bäume um das Dorf herum weiträumig gerodet worden waren.
Sie traten unter dem Schatten des Waldes hervor und selbst Garab, der vor vielen Jahren bereits einmal in Fenga gewesen war, staunte erneut über die Größe des gewaltigen Holzwalles. Die Pfeiler maßen jeder beinahe einen Fuß im Durchmesser und waren mehr als doppelt mannshoch. Rechts und links des Eingangstores standen hinter dem Wall zwei gewaltige, viereckige Holzgerüste, die jeweils eine überdachte Wach- und Kampfplattform trugen. Beide Plattformen überragten den Palisadenzaun beinahe noch einmal um dessen eigene Höhe.
Garab sah hinter den Spitzen der Pfeiler mehrere Männer mit Bogen und Speeren bewaffnet, die dort Wache hielten. Zudem war auf jeder der Plattformen ebenfalls ein Mann postiert und hielt von dort Ausschau. Garab schätzte, dass selbst bei der Größe des Dorfes in Friedenszeiten höchstens die Hälfte an Wächtern auf dem Wall und den Plattformen postiert waren, die dort nun zu sehen waren.
Anscheinend herrscht auch in diesem Teil der Caradann kein Frieden mehr, dachte Garab mit einem Anflug von Wehmut, während sich die Flügel des großen Tores einige hundert Schritt vor ihnen langsam öffneten.

Kenem führte sie durch das Tor – welches von dem hölzernen Wehrgang überspannt wurde – und zwischen den hohen Plattformgerüsten hindurch in das Dorf.

Fenga mochte etwa dreimal so viele Einwohner zählen wie Perut und war, was Garab mit wenigen Blicken feststellen konnte, um einiges wohlhabender. Die Caradain trugen Gewänder, die denen aus seinem Dorf glichen, jedoch aus feiner gewebten und meist sogar gefärbten Stoffen bestanden. Die Frauen und Männer trugen aus Metall gefertigte Armreife und Halsbänder, feiner als alles, was Garab jemals zuvor erblickt hatte. Alle Waffen, die er im Vorbeigehen sah, waren von begabten Händen geschmiedet worden – und er sah erstaunlich viele Waffen. Alle Männer, und zu seinem Erstaunen selbst einige der Frauen, trugen Schwerter, Bögen oder Speere.

Nein, hier herrscht kein Friede.

Die Kunstfertigkeit und der Reichtum des Dorfes waren auch an den Häusern sichtbar. Die meisten waren aus so dicken Holzstämmen gebaut wie es nur mit sehr vielen erfahrenen Arbeitskräften zu schaffen war. Einige der Häuser verfügten sogar über steinerne Sockel, auf denen die dicken Stämme der Wände ruhten und Garab erhaschte im schnellen Vorbeigehen vielerorts kurze Blicke auf kunstvolle Schnitzereien und Verzierungen in Holz, Stein und vereinzelt auch Metall.

* *

Kenem führte sie quer durch das Dorf bis zu einer großen Halle, deren Wände aus einem Gerüst mächtiger Stämme bestand, zwischen die riesige Steinplatten eingefügt waren. In jede Platte waren kunstvolle Ornamente, Schriftzeichen, Jagd- und Kampfszenen eingemeißelt. Als Garab auch die beiden Wächter entdeckte, die zu beiden Seiten einer großen zweiflügeligen und metallbeschlagenen Tür standen, wusste er genau, wessen Haus es war, an dessen Tür Kenem nun Einlass verlangte.
Einer der Wächter verschwand im Inneren der Halle und kehrte nur wenige Augenblicke später bereits wieder zurück und sprach

kurz mit Kenem, ehe er seinem Kameraden ein Zeichen gab und sie gleichzeitig die beiden schweren Torflügel öffneten.

Kenem wandte sich zu Garab und Doel um und vollführte eine einladende Geste: „Elow, unser Etar-Dál ist bereit Euch zu empfangen."

Die Tür führte in einen großen und langgezogenen Raum, der zu beiden Seiten von steinernen Säulen gesäumt war.

Am Ende der Halle befand sich etwas erhöht ein hölzerner Thron, auf dem ein graubärtiger Mann saß. Die beiden Männer, welche sie mit Kenem im Wald getroffen hatten, waren ihnen nicht in die Halle gefolgt und so schritten sie zu dritt weiter durch die Halle.

Einige Schritte vor dem Thron blieb Kenem stehen und beugte ein Knie: „Herr, hier bringe ich Euch zwei Boten: einer aus dem Süden der Caradann und der andere aus dem Königreich Turad. Sie zogen zusammen durch unser Land und bringen Kunde von dem Übel, welches auch uns bedroht."

Auf eine Geste Elows erhob sich Kenem und trat, den Rücken nun den Säulen zugewandt, zur Seite. Der Etar-Dál Fengas musterte die beiden Fremden mit einem neugierigen, jedoch nicht unhöflichen Blick.

Garab betrachtete das Gesicht des Mannes: Es waren die Züge eines stolzen und harten, vom Leben geprüften Menschen, welcher sich jedoch trotz der Lasten der Zeit einen Lebensmut bewahrt hatte, welcher nun in seinen grauen Augen glänzte. Obwohl sein schulterlanges Haar und sein Bart in ihrem Grau nur noch von wenigen schwarzen Strähnen durchbrochen wurden, erschien Elow wenig alt oder müde zu sein. Er strahlte vielmehr etwas von der Kraft eines Mannes aus, der in den besten Jahren seines Lebens stand: sein Körper noch stark – sein Geist jedoch bereits reich an Erfahrung. In leichtem Gegensatz dazu stand sein überaus prächtiges, in Gold- und Silbertönen schimmerndes Gewand, dessen feines Tuch und reiche Stickereien selbst in dieser Halle nahezu verschwenderisch wirkten.

„Ich heiße Euch willkommen, Wanderer", die Stimme klang kräftig und warm, aber auch selbstbewusst und befehlsgewohnt. „Mein Name ist Elow und ich bin seit nunmehr über dreißig Wintern Etar-Dál des Dorfes Fenga."
Garabs Augen weiteten sich einen Augenblick vor Überraschung: Entweder war Elow älter als er vermutet hatte oder er war bereits sehr früh in sein ehrenvolles Amt aufgestiegen.
Ohne auf Garabs Erstaunen einzugehen – welches ihm deutlich ins Gesicht geschrieben stand – fuhr Elow mit einem leichten Lächeln auf dem Gesicht fort: „Kenem habt Ihr bereits kennengelernt. Nun, da Ihr unsere Namen wisst, darf ich Euch nach den Eurigen fragen?"
Garab räusperte sich kurz und warf seinem Gefährten einen kurzen, aber sehr bestimmten Blick zu, der ihm bedeutete, die Rede des Waldläufers abzuwarten. Doel war diesmal klug genug Garab sprechen zu lassen. Dieser verneigte sich höflich vor Elow und begann, mit einer Geste in Doels Richtung, zu sprechen: „Der Name meines jungen Begleiters ist Doel und er stammt aus Baglan, einem Dorfe Engads, an der Südgrenze der Caradann. Er wurde mit seiner Familie Opfer eines Angriffs dämonischer Kreaturen, die die Gestalt großer, zweibeiniger Wölfe hatten."
Garab machte eine kurze Pause, in der er beobachtete, wie Elow seinem Hauptmann einen kurzen, ernsten Blick zuwarf und fuhr dann mit einer Geste auf sich selbst fort: „Ich selbst stamme aus dem Süden der Caradann, aus dem Dorf Perut. Auch wir wurden von den dunklen Kreaturen heimgesucht..."
Er stockte bei der Erinnerung an das Geschehene. Er hatte auf einmal das Gefühl, dass die Wahrheit, der er sich jeden Tag aufs Neue zu entziehen versuchte, mit seinem Bericht an diesem Ort, mit dem Bekanntwerden in der Welt außerhalb seines Dorfes, ein Stück mehr schreckliche Realität werden würde.
Elow sah Garab aufmerksam an und auf seinem Gesicht erschien ein beinahe mitfühlender Ausdruck – er schien bereits zu ahnen, was der Waldläufer sagen wollte. Bevor Garab weitersprechen konnte, machte er eine abwehrende Geste: „Euer Bericht kann

warten. Ich war ein schlechter Gastgeber – nach Eurer Wanderung durch die Wälder müsst Ihr müde und hungrig sein. Kenem wird Euch mit allem Nötigen versorgen und Euch zu einem Haus bringen, wo ihr Euch waschen und ausruhen könnt. Wir werden heute Abend über alles Weitere sprechen. Jedoch, bevor ihr geht – nennt mir bitte noch Euren Namen."

Garab zögerte einen Moment, ehe er sprach: „Meinen wahren Namen habe ich vor einiger Zeit hinter mir gelassen – er wurde mir geraubt, zusammen mit allem, was ich liebte. Wenn Ihr es erlaubt, werde ich ihn Euch erst heute Abend nennen, damit Ihr wisst, dass ich Eure Gastfreundschaft und Euer Vertrauen auch wirklich verdiene. Ich möchte Euch jedoch bitten, mich, solange ich auf dem Pfad der Rache weile, Ildann Har zu nennen." Er neigte kurz den Kopf um seine Untergebenheit auszudrücken und sah dann wieder zum Sitz des Etar-Dál auf.

Elow hatte Garab während dessen Worten die ganze Zeit in die Augen gesehen und auch jetzt maß er ihn wieder mit seinem Blick, so als suchte er in den Tiefen von dessen Seele nach der Antwort, die er ihm vorenthielt. Nach einer Weile nickte er langsam und auf seinem Gesicht breitete sich ein Anflug von Erleichterung aus:

„Ildann Har – Tod des Waldes. Einen Mann mit einem solchen Namen in meinem Dorf willkommen zu heißen, hätte ich vor einigen Tagen noch für töricht gehalten. Jedoch hat sich vieles verändert und wir werden möglicherweise schon bald Verwendung haben für einen Mann, der einen solchen Namen trägt. Zudem habt ihr ein offenes Herz – und niemand, der uns Böses wollte, würde einen solch gefährlichen Namen in meiner Halle nennen."

Elow erhob sich, ehe er fortfuhr: „Ich heiße Euch also nochmals herzlich willkommen bei uns in Fenga, am Ufer des Thel'Nia, Ildann Har aus Perut und Doel aus dem Königreich. Wir sind froh um jeden Boten, der uns in diesen dunklen Zeiten Kunde bringt – sei sie gut oder schlecht."

Er neigte kurz sein Haupt und Garab erwiderte die Geste. Kenem verließ seinen Platz an den Säulen und bedeutete ihnen, ihm zu folgen. Als Garab sich umwandte, blickte er in Doels unwilliges Gesicht – er schien mit dem Aufschub der Beratung nicht einverstanden zu sein, wandte sich jedoch ebenfalls in Richtung Ausgang.

* *

Kenem hatte die Gäste in seinem eigenen Haus untergebracht und spätestens dies hätte Garabs Vermutung bestätigt, – wenn es dazu überhaupt noch einer Bestätigung bedurft hätte – dass sie dem Anführer der Tangal von Fenga mehr als willkommen waren.

Garab saß auf einem einfachen, mit frischen Decken bezogenen Holzbett und dachte über die Ereignisse des Tages nach. Elow schien ein sehr kluger Mann zu sein und Kenem war auf den ersten Blick ein entschlossener und fähiger Krieger. Jedoch war zwischen den beiden eine leichte Spannung wahrzunehmen gewesen, die sich Garab noch nicht erklären konnte. Und während Elow mit erkennbarer Besorgnis auf den Grund von Garabs und Doels Ankunft reagiert hatte, ließ Kenem neben Sorge und grimmiger Entschlossenheit geradezu Erleichterung erkennen, dass die Kunde von Überfällen der schwarzen Dämonen nun Fenga erreichte.

Er hörte Doel durch das kleine Fenster am Waschtrog an der Rückseite des Hauses rumoren und eine andere Sorge verdrängte Garabs Grübeleien: Er würde Doel nun seinen wahren Namen nennen müssen, wollte er nicht Gefahr laufen, durch weiteres Abwarten das Vertrauen des jungen Mannes in ihn zu schwächen.

Eine Tür schlug und Doels Schritte hallten im Gang vor ihrer Kammer wider. Der Mann, der sich Ildann Har nannte, seufzte und bereitete sich darauf vor, den Alptraum, der sein wahres Leben gewesen war, nun wieder Wirklichkeit werden zu lassen, indem er seinen wahren Namen preisgab.

DER RAT

Die Dunkelheit war bereits hereingebrochen, als Garab und Doel erneut zu Elows Halle geführt wurden.
Während Kenem schweigend vor ihnen herging, dachte Doel über das Gespräch mit Garab, dessen Namen er nun endlich erfahren hatte, nach. Er war sich darüber im Klaren, dass er ihn spätestens bei der Ratssitzung ohnehin gehört hätte. Trotzdem schätzte er die Ehrlichkeit des Waldläufers, der ihn nicht ebenso lange hatte im Ungewissen lassen wollen wie die Ratsmitglieder Fengas.
Doel erschien Garabs Schicksal nun weitaus greifbarer als es zuvor gewesen war. Ohne dass dieser weitere Dinge aus seiner Vergangenheit offenbart hatte, erschien nun doch alles bisher gehörte in einem neuen Licht – oder vielmehr kam ihm alles noch grausamer vor, als er es sich bisher hatte vorstellen können.
Er fragte sich, ob er selbst – so wie Garab Frau und Sohn verloren hatte – den Verlust eines weiteren geliebten Menschen neben seinem Ziehvater so hinnehmen könnte wie der Waldläufer. Bei dem Gedanken drängten sich alptraumhafte Bilder seines toten Bruders und von Enea in Doels Geist... er schüttelte sie ab, bevor sie deutlich Gestalt annehmen konnten. Er spürte, wie sein Herz schneller schlug und ihm kalter Angstschweiß auf die Stirn trat. Er atmete einige Male tief durch und konzentrierte sich auf die gleichmäßigen Bewegungen seiner Beine auf dem irdenen Boden. Flackerndes Licht fiel auf seine Füße und er hob den Kopf und sah die Halle des Dorfoberhauptes, vor der mehrere Fackeln in den Boden gesteckt worden waren.
Während sie auf das sich öffnende Tor zuschritten, wanderte Doels Blick zu dem älteren Mann an seiner Seite. Er konnte nicht begreifen, wie Garab trotz des Schmerzes, den ihm seine Verluste bereitet haben mussten, so neben ihm hergehen konnte:

äußerlich aufrecht und ungebeugt, mit wachen Augen, in denen der Lebenswille weiterhin ungebrochen schien.
Doel selbst hatte noch Menschen, von denen er hoffen konnte, sie in dieser Welt eines Tages wiederzusehen. Er wusste nicht, was er ohne diese Hoffnung tun würde.

**

Die Halle wurde von vielen Fackeln erhellt und war bevölkert von mehreren Ratsmitgliedern, die auf schweren, hölzernen Sesseln im Kreis saßen und die Neuankömmlinge gespannt erwarteten.
Garab erfasste, mit seinem von vielen Ratssitzungen in Perut geschärften Sinn, die vielfältige Stimmung im Saal: Neben Neugier und Hoffnung waren genauso auch Misstrauen und Angst zu spüren und Garab war sich sicher, dass die Mitglieder bereits vor ihrem Eintreffen beraten hatten – mit welchem Ergebnis, würde sich wohl noch zeigen müssen.

Kenem trat zur Seite und bedeutete seinen beiden Gästen in den Kreis des Rates zu treten. Garab nickte Doel kurz ermutigend zu, dann traten sie in die Mitte der Runde, genau vor Elows Sitz.
Elow schenkte ihnen ein flüchtiges und angespanntes Lächeln, woraus Garab erkennen konnte, dass er über den Ausgang des vermutlich vorangegangenen Disputes nicht allzu glücklich sein konnte.
Dann begann das Oberhaupt Fengas zu sprechen: „Ich heiße Euch willkommen, Mitglieder des Rates und auch Euch – Ildann Har und Doel, Boten aus den Caradann und dem Königreich Turad."
Er legte eine kurze Pause ein, in der die beiden Angesprochenen kurz ihre Häupter neigten. Garabs Augen huschten zwischen seinen zusammengekniffenen Lidern schnell von einem Gesicht zum nächsten und er wurde in seiner Ahnung bestätigt, dass sie keineswegs so willkommen waren, wie Elow es ihnen vorzutäuschen versuchte.

„Ich habe die Mitglieder des Rates bereits über Eure Herkunft und den Grund Eures Hierseins unterrichtet. Wir möchten Euch nun bitten Eure Botschaften zu offenbaren – so wie Euren wahren Namen, Ildann Har, wie Ihr versprochen habt."

Garab nahm den drängenden Unterton in Elows Stimme wahr und ahnte, dass es weniger dessen eigenes als vielmehr das Verlangen einiger der Ratsmitglieder war, möglichst schnell Belege für die Glaubwürdigkeit der unbekannten Boten zu erhalten.

„Mit der Zustimmung meines jungen Weggefährten werde ich mit meiner Erzählung beginnen." Garab hielt kurz inne und verbeugte sich kurz, während er sich vorstellte: „Mein Name ist Garab und ich war – wie diesem Rat bekannt sein dürfte – bis vor einigen Tagen Etar-Dál des Dorfes Perut."

Im Saal erhob sich kurz ein überraschtes Gemurmel, welches nur nach und nach wieder verebbte. Garab fuhr fort: „Perut wurde vollkommen zerstört und alle seine Bewohner ermordet. Ich konnte als Einziger entkommen."

Ausrufe des Entsetzens wurden laut und eines der Ratsmitglieder, ein Mann hohen Alters, mit dünnem Haar und langem Bart, beugte sich in seinem Sitz vor und starrte Garab an, während er die Frage stellte, die wie ein Schatten auf allen im Raum lag: „Sagt, wie wurde das südliche Dorf zerstört?"

Garab atmete einmal tief ein, ehe er antwortete: „Es waren unbekannte Wesen. Gewaltiger als der größte Mann, mit unglaublichen Kräften und langen Krallen und Fängen. Sie standen aufrecht auf zwei Beinen, doch ihre Gestalt war die von dunklen Wölfen."

In der Halle herrschte nun Totenstille als Garab von den ersten Angriffen der Kreaturen bis hin zu seinem Zusammentreffen mit den Ga'hel erzählte.

Hier erhob sich ein ungläubiges Raunen unter den Räten und Elow gebot denjenigen, die Fragen stellen wollten, Einhalt: „Wir wollen zuerst den ganzen Bericht hören, bevor wir uns mit den Einzelheiten befassen. Ich bitte Euch, sprecht weiter!"

Von diesem Moment an war es wieder still im Saal während die Räte Garabs Bericht lauschten und erst, als er zum Ende des Kampfes um Perut kam, regte sich eines der Ratsmitglieder. Garab hielt in seiner Erzählung inne. Mehrere andere Mitglieder des Rates blickten unwillig auf den Mann, der sich entgegen Elows Befehl, das Ende des Berichtes abzuwarten, nun erhob und das Wort ergriff: „Darf ich Euch die Frage stellen, Garab: Wie konntet Ihr entkommen, während all Eure Krieger und anscheinend selbst die unsterblichen Ga'hel – die, nebenbei erwähnt, niemand vor Euch je in diesen Wäldern erblickt hat – den Tod fanden?"

Garab musterte den Mann, der ihn mit seinem herablassenden Tonfall herausforderte. Das Ratsmitglied hatte langes, dunkles Haar und ein glatt rasiertes Gesicht aus dem Garab der Blick eines wachen, jedoch auch kühl kalkulierenden Geistes entgegen stach.

Aus dem Augenwinkel konnte er sehen, wie Elow hin- und hergerissen war zwischen seiner Pflicht, den Unbekannten zurechtzuweisen und seinem Verlangen, selbst die Antwort auf die gefährliche Frage zu hören. Garab nahm ihm jedoch die Entscheidung ab: „Ich behauptete keineswegs, dass die Ga'hel ebenso alle den Tod fanden wie meine Schwestern und Brüder. Als ich nach Perut zurückkehrte, fand ich keinen einzigen toten Ga'hel. Eure Frage ist dennoch berechtigt, jedoch wird Euch meine Antwort kaum zufrieden stellen, da mir die Geschehnisse jener Nacht selbst manchmal wie ein nebelhafter Traum erscheinen."

„Dennoch versteht ihr sicher, dass Euer Überleben einer Erklärung bedarf?!", erwiderte das Ratsmitglied in einem Tonfall, der erkennen ließ, dass er sich in seiner anfänglichen Vermutung von Garabs Unglaubwürdigkeit nun bestätigt fühlte.

Garab lächelte den Mann an und senkte ergeben den Kopf: „Natürlich, ehrwürdiger Rat."

So ruhig er äußerlich auch wirkte, innerlich war Garab auf das Höchste angespannt, da er ahnte, dass möglicherweise viel von seiner Antwort abhängen konnte. Eine erwartungsvolle Stille hing über der Halle, während alle Anwesenden an Garabs Lippen hingen: „In jener Nacht verschleppte mich eine der dunklen Kreaturen. Ich verlor das Bewusstsein und kam erst später, Meilen vom Dorf entfernt und mitten im Wald wieder zu mir. Als ich das Dorf schließlich wieder erreichte, brannte es lichterloh, alle Bewohner waren tot und die Ga'hel verschwunden."

Die Reaktionen auf den Gesichtern der Räte reichten nun, nach dieser abenteuerlich anmutenden Erklärung, von verwirrt über entsetzt bis hin zu völlig offen gezeigtem, spöttischem Unglauben. Der Mann, der die Frage gestellt hatte, grinste, erhob sich nun erneut von seinem Platz und begann mit laut erhobener Stimme zu sprechen: „DIESE ERKLÄRUNG SOLLEN WIR EUCH GLAUBEN? ZUSAMMEN MIT DEM REST EURER GANZEN LÄCHERLICHEN GESCHICHTE?!"
Mit dem Finger auf Garab und Doel weisend, wandte er sich an die Räte: „Diese selbsternannten *Boten*", er spieh das Wort geradezu aus, als wäre es eine verdorbene Speise, „kommen hierher, erschleichen sich unsere Gastfreundschaft und beleidigen uns nun mit solch infamen Lügen! Wir...", doch ehe der Mann seine wütende Rede fortsetzen konnte, gebot ihm Elow mit einer herrischen Geste Einhalt: „Es ist genug, Lemat!"
Es herrschte nun eine so tiefe Stille im Saal, dass nur das Knistern der brennenden Fackeln zu hören war und als Elow sich erhob, schien jedes Rascheln seines Gewandes laut in der Stille zu hallen: „Wir sind nicht hier, um über die Glaubwürdigkeit der Boten zu richten. Einige von uns glauben, dich erkannt zu haben, Garab. Auch ich kann mich an dich erinnern, als du vor vielen Wintern mit deinem Vater bei uns warst, beim letzten großen Rat der Caradain."
Lemat, das soeben gescholtene Ratsmitglied, blickte zornig zum Etar-Dál Fengas auf und Elow richtete das Wort nun direkt an

ihn: „Natürlich, Lemat, weiß ich, dass die Erinnerungen alter Männer in deinen Augen nicht viel zählen mögen." Elow lächelte, als der Angesprochene angesichts seiner Durchschaubarkeit und in seinem wachsenden Zorn errötete und scheinbar nur noch schwer an sich halten konnte.

„Selbst ich weiß, wie die meisten hier im Saale, dass wir uns in diesen Zeiten nicht alleine auf Namen oder hohe Ämter verlassen können, wollen wir überleben. Wir werden einige Krieger nach Perut senden, um einiges von dem zu überprüfen, was uns Garab mitgeteilt hat. Jedoch werden wir, auch nach aller zu ergreifenden Vorsicht, nicht umhin kommen, dass das letzte Band gegen Finsternis und Tod das Vertrauen unter uns sein wird. Und auch wir werden uns fragen müssen, ob wir diesen Männern genauso vertrauen wollen und können, wie wir uns gegenseitig vertrauen mögen!"

Elow ließ die Worte im Raum verklingen und warf unter seinen dunklen Augenbrauen einige prüfende Blicke umher. Garab hatte den Eindruck, dass es mehr eine Mahnung denn eine offene Frage gewesen war, die das Oberhaupt Fengas soeben ausgesprochen hatte.

Dann richtete sich Elows Blick wieder auf Doel und Garab und er fuhr mit einer Geste in ihre Richtung fort: „Doch nun wollen wir auch noch den Bericht des jungen Mannes aus dem Königreich hören und anschließend noch offene Fragen besprechen, ehe wir beraten werden, was zu tun ist."

Doel war angesichts der Plötzlichkeit, mit der er vom Rand des Geschehens in dessen Mitte gestoßen wurde, zunächst wie versteinert.

Elow ließ sich wieder im Sessel nieder und nickte Doel ermunternd an: „Bitte, sprecht!"

Es schien Doel, als müsse er sich zuerst mühsam erinnern an die Geschehnisse, die doch erst so kurze Zeit zurücklagen. Es kam ihm unwirklich vor und als er begann, hatte er das Gefühl, er erzählte die Geschichte eines anderen. Eine Geschichte, die so dunkel war, dass sie ihm, einem jungen Mann, aufgewachsen in einem freundlichen und sicheren Dorf im Königreich Turad, unmöglich widerfahren sein konnte…

* *

Doel hatte dem Rat, ebenso wie Garab alles erzählt, jedoch die Geschichte von Taled verschwiegen. Er hatte auch nicht das Gefühl, dass dies irgendjemanden außer ihn etwas anging.
Nachdem er geendet hatte, waren noch einige Fragen gestellt und von ihnen beiden so weit als möglich beantwortet worden, bis schließlich Elow noch einmal das Wort an sie richtete: „Ich danke Euch, Garab und Doel, für Eure Berichte. So sonderbar sie auch scheinen mögen" – und Garab hätte schwören können, dass Elows Augen in diesem Moment kurz zu Lemat hinüber zuckten – „so wichtig ist doch ihr Inhalt."
Elow senkte kurz in einer Geste der Dankbarkeit seinen Kopf und blickte die beiden Männer danach versonnen an: „Soweit es mich betrifft, glaube ich Euch!"
Wieder ging ein kurzes Raunen durch den Rat, Elow fuhr jedoch bereits wieder fort: „Auch wenn die Zerstörung zweier Dörfer in den Caradann von dunklen Kreaturen, die sonderbare Übermittlung einer geheimen Botschaft bis ins Königreich durch einen Etar-Dál der Caradain persönlich und nicht zuletzt das Auftauchen eines Volkes aus dem Reich der Legenden, schwer zu glauben sind und ich lieber andere Neuigkeiten vernommen hätte. Wir werden nun im Anschluss an Eure Berichte beraten, was dies alles zu bedeuten haben mag und was wir angesichts der Geschehnisse und der großen Gefahr in den Caradann tun werden."
Elow machte erneut eine kurze Pause, während der er neugierig auf die beiden Boten hinabblickte: „Wie Ihr bereits von Kenem erfahren habt, gab es auch bei uns mehrere Überfälle unbekannter Kreaturen auf Schafe und Kühe. Bis auf einen alten Hirten hat jedoch niemand von uns die Angreifer bisher gesehen. Doch jener Mann beschrieb dieselben Kreaturen, wie Ihr es getan habt. Ich denke, dass ich dem Ergebnis unserer Beratung

nicht allzu weit vorgreife, wenn ich sage, dass wir auf jeden Fall weitere Vorsorge treffen müssen als wir es bislang durch die Verschärfung der Wachen getan haben. Es geschieht etwas in unseren Landen und wir müssen auf einen Angriff oder Ähnliches vorbereitet sein.

Bereits vor einiger Zeit schickten wir Boten in die nächstliegenden Dörfer aus, um zu erfahren, ob sich dort Ähnliches ereignet hat und ob die dunklen Kreaturen dort ebenfalls aufgetaucht sind. Wir werden weitere Boten und Kundschafter nach Perut und Dret senden. Wir müssen soviel wie möglich über die Vorgänge in unseren Wäldern in Erfahrung bringen und die Dörfer warnen, die noch ahnungslos sind."

Im Rat sah man als Folge dieser Ankündigung vielerorts zustimmendes Nicken und Elow fuhr nach einem Blick in die Runde in etwas weniger offiziellem Ton fort: „Doch was werdet Ihr tun, Garab und Doel? Ihr befindet Euch auf einer Suche und auf einem Rachefeldzug und werdet sicher weiterziehen wollen. Doch bevor Ihr entscheidet, bedenkt: Wenn Ihr Eure Suche fortsetzt, werdet Ihr möglicherweise auf die Urheber treffen. Doch werdet Ihr nur zu zweit sein, denn wir können keine Krieger für eine solche Reise entbehren, solange wir nicht wissen, was um uns herum geschieht."

Garab sah, dass sich Kenem auf seinem Platz etwas regte, jedoch keinen Ton von sich gab. Elow hatte die Bewegung jedoch wohl wahrgenommen: „Kenem, Hauptmann unserer Tangal, hat bereits vor einiger Zeit vorgeschlagen, einen Trupp zusammenzustellen und Jagd auf die unbekannten Kreaturen zu machen. Wir sind in diesem Punkt noch zu keiner Entscheidung gelangt – vielleicht wird es noch dazu kommen, sobald wir Eure Berichte überprüft haben und weiterhin Tiere getötet und verschleppt werden sollten."

Auf Kenems Gesicht zeigte sich bei diesen Worten keine Regung und auch als Elow fortfuhr, blieb er still: „Wie dem auch sei, alleine könnt Ihr gegen mehrere dieser Kreaturen nichts ausrichten. Durch unsere Boten und Kundschafter und deren Berichte werden wir jedoch möglicherweise schon bald Licht ins

Dunkel bringen können. Wenn Ihr also in Fenga bleiben wollt, seid Ihr uns als Gäste oder auch als Mitkämpfer willkommen. Gleichwohl seid Ihr natürlich jederzeit frei zu gehen, wohin Ihr wollt."

Elow erhob sich nun und sprach in förmlichem Ton, untermalt mit einer ausholenden Geste in den Rund: „Ich danke den Boten für ihre Berichte und bitte sie nun den Saal zu verlassen, damit der Rat seine Pflicht erfüllen kann."

Kenem trat von seinem Platz zwischen den Säulen hervor und bedeutete Garab und Doel ihm zu folgen. Sie gingen den Säulengang entlang und traten durch den Torbogen in die kühle Nachtluft hinaus.

* *

Kenem wandte sich zu ihnen um und nickte ihnen zu: „Ihr habt gut gesprochen und auch ich glaube Euren Worten, wie auch unser Etar-Dál es tut."

Garab und Doel blickten sich kurz mit einer gewissen Erleichterung an, erwiderten jedoch nichts außer einem dankbaren Nicken.

„Ich werde wieder in der Halle erwartet. Ich denke, es wird zur Bildung einer Kriegsschar kommen, die die dunklen Kreaturen jagen wird – früher oder später." Kenem blickte grimmig und ballte die rechte Faust bei diesen Worten, während seine linke Hand auf dem Knauf des Schwertes an seiner Seite ruhte: „Wir können nicht in unseren Häusern und hinter unseren Wällen warten, bis uns diese Bestien unser Vieh geraubt haben und Hunger auf uns bekommen."

Garab pflichtete ihm in Gedanken bei, fühlte sich aber als Neuankömmling nicht in der Rolle, seine Meinung kund zu tun.

Kenems Züge glätteten sich wieder und in freundlicherem Ton fügte er seinen Worten noch hinzu: „Ich wäre sehr erfreut, Euch in unseren Reihen zu wissen, wenn wir hinausziehen!"

Garab sah den Hauptmann überrascht an: „Ihr kennt uns erst seit heute und wollt schon mit uns in den Krieg ziehen?!"

Der junge Krieger lächelte kurz, während er erwiderte: „Ihr wisst genauso gut wie ich, dass ein Hauptmann seine Krieger in ihren Fähigkeiten genauso einschätzen können muss, wie deren Mut und Aufrichtigkeit. Nun, Mut steht in Eurer beider Augen – wärt Ihr nicht aufrichtig, hätte ich es längst in Euren Worten gehört und als Krieger müsst Ihr sehr fähig sein, wenn Ihr das überlebt habt, wovon Eure Berichte künden."
Damit verbeugte sich Kenem und schritt wieder zur Halle zurück, deren Tore erneut von den Wachen geöffnet wurden.
Die Gäste des jungen Hauptmanns blickten sich, gleichermaßen überrascht von dessen Worten, an. Garab wollte gerade etwas sagen, als ihm Doel jedoch zuvor kam: „Ich bleibe."
Garab blieben vor Überraschung seine Worte im Halse stecken und er konnte den jungen Mann nur staunend betrachten – dies hatte er nicht erwartet.
„Elow und Kenem haben Recht – zu zweit weiter nach Norden zu ziehen, ist zu gefährlich. Locan hat nichts davon, wenn ich mich in der Wildnis zerreißen lasse. Außerdem wissen wir nicht einmal, ob wir ihn dort überhaupt finden!"
Garab schwieg und hörte Doel, während er unbewusst leicht nickte, weiter zu: „Wenn Locan noch lebt und irgendwo in diesen Wäldern umherirrt, dann sind Neuigkeiten über seinen Verbleib am ehesten hier zu erfahren, wenn die Boten und Kundschafter zurückkehren. Wenn ihn diese Kreaturen aber in ihrer Gewalt haben, dann kann ich ihn nur mit Kriegern befreien."
Doel blickte Garab einige Augenblicke entschlossen an, wandte sich dann um und ging Richtung Seeufer davon.

Garab blickte ihm nach und erkannte, dass er Doel selbst nach allem, was er bislang von ihm wusste, unterschätzt hatte: Er war kein Junge mehr – er befand sich bereits auf der Schwelle zum Mannesalter. Erwachsener, reifer und vor allem – von einem grausameren Schicksal härter geschmiedet als es den meisten Menschen auch nur in ihren Träumen widerfahren mochte.

Auch Garab hatte schnell begriffen, dass es das einzig weise war, in Fenga zu bleiben. Hier würde er seiner Rache und den Antworten auf seine Fragen am schnellsten näherkommen.
Außerdem, dachte er mit einem leichten Lächeln, *so tapfer er auch ist, ein Krieger muss erst noch aus ihm werden.*
Und mit dem Gedanken an eine frühe Trainingsstunde mit seinem Schützling ging Garab in Richtung von Kenems Haus.

* *

Am Ufer des Sternenwassers saß Doel und blickte auf das von Sternen- und Mondlicht erleuchtete Wasser hinaus.
Er dachte an Locan.
Wo er wohl sein mochte, ob er noch lebte.
Vor seinen Augen stiegen Bilder von seinem Bruder auf: wie er ihn triumphierend ansah, nachdem er ihn im letzten Zweikampf besiegt hatte, wie er sich hinter dem Haus auf ihn gestürzt und sie im Gras miteinander gerungen hatten – und wie er selbst versucht hatte, Locan vor den Wolfsdämonen zu retten und es nicht geschafft hatte…
Doel spürte in seiner Brust einen Knoten, der ihm das Atmen schwer machte und der sein Herz zusammenzudrücken schien.
Ein anderes Bild tauchte vor seinem inneren Auge auf: ein Mädchen mit braunem Haar und leuchtenden Augen, die ihn aus einem lachenden Gesicht anblitzten.
Und auf einmal tauchten Zeilen des Gedichtes in seiner Erinnerung auf, welches er Enea an ihrem letzten gemeinsamen Abend geschenkt hatte:

**Wenn ich auch wandelte auf fernem Pfade,
wir beide getrennt durch viele Tage,**

Doel fragte sich, was sie gerade tat. Ob sie an ihn dachte und ob sie sich um ihn sorgte?!

**wenn zwischen uns senkten sich Dunkelheiten,
Angst und Zweifel fehl uns wollten leiten,**

In diesem Moment spürte er in sich eine große, übermächtige Angst – davor, dass sie sich vielleicht nie mehr wiedersahen.

**wenn auseinander bricht die ganze Welt,
das Ende zwischen dich und mich sich stellt,**

Doel glaubte, von der Angst zerdrückt zu werden, an ihr ersticken zu müssen ... als ihm schließlich die letzten Zeilen der Strophe vor Augen traten:

**das Licht, entzündet von dir und mir,
währt ewiglich – verlöscht nie mehr.**

Und Doel spürte etwas in sich wachsen, spürte, wie sich sein ganzes Wesen gegen die Dunkelheit stemmte und die Angst daran hinderte weiter zu wuchern. Er ballte seine Fäuste und schloss seine Augen, während er die Angst in den tiefsten Winkel seines Herzens zu drängen versuchte...

Schließlich jedoch stürzten die dunklen Bilder erneut auf ihn ein. Die Bilder der Wölfe, des sterbenden Taled, die Toten, die er in Dret gesehen hatte...
Und Doel saß weinend am Ufer, während die Angst seinen Körper durchflutete und er nicht wusste, wie er der Dunkelheit entgegentreten sollte – er fühlte keine Kraft, keinen Mut, keine Tapferkeit... nur Leere, Trauer und Hoffnungslosigkeit.

**

Die Sterne spiegeln sich auf dem Wasser des Sees, dessen Name die Meister der Wälder, zum Lobe ihres Lichtes, von ihnen entliehen haben.

Der Schein der großen, silbernen Scheibe am Nachthimmel erhellt die kunstvollen Wohnhöhlen der aufrecht gehenden, mächtigsten Jäger des unendlichen Waldes.
Lange Zeit haben die blasshäutigen Jäger die Wälder beherrscht – waren ihre Meister geworden.
Lange Zeit hat ihnen niemand getrotzt und die Schatten der Bäume sind ihre Verbündeten.

Hoch im Norden ballen sich über den Karan-Gahar gewaltige Wolkenberge zusammen, die ihre Verwandten aus Fels und Stein, tief unter ihnen, um ein Vielfaches überragen. Die tiefschwarzen Gebilde hängen dräuend am Himmel und treten, getrieben von den unheilvoll heulenden Winden des Nordens, ihre Reise gen Süden an.
In ihrem Gefolge zieht jedoch noch eine andere Finsternis...
Eine unheilvolle, längst vergessene Wahrheit überzieht die unendlichen Wälder mit Schatten, die von tieferer Schwärze sind als alle anderen und selbst das Licht der Sterne verdunkeln.
Sie streckt ihre Ausläufer am Himmel wie Finger, deren tiefe Dunkelheit im Nachthimmel wie abgründige Löcher in der Wirklichkeit erscheinen, nach der hellen Silberscheibe aus, um sie zu verschlingen...

Die Sterne leuchten nun nicht mehr hell auf den Wegen der Sterblichen.
Die Schatten sind nicht länger die Freunde der zweibeinigen Jäger.
Die Bäume verhüllen nun nicht mehr die alten Meister der Wälder vor ihren Feinden und dem Wild – sie verhüllen nun weitaus mächtigere, unsterbliche Jäger, die mit ihren tödlichen Fängen nach der Vernichtung der Meister gieren...

DRITTES BUCH:

DAS ERSTE BÜNDNIS

DAS ERBE DER KRIEGER

Doel umwickelte seine linke Hand sorgsam mit dem weichen Wollstoff, der zum Schutz unter die ledernen Kampfhandschuhe gezogen wurde.
Seine restlichen Gliedmaßen, sowie sein ganzer Oberkörper, waren bereits vom dicken, ledernen Überzeug bedeckt, mit dem die Caradain von Fenga sich bei ihren Waffenübungen zu schützen pflegten. Im Gegensatz zu fast allen anderen Caradaindörfern, wurde in Fenga unter den Kriegern noch immer zwischen zwei Gattungen unterschieden: den Tangal – den nur mit leichten Kurzschwertern oder Dolchen ausgerüsteten Bogenschützen, die unter den Caradain allgemein der Inbegriff eines Kriegers oder auch Jägers waren – und den Harokhar.
Die Harokhar waren aus den Erinnerungen der meisten Caradain beinahe verschwunden, bildeten jedoch einen wichtigen Teil ihrer Kultur.
In den Anfängen der Besiedelung der Caradann hatte es sowohl die Bogenschützen als auch die Harokhar – gewandte, jedoch auch schlagkräftige Nahkämpfer – gegeben. Aufgrund der neuen Umgebung, den großen Wäldern, und in Ermangelung kriegerischer Auseinandersetzungen mit anderen Völkern oder untereinander, waren die Harokhar und ihre Kampfkunst schnell aus den Traditionen der Caradain verschwunden. In Fenga waren sie jedoch über die Jahrhunderte hinweg am Leben erhalten worden, so dass es dort zu jeder Zeit eine kleine Schar von Harokhar gegeben hatte. So war es auch jetzt – und angesichts des Eindringens fremder Wesen in die unendlichen Wälder war es nur allzu wahrscheinlich, dass schon bald wieder Aufgaben gefunden werden würden für geübte und starke Krieger.

* * *

Harokhar – das bedeutet in der Sprache der Caradain: ‚Tod' oder ‚Verderben' der Feinde.
Dies hatte Garab Doel erzählt, als er ihm die Traditionen der Caradain-Kämpfer nahegebracht hatte.
Die Harokhar kämpften mit den unterschiedlichsten Waffen: großen und langen Hieb- und Stichwaffen wie Speeren, Äxten, Kriegshämmern, Lang- und Zweihänderschwertern, jedoch auch kleineren und eher auf schnelle Kampfbewegungen ausgelegten Waffen wie Kurzschwertern, Schlachtbeilen, Jagddolchen und anderen. Besonders die kurzen Waffen wurden meist entweder paarweise oder im Zusammenspiel mit einem kleinen, runden Schild geführt.
Garab hatte Doel nach einer kurzen Beratschlagung mit Kenem zu den jungen Anwärtern gesteckt, die auf Elows Geheiß von den Bewahrern der Harokhar-Tradition in letzter Zeit wieder in weit größerer Zahl trainiert wurden als sonst üblich. Wurden im Jahr normalerweise nur ein bis zwei neue Anwärter ausgewählt, befanden sich nun beinahe zwei Dutzend junge Männer auf dem Übungsplatz, die sich im Waffenhandwerk übten und somit eine erste Begutachtung der Lehrmeister überstanden hatten. Dies bedeutete jedoch nicht, dass sie auch sicher zu Schülern der Harokhar werden würden…
Heute und die nächsten zwei Tage sollte die Waffenauswahl für jeden Anwärter stattfinden. Die erfahrenen Lehrmeister würden dabei, nachdem sie die dreitägigen Übungen verfolgt und die Anwärter zuletzt einem abschließenden Prüfungskampf unterzogen hatten, eine Waffe als Hauptwaffe, die *Harokh*, zuordnen. Natürlich würde jeder Harokhar am Ende seiner Ausbildung jede Nahkampfwaffe auf tödliche Weise zu führen verstehen, im Gebrauch seiner Harokh wurde jedoch von ihm nichts weniger als die vollendete Meisterschaft erwartet.
Doel wusste, dass die meisten der jungen Männer bereits feste Vorstellungen hatten, was ihre Harokh anging.
Es wird sich aber mehr als einer von euch der Auswahl der Lehrmeister beugen müssen, dachte Doel bei sich, während er die unbeholfenen Bewegungen einiger beobachtete. Nur wenn

die Lehrmeister einen Anwärter in zwei Waffengattungen für gleich talentiert befanden, durfte er die Auswahl seiner Harokh selbst treffen – doch dies kam außerordentlich selten vor, denn die Lehrmeister erkannten selbst die kleinste Unstimmigkeit zwischen dem Wesen eines Kämpfers und einer von ihm geführten Waffe. In diesem Verfahren kam es jedoch auch oft vor, dass kein Lehrmeister einen Kämpfer für gut genug befand, ihn in seiner Waffengattung auszubilden. In diesem Fall schied der Bewerber aus und musste sein Glück im darauffolgenden Jahr erneut versuchen.

Für Doel bestand kein Zweifel, dass er die Auswahl bestehen und auch welche Waffe er letztlich führen würde, als er die letzten Riemen seiner ledernen Unterarmschiene festzog.

Wenn einer der Lehrmeister meint, ich sollte nach den Auswahlkämpfen eine andere führen, so soll er versuchen mir diese abzunehmen, und mit grimmigem Gesichtsausdruck griff er zu dem langen, schlanken Schwert, welches neben ihm an der Wand lehnte und in dessen Heft der große, weiße Edelstein schimmerte.

Nachdem er die letzte Nacht in tiefer Mut- und Hoffnungslosigkeit am Seeufer verbracht und letztlich dort eingeschlafen war, war er am Morgen darauf mit einer Klarheit und Kraft erwacht, die er selbst noch nie zuvor gefühlt hatte. Die dunklen Wolken am Himmel waren ihm wie die Gestaltwerdung seiner inneren Finsternis erschienen und er hatte sie dort zurückgelassen.

Nun stand er auf dem Übungsplatz mit Taleds Schwert in der Hand und es wurde ihm mit einem Mal bewusst – obwohl er nicht verstand, woher das Gefühl kam – dass niemand ihn heute würde schlagen können.

Er würde sich das Recht erkämpfen, das Schwert seines Ziehvaters zu führen.

* * *

Garab schritt auf dem Wehrgang entlang, der Fenga bis zu den Ufern des Thel'Nia, die das Dorf nach Süden hin begrenzten und vor Angriffen schützten, umgab.
Er ließ seinen Blick über die Spitzen der Palisadenpfähle hinweg schweifen, hin zu den ersten Bäumen am Waldrand...

Zwei Nächte bevor sie in Fenga angekommen waren, hatte es den letzten Angriff auf eine Schafherde gegeben. Seitdem war nichts mehr geschehen. Garab starrte den Wald an, als könnte er ihm durch reine Willenskraft seine düsteren Geheimnisse entlocken.
Der Waldläufer seufzte und zum wiederholten Male dachte er über die Veränderungen nach, die sich in seinem Verhältnis zu den Wäldern ergeben hatten, seit sie die dunklen Wesen in den Caradann jagten. Wie viele andere Caradain hatte er die Unsicherheit in sich wachsen gefühlt, wann immer ihn in Perut die Nachricht eines neuen Angriffes erreicht hatte. Als er schließlich die Spuren der Kreaturen mit eigenen Augen sah, war die Unsicherheit zur Angst geworden.
Seitdem war der Friede, den das Rauschen der Blätter im Wind seiner Seele bisher immer gegeben hatte, in Furcht umgeschlagen über das Geräusch hinweg einen sich anschleichenden Feind nicht rechtzeitig hören zu können...
Der Mut und die Zuversicht, die die festen, unverrückbaren Stämme der Bäume in seinem Herzen geweckt hatten, waren zur Angst geworden, den Feind hinter ihnen nicht sehen zu können... bis es zu spät sein würde...
Die Geborgenheit unter den Schatten der Äste und die nächtlichen Geräusche der Tiere, die ihn bisher auf seinen Wanderungen immer hatten ruhig schlafen lassen, ließen seine überreizten Sinne nun nicht mehr ruhen und ihn fürchten, die Geräusche der Tiere könnten plötzlich verstummen, weil sich etwas Großes, Tödliches näherte...

Garab hatte sich immer als ein Teil der Wälder gefühlt. Er hatte eine tiefe Verbindung gespürt, die ihm zwar nicht die Sicherheit

gegeben hatte, alle Gefahren immer unbeschadet zu überstehen, aber doch die Gewissheit, den Gesetzen des Waldes zu unterliegen – Gesetzen, die er kannte…
Doch diese waren nun gewaltsam verändert worden und nichts war mehr so, wie es Garab seit seiner Kindheit mit jedem Schritt, jeder Bewegung und mit jedem Atemzug im Wald aufgesogen hatte…
Der Wald war ihm fremd geworden.

* * *

Die Bäume am Waldrand bogen sich unter einem plötzlichen Windstoß und Garab schloss in Erwartung der Berührung für einen Moment die Augen. Der Wind fühlte sich hart und kalt an, als er ihm ins Gesicht schlug und er trug Gerüche mit sich, die dem erfahrenen Waldläufer noch nie so fremd erschienen waren, wie in diesem Augenblick.
Garab öffnete die Augen und blickte grimmig zum Wald hinüber: *Es ist nicht der Wald, der sich verändert hat. Es ist deine Sicht der Dinge und deine Verunsicherung, weil du die Gefahr noch immer nicht kennst, die sich in ihm regt.*
Garab ballte seine Hände, die zwischen den Spitzen der Palisadenpfähle lagen, zu Fäusten: *Es wird Zeit, dass die Boten zurückkehren und wir endlich ausziehen! Es wird Zeit, dass endlich etwas geschieht!*
Garab wandte sich um und blickte über das Dorf hinweg. Wie zu erwarten gewesen war, hatte der Rat Späher nach Perut, Dret und an den Rand der Caradann, nach Baglan, gesandt und erneut Boten zu jedem anderen Dorf in den Caradann. Was nach der Rückkehr der Späher und damit der Bestätigung von Garabs und Doels Berichten oder bei weiteren Neuigkeiten über Angriffe aus den anderen Dörfern geschehen sollte, darüber war noch kein Beschluss gefasst worden. Doch Garab hatte bereits eine Ahnung…
Überall im Dorf waren die Vorbereitungen weiter verstärkt worden, das Dorf gegen einen Angriff zu rüsten. Sämtliche

Verteidigungsstellungen wurden kontrolliert, ausgebessert und teilweise sogar ausgebaut. Die Schmiede des Dorfes schien ebenso beinahe Tag und Nacht in Betrieb zu sein wie die Bogner-und die Rüstmeisterei. Waffen wurden geschmiedet und ausgebessert, alte Bogen kontrolliert und neu bespannt, neue Bogen und statt Jagd- nur mehr noch Kriegspfeile gefertigt.
Für die Fertigung von Rüstungsteilen für die Tangal und vor allem für die Harokhar, deren Rüstungen um ein Vielfaches anspruchsvoller waren, waren zusätzliche Männer und sogar einige Frauen berufen worden. Darüber hinaus war mit der Neuausbildung von Harokhar begonnen worden – in einem Maße, wie es seit Besiedelung der Caradann nicht mehr geschehen war. Die Erhaltung der Kämpfertradition in Fenga stellte sich in Garabs Augen nun als ein wichtiger Vorteil dar, sollte es zur Bildung einer Kriegsschar kommen, um die Feinde in den Wäldern zu jagen und zu stellen.
Und Garab war sich sicher, dass es dazu kommen würde – sobald die Späher und Boten wieder eingetroffen waren.

Garabs Blick schweifte nun ans andere Ende Fengas, wo die Übungsplätze der Tangal und etwas abgesondert davon, der Harokhar lagen. Von dort drangen leise Geräusche von aufeinanderschlagenden hölzernen Übungswaffen und die Rufe der Lehrmeister an seine Ohren.
Einem plötzlichen Entschluss folgend, griff Garab nach der Leiter, die neben ihm am Wehrgang lehnte und begann den Abstieg.
Mal sehen, wie sich Doel an seinem ersten Tag so schlägt..., dachte Garab bei sich. Gleich danach schlich sich jedoch noch ein anderer Gedanke in seinen Kopf und er musste einen Augenblick lächeln, *...oder wie er geschlagen wird.*

∗ ∗ ∗

Der Hieb traf Doel mit voller Wucht und warf ihn rückwärts auf den Boden. Er konnte den Schwung seines Falles zwar in eine einigermaßen gelungene Rückwärtsrolle umwandeln, schaffte es jedoch nicht ganz auf die Füße zu kommen, um den nächsten Angriff seines sofort nachrückenden Gegners stehend abzuwehren. So musste er diesen auf den Knien in Empfang nehmen, was alles andere als vorteilhaft war und ihn zudem für einen Gegenangriff enorm einschränkte – so dachte zumindest sein Gegner.

Doel nahm den Aufprall des großen Holzschwertes auf und wurde davon vollends zu Boden geworfen. Der junge Caradain, gegen den er kämpfte, stieß einen triumphierenden Schrei aus und setzte wiederum nach, wodurch er allerdings, ohne es zu bemerken, in die Reichweite von Doels Beinen geriet – genau dies hatte er mit seiner Täuschung bezwecken wollen.

Doel bäumte sich, auf dem Rücken liegend und mit den Händen seitlich abstützend, auf und fegte seinen Gegner mit einer schnellen kreisförmigen Drehbewegung seiner Beine von den Füßen. Während sein Gegner noch zu Boden fiel, richtete sich Doel mit dem Schwung seiner eigenen Bewegung auf die Knie auf, beschrieb mit seinem Holzschwert einen großen Bogen über seinem Kopf und stoppte es erst einen Wimpernschlag bevor es die Nase seines mittlerweile flach am Boden liegenden Gegners zerschmettern konnte.

Der Lehrmeister, der den Übungskampf überwachte, gab das Zeichen zum Ende des Kampfes und winkte einem Schreiber am Rande des Übungsfeldes, worauf dieser das Ergebnis mit einer großen Feder in eine Liste eintrug.

Doel erhob sich grinsend und reichte seinem am Boden liegenden Gegner die Hand um ihm aufzuhelfen. Dieser verzog zwar mürrisch sein Gesicht, wagte aber unter den Augen der Lehrmeister nicht, die Geste abzulehnen.

Unter den Harokhar war die gegenseitige Achtung, selbst dem größten und erbittertsten Feind gegenüber, eine der wichtigsten Grundregeln. Somit war dies für jeden Anwärter erstes Gebot, wollte er jemals in die Reihen der Kämpfer aufgenommen werden.

Für Doel waren derlei Verhaltensregeln nicht vonnöten – sie waren Hauptgegenstand vieler Lektionen Taleds gewesen und ihm somit in Fleisch und Blut übergegangen.

Garab beobachtete, wie sein Weggefährte sich für den nächsten Übungskampf bereitmachte. Dieses Mal trat er mit hölzernem Kurzschwert gegen einen Gegner mit Speer an. Beide Kämpfer trugen außerdem runde Schilde.
Er beobachtete, wie sich die Gegner voreinander verneigten und wie Doel seinem grimmigen Gegenüber ein höfliches Lächeln schenkte. Dann begann der Kampf mit einer überraschend schnellen Eröffnung des Speerträgers. Mit einer Kombination aus Stich- und Hiebattacken versuchte dieser die Reichweite seiner Waffe auszunutzen um Doel zurückzutreiben und ihn gleichzeitig auf Abstand zu halten. Garab war sich sicher, dass dies aus Achtung vor Doels Nahkampffähigkeiten geschah, die sein jetziger Gegner nach Beobachtung des vorherigen Kampfes, nun kannte.
Doel ließ sich von der Schnelligkeit der gegnerischen Angriffe nicht aus der Ruhe bringen und parierte die Schläge seines Gegners mit Leichtigkeit. Jedoch fand er zu Beginn kein Mittel, nahe genug an ihn heranzukommen, um sein Schwert auch wirkungsvoll zum Angriff einsetzen zu können.
Garab beobachtete nun gespannt, wie sein Schützling eine Tugend ausspielte, die in der gegenwärtigen Situation am vorteilhaftesten war: Geduld.
Wie zu erwarten, konnte der Speerkämpfer das hohe Angriffstempo nicht lange halten, seine Bewegungen wurden zunehmend langsamer und seine Schläge verloren an Kraft und Zielsicherheit.
Garab warf einen kurzen Blick über den Übungsplatz und entdeckte, dass Doel die Aufmerksamkeit der meisten umstehenden Kämpfer auf sich zog. Viele warteten sogar mit dem Beginn ihrer nächsten Duelle, um den spannenden und anspruchsvoll geführten Kampf verfolgen zu können. Auch die Lehrmeister konnten sich der Leichtigkeit und Schnelligkeit,

sowie der technischen Überlegenheit von Doels Kampfstil an diesem Tage scheinbar nicht entziehen und drängten die übrigen Duellanten nicht zum Beginn ihrer Kämpfe.
Garab stellte mit einem Blick auf den Kampf fest, dass Doel seinen Gegner noch immer ermüdete und ein Gegenangriff somit noch etwas auf sich warten lassen würde. Dann arbeitete er sich einige Schritte zwischen den zusehenden Kämpfern und Lehrmeistern hindurch bis zum Schreibpult vor.
Ein eher schmächtiger, grauhaariger Mann verfolgte von dort aufmerksam die Kämpfe, wobei im Augenblick ausnahmslos alle auf den Ausgang von Doels Duell zu warten schienen. Er sah Garab zunächst nicht an, riss sich dann aber doch von dem Kampf los: „Wie kann ich Euch dienlich sein, Herr?"
„Wie viele Kämpfe hat Doel heute schon bestritten, Schreiber?"
Ein ungläubiger Gesichtsausdruck huschte über das Gesicht des Mannes und ohne auf seine Aufzeichnungen zu blicken antwortete er: „Er hat heute bereits acht Kämpfe bestritten und alle gewonnen, Herr! In kürzester Zeit!"

„Ja, er scheint sehr begabt zu sein, Euer Weggefährte!"
Garab wandte sich zu dem Sprecher um, obwohl er die Stimme bereits erkannt hatte. Vor ihm stand, im Gewand des Ratsmitglieds gekleidet, Lemat und beobachtete aufmerksam Doels Kampf. Der Ton in seiner Stimme war jedoch alles andere als unbekümmert, sondern vielmehr lauernd. Als glaubte er, die beiden Fremden könnten etwas vor ihm zu verbergen suchen.
Während Doel seinen Gegner immer noch seine Kräfte erschöpfen ließ, musterte Garab das Ratsmitglied, das ihn am Vorabend so herablassend behandelt hatte und dafür von Elow bloßgestellt worden war, mit Neugier. „Ja, er ist allerdings begabt. Doch aus welchem Grunde ist dies für Euch von Belang?"
Lemat reagierte einige Augenblicke nicht auf die Frage und verfolgte die Bewegungen der Kämpfer – die sich immer mehr verlangsamenden des einen und die wachsam kontrollierten des anderen.

„Nun, solange wir uns sicher sein können, dass Ihr Eure Fähigkeiten in unseren Dienst stellt, werden wir uns glücklich schätzen Euch und Euren Begleiter hier in Fenga zu haben, Garab."

Das letzte Wort hatte Lemat mit so offensichtlichem Misstrauen ausgesprochen, dass es Garab schwer fiel, darauf nichts zu erwidern. Er durfte sich von diesem Mann nicht zu etwas hinreißen lassen, dass das Vertrauen der Dorfbewohner in ihn und Doel schwächen könnte. Angesichts der Bedrohung, die sie alle betraf, war gegenseitiges Misstrauen gefährlich und möglicherweise sogar tödlich.

Somit zog es Garab vor, Lemats herausfordernden Blick nur schweigend zu erwidern und ihm mit einem höflichen Neigen des Kopfes seine Dienstbarkeit zuzusichern.

Erstauntes Raunen der Caradain um sie herum brachte Garab wie auch Lemat dazu, ihr Gespräch zu unterbrechen und sich schnell wieder dem Kampf zuzuwenden.

* * *

Jetzt habe ich dich!

Der Speer kam in einem waagerechten Bogen von links auf Doel zu und er entschloss sich, den Kampf nun zu beenden: Mit der Parierstange seines Schwertes stoppte er den Speer eine Armlänge vor seinem Körper, schob blitzschnell seinen Schild waagerecht unter die Speerspitze, führte seine Waffe in einer großen Kreisbewegung zuerst nach unten und hinten, um dann mit aller Kraft von oben auf die Mitte der Speerstange zu schlagen. Sein Gegner verzog das Gesicht und stieß einen kurzen Schrei aus, als die Erschütterung durch das Holz auf seine Hand überging und ihm seine Waffe schmerzhaft aus der Hand prellte. Doel überbrückte die Entfernung zu dem nun Waffenlosen mit einem großen Satz, hob sein Schwert zu einem mächtigen Schlag, der auf den Kopf seines Gegenübers zielte, worauf dieser seinen Schild zur Abwehr erhob...

Doch schneller als die meisten Beobachter zu folgen vermochten, brach Doel seinen Angriff ab, drehte sich links herum an seinem Gegner vorbei, sank auf ein Knie nieder und hieb sein Schwert in dessen Kniekehlen…
Während der Harokhar-Anwärter in die Knie brach, führte Doel sein Schwert in einer fließenden Bewegung zurück, drehte sich halb auf dem Knie herum und stoppte seine Waffe nur eine handbreit vor der Kehle seines Gegners.
Auf dem ganzen Übungsplatz herrschte vollkommene Stille. Der Besiegte atmete schwer und starrte Doel aus dem Augenwinkel heraus an, während dieser noch immer sein Holzschwert vor dessen Kehle hielt.
Schließlich – nach einer scheinbaren Ewigkeit – trat einer der Lehrmeister vor und verkündete laut: „Tenat verliert seinen Kampf mit dem Speer. Sieger in seinem Kampf mit dem Kurzschwert ist Doel. Er gewinnt somit seine Kämpfe in allen Waffengattungen."
Der plötzlich losbrandende Jubel der versammelten Tangal, Harokhar, Lehrmeister, Anwärter und anderen Zuschauer konnte Garab nicht aus seiner Erstarrung angesichts des gerade Gesehenen herausreißen. Eine Bewegung neben ihm ließ ihn kurz vom Kampfplatz wegsehen und er konnte gerade noch einen grimmigen und zutiefst misstrauischen Blick Lemats erhaschen, ehe dieser in der Menge verschwand.

Ich kann es ihm nicht verdenken, dass er nun noch misstrauischer geworden ist, dachte Garab bei sich.
Ob er davon weiß oder nicht – Doel verbirgt ein Geheimnis!

Garab hatte noch nie jemanden auf solche Art und Weise kämpfen sehen und er war sich sicher, dass auch einige der Lehrmeister mehr als überrascht waren von dem, was dieser kaum erwachsene Junge soeben gezeigt hatte.
Garab sah Doel unter der Menge seiner Mitanwärter, die ihm anerkennend auf die Schulter klopften, beinahe verschwinden.

Doch schließlich löste er sich von der Menge und ging vom Kampfplatz um seine Übungsausrüstung abzulegen.
Garab beobachtete die verwirrten Gesichter einiger Lehrmeister, die beieinander standen und geschlossen Doel nachblickten. Doch was Garab noch mehr beunruhigte war, dass er auf Doels Gesicht ebenfalls große Verwirrung gesehen hatte. Der junge Mann hatte den Anschein erweckt, als wäre er selbst am meisten überrascht über das, was ihm gelungen war – und vor allem WIE es ihm gelungen war.

So habe ich bisher nur einen Krieger kämpfen sehen..., dachte Garab, während er ansetzte Doel zu folgen,

... und dieser Krieger war kein Mensch.

AUSWAHL

Doel verließ den Übungsplatz, nachdem er Lederrüstung und Holzwaffen abgelegt hatte und ging in Richtung Seeufer. Er hätte sich auch zu Kenems Haus begeben können, um sich zu waschen und auszuruhen, doch zog es ihn zur Einsamkeit des Sees und weg von der Geschäftigkeit Fengas.
Er bemerkte jedoch fast nicht wohin er seine Schritte lenkte. In seinem Kopf wiederholten sich immer und immer wieder die letzten Momente des Kampfes…

…wie er den Schlag seines Gegners pariert … ihm die Waffe aus der Hand prellt … antäuscht und ihm in die Kniekehlen schlägt… wie sich sein Körper dreht und das Schwert in der Rückwärtsbewegung erst kurz vor dem Hals seines Gegners verharrt…

Er erlebte den Kampf noch einmal. Jedoch befand er sich jetzt außerhalb seines Körpers, stand unter den gebannten Zuschauern und betrachtete sich selbst, als wäre er jemand anderes:

Er beobachtet die unglaublich schnellen Bewegungen des Kämpfers… er sieht die schleppend langsamen Bewegungen seines Gegners… er blickt in die Augen der neben ihm stehenden Zuschauer und erschrickt, als er erkennt, wie langsam sich deren Augen bewegen in dem verzweifelten Versuch, den um so vieles schnelleren Bewegungen folgen zu können…

…der Versuch scheitert – bei jedem von ihnen…

…niemand kann dem jungen Schwertkämpfer folgen, als er seinen Gegner zum unbeteiligten Zuschauer von dessen eigener Niederlage macht… wie ein Tanz erscheint es Doel, als der

Kämpfer eine Bewegung an die nächste reiht... fehlerfrei... makellos... unmenschlich genau...

Doel stand am Ufer des Sees und starrte in das dunkle Wasser, als suche er nach einer Antwort für das Geschehene... nach einer Antwort für den Sturm in seinem Kopf... einer Antwort auf die Frage nach der unbekannten Kraft, die ihn dies hatte vollbringen lassen...

„Du hast dich ja sehr verbessert, Doel!"

Er fuhr herum und vor ihm stand Garab, der ihn aus zusammengekniffenen Augen musterte.
Doel wusste nicht, was er antworten sollte und zuckte nur mit den Schultern: „Ja", und mit einem hilflosen und nur wenig überzeugendem Lächeln fügte er hinzu, „Eure Lektionen waren anscheinend zu etwas nütze."
Garab wollte soeben etwas erwidern, als ein Hornsignal erschallte, welches ihm nur zu bekannt war: *Ein Späher kehrte zurück.*
Garab warf Doel noch einen kurzen, durchdringenden Blick zu, bevor er sich umwandte und in Richtung des Haupttores davoneilte.

Doel blieb alleine am Ufer des Sees zurück. Erst nach einiger Zeit bemerkte er, dass sein Körper noch völlig mit Schweiß und dem Sand des Übungsplatzes bedeckt war und er begann seine Kleider abzulegen, um sich im See zu waschen.
Als er völlig im eiskalten Wasser untertauchte, hallten in seinem Kopf noch immer die fremdartigen Bilder seines Kampfes wider und als er einige Schwimmzüge machte, fühlte er sich fremd in seinem eigenen Körper.
Sein Körper, der auf einmal zu Dingen fähig war, die ihm noch vor kurzem für jeden Menschen unmöglich erschienen waren.

Garab vermutet etwas, kam es Doel für einen kurzen Moment in den Sinn, als er sich an den forschenden Blick des Waldläufers erinnerte, *er WEISS etwas über meine Fähigkeiten!*
Die Gedanken jagten durch Doels Kopf als er tauchte – immer tiefer in den See hinab, wo er hoffte, dass das Wasser kalt genug sein würde, um ihn wieder in die Wirklichkeit zurückzuholen …

* * *

Garab verließ den Ratssaal und die beiden Wachen schlossen die zweiflüglige Tür hinter ihm. Mittlerweile war es früher Abend und die sich langsam neigende Sonne färbte den Himmel in sanften Rosa- und Orangetönen.
Garab hatte zusammen mit Elow und dem Rat die Berichte zweier Boten und des Spähers, der nach Dret geschickt worden war, vernommen. Nun war der Rat wieder zusammengetreten, um darüber zu befinden, wie der Bedrohung begegnet werden sollte, welcher nach den besorgniserregenden Berichten von vielen nun um einiges mehr an Bedeutung zuerkannt wurde, als dies vorher der Fall gewesen war.

Die beiden Boten waren in die am nächsten liegenden Dörfer gesandt worden und aus einem war die Kunde angelangt, dass dort seit einigen Tagen ebenfalls Angriffe auf Nutztiere stattfanden. Der zweite Bote konnte zwar von Angriffen berichten, diese lagen jedoch nach den Berichten der Bewohner des betreffenden Dorfes im Nordwesten der Caradann bereits mehrere Tage zurück. Seitdem schien dort nichts geschehen zu sein.
Mit dem größten Interesse war im Rat jedoch der Bericht des Spähers aus Dret aufgenommen worden, der nun endlich Garabs und Doels Aufrichtigkeit bewiesen hatte. Elow hatte sich, nachdem der Späher geendet hatte, vor dem ganzen Rat bei Garab für die Zweifel entschuldigt, die ihm anfangs entgegengebracht worden waren. Garab hatte dabei jedoch nicht nur Bedauern unter den Ratsmitgliedern wahrgenommen.

Besonders Lemat schien seit den Ereignissen am Morgen noch weitaus ablehnender und misstrauischer geworden zu sein als zuvor. Der Bericht des Spähers schien im Gegenteil nur noch zusätzlich seine Wut angefacht zu haben. Garab wurde nun fast vom ganzen Rat mit großem Respekt behandelt und es waren sogar Stimmen laut geworden, die ihn gerne bei der Sitzung dabei gehabt hätten. Garab war einer drohenden Auseinandersetzung jedoch zuvorgekommen, indem er sich schnell verabschiedet und aus dem Ratssaal entfernt hatte, ohne auf die Rufe nach seiner Beteiligung einzugehen.
Nun stand er vor dem Ratshaus und Elows Amtssitz und atmete tief durch. Die Berichte hatten auch bei ihm Besorgnis erregt, konnten ihn jedoch nicht wirklich aus dem Gleichgewicht bringen.

Es war zu erwarten, dass Perut, Dret und Fenga nicht die einzigen Dörfer sein würden, in deren Nähe die Kreaturen auftauchen.

Auch Kenem, den Garab während der Sitzung aus den Augenwinkeln beobachtet hatte, hatte keinerlei Überraschung gezeigt, als die Neuigkeiten berichtet worden waren.
Es ist nicht nötig im Rat zusätzlich Einfluss zu nehmen, dachte sich Garab, während er grimmig der Sonne dabei zusah, wie sie den Himmel immer mehr mit feurigem Rot überzog, *die Ereignisse werden bald alle politischen Machtspiele und alles Zaudern hinwegfegen.*
Vielleicht war dies auch der Grund, aus dem Garab sich nun beträchtlich ruhiger fühlte als vor dem Eintreffen der ersten Boten: Er wusste nun, dass seine Befürchtungen berechtigt waren und er war sich über die Nachrichten der übrigen Boten, die in den nächsten Tagen eintreffen mussten, bereits völlig sicher.

Diese Kreaturen überziehen unsere Heimat mit Gewalt und Tod. Und bald werden nicht mehr alte, zögerliche oder machtgierige

Männer über unser Schicksal beraten und entscheiden, sondern die Waffen der Krieger werden sprechen. Bald wird es nur noch eine einzige einfache Wahrheit geben: Entweder wir können gegen die schwarzen Kreaturen bestehen – oder unsere Zeit in den Caradann ist abgelaufen.

… und in der Ferne versank die blutrote Scheibe hinter dem Horizont und malte in einem letzten Aufbäumen ihres Leuchtens einen glühenden Bogen über die Baumwipfel, so dass es schien, als würden die Caradann von gigantischen Flammen verzehrt...

* * *

Die Übungskämpfe der Harokhar wurden am frühen Morgen mit den restlichen Waffenauswahlduellen fortgesetzt. Am Mittag sollten dann die ersten Kämpfe der Anwärter gegen die Lehrmeister beginnen. Jeder Anwärter durfte mit jeder Waffe, mit der er einen Übungskampf am Vortag gewonnen hatte, gegen einen Lehrmeister antreten. Am Ende dieser Kämpfe würden die Meister dann entscheiden, in der Führung welcher Waffe der neue Schüler ausgebildet werden sollte...
...insofern er sich zuvor als würdig erwiesen hatte.

Da Doel seine Übungskämpfe bereits alle am ersten Tag ausgefochten hatte, kam er dem Angebot Garabs, den Morgen über mit ihm noch einige Übungsrunden zu absolvieren, bereitwillig nach.
Garab wollte die erstaunlichen neuen Fähigkeiten seines Schützlings selbst auf die Probe stellen und betrat nun voller Erwartung den Kampfring am Rande des Übungsgeländes. Er hatte wie gewohnt ein Kurzschwert und außerdem einen Schild gewählt und beobachtete gespannt Doel, der ihm mit einem hölzernen Langschwert gegenüber trat.
Der Kampf endete ebenso schnell wie er begonnen hatte: Nach einem übereilten Angriff, den Garab ohne Schwierigkeiten abwehren konnte, landete Doel durch einen gezielten Tritt am

Boden und musste zur Schwertspitze seines erfahrenen Gegners aufblicken.

In den folgenden Kämpfen ließ Doel die überragende Schnelligkeit und Gewandtheit vom Vortag vollkommen vermissen und Garab begann bereits während der Duelle über den Grund dafür zu grübeln.

Nach einem besonders heftigen Schlagabtausch, bei dem Doel einige empfindliche Hiebe einstecken musste, ließ Garab seine Waffe mitten im Kampfe sinken. Doel blickte ihn verwirrt an und vermutete bereits einen neuen Trick des Waldläufers, bis Garab zu ihm trat und ihn ansprach: „Was ist los, Doel?"

Doel sah ihn mit finsterem Gesicht und zusammengekniffenem Mund an: „Was meint Ihr? Es ist wie immer – wir kämpfen und ich verliere."

Garab lächelte ihn an, so als hätte er erwartet, dass Doel erneut von seinem Kampf am Vortag ablenken wollte: „Nein, Doel. So wie du gestern gekämpft hast, müsstest du mich heute eigentlich besiegen können. Auf jeden Fall aber solltest du wesentlich besser sein, als du bisher gezeigt hast."

Doel entgegnete lange nichts und Garab versuchte die aufkeimende Ungeduld in seiner Stimme zu unterdrücken als er weitersprach: „Es wäre besser, du würdest dich etwas mehr auf die Übungen besinnen und nicht in Erinnerungen an deinen gestrigen Sieg schwelgen!"

Doel schwieg weiter und starrte auf den Boden.

Garab vermutete immer mehr, dass der Junge einfach müde war von den Kämpfen des Vortages und zudem vielleicht auch glaubte, die Übungen mit Garab nicht nötig zu haben. Wahrscheinlich hatte er dessen Angebot nur aus Höflichkeit angenommen und hoffte nun, dass der Tangal ihren Kampf einfach abbrach, wenn er sich nicht anstrengte.

Der erfahrene Jäger setzte zu einer wütenden Strafpredigt an, um seinem Schützling Faulheit und Hochmut gründlich auszutreiben: „Ich weiß wirklich nicht, warum ich meine Zeit hier mit dir verschwenden soll, wenn du nicht…"

Garab stockte als Doel ruckartig zu ihm aufblickte und er die Tränen auf dem Gesicht des jungen Mannes sah. Doels Mund zitterte, während er verzweifelt versuchte seiner Gefühle Herr zu werden. Als es ihm nicht gelang, wandte er sich um und verließ wortlos den Übungsring.

* * *

Garab fand Doel nach längerer Suche außerhalb des Dorfes am Ufer des Thel'Nia. Er saß auf dem steinigen Boden und starrte aus roten Augen auf das Wasser hinaus.
Garab näherte sich gerade so vorsichtig, dass er Doel nicht zu sehr stören, dieser ihn jedoch trotzdem bemerken würde. Der Waldläufer setzte sich neben den jungen und noch unerfahrenen Krieger und wartete ab, bis dieser ein Wort an ihn richten würde. Es dauerte einige Zeit bis Doel zu sprechen begann und Garab von der Angst in seinem Herzen erfuhr. Der Angst, nicht nur seinen Bruder, sondern zudem vielleicht auch noch das Leben, welches er mit einer jungen Frau seines Dorfes hatte führen wollen, zu verlieren, noch ehe es recht begonnen hatte.
Als Doel schließlich schwieg, glaubte Garab zu verstehen, wie der junge Mann neben ihm sich fühlte. Er versuchte sich an seine Jugend zu erinnern: Als er gerade beschlossen hatte Helana zu heiraten, als sie ihr gemeinsames Haus bezogen hatten und stolze Eltern wurden...
In diesem Augenblick dachte Garab nicht so sehr daran, was er alles verloren hatte – vielmehr weckte es tiefe Trauer in ihm, wenn er daran dachte, dass dem jungen, so hoffnungsvollen und lebensmutigen Mann neben ihm dies alles für sein Leben versagt bleiben sollte. Und Garab wusste, dass er dies nicht zulassen konnte.

Meine Rache wird bedeutungslos sein, wenn ich nicht verhindern kann, dass einem weiteren Menschen alles genommen wird, was ihm im Leben etwas bedeutet hat – oder erst noch bedeuten wird.

Doch bevor er Doel helfen konnte mit seinen Ängsten fertig zu werden, musste er verstehen, was gestern geschehen war und er stellte die Frage danach.

Doel starrte wieder einige Zeit auf das Wasser des Sees ehe er Garab von den dunklen Stunden des vorletzten Abends berichtete. Wie er am Morgen darauf erwacht war und sich gereinigt gefühlt hatte von der Dunkelheit in sich… und wie er letztlich Taleds Schwert genommen und beschlossen hatte, sich dessen würdig zu erweisen und sich das Recht zu erkämpfen es als Harokhar führen zu dürfen.

Daraufhin blickte Garab einige Zeit auf das Wasser des Sees: *Nun weiß ich, weshalb er gestern keine Angst hatte – er hat die Angst durchlebt, ist durch sie hindurchgegangen. Wie er aber so schnell und wendig sein konnte, verstehe ich immer noch nicht.*

In dem Augenblick, als Garab beschloss, erneut die Frage nach seiner Herkunft zu stellen, begann Doel zuerst zu sprechen und mit seinen Worten dessen Frage vorweg zu nehmen: „Ich weiß selbst nicht, wieso ich auf einmal so schnell war und woher meine Bewegungen kamen."

Garab schwieg, in der Erwartung, der Jüngere würde fortfahren.

„Es ging alles so schnell, dass der Kampf bereits zu Ende war, ehe ich es begreifen konnte. Als ich hinterher zum Seeufer ging… da konnte ich den Kampf noch einmal sehen! Aber es war, als blickte ich nicht durch meine eigenen Augen, sondern durch die eines anderen."

Garab war in diesem Moment klar, als er hörte was Doel sagte und als er sah, wie dieser dabei hilflos auf den See hinaus starrte, dass der Junge nicht mehr von seiner Herkunft – und damit wahrscheinlich auch der Quelle seiner Fähigkeiten – wusste, als er bereits erzählt hatte.

Das kurzzeitige Erwachen der geheimnisvollen Kraft und Schnelligkeit blieb ein Geheimnis und Garab beschloss, seine Vermutung über Doels Herkunft ihm gegenüber vorerst nicht zu äußern.

Zuerst muss er sich mit seinen menschlichen Problemen auseinandersetzen, ehe er sich mit denen beschäftigen kann, die vielleicht anderen Ursprungs sind...

Garab berührte Doel an der Schulter und bedeutete ihm, mit einem Kopfnicken, aufzustehen. Garab nahm Doel mit auf einen Marsch um den See herum. Er erzählte ihm von seinem eigenen Leben, von den vielen Augenblicken der Unsicherheit und der Angst und davon, wie er sie durchlebt hatte.
Der jüngere Mann hörte aufmerksam zu, wie der ältere und erfahrenere davon berichtete, was er hatte lernen müssen, um nicht stehenzubleiben und zu verzagen, angesichts der Wirren und Gefahren, die ihm auf seinem Weg begegnet waren.

* * *

Die Kämpfe der Anwärter, die für gut genug befunden worden waren Harokhar-Schüler zu werden, waren bereits in vollem Gange, als Doel auf dem Übungsplatz eintraf. Einige Anwärter, die nach den Übungskämpfen von keinem Lehrmeister für gut genug befunden worden waren, waren in dem Zeremoniell bereits ausgeschlossen worden und mussten nun hoffen im nächsten Jahr eine zweite Möglichkeit zur Aufnahme zu erhalten.
Doel erreichte den Übungsplatz gerade in dem Augenblick, als sein Name für die Auswahlkämpfe aufgerufen wurde.
Während der erste Lehrmeister bereits zu Speer und Schild griff, beeilte sich Garab, seinem Schützling beim Anlegen der ledernen Übungskleidung zu helfen. Schweigend zogen sie die letzten Schnallen an, während der Kampfrichter bereits zum zweiten Mal ungeduldig winkte. Doel zog sich die lederne Kappe über und griff nach seinen Waffen. Dann hob er den Kopf und blickte seinem Weggefährten noch einmal in die Augen.
Garab sah ihn mit entschlossenem und ermutigendem Blick an, lächelte dann kurz und schlug Doel gegen die linke Schulter:

„Na los! Denk nur nicht zu viel nach – vertrau deinem Körper, dass er weiß, was zu tun ist!"
Doel nickte und rang sich ebenfalls ein kurzes Lächeln ab, bevor er an ihm vorbeiging und den Übungsring betrat.
Garab trat zu den anderen Zuschauern und beobachtete unruhig seinen Schützling, wie er dem Speermeister entgegen trat.

Ausgerechnet der Speer gleich zu Beginn!, dachte Garab noch, bevor der Kampfrichter das Signal gab und Doels entschlossener Angriff seine Zweifel völlig zerstreuten.
Doel hatte mit der von ihm bislang nur wenig geführten Waffe keinerlei Schwierigkeiten und setzte sie schnell und geschickt ein, um seinen Gegner von Anfang an unter Druck zu setzen.
Der Speermeister hatte den Kampf scheinbar wohl etwas ruhiger angehen lassen wollen. Ob dies aus Mitgefühl für den vielleicht noch unsicheren Anwärter oder aus Angst vor diesem so unglaublich begabten jungen Kämpfer geschah, konnte Garab nur vermuten. Doch Doel ließ dem Meister zu Beginn keinen Augenblick Zeit, um sich auf seinen Gegner einzustellen.
Nach und nach gelang es dem Lehrmeister jedoch, Doel mit einigen gut gezielten, harten und gerade geführten Stößen gegen dessen Schild aus dem Gleichgewicht zu bringen. Doel, der aufgrund seines Alters und seines geringeren Körpergewichts den schweren Attacken seines Gegenübers wenig entgegenzusetzen hatte, versuchte durch seine Beweglichkeit und Schnelligkeit wieder etwas Freiraum zu gewinnen und erneut zum Gegenangriff überzugehen. Doch diesmal war der erfahrene Speermeister vorbereitet: Doels schnelle Stoß- und Schlagkombinationen ließ er, langsam zurückweichend, über sich ergehen, nur um während eines kurzen unaufmerksamen Moments seines Gegners, seinen Schild fallen zu lassen, Doels Speer zu ergreifen, den dieser nach einem Schlag nicht mehr schnell genug zurückgezogen hatte und ihn mit einem Ruck zu entwaffnen.
Doel wurde von dem harten Ruck nach vorne geworfen und wäre fast vor dem Speermeister zu Boden gefallen. Dieser drehte den

zweiten Speer herum und richtete die Spitzen beider Waffen auf ihn. Anstatt jedoch einfach aufzugeben – was, einschließlich Garab, jeder auf dem Übungsplatz erwartet hatte – ergriff Doel seinen Schild mit beiden Händen, hielt ihn vor seinen Körper und bewegte sich langsam auf den Speermeister zu.
Ein leises Raunen ging durch die Zuschauer, während der Kampfrichter, der schon beinahe die Hand gehoben hatte, um das Duell zu beenden, aufmerksam verfolgte, was der junge Harokhar-Anwärter unternahm. Auch der Speermeister musterte Doel mit gerunzelter Stirn, griff seine beiden Waffen schließlich etwas fester und hielt sie gerade vor sich, um sich seinen Gegner vom Leib zu halten.
Doel machte zwei schnelle Sätze, wich dem Speerstoß des Lehrmeisters mit einer Drehung um seine eigene Achse blitzschnell aus und hieb mit der Kante seines Schildes beide Speere zur Seite. Mit einer weiteren Drehung war er neben seinem Gegner und verpasste ihm mit der Schwungkraft aus seiner eigenen Bewegung einen so starken Schlag mit seinem Schild, dass dieser taumelte und zu Boden ging. Doel war vom Erfolg seines Angriffes so erstaunt, dass er einen Augenblick zu lange wartete, um seinen Sieg zu vervollständigen. Dieser Augenblick reichte dem Speermeister, um wieder auf die Beine zu kommen und seinerseits einen schnellen Angriff zu starten: Er sprang auf seinen, ihm an Kraft und Gewicht unterlegenen, Gegner zu und rammte ihn so stark mit der Schulter, dass Doel zu Boden stürzte und sich mehrfach überschlug.
Doel lag einige Augenblicke benommen am Boden, die dem Richter genügten, um den Kampf für beendet zu erklären.
Als sich der junge Duellant taumelnd versuchte zu erheben, erklang aus den Reihen der anderen Anwärter schadenfrohes Gelächter.
Der Speermeister, der bereits begonnen hatte, seine lederne Schutzkleidung abzustreifen, fuhr herum und ging mit weit ausgreifenden Schritten zu der Anwärtergruppe hinüber. Das Lachen verstummte, noch ehe er sie ganz erreichte hatte. Der großgewachsene und muskulöse Mann baute sich nur einen

halben Schritt vor den jungen Männern auf und brüllte sie an: „WENN NUR EINER VON EUCH HELDEN ES NOCH EINMAL WAGEN SOLLTE ZU LACHEN, DANN RAMME ICH IHN BEI SEINEM KAMPF MIT MIR UNGESPITZT IN DEN BODEN!"
Tiefe Stille legte sich über den Übungsplatz, nachdem die letzten Worte verklungen waren. Der Speermeister stand noch einen Moment vor den Anwärtern – während dem er allen nacheinander in die Augen sah – dann drehte er sich um, ging zu Doel hinüber und half ihm beim Aufstehen.
Doel schüttelte benommen seinen Kopf und blickte den Speermeister erstaunt an. Dieser lächelte ihn aus seinem rohen Gesicht, welches von einem großen roten Bart und buschigen Augenbrauen beherrscht wurde, an: „Mach dir nichts aus denen. Es gibt in jeder Gruppe ein paar Schwächlinge, die sich wie Aasvögel erst an einen Wolf herantrauen, wenn er einmal geschlagen und wehrlos am Boden liegt."
Doel blickte den erfahrenen Kämpfer erstaunt an, während dieser in leisem und verschwörerischem Ton fortfuhr: „Denn wahrlich, wie ein Wolf hast du gekämpft, Doel. Ich denke, glücklich werden wir uns noch schätzen, dich in diesen Zeiten in unseren Reihen zu haben."
Damit wandte sich der Speermeister um und ließ einen verwirrten, aber nicht unglücklichen Anwärter zurück.

* * *

Garab beobachtete nach dem ersten Kampf, wie Doel alle Waffengattungen durchlief und sich in keiner eine Blöße gab. Er verlor zwar sämtliche Kämpfe, doch war dies einzig seinem Mangel an Erfahrung zuzuschreiben, wodurch ihn die Lehrmeister wiederholt überraschen und letztlich immer besiegen konnten. Jedoch blieb der Speermeister an diesem Nachmittag nicht der einzige Harokhar-Meister, der einige unangenehme Treffer einstecken musste…

Garab behielt Doel bei allen Kämpfen genau im Auge und obwohl er sehr gut focht, zeigte er kein einziges Mal mehr die unglaubliche Schnelligkeit und Gewandtheit wie bei den Übungskämpfen am Morgen des Vortages. Garab wusste nicht, was er davon halten sollte. Er war allerdings sehr froh, dass es Doel nach ihrem langen Gespräch am See gelungen war, seine Ängste im Zaum zu halten und sich nicht von ihnen beeinträchtigen zu lassen.

Zum Ende hin hatte Garab die Kämpfe mit großer Zufriedenheit verfolgt: *Er ist auch mit seiner normalen Kraft und Schnelligkeit bereits jetzt ein sehr guter Kämpfer. Und wenn er so weitermacht, wird er bald kaum mehr zu schlagen sein.*

Insgeheim war Garab aber froh, dass er seinem Schützling noch einige Tricks und Schliche voraus hatte, so dass er ihm weiterhin zeigen konnte, dass er immer noch der Erfahrenere von ihnen war.

Lächelnd erinnerte sich Garab an die verblüfften und beschämten Gesichter der Lehrmeister, denen Doel teils heftigst zugesetzt hatte: *Wer lässt sich schon gerne von einem Grünschnabel vorführen?!*

* * *

Nachdem Doel alle Waffengänge hinter sich gebracht hatte, schritten die Lehrmeister zur Beratung, ob der Anwärter würdig war, Schüler zu werden und welche Waffengattung ihm zur Hauptwaffe werden sollte. Entgegen aller sonstigen Gepflogenheiten war die Beratung bereits nach kurzer Zeit beendet und alle Lehrmeister schritten zum Übungskreis, in dem Doel noch immer stehen und auf das Urteil zu warten hatte.

Die Meister stellten sich um Doel herum am Rand des Kreises auf und der Oberste der Harokhar, der Meister im Führen der kurzstieligen Axt, erhob die Stimme: „Doel, Anwärter auf eine Unterweisung als Schüler in der Kriegskunst der Harokhar, seid Ihr bereit das Urteil der Meister der Waffen zu vernehmen?"

„Die Meister werden zuerst alle ihre Waffen heben oder gesenkt lassen, um zu zeigen ob sie mit der Berufung zum Schüler einverstanden sind. Anschließend werden diejenigen von ihnen ihre Waffen senken, die ihn für ihre Gattung als ungeeignet beurteilen. Zwischen den noch erhobenen Waffen darf der Anwärter dann wählen."
Garab wandte sich überrascht zur Seite, als er Kenems Stimme vernahm. Dieser hatte sich unbemerkt unter die Zuschauer gemischt, um das Geschehen zu verfolgen. Garab fragte sich, seit wann er hier war und ob er vielleicht gekommen war, weil er von Doels außergewöhnlichen Kampfkünsten am Morgen des Vortages vernommen hatte? Garab nickte ihm zu und dann verfolgten beide gespannt, was sich am Übungskreis tat.

„Ja, ich bin bereit das Urteil zu vernehmen", erschallte Doels Stimme klar auf dem Platz.
Der Anführer der Harokhar nickte kurz und wie auf einen unausgesprochenen Befehl hin erhoben alle Meister gleichzeitig ihre Waffen und hießen Doel damit als Schüler willkommen.

„Nun, das war zu erwarten angesichts dessen, was Euer junger Freund gestern Morgen und heute Mittag gezeigt hat, nicht wahr?!" Kenem lächelte Garab freundlich, aber auch neugierig an und dieser begegnete ihm mit einer Frage: „Wie viele Waffengattungen haben die meisten Anwärter für gewöhnlich zur Auswahl?"
Kenem blickte Garab versonnen an, wandte sich dann aber wieder dem Ring zu: „Für gewöhnlich hat ein Anwärter keine Wahl. Die Lehrmeister erkennen sehr genau, wie gut ein Anwärter für eine bestimmte Waffe geeignet ist. Ich glaube mich zu erinnern, dass in meiner Kindheit einmal ein Anwärter die Wahl zwischen drei Gattungen gehabt hat."
Kenem hielt kurz inne, wandte sich dann wieder Garab zu und fuhr mit einem eigentümlichen, fast wehmütigen Lächeln fort: „Er war und ist der größte Krieger, den Fenga jemals hatte. Ihr habt ihn bereits kennengelernt: Es ist Elow – mein Vater."

Kenem wandte sich wieder ab und erwartete schweigend das Urteil der Lehrmeister, während Garab ihn noch einen Augenblick erstaunt von der Seite anstarrte. Er hatte wohl bemerkt, dass zwischen dem Etar-Dál und dem Anführer der Tangal ein besonderes und vor allem angespanntes Verhältnis herrschte. Dass Elow jedoch ein gefeierter Harokhar und Kenem sein Sohn war, hatte er nicht erwartet.
Garab wandte den Blick ebenfalls wieder dem Übungsring zu, weilte aber mit den Gedanken noch bei Kenem: *Was wohl dahinter stecken mag, dass Kenem kein Harokhar wurde, wie sein Vater?!*

In diesem Augenblick erschallte erneut die Stimme des Axtmeisters auf dem Platz und vertrieb den Gedanken aus Garabs Kopf: „Doel, Schüler der Harokhar, empfangt nun das Urteil der Waffenmeister, welcher Gattung Ihr künftig zugehörig sein sollt."
Im nächsten Augenblick geschah etwas höchst Seltsames: Sämtliche Zuschauer warteten auf das Senken der Waffen der Lehrmeister. Doch wie zuvor erklang hierfür kein Kommando und so dehnte sich der Moment immer länger, bis sich nach und nach erstauntes Raunen erhob, als die Schüler und Anwärter untereinander zu flüstern begannen.
Garab war sich unsicher, was er von dem Ganzen halten sollte und er wandte sich zu Kenem hinüber, um ihn danach zu fragen – was er jedoch sah, als er dessen Gesicht erblickte, ließ ihn vor Überraschung die Worte vergessen, die er hatte aussprechen wollen: Kenem blickte mit Tränen in den Augen zu dem Ereignis auf dem Übungsplatz hinüber. Wie abwesend hing sein Blick an der Szene des jungen Anwärters, der zwischen den Lehrmeistern mit ihren erhobenen Waffen stand und das Urteil über seine Eignung empfing. Er bewegte kaum merklich die Lippen und Garab brauchte einen Moment, ehe er verstand was der Tangal gesagt hatte: „Er beherrscht alle Waffen gleich gut. Sie lassen ihn zwischen ALLEN Waffen wählen!"

Garab starrte abwechselnd den Tangal und die Szene auf dem Platz an. Kenem schien auf einmal aus seiner Abwesenheit aufzuwachen und zu bemerken, was und vor allem, wie er es gesagt hatte. Mit einer entschlossenen Bewegung wischte er sich die Tränen aus dem Gesicht, nickte Garab kurz zu und verschwand, Anwärter, Schüler und Zuschauer auf seinem Weg auseinander stoßend, in der Menge.
Garab blickte ihm einige lange Augenblicke nach, ehe ihn die Stimme des Axtmeisters wieder aus seinen Gedanken riss: „Doel, Ihr habt Euch in allen Waffengattungen mehr als gut geschlagen und gezeigt, dass Ihr sie alle beherrschen könntet. Nun wählt aus allen Gattungen der Harokhar die Eure."
Garab sah, wie Doel das Langschwert wählte und das Oberhaupt der Harokhar mit seiner Rede fortfuhr: „Ihr wählt das Langschwert. In dieser Gattung habt ihr somit das Recht vom obersten Lehrmeister des Langschwerts unterrichtet zu werden. In den anderen Gattungen würden Euch normalerweise nun jeweils die unteren Lehrer unterweisen. Da Ihr jedoch in allen Gattungen das Recht hättet erwirken können, werdet Ihr, Doel, nur von den obersten Lehrmeistern unterrichtet werden. Dies ist die Belohnung für Eure außergewöhnlichen Leistungen."
Diesmal blieb es nicht bei einem Raunen – unvermittelt brach ein so starker Jubel und Beifall aus, dass Garab in seiner Grübelei über Kenem erschrocken zusammenfuhr. Er sah, wie Doel von einigen Schülern und Anwärtern auf die Schultern genommen, herumgetragen und bejubelt wurde.
Etwas am Rande seines Blickfeldes zog jedoch seine Aufmerksamkeit auf sich: Am hinteren Ende des Übungsplatzes stand ein auffallend dünner junger Mann und sah wie gebannt zu den Geschehnissen auf dem Platz hinüber. Garab wusste, wer er war: Sein Name war Ilmer. Ein flinker Kämpfer, der jedoch aufgrund seiner körperlichen Unterlegenheit alle seine Übungskämpfe, einschließlich den mit seiner Lieblingswaffe, dem Speer, verloren hatte und deshalb von der Schülerschaft ausgeschlossen worden war. Garab hatte die Ausschlusszeremonien am Morgen nicht mitverfolgt. Doch es

war dasselbe Zeremoniell gewesen wie eben bei Doel. Nur der Ausgang war bei den Ausgeschlossenen ein gänzlich und auf grausame Weise anderer.

Vor Garabs Augen tauchte erneut der Kampfring auf, in dessen Mitte diesmal jedoch Ilmer stand. Wieder erschallten die Worte des Axtmeisters über die Aufnahme des Anwärters in die Schülerschaft, und wieder erklang eine junge Stimme, die ihre Bereitschaft verkündete – doch diesmal hob kein einziger Lehrmeister seine Waffe.

Vor Garabs Augen wurde Ilmer plötzlich zu einem anderen jungen Mann, der dort vor vielen Jahren ebenfalls gestanden haben musste:

Ein junger Anwärter… aufrecht im Übungsring stehend, umgeben von den Lehrmeistern, deren Urteil über seine Schülerschaft er hoffnungsvoll erwartet. Der Vater des jungen Mannes verfolgt, ebenfalls aufrecht, jedoch mit verkniffenem, angespanntem Gesicht, das Geschehen.

Der oberste Meister stellt die Frage nach der Bereitschaft des Anwärters und dieser antwortet mit klarer, kräftiger Stimme – doch das Undenkbare geschieht: Für den Sohn des besten Kriegers des Dorfes hebt sich keine Waffe.

Der junge Mann wird von den Lehrmeistern zurückgelassen, sinkt auf die Knie und verbirgt sein Gesicht in den Händen. Auf einmal jedoch hebt er ruckartig den Kopf und blickt durch einen Tränenschleier suchend umher – er sieht den Vater, der seinen Sohn nur einen Augenblick voller Verachtung und Scham anblickt, dann seine Augen senkt und sich wortlos von ihm abwendet.

Kenem bleibt allein zurück am Ort seiner Schande – gebrochen von seiner größten Angst, die sich nun erfüllt hatte: der Angst, seinem Vater, Elow, dem großen Krieger, der von allen geachtet oder sogar gefürchtet wird, nicht zu genügen.

DIE ANGST IM INNEREN

In den folgenden Tagen gab es in Fenga nichts als die anhaltenden Vorbereitungen der Caradain auf die unbekannte Gefahr. Niemand wusste, ob sie auf einen direkten Angriff, eine Belagerung oder etwas anderes gefasst sein mussten. Noch viel schwerer wog allerdings die Ungewissheit über die wahre Natur ihres Feindes.
Im Dorf wurde über die Herkunft der schwarzen Kreaturen, die außer den beiden Fremden und einigen verängstigten Schäfern noch niemand mit eigenen Augen gesehen hatte, viel gerätselt.
Während die Caradain in Fenga also Rüstungen und Waffen herstellten, die Befestigungen des Dorfes überprüften und Vorräte anlegten, setzte sich die Furcht in ihren Herzen fest und die Anspannung brach sich immer häufiger ihre Bahn aus den Herzen der Männer und Frauen am Thel'Nia.

Am achten Tag nach ihrer Ankunft in Fenga erlebte Garab, als er gerade durch das Eingangstor des Dorfes ging, wie sich zwei Männer, die an der Verstärkung der gewaltigen Torflügel arbeiteten, heftig stritten. Garab hielt inne und beobachtete aus der Ferne, wie der Holzbaumeister, der die Arbeiten beaufsichtigte, die beiden zu trennen versuchte, offensichtlich aber keinen Erfolg hatte. Auf einmal schlug einer der beiden Streitenden dem anderen unvermittelt ins Gesicht. Sofort begann ein wilder Kampf und beiden Männern sprangen andere Kämpfer bei, bis ein großer Tumult entstanden war.
Garab wollte eben zum Schauplatz hinüberlaufen, als er sah, dass vom Übungsplatz der Harokhar einige Waffenmeister herangeeilt kamen, angeführt von ihrem Oberhaupt, dem Axtmeister.
Dieser erhob seine mächtige Stimme, um den Kämpfenden Einhalt zu gebieten – es hörte ihn jedoch offenbar niemand. Im Gegenteil stachelte dessen Gebrüll die Kämpfenden nur noch

mehr an und alles schien auf eine dramatische Auflösung der Schlägerei durch die Harokhar-Meister hinauszulaufen, bei der es Verletzte oder sogar Tote geben musste…
Auf einmal erklang jedoch Kenems Stimme neben Garab: „Schnell, helft mir einige Leute zusammenzuholen, die uns mit Eimern zum See folgen sollen!"
Garab sah den Sohn des Dorfoberhauptes erstaunt an, tat jedoch, wie dieser gesagt hatte. Innerhalb einiger Augenblicke hatten sie mehrere umstehende Frauen sowie einige ältere Männer und Knaben mit Eimern zusammengerufen und zum See geführt. Dort hieß Kenem sie alle die Eimer mit Wasser zu füllen und ihm zum Tor zu folgen. Als sie bei der Gruppe der Kämpfenden angekommen waren, rief Kenem: „Und jetzt auf sie mit dem Wasser!"
Und alle schütteten sie ihre vollen Eimer auf den Haufen ineinander verkeilter Männer, so dass diesen das Wasser in kleinen Bächen über die Körper lief.
Der Hauptmann der Harokhar, der soeben seine Übungsaxt erhoben hatte, um seine Männer die Prügelei gewaltsam auflösen zu lassen, beobachtete erstaunt, wie die Arbeiter unter der Wirkung des kalten Wassers innehielten und wie sie, verlangsamt durch ihre vollgesogenen Kleider, nach und nach voneinander abließen.
„Männer und Frauen Fengas!"
Die vor dem Tor stehenden Caradain wandten sich erstaunt in alle Richtungen und ihre Blicke wanderten ziellos umher auf der Suche nach dem Sprechenden. Garab war einer der ersten, der Kenem entdeckte: Der Sohn des Etar-Dál war auf einen Querbalken des Wachturms neben dem Tor gestiegen und sprach von dort, aufrecht und selbstbewusst, zu seinem Volk.
„Männer und Frauen Fengas – ich weiß, dass es nichts gibt, das ihr fürchtet! Ich habe euch die größten Dürren, die größte Hitze und den größten Hunger aushalten sehen, ohne dass ihr aufgegeben hättet. Ich habe euch die längsten Winter und die eisigen Winde aus den Karan'Gahar überstehen sehen, ohne dass ihr gewankt wäret. Ich habe euch nach dem großen Feuer vor

über zehn Wintern eure Häuser wieder aufbauen sehen, ohne dass ihr gejammert hättet oder verzweifelt wäret! Ich habe euch gegen die Gewalten des Himmels und der Erde, gegen Mensch und Tier kämpfen und niemals verzagen sehen! Selbst als alles schon verloren schien, bliebt ihr standhaft und habt dem nahen Tod ins Gesicht geblickt!"

Kenem ließ seine Worte einen Augenblick wirken und wie gebannt hingen ihm die Caradain an den Lippen. Es war völlig still geworden am Tor.

„Ich weiß um all diese Dinge. Ich habe vieles davon mit euch erlitten! Wir fürchteten nichts – allem und jedem Verderben haben wir uns zugewandt und nicht gezögert, uns ihm entgegenzustellen! Doch nun, meine Brüder und Schwestern – nun spüre ich Furcht in mir! Ich spüre Furcht in uns allen!"

Garab sah, wie sich angesichts dieser Worte ein Zug der Verachtung auf dem Gesicht des Axtmeisters der Harokhar ausbreitete und wie der grobe Mann verächtlich zu Kenem hinüberblickte. Der Respekt vor dem Blut des Dorfoberhauptes in dessen Adern war in diesem Moment – darin war sich Garab sicher – das einzige, was ihn daran hinderte einfach vor Kenem auszuspucken.

Doch alle anderen schienen wie gebannt von Kenems Worten. Er sprach das an, was sie alle gefühlt, was aber die Männer aus Stolz nicht zuzugeben und die Frauen, aus Angst vor der Ablehnung ihres Gefühls durch ihre Männer, nicht auszusprechen gewagt hatten. Dafür, dass sich Kenem als Krieger vor ihnen zu seinen Ängsten bekannte, achteten sie ihn.

„Diese Furcht ist keine Furcht vor Verwundung, vor dem Verlust unserer Heimat oder gar vor unserem Untergang, vor dem Tod – es ist die Furcht vor dem Namenlosen, dem Unbekannten! Diese Furcht ist die Schlimmste von allen Ängsten, die unser Herz kennt! Denn die Namenlosen, die unsere Tiere töteten und Perut und Dret mit allen, die dort lebten, vernichteten, wecken in jedem von uns die schlimmsten Ängste, die er kennt. Für jeden von uns sind diese Kreaturen etwas anderes – für jeden von uns verkörpern sie die Schrecken aus den Tiefen unseres Selbst."

Kenems Stimme war zum Ende hin leiser, fast zu einem Flüstern geworden und fast alle lauschten ihm nun mit größter Anspannung. Der Axtmeister hielt sich nur noch mühevoll von einer unüberlegten Handlung zurück, so sehr ließ sich seine Verachtung gegenüber Kenems Worten, jedoch auch gleichzeitig sein Neid und seine Wut über dessen Wirkung auf die Caradain, in seinem Gesicht ablesen.

Bei den Einwohnern Fengas jedoch, die Kenem zuhörten, wuchs mit jedem seiner Worte die Bewunderung für diesen jungen Mann, der sich mit seiner Rede ihnen allen gleichstellte, sich nicht über sie erhob und ihre Ergebenheit und ihren Gehorsam nicht von ihnen einforderte.

Kenem hielt kurz inne und schien dabei jeden einzelnen auf dem Platz am Tor anzusehen, bevor er wieder mit lauter und klarer Stimme fortfuhr: „Diese Furcht in jedem von uns kann nicht mit dem Schwert besiegt werden!"

Ein entsetztes Schweigen hing über der Menge und Kenem sprach beim Anblick der verzweifelten, jedoch noch immer gebannten Gesichter schnell weiter: „Wir können keine Furcht mit dem Schwert besiegen, die in uns selbst wohnt! Wir können sie nur auf eine Art besiegen…"

Die gespannte Erwartung war nun beinahe greifbar und auch Garab konnte sich der Wirkung der Stimme von Elows Sohn kaum entziehen: „Wir müssen diese Furcht mit dem Quell der Kraft bezwingen, die uns jeden grausam heißen Sommer, jeden langen Winter, jedes Raubtier und jedes Feuer hat gemeinsam überwinden lassen! Wir können die Kreaturen, die in den Wäldern auf uns lauern, mit dem Pfeil und Schwert vielleicht bezwingen – doch um dies zu vollbringen, müssen wir zuerst die Furcht in uns bezwingen… mit der Macht unseres Herzens! Unser Herz, das der Quell ist von Mut, Kraft und Hoffnung – von Zusammenhalt, gegenseitigem Vertrauen und Liebe! Mit dieser Kraft werden wir JEDES ÜBEL BEZWINGEN, DAS SICH UNS IN DEN WEG STELLT!"

Nach Kenems letzten, laut gerufenen Worten war die Stille für einen langen Atemzug so tief wie nie zuvor – bevor der Jubel der

Männer und Frauen losbrandete und sich in einem ohrenbetäubenden immer wiederkehrenden Ruf sammelte: „KENEM! KENEM!"

Dafür, dass der Sohn ihres Etar-Dál sich um ihre Ängste und um ihrer aller Wohlergehen sorgte, anstatt sie für ihre Schwäche und ihr Fehlverhalten zu tadeln und zu strafen – dafür achteten und bewunderten sie ihn nicht nur: dafür liebten sie ihn.

Der Axtmeister wartete gerade so lange ab, bis er sich, wollte er den Sohn des Dorfoberhauptes nicht beleidigen, mit seiner Schar entfernen konnte. Deutlich erkannte auch Doel die tiefe Verachtung für Kenem im Gesicht des Harokhar als dieser – niemanden auch nur eines Blickes würdigend – an ihm vorbeischritt.

Er hat eine weit größere Kraft in sich, als man von außen vermuten mag, dachte Doel bei sich, während er beobachtete, wie sich Kenem mühevoll seinen Weg durch die Caradain bahnen musste, die ihm zujubelten und von denen ihm jeder seinen Dank ausdrücken wollte.

Doel schloss seine Augen und als seine inneren Dämonen wieder auf ihn einzustürzen drohten, öffnete er sie schnell wieder: *Könnte ich nur immer so mutig meinen Ängsten gegenübertreten wie er – oder wie Garab!*

* * *

Garab beobachtete im Halbdunkel des Ratssaals genau, wie Elow und Kenem miteinander umgingen. Nicht nur aus Mitgefühl interessierte er sich für deren Verhältnis. Die Beziehung zwischen dem Oberhaupt Fengas und seinem Sohn, dem Anführer der Tangal, konnte noch sehr bedeutsam für den möglicherweise bald beginnenden Kampf gegen die Cûzhal werden. Die letzten Boten waren zurückgekehrt und im Ratssaal wurde nun über die eingegangenen Berichte und deren Bedeutung für die Einwohner Fengas debattiert.

„Nach den Berichten der Boten", erhob Elow gerade seine Stimme, „wurden in drei weiteren Dörfern, im Süden und im Südwesten, Tiere getötet. Das Dorf Karak, weiter im Süden der Caradann, wurde wie Perut und Dret, völlig vernichtet. Wir müssen handeln!"

Zustimmende Rufe ertönten und Elow wartete einige Augenblicke ab, bevor er wieder ansetzte: „Wenn wir jedoch einen Jagdtrupp aussenden, dann muss einerseits dafür gesorgt sein, dass dieser stark genug ist, um es mit einer Vielzahl dieser Bestien aufnehmen zu können – andererseits dürfen wir auch die Verteidigung Fengas darüber hinaus nicht vernachlässigen. Selbst wenn die Kreaturen sich bislang scheinbar nur an kleinere Dörfer herangewagt haben, so dürfen wir doch nicht leichtsinnig werden."

Zustimmendes Nicken war allerorten zu sehen und selbst Lemat, der sich ansonsten immer gerne gegen Elow zu stemmen schien, wenn sich die Gelegenheit bot, zeigte sich mit einem Nicken einverstanden.

Elow richtete das Wort nun an die beiden Anführer der Tangal und der Harokhar: „Euch beiden, Kenem und Dunar, obliegen diese Aufgaben. Ich will euch in euren Entscheidungen nicht vorgreifen, jedoch wäre mein Vorschlag, Dunar die Verteidigung des Dorfes zu übertragen. Kenem sollte meiner Ansicht nach, zusammen mit Garab, der als einziger von uns allen bereits gegen die Kreaturen gekämpft hat, den Jagdtrupp leiten."

Ein Raunen ging durch die Reihen und die Blicke richteten sich abwechselnd auf Garab und Kenem. Dessen Gesicht war keinerlei Regung zu entnehmen, während Garab überrascht den Etar-Dál Fengas anblickte.

„Natürlich nur, wenn Ihr einverstanden seid, Garab!?", fügte Elow in höflichem Ton hinzu.

Garab blickte in diesem Moment nicht zu Kenem hinüber, denn er fühlte, dass dieses Angebot für den jungen Anführer der Tangal eine Kränkung ungeahnten Ausmaßes darstellen musste. Elow schien seinem Sohn offenbar nicht zuzutrauen, den Kampf gegen die unbekannten Kreaturen alleine führen zu können.

Während alle im Saal auf seine Antwort oder eine Reaktion Kenems warteten und er mit den passenden Worten rang, erklang auf einmal eine wohlbekannte Stimme: „Verzeiht, Elow, aber ich kann den Grund nicht ersehen, weshalb wir, auch angesichts dieser schwerwiegenden Bedrohung, unseren bewährten Anführern das Vertrauen entziehen sollten!?"
Wiederum ging ein kurzes Raunen durch den Saal, während Lemat, der sich von seinem Platz erhoben hatte, fortfuhr: „Weshalb sollte der Sohn unseres kriegserfahrenen Dorfoberhauptes nicht alleine in der Lage sein, den Jagdzug anzuführen?! Zudem widerstrebt es mir zutiefst, ohne natürlich unsere Gäste beleidigen zu wollen, einfach einem Fremden Befehlsgewalt über unsere Kämpfer zu geben!"
Auf diese Worte hin war ebenfalls wieder zustimmendes Raunen zu vernehmen. Lemat wandte sich mit entschuldigendem Ton noch einmal an Garab: „Ihr als ehemaliger Etar-Dál eines Dorfes und Anführer eigener Kämpfer versteht dies sicher?!"
Garab blickte Lemat überrascht an und dachte fieberhaft nach, ob dieser aus Freundlichkeit Kenem gegenüber so handelte oder ob er andere Interessen verfolgte und diese geschickt zu verschleiern suchte?
Lemat blickte Garab erwartungsvoll an – er musste hierauf antworten. Langsam erhob er sich und begann, jedes Wort mit Vorsicht und Bedacht setzend, zu sprechen: „Ich fühle mich geehrt, das Vertrauen des mächtigsten Anführers unter den Caradain zu genießen. Da mein Weggefährte und ich, wie dem Rat ja bereits bekannt ist, schwerwiegende Gründe haben gegen die Cûzhal zu kämpfen, denke ich, dass ich für uns beide sprechen kann, wenn ich sage, dass wir mit Freude an dem Jagdzug teilnehmen. Wir sind natürlich bereit, unsere Erfahrungen jederzeit mit dem Anführer dieses Trupps zu teilen, wenn dies hilfreich sein kann." Garab machte eine kurze Pause und zwang sich erneut, nicht zu Kenem hinüberzusehen: „Die Truppen Fengas mit anzuführen sehe ich jedoch nicht als eine Ehre an, welche mir als einem Fremden zustünde."

Mit diesen Worten schloss Garab seine Rede und nahm wieder Platz. Während Elow sichtlich seine Unzufriedenheit zu verbergen suchte, erhob sich Lemat erneut: „Nach den Regeln der Caradain steht es dem Anführer der Harokhar zu, jeden Kriegszug anzuführen. Da Ihr jedoch den Trupp, der auf die Unbekannten Jagd machen soll, bereits als Jagdtrupp benannt habt, steht es dem Anführer der Tangal zu, diesen zu leiten. Falls Ihr, Etar-Dál, von dieser Regel abweichen möchtet, würden wir gerne die Gründe hierfür erfahren!"

Garab beobachtete aufmerksam, was sich im Ratssaal abspielte: Die meisten Räte hatten die Auseinandersetzung zwischen Lemat und Elow bereits als das Machtspiel abgetan, welches wohl sehr oft zwischen diesen beiden Männern stattfand. Aber trotzdem hatten sie alle bemerkt, welchen Affront der Etar-Dál Fengas gegenüber dem Anführer der Tangal, seinem Sohn, begangen hatte: Elow hatte augenscheinlich nicht entschieden, welche Aufgabe er seinem Sohn mehr oder weniger zutraute – er hatte ihn vielmehr an eine Stelle befohlen, wo dieser im Falle eines Versagens am wenigsten Schaden anrichten konnte.

Ein Versagen bei der Jagd auf die Kreaturen war auf jeden Fall leichter zu verschmerzen als ein Fehler bei der Verteidigung des Dorfes. Die Verteidigung Fengas war aus diesem Grunde die wichtigere Aufgabe, die Elow seinem Sohn nicht übergeben wollte. Auch Dunar, der Oberste der Harokhar, hatte dies erkannt. Hätte er es nicht, würde er sich sicher dagegen gewehrt haben, Frauen und Kinder zu verteidigen, anstatt einen möglicherweise ruhmreichen Jagdzug zu führen. So jedoch saß er, selbstzufrieden grinsend, auf seinem Platz.

Da Elow jedoch offenbar auch ein Scheitern des Jagdzugs zu vermeiden suchte, hatte er versucht Garab, der als ehemaliges Dorfoberhaupt als dafür fähig erachtet werden konnte, für die Führung des Zuges neben seinem Sohn zu gewinnen.

Garab sah mit Mitleid zu Kenem hinüber, der sich auf seinem Platz neben Dunar wacker hielt, jedoch nichts vorbrachte um sein Recht als oberster Tangal einzufordern.

Elow, dem sichtlich anzusehen war, wie unangenehm ihm die Situation wurde, antwortete mit leicht gepresster Stimme auf die, mit spöttischem Unterton vorgetragene Frage Lemats: „Es gibt keinen weiteren Grund, als den, die Erfahrungen Garabs mit dem Gegner möglichst direkt in die Entscheidungen bei der Führung des Jagdzuges einfließen zu lassen. Da Garab sich nun als Berater zur Verfügung stellen will, ist diesem meinem Ansinnen ja genüge getan."

Elow erhob sich und verkündete, wieder an den gesamten Rat gewandt: „Wenn niemand mehr etwas einzuwenden oder hinzuzufügen hat, erkläre ich somit die Aussendung eines Jagdzuges unter der Führung Kenems und der beratenden Beteiligung Garabs, sowie die Übergabe der Verteidigung Fengas an Dunar als beschlossen. Die Führung des Jagdzuges, sowie den Aufbau der Verteidigung des Dorfes werde ich mit den Anführern der Harokhar und der Tangal in den nächsten Tagen besprechen."

Während sich die Versammlung langsam auflöste, blieb Garab noch einen Augenblick sitzen und blickte zu Lemat hinüber, der sich mit einem selbstzufriedenen Lächeln erhob und seinen Platz verließ.

Der heutige Kampf mit Elow geht eindeutig an ihn.

Garab musste auf einmal ein Gähnen unterdrücken und spürte, wie sehr ihn die Anspannung der Ratssitzung ermüdet hatte. Er beschloss jedoch, bevor er sich zur Ruhe legen würde, noch einmal mit Kenem über das Geschehene zu sprechen. Als er den jungen Mann zwischen den noch übrigen Räten suchte, war er bereits verschwunden. Auch als er in dessen Haus anlangte, war Kenem nicht dort.

* * *

Doel fühlte das geringe Gewicht des Speers in seinen Händen, während er versuchte, sich durch Umkreisen seines Gegners einen Vorteil zu verschaffen. Doch der Speermeister ließ sich von solch einfachen Strategien nicht ansatzweise aus der Ruhe

bringen und bewegte sich in die gleiche Richtung, so dass ihr Abstand immer derselbe und sie einander stets zugewandt blieben. Dabei achtete er jedoch darauf, dass Doel keinesfalls wieder in die Nähe seines Schildes, den dieser bei einem überstürzten Angriff verloren hatte, gelangen konnte. Doel war ohne Schild und mit dem Speer, als einer von ihm eher ungeliebten Waffe, klar im Nachteil.
„Stell dir einfach vor, du hättest dein Schwert verloren und der Speer wäre die einzige Waffe, die dir noch bleibt", riet Nodan, der Speermeister seinem Schüler, als könnte er erahnen, welche Gedanken hinter Doels Stirn kreisten.
Du hast gut reden, dachte sich Doel, während er seine Zähne zusammenbiss, *du kämpfst ja seit Jahren mit nichts anderem!*
Doch pflichtschuldig – und weil er natürlich wusste, dass dieser Recht hatte – antwortete er: „Ja, Meister. Jedoch würde ich es nie soweit kommen lassen, mein Schwert in einer Schlacht zu verlieren!"
Ein kurzes Lachen erklang aus Nodans Mund und schneller als Doel reagieren konnte, schoss dessen Speer nach vorne und prallte so stark gegen die linke Hand des überraschten Schülers, dass dieser seine Waffe mit einem Schmerzensschrei fallen ließ.
„Du würdest also dein Schwert in einer Schlacht nie verlieren, ja? So wie deinen Speer gerade meinst du?!"
Doel hielt sich mit schmerzverzerrtem Gesicht seine linke Hand, deren getroffener Knöchel bereits blau zu werden begann, als Nodan zu dem am Boden liegenden Speer ging, seinen rechten Fuß darunter schob und die Waffe mit einem Ruck zu Doel schleuderte.
Er fing die Waffe dicht vor seinem Gesicht ab und blickte seinen Meister an, der ihn nun mit leichtem Zorn in der Stimme aufforderte: „Ich will keine angeberischen Sprüche von dir hören, mit denen nur Schwächlinge ihre Unsicherheit zu überspielen suchen, Doel! Nur weil du alle Lehrmeister von deinen Fähigkeiten überzeugen konntest, garantiert dir das noch lange nicht, dass du jeden Kampf mit Gewissheit überlebst! Und solange du dein Schwert nicht fester zu halten vermagst als

deinen Speer eben, schlage ich vor, du sorgst dafür, mit jeder Waffe, die sich dir bietet, gleichermaßen gut zu sein! Sobald es dir also gelingt, mir mit deinem Speer einen Schlag zu versetzen, kannst du gerne zum Schwert greifen und zeigen, ob du damit besser bist!"

Mit diesen Worten ging Nodan mit einigen schnellen Stößen, denen Doel nur mit größter Mühe auszuweichen vermochte, zum Angriff über.

Seit seiner Aufnahme in den Kreis der Harokhar-Schüler begann jeder Tag für Doel mit Ausdauer- und Kraftübungen mit seinen Mitschülern. Danach übte er den restlichen Morgen mit einem und nach einer Mittagsruhe mit einem anderen Waffenmeister bis zum Abend. Danach kam noch der Anschauungsunterricht hinzu, bei dem der ganzen Schülergruppe von jeweils zwei Meistern Grundsatzlektionen in Kampfverhalten, Taktik, waffenlosem Nahkampf und anderen überlebenswichtigen Dingen gegeben wurde.

Nachdem er sich gewaschen hatte, war Doel meist zu müde, um noch etwas zu essen und fiel völlig erschöpft ins Bett. Mit Garab hatte er seit seiner Berufung kein Wort mehr gewechselt, zumal dieser ständig unterwegs zu sein schien. Vor zwei Tagen war er abends erst spät von einer Ratssitzung zurückgekehrt und hatte Doel nur kurz von der Entscheidung berichtet, dass nun endlich ein Jagdtrupp gebildet und der Kampf gegen die Kreaturen aufgenommen werden solle.

Auch diese Neuigkeit trug das ihrige dazu bei, dass Doel bei den Kampfübungen heute alles andere als aufmerksam war. In ihm stieg die Sorge auf, er könnte nicht gut genug sein, um berufen zu werden, an der Jagd teilzunehmen. Jeden Tag wartete er nur darauf, dass endlich verkündet werden würde, wer der Schar, die ausgesandt wurde, angehören sollte.

Ein harter Schlag gegen seinen Oberarm rief Doel wieder in die Gegenwart zurück und er versuchte seine Sinne erneut auf den Kampf zu richten, der jedoch nicht zu seinen Gunsten verlief.

Eine schnelle Aneinanderreihung von Finten lockte ihn auf die falsche Fährte und als er sich auf die Abwehr eines Überkopfschlages von Nodan eingestellt und seinen Speer nach oben gerissen hatte, ging dessen nächster Angriff überraschend gegen seine Beine und er fand sich bäuchlings im Staub des Übungsringes wieder.

Als sich Doel mühsam aufgerappelt, seine schmerzenden Beine gerieben hatte und gerade den Belehrungen Nodans folgte, sah er aus dem Augenwinkel, dass Kenem und Garab am Rande des Platzes standen und den Übungskämpfen aufmerksam folgten.

Dieser Anblick ließ sein Herz mit einem Male doppelt so schnell schlagen und er konnte den Hinweisen Nodans nun fast nicht mehr folgen. Dieser bemerkte die Aufregung seines Schülers, trat nah zu ihm hin, legte ihm die Hand auf den Oberarm und drückte kurz und fest Doels Muskeln zusammen. Als dieser einen Schmerzlaut ausstieß und Nodan überrascht ansah, fuhr er mit einem Lächeln im Gesicht fort: „Wie schön, dass ich nun wieder deine Aufmerksamkeit genieße!"

Doel errötete und wollte den Kopf beschämt senken, jedoch hielt ihn Nodans Blick fest und mit einem kurzen Nicken in Richtung der beiden Beobachter sprach dieser weiter: „Vor wem willst du dich jetzt beweisen?"

Sein Schüler blickte ihn grimmig an und erwiderte: „Ich weiß, dass es bald einen Jagdzug geben wird! Ich muss bei diesem Zug dabei sein!"

Nodan sah ihn forschend an, so als wollte er in den jungen Mann hineinblicken um herauszufinden, weshalb dieser so sehr ein Krieger sein wollte. Nach einer langen Pause entgegnete er nur auf rätselhafte Weise: „Es gibt meiner Ansicht nach nicht viele richtige Gründe ein Krieger zu werden. Ein weiser Mann sagte sogar einmal zu mir, es gebe nicht einen einzigen!"

Doel blickte Nodan trotzig an und entgegnete: „Es gibt zumindest einen Grund und das ist der meinige!"

Der Waffenmeister blickte ihm mit einem Anflug von Traurigkeit in die Augen und gab sich dann einen sichtlichen Ruck: „Nun gut", entgegnete er kühl. „Wenn du Kenem von

deinen Fähigkeiten überzeugen willst, wäre es hilfreich, wenn er sie sehen könnte, oder nicht?! Wie wäre es also, du schiebst deinen Grund – so wichtig er auch sein mag – einmal beiseite, damit du in deinem Verstand Platz für die Dinge hast, die ich dir beizubringen versuche!"
Doel wollte schon zornig etwas entgegnen, als ihm Nodan jedoch seinen Speer in die Hände rammte und ihn wütend anzischte: „Dein Grund ist in keiner Schlacht etwas wert! In der Schlacht zählt nur eins: ein wacher Verstand! Also zeig das, was du mir schon vor einigen Tagen gezeigt hast und hör auf, dich in Zorn oder Angst zu ergehen! Davon hat niemand etwas – und am wenigsten die, für die du kämpfst, seien sie tot oder lebendig!"
Damit wandte sich Nodan um und ging einige Schritte, um seine Kampfposition einzunehmen. Doel starrte ihm voller Zorn nach und erst allmählich dämmerte ihm, dass der Waffenmeister ihn nicht nur durchschaute, sondern dass er auch völlig Recht hatte...

Locan und Enea haben nichts davon, wenn ich mich mitten in einem Kampf um sie sorge und dabei meinen Kopf verliere!

Er erinnerte sich wieder an das, was ihm Garab am Seeufer gesagt hatte: „Die Angst wird immer ein Teil von dir sein und es ist gut, dass sie das ist! Denn ohne Angst kann es keinen Mut geben. Ohne Mut gibt es keine Stärke."
Dieser eine Gedanke brachte ihm nun endlich die nötige Ruhe, um sich wieder völlig auf den Kampf besinnen zu können. Sein Atem beruhigte sich und er schloss für einige Augenblicke die Augen.
Als er sie wieder öffnete, gab es nur noch den Speer, den Platz und seinen Gegner.

* * *

Garab verfolgte aufmerksam einen Kampf des Axtmeisters gegen einen seiner beiden berufenen Schüler. Aus dem

Augenwinkel beobachtete er jedoch auch Kenem, der regungslos neben ihm stand.

Früh morgens hatte der Häuptlingssohn ihn aufgesucht und gebeten ihn zu den Übungsplätzen zu begleiten, um die Harokhar-Schüler zu beobachten und eine Vorauswahl zu treffen. Mit keinem Wort war der Tangal seitdem auf die Ratssitzung vom Vortag eingegangen und Garab hatte sich gehütet, von sich aus das Gespräch darauf zu lenken.

Sie beobachteten seit einiger Zeit die Kämpfe und wechselten nur manchmal einige Worte über einen bestimmten Schüler oder auch über einen der Lehrer oder Meister, wenn Kenem denjenigen für den Jagdzug als geeignet erachtete. Als sie ihren Blick auf den Kampf zwischen Nodan und Doel richteten, ergriff der Jüngere wieder das Wort: „Nodan wäre sehr geeignet als Befehlshaber der Harokhar. Er ist allseits beliebt und geachtet, ein vernünftiger und kluger Anführer und vor allem ist er von allen Harokhar-Meistern Dunar am wenigsten ergeben. Dunar dürfte auch nichts dagegen haben, wenn wir ihn mitnehmen – er mag ihn nicht besonders."

Kenems Worte wurden von einem vielsagenden Blick zu dem Axtmeister hinüber begleitet. Dieser Blick ließ Garabs Gewissheit darüber steigen, dass die Beschreibung von Dunars Verhältnis zu Nodan auch nicht weit von dem entfernt war, was der junge Tangal-Anführer und der Axtmeister voneinander hielten.

Gerade wollte Garab das Wort ergreifen, um das Gespräch endlich auf die Ratssitzung vom Vortag zu lenken, als Kenem jedoch unvermittelt weitersprach: „Was haltet Ihr von Eurem jungen Begleiter?"

Garab ahnte, dass Kenem dem Thema entgehen wollte und beschloss, ihm dieses Mal noch seinen Willen zu lassen. Als er den Blick auf Doel richtete, ließ dieser gerade eine beeindruckende Schlagkombination auf Nodan niederprasseln, welcher der Speermeister für den Moment nichts entgegenzusetzen hatte. Mit Mühe und Not wehrte Nodan die schnellen Schläge ab und bewegte sich dabei gezwungenermaßen rückwärts auf die Grenze des Kampfringes zu. Unvermittelt beendete Doel seine Schlagserie und wich zwei Schritte von seinem Gegner zurück, der von der Wucht des Angriffs noch einige Schritte weiter taumelte.

Garab runzelte die Stirn und befürchtete bereits, sein Schützling hätte auf einmal Gefallen an überheblichen Gesten gefunden, als Doel auf einmal seinen Speer über den Kopf hob, zwei schnelle Sätze nach vorne machte, seine Waffe vor sich in den Boden rammte und sich mit den Füßen voran gegen seinen Gegner katapultierte.

Nodan hatte trotz seiner Erfahrung einen solchen Angriff nicht vorausgesehen und war auch noch zu sehr damit beschäftigt, sein Gleichgewicht wiederzufinden. Er konnte seinen Schild zwar noch hochreißen, die Wucht von Doels Tritt ließ ihn jedoch hilflos rücklings aus dem Kampfring heraus taumeln und ein Stück jenseits davon zu Boden stürzen.

Doel stand über seinem Gegner und hielt ihn mit der hölzernen Spitze seines Speers in Schach – der Kampf war beendet.

Einige Schüler, die gerade keine Kämpfe hatten, klatschten und riefen Doel zu, als er dem Speermeister auf die Füße half.

Nodan klopfte sich den Staub von seiner Kleidung und musterte Doel dabei von der Seite. Dann richtete er sich auf, legte ihm die Hand auf die Schulter, während ihm ein breites Grinsen über das Gesicht glitt: „Na also, warum nicht gleich so?!"

Doel straffte stolz seinen Rücken und grinste ebenfalls breit, als ihn Nodan jedoch gleich wieder etwas bremste: „Aber glaub nur nicht, dass wir damit schon fertig sind für heute! Du hattest mir doch noch mit deinen gefährlichen Schwertkünsten gedroht, oder nicht?!"

Doel nickte überrascht und eilte schnell zum Rand des Feldes hinüber, wo ein Holzständer für die Übungswaffen stand.

Während Doel nach einem Übungsschwert suchte, welches seinen Vorstellungen entsprach, trat Nodan zum Rand des Rings. Er begrüßte Kenem und seinen Begleiter mit kurzem Kopfnicken und einem freundlichen Lächeln, bevor er das Wort an Garab richtete: „Ihr habt einen wirklich sehr begabten jungen Kämpfer

als Weggefährten. Wie lange habt Ihr ihn bereits unterwiesen, wenn ich Euch diese Frage stellen darf?"
Garab zögerte einen Moment bevor er antwortete: „Nun, um ehrlich zu sein, waren wir nicht lange genug zusammen unterwegs, als dass ich ihm hätte viel Neues beibringen können. Ich denke, dass er durch mich vielleicht etwas an Variations- und Improvisationsgeschick hinzugewonnen hat. Die restlichen Fähigkeiten hat er bereits früher erworben. Allerdings glaube ich, dass er wirklich bereits sehr früh im Waffenhandwerk unterwiesen wurde."
Nodan sah Garab einen langen Augenblick an und schien eine bestimmte Frage stellen zu wollen, entschied sich dann aber wohl dagegen: „Nun, wir sollten uns bei Gelegenheit vielleicht einmal etwas über Kampftechniken austauschen, wenn Ihr auch interessiert seid!? Was Ihr diesem Jungen beigebracht habt, scheint mir doch sehr interessant zu sein. Ich würde außerdem auch gerne aus erster Hand mehr über diese Kreaturen erfahren."
Mit einem an Kenem gerichteten Lächeln fügte er noch hinzu: „Auch wenn ich noch nicht weiß, ob mir unsere Jäger noch etwas von ihnen übriglassen, wenn sie sich vor unseren Palisaden blicken lassen."
Kenem erwiderte das Lächeln: „Nun, wenn Ihr es wünscht, dann dürft Ihr Euren Platz hinter den Palisaden gerne mit einem unter den Bäumen der Caradann im Angesicht des Feindes eintauschen! Ich würde mich freuen, wenn Ihr uns als Anführer der Harokhar des Jagdzuges begleiten würdet!"
Nodan zog überrascht die Augenbrauen hoch, verneigte sich sogleich und erwiderte: „Wenn Ihr es wünscht, Herr, stehe ich an Eurer Seite!"
Kenem hob abwehrend die Hand und lächelte ehrlich erfreut: „Lasst diese Förmlichkeiten, alter Freund! Im Wald werden wir dafür keine Zeit haben. Ich freue mich, Euch bei uns zu wissen. Sollte Dunar heute bei der Besprechung nichts dagegen haben, dass Ihr uns begleitet, werden wir morgen mit dem Unterführer der Tangal des Jagdzuges über die genaue Zusammenstellung der Schar beraten."

Nodan blickte zu seinem Schüler hinüber, der gerade versuchsweise ein Holzschwert schwang und lächelte: „Nun, einer stünde von meiner Seite aus bereits fest – zumindest wenn es um die Fähigkeiten geht."

Kenem und Garab folgten seinem Blick, nickten Nodan dann zum Abschied zu und verließen das Übungsgelände, da der Oberste der Tangal kurz bemerkte, er müsse nun Elow aufsuchen, um Kriegsrat zu halten.

Hinter ihnen erreichte Doel mit enttäuschtem Gesicht den Übungsring: „Ich dachte, Kenem und Garab würden noch etwas hierbleiben, um die Kämpfe zu beobachten?!"

Nodan lächelte seinen Schüler wissend an: „Du meinst, sie würden bleiben um DEINEN Kampf zu beobachten, weil du der beste Kämpfer auf dem Platze bist?!"

Doel wurde rot, als Nodan ihn so leicht durchschaute.

„Du brauchst keine Angst zu haben, ich werde dem obersten Harokhar des Jagdzuges schon mitteilen, wen ich ihm empfehle!"

Mit einem kurzen Lachen ließ Nodan seinen Speer um seine Hand wirbeln und ließ ihn gegen Doels Holzschwert prallen. „Doch wenn DU das sein sollst, müsstest du deinen Erfolg von eben noch einmal wiederholen! Für Eintagsfliegen und Glücksritter wird kein Platz sein auf diesem Jagdzug!"

* * *

Während das Übungsfeld hinter ihnen zurückfiel, überlegte Garab, wie er endlich das unangenehme Thema der Ratssitzung ansprechen könnte. Als sie vor Elows Haus angelangt waren und er sich endlich durchgerungen hatte zu sprechen, wandte sich Kenem um und ergriff vor ihm das Wort: „Nun, Garab, ich muss Euch leider verlassen. Ich danke Euch für Eure Begleitung und Eure wertvollen Ratschläge."

Garab neigte kurz den Kopf und wollte erwidern: „Kenem, ich wollte…", doch diesmal schnitt ihm Elows Sohn, zwar lächelnd, aber doch entschieden, das Wort ab: „Ich würde mich freuen,

wenn Ihr morgen meinem Kriegsrat mit Nodan beiwohnen würdet!"
Garab nickte verwirrt: „Natürlich! Es ist mir eine Ehre! Wer wird der Unterführer der Tangal auf dem Jagdzug sein?"
Diesmal schmunzelte Kenem sichtlich amüsiert, als er antwortete: „Ihr, Garab."
Garab ballte seine Fäuste und wollte schon auffahren, als Kenem ihm beide Hände auf die Schultern legte: „Ich denke, ich weiß, was Ihr sagen wollt und es ehrt Euch! Ich hatte bereits vor der letzten Ratssitzung beschlossen Euch mitzunehmen. Und Euch als erfahrenem und gutem Anführer den Befehl über die Tangal des Zuges zu geben, ist das einzig Sinnvolle! Ihr habt Erfahrung, Ihr könnt Männer anführen und Ihr kennt unseren Feind. Es bedurfte nicht erst der Worte Elows, dass ich diesen Entschluss fasste."
Mit einem Schlag auf die rechte Schulter und einem kurzen Nicken beendete Kenem das Gespräch und ging in Richtung des zweiflügeligen Eingangs davon.

Garab blieb erstaunt, aber auch etwas verunsichert zurück: *Er sagte „Elow", nicht „mein Vater". Wie groß muss der Schatten sein, den dieser alte Mann auf seinen Sohn wirft?!*
Betrübt wandte sich Garab ab und ging davon. Er würde bei der Jagd also dabei sein – er würde Männer anführen müssen. Nicht nur die Caradain Fengas und Doel würden sich ihren inneren Dämonen stellen müssen – auch er würde wieder für Menschen verantwortlich sein. Wie er es für die Menschen Peruts gewesen war. Er würde wieder Menschen in den Tod schicken müssen.

DER JAGDZUG

Bei ihrer Zusammenkunft in Kenems Haus am nächsten Tag berichtete dieser Garab und Nodan über die Beschlüsse, die beim Kriegsrat mit Elow und Dunar gefasst worden waren: „Wir werden dreißig Tangal und zwanzig Harokhar mit auf den Jagdzug nehmen. Hundertfünfzig Krieger sind zur Verteidigung Fengas bestimmt."

Kenem seufzte, ließ sich seine Enttäuschung jedoch nicht weiter anmerken, als Nodan aussprach, was dem jungen Anführer auf der Seele lasten musste: „Fünfzig Krieger erscheint mir nicht allzu viel."

Kenem entgegnete: „Dunar hat die hundertfünfzig als Mindestzahl für eine lückenlose Bemannung der Wälle angegeben. Ich habe versucht, Elow davon zu überzeugen, dass hundert mehr als ausreichend wären, aber selbst, als ich als Vorschlag zur Güte fünfundsiebzig zu hundertfünfundzwanzig einbrachte, ließen sie sich nicht umstimmen."

Kenem saß mit hängendem Kopf, die Ellbogen vor sich verschränkt, vor Garab und Nodan und starrte frustriert auf die Tischplatte.

Nach einem langen Augenblick straffte er schließlich seine Schultern, hob seinen Kopf und funkelte seine beiden Unterbefehlshaber trotzig an: „Nun gut, unser Etar-Dál hat über die notwendige Zahl unserer Männer entschieden und es ist nun an uns dafür zu sorgen, dass wir solche auswählen, die jeder für zwei zählen. Wenn uns dies gelingt, dann haben wir unsere vollen Hundert!"

Nodan nickte mit einem grimmigen Lächeln und auch aus Garabs Miene sprach Unnachgiebigkeit: Auch er hatte oft gegen Ratsbeschlüsse oder Entscheidungen seiner Vorgänger im Amt des Anführers von Perut ankämpfen und sich auch nicht selten fügen müssen. Er wusste, wie frustrierend es sein konnte, wenn der eigene Sachverstand nicht gewürdigt oder einem von konkurrierenden Anführern oder Räten, oft einfach nur zur Erlangung eines eigenen Vorteils, Steine in den Weg gelegt wurden. Doch sie würden sich nicht entmutigen lassen. Und als Kenem die Zustimmung seiner beiden Anführer sah, fuhr er mit neuem Selbstvertrauen und Entschlossenheit fort, wie die Aufstellung des Jagdzuges schnellstmöglich vonstatten gehen sollte…

* * *

Doel befand sich gerade in einem äußerst fordernden Kampf mit Dunar, dem Axtmeister und Anführer der Harokhar, als Nodan und Garab den Übungsplatz betraten.
Doel hatte bereits einige harte Schläge einstecken müssen und mittlerweile den starken Eindruck gewonnen, dass Dunar ihn nicht besonders mochte. Jedes Mal, wenn er die Deckung seines Schülers hinwegfegte und einen Treffer ansetzen konnte, tat er dies mit Nachdruck und einem bösen Grinsen im Gesicht. Auch gab er Doel keinerlei brauchbare Hinweise zur Verbesserung seines Kampfverhaltens und tat dessen beharrliche Fragen danach mit abfälligen Bemerkungen ab.
Doel bemerkte aus den Augenwinkeln heraus, dass sich Garab und Nodan an ihrem Übungsring eingefunden hatten. Dieses Wissen gab ihm neue Kraft und er bereitete sich unter Dunars anhaltenden Angriffen auf eine passende Antwort auf die demütigende Behandlung vor – eine Antwort, die er mit der Holzaxt in seiner Hand geben würde.
Auch Dunar war die Anwesenheit der beiden Unterführer nicht entgangen und er drehte sich, nachdem er Doel mit einem heftigen Schlag auf dessen Schild zurückgetrieben hatte, kurz zu ihnen um: „Seid gegrüßt, Nodan und Herr Garab! Wenn ihr geeignete Krieger für Euren Zug sucht, so kann ich euch etwas Arbeit abnehmen: Euer Begleiter hier, Garab, braucht dringend noch einige Übungsstunden ehe er es auch nur mit einem halbwüchsigen Eber aufnehmen könnte. Also lasst ihn nur getrost hier, damit er gefahrlos dazulernen kann und nicht von

der ersten geheimnisvollen Kreatur aufgefressen wird, die Eurer Schar über den Weg laufen mag!"

Garab blieb äußerlich gelassen, spürte jedoch angesichts einer solchen Beleidigung Zorn in sich aufsteigen. Doel errötete und verkrampfte seinen Griff um die Axt in seiner Rechten, so dass seine Knöchel weiß hervortraten.

Dunar hatte so laut gesprochen, dass nun alle Kämpfer auf dem Platze innehielten und gespannt abwarteten, wie sich die Auseinandersetzung entwickeln würde.

Ehe Garab jedoch etwas entgegnen konnte, ergriff Nodan mit ruhiger Stimme und wie nebenbei das Wort: „Nun, wir danken Euch, Dunar. Aber Doels Berufung ist bereits entschieden. Möglicherweise fordert ihn Eure Art zu kämpfen nicht genug, als dass er seine Fähigkeiten voll zur Entfaltung zu bringen vermag!?"

Dunars großer und ohnehin schon sehr roter Kopf schien auf diese Worte hin noch röter anzulaufen.

Da der Axtmeister selbst zuvor die Aufmerksamkeit aller auf dem Platze auf sie gezogen hatte, hatte es keiner lauten Worte von Nodan bedurft, damit alle die schmachvolle Entgegnung hören konnten.

Dunar hatte sich die Bühne für seine Beschämung selbst hergerichtet und erkannte dies in diesem Augenblick.

Während der Axtmeister noch nach einer geeigneten Antwort suchte, um seinem Zorn Luft zu machen, ging Garab schnell zu Doel hinüber. Von Dunar unbemerkt, wies er ihn auf eine Eigenheit im Kampfverhalten des Meisters hin und zog sich dann schnell wieder zurück, während sich Doel mit einem leichten Lächeln wieder in Stellung brachte.

Während dessen hatte Dunar seine Stimme offensichtlich wiedergefunden: „ICH FORDERE DIESEN ROTZIGEN BENGEL NICHT GENUG? VIELLEICHT SEID IHR ÜBER DIE JAHRE HINWEG SO LANGSAM UND SCHWACH GEWORDEN, DASS IHR IHN ETWAS ÜBERSCHÄTZT, NODAN?"

Sofort darauf ging Dunar, mit einem wilden Knurren unvermittelt wieder zum Angriff über.

Doel wehrte die harten Schläge Dunars scheinbar hilflos und nur mit größter Mühe ab. Gleichzeitig beobachtete er jedoch genau, wie der Axtmeister nach jedem seiner mächtigen Axtschwünge im Auslauf seiner Waffe etwas in Rücklage geriet und sein Gewicht stark auf den hinteren Fuß verlagerte.

Garab war dieser Umstand aufgefallen, er hatte Doel jedoch nicht verraten, auf welche Weise er dies ausnutzen konnte. Doel wusste, dass sein Weggefährte erwartete, dass er sich selbst eine passende Antwort auf diese Schwäche einfallen ließ – und er würde ihn nicht enttäuschen!

Doel wartete den passenden Augenblick ab, dann ließ er seinen Schild beim Abfangen eines erneuten, harten Vorhandangriffes seines Gegners einfach los. Dieser fiel, durch die Wucht des Schlages getragen, durch die Luft und einige Schritte entfernt polternd zu Boden.

Das Gesicht des Axtmeisters leuchtete in wild überschäumender und gehässiger Freude auf. Sofort führte er seine Waffe aus dem tiefen Auslauf zu seiner Linken heraus in einer mächtigen Rückhandbewegung wieder aufwärts, mit der er den Übungskampf nicht nur beenden, sondern Doel wahrscheinlich auch eine üble Verletzung an dessen hilflos erhobenem, jedoch nun leerem Schildarm, beibringen musste.

Im letzten Augenblick ließ sich dieser jedoch rückwärts zu Boden fallen und der Hieb Dunars ging ins Leere. Aufgrund seiner Erfahrenheit verlor dieser nicht das Gleichgewicht, sondern ließ den Schlag in einem kontrollierten Bogen neben seinem Kopf auslaufen, um sie anschließend in einem neuen Hieb gleich wieder nach unten auf seinen Gegner fahren lassen zu können. Da sein Hieb nicht auf den erwarteten Widerstand von Doels Arm getroffen war, musste Dunar sein Körpergewicht stärker nach hinten verlagern als gewöhnlich, um die Wucht seines eigenen Schwunges abfangen zu können.

In diesem Augenblick sprang Doel auf seinen Gegner zu, trat von hinten gegen dessen vorderes Bein und riss es damit so ruckartig in die Höhe, dass der Axtmeister rücklings zu Boden stürzte und im Fallen seine Waffen verlor.
Dunar war von dieser gelungenen Attacke seines Schülers so überrascht, dass er zu lange brauchte, um sich wieder zu fangen. Gerade als er sich wieder erheben und nach seiner Axt greifen wollte, wurde diese von Doels Fuß davongewirbelt und Dunar sah sich Auge in Auge mit der Holzwaffe seines Schülers, welche vor seinem Gesicht schwebte. Der Übungskampf hatte ein schnelles, wenn auch unerwartetes Ende gefunden.

„Ich würde sagen, Dunar…", sagte Nodan mit einem süffisanten Grinsen im Gesicht, „…es scheint, Ihr habt letztlich doch noch einen Weg gefunden, die Fähigkeiten Eures Schülers zu wecken. Ich gratuliere Euch!"
Dunar fegte Doels Waffe mit einer wütenden Handbewegung beiseite und stand, mit nach wie vor hochrotem Kopfe, auf und verließ mit schnellen Schritten den Übungsplatz. Nicht jedoch, ohne vorher Nodan, Garab und Doel mit einem hasserfüllten Blick bedacht zu haben.
Garab ging zu Doel hinüber und klopfte ihm anerkennend auf die Schulter: „Gut gemacht!"
Doel sah ihn und Nodan, der ebenfalls nähergetreten war, sorgenvoll an: „Vielleicht habe ich mir damit aber erst recht Schwierigkeiten bereitet?!"
Nodan runzelte kurz die Stirn, lächelte den besorgten Schüler dann jedoch beruhigend an: „Fürs Erste brauchst du dir darüber keine Sorgen zu machen! Nur wenn du den Jagdzug überlebst und Dunar zwischenzeitlich nicht bei einem Angriff unseres Feindes verloren geht, wirst du wieder in die Verlegenheit kommen, gegen ihn kämpfen zu müssen!"
Doel blickte von einem zum anderen, als er diese Worte hörte – denn vorher, während des Übungskampfes hatte er nicht darauf achten können – und eine große Erleichterung war in seinen Augen zu erkennen. Bevor er seinen Gefühlen Ausdruck

verleihen konnte, ergriff Nodan in strengem Ton erneut das Wort: „Aber, dass dir dies bewusst ist, Schüler: Ich werde auf diesem Jagdzug dein direkter Befehlshaber sein und ich erwarte, dass du den anstehenden Aufgaben deine volle Aufmerksamkeit schenkst und dir keine Nachlässigkeiten erlaubst!"
Doel straffte sofort seine Haltung und erwiderte in demselben Ton: „Ich werde Euch nicht enttäuschen, mein Anführer!"
„Dann erwarte ich, dass du mit den anderen ausgewählten Harokhar spätestens morgen Nachmittag deine Ausrüstung empfängst und dich bei Sonnenuntergang zum Sammelplatz des Zuges, am Seeufer beim vorderen Eingangstor, begibst! Dort werden die letzten Vorbereitungen erfolgen."
Einen kurzen Blick in den Übungsring werfend und mit einem leichten Grinsen fügte er hinzu: „Und da ich nicht erwarte, dass deine Lektion mit Meister Dunar heute noch fortgesetzt wird, bist du bis zur Mittagszeit von den Übungen befreit. Danach erwarte ich, dass du rechtzeitig wieder mit Kurzschwert und Schild sowie mit all deinen Sinnen auf dem Übungsplatz erscheinst! Meister Telgen legt ebenso wie ich Wert auf Zuverlässigkeit, Einsatz und Bescheidenheit!" Mit einem kurzen, jedoch freundlichen Nicken entließ Nodan seinen ersten Kämpfer, der eilig den Übungsplatz verließ.
Nodan blickte ihm lächelnd hinterher und er nickte Garab zufrieden zu, bevor sie sich an die Auswahl der weiteren neunzehn Harokhar begaben.

* * *

Die Sonne versank langsam hinter den Bäumen jenseits des Thel'Nia und Garab betrachtete versonnen das Schauspiel, während die Ereignisse des Tages in seinem Inneren nachhallten. Nachdem Kenem beschlossen hatte, sich allein um die Auswahl der Tangal zu kümmern – bei welcher ihm Garab ohnehin nicht hätte helfen können, da er so gut wie keinen der Männer kannte – hatten Nodan und er bis zum späten Nachmittag die Übungskämpfe der Harokhar beobachtet.

Es war eine schwerere Aufgabe gewesen als die, die sich dem Sohn des Dorfoberhauptes bei den Tangal gestellt hatte: Während Kenem als deren Anführer das Erstwahlrecht hatte und somit frei wählen durfte, hatte Dunar bei den Harokhar bereits fast alle Ausbilder und fertig ausgebildeten Kämpfer für sich in Anspruch genommen. Nodan und Garab hatten also vorwiegend aus den Schülern diejenigen mit den größten Begabungen, aber auch den besten Nerven herausfinden müssen.

Sie hatten zwar ihre zwanzig Kämpfer zusammenbekommen, davon war jedoch nur einer Lehrmeister und nur fünf weitere waren fertig ausgebildete Harokhar. Die restlichen Kämpfer waren allesamt Schüler in verschiedenen Stadien der Ausbildung: fünf Schüler im vierten, vier im dritten und zwei im zweiten Jahr der Ausbildung. Die restlichen zwei Schüler stammten, wie Doel, aus der Gruppe der Neuberufenen und befanden sich somit erst seit einigen Tagen in der Ausbildung. Dies bedeutete zwar nicht, dass sie nicht verstanden mit ein, zwei oder auch mehreren Waffen gut umzugehen. Es waren, nach Doel, die begabtesten der neuen Schüler und sie verfügten im Vergleich zu ihren Kameraden bereits über sehr fortgeschrittene Fertigkeiten. Diese Fertigkeiten jedoch in einem Kampf gegen schnelle, starke und noch dazu nichtmenschliche Gegner einzusetzen war etwas völlig anderes.

Allerdings, so dachte Garab müde, *wird dies auch für die anderen Schüler, wie auch für die fertig ausgebildeten Krieger eine furchtbare Prüfung sein.*

Mit sorgenvoller Miene blickte Garab über das stille Wasser des Sees und seine Gedanken wanderten zu den Gefahren der bevorstehenden Unternehmung, welchen sie alle – und vor allem sein unerfahrener Schützling – ausgesetzt sein würden. Die Berufung Doels war für Nodan bereits beschlossen gewesen bevor er mit Garab dessen Kampf gegen Dunar verfolgt hatte. So hatte er keinerlei direkten Einfluss auf die Entscheidung nehmen können.

Ich habe Nodan jedoch auch nicht davon abgeraten, Doel mitzunehmen, dachte Garab finster. *Wenn ihm etwas zustößt, bin ich ebenso schuldig, als hätte ich es entschieden.*
Ob es die düsteren Erinnerungen an die Nacht des Unterganges von Perut waren oder ob ihn die auffrischenden, kalten Winde am Seeufer erschauern ließen, vermochte er in diesem Augenblick nicht zu sagen. In diesem Moment, in dem die Vergangenheit vor Garabs Augen grausame Gestalt annahm und ihn inbrünstig hoffen ließ, sie sei nicht zugleich eine düstere Vorahnung der Zukunft…
Unbewusst schloss sich seine rechte Hand um den Schwertgriff an seiner Seite während sich sein Blick verfinsterte, als er beobachtete, wie die untergehende Sonne das Wasser des Sees rot färbte.

* * *

Nur einige Dutzend Schritte entfernt saß ein junger Mann am Strand des Sternenwassers. Zwischen ihm und dem Älteren befanden sich einige aufeinander gestapelte Fischerboote, wodurch keiner von der Anwesenheit des anderen wusste und sich jeder von ihnen allein mit sich und seinen düsteren Gedanken wähnte.
Wie der Ältere hielt der Jüngere ebenfalls den Griff eines Schwertes umschlossen – wie er, drehten sich seine Gedanken um die Feinde, denen er sich bald stellen würde.
Und beide beobachteten sie, wie die Sonne hinter den Baumwipfeln versank und nach dem blutroten Wasser nur noch die sternenlose Finsternis der Nacht folgte.

* * *

Bereits früh am nächsten Morgen begannen auf den Übungsplätzen der Tangal, der Harokhar und am Sammelplatz am See die Vorbereitungen für den Jagdzug. Doel war früh, bereits vor Sonnenaufgang, zum Kampfplatz gekommen, um eine möglichst gute Ausrüstung zu ergattern. Sein Eifer zahlte sich aus: Bereits kurz nach Sonnenaufgang trafen die anderen beiden neuen Harokhar-Schüler ein, als Doel jedoch bereits seine Ausrüstung komplett hatte.

Er hatte einen braungrünen Waffenrock mit für Harokhar-Schüler im ersten Jahr typischen, hellblauen Abzeichen, einen ledernen, mit stählernen Verstärkungen versehenen Brustpanzer, Arm- und Beinschienen sowie einen Helm aus denselben Materialien und die entsprechenden Waffen. Jeder Harokhar trug grundsätzlich eine Langwaffe, einen Schild sowie mindestens eine, meistens jedoch zwei verschiedene Nahkampfwaffen.

Doel hatte sich mit Nodans Hilfe, der die Auswahl und Ausgabe der Waffen leitete, einen sehr guten Speer ausgewählt, der zugleich leicht und hart sowie nahezu perfekt ausbalanciert war. Weiterhin hatte ihm Nodan einen alten, jedoch hervorragend gefertigten und gepflegten Schild von sich selbst gegeben, der in seinem geringen Gewicht und zugleich hohen Festigkeit den meisten Schilden aus der Waffenkammer deutlich überlegen war. Als Nahkampfwaffe trug Doel ein Kurzschwert, ähnlich wie das Garabs und auf seinem Rücken hing an einem breiten Gurt Taleds edles Langschwert. Damit die Waffe durch das Silber an Scheide, Parierstange und Knauf, sowie durch den großen Edelstein am Heft, keine allzu große Aufmerksamkeit hervorrief, hatte Doel diese Teile zur Gänze mit schwarzem Leder umhüllt.

Nach einer Ansprache Nodans an die von ihm ausgewählten Harokhar begab sich Doel bereits am frühen Nachmittag zum Sammelplatz, um dort nach Garab zu suchen.

* * *

Am Abend hatten sich alle Krieger des Jagdzuges in voller Bewaffnung und Ausrüstung am Sammelplatz eingefunden. In der Mitte des Platzes brannte ein helles Feuer und tauchte die ernsten Gesichter der Männer in roten Schein, als sie den Worten Kenems folgten, der soeben seine Stimme erhoben hatte, um die Männer auf ihre bevorstehende Aufgabe einzuschwören.

„Tangal, Harokhar, Männer Fengas, Caradain – seit Jahrhunderten leben wir friedlich und im Einklang mit allen Geschöpfen in diesen Wäldern. Wir haben genauso wie alle Lebewesen unter dem Schatten der Bäume, unter grausamen Wintern, Überschwemmungen, Trockenheit und anderen Härten der Natur gelitten.

Wir haben uns wie alle Tiere des Waldes dem Kampf ums Überleben gestellt. Wir haben unsere Kräfte mit den Hirschen, wilden Ebern, den großen Bären und den Wölfen gemessen und dabei wie sie, Leib und Leben eingesetzt und oft genug auch verloren. Doch wir haben uns unseren rechtmäßigen Platz in den unendlichen Wäldern erkämpft!"

Für Doel hatten die Worte, da er aus dem Königreich stammte, keine direkt greifbare Bedeutung, aber auch er konnte die angespannte Stimmung fühlen, die um das Feuer herum herrschte. Als er schließlich einen Blick auf die Gesichter der Männer in seiner Nähe warf, sah er auf ihnen nur Stolz – Stolz auf ihr Volk und den unbeugsamen Willen zu verteidigen, was sie sich über Jahrhunderte hinweg in den Caradann aufgebaut hatten.

„Noch nie hat jemand gewagt uns unseren rechtmäßig erkämpften Platz in den Caradann streitig zu machen. Doch nun sind Unbekannte in unsere Wälder eingedrungen. Unbekannte Kreaturen, die sich nicht damit zufrieden geben nur unser Vieh zu töten, nein – sie morden unser Volk und zerstören unsere Dörfer! WOLLT IHR DAS HINNEHMEN?"

Doel erschrak, als alle Männer um ihn herum auf die Frage ihres Anführers laut mit „NEIN" antworteten.

„Wir werden uns nicht von diesen dunklen Kreaturen nehmen lassen, was unser angestammtes Recht ist! Wir werden nicht abwartend hinter unseren Palisaden sitzen und warten, bis sie ein Dorf nach dem anderen vernichtet haben und sich zuletzt uns zuwenden! Wir werden hinausgehen und uns dem Dunkel stellen, das Gestalt angenommen hat, um uns zu verschlingen!

Und wenn wir ihm gegenüber stehen, dann werden nicht nur wir dort stehen und ihnen Widerstand leisten – mit uns werden auch unsere Vorfahren und deren Vorfahren sein, bis zurück zu denen, die vor vielen Jahrhunderten diese Wälder betraten und sich das Volk der Dämmerung nannten. Denn eine Dämmerung war es, die sie damals erlebten: die Morgendämmerung der Caradain. Und eines Tages wird es für unser Volk auch eine Abenddämmerung geben und wir werden vergehen, wie alles irgendwann vergeht. Doch eines habe ich mir geschworen: ES WERDEN NICHT DIESE KREATUREN SEIN, DIE UNS GEWALTSAM AUS DEM ANTLITZ DER WELT TILGEN! Sie werden von uns lernen, dass auch ein Wesen, welches weniger stark, weniger schnell und weniger blutdurstig ist als sie, dennoch überleben kann!
Sie werden erkennen, wie wir gelernt haben, in diesen Wäldern zu überleben: WIR ÜBERLEBTEN, WEIL WIR IMMER ZUSAMMENSTANDEN, BIS ZULETZT!"

Der folgende Beifall und Jubel übertraf das, was Doel vor einigen Tagen am Tor gehört hatte noch um einiges und er fühlte sich getragen von einer Woge aus Freundschaft und gegenseitigem Vertrauen, was bereits jetzt, bevor sie sich überhaupt kennengelernt hatten und bevor sie überhaupt zusammen gekämpft hatten, stärker war als er es jemals zuvor erlebt hatte!

Einige Schritte von Doel entfernt begann das traditionelle Festmahl, welches seit Jahrhunderten vor dem Auszug der Krieger abgehalten wurde. Aus dem Dorf kamen die Bewohner, um noch einmal mit ihren Söhnen zu feiern, von denen nicht alle wieder zurückkehren würden. Über dem Feuer wurden große Stücke Rindfleisch und verschiedenes Wild gebraten und es wurde dunkles Brot in Körben herumgereicht. Einige Männer griffen zu verschiedenen Musikinstrumenten und es wurde zum Tanz aufgespielt.

Etwas abseits standen Garab, Nodan und bei ihnen auch Kenem, der sich gerade erst aus der Menge der Krieger hatte heraus kämpfen können, die ihn umjubelt hatten. Die drei Anführer des Jagdzuges standen beisammen und erhoben ihre Krüge, die der Tradition gemäß nur mit verdünntem Bier gefüllt waren, und Kenem ergriff das Wort: „Meine Freunde, trinken wir darauf, dass wir in den richtigen Momenten die richtigen Entscheidungen treffen werden. Trinken wir darauf, dass wir so viele dieser jungen Krieger wie möglich wieder heil nach Fenga zurückbringen werden. Und trinken wir darauf, dass wir unsere Feinde in die dunklen Tiefen zurückjagen können, aus denen sie emporgestiegen sind!"
Die Krüge stießen aneinander und um die drei Anführer herum, die – was jedoch für niemanden erkennbar war – voller Sorgen an die bevorstehenden Tage und Nächte dachten, entbrannte ein rauschendes Abschiedsfest.
Ein Fest, während dem die noch jungen und unerprobten Krieger voller Selbstvertrauen an ihre bevorstehenden Taten dachten und bereits davon sprachen.
Ein Fest, während dem die älteren Krieger neben den Jüngeren standen und wehmütig und mitleidig lächelnd bereits an die Schrecken dachten, die jenen ihr Selbstvertrauen und ihre Kampfeslust noch früh genug austreiben würden.
Ein Fest, während dem die Männer, Frauen und Kinder des Dorfes ihre unbezwingbaren Krieger bereits feierten, noch bevor sie ihrem unbekannten Feind entgegengetreten waren.

LEBENDE SCHATTEN

Das schwache, erste Licht des Tages erhellte die Welt auf unbekannten Wegen, während die Sonnenscheibe selbst hinter dunklen Regenwolken den Augen aller Waldbewohner verborgen blieb.
Ein kleines, pelziges Wesen mit langem und buschigem Schwanz lief den Stamm eines Baumes hinauf. Es verließ den Stamm nach kurzer Zeit, um einem der größeren Äste bis an dessen Ende zu folgen, welches tief über einen kleinen Bach ragte. Auf der Hälfte des Weges hielt der kleine Klettermeister auf einmal unvermittelt inne und hielt den Kopf schräg, ganz so, als hätte er ein Geräusch vernommen, auf welches er nun angestrengt horchte.
Nach einigen Herzschlägen des Wartens und Horchens rannte das kleine Wesen weiter den sich verjüngenden Ast entlang und erreichte schließlich dessen Ende. Zielstrebig steuerte es eine Stelle an, an der einige der wenigen Früchte hingen, die zu dieser Jahreszeit im Wald noch zu finden waren.
Gerade als die pelzig-braunen Vorderpfoten des Tieres nach der ersehnten Beute greifen wollten, ließ ein Geräusch den kleinen Sammler erneut innehalten und erstarren. Der kleine Kopf ruckte zu einigen großen Büschen zwischen den Bäumen neben dem Bach herum. Die vor Angst weit aufgerissenen Augen erwarteten mit Schrecken das Hervortreten des Wesens, welches der Geruchssinn des kleinen Sammlers bereits ausgemacht hatte.

Das leise Rascheln von Blättern wiederholte sich und auf einmal teilten sich die Büsche und das gefährlichste Raubtier des Waldes trat hervor:
Ein riesiges Wesen stand dem dagegen verschwindend kleinen und zu Tode verängstigten Baumkletterer gegenüber.
Es hatte zwei lange Beine, die es schneller über flachen Boden trugen, als der kleine Sammler dort rennen konnte.

Den langen Armen wohnte eine grausame Kraft inne, die das winzige Tier mühelos zermalmen konnten, würde das Wesen dies wollen.
Die Haut des Zweibeiners war undurchdringlich und mit knochenartigen und unglaublich harten Wucherungen bedeckt. Die Waffen des Fleischjägers waren lange, ebenfalls unnachgiebig harte Zähne und Klauen an seinem Körper.
Die Barthaare des winzigen Kletterers zitterten, während er reglos verharrte – darauf hoffend, dass der dunkle, riesenhafte Jäger ihn nicht erblickte.

Doch er hoffte vergebens...

* * *

Kenem hob den Kopf und seine Augen verharrten auf dem kleinen Eichhörnchen, welches nur wenige Schritte von ihm entfernt, kopfüber an einem Ast hing und ihn aus weit aufgerissenen Augen anstarrte. Der Caradain musste lächeln und bewegte sich vorsichtig einen Schritt zurück, während er mit leisen, beruhigenden Worten zu dem winzigen Wesen sprach: „Neí Harast! Èo neía dan Har, Dalav ge Engadan! Valat dor Aruná!"
Die Ohren des kleinen Pelztiers zuckten, als die Worte erklangen, so als ob es verstünde, was der riesige Fleischjäger sprach. Einen Augenblick hielt es noch reglos inne...
...bevor es dann in einer blitzschnellen Bewegung nach der Frucht griff und, nach einem letzten Blick in Kenems Richtung, in die höheren Regionen des Baumes davon sprang.

Kenem sah dem winzigen Kletterer wehmütig hinterher und murmelte leise, mehr zu sich selbst als an das Tier gerichtet: „Hab keine Angst, kleiner Freund!"

* * *

Seine ledernen Stiefel verursachten ungewohnte Geräusche auf dem Waldboden, den jeder Tangal für gewöhnlich nahezu lautlos zu beschreiten vermochte. Doch ihre leichten, ledernen Schuhe hatten alle Tangal, bis auf die vier Späher des Jagdzuges, gegen schwere Stiefel getauscht. Diese boten im Nahkampf – zu dem es auch für die Bogenschützen im Notfall kommen konnte und worauf sie somit vorbereitet sein mussten – einen wesentlich besseren Schutz für ihre Träger.

Als Kenem sich bückte, um mit der Hand Wasser aus dem kleinen Bach zu schöpfen, knarrten die dicken, teils mit stählernen Beschlägen verstärkten Lederplatten seines Kampfgewandes. Kenem fühlte sich, als wäre er eingeschlossen in einem steifen, ihm völlig fremdartigen Körper.

Außer den Spähern, die weiterhin auf Lautlosigkeit und Schnelligkeit angewiesen waren, trugen alle Tangal über ihren gewohnten, leichten Gewändern dicke Schutzpanzer aus Leder und Stahl. Zwar waren diese nicht ganz so dick und mit weniger Beschlägen verstärkt wie die der Harokhar, jedoch riefen sie Kenem immer wieder ins Gedächtnis, dass sie sich eigentlich auf einem Kriegszug befanden. Und nicht, wie Elow, der Etar-Dál, es von Anfang an ausgedrückt hatte, auf einem *Jagdzug*.

Jedoch musste sich Kenem eingestehen, dass sein Vater wieder einmal äußerst klug gehandelt hatte: *Jagdzug* klang nach Sieg, da seine Krieger durch diesen Begriff selbstverständlich in die Rolle von Jägern und ihre Feinde in die Rolle der gejagten Beute versetzt wurden – ein Umstand, der für Kenem keineswegs selbstverständlich erschien. Gleichzeitig vermied man mit der Bezeichnung die Verwendung des Wortes „Krieg", was bei ihrem Volk wahrscheinlich mehr Besorgnis ausgelöst hätte, als sie ohnehin empfanden.

Ja, mein Vater war schon immer ein kluger Anführer. Selbst wenn dies bedeutet, denen, die ihm folgen, nicht immer die volle Wahrheit zu sagen.

Kenem zog sich den rechten, ebenfalls aus dickem, metallbeschlagenem Leder gefertigten Handschuh aus und tauchte seine Hand in das klare Wasser des Bachs. Als seine Haut, bedeckt vom Schweiß und Schmutz der letzten Tage, das Wasser berührten, verfärbten dunkle Schlieren die klare Flüssigkeit. Kenem betrachtete mit finsterer Miene die schwarzen Wirbel in dem schnell fließenden Wasser: *Diesmal sind wir nicht als ein Teil des Waldes hier, um uns in das natürliche Gleichgewicht einzufügen. Das Gleichgewicht wurde gestört und wir wollen es mit Gewalt wieder herstellen.*

Kenem hatte es im Grunde seines Herzens immer gewusst, doch im Streben nach der Zuneigung und Achtung seines Vaters war er immer weiter und weiter in dessen Fußstapfen gewandelt, bis er in den letzten Jahren immer mehr erkannt hatte, dass dies nicht sein Weg war.

Ich bin kein Krieger.

Doch als er beobachtete, wie der Schmutz von seiner Hand das klare Wasser zu vergiften schien, bemächtigte sich seiner ein neues Gefühl …

Im Krieg lassen wir das Menschliche in uns zurück und wandeln als leere Hüllen über Felder aus Hass, Gewalt und Schmerz.

Das Gefühl nahm an Stärke zu… eine tiefe Trauer ergriff von Kenem Besitz…

Wie lebende Schatten unseres wahren Selbst sind wir…

Kenems Hand zitterte und er ballte sie schließlich zur Faust, als wolle er die Traurigkeit zerquetschen, die sich seiner Seele mit dunkler Kraft bemächtigte…
Er wusste, dass die bevorstehenden Kämpfe ihn vielleicht äußerlich, aber mit Sicherheit innerlich verletzen würden. Und er

wusste, dass dies Wunden sein würden, die nicht so schnell heilen würden wie die körperlichen. Und er würde nicht der einzige sein, dem es so erging. Voll Sorge dachte er an die jungen und unerfahrenen Männer, die sie in den Kampf führten.

Wie viele von ihnen werden hinterher nicht mehr dieselben sein? Wie viele werden in den Augen ihrer Familien als Fremde zurückkehren?

Kenem wusste, dass alle Männer seines Zuges nur an die Gefahren des leiblichen Kampfes dachten. Er wusste jedoch, dass es schlimmer sein konnte, körperlich unversehrt aus einem Kampf hervorzugehen, als durch seinen Feind getötet zu werden.

Die Dämonen der Gräuel des Kampfes begleiten uns für den Rest unseres Lebens.
Das Brüllen unserer Feinde wird in unseren Erinnerungen übertönt werden von den Schreien unserer sterbenden Brüder.
Ihre Schmerzen, ihre Angst und Verzweiflung suchen uns des Nachts in unseren Betten heim...

Engadan, nué vuel Dann en Ûrac!

– Engadan, sei uns Licht in der Finsternis!

* * *

Als Kenem einige Zeit später zum Lager zurückkehrte, bot sich ihm ein Bild, das ihn wieder etwas zuversichtlicher werden ließ und von seinen trüben Gedanken ablenkte: Die Krieger des Jagdzuges waren durchweg mit den verschiedensten Arbeiten beschäftigt und boten ihrem Anführer das Bild einer gut funktionierenden Einheit. Er hörte einige junge Männer scherzen, während sie ihre Waffen pflegten und hörte die Rufe eines, nach seiner verlorenen Hose suchenden Tangal, während

einige seiner Kameraden dieselbe gerade in einem Busch verschwinden ließen.
Kenem tadelte sie nicht.

Sollen sie scherzen und lachen. Wenn es überhaupt einen Schutz gegen das kommende Dunkel gibt, dann ist es unsere Freundschaft.

Nachdem er den ganzen Weg von seinem Kundschaftergang zurück gehetzt war, als würden ihn dunkle Erwartungen antreiben, hatten die bekannten Abläufe des Kriegerlagers nun eine beruhigende Wirkung auf Kenem, auch wenn er sich dies in diesem Moment nur ungern eingestand.
Am Rande des Lagers machte er eine kleine Männergruppe aus, unter denen er auch seine beiden Unterführer erkannte. Er atmete einmal tief durch, richtete sich auf und zauberte eine gelassene Miene, gepaart mit einem zuversichtlichen Lächeln auf sein sonst so verschlossenes und grüblerisches Gesicht – es nutzte niemandem, wenn er die Männer, die er anführte, seine Sorgen spüren ließ!
Kenem lenkte seine Schritte durch die kleinen Grüppchen der beschäftigten Männer. Er nahm sich mehrfach die Zeit für ein kurzes Wort, hörte besonders den Jungen und Unerfahrenen etwas länger zu, sofern sie den Mut fanden ihn anzusprechen, und gab sogar den ein oder anderen Scherz zum Besten.
Als er schließlich bei Garab und Nodan anlangte, waren diese allein und erwarteten ihren Anführer mit gespannten Mienen. Kenem ließ das zuversichtliche Lächeln wieder fallen – Nodan und Garab hätte er damit ohnehin nicht getäuscht – und berichtete in kurzen Sätzen von seinem Kundschaftergang.
Als er mit seinem ereignislosen Bericht geendet hatte, ergriff Garab das Wort: „Es war zu erwarten, dass sie uns nicht gleich zu Beginn von selbst in die Arme laufen. Die Angriffe, von denen wir wissen, erfolgten alle bei Nacht – das scheint ihre Zeit zu sein."

„Andererseits hat Euch jener eine noch bis zur Morgendämmerung verfolgt, Garab", entgegnete Nodan, „Tageslicht scheint ihnen also keineswegs Schwierigkeiten zu bereiten. Wir sollten nicht darauf hoffen, hier einen Vorteil gewinnen zu können!"
Kenem ließ seine Augen über das Lager schweifen und antwortete abwesend: „Nein...". Er warf einen Blick zur Sonne hinauf, ballte eine Hand zur Faust und wandte sich mit grimmigem Gesicht und harter Stimme wieder an seine beiden Unterführer: „Nein, wir sollten unser Kampfesglück nicht auf solch wage Vermutungen stützen! Doch müssen wir unbedingt vermeiden, dass uns die Entscheidungen über Zeit und Ort eines möglichen Waffenganges aufgezwungen werden! Wir müssen selbst auch den geringsten Umstand zu unserem Vorteil nutzen!"
Garab und Nodan nickten mit ernsten Mienen. Beiden war die leichte Überraschung über diese grimmigen Worte anzumerken und Kenem fluchte leise in sich hinein, dass er sich nicht besser beherrschen konnte. Er wandte sich mit suchendem Blick halb von den beiden Männern ab und fügte, um möglichst schnell über seinen Fehler hinwegzutäuschen, seinen Worten hinzu: „Wir müssen so schnell es geht so viel wie nur irgend möglich über unseren Gegner erfahren! Vor allem, wo in den endlosen Wäldern er überhaupt steckt! Seit fünf Tagen wandern wir bereits ziellos herum, ohne überhaupt eine Spur gefunden zu haben. Wo bleiben nur die verdammten Kundschafter?"

IN DER SCHWÄRZE DER NACHT

Hetwir legte keinen Wert darauf, in der hereinbrechenden Abenddämmerung geräuschlos voranzukommen. In den ersten Tagen waren er und seine jungen Kameraden noch voller Erwartungen und Tatendrang gewesen. Sie hatten sich ausgemalt, wie sie auf die dunklen, tödlichen Kreaturen treffen und wie sie mit ihren Kampfkünsten glorreich aus allen Schlachten hervorgehen würden. Sie hatten unter sich geprahlt, mit welchen Hieben sie ihre Gegner zermalmen, mit welchen Kniffen sie die Bestien täuschen und wie sie mit deren Fell und Klauen behangen wieder in Fenga einziehen würden – unter dem Jubel ihrer Väter und Mütter, Freunde und Frauen.

Berauscht von ihren eigenen Phantasien hatten sie es kaum erwarten können, auf ihre Feinde zu treffen, um sich zu beweisen. In den abendlichen Gesprächen waren die unbekannten Kreaturen zuerst zu unvorstellbarer Größe, Grausamkeit und Schrecklichkeit angewachsen – im gleichen Maße waren auch ihre ausgemalten Siege gefährlicher, jedoch auch glorreicher ausgefallen.

In den letzten zwei Tagen jedoch war die anfängliche Begeisterung und Aufregung in Erwartung des ersten Kampfes einer gelangweilten Ernüchterung gewichen: Wie gefährlich konnten Wesen sein, die sich nicht einmal nachts an sie herantrauten, wenn die meisten von ihnen schliefen?

Die jungen Harokhar und Tangal hatten begonnen ihre Feinde insgeheim – denn keiner der älteren, erfahreneren Krieger und schon gar nicht einer der Anführer hätte dies geduldet – zu verspotten. In ihrer Vorstellung schrumpften die bestialischen Riesen zu kleinen, dürren und zahnlosen Kreaturen, welche es kaum wert sein würden, dass echte Krieger ihre Zeit mit ihnen vergeudeten.

Hetwir erinnerte sich an eine seiner Lektionen mit Kenem, dem Sohn ihres Etar-Dál, welcher sein Lehrmeister bei den Tangal gewesen war: Dieser hatte den jungen Schüler dabei erwischt, wie er mit seiner Schusskunst geprahlt und seinen eben erst zur Berufung erhaltenen Bogen als Wetteinsatz für seine Treffsicherheit eingesetzt hatte.

Kenem war im Gegensatz zu vielen anderen Lehrmeistern, von denen einige dies ständig zu tun pflegten, weder in eine laute und endlose Strafpredigt ausgebrochen, noch hatte er ihn etwa geschlagen. Der Hauptmann der Tangal hatte ihn von dessen Freunden weggeführt und ihm in einer abgelegenen Ecke des Dorfes ruhig erklärt, dass es von nun an in seiner Verantwortung lag, ob seine Freunde in Frieden und Sicherheit leben konnten oder nicht. Er hatte ihn vor die Wahl gestellt, entweder weiterhin mit dem Prahlen über seine Fähigkeiten um Anerkennung zu heischen, darüber seine Pflichten zu vergessen und das Leben der ihm schutzbefohlenen Bevölkerung zu gefährden – oder sich darauf zu besinnen, seine Aufgabe gewissenhaft zu erfüllen und sich damit der Dankbarkeit seiner Freunde, Verwandten und aller Bewohner Fengas gewiss sein zu können.

Hetwir hatte damals, während und auch nach diesem Gespräch mit Kenem, tiefe Scham empfunden über seine Unbesonnenheit und seine Selbstsucht. Doch die Scham war im gleichen Maße geschwunden, wie seine Fähigkeiten zugenommen hatten. Er hatte die Ermahnung zwar nicht vergessen, war sich jedoch zu jeder Zeit sicher, seiner Verantwortung gerecht werden zu können.

Wie groß die Fähigkeiten des jungen Tangal wirklich waren, würden erst die kommenden Prüfungen zeigen…

* * *

Hetwir hielt inne – für einen Moment hatte er geglaubt, einen Laut vernommen zu haben, welcher nicht zu den gewohnten Geräuschen des Waldes passen wollte. Lautlos sank der Kundschafter in die Knie und spähte angestrengt in das Halbdunkel zwischen den Bäumen.

Hetwir verfügte über ungewöhnlich gute Augen und vermochte sich zudem so leise zu bewegen, dass selbst Brog, der beste Kundschafter des Dorfes, ihn manchmal nicht bemerkte. Hetwirs großer Stolz stützte sich zu einem großen Teil auf diese Fähigkeit und er war – zum Leidwesen Kenems – von seinen Kameraden wie auch von seinen Lehrmeistern nur allzu oft dafür gelobt worden. Hinter der Stirn des jungen Tangals stritten daher in diesem Augenblick die Traumbilder seiner zukünftigen Ruhmestaten mit den Eindrücken seiner Umgebung.

***

Dunkle Augen durchdringen die Schatten des Waldes... ...sehen durch das trübe Licht der Dämmerung...
...selbst das Geäst und die vom nahenden Herbst rot gefärbten Blätter der Bäume hindern den stechenden Blick nicht...

Hetwir kniff angestrengt seine Augen zusammen, um das Zwielicht um ihn herum zu durchdringen und gleichzeitig richtete er seine Aufmerksamkeit so stark auf die Geräusche des Waldes, dass sein Kopf vor Anspannung zu schmerzen begann…

Doch er hörte und sah nichts …

… obwohl jede Faser seines Körpers ihm sagte, dass etwas in der Nähe war…

***

Eine Hand bewegt lautlos die Zweige eines Dornenbusches... Dunkle Augen starren durch den Spalt auf eine kleine Lichtung zwischen den Bäumen...

...starren auf die zusammengekauerte Gestalt des schwachen Sterblichen...

...die Gestalt des entdeckten Kundschafters...

Hetwir richtete seinen Blick auf einen großen Dornenbusch zwischen zwei Bäumen am Rande der kleinen Lichtung, auf der er ungeschützt kauerte: *Ich muss von dieser Lichtung verschwinden.*
Gerade als er sich aufrichten wollte, überkam ihn mit Gewalt jenes Gefühl, welches jeder Kundschafter so sehr fürchtete, wie ein Krieger das Schwert des Feindes, das sich auf sein Haupt hernieder senkt: das Gefühl fremder Augen, die auf einem ruhen und jede der eigenen Bewegungen aufmerksam verfolgen...

Hetwir starrte das Dorngebüsch an – er wusste nun, wo sein Gegner auf ihn lauerte...

* * *

Der junge Tangal erkannte, dass die Zeit der Lautlosigkeit vorüber war – hierin war er gescheitert. Doch es blieb ihm noch immer eine Möglichkeit: Langsam senkte er seine Hand zu dem Kurzschwert an seiner Seite... tief sog er die Luft zu einem letzten Atemzug ein, aus dem er die Kraft für das Aufeinandertreffen mit seinem Gegner ziehen musste...

Der Angriff kam nicht von vorne.

Der junge Kundschafter spürte die Bewegung beinahe zu spät, um noch ausweichen zu können. Er stieß sich mit aller Kraft in einen Hechtsprung zur Seite ab – doch es reichte nicht ganz.
Hetwir wurde von dem anstürmenden Körper, welcher sich von hinten auf ihn stürzte, noch so stark an den Beinen gestreift, dass er im Flug herumgewirbelt wurde und schmerzhaft auf dem Boden aufschlug.
So schnell er konnte rappelte er sich auf, konnte jedoch dem erneut heranrasenden Schemen nur noch seinen kleinen Nahkampfschild entgegenhalten...

...der Schlag, der den jungen Tangal traf, zerfetzte seinen Schild und brach ihm mehrere Knochen seines linken Arms.

Mit einem Schmerzensschrei wurde Hetwir zu Boden geschleudert...
...er wälzte sich herum und schloss die Augen in Erwartung des tödlichen Angriffes...

Auf einmal jedoch war die Stille des Waldes durch die grausamen Schmerzen hindurch beinahe greifbar...

...der erwartete Angriff folgte nicht.

Nach einer gefühlten Ewigkeit öffnete Hetwir die Augen: Sein Gegner befand sich außerhalb seines Blickfeldes, doch lag er selbst nun direkt vor dem Dornenbusch, dessen Zweige sich in eben diesem Augenblick teilten, um einen weiteren Gegner zu enthüllen.
Hetwirs Augen weiteten sich vor Schrecken. Erst in jenem Augenblick, als sich ihm sein Feind offenbarte, bemerkte er, dass an dessen Geräuschen, an dessen Art sich zu bewegen, bis hin zu der ungewöhnlichen Härte des vernichtenden Schlages etwas nicht gestimmt hatte...
Wir wissen nicht auf welchen Feind wir uns in Wahrheit eingelassen haben, schoss es dem jungen Caradain durch den Kopf.
Er spürte eine Bewegung hinter sich, konnte jedoch, vor abgründigem Entsetzen gelähmt, den Kopf nicht mehr heben um dem tödlichen Schlag entgegenzublicken, der sein Leben beenden sollte – ohne dass er vorher noch die Nachricht von seiner Entdeckung hatte überbringen können.

* * *

Dunkle Augen sehen auf den leblosen Körper herab, dessen Blut langsam den Boden der unendlichen Wälder tränkt...

Es wird nicht das letzte Blut Sterblicher sein, welches vergossen werden muss...

Es wird sich vermischen mit dem Blut des alten Feindes...

Dem Blut der Verräter...

GETRENNTE WEGE

Doel schrak mitten in der Nacht aus einem unruhigen Schlaf auf. Sein Atem ging schnell, sein Herz hämmerte heftig gegen seine Brust und er spürte kalten Angstschweiß auf seiner Haut. Die Bilder aus seinem Traum verschwanden vor seinen Augen und zogen sich in die Tiefen seines Gedächtnisses zurück, wo sie lauernd darauf warteten, ihn im Schlaf anzufallen – dann, wenn er wehrlos war und Traum nicht von Wirklichkeit unterscheiden konnte…
Doel fuhr sich mit der Hand über die Augen, als könnte er die Bilder damit einfach abschütteln.
Die vergangenen Tage mit ihrer Ruhe und Ereignislosigkeit hatte er kaum ertragen.
Die langen Märsche, auf denen seine Gedanken ungehindert kreisen und die furchtbarsten Bilder hervorbringen konnten. Die Ruhe des Waldes, die ihn immer wieder an die tödliche Stille in Dret erinnerte.
Vor allem aber war es die ständige Erwartung einer Entscheidung – der Entscheidung, ob seine Suche letztlich erfolgreich sein und er seinen Bruder lebend vorfinden und retten konnte, oder ob er scheitern, zu spät kommen oder bei dem Versuch der Rettung sein Leben verlieren würde.
Doel glaubte sich mittlerweile an einem Punkt angelangt, an dem es ihm egal war, wie es endete. Er hatte das Gefühl nur noch das Ende an sich herbeizusehnen – die Entscheidung zwischen seinen größten Ängsten oder seinen größten Hoffnungen.

* * *

Das Lager erwachte früh an diesem Morgen und es herrschte bereits ungewöhnlich hektische Betriebsamkeit, als Doel erneut die Augen aufschlug. Soeben war ein weiterer Kundschafter zurückgekehrt und die Anführer hielten eine Beratung ab – nun würde sich bald entscheiden, wohin sie ihre Schritte lenken mussten.

Nachdem er sich flüchtig gewaschen, Rüstung und Waffen angelegt hatte, begab sich Doel zum Kochfeuer, an dem bereits die Morgenmahlzeit ausgegeben wurde. Das Essen bestand aus Brot, einem Stück Käse und einer Schale Tee, aus Waldkräutern aufgebrüht.

Doel sah zu den Anführern hinüber, die sich an den Rand des Lagerplatzes und etwas hinter eine abseits stehende Gruppe junger Bäume zurückgezogen hatten, um die Berichte der Kundschafter zu hören. Ihm fiel sogleich auf, dass von den ausgesandten vier nur drei Kundschafter anwesend waren und er fragte sich, wo der letzte wohl stecken mochte.

Er runzelte die Stirn und wählte einen Baumstamm aus, an dem er sitzen und sich anlehnen konnte, ohne die Beratung aus den Augen zu verlieren.

Während er seine Morgenmahlzeit verzehrte, konnte er beobachten wie Kenem, Nodan und Garab zusammen mit einigen erfahreneren Jägern den Ausführungen der Späher folgten.

Als der dritte Kundschafter seinen Bericht begann, bemerkte Doel sofort, dass er etwas anderes zu erzählen hatte, als seine Vorgänger. Die Gesichter der Anführer wurden zusehends angespannter und nahmen einen noch ernsteren Ausdruck an, als sie ohnehin bereits innegehabt hatten.

Doel hätte zu gerne gewusst, was der Mann so Wichtiges zu sagen hatte…

Entgegen seiner Vermutung, die Neuigkeiten des dritten Boten würden zu einer baldigen Entscheidung bezüglich ihres Aufbruchs führen, dauerte die Beratung noch einige Zeit an. Erst als die gestiegene Herbstsonne den Wald mit ihren Strahlen zu erwärmen begann, berief Kenem alle zu einer Versammlung ein, auf der er die Beschlüsse der Beratung verkünden wollte.

Die kleine Lichtung war erfüllt vom Gemurmel der ungeduldig auf die Neuigkeiten wartenden Krieger. Sie hatten einen

Halbkreis gebildet und blickten alle erwartungsvoll auf die kleine, abseits stehende Baumgruppe, vor der sich Kenem noch einmal kurz mit seinen Unterführern besprach.

Doel hatte einen Platz weit vorne erringen können und hielt die Spannung, die fühlbar in der Luft lag, kaum noch aus. Wann würden sie endlich auf die Kreaturen treffen, die seinen Bruder mit sich genommen hatten? Waren sie von den Spähern entdeckt worden? Hatten sie noch ein Dorf angegriffen?

Doel sah erleichtert, wie Kenem sich von seinen Unterführern abwandte und vor die Kriegerschar trat – in kürzester Zeit waren alle verstummt und warteten regungslos auf die Worte ihres Hauptmannes.

„Krieger Fengas, drei der vier Späher sind heute Nacht zurückgekehrt. Zwei von ihnen konnten nichts Neues in Erfahrung bringen. In den Dörfern, die im Westen und Südwesten liegen, waren zwar bis vor einiger Zeit Nutztiere geraubt worden, jedoch dauerten diese Vorfälle jeweils nur zwei bis drei Tage an. Es scheint jedoch so zu sein, dass die Diebstähle in den Dörfern in Richtung Süden immer kürzer zurückliegen – die Kreaturen scheinen sich also vom Norden herab zu bewegen. Einer der Kundschafter, den wir nach Süden aussandten, berichtet, dass im Dorf Toak Angriffe erst vor kurzem begonnen haben. Dorthin werden wir unsere Schritte lenken."

Für kurze Zeit erhob sich auf der Lichtung aufgeregtes Gemurmel – der Feind war gefunden und nun würden sie endlich die Verfolgung aufnehmen. Doch das Gemurmel verstummte ebenso schnell wieder, als die zuvorderst Stehenden bemerkten, dass Kenem keineswegs mit seinem Bericht am Ende war.

Mit angespannter Miene wartete der Sohn des Etar-Dál bis die Männer wieder verstummt waren. Dann fuhr er mit angespanntem Gesicht fort: „Der Grund, weshalb unsere Beratung länger gedauert hat als es angesichts dieser Neuigkeiten nötig gewesen wäre, liegt im Verbleib des vierten

Kundschafters begründet: Hetwir, unser jüngster Späher, ist nicht aus dem Südosten zurückgekehrt."
Obwohl Kenem nur kurz innehielt, schienen die Worte auf der Lichtung lange nachzuhallen und diese gänzlich auszufüllen.
„Wir wissen nicht, was ihm zugestoßen sein könnte. Hetwir war, wie viele von euch wissen, ein sehr guter Kundschafter und ein guter Kämpfer. Vielleicht hat ihn etwas aufgehalten oder er hat sich bei einem Sturz verletzt. Wir müssen jedoch in Betracht ziehen, dass er unseren Feinden zum Opfer gefallen ist. Wenn dem so ist, so müssen wir dies sicher in Erfahrung bringen, um nicht zwischen zwei gegnerische Horden zu geraten, wenn wir uns Richtung Süden nach Toak wenden."
Doel lauschte gespannt, was Kenem und die Unterführer beschlossen hatten.
„Es widerstrebt mir unseren Jagdtrupp aufzuteilen, jedoch sehe ich keine andere Möglichkeit um der Gefahr, zwischen zwei Angreifern aufgerieben zu werden, zu entgehen. Wir werden also einen kleinen Kundschaftertrupp von zehn Mann bilden, der Hetwirs Verbleib in Erfahrung bringen wird."
Doel musste ein Grinsen unterdrücken, als er an den talentierten Schützen und Späher denken musste, den er die letzten Tage, wie viele andere auch, unfreiwillig gut kennen gelernt hatte. Hetwir hatte bei Kampfübungen vor einigen Gleichaltrigen damit geprahlt, wie er die unbekannten Feinde zuerst mit seiner Fähigkeit sich nahezu lautlos zu bewegen, narren, sie dann aus dem Hinterhalt dezimieren wollte, nur um sich dann mit seinem Kurzschwert im offenen und heldenhaften Kampf über die verbliebenen Bestien herzumachen.
Während Kenem, der mittlerweile begonnen hatte Krieger für den Trupp aufzurufen, der Angelegenheit wohl einige Bedeutung zumaß, traute Doel Hetwir durchaus zu, sich einfach in den Wäldern verlaufen zu haben.

Diejenigen, die mit auf die Suche nach diesem Narren gehen müssen, tun mir jetzt schon leid.

Als der letzte Name erklang, brauchte Doel mehrere Augenblicke, bis er verstanden hatte, was soeben vorgefallen war – Kenem hatte seinen Namen aufgerufen.

* * *

„Wie kommt Kenem dazu mich für diesen überflüssigen Auftrag auszuwählen?", fuhr Doel Garab an, mit dem er etwas abseits des hektischen Lagertreibens zwischen einigen Bäumen stand.
„Die Bestien, die meinen Bruder mit sich genommen haben, sind in Toak – das wisst Ihr genauso gut wie ich, Garab! Wieso sollte ich mich also auf die Suche nach einem orientierungslosen Narren begeben, während Ihr…"
Garab schnitt Doel mit einer ungeduldigen Geste das Wort ab: „Ich bin ebenfalls der Meinung, dass Hetwir vermutlich nichts Ernsteres zugestoßen ist."
Doel sah Garab verständnislos an, während dieser nach einem tiefen Atemzug fortfuhr: „Ich habe Kenem gebeten dich mit auf Kundschaft zu schicken."
Doels Gesichtszüge entglitten ihm in diesem Moment völlig und wandelten sich von Unverständnis, über völligen Unglauben bis zum Ausdruck blanker Wut.
„Wie könnt Ihr…"
Doch bevor Doel sich auch nur ansatzweise seinen Zorn von der Seele reden konnte, unterbrach ihn Garab erneut: „WAS willst du denn in Toak? Deinen Bruder retten? Denkst du, die Kreaturen schleppen deinen Bruder zum Spaß quer durch die Caradann nach Norden, um ihn dann wieder nach Süden zu bringen?"
Doel schwieg, während Garab nun seinerseits in Zorn geriet: „Willst du Rache? Für Taled? Für deinen Bruder? Was denkst du denn was du davon hast? Entweder du stirbst auf deinem Feldzug oder du stehst am Ende erneut nur vor der tiefen Leere, welche die Menschen zurückgelassen haben, die dir genommen wurden!"

Garab hatte zuletzt immer schneller gesprochen und sich nur mühsam beherrschen können, nicht einfach loszubrüllen. Als er nun auf einmal innehielt, erkannte er, dass er eigentlich nicht von Doel gesprochen hatte.
Während er den jungen Mann anblickte und sich dieser schließlich mit zornigem Gesichtsausdruck ruckartig von ihm abwandte, wusste er, dass auch er es bemerkt hatte.

* * *

Garab verfolgte schweren Herzens den Abzug des kleinen Spähtrupps von der Waldlichtung. Doel ging ohne sich noch einmal umzudrehen und verschwand unter dem Schatten der Bäume.
Bis zu seinem Gespräch mit ihm war sich Garab noch sicher gewesen, dass es die richtige Entscheidung war, den jungen und unerfahrenen Mann in den wahrscheinlich wesentlich ungefährlicheren Spähtrupp zu stecken. Nun jedoch hatte er ernsthafte Zweifel an der Richtigkeit seiner Entscheidung.
Warum hatte er den Jungen überhaupt mitgenommen und ihm auf seinem Pfad zum Krieger noch weitergeholfen, wenn er ihn nun daran hinderte seinen Weg weiterzuverfolgen?

Grübelnd überprüfte Garab seine Waffen und seine Ausrüstung, während er sich auf den bevorstehenden Abmarsch vorbereitete. Die langjährige Routine seiner Bewegungen beruhigte sein aufgewühltes Inneres und ließ seine Gedanken wieder klarer werden.
Seine Hände flogen über die vertrauten Formen seines Schwertes, seines Bogens, über die ledernen Schlaufen der Rüstung, deren Merkmale er bereits nach wenigen Tagen in- und auswendig kannte.
Etwas beunruhigte ihn jedoch noch immer. Wie ein vergessener Traum, von dem man des morgens nicht viel mehr weiß, als dass man ihn geträumt hat, von dem man jedoch sicher ist wissen zu müssen, was er enthielt.

Um Garab herum zogen Männer die letzten Schlaufen ihrer Rüstungen fest, ergriffen ihre Waffen und stellten sich zu der stetig anwachsenden Schar am südlichen Ende der Lichtung. Garab war so sehr darin vertieft den schemenhaften Gedanken, welcher sich ihm immer aufs Neue entwand, zu ergreifen, dass er erst bemerkte, dass außer ihm bereits alle in der Marschformation standen, als Kenem ihn an der Schulter ergriff: „Garab, wir müssen aufbrechen."
Als Kenem in Garabs verwirrtes Gesicht blickte, runzelte er die Stirn, deutete dessen Gefühle aber nur beinahe richtig, als er ihn nochmals ansprach: „Sorgt Ihr Euch um Euren jungen Schützling?"
Garab sah aus, als verstünde er die Frage zuerst nicht, schüttelte dann aber unwirsch den Kopf und bückte sich nach seinem Bogen, der zu seinen Füßen lag. Als er sich aufrichtete, blickte Kenem ihn noch immer forschend an. Er sah aus, als zögere er etwas auszusprechen, was ihn schon seit längerem beschäftigen musste: „Widersprecht mir, wenn ich mich irre, aber ich habe Euch öfters dabei gesehen, wie Ihr den jungen Doel beobachtet habt."
Garab zeigte keine Regung, unterbrach Kenem jedoch auch nicht, als dieser fortfuhr: „Ihr habt Doel mit Euch genommen, weil Ihr beide dasselbe Ziel hattet. Doch nun fragt Ihr Euch, ob es richtig war, diesen jungen Mann mit auf den Pfad der Rache zu nehmen. Ihr fragt Euch, ob Ihr ihn nicht besser nach Hause geschickt hättet."
Garab schwieg weiter. Etwas in ihm ließ den jungen Anführer weitersprechen, obwohl er sich fürchtete, vor den Gedanken und Gefühlen, die dessen Worte vielleicht in ihm wecken würden.
„Ihr dachtet bislang im Interesse des Jungen zu handeln – doch heute fragt ihr Euch, welches Interesse dies wohl sein mag!?"
Kenem machte eine kurze Pause ehe er fortfuhr: „Zuerst wolltet Ihr ihm helfen Rache zu nehmen und vielleicht noch seinen Bruder retten zu können. Ihr habt ihm Eure Fertigkeiten und Euer Wissen im Kampf gelehrt und ihn zu den Harokhar gebracht. Wenn Nodan ihn nicht ohnehin in den Jagdzug berufen

hätte, hättet Ihr wohl auch hier Einfluss genommen – und der Erfolg wäre Euch dabei sicher beschieden gewesen.
Jetzt, wo wir eine Spur unseres Feindes gefunden haben, in dem Moment, in dem all Euer Tun, Doel auf seinem Weg zu helfen, ihn seinem Ziel zum Greifen nah gebracht hat – nun schickt Ihr ihn fort."
Garab schwieg und blickte zu Boden – der Gedanke war nun zum Greifen nah und Garab spürte, wie der Nebelschleier davor zu zerreißen drohte, sollte Kenem nur noch einmal weitersprechen... „Fragt Euch selbst, Garab – waren es wirklich die Interessen des Jungen, die ihn Euch haben mitnehmen und ihm helfen lassen, oder waren es Eure eigenen?!"
Garabs Kopf fuhr ruckartig nach oben und er blickte Kenem mit zornig funkelnden Augen an: „Und welche Interessen sollten dies sein, Sohn Elows?!"
Kenem schien die beleidigende und provozierende Absicht in Garabs Anrede nicht zu hören und erwiderte nur ruhig: „Ihr habt etwas verloren und Euch bot sich die Chance, ein wenig von dem wiederzuerlangen, was Ihr einmal wart: ein Vater."
Die Erkenntnis fuhr mit einer Wucht auf Garab hernieder, dass sie seinen Zorn hinwegfegte wie der Herbststurm einen Haufen trockener Blätter. Sein Blick ging auf einmal durch Kenem hindurch und vor seinem inneren Auge tauchten die Bilder eines Jungen auf. Eines Jungen, der einmal so alt wie Doel werden und den er dann sein Wissen hätte lehren können...
In den vergangenen Tagen hatte Garab die Erinnerung immer weiter zurückgedrängt und zuletzt beinahe vergessen, was er alles verloren hatte. Er hatte es vergessen, weil er sich unbewusst damit getröstet hatte, wieder eine Rolle aus seinem früheren Leben spielen zu können – die Rolle des Vaters, die ihn vor dem Schmerz der Leere beschützte und die seinem Leben einen Sinn zu geben vermocht hatte.
Doch umso mehr er Doel zum Vater geworden war, umso weniger hatte er den Gedanken ertragen können, ihn weiter auf seinem Rachefeldzug ziehen zu lassen – weil er selbst genau wusste, dass am Ende nur wieder die gleiche, grenzenlose Leere

wartete und jeden zu verschlingen drohte, der nicht die Kraft aufbrachte, sich ihr zu stellen.

JÄGER UND GEJAGTE

Die Blätter wichen unter Doels Fingern auseinander, als er die Äste des Gebüschs, in dem er Deckung gefunden hatte, vor seinen Augen teilte, um freie Sicht auf die Lichtung vor sich zu haben. Doch wieder einmal wurden seine verzweifelten Hoffnungen enttäuscht – wieder einmal sahen seine Augen nichts, was nur im Entferntesten auf die Gegenwart der dunklen Kreaturen hingewiesen hätte.

Doels Stimmung war nach zwei ereignislosen Tagen im Spähtrupp von Wut über Frustration nun bei absoluter Niedergeschlagenheit angelangt. Die Lustlosigkeit, mit der ihr Anführer, ein Tangal mittleren Alters namens Greno, seine Anweisungen gab, tat ihr Übriges, um neben Doels eigener auch die Moral der acht übrigen Krieger ins Bodenlose sinken zu lassen.

Eine nur allzu bekannte Stimme hinter und über ihm ließ Doel seinen Blick von der verlassenen Lichtung abwenden: „Du kannst das Versteckspielen sein lassen, Doel."

Grenos Gesicht zeigte das volle Ausmaß der Verachtung, die er Doels Versuchen entgegenbrachte, die Aufgabe, die ihnen von Kenem zugedacht worden war, ernst zu nehmen. Doel gab sich alle Mühe Kenems Vertrauen nicht zu enttäuschen und den Auftrag, Hetwir zu finden oder wenigstens die Umstände seines Verschwindens aufzudecken, so gewissenhaft und vor allem so schnell wie möglich zu erfüllen.

Vor allem am ersten Tag war Doel zwar noch sehr wütend gewesen, hatte jedoch schnell erkannt, dass es, wenn auch eher unwahrscheinlich, trotzdem passieren konnte, dass sie auf Hinweise über ihre Feinde stießen und ihr Auftrag somit für den Erfolg der ganzen Jagd doch noch bedeutsam werden konnte. Von ihrem Anführer konnte man jedoch leider nicht behaupten, dass er auch zu dieser Erkenntnis fähig gewesen wäre.

Das gelangweilte Gesicht des Tangal verzog sich zu einem hämischen Grinsen, als er auf Doel hinuntersah, der sich trotz seiner Aufforderung noch nicht aus seiner geduckten Haltung erhoben hatte: „Na, peinigt dich die Furcht, es könnten gleich die grausamen Nachtmare zwischen den Bäumen hervorbrechen und dich anfallen?!"
Doel erwiderte nichts, sondern starrte Greno nur stumm in die Augen. Dieser sprach mit einer verächtlich abwinkenden Geste in seine Richtung weiter: „Vielleicht solltest du schnell wieder nach Fenga zurücklaufen! Oder besser gleich zurück ins sichere Königreich, wo du dich hinter dicken Mauern verkriechen kannst!"
Der junge Harokhar-Schüler erwiderte noch immer nichts. Greno wartete noch einen kurzen Augenblick auf eine Reaktion des jungen Kriegers, hielt dessen Blick schließlich jedoch nicht länger stand und wandte sich, scheinbar von etwas anderem abgelenkt, von ihm ab.
Doel atmete tief durch als Greno sich entfernte, um zu sehen wo der Rest des Trupps blieb. Es war nicht die erste Auseinandersetzung dieser Art und er hatte bereits viele ähnliche Schmähungen schweigend über sich ergehen lassen müssen. Dies schien den überheblichen Mann jedoch nur noch mehr anzustacheln, seiner offenkundigen Abneigung gegen den so talentierten Krieger aus dem Königreich in immer neuen Beleidigungen und Provokationen Luft zu machen.

Sie marschierten seit dem Morgen durch dichte Nadelwälder und konnten meist, aufgrund der sehr eng beieinander stehenden Bäume, nur wenige Schritte weit sehen. Zusätzlich ließen die dicht gewachsenen Bäume fast kein Tageslicht zwischen ihren Ästen hindurch, so dass am Boden ein ständiges Zwielicht herrschte.
Doel blickte nach oben, um zwischen den Ästen der Bäume den Himmel sehen zu können – es erwartete ihn jedoch nur das düstere Grau tief hängender Wolken, welches das Dunkel unten am Boden noch weiter verstärkte. Es konnte nicht mehr lange

dauern bis die schwarzgrauen Wolken einen, in den Caradann nicht selten über mehrere Tage andauernden Regen herniedergehen lassen würden. Angesichts der Aussicht auf durchnässte Kleider und klamme Nächte verzog Doel unwillig sein Gesicht.

Sein einziger Trost war, dass der Regen sie unter dem dichten Geäst nicht allzu leicht erreichen würde. Jedoch würde sich die Sicht bis zur Auflösung der Wolken keinesfalls verbessern, sondern eher noch schlechter werden.

Doel wandte sich um und sah seine Kampfgefährten zwischen den Bäumen hervorkommen. Seiner Ansicht nach bewegten sie sich unter den schlechten Sichtverhältnissen immer noch zu schnell und mit zu wenig Vorsicht fort. Zog man in Betracht, dass sie nur zu zehnt einen verschollenen Späher suchten, der durchaus einem Gegner zum Opfer gefallen sein konnte, den zu bekämpfen sie mit fünfzig Mann aus Fenga ausgezogen waren, war Grenos Marschtempo nicht nur Zeuge seines Willens, die ungeliebte Aufgabe schnellstmöglich zu beenden, sondern auch Beweis seiner Überheblichkeit und daraus resultierenden Nachlässigkeit.

Während der Hauptmann seinen Kameraden in gelangweiltem und geradezu herablassendem Ton Anweisungen gab, rannen die ersten Tropfen des einsetzenden Regens über Doels Gesicht.

* * *

Die Dunkelheit brach schnell über die kleine Lichtung herein, auf der eine, wie verloren wirkende Gruppe von Männern unter zwei großen Bäumen zusammengedrängt saß und ihr Abendmahl verzehrte.

Doel beobachtete von seinem Posten auf einer kleinen Anhöhe am anderen Ende der Lichtung aufmerksam die Bäume um sie herum. Ilef, ein junger und sehr klein gewachsener Tangal-Anwärter stand, nervös an seinem fertig bespannten Bogen nestelnd, einige Schritte von ihm entfernt Wache.

Ilef war nach Doel derjenige, den Grenos Schmähungen am meisten trafen. Nicht nur sein schmächtiger Wuchs machte ihn zur bevorzugten Zielscheibe für den Spott des Hauptmanns. Ilef war darüber hinaus sehr leicht zu verunsichern, was für ihn bereits mehrfach zu erniedrigenden Situationen geführt hatte.
Doel hatte mit Ilef, wie eigentlich mit allen Mitanwärtern, bislang noch nicht allzu viel zu tun gehabt, obwohl der junge Mann eine offenkundige Bewunderung für den starken, entschlossenen und selbstbewussten Fremdling hegte. Doel war seit seiner Ankunft in Fenga zu allen auf Distanz geblieben, die sich nur ansatzweise mit ihm anfreunden wollten. Unter den für sie beide schier unerträglichen Bedingungen im Spähtrupp war Doel jedoch nun froh Ilef als Leidensgenossen zu haben, mit dem er sich unterhalten konnte. Diejenigen im Trupp, denen es keine Freude machte, es ihrem Hauptmann bei seinen Quälereien gleichzutun oder ihn dabei anzufeuern, lachten entweder mit um nicht aufzufallen oder hielten sich betreten schweigend im Hintergrund. Niemand wollte es sich mit Greno verderben, der bekannt dafür war, jähzornig und rachsüchtig zu sein, weshalb sich alle von den beiden Unglücklichen fernhielten, auf die er es abgesehen hatte.
Ilefs Kopf ruckte herum, als er am Lagerfeuer seinen Namen hörte. Von lautem Gelächter begleitet, riefen ihn die zwei Vertrauten Grenos zu sich ans Feuer. Unentschlossen blickte Ilef zu Doel hinüber. Dieser schüttelte fast unmerklich den Kopf.
„Ilef", gröhlte Bukar laut über die Lichtung hinüber und grinste bei seinen nächsten Worten heimtückisch: „Komm her! Der Hauptmann meinte eben, du solltest eine Belohnung für deine Leistung heute Morgen bekommen!"
Ilef sah ungläubig zu Doel hinüber, der ihm jedoch mit entschlossenem Gesichtsausdruck schweigend bedeutete, an seinem Platz zu bleiben.
Ilef hatte am Morgen zwei Hasen erlegt, die sich die Männer in eben diesem Augenblick drüben am Feuer, welches trotz Doels heftigem Protest entzündet worden war, schmecken ließen. Nichts hätte den unsicheren und leichtgläubigen Ilef mehr locken

können, als eine Auszeichnung für seine Leistungen. Doch Doel hätte in diesem Moment seine rechte Hand beim Würfeln eingesetzt, so sicher war er sich, dass das, was Ilef am Feuer erwartete, nicht im Entferntesten etwas mit einer Belohnung zu tun hatte...

Ilef griff seinen Bogen und wandte sich mit seinem für ihn so typischen, unsicheren und hoffnungsvollen Lächeln im Gesicht zum Feuer um...
„Bleib gefälligst wo du bist", zischte ihm Doel wütend zu. Ilef hielt inne und sah ihn verwirrt an. Am Feuer wurden die Männer spürbar ungeduldig. Bukar brüllte erneut zu den beiden Posten hinüber: „Nun komm schon Ilef, deine Belohnung wird sonst noch kalt!" Doel konnte bis zu seinem Platz auf der Anhöhe hören, wie sich Greno, Bukar und noch zwei andere kaum noch das Lachen verkneifen konnten. Doch Ilef blickte nach wie vor verwirrt zwischen Doel und dem Feuer hin und her.
Doel seufzte innerlich.
Er würde eine Falle nicht erkennen, selbst wenn sie ihm laut schreiend entgegen springen würde.
„Du hast keinen direkten Befehl von unserem Hauptmann deinen Posten zu verlassen, Ilef. Also bleib gefälligst da stehen, wo du bist!"
Die Verwirrung in Ilefs Gesicht wurde immer größer und Doel fügte, immer noch leise sprechend, damit ihn die Männer am Feuer nicht hörten, hinzu: „Was glaubst du, worauf Greno wartet? Nur darauf, dass du dich von Bukar ans Feuer locken lässt, damit er dich wegen deiner versäumten Wachpflicht vor allen anderen zusammenstauchen und bestrafen kann!"
Ilef blickte Doel mit purem Unglauben im Gesicht an, ganz so, als könne er nicht glauben, dass Menschen zu so etwas Niederträchtigem fähig wären.
Vom Feuer her näherten sich nun Schritte und Doel formte mit dem Mund noch einmal die Worte: BLEIB - DA - STEHEN!

Die Gestalt, die aus dem Schatten der Bäume trat, war Bukar. Er ging an Doel vorbei zu Ilef hinüber und baute sich vor ihm auf: „Warum kommst du nicht ans Feuer, wenn ich dich rufe, hä?"
„Weil er Wache steht, Bukar!" erklang auf einmal Doels Stimme nur drei Schritte hinter dem vierschrötigen Harokhar.
Bukar fuhr leicht erschrocken herum – er hatte Doel nicht von seinem Posten herüberkommen hören, was, wie Doel sofort feststellte, angesichts seines übermächtigen Weingeruchs, keine allzu große Überraschung war.
„Halt dich raus, du Kriegerattrappe", und hämisch grinsend zog Bukar sein Kurzschwert aus der Scheide, „oder ich gebe dir ein paar Nachhilfestunden, damit du lernst, wie es im wirklichen Kampf zugeht!"
Selbstsicher wandte Bukar sich von Doel ab und hielt Ilef die Spitze seines Schwertes unter die Nase. Doel hörte, wie sich weitere Männer vom Feuer hinter ihm näherten, um das Schauspiel zu verfolgen. Bukar fuhr indes mit seinem Spiel fort: „Also, Ilef – warum schlägst du meine höfliche Einladung so unfreundlich aus?"
Plötzlich erklang eine weitere Stimme aus dem Haufen Männer, die nun einige Schritte entfernt standen und das Geschehen beobachteten: „Ja, Ilef, warum schlägst du Bukars Einladung einfach aus?"
Doel beobachtete Ilef, dessen Gesicht inzwischen fast völlig weiß war und dessen Augen ängstlich Bukars Schwertspitze fixierten.
Mit einem kurzen Zucken des Handgelenks, so schnell, dass es keiner in der Dunkelheit sehen konnte, fügte Bukar Ilef einen kurzen Schnitt auf der linken Wange zu. Ilef schrie auf und sackte in die Knie, die Hände auf sein Gesicht gepresst.
Bukar lachte laut auf und verhöhnte ihn: „Habt ihr DAS gesehen? Bricht schon beim Anblick eines Schwertes einfach zusammen!" Der Harokhar klatschte sich auf die Schenkel und fuhr mit einem Lachen fort: „Vielleicht sollten wir ihn, statt ihn als Wache einzusetzen, als Köder an einen Baum hängen? Wenn er dann von den Bestien angefressen wird, schreit er bestimmt so

laut, dass er uns rechtzeitig weckt, damit wir die Biester erledigen können!"
Die Männer stimmten alle in Bukars Gelächter mit ein, am lautesten Greno, der sich den Bauch halten musste vor Lachen.
In diesem Moment durchbrach Doels Wut auf den Hauptmann und auf Bukar seine Fassade aus Gleichmütigkeit und Beherrschung. So schnell, dass keiner der Umstehenden in der Dunkelheit seinen Bewegungen folgen konnte, zog er mit der Rechten sein Schwert vom Rücken und riss mit der Linken seinen Dolch aus dem Gürtel. Mit drei schnellen Schritten stand er vor Bukar und richtete sein Schwert auf dessen Hals – im Vorbeigehen jedoch, fügte er dem nach Wein stinkenden Harokhar mit einer blitzschnellen Bewegung seines Dolchs einen tiefen Schnitt am rechten Oberschenkel zu, so dass dieser mit einem lauten Schrei zusammenbrach.
Für die Männer hatte Bukars Körper Doels Bewegung mit der linken Hand verdeckt, so dass es für sie so ausgesehen haben musste, als sei Bukar sofort zusammengebrochen als Doel sein Schwert auf ihn gerichtet hatte.
Für einen Moment herrschte tiefstes Schweigen auf der Lichtung, während der vierschrötige Harokhar, der gerade noch den schmächtigen Tangal zu Tode erschreckt hatte, unter den ungläubigen Blicken seiner Kameraden auf dem Boden kauerte.
Bevor irgendjemand anderes etwas sagen konnte, ergriff Doel das Wort – und seine Stimme war so klar und unnachgiebig, dass ihn niemand unterbrach, während ihr Klang über die Lichtung hallte: „Hauptmann Greno, ich muss Euch mitteilen, dass Bukar Ilef an der gewissenhaften Ausführung seines Wachdienstes zu hindern beabsichtigt hat. Ich möchte Euch bitten, ihm die Wichtigkeit unserer Pflichten zu erläutern, damit er nächstes Mal mehr Rücksicht darauf nimmt und ..."
Mit einem Brüllen stürmte Bukar, der während Doels Rede einige Schritte von ihm fort gekrochen war und sich dann wieder hochgerappelt hatte, auf ihn zu. Doel tänzelte im letzten Augenblick einen Schritt nach hinten und fegte seinem Gegner mit einem entschlossenen Tritt die Beine unter dem Leib weg.

Bukar, von seinem eigenen Schwung getragen, flog der Länge nach durch die Luft und schlug mehrfach schwer auf dem harten Boden zwischen den Baumwurzeln auf, bis er an einem der mächtigen Stämme zum Liegen kam.

Doel fuhr – ganz so, als wäre nichts geschehen – fort: „… damit er nächstes Mal mehr Rücksicht nimmt und sich nicht vielleicht noch selbst Schaden zufügt."
Viele Augenpaare – manche voller Unglauben, andere voller Bewunderung, wieder andere voll des Hasses – blickten den jungen Krieger an, als er mit drohendem Blick hinzufügte: „Viel zu schnell verwechselt man in dieser Dunkelheit Freund mit Feind. Wenn man dann auch noch so schreckhaft ist wie Bukar…", hierbei streifte er ihn mit einem angewiderten Blick, „…dann kann man leicht zu schnell zum Bogen greifen."
Die stumme Drohung hing einen langen Augenblick über der Lichtung und Doel fixierte mit seinen Augen Greno und seine zwei verbliebenen Spießgesellen. Noch immer hielt er das Schwert in der Hand, welches ihm in diesem Augenblick soviel Kraft zu geben schien, dass er das Gefühl hatte, es mit zehn von ihrer Sorte aufnehmen zu können.
In den Augen des Hauptmanns glitzerte es rachsüchtig und Doel glaubte schon, er würde sich im nächsten Moment mit den zwei Männern an seiner Seite auf ihn stürzen. Jetzt warfen sich jedoch die restlichen vier Krieger – welche die bösen Spiele des Hauptmanns und seiner Mittäter bislang nur aus Angst oder Feigheit geduldet hatten – entschlossene Blicke zu. Zwei lösten sich aus der Gruppe, während Wolfrun, der älteste Krieger des Trupps, sich neben Greno aufbaute und das Wort ergriff: „Hauptmann, gestattet, dass wir Bukar ans Lagerfeuer schleppen. Nicht, dass er noch einmal so wüst stürzt wie gerade eben und sich noch ernsthaft verletzt."
In Wolfruns Stimme schwang soviel Entschlossenheit mit, dass Greno es nicht wagte, ihm zu widersprechen, sondern nur stumm nickte und sich dann abrupt umwandte, um wütend zurück zum Feuer zu stapfen.

Wolfrun warf Doel ein verstohlenes Lächeln zu, während die zwei anderen Männer Bukar hoch hievten und Richtung Lager trugen. Er hatte soeben Doels Werk vollendet und Greno vor dem versammelten Trupp entmachtet. Greno wusste nun, dass mehr als die Hälfte seiner Männer geschlossen gegen ihn waren und sich nicht mehr aus Angst abwenden würden, wenn er einen von ihnen schikanierte. Doel nickte ihm kurz zu, worauf Wolfrun sich umwandte und ebenfalls wieder zum Feuer hinüberging. Anschließend wandte sich Doel zu Ilef um, der inzwischen wieder auf den Beinen war und ungläubig seinen Wachkameraden anstarrte.

„Du... du...", dem jungen Tangal fehlten offenkundig die Worte, um auszudrücken, was er dachte. Doel klopfte ihm mit einem aufmunternden Lächeln auf die Schulter: „Der fasst dich nicht mehr so schnell an, Ilef."

Doch anstatt erleichtert zu sein, starrte ihn Ilef weiter mit großen Augen an: „Du... du hast dir eben unseren stärksten Mann UND unseren Hauptmann zu Todfeinden gemacht! Bukar lässt sich nicht einfach so demütigen und Greno hast du eben vor allen Männern bloßgestellt! Du denkst doch nicht, dass die das auf sich beruhen lassen!?!"

Doel sah ihn ernst an: „Wolfrun und die anderen werden sich hoffentlich auch morgen noch daran erinnern, was heute geschehen ist und uns nicht mehr im Stich lassen, sollten Greno und Bukar auf Rache sinnen." Damit wandte sich Doel um und ging mit langen Schritten wieder zu seinem Wachposten hinüber, während er das Schwert in die Scheide auf seinem Rücken zurückgleiten ließ.

* * *

Grauer Nebel hing auf der Lichtung, über die Doel – er wusste nicht zum wie vielten Male in dieser Nacht – seine müden Augen schweifen ließ. Greno hatte sie, wahrscheinlich aus Rache, die ganze Nacht nicht ablösen lassen und als Wolfrun dies hatte aus eigenem Antrieb tun wollen, hatte es Doel dankend abgelehnt. Er hatte nicht noch mehr Öl ins Feuer gießen wollen.

Doel streckte sich und rieb seine Augen, um die kurze Zeit bis zur Dämmerung noch zu überstehen. Sein Blick ging zu Ilef hinüber, der, auf seinen Bogen gestützt, eher den Anschein erweckte zu schlafen als noch wachsam zu sein. Doel musste fast lächeln angesichts des schmächtigen jungen Mannes, der seinen Beschützerinstinkt geweckt hatte. Während er ihn ansah, erschien vor seinen Augen auf einmal das Bild eines anderen Jungen, der zwar wesentlich stärker und selbstbewusster, aber dennoch in mancher Hinsicht fast ebenso hilfsbedürftig war wie Ilef…

Doel fühlte einen Stich in der Brust, als er abermals versuchte die Erinnerung daran zu verscheuchen, wie lange die schreckliche Nacht bereits zurücklag, in der sein Bruder aus ihrem gemeinsamen Zuhause verschleppt worden war.

Das Nahen der Dämmerung ließ auf der Lichtung die ersten grauen Umrisse der Bäume und Sträucher sichtbar werden. Gerade so wie Doels trübe Gedanken sich immer mehr in sein Bewusstsein drängten, schien jedoch auch der Morgennebel nochmals dichter zu werden.

Etwas schreckte den jungen Harokhar-Schüler aus seinen Gedanken. Im ersten Augenblick war er sich nicht sicher, was es gewesen war. Eine innere Unruhe ergriff auf einmal von ihm Besitz und ließ seine Augen hastig über die undeutlichen Umrisse der Büsche und Bäume an den Rändern der Lichtung fliegen. Doch vermochte er durch Nebel und Zwielicht hindurch nichts zu entdecken. Trotzdem ließ die Unruhe nicht von ihm ab…

Vorsichtig beugte er sich zum Boden hinunter und ergriff einen kleinen Stein, welcher neben einer Wurzel des Baumes lag, an den er sich bis gerade eben noch gelehnt hatte. Den Stein kurz in der Hand abwiegend, blickte er zu Ilef hinüber, welcher scheinbar nichts bemerkt hatte.

Doel holte aus und schleuderte den kleinen Stein seinem Wachkameraden treffsicher an den Oberschenkel. Ilef schrak aus

seinem Dämmerzustand auf, ergriff den Bogen fester und seine linke Hand war schon auf dem Weg zum Köcher, als er begriff, dass er nicht von einem Feind angegriffen wurde. Verwirrt blickte er zu Doel hinüber, der ihm mit ernstem Gesicht bedeutete sich umzusehen.
Zu Doels Enttäuschung verstand Ilef seine Geste nicht und kam geradewegs zu ihm herübergelaufen.
Falls uns irgendjemand beobachten sollte, ist er jetzt schon so gut wie gewarnt, ging es Doel resigniert durch den Kopf.
Ilef trat zu ihm heran und öffnete den Mund, um ihn anzusprechen. Doel konnte ihn mit einer wütenden Geste gerade noch davon abhalten, ihn in voller Lautstärke zu fragen, was denn eigentlich los sei. Ilef sah erneut völlig verwirrt aus, begann dann jedoch glücklicherweise nur leise zu sprechen: „Hast du etwas gesehen?"
Doel, dessen Blick bereits wieder wachsam über die Lichtung glitt und nun auch die dahinterliegenden Bäume musterte, antwortete nicht. Das Gefühl der Unruhe war weiter angewachsen und jede Faser seines Körpers schien bis zum Zerreißen gespannt.
Als Ilef ihn an der Schulter berührte, zuckte er kurz zusammen, wandte sich jedoch nicht gleich zu ihm um. Er hatte das sehr beunruhigende, jedoch gleichzeitig untrügerische Gefühl, dass sie beobachtet wurden. Er spürte förmlich, wie fremde Augen jeder seiner Bewegungen folgten und für einen Moment glaubte er auch noch, seine Nerven würden jeden Augenblick versagen: Für einen kurzen Augenblick hatte er den Eindruck gehabt, er könne – halb im Geiste und halb mit seinen eigenen Augen – durch die großen und dichten Büsche am jenseitigen Ende der Lichtung hindurch die Umrisse riesiger Körper ausmachen, die dort auf dem Boden kauerten...

Er schüttelte den Kopf und sah noch einmal zu den Büschen hinüber, doch diesmal konnte er durch die Nebelschwaden nur die wild wuchernden Sträucher selbst erkennen und auch vor seinem inneren Auge erschien das Bild nicht mehr. Doch die Unruhe blieb hartnäckig erhalten.

„Doel!" Ilefs Stimme ließ ihn ein zweites Mal zusammenzucken und er blickte den jungen Tangal mit gerunzelter Stirn an.
Was sollte er tun? Aufgrund einer Einbildung den Hauptmann wecken? Der würde ihm nicht nur nicht glauben, sondern ihn mit Sicherheit sogar noch bestrafen, dafür, dass er ihn nach dem gestrigen Besäufnis so früh weckte.
Doels Blick ging nun hinüber zum Lagerplatz und von dort wieder zu den Büschen am Rande der Lichtung und er fasste seinen Entschluss.
„Ilef, ich möchte, dass du deinen Bogen bereit machst und hier wartest", und damit wandte er sich in Richtung des Lagers.
Als er über die Lichtung ging, erschien sie ihm mit jedem Schritt, die er sich dem Hauptmann näherte, weniger bedrohlich und während er sich aufmerksam umsah, wurde er immer langsamer.
Als er schließlich nur noch einige Schritte von seinen schlafenden Kameraden entfernt war, blieb er gänzlich stehen.
Seine Augen glitten wieder vom Lager fort und zu den Büschen hinüber. Er wandte sich halb nach rechts und warf einen raschen Blick zu der kleinen Anhöhe hinüber, auf der er Ilefs Gestalt gerade noch ausmachen konnte.
Langsam wandte er den Kopf wieder den Büschen zu und seine Hände hoben sich zum Griff des Schwertes über seiner rechten Schulter. Seine Rechte schloss sich um den langen Griff und zog ihn unter leisem Schleifgeräusch langsam zwei Finger breit aus der Scheide. Mit Zeigefinger und Daumen der linken Hand drückte er nun von beiden Seiten auf die freiliegende Klinge und die Mündung der Scheide und zog das Schwert somit fast lautlos heraus.
Mit beiden Händen umfasste er den Griff der Waffe und warf einen letzten Blick zu den schlafenden Kameraden hinüber – er wusste, dass er sie, wenn auch nur aufgrund eines Verdachtes, sofort hätte wecken müssen. Doch sein Unwillen, Greno erneut

einen Anlass zu geben, Spott und Häme über ihn ausschütten zu können, hielt ihn davon ab. Er würde selbst nachprüfen, ob er sich das Bild von vorhin nur eingebildet hatte.

Doel fixierte wieder die großen Büsche vor sich und begann sich ihnen mit langsamen Schritten zu nähern…
Mittlerweile war die Lichtung ein wenig vom Hauch des ersten Dämmerlichts erhellt und er konnte das Gesträuch bereits zur Gänze erkennen, obwohl der Nebel es immer noch zum Teil verhüllte.
Das Gesträuch ragte mannshoch vor ihm auf, als er schließlich genau davor stand. Er verstärkte seinen Griff mit der Rechten und hielt das Schwert vor sich, während er die linke Hand ausstreckte um die Zweige zu teilen, die seinen Blick behinderten…

Ein roher Handgriff riss ihn herum: „WAS DENKST DU, DASS DU DA TUST?!" – Doel blickte in Grenos wutverzerrtes Gesicht.

Die letzte Nacht hatte deutlich Spuren in den Zügen des Hauptmannes hinterlassen und man konnte ihm den Kater so deutlich ansehen, als wäre ihm eine Liste aller am Vorabend geleerten Becher auf die Stirn tätowiert. Schräg hinter Greno stand Bukar und feixte in Erwartung dessen, was nun geschehen würde.
„ICH DACHTE, ICH HÄTTE DIR DEINEN WACHPOSTEN DEUTLICH ZUGETEILT, ODER NICHT?!", brüllte Greno Doel aus nächster Nähe ins Gesicht. „STATTDESSEN WANDERST DU MIT GEZOGENEM SCHWERT HIER HERUM, UM EICHHÖRNCHEN ZU ERSCHLAGEN!"
Bukar musste sich ein Lachen verkneifen, doch Doel sah mit einem kurzen Anflug der Genugtuung, dass er aufgrund seiner Oberschenkelverletzung sein Gewicht vorsichtig auf das linke Bein verlagert hielt.

Das nach wie vor vorhandene Gefühl beobachtet zu werden, ließ Doels Schadenfreude, Wut und Angst gegenüber Greno und Bukar vergessen. Schnell und leise begann er zu sprechen: „Hautpmann, ich habe…" – doch bevor Doel weitersprechen konnte, rollten Worte wie Lawinen durch seinen Kopf und ließen ihn in die Knie brechen…

…Wir haben sie gefunden …

Es war, als wäre sein Kopf ein großer, metallener Gong, gegen den Worte wie große Hämmer schlugen und ihn fast besinnungslos werden ließen…

… Wir haben die Unwürdigen gefunden! …

Die frohlockende Stimme hallte in seinem Kopf mehrfach wieder und schien immer lauter zu werden… doch das Frohlocken wandelte sich mit den nächsten Worten zu einem hasserfüllten Kreischen und ließ Doel vor Angst erzittern…

… Tötet Sie! …

… TÖTET DIE UNWÜRDIGEN!!!

Durch Grenos und Bukars Gelächter angesichts seines Schwächeanfalls, welches jedoch seltsam leise und wie aus weiter Ferne an seine Ohren drang, hörte Doel in diesem Moment einen furchtbaren Schrei über die Lichtung schallen…

Der Schrei verzog sich zu einem wilden Kreischen, zu Tönen, die nichts Menschliches mehr an sich hatten… doch Doel erkannte die Stimme trotzdem: Es waren Ilefs Schreie, die von der Anhöhe über die Lichtung schallten.

Obwohl die grausamen Worte noch immer in seinem Kopf brüllten und ihn an den Rand der Ohnmacht trieben, riss Doel sein Schwert mit einer schwankenden Bewegung nach oben und trieb die Klinge zwei handbreit in den Boden, um sich daran festhalten und vor dem Umfallen bewahren zu können.
Ilefs grausame Schmerzenslaute waren in einem Durcheinander aus Rufen und dem Klirren von Waffen untergegangen. Doch Doel wusste, dass er seinem Wachkameraden helfen musste. Seine Hände verkrampften sich um Griff und Parierstange von Taleds Schwert und er begann sich langsam, Stück für Stück unter ungeheurer Anstrengung daran emporzuziehen... während sein Kopf unter den immer noch in seinem Kopf hallenden Worten zu zerbersten drohte...

...UNWÜRDIGEN...

...TÖTET SIE...

...TÖTET SIE JETZT!

Mit einem entschlossenen Ruck, durch den er für einen kurzen Augenblick auch beinahe die schmerzhaft lauten, hallenden Worte abgeschüttelt zu haben schien, wuchtete sich Doel auf die Beine.
Er öffnete seine Augen und sein Blick ging über die Lichtung... er musste mehrfach blinzeln, da er nicht richtig erkennen konnte, was vor ihm geschah...
Dunkle Schemen bewegten sich mit unglaublicher Geschwindigkeit umher... er meinte, einen oder zwei seiner Kameraden erkennen zu können, die mit ihren Waffen gegen die riesigen Schatten zu fechten versuchten... doch wo waren die restlichen Männer...

Doel schloss die Augen und öffnete sie wieder, um deutlicher sehen zu können, doch auf einmal rollten wieder Worte durch seinen Kopf... mittlerweile schmerzten ihn die Laute jedoch so sehr, dass er nicht mehr verstand, was sie bedeuteten...

... doch diesmal hatte Doel das Gefühl zu wissen woher die Worte kamen...

... langsam wandte er sich um... und hob seinen Kopf, um die Kreatur die hinter ihm aufragte, zur Gänze sehen zu können...
Ein riesiger, aufrecht auf den Hinterbeinen stehender, grauer Wolf ragte zwischen den Büschen empor und blickte ihn an...

Doels Augen waren wie gefesselt von der monströsen Kreatur vor sich und er blieb wie versteinert stehen.
Die Zeit schien keine Bedeutung mehr zu haben und alle Geräusche drangen nur noch leise und unwirklich an seine Ohren...

Nach einer Ewigkeit bemerkte er, dass seine linke Hand noch immer den Griff seines Schwertes, welches schräg hinter ihm im Boden steckte, umfasst hielt.
Doel war mit einem Male befreit aus der Starre, die ihn ergriffen hatte. Er fuhr herum und wollte mit einer schnellen Bewegung das Schwert aus dem Boden ziehen...

...doch noch während er sich umwandte, wusste er, dass er zu langsam sein würde...

Er spürte den Luftzug der langen Klauen bereits, bevor ihn der Schlag der mächtigen Kreatur traf und hilflos zu Boden schleuderte...

ERWACHEN

Ein stechender Schmerz an seiner Wange ließ Doel erwachen. Er öffnete seine Augen und sah wie durch einen Nebelschleier undeutliche Farbflecke in Braun- und Grüntönen, vermischt mit Blau und Weiß, durchdrungen von schwarzen Linien, die sich wie lange Klauen nach ihm reckten...
Er schloss für einen Moment die Augen. Als er sie erneut öffnete, erkannte er, dass er auf dem Rücken lag und durch das herbstlich lichte Blätterdach den blauen Himmel und einige Wolken sah. Die ungewöhnlich helle Herbstsonne tauchte die letzten Reste des Morgennebels in milchig-weißes Licht. Die vermeintlichen Klauen waren nichts anderes als die schon fast kahlen Äste des Baumes unter dem er lag.
Doel beobachtete einige Zeit lang die Sonnenstrahlen, die sich ihren Weg durch die träge dahinziehenden Wolken und die sich sanft wiegenden Äste der Bäume suchten. Bald, das wusste er, würde er aufstehen müssen und sie würden auf ihrem sinnlosen Spähauftrag weiterziehen und er würde sich neuer Schmähungen und möglicherweise auch tätlicher Angriffe von Bukar und Greno erwehren müssen...
Ein erneuter Schmerz an seiner rechten Wange ließ Doel aus seinen Träumereien aufschrecken und mit der Hand in sein Gesicht fahren – was er fühlte, verwirrte ihn so sehr, dass er einige Zeit benötigte, um zu verstehen, dass es nicht seine Haut war.
Während er sich mit der Hand immer weiter über das weiche Material vortastete, erschien es ihm mit einem Male seltsam, dass er noch nichts von seinen Kameraden gehört hatte.
Sie müssten doch längst aufgewacht sein!, dachte Doel. *Die Wachen müssen sie doch aufgeweckt haben!*
In diesem Augenblick fiel Doel schlagartig ein, dass er es war, der in der vergangenen Nacht Wachdienst gehabt hatte. Verwirrt

versuchte er sich zu erinnern, wann er eingeschlafen sein musste…
Er konnte sich entsinnen, dass es bereits leicht zu dämmern begonnen hatte. Er sah vor seinem inneren Auge die schmächtige Gestalt Ilefs, der einige dutzend Schritte von ihm entfernt gestanden und sich auf seinen Bogen gelehnt hatte… Doch etwas fehlte noch…
Etwas hat Ilef aufgeschreckt…, überlegte Doel und er brauchte einen weiteren langen Augenblick, um sich darüber klar zu werden, dass er es gewesen war, der Ilef mit einem Steinwurf geweckt hatte. *Aber warum?*

Doel hatte das Gefühl, als würden sich in seinem Gedächtnis Nebelschleier auftürmen und ihm den Weg durch seine Erinnerungen verhüllen, je weiter er im Geiste durch die Ereignisse des Morgens wandelte.
Ich habe meinen Posten verlassen… aber weshalb? – Die Mauer wurde erneut höher und fester.
Ich bin zum Lagerplatz hinübergegangen… und dann zu dem Busch am anderen Ende der Lichtung… ABER WARUM? – In seinem Geist verdickte sich der Nebel und schien immer mehr zu einer Art fester Wand zu werden, je weiter er fortfuhr, sie zu durchdringen…
Greno hat mich erwischt… mich angebrüllt, weil ich nicht auf meinem Posten war… – vor Doels Augen tauchte das Bild seines Hauptmannes auf, welcher mit wutverzerrtem Gesicht vor ihm stand. Doch auf einmal wandelte sich dessen Gesichtsausdruck – er starrte ihn mit schreckgeweiteten Augen an…
Doel runzelte die Stirn über seine eigene Erinnerung, spürte aber gleichzeitig, wie sich sein Herzschlag beschleunigte…
Er kniff die Augen zu und versuchte angestrengt sich das Bild seines verhassten Hauptmanns genauer ins Gedächtnis zu rufen.
Er hat nicht mich angesehen – er blickte an mir vorbei…
Doel sah Grenos Blick nun deutlich nicht auf sich, sondern auf etwas ruhen, dass sich hinter ihm befinden musste…

Er versuchte angestrengt seinen Blick in der Erinnerung in die gleiche Richtung zu lenken wie sein Hauptmann... versuchte sich umzudrehen... und endlich gelang es ihm: Doch die Nebelschwaden, die sich immer weiter verfestigt hatten – sie waren vor diesem entscheidenden Teil seiner Erinnerung zu einer festen Mauer aus schwarzen Steinen geronnen, welche ihm den Blick verstellte...

Doel spürte Panik in sich aufsteigen... er musste herausfinden, was sich hinter der Mauer befand... er musste sich erinnern...
Es schien ihm für einen Augenblick, als würde die Barriere wieder ein wenig durchlässiger... hinter ihr schien sich etwas zu bewegen... ein riesiger Schatten jenseits des Walles ...

Doel berührte erneut und ohne seine Augen zu öffnen die rechte Seite seines Gesichtes und das weiche Material darauf...
Die Erkenntnis kam völlig unerwartet: Das Material in seinem Gesicht war ein Verband...

...plötzlich löste sich vor seinem inneren Auge die Wand wieder in Nebel auf...

Er sah sich einer Kreatur gegenüber, welche ihn weit überragte und ihn aus dunklen Augen anstarrte...

Doel richtete sich mit einem Ruck auf und starrte zur Lichtung hinüber, auf der, nebeneinander aufgereiht, seine Kameraden lagen...

... reglos... kalt... tot.

*　*　*

„Du konntest nichts für sie tun."

Doels Kopf ruckte nach rechts herum, damit er den Sprecher sehen konnte – der Anblick ließ ihn für einen Moment beinahe vergessen, wo er sich befand und was geschehen war.
Nicht einmal zehn Schritte von seinem Platz entfernt stand ein Mann. Jedoch hatte Doel noch nie jemanden gesehen, der diesem Unbekannten auch nur im Entferntesten geähnelt hätte. Der Anblick des Unbekannten erinnerte ihn an eine Geschichte, die ihm ein Jäger namens Ildann Har – vor einer Ewigkeit wie ihm nun schien – des Nachts am Feuer erzählt hatte...

Der Namenlose war etwa so groß wie Doel selbst, stand völlig regungslos da und blickte ihn an, das Gesicht im Schatten des Baumes neben ihm verborgen. Er trug eine mattschwarze Rüstung über einem dunkelroten Gewand, den Helm hielt er in der Beuge seines linken Armes und er trug jeweils ein Schwert an jeder Seite. Alles war jedoch von so ungewöhnlicher Machart, dass Doel sicher war, dass dieser Mann kein Ritter aus dem Königreich Turad war.
Die Rüstung des Fremden bestand aus einem Brustpanzer sowie einzelnen Teilstücken für Schultern, Ober- und Unterarme, Ober- und Unterschenkel. Jedoch waren die einzelnen Teile so kunstvoll geformt, dass sie perfekt ineinander übergingen und sie schienen aus einem so dünnen Material gefertigt, dass Doel sicher war, dass es kein gewöhnlicher Stahl sein konnte – kein Stahl in dieser Stärke hätte als Rüstung einen Nutzen gehabt.
Viel mehr als die Rüstung des Fremden fesselten jedoch die beiden Schwerter Doels Aufmerksamkeit: Sie kamen ihm in ihrer Machart seltsam bekannt vor...

„Es waren mindestens ein Dutzend von ihnen – ihr hättet ihnen auch in zwei- oder sogar dreifacher Zahl nicht widerstehen können."
Die Worte weckten Doel aus der Versunkenheit seiner Betrachtung und lösten seine Zunge: „Habt Ihr mich verbunden?"

Der Mann bewegte sich und trat aus dem Schatten des Baumes hervor, so dass seine Züge klar erkennbar wurden.
Doel wusste im ersten Moment nicht was er fühlte, nun, da er das Gesicht des Mannes sehen konnte. Irgendetwas daran verwirrte ihn. Er konnte jedoch nicht sagen was es war und als dieser weitersprach, hatte er das seltsame Gefühl auch schon wieder vergessen, denn mit den Worten stiegen weitere Bruchstücke seiner Erinnerung an die letzte Nacht in ihm auf…
„Einer der Cûzhal hat dich niedergeschlagen. Deine Rüstung hat dich jedoch vor dem Schlimmsten bewahrt. Die Wunde in deinem Gesicht rührt von dem Sturz her."
Doel spürte jetzt zum ersten Mal einen dumpfen Schmerz an seiner rechten Schulter. Dort, wo ihn der mächtige Hieb des Cûzhal getroffen hatte. Seine Augen wanderten unterdessen die Reihe seiner von klaffenden Wunden entstellten Kameraden entlang, bis sein Blick fand, was er gesucht und gefürchtet hatte: Den furchtbar zugerichteten Körper eines schmächtigen Jungen, der gerade erst das Mannesalter erreicht hatte und nun in seinem allerersten Kampf getötet worden war.
Doel spürte die Tränen, die ihm bereits heiß über das Gesicht liefen, während sein Verstand noch immer einen aussichtslosen Kampf gegen die grausame Wahrheit focht, dass er Ilef nicht hatte schützen können… genauso, wie er auch Locan nicht hatte schützen können.

* * *

Doel beobachtete mit einem eisigen Gefühl im Magen, wie die Hälfte der Ga'hel, die Chilvan – wie dieser sich mittlerweile vorgestellt hatte – befehligte, eine Grube aushoben, in der sie die toten Körper begraben würden.
Als alles getan war, begaben sich die Krieger zum Feuer, wo die restlichen fünf Soldaten bereits ein Mahl zubereitet hatten.
Doel blieb vor dem frisch aufgeworfenen Erdhügel stehen und starrte ihn noch lange an, ehe er spürte, dass sich ihm jemand näherte, doch er wandte sich nicht um.

„Du solltest etwas zu dir nehmen, junger Caradain!"

„Ich bin kein Caradain, *Ga'hel*!"

Doel spürte, dass er den Krieger mit seinen Worten beleidigt haben musste, dennoch hielt er ihm nach wie vor den Rücken zugewandt. Es war ihm gleichgültig, was dieser Ga'hel über ihn dachte oder ob er ihm gar zürnte – es war bedeutungslos, angesichts der Toten in der Erde unter seinen Füßen.

„Ich verstehe deine Trauer."

„Tut Ihr das?" Doel war überrascht, als er den kalten, höhnischen Klang seiner eigenen Stimme vernahm.

„Hättet Ihr auch Garabs Trauer verstanden, wenn Ihr nach der Zerstörung Peruts nicht einfach verschwunden wärt?"

Eine lange Zeit herrschte Stille und Doel wandte sich schließlich zu Chilvan um. Dessen Gesicht schien äußerlich unbewegt, doch Doel sah deutlich ein gefährliches Glitzern in seinen Augen. Ob es Zorn ob der erneuten Beleidigung war oder etwas anderes, vermochte er in diesem Augenblick nicht zu sagen.

Chilvans Antwort beendete Doels Gedankengänge: „Du kennst Garab und hast durch ihn von dem Angriff auf sein Heimatdorf erfahren?"

„Ja, ich kenne Garab", gab er schlicht zur Antwort, nur um dann wieder auf die Reaktion des Ga'hel zu warten.

Chilvan schien überlegen zu müssen, wie er auf Doels Worte reagieren sollte und entschied sich offenbar dafür zeitweilig das Thema zu wechseln: „Du trägst ein Schwert, das von unserem Volk geschmiedet worden ist. Wie kommst du zu dieser edlen Waffe?"

Doel ließ sich von dem offensichtlich anklagenden Ton in Chilvans Stimme nicht einschüchtern und verlieh seiner Wut auf die Feigheit des Ga'hel, sich mit der für ihn offenbar unrühmlichen Zerstörung Peruts auseinanderzusetzen, deutlich in seinen Worten Ausdruck: „Diese Waffe gehörte meinem Ziehvater und ich kenne niemanden, der außer mir noch Anspruch darauf erheben könnte. Wenn auch Ihr keinen Anspruch erheben wollt, so habe ich wohl einstweilen das Recht sie zu tragen, nicht wahr?!"

Mit den nächsten Worten setzte Doel einen weiteren Stich in Richtung des unsterblichen Kriegers, obwohl er nicht einschätzen konnte, wann diesem vielleicht die Geduld ausgehen mochte. Die Wut auf den Mann, der mit seinen Kriegern einfach den Schauplatz eines Gemetzels an Menschen verlassen und nicht bis zum letzten Atemzug treu Seite an Seite mit den Caradain Peruts gefochten hatte, ließ ihn blind werden für alle Gefahr: „Wenn Euch dies Wissen zu meinem Schwert also genügt, könntet Ihr mir nun mitteilen, wie es sein kann, dass Ihr unversehrt hier steht, nachdem diese Bestien – die Ihr Cûzhal nennt – ein Dorf zerstört haben, welches Ihr und Eure Männer mit verteidigt habt?"

Chilvans Augen blitzten bei diesen Worten zornig und obwohl die Miene des Ga'hel weiterhin unbewegt blieb, meinte Doel für einen Augenblick ein schwaches Zucken seiner rechten Hand Richtung Schwertgriff gesehen zu haben. Doch schien Chilvans Geduld vorläufig noch anzuhalten. Als Doel schließlich dessen Antwort vernahm, wurde deutlich, dass er sich wieder auf einen ruhigeren Ton besonnen hatte: „Sollte ich dich mit meiner Frage gekränkt haben, so war dies nicht meine Absicht und ich bitte um Vergebung."

Er unterstrich seine Worte mit einer leichten Verbeugung in Doels Richtung und fuhr fort: „Die Zerstörung Peruts – insofern sie für dich von Belang ist – geschah aufgrund einer Verkettung äußerst unglücklicher Ereignisse."

Doel hatte beim Anblick des unbewegten Gesichts Chilvans nicht das Gefühl, als würden Worte wie „Unglück" oder auch nur irgendein Wort, welches mit menschlichen Gefühlsregungen verknüpft werden konnte, für ihn überhaupt eine Bedeutung haben. Doch als der Ga'hel fortfuhr, folgte er seinen Worten mit großer Aufmerksamkeit: „Wie du von Garab – von dessen Überleben zu hören mein Herz erfreut – sicher gehört hast, hatten wir die verfluchten Kreaturen bereits nahezu besiegt, als er und die Enkelin unseres obersten Ratsherrn von ihnen verschleppt wurden. Da ich für Ilijé, wie ihr Name lautet, gegenüber unserem Ratsherrn mein Leben als Sicherheit eingesetzt habe, war ich verpflichtet sobald wie möglich die Verfolgung der Cûzhal aufzunehmen."

Gleichmäßig und ohne irgendeine Gefühlsregung erkennen zu lassen, erzählte Chilvan von den schrecklichen Ereignissen jener Nacht: „Wir konnten die Kreaturen einholen, denn die meisten waren nach dem Kampf schwer verletzt. Gerade als wir sie einkreisen wollten, trennten sie sich jedoch in mehrere, kleinere Gruppen auf und wir mussten uns schnell entscheiden, welchen wir folgten. Wir teilten uns ebenfalls auf und versuchten sie einzuholen, bevor sie sich in den Wäldern verstecken konnten. Die Gruppe, die deinen Freund Garab mit sich trug, holten einige meiner Krieger bereits nach kurzer Zeit ein. Es gab einen Kampf, bei dem die Unsrigen den Sieg davontrugen. Von Garab jedoch fanden sie keine Spur. Sie dachten, dass die Kreaturen ihn unterwegs liegen gelassen haben mussten, um schneller fliehen zu können. Doch für eine längere Suche war keine Zeit, da die Krieger uns zur Hilfe kommen mussten.

Die Schar, welche ich angeführt hatte, war überraschend auf eine große Anzahl Cûzhal getroffen, die am Kampf um Perut noch nicht beteiligt gewesen waren. Sie drohten uns zu überwältigen, als wir Verstärkung von eben den Kriegern bekamen, die Garabs Entführer gejagt hatten.

Nachdem der Kampf einige Zeit unentschieden hin und her wogte, zogen sich die Kreaturen auf einmal zurück und flohen. Zeitgleich erhielten wir einen Hilferuf aus Perut, von den Kriegern, die ich dort zurückgelassen hatte. Doch als wir wieder dort eintrafen, war das Dorf bereits zerstört."

Doel musterte Chilvan eindringlich, während dieser kurz innehielt und seinen Blick versonnen über die Bäume am Rande der Lichtung schweifen ließ. Schließlich fuhr er fort: „Sie haben uns mit der Entführung von Ilijé und Garab von Perut weggelockt, nur um es dann mit einer weiteren Horde, von der wir keine Kunde hatten, zu zerstören und alle Bewohner, wie auch einige meiner Krieger, hinzuschlachten. Später entdeckten wir auch die Überreste der vor dem Angriff aus Perut fortgeschickten Frauen und Kinder sowie der begleitenden

Caradain-Krieger und meiner eigenen Männer. Auch dort gab es keine Überlebenden."

Doel empfand in diesem Moment beinahe so etwas wie Mitleid mit dem Hauptmann Chilvan, der versucht hatte, neben der ihm anvertrauten Enkelin des Ratsherrn und den Bewohnern von Perut auch seine eigenen Krieger zu schützen und dabei fast vollständig gescheitert war. Doch eines beunruhigte ihn noch immer: „Warum habt Ihr den Toten kein Begräbnis zukommen lassen, wie es angemessen gewesen wäre?"

Chilvan stieß schnaubend seinen Atem aus und sah Doel mit einem fast verächtlichen Blick an: „Wir nahmen noch in dieser Nacht erneut die gefährliche Verfolgung der uns zahlenmäßig weit überlegenen Cûzhalhorde auf, um zu verhindern, dass dergleichen Gemetzel auch in anderen Teilen der Caradann stattfinden. Denkt Ihr, dass den Toten anderer Dörfer damit geholfen gewesen wäre, hätten wir denen von Perut ein Begräbnis bereitet? Ich denke nicht."

Doel musste beschämt seinen Kopf senken, da er dies nicht bedacht hatte. Nun kannte er die ganze Geschichte vom Untergang von Garabs Dorf, seiner Familie und seinen Freunden. Er betrachtete Chilvan nun mit etwas anderen Augen. Er verstand nun, weshalb der Anführer der Ga'hel nicht über die Ereignisse jener Nacht und damit über sein eigenes Scheitern sprechen wollte.

Doel selbst hatte ähnliche Gefühle, wenn er an Locan dachte und auch in diesem Moment, wenn er vor Ilefs Grab stand. So und vielleicht noch viel schlimmer, musste es auch Garab ergangen sein, nachdem die Menschen, die er geliebt und die ihm vertraut hatten, umgebracht worden waren.

Und nun ist er auf dem Weg nach Toak und führt erneut Krieger in die Schlacht.

TOAK

Angestrengt blickte ein Jäger über die Hügelflanke hinweg in Richtung Waldrand und versuchte zwischen den Schatten der Bäume Dinge wahrzunehmen, die nur in seinen Gedanken existierten.
Es war kurz nach der Tagesmitte und Garab stand auf einer Anhöhe am Rande des Dorfes unter einem einsamen Baum, wo er auch heute nicht in seiner Ruhe gestört wurde.
Seufzend wandte er sich vom Wald ab und rieb seine schmerzenden Augen. Vor zwei Tagen waren sie in Toak eingetroffen und hatten hier ihr Lager aufgeschlagen.
Das Dorf war sehr klein und bestand nur aus einem knappen Dutzend Häuser. Es gab unter den Bewohnern nur wenige Männer, die das richtige Alter hatten, um bei einem Angriff die Verteidigung zu übernehmen. Der Etar-Dál des Dorfes, ein Mann mit knapp vierzig Wintern namens Tevik, war ein ruhiger und überlegter Anführer im Frieden, aber kein Hauptmann im Kampf. Er hatte es Kenem und Garab mit Freuden überlassen, ihr Dorf auf einen möglicherweise bevorstehenden Angriff vorzubereiten – ein Angriff, der seit ihrer Ankunft jegliche Vorzeichen vermissen ließ.
Obwohl Tevik nicht müde wurde ihnen täglich mehrfach zu versichern, dass noch in der Nacht vor ihrer Ankunft ein Schaf geraubt worden war, hatte sich bislang rein gar nichts ereignet, was auf die Anwesenheit ihrer Feinde deuten konnte.
Garab vermutete mittlerweile, dass der Etar-Dál log.
Tevik war alles andere als ein Held, aber er war auch nicht dumm. Er hatte sicher schon vor längerer Zeit Kunde von den Vorfällen in den Caradann erhalten und ihm musste schnell klar geworden sein, dass er im Falle eines Angriffs auf sein Dorf nicht genug Männer haben würde um ihn abwehren zu können. Also war es naheliegend, dem Kundschafter des Jagdzuges, der

nach Toak gekommen war, von Angriffen auf Tiere zu erzählen, damit der Jagdzug hierher kam, um das Dorf zu schützen.
Garab ballte seine Hände zu Fäusten, wenn er daran dachte, dass sie möglicherweise wegen eines einzelnen Feiglings hier festgehalten wurden und die dunklen Kreaturen vielleicht schon in diesem Augenblick ein anderes Dorf in den unendlichen Wäldern belauerten...

... oder den kleinen Trupp aufspürten, welcher nach Osten gegangen war – Doels Trupp.

Ich sollte nach ihm suchen! Wir sollten uns allesamt nach Osten wenden anstatt hier auf etwas zu warten, was nicht eintritt und unseren Klingen beim Rosten zuzusehen!

Der Schmerz schoss heftig durch Garabs rechten Arm und er zuckte zusammen, wie aus tiefem Schlaf aufschreckend und blickte verwirrt auf seine rechte Faust, die auf der Rinde des Baumes neben ihm ruhte. Er hatte, ohne es zu merken, auf den Baumstamm eingeschlagen und spürte nun ein Gefühl von Taubheit, welches sich in seinen Fingern ausbreitete.
Während er die zerkratzte Haut seines Handrückens betrachtete, stieg Reue in Garab auf. Er sollte von Tevik nicht schlecht denken, selbst wenn dieser wirklich log. Doch selbst diese Annahme war bereits etwas, das Garab früher nicht in den Sinn gekommen wäre. Einfach aus dem Grund, weil er früher noch nicht dieses Misstrauen und diesen Zorn auf die Wehrlosen in sich getragen hatte – die Wehrlosen, die sich nicht selbst verteidigen konnten und die Männern wie ihm die Bürde auferlegten, sie zu schützen. So, wie es viele der Menschen seines Dorfes, so, wie es auch seine Frau und sein Sohn getan hatten.

Und nun sorge ich mich um Doel.

Zwar wusste Garab, dass Doel alles andere als wehrlos war. Seitdem Kenem ihm jedoch die Augen geöffnet hatte für seine Sehnsucht, für jemanden da zu sein, ein *Vater* sein zu können, ging Garab der Gedanke an Doels möglichen Tod nicht mehr aus dem Kopf.
Im Geiste plagten ihn Bilder seines brennenden Dorfes... egal ob Tag oder Nacht... und zu seinem Sohn und seiner Frau hatte sich der zerstörte Körper des jungen Mannes aus dem Königreich der Menschen gesellt...

Ein kühler Windstoß ließ die bereits trocken werdenden Blätter des Baumes sachte rascheln. Garab schloss die Augen und versuchte seine Trauer, seine Angst, seinen Zorn und seine Scham – all den Schmerz, der in seinem Herzen tobte mit dem Wind davonziehen zu lassen.

* * *

Kenem betrachtete kritisch die dicken Pfähle, die seine Männer die letzten Tage in drei langen, hintereinander liegenden Reihen in den Boden gerammt hatten. Da die Zeit nicht reichte, um das Dorf mit Palisaden zu umgeben, hatten sie sich entschieden etwas einfachere Verteidigungswerke zu errichten. Die Männer aus Fenga hoben an schwer zu verteidigenden Stellen einen fast mannstiefen Graben aus. An dessen innerem Rand schütteten sie dazu einen Erdwall auf, welchen sie nach außen hin mit langen, zugespitzten Pfählen versahen.
Da Garab Kenem von der geradezu unheimlichen Sprungkraft der Cûzhal erzählt hatte, musste der Graben so breit und der Wall so hoch wie möglich ausfallen. Ein solches Bollwerk um das ganze Dorf zu errichten, hätte ein Vielfaches der verfügbaren Zeit und Männer erfordert und wäre somit in den wenigen Tagen, in denen Kenem die Verteidigungsanlagen fertigzustellen gedachte, undurchführbar gewesen. Um mit so wenig Zeit- und Kraftaufwand wie möglich eine hohe Verteidigungswirkung zu erzielen, hatten sie nur am Dorfeingang mit dem Graben

begonnen. Da die Häuser kreisförmig und nur zum Eingang hin weiter geöffnet standen, mussten somit nur noch die Lücken zwischen ihnen mit Barrikaden geschlossen und Bogenschützen auf den Dächern postiert werden, um das Dorf im Ernstfall auch gegen eine Übermacht gut verteidigen zu können. Begünstigend wirkte sich zusätzlich zu der Lage der Häuser zueinander, auch die Lage des Dorfes auf einem flachen Hügel aus. Dieser würde Feinden einen Angriff von einer anderen Seite als der des Einganges aus sehr erschweren. Somit konnte Kenem seine Hauptmacht am Dorfeingang hinter dem Bollwerk postieren und darauf warten, dass die Feinde entweder im Pfeilhagel fallen, sich beim Sturz in den Graben den Hals brechen oder an den spitzen Pfählen des Walls aufgespießt werden würden.

Und sollten doch einige überleben und den Wall irgendwie überwinden, so werden wir sie mit unseren Klingen empfangen.

Mit grimmiger Zufriedenheit beobachtete Kenem weiter die Arbeiten an den Verteidigungsanlagen und nur ein kleiner Zweifel nagte an seiner Zuversicht: *Bleibt nur zu hoffen, dass unser Feind nicht vor morgen angreift.*

Mit angespannter Miene sah er einen Moment noch seinen Männern beim Graben zu und ergriff dann – nicht zum ersten Mal seit Beginn der Arbeiten – selbst eine Hacke um seinen Kriegern bei ihrem ersten Kampf beizustehen. Dem Kampf gegen den vielleicht unbarmherzigsten Gegner – die Zeit.

* * *

Garab gürtete sich mit Schwert und Dolch, warf sich den Köcher mit Pfeilen über die Schulter und ergriff eine Tasche mit Marschverpflegung und seinen Bogen.
Als seine Finger das Leder des Griffes spürten, hielt er in seinen geschäftigen Vorbereitungen inne. Mit versonnener Miene

betrachtete er die Waffe, die ihn bereits so viele Jahre seines Lebens begleitet hatte. Die Waffe seines Vaters.

Lange Jahre hatte ihn dieser begleitet, seit er ihn zum ersten Mal zu spannen vermocht und sein Vater ihn ihm daraufhin zum Geschenk gemacht hatte. Vor langer, langer Zeit...

Nächsten Sommer hätte Todar ihn vielleicht zum ersten Mal zu spannen vermocht, ging es Garab durch den Kopf. Und er hätte seinem Sohn das alte, jedoch noch immer starke und biegsame Bogenholz weitergereicht...

Die Tränen, die er nie geweint hatte, stiegen in ihm auf und Garab wusste für einen Augenblick nicht, ob er wieder die Kraft haben würde, sie zurückzudrängen...

Er stützte sich mit der linken Hand an der Wand des Raumes ab, schloss die Augen und versuchte mit tiefen, ruhigen Atemzügen seinen rasenden Herzschlag zu beruhigen, seine Gedanken wieder zurück in die Gegenwart zu holen – fort von den finstern Pfaden des Schmerzes und der Trauer...

Garab öffnete seine Augen und starrte die roh gezimmerte Wand vor sich an. Tevik hatte darauf bestanden, dass er, Nodan und Kenem in einem, seit letztem Winter leerstehenden Haus untergebracht wurden. Die beiden Männer aus Fenga hatten das Angebot zwar nach kurzem Widerstand angenommen, weilten jedoch die meiste Zeit bei ihren Männern. Garab war das Angebot, was sogar ihn selbst überrascht hatte, sehr gelegen gekommen. Seit sich Doel mit dem Spähtrupp aufgemacht hatte, war Garab zum ersten Mal seit vielen Tagen wieder allein. Gewiss, er verstand sich sehr gut mit Kenem und auch mit Nodan, doch in den letzten Tagen war er zunehmend schweigsamer geworden und hatte sich immer mehr von allen abgesondert, ohne dass es ihm selbst zunächst aufgefallen wäre. Doch seit er zum ersten Mal allein in diesem Raum gestanden war, hatte er jeden Tag aufs Neue die Erleichterung gespürt, niemand anderen um sich zu haben, keine Geräusche zu hören als nur das gleichmäßige Schlagen seines eigenen Herzens.

Kenem musste gespürt haben was in ihm vorging, hatte jedoch nicht daran gerührt. Auch darauf, dass sich Garab bei den abendlichen Besprechungen der Anführer immer weniger zu Wort meldete, war er nicht eingegangen. Überdies hatte Kenem selbst in den letzten Tagen den Befehl über die Tangal übernommen, ohne Garab in die Arbeiten am Wall mit einzubinden.
Ein Zug von Bitterkeit verzerrte Ildann Hars Miene: *Wahrscheinlich bereut er bereits, dass er mich mitgenommen hat.*

Er ließ den Kopf hängen und starrte auf seine Hände – der Bogen war ihm entglitten und lag zu seinen Füßen.

Ich bin nicht mehr fähig ein Anführer zu sein.

Sein Blick, lange gefesselt von den Linien seiner Handflächen, glitt wieder zu dem vertraut geschwungenen Holz, dessen Enden von einer dünnen Linie zusammengehalten wurden. Er bückte sich, zögerte einen Augenblick – dann umfassten seine Finger entschlossen den vertrauten Griff.
Garab spürte wieder das dunkle Feuer in sich lodern, welches er seit seiner Ankunft am Thel'Nia nicht mehr gefühlt hatte.

Wenn ich schon kein Anführer mehr sein kann, dann werde ich eben das sein, was von mir übrig ist – der Tod des Waldes.

Die Tür schlug mit lautem Knall zu und zurück blieb nur der leere Raum, jedoch keine wahrhaftige Leere. Diese hatte Ildann Har mit sich genommen – mit sich auf die Jagd.

* * *

Doel setzte verbissen einen Fuß vor den nächsten, um mit dem mörderischen Tempo, welches die Ga'hel seit dem Morgen anschlugen, mithalten zu können.

Nachdem er sich etwas von den körperlichen wie seelischen Folgen des Angriffs erholt hatte – soweit dies überhaupt möglich war – hatte er Chilvan berichtet, was er selbst seit dem Angriff in Baglan erlebt hatte. Er berichtete, wie er auf den Fûh-ra getroffen und Garab begegnet war und wie sie zu zweit aufgebrochen und schließlich nach Fenga gelangt waren. Von Fenga erzählte er nur das Nötigste, was Chilvan wissen musste, um die aktuelle Lage und die Schritte der Caradain zu verstehen. Während Doel das Brennen seiner ermüdeten Beine aus seinem Bewusstsein zu verdrängen suchte, erinnerte er sich noch einmal des Gespräches mit dem Ga'hel.

Chilvan schien vom Tode Tal-gháns – soweit man dies bei dessen gleichmütiger Art wohl sagen konnte – einigermaßen betroffen gewesen zu sein. Er hatte Doel zwar nicht unterbrochen, als er davon berichtete, sein sonst so regloses Gesicht hatte jedoch einen überraschten Ausdruck gezeigt, welcher bei jedem anderen nur einfaches Erstaunen gewesen wäre, bei diesem Unsterblichen aber möglicherweise schon fast eine Art von Entsetzen bedeuten konnte.

Chilvan hatte nach Doels Bericht ehrerbietig den Kopf geneigt und geradezu feierlich gesprochen: „Tal-ghán war einer der Weisen und Mächtigen unseres Volkes. Sein Tod ist wahrlich eine traurige Kunde."

Doel, überrascht davon, dass sein Ziehvater Chilvan bekannt gewesen zu sein schien, waren auf einmal wieder all die Fragen durch den Kopf gewirbelt, die er sich seit jener dunklen Nacht in Baglan so oft gestellt hatte. Er hatte einige Zeit benötigt, um die Frage zu stellen, deren Antwort er sein ganzes Leben, bis zu jener Nacht, zu kennen geglaubt hatte: „Wer war er?"

Chilvan hatte Doel einen langen Moment lang durchdringend angeblickt und schließlich geantwortet: „Tal-gháns Pfad führt über viele Jahrhunderte durch die Geschichte des ehrwürdigen Volkes der Ga'hel. Sie zu erzählen ist nun weder die Zeit noch der Ort."

Doel hatte bereits auffahren wollen, als ihm Chilvan mit der Hand Einhalt gebot: „Du hast das Recht seine Geschichte zu hören und es wird die Zeit dafür kommen. Auch unser Volk verlangt es nach Antworten über den Verbleib von einem unserer Altvorderen. Doch nun haben wir Dringenderes, dem wir unsere Aufmerksamkeit widmen müssen."

Chilvan hatte Doel ernst angesehen, während dieser sich einstweilen hatte vertrösten lassen, und war, als der Jüngere sich wieder niedergelassen hatte, fortgefahren: „Die Diener des Abgrundes, die wir heute erschlugen, sind nicht die Letzten, die mit ihrem unheilvollen Dasein die Länder südlich der Karan-Gahar verpesten."

Doel hatte Chilvan wie erstarrt angeblickt. Wie hatte er in jenen Augenblicken nur vergessen können, dass in jenem Moment Garab, Kenem und Nodan in Toak weilten. Dort, wo weitere der Kreaturen gesehen worden waren und nun wohl noch immer lauerten? Der Gedanke an den Tod seiner Gefährten und die unverhoffte Möglichkeit, mehr über seinen Ziehvater zu erfahren, hatte alles andere aus seinen Gedanken verdrängt.

Und noch etwas war aus seinen Gedanken verdrängt worden: Doel wurde mit einem Mal bewusst, dass Chilvan für ihn eine weitere Hoffnung bedeutete Locan zu finden.

Die Schmerzen in Doels Beinen schienen für einen Augenblick stark zuzunehmen, als er sich an jenen Moment des Gesprächs erinnerte, in dem er den Ga'hel nach seinem Wissen um seinen verschleppten Bruder gefragt hatte…

Er hatte ihn lange angesehen und Doel hatte schließlich geglaubt, es keinen Augenblick länger aushalten zu können, als Chilvan endlich antwortete: „Wir haben die Wälder viele Tage und Nächte durchwandert und viele Cûzhal gejagt und erschlagen. Aber nie fanden wir die Spur eines Menschen aus dem Königreich."

Chilvan hielt einen Augenblick inne, in dem Doel gespürt hatte, dass die nächsten Worte nur noch Schlimmeres mit sich bringen würden. Als er jedoch gesprochen hatte, waren die Worte wie Hiebe, die seine Seele Stück um Stück zertrümmerten…

„Ich kenne und bekämpfe die Diener des Abgrunds bereits mein ganzes Leben. Über viele Jahre hinweg habe ich sie gesucht,

gejagt und getötet. Leider muss ich dir sagen, junger Mensch Engads, dass die Verfluchten keine Gefangenen nehmen und nichts lange überlebt, was ihnen einmal in die Fänge gelangt ist."
Chilvan hatte Doel noch einen Augenblick gemustert, während dieser wie betäubt dagesessen und nicht mehr gesprochen hatte. Schließlich hatte der Ga'hel beschlossen, dass sie sich nach Toak begeben und der Jagdgruppe der Caradain anschließen würden.
„Mit vereinten Kräften können wir diese unheile Brut vom Antlitz der Welt tilgen, bevor sie uns einzeln in diesen Wäldern aufreiben."
Doel war zu nicht mehr als einem leichten Nicken fähig gewesen. Als die Ga'hel schließlich aufgebrochen waren, hatte er sich am Ende der Truppe eingereiht und war den Ewigdauernden stumm und ohne wirklich wahrzunehmen, was er tat oder was um ihn herum geschah, in die Schatten der Wälder gefolgt.
In die Schatten, die ihm letztlich – dessen war er sich nun sicher – seinen Bruder für immer entrissen hatten…

Als Doel nun wieder an die Worte des Ga'hel dachte, übermannten ihn zum ersten Male die Tränen der Gewissheit – der Gewissheit, vor der ihn die verzweifelte Hoffnung auf seiner Wanderung bisher immer geschützt hatte: der Gewissheit, seinen Bruder endgültig verloren zu haben. Wie konnte er, ein sterblicher und schwacher Mensch, noch Hoffnung haben, wenn nicht einmal die Mächtigsten unter den ewigen Ga'hel noch zu hoffen wagten?
Während er die Woge der Trauer übermächtig in sich aufsteigen fühlte, beschleunigte er seine Schritte, um dem inneren Schmerz einen körperlichen entgegensetzen zu können…
Er hatte das Gefühl, als müssten die Muskeln in seinen Beinen reißen unter der Anstrengung, die er ihnen mit seinem blanken Willen aufzwang… Doch außer dem Brennen in seinen Beinen spürte er noch eine andere Flamme, die sich in seinem Körper heiß ausbreitete, ihn jedoch nicht zu wärmen vermochte… Alles verbrennend schien sie sein ganzes Innerstes auszufüllen und

Schmerz und Trauer zu verzehren wie von einem heißen Sommer vertrocknetes Holz...

Bald würden sie nach Toak gelangen. Und endlich würde er Seite an Seite mit Garab und Chilvan gegen die Dämonen kämpfen, die sie alle drei zu Brüdern gemacht hatte – zu Brüdern im gemeinsamen Hass.

* * *

Chilvan wandte sich zum wiederholten Male um und betrachtete aufmerksam die Bäume, zwischen denen sie soeben hindurchzogen. Natürlich sahen seine Augen nichts. Die Empfindung, die an seinem Innersten rührte, hatte ihren Ursprung in einer Wahrnehmung, die weit jenseits der Sinnes- und selbst jenseits der Vorstellungskräfte der Sterblichen lag. Einer Wahrnehmung, die ihn wissen ließ, dass SIE ihnen bereits auf der Spur waren... sie jagten... sie töten wollten...

Nicht so dicht vor dem Ziel!

Chilvan ballte seine rechte Hand zur Faust, so als wollte er sie drohend gegen seine Feinde erheben – Feinde, die, obwohl sie noch weit von ihnen entfernt waren, sie dennoch bald erreicht haben würden.

Zu bald.

Chilvan beobachtete seine Männer, wie einer nach dem anderen zwischen den Bäumen hindurch geschritten kam – lautlos, mit gleichmäßigen Bewegungen und unmenschlicher Beharrlichkeit. Der Junge hatte es bislang geschafft ihrem Marsch zu folgen. Chilvans Gedanken verließen für einen Augenblick ihre Verfolger und wanderten zu Doel, Tal'ghans Ziehsohn.

Chilvans Gedanken kreisten seit der Begegnung mit dem Jungen unablässig um dessen wahre Herkunft. Der Heerführer der

Ga'hel hegte eine Vermutung, die ihm, umso länger er darüber nachdachte zu welcher Zeit Tal'ghán aus dem Reich der Ga'hel verschwunden war, nur umso sicherer erschien...
Chilvan ließ der Gedanke nicht mehr los und obwohl er das Wissen des ewigen Volkes in sich trug, die Weisheit seiner eigenen, unzähligen Lebensjahre genauso wie die Zielstrebigkeit eines Kriegers und Heerführers der Ga'hel, wusste er nicht, was er tun sollte...

Mancher Entschluss ist durch den Geist zu treffen
Anderer Weg wird durch des Herzens Kraft gefunden
Einigen Pfaden jedoch ist es von jeher zu Eigen
durch die Kraft keines Sterblichen und keines Ewigdauernden
gefunden oder gewählt zu werden

Zu mächtig ist der Fluss der Vorhersehung,
zu stark die Wasser des Schicksals, als dass sie sich von der
Hand eines anderen lenken ließen

In ihnen zu bestehen und nicht in ihnen zu schwinden,
ist die größte Prüfung allen Lebens
Und vor allen anderen die Weisen und Mächtigen
haben dies oft schmerzhaft zu erfahren

Überrascht erinnerte sich der oberste Heerführer der Worte, die er einst in der Kraft seiner Jugend abgetan und unbeachtet gelassen hatte. Die Worte seines alten Lehrers...

Mit einem Mal wusste Chilvan mit einer Sicherheit, die nicht seinem Geist entsprang, was er zu tun hatte.
Er winkte die beiden Krieger heran, die als letzte durch die Bäume herangekommen waren. Keiner von beiden ließ irgendein Anzeichen von Angst oder Erschrecken erkennen, während er ihnen den Befehl gab und ohne zu zögern wandten sie sich um und gingen den Weg zurück, den die Gruppe gekommen war – ihren Verfolgern entgegen...

Und während er die Krieger in Richtung Norden davon schickte, fühlte Chilvan neben dem Bedauern um das Schicksal der Männer auch die Gewissheit, das Richtige zu tun. Und er spürte den Zorn auf den, der ihm diese Entscheidung aufzwang.

Dafür wirst du bezahlen, Volcam!

Wie für Perut und alle anderen Schlachtfelder auf denen wir uns bereits getroffen haben!

Du wirst den Jungen nicht bekommen!

DIE FLUCHT

„Sie sollen nach Verfolgern Ausschau halten", klangen Chilvans Worte in Doels Kopf wider, als er sich an die kurze Rast erinnerte, während der er den Ga'hel nach den zwei Kriegern gefragt hatte, die jener am späten Morgen ihren Weg zurückgesandt hatte.
Mittlerweile war es nach Mittag und die Sonne hatte die halbe Strecke ihrer täglichen Wanderung bereits hinter sich gebracht. Doel schüttelte die Erinnerung an jene kurze Unterhaltung am Morgen ab und versuchte seine bleiernen Beine weiterhin Schritt um Schritt voreinander zu setzen.
„Wenn Garab mich jetzt so sehen könnte", kam es Doel kurz in den Sinn. Nie waren er und der Waldläufer so lange und so schnell gewandert.
Der Gedanke an Garab gab Doel neuen Mut und es schien ihm fast, als fiele ihm der Gang wieder ein klein wenig leichter.
Noch vor dem Abend, so hatte Chilvan ihm versprochen, würden sie Toak erreichen.
Doel straffte noch einmal die Schultern und ließ seine Schritte wieder etwas länger werden, ganz so, als ob er den Schmerz damit hinter sich lassen und vergessen könnte.

* * *

Als Chilvan das nächste Mal zu einer kurzen Rast einwilligte, war es bereits später Nachmittag. Doel saß nach Atem ringend auf dem Boden an einen Baumstamm gelehnt und hatte die Augen geschlossen. Als er wieder etwas zu Atem gekommen war und seine Augen wieder öffnete, sah er, dass sogar die Krieger um ihn herum einen erschöpften Eindruck machten. Es weckte in Doel eine gewisse Zufriedenheit, an diesen unsterblichen und mächtigen Kämpfern ein Zeichen der Schwäche und Verwundbarkeit feststellen zu können. Die

Zufriedenheit wich jedoch im nächsten Augenblick schon wieder einer grimmigen Erkenntnis, als die Bilder der riesigen, unglaublich schnellen und starken Wolfswesen vor seinem inneren Auge auftauchten…
Bald würde er sich vielleicht schon wünschen, die Ga'hel wären nur halb so unüberwindlich wie die Legenden es besagten.
Wie bald dies sein würde, war ihm in diesem Moment jedoch nicht annähernd bewusst…

* * *

Taluv atmete gleichmäßig die abendliche, langsam abkühlende Luft der Caradann ein – ließ sie in tiefen Zügen in sich hinein und wieder hinausströmen. Sie erfüllte seinen Körper mit einer Frische, die Menschen sich nicht einmal vorstellen, geschweige denn jemals spüren konnten. Erst wenn man die Zeit, die eine gewöhnliche menschliche Lebensspanne dauerte, durchlebt hatte, erkannte man die wahre Einheit von Körper, Geist und Seele. Erst dann eröffneten sich einem die wahren Möglichkeiten der eigenen Arme und Beine, die Kraft des Herzens und die reinigende Energie von Luft, Erde und Wasser. Doch bevor je ein Mensch zu diesem Punkt gelangen konnte, verwelkte die Kraft in seinen Gliedern, verlangsamte sich der Schlag des Herzens und vernebelten sich die Erinnerungen an das Wissen vieler Lebensjahre.
Ja, dachte Taluv, *es ist grausam und arm sterblich zu sein.*
Wie froh war er in diesem Moment darum, die Gabe des ewigen Seins empfangen zu haben – und wie wenig konnte er verstehen, dass es viele in seinem Volk gegeben hatte und auch heute noch gab, die dieses Geschenk ablehnten.

Während die Luft Taluvs Brustkorb und hohe Gedanken seinen Geist füllten, machte sich jedoch ein zutiefst weltliches Bedürfnis bemerkbar. Taluv seufzte, erhob sich mit einem eleganten Schwung und wandte sich zu einer Gruppe Bäume um, in deren Schatten er dunkel die Umrisse eines großen Gebüsches

erkannte. Mit schnellen Schritten ging er zwischen den Bäumen hindurch, um sich im Buschwerk zu erleichtern.
Genauso schnell wie sie seiner Hand nachgaben und seinen Körper hindurch ließen, schlossen sich die dichten Zweige der Nadelbäume wieder hinter Taluv...

...als sie zur Ruhe kamen, war es, als hätte es den Fremdling in den unendlichen Wäldern nie gegeben.

* * *

Chilvans Augen bohrten sich in die Schatten unter den Bäumen wie Speere durch dünne Lederpanzer. Es war keine Zeit sich völlig zur Ruhe zu begeben, um seine Feinde im Geiste sehen zu können. Er musste sich darauf verlassen, dass die beiden, die er ausgesandt hatte, ihnen die Zeit verschaffen würden, die sie noch brauchten, um Toak zu erreichen... Doch sie waren nicht mehr allzu weit entfernt. Nur noch ein kurzes Stück trennte sie von dem Dorf, in dem sie auf Garabs und Kenems Truppen treffen würden.
Der Gedanke den Waldläufer aus Perut wiederzutreffen, löste in Chilvan keineswegs ein besonders angenehmes Gefühl aus. Jener war Zeuge seiner Niederlage geworden und Niederlagen waren etwas, für das in Chilvans Welt kein Platz war.
Der Heerführer wandte sich mit einer schnellen Bewegung um und wollte soeben den Befehl zum Aufbruch geben, als er von einer Woge von Gedanken, Bildern und Gefühlen überrollt wurde...
Als er seinen Blick über seine Krieger huschen ließ, wusste er mit schrecklicher Gewissheit, dass jene dasselbe wahrnahmen: die Woge von Schrecken, Verzweiflung und vor allem – SCHMERZ, die über sie hinwegfegte...

...dem Geräusch der Schreie nur um einen kurzen Atemzug vorauseilend.

Doel fuhr mit weit aufgerissenen Augen aus seinem Dämmerschlaf auf und benötigte einen Augenblick, um zu verstehen, was ihn geweckt hatte – genau so lange, bis der zweite langgezogene Schmerzensschrei vom anderen Ende der Lichtung herüber hallte…

„Wer ist es, Fia'nu?", donnerte Chilvan, während er auf die eng stehenden Bäume zu rannte und dabei seine Schwerter zog.
Der Angesprochene, ein Krieger, den Doel bereits als den Unterhauptmann erkannt hatte, riss seinen langen Speer, welcher am Baumstamm neben ihm gelehnt hatte, an sich und antwortete während er sich im Lauf unter seinen Männern umsah: „Es muss Taluv sein. Er ist vorhin in dieser Richtung verschwunden."
Auch Doel hatte sein Schwert gepackt und eilte den Kriegern hinterher, die nun mit Chilvan an der Spitze zwischen den dichten Nadelbäumen hindurch und auf ein großes, mehr als doppelt mannshohes Dornengebüsch zuhielten. Als sie durch die dichten Äste brachen, bot sich Doel und den Ga'hel ein grauenvoller Anblick: Die Büsche umschlossen einen freien Platz, auf dem einige größere Felsbrocken verstreut herumlagen und auf einem der hüfthohen Findlinge lag mit dem Gesicht nach oben der vermisste Krieger – oder das, was von ihm noch übrig war…
Der Boden um den leblosen Körper herum war im Umkreis von fast fünf Schritten völlig mit Blut bedeckt… Blut, das aus mehreren klaffenden Schnittwunden auf der Brust und aus einer tiefen Bisswunde am Hals des Ga'hel stammte.
Die gesamte Gruppe prallte von dem schrecklichen Anblick zurück. Chilvan war der erste, der seine Fassung wiedererlangte und sich auf der kleinen Lichtung inmitten der großen Dornenbüsche umzusehen begann – er brauchte jedoch nicht lange zu suchen. Ein langgezogenes Knurren, wie Donnergrollen vor dem nahenden Sturme, wies seinen Augen den Weg…

Auf einem großen Felsen am gegenüberliegenden Rande der kleinen Lichtung thronte ein Cûzhal und starrte sie mit hochgezogenen Lefzen hasserfüllt an...

Blut rann ihm in dicken Tropfen von der Schnauze und den Zähnen, die wie Dolche aus seinem Maul zu ragen schienen...

Die Augen schimmerten in den Schatten des Waldes so dunkel, dass sie der großen Leere zwischen den Sternen glichen...

Geduckt, auf allen Vieren, kauerte die gigantische Bestie auf der dünnen Spitze des Steines, der wie ein Turm auf der Lichtung aufragte und starrte auf die kleine Gruppe hinab...

... abwartend...

... auf die kleinsten Anzeichen einer Bewegung lauernd...

„Diese Tat wirst du bereuen, Bewohner des Abgrunds!" Chilvans Stimme erschien Doel hart wie Stahl und übertönte das Knurren des Wolfes...
...welches nun jedoch nur noch mehr anschwoll und an Hass und Wut zuzunehmen schien.
Chilvan deutete dies wohl als Drohung, denn für Doel klangen die nächsten Worte des Generals wie ein Todesurteil für die Kreatur:
„Du bist in dieses Land gekommen, um dessen Bewohnern den Tod zu bringen...", Doel sah die kleine Bewegung von Chilvans Hand nur aus dem Augenwinkel. Er verstand jedoch sofort deren Bedeutung, als der Krieger hinter dem ruhig weitersprechenden Anführer langsam einen Pfeil auf die Sehne seines Bogens legte... verborgen vor den Augen des Cûzhal durch die Körper seiner Kameraden, welche geschlossen vor ihm standen...
„Gekommen bist du, um Leid und Verderben zu säen, wo sonst Frieden herrschte...", das Knurren des Cûzhal nahm an Lautstärke zu und Doel meinte sehen zu können, wie sich die

gewaltigen Muskeln der Kreatur unter dem dunkelgrauen Fell zusammenzuballen schienen.

„Du wirst dieses Land jedoch nicht weiter verderben, Diener des Abgrunds", der Wolf richtete sich halb auf und brüllte Chilvan herausfordernd an.

„KOMM HERUNTER, ABSCHAUM, UND STELL DICH DEINEM ENDE!"

Die letzten Worte hatte Chilvan der Kreatur brüllend entgegengeschleudert und er erreichte damit genau, was er beabsichtigt hatte: Der Cûzhal kauerte sich für den Bruchteil eines Augenblicks zusammen und sprang dann mit einem so gewaltigen Satz von dem Stein ab, dass er den riesigen Körper über die Lichtung bis zu Chilvan tragen musste, um diesen unter sich zu zermalmen...
Schneller als Doel auch nur daran hätte denken können, seine Klinge zu heben, traten die Krieger neben ihm auseinander, richtete sich der bis dahin geduckt stehende Krieger auf, zog die Bogensehne bis an sein linkes Ohr durch und ließ den tödlichen Pfeil über Chilvans Schulter hinweg schnellen.
Der graue Schemen wurde mitten in seinem tödlichen Satz von einem kleinen, blitzschnellen Schatten getroffen und herumgewirbelt, um dann schlaff vor Chilvans Füßen in den Staub zu fallen.

Doch der Cûzhal war von dem Pfeil nicht getötet worden... Doels Augen weiteten sich vor Schrecken, als ein Schauer durch den riesigen Körper lief...

Der Wolf bäumte sich mit einem Ruck auf und öffnete seine Kiefer, um sie mit letzter Kraft um Chilvans Hals zu schließen – doch der Ga'hel hatte seinen Gegner keinen Augenblick lang unterschätzt: Schneller als Doels Augen folgen konnten, schnellten dessen, eben noch so entspannt und locker herabhängende Arme, vor seinem Körper nach oben. Er trieb

seine beiden Schwerter mit so großer Kraft von unten durch den gewaltigen Schädel des Cûzhal, dass sie an der Schädeldecke wieder austraten.
Ein letztes Beben durchlief den gewaltigen Körper… dann erschlaffte er, gehalten nur von Chilvans Klingen, der den Wolf mit unmenschlicher Kraft noch einen Augenblick davon abhielt zu Boden zu sinken…

Doel erkannte mit einem Mal puren Hass und Abscheu auf dem sonst so makellosen und unbewegten Gesicht des Ewigdauernden, als dieser den Schädel des toten Wolfes noch ein wenig näher an sein Gesicht zog. Dann befreite Chilvan seine Schwerter mit einem so mächtigen Ruck aus dem Körper der Kreatur, dass er sie damit gleichzeitig zu Boden schleuderte, wo sie leblos und von Chilvan nun völlig unbeachtet, liegen blieb…
Schnell wandte sich der Ga'hel zu seinen Kriegern um: „Wir müssen uns eilen – keine dieser feigen Bestien würde sich jemals alleine an uns heranwagen. Es werden noch mehr in der Nähe sein."
Als hätten alle nur auf diesen Befehl gewartet, wandten sie ihrem toten Kameraden und seinem nun besiegten Bezwinger den Rücken zu und marschierten mit raschen Schritten los. Doel stand wie erstarrt noch immer an derselben Stelle, festgehalten vom Grauen des Anblicks, der sich ihm bot, als ihn Chilvan hart an der Schulter packte: „Wir müssen Toak erreichen bevor sie uns eingeholt haben. Wir sind zu wenige, um ihnen hier Widerstand leisten zu können."
Doel blickte ihn, immer noch schockiert von den Ereignissen an, begriff jedoch nicht den Sinn seiner Worte. Chilvan schien fest entschlossen, keine Zeit mehr zu verlieren. Ohne auf eine Reaktion Doels zu warten, riss er ihn mit erschreckender Kraft herum und stieß ihn vor sich her.
Doel taumelte aus den Büschen heraus, stolperte und fiel hart auf Hände und Füße. Unvermittelt brach sich das Grauen, welchen er soeben ansichtig geworden war, seine Bahn – Doel übergab sich heftig und heiße Tränen rannen ihm über das Gesicht. Vor

seinen Augen erschien Taleds Gesicht, auf dem sich der Schatten einer riesigen, klauenbewehrten Hand abzeichnete, welche die strengen, jedoch auch liebevollen Züge des Mannes zerschmettern würde, der für ihn wie ein Vater gewesen war...

... und Doel fühlt eine Hitze in seiner Brust, welche die Trauer und die Angst hinfortspült und sein Inneres mit lodernden Flammen zu überschwemmen scheint...

Ein Schrei gellte über die Lichtung und Doels Kopf fuhr ruckartig nach oben: Durch seine von Tränen verschleierten Augen sah er nur verschwommene Umrisse dunkler Schatten, welche mit furchtbarer Geschwindigkeit zwischen den Bäumen hindurch schnellten und sich wie im Tanze um die rot gekleideten Krieger zu bewegen schienen.

... das Feuer explodiert in seinem Inneren und Doel vernimmt ein markerschütterndes Gebrüll, welches über die Lichtung schallt...

Schneller als er selbst zu begreifen im Stande war, stand Doel wieder auf den Füßen und hatte die Klinge seines Ziehvaters in den Händen. Ohne sich die letzten Tränen aus den Augen zu wischen, rannte er auf zwei der tanzenden Gestalten, die ihm am nächsten waren, zu. Die größere und dunklere von ihnen wandte ihm den Rücken zu, musste ihn jedoch gespürt haben, denn sie duckte sich unter seinem ersten Schwertstreich noch knapp hinweg und drehte sich in der gleichen Bewegung zu ihm um...

... groß und düster ragt der Cûzhal vor Doel auf und sieht aus dunklen Augen auf ihn herab...

Doel zögerte keinen Wimpernschlag lang und rammte dem Dämon sein Schwert bis fast zum Heft in die Brust.

... als sich sein Blickfeld rot zu färben beginnt und der gewaltige Schatten vor ihm sich mit Todesschreien an seiner Klinge windet, begreift Doel auf einmal, dass er es ist, der brüllt...

Mit einem kräftigen Ruck riss Doel Taleds Klinge aus dem Körper der verhassten Kreatur und schlug ihr mit einem letzten lauten Schrei den Schädel ab...

... und auf einmal herrscht Stille.

Doel hielt das Schwert aufrecht in seiner Rechten und wischte sich mit der Linken nun zum ersten Mal über die Augen...

... sein erster Blick fiel auf den Körper seines besiegten Feindes... und dann auf den Ga'hel, der vor ihm stand und ihn aus weit aufgerissenen Augen anstarrte.
Und dieser Krieger war nicht der einzige: Die Lichtung war nicht etwa plötzlich verlassen, wie Doel aufgrund der Stille beinahe geglaubt hätte. Es waren außer Chilvans Kriegern noch etwa ein Dutzend der dunklen Kreaturen zwischen den Bäumen erschienen – doch sie alle machten keinerlei Anstalten, sich auf die verbliebenen sieben Ga'hel zu stürzen, welche Doel ebenso anstarrten wie der Krieger, der vor ihm stand.
Noch ehe er recht begriff, was um ihn herum geschah, stieß einer der Unsterblichen einen jubelnden Kampfschrei aus und stürzte sich auf seinen Gegner, der ihm auf einmal nur noch wenig entgegensetzte und unter dem dritten Hieb fiel...
Dies schien das Zeichen für die restlichen Krieger gewesen zu sein – auf einmal waren die Ga'hel auf dem Vormarsch und die Cûzhal wichen vor ihnen zurück und ergriffen schließlich die Flucht, nachdem mehr als die Hälfte von ihnen unter den wütenden Hieben der Ewigdauernden gefallen war.
Doel spürte auf einmal eine eigenartige Wärme an seiner rechten Hand. Er senkte den Blick und erkannte, dass es das warme Blut des Cûzhal war, welches die Klinge seines Schwertes rot gefärbt hatte und nun auf seine Hand hinuntertropfte...

Er wusste nicht, was er in diesem Augenblick empfand. Er hatte angesichts des Blutes und dessen, was er in den letzten Tagen und Wochen an Schrecknissen erblickt hatte, das Gefühl, sich sofort wieder übergeben zu müssen. Andererseits jedoch loderte das dunkle Feuer noch immer heiß in seiner Brust und wenn ein weiterer der schwarzen Dämonen vor ihm erschienen wäre, hätte er nichts anderes zu tun vermocht, als ihn mit seiner Klinge zu zerhacken, bis nichts mehr von ihm übrig gewesen wäre…

Eine Berührung an seiner Schulter ließ Doel aus seiner Betäubung aufschrecken und ihn mit hoch erhobenem Schwert herumwirbeln – vor ihm stand jedoch nur Chilvan, der ihn mit durchdringendem Blick musterte. Außer Neugier lag auch Überraschung in den Augen des Ewigdauernden. Und noch etwas, was Doel zuerst nicht zu deuten vermochte…

„Wir müssen weiter. Es sind noch mehr von ihnen auf dem Weg hierher."

Doel blickte den Ga'hel unverwandt an: „Woher wisst Ihr das?"

„Ich kann Diener des Abgrunds fühlen, wenn sie in der Nähe sind. Sie sind auf dem Weg. Wir müssen Toak noch vor der Nacht erreichen."

Und während Chilvan sich umwandte und seine Krieger zum Aufbruch zusammenrief, reinigte Doel – noch immer verwirrt und mit den Gedanken wie außerhalb seines Körpers weilend – seine Klinge mit ein paar herbstlich-braunen Blättern vom Boden des Waldes. Chilvans Gesichtsausdruck ging ihm nicht mehr aus dem Kopf. In den Augen des Ga'hel war für einen Moment ein Gefühl gestanden, was Doel dort zu sehen niemals erwartet hätte – Angst.

Der Ga'hel hatte *Angst* vor Doel gehabt.

* * *

An den Rest des Tages erinnerte Doel sich später nur noch undeutlich. Sie waren in unglaublicher Geschwindigkeit durch den Wald gehetzt. Hinter sich immer wieder Geräusche… das Rascheln von Blättern… das Knacken von Ästen… das

Geräusch von Luft, welche durch dolchartige Zähne eingesogen wird… riesige, schwarze Körper, welche mit gigantischen Sätzen ihren Weg verfolgten…
Mehr als einmal sprang unvermittelt ein Cûzhal aus den Büschen zu ihren Seiten und stürzte sich auf einen der Krieger… doch Chilvan ließ nicht anhalten, sondern schob Doel jedes Mal unnachgiebig weiter, während die Schreie des Kampfes und auch des Todes hinter ihnen in den länger werdenden Schatten der Wälder verhallten…
Zuletzt waren Chilvan und Doel allein… doch das Rascheln, Knacken und die Atemgeräusche ihrer Verfolger erklangen noch immer überall um sie herum…
Auf einmal teilten sich die Bäume vor ihnen und sie rannten auf freies Feld… Doel taumelte noch einige Schritte weit und brach dann in die Knie …
Nach Atem ringend, stützte er sich mit den Händen auf dem Boden ab und versuchte wieder Herr über seine Glieder zu werden – doch es war vergebens. Sein Körper wehrte sich gegen die Gewalt, die er ihm angetan und gegen das, was er ihm abgefordert hatte.
Doel hörte Worte, Schreie, die Schritte von Männern und das Brüllen blutrünstiger Kreaturen… doch alles kam wie aus weiter Ferne… als säße er auf dem Gipfel eines Berges und hörte Stimmen aus einem tiefen, von Nebel verhangenen Tal…

Schließlich verließen Doel seine Kräfte und er sank gänzlich zu Boden, während sein Geist seinen Körper verließ, um auf jenen unbekannten Pfaden zu wandeln, welche allen lebenden Wesen nur jenseits der Fesseln des Fleisches offen stehen…

VOR DEM STURM

Kenem beobachtete unruhig, wie seine Männer die vier schwer verletzten Krieger wegbrachten, um ihre Wunden zu versorgen. Die Krieger, die angeblich dem Volk der Ewigdauernden, dem unsterblichen Volk der *Ga'hel* angehörten.

Kenem wandte sich erneut dem Mann namens Chilvan zu, welcher schweigend vor ihm stand und musterte das edle, völlig reglose Gesicht des Kriegers.
Nachdem die Wachen den Hauptmann der Ga'hel und Doel aus dem Wald hatten laufen sehen, hatten sie sofort Alarm geschlagen – keinen Augenblick zu spät.
Nur kurz nach den beiden Flüchtenden waren eben jene Kreaturen aus dem Wald gebrochen, welche zu jagen Kenem und seine Männer aufgebrochen waren. Fast ein Dutzend der Bestien war mit riesigen Sätzen zwischen den Bäumen hervorgejagt und hatte sich auf die beiden Männer gestürzt. Mit drei von ihnen hatte Chilvan gefochten, als die ersten Pfeile von Kenems Männern die Dämonen erreicht hatten.

Sie wichen nicht zurück – selbst dann nicht, nachdem die Hälfte von ihnen gefallen war.

Kenem stand noch immer der kalte Schweiß auf der Stirn, als er an die rasenden Wolfskreaturen zurückdachte...

Sie wollten ihre Beute um jeden Preis...

Die Kreaturen hatten ihre Jagd nicht aufgegeben – selbst als die Pfeile der Caradain auf sie hernieder prasselten, waren sie nicht zurückgewichen, sondern hatten sich nur noch wütender in den Kampf gestürzt.

Durch die Pfeile der Caradain und unter den Schlägen der Schwerter der vier Ga'hel – welche nur kurze Zeit später aus dem Wald aufgetaucht waren und sich sofort von hinten auf die Feinde gestürzt hatten – waren die Dämonen einer nach dem anderen gefallen. Sie hatten sie alle töten müssen, um sie zu besiegen.

Töten MÜSSEN?

Kenem war über seine eigenen Gedanken erstaunt. Jedoch – eine Frage hatte ihm in diesem beginnenden Krieg von Anfang an Unbehagen bereitet:

Wieso waren diese Kreaturen hier?

Kenem erwachte aus seinen Gedanken wie aus einem tiefen Schlaf und sein Blick fiel – beinahe überrascht, dass dieser noch immer regungslos vor ihm stand – auf Chilvan.

Dieser Ga'hel kennt die Antwort!

* * *

„Entschuldigt bitte mein langes Schweigen! Aber vieles ist in letzter Zeit in diesen Wäldern geschehen. Vieles, dessen Bedeutung noch im Dunklen liegt."
Chilvan neigte kurz den Kopf und ergriff schließlich das Wort: „Ihr seid nicht sehr überrascht uns anzutreffen? Habt Ihr bereits aus anderem Munde von unserer Anwesenheit diesseits des Gebirges vernommen?"
Kenem hörte die Stimme des Mannes, abgesehen von dem Gebrüll und den hastigen Erklärungen von vorhin, zum ersten Male richtig. Sie klang ruhig und befehlsgewohnt und Kenem war sich sicher, dass sich Chilvan seiner Überlegenheit gegenüber ihm und den Caradain nur allzu bewusst war.

„Es ist wahr, wir vernahmen bereits vor über einem halben Mond von Eurer Ankunft in den Caradann."
Kenem sah es nicht als notwendig an, Chilvan von Garab zu erzählen. Er wollte von dem Ga'hel selbst die Erklärungen hören, warum er in den Caradann weilte – und warum diese Kreaturen in das Land seines Volkes eingedrungen waren.
„Nun, dann verfügt Ihr ja wohl bereits über das nötige Wissen über unseren gemeinsamen Feind." Chilvan wandte sich halb von Kenem ab und warf einen geringschätzigen Blick auf die Verteidigungsanlagen, welche Kenem und seine Männer in vielen Tagen harter Arbeit errichtet hatten. „Wir sollten uns über die Verteidigung dieses Ortes beraten. Die Diener des Abgrunds werden …"
„Ich befehlige drei Dutzend Mann und habe zusätzlich den Befehl über die Krieger Toaks übernommen. Ich werde Euren Rat jedoch gerne annehmen, sofern Ihr ihn mir anbieten wollt."
Kenem wusste bereits in dem Augenblick, in dem er die Worte aussprach, dass sie töricht waren. Der Ga'hel hatte ihn mit seiner selbstverständlichen Art und Weise, mit der er davon ausging, in Toak mit über Befehlsgewalt zu verfügen, zutiefst verärgert. Doch eigentlich war es nicht Kenems Art, persönliche Gefühle über seine Verantwortung als Anführer zu stellen. Und es WAR verantwortungslos, diesen mächtigen Krieger so unbesonnen zu beleidigen.

Dies wäre auch diplomatischer zu lösen gewesen, dachte Kenem, über sich selbst erzürnt. Und noch ein Gedanke kam ihm, welcher ihn vor Scham beinahe den Kopf senken ließ: *Bin ich bereits wie mein Vater? Zu sehr an meine Macht gewöhnt, um sie nicht für einen Augenblick gefährdet sehen zu können?!*
Doch nun konnte er nicht mehr zurück, wollte er das Gesicht vor dem Ga'hel nicht verlieren.
Chilvan hatte auf Kenems Worte, bis auf ein kleines, undefinierbares Zucken der Mundwinkel und um die Augen herum, kaum reagiert und schien nun kurz nachdenken zu müssen. Schließlich führte er seine rechte, zur Faust geballte

Hand an seine Brust, neigte langsam sein Haupt und blickte Kenem dann wieder mit unbewegter Miene an: „Natürlich seid Ihr der Befehlshaber in Eurem Land und über Eure Männer."
Kenem meinte für einen kurzen Moment eine Spur von Hohn in den Worten ausmachen zu können, schob es jedoch auf sein eigenes, beschämendes Gefühl des bislang völlig ungerechtfertigten Misstrauens gegenüber dem Ewigdauernden.
„Wir sind in dieses Land gekommen, um das Übel, welches sich über die Welt zu legen droht, aufzuhalten und die Unschuldigen zu retten, welche nicht für das Versagen unseres Volkes büßen sollen."
Kenem blickte den Ga'hel überrascht an: „Von welchem Versagen sprecht Ihr? Die Legende, die uns Caradain vom großen Krieg bekannt ist, zeugt doch von Eurem Sieg über die dunklen Scharen Durazcs?!"
Chilvan hielt einen Moment inne, ganz so, als fürchtete er, zu viel gesagt zu haben, sprach dann jedoch weiter: „Ich denke – mit Eurem Einverständnis", und er neigte erneut kurz den Kopf in Kenems Richtung, „dass die Geschichte unseres Volkes zu anderer Zeit erzählt werden sollte. Die Dunklen, welche uns verfolgten, waren nur die Vorboten einer größeren Gefahr. In diesen Wäldern weilt mittlerweile ein Vielfaches dieser Kreaturen und in diesem Augenblick rotten sie sich jenseits des Waldrandes zusammen, um des Nachts alles Leben auszulöschen, welches an diesem Orte weilt."
Kenem blickte Chilvan einen langen Moment an, entschied dann jedoch, dass eine Auseinandersetzung im Augenblick sinnlos war.

Chilvan hat vorhin bereits bewiesen, dass er der Feind der dunklen Kreaturen ist. Wenn sie uns heute Nacht angreifen, wird er auf unserer Seite stehen – egal, aus welchen Gründen.
Kenem nickte Chilvan zustimmend zu. Er sah über dessen Schulter hinweg Tevik auf sie zueilen. Ein weiterer Blick zu den Verteidigungsanlagen, an denen immer noch Männer arbeiteten, ließ seine Gesichtszüge finsterer werden. Chilvan hatte Recht – es

war wirklich nicht die Zeit, um sich über die Gründe zu streiten, die jeden Einzelnen von ihnen allen nach Toak geführt hatte.

Heute Nacht wird jeder um sein eigenes Leben kämpfen – egal, ob er sich willentlich in diese Gefahr begab oder nicht.

Doch wenn diese Nacht vorübergehen und er noch leben sollte, dann würde er die Wahrheit über den Grund seines Feldzuges von Chilvan einfordern.

* * *

Doel lag reglos auf dem weichen Lager, auf welches man ihn gebettet hatte, um seine Wunden zu versorgen. Dem Heilkundigen Toaks war jedoch sehr schnell aufgefallen, dass die Verletzungen des jungen Mannes bereits sehr gut versorgt und außerdem viel zu geringfügig waren, um dessen tiefe Bewusstlosigkeit zu erklären.
Als Kenem den Raum betrat, um nach Garabs Schützling zu sehen, wurden ihm die seltsamen Neuigkeiten überbracht und er runzelte verwirrt die Stirn.
„Wenn er nicht aufgrund seiner Verletzungen in Bewusstlosigkeit verfallen ist, aus welchem Grund dann?"
Der Heilkundige zuckte kurz mit den Schultern: „Es könnte eine tiefe Erschöpfung sein. Jedoch müsste er sich auch dann nach kurzer Zeit wieder aufwecken lassen, selbst wenn er noch so geschwächt wäre."
Mit einem nervösen Seitenblick auf Doel wollte sich der Heiler entfernen, jedoch wurde er von Kenem mit einem entschlossenen Griff an der Schulter aufgehalten. Ihm war der Blick des Mannes keineswegs entgangen und mit drohendem Unterton sprach er ihn erneut an: „Ist dies alles, was du zur Gesundheit dieses Mannes zu sagen hast?"
Der Heiler sah kurz in Kenems Augen, senkte den Blick jedoch rasch wieder. Mit leiser und leicht zitternder Stimme antwortete

er: „Dieser Mann ist körperlich so gut wie unversehrt. Es gibt keine Erklärung für seine Bewusstlosigkeit."
Er zögerte kurz, als müsste er genau überlegen, ob er das, was er dachte, wirklich aussprechen sollte: „Ihr kennt diese dämonischen Kreaturen, gegen welche die Ewigdauernden gekämpft haben. Ihr selbst habt an deren Seite gegen sie gefochten."
Kenem runzelte die Stirn erneut: „Was willst du sagen?"
Der Heiler sah ihm erneut in die Augen – Kenem erkannte wilde Furcht im Blick des Mannes, als dieser weitersprach: „Wisst Ihr denn über welch dunkle Kräfte diese Dämonen verfügen? Möglicherweise übersteigen ihre unsichtbaren Kräfte ihre sichtbaren bei weitem!"
Kenem hätte lauthals losgelacht, wäre die Situation nicht zu ernst gewesen. Er hatte noch nie an böse Zauberei oder an irgendeine Form der Magie überhaupt geglaubt. Stets war er in seinem Leben immer wieder zu der Überzeugung gelangt, dass sich alles, was andere für Zauberei, Hexerei, böse Geister oder was auch immer hielten, in Wahrheit höchst irdische Erscheinungen waren, welche sich mit dem entsprechenden Wissen leicht erklären ließen. Es überraschte ihn somit keineswegs, dass er selbst bei diesem Heilkundigen auf tief verwurzelten Aberglauben stieß.
Da Kenem selbst die Gedankengänge abergläubischer Menschen nicht nachvollziehen konnte, richtete er erneut eine Frage an den Heiler: „Nun, was denkt Ihr, welche bösen Kräfte könnten hier am Werke sein?"
Der Heiler warf einen weiteren schreckhaften Blick zu Doel hinüber bevor er antwortete: „Diese dunklen Wesen sind fremd in diesen Landen. Wer weiß schon, aus welcher Finsternis sie hierher gelangten und welche dunklen Kräfte sie von dort mit sich brachten? Doch diesem jungen Manne – dessen bin ich sicher – ist die Seele geraubt worden."
Der Heiler blickte Kenem erneut mit entsetztem Blick an: „Seine Seele wurde ihm genommen und er wird nie mehr erwachen."

Der Heiler warf einen sehnsüchtigen Blick in Richtung Tür und auf Kenems knappes Nicken hin, verbeugte er sich und verließ eiligst den Raum, ganz so als fürchte er, was Doel widerfahren war, könnte auch ihn selbst treffen.

Kenem sah mit besorgtem Blick auf den jungen Krieger hinab und fürchtete in diesem Moment nichts mehr, als dass Garab zurückkommen und seinen Schützling so antreffen könnte.

Mit höchstem Widerwillen hatte er sich die Antwort des Heilers angehört und ihr keinen Augenblick Glauben geschenkt. Umso länger er Doel jedoch betrachtete, umso mehr geriet er in Zweifel über seine eigenen Überzeugungen.

Wer weiß schon, aus welcher Finsternis sie hierher gelangten und welche dunklen Kräfte sie von dort mit sich brachten?

Die Worte des Mannes hallten noch immer in Kenems Gedanken wider... Auch dies war eine Frage, welche zu beantworten nur den Ewigdauernden gegeben sein konnte. Kenem war sich ziemlich sicher, dass Chilvan ihm sagen konnte, was mit Doel geschehen war, obwohl er bei dem Bericht über ihre kurze gemeinsame Reise kein Wort darüber verloren hatte.

Kenem seufzte und wandte sich vom Lager Doels ab.

Wie dem auch sei. Wenn Chilvan wüsste, wie man Doel helfen könnte, dann hätte er es bereits getan. Er hat ihn schließlich schon einmal gerettet.

Kenem fand sich damit ab, dass er im Augenblick nichts für Garabs Schützling tun konnte. Er musste sich auf die Verteidigung des Dorfes vorbereiten. Dass er dabei nun auf ein weiteres Schwert verzichten musste, machte diese Aufgabe nicht gerade einfacher.

Und dass die Schwerter der Ga'hel mächtig genug sein würden, um eine ganze Horde der schwarzen Kreaturen zurückzuschlagen, wagte er nicht zu hoffen.

***

Die Dämmerung brach bereits herein, als Garab beschloss, sein Nachtlager aufzuschlagen. Seit dem ersten Morgenlicht war er, nur unterbrochen von einer kurzen, mittäglichen Rast, durch die Wälder gewandert. Ständig auf der Suche nach Spuren ihrer dunklen Widersacher, hatte er große Gebiete nördlich, westlich und südlich von Toak durchsucht – jedoch bislang ohne Erfolg. Am Morgen dieses Tages hatte er sich schließlich nach Osten aufgemacht – dorthin, wohin die Sorge um Doel bereits von Anfang an seine Schritte hatte lenken wollen.
Warum er schließlich doch zuerst alle anderen Richtungen abgesucht hatte, war der Überlegenheit seiner Vernunft geschuldet gewesen, die in der langen inneren Auseinandersetzung mit seinen Gefühlen letztlich die Oberhand behalten hatte. Es wäre sinnlos gewesen, zuerst in genau der gleichen Richtung nach Spuren des Feindes zu suchen, wie es der Spähtrupp, der mittlerweile wahrscheinlich ohnehin bereits in Toak eingetroffen war, getan hatte. Es war somit die vernünftigste Entscheidung gewesen, das Dorf zu den übrigen Himmelsrichtungen hin abzusichern.
Der innere Kampf, den der erfahrene Jäger, Krieger und Anführer dabei jedoch mit sich selbst hatte ausfechten müssen, war für ihn ungewohnt schwierig gewesen. Er war dabei erneut einem Teil von sich begegnet, der ihm noch vor einigen Monden unbekannt gewesen war: dem Zweifel an der Richtigkeit seiner Entscheidungen.
Garab war unter Verhältnissen aufgewachsen, unter denen so gut wie nie anzuzweifeln gewesen war, was zu tun richtig und nötig sein würde. Er war von seinem Vater – selbst ein erfahrener Jäger und Krieger – auf eine Weise erzogen worden, die in ihm nie einen Zweifel an seinen Prioritäten hatte aufkommen lassen, wenn es darum ging, sich zwischen verschiedenen Möglichkeiten zu entscheiden. Stets war das Überleben der Gemeinschaft vor allem anderen gestanden und nie in Frage

gestellt worden. Stets war es richtig und zu Garabs Wohl gewesen, sich für den Erhalt des gemeinschaftlichen Lebens und Überlebens einzusetzen. Solange, bis sein Dorf von den schwarzen Kreaturen zerstört und seine Familie getötet worden war...

Hätte ich Helana und Todar retten können, wenn ich mit ihnen gemeinsam geflohen wäre? Wenn ich die anderen ihrem Schicksal überlassen hätte?

Garab glaubte die Antwort auf diese Frage zu wissen – und sie schien ihn seit vielen Tagen und wachen Nächten von innen heraus aufzufressen...
Er wusste nicht mehr, was richtig und was falsch war. Er verspürte seit längerem einen tiefen Hass auf all die hilflosen Menschen, die ihm immer wieder anvertraut wurden... die unfähig waren, sich selbst zu helfen... die ihm durch ihren Tod Schmerzen zufügten...
Die Falschheit dieses Hasses zermürbte ihn überdies, da er irgendwo in sich wusste, dass er so nicht fühlen sollte... nicht fühlen DURFTE...

Vielleicht wäre es einfacher, wenn jeder auf sich und die Menschen achtete, die ihm nahe sind?!

Dieser Gedanke hatte sich die letzten Tage immer wieder leise, jedoch hartnäckig bemerkbar gemacht.
Bei seinen Überlegungen über die Richtung, in welche er seine Schritte von Toak aus richten sollte, war es immer wieder ein schreckliches Bild gewesen, welches ihn hatte zaudern lassen dem Osten zuerst den Rücken zu kehren: Das Bild eines verblutenden jungen Mannes, dessen Körper von tiefen Klauenwunden beinahe zerrissen worden war und der nun sterbend unter den finsteren Schatten der Caradann lag...
Was, wenn Doel in Gefahr geriet und er, Garab, zu spät käme um das Schlimmste zu verhindern? Er würde es sich niemals

verzeihen können, erneut einen geliebten Menschen nicht beschützt zu haben…

Letztlich hatte er den Gedanken so gut er konnte beiseite gewischt und sich mit den Tatsachen getröstet, welche eine vernünftige Entscheidung rechtfertigten: Doel war mit neun Kriegern unterwegs – die Feinde waren zuletzt um Toak herum gesichtet worden und nicht im Osten – Doel war ein fähiger Kämpfer und kein wehrloses Kind…

Mit diesen Gedanken tröstete sich Garab seit Tagen – und mit jedem Tag, an dem er nicht auf Spuren der Feinde gestoßen und die Wahrscheinlichkeit gewachsen war, dass sie doch im Osten lauerten, hatte er sein Zaudern und seine Unfähigkeit sich zu entscheiden aufs Neue verflucht.

* * *

Ein starker Geruch ließ Garab in seinem Schritt ruckartig innehalten. Es verging nicht einmal die Zeit eines Wimpernschlags, bis er wusste, woher er den abscheulichen Geruch kannte – Es war der Geruch von Kampf, Blut und Tod…

Er schulterte seinen Bogen, zog lautlos sein Schwert, indem er die Klinge zwischen Daumen und Zeigefinger hindurch gleiten ließ und schlich in geduckter Haltung langsam und vorsichtig in Richtung einiger großer Büsche, hinter denen der grausame Geruch hervordrang.

Garab spürte, wie ihm das Herz bis zum Halse schlug und kalter Schweiß über seinen Rücken rann – noch etwas, was ihm früher nicht geschehen wäre. Garab kannte zwar die Anspannung und auch die Angst vor einem Kampf, doch nun fühlte er blanke Panik bei dem Gedanken an das, was er sehen könnte, wenn er die Äste beiseite schieben und hinter die Büsche blicken würde…

Garab schluckte schwer und hob seine linke Hand – sie zitterte so stark, dass er sich an den Dornen des Busches mehrfach schnitt, bevor er freie Sicht auf das hatte, vor dem er sich mit seinem ganzen Wesen so abgrundtief gefürchtet hatte: Die Umrisse eines menschlichen Körpers auf dem dunklen Boden des Waldes.

Garab hielt einige Augenblicke inne, um sicher zu sein, dass der Körper völlig regungslos dalag. Einige weitere Momente lang spähte und horchte er angestrengt in die Umgebung um den Körper herum, um eine etwaige Falle auszumachen.

Nach längerem Innehalten als er es normalerweise gewohnt war, richtete Garab sich etwas mehr auf und trat durch die Büsche zu dem Körper hinüber. Nachdem er sich noch einmal wachsam umgeblickt hatte, beugte er sich hinunter, um den Leblosen genauer zu untersuchen. Garab konnte einen Laut der Überraschung und des Schreckens, der ihn einem nahen Feind mit Sicherheit verraten hätte, nur mühsam unterdrücken: Es war ein toter Krieger der Ga'hel, der von tiefen Schnitt- und Risswunden schrecklich zugerichtet war. Garab versuchte die Gesichtszüge des Mannes genauer zu erkennen, konnte jedoch im schwindenden Licht und unter all dem Blut nicht genug sehen.

Eines stellte Garab jedoch bereits nach kurzer Untersuchung fest: Der Mann war mit sehr scharfen Waffen, hinter denen eine so unbändige Kraft steckte, dass sie seinen metallenen Harnisch durchdrungen und teilweise sogar ganze Stücke davon herausgeschlagen hatte, angegriffen worden.

Vor Garabs Augen manifestierte sich mit einer solchen Deutlichkeit, dass er fast selbst davor zurückgeschreckt wäre, das Bild einer monströsen Kreatur mit schwarzem Fell, muskulösen Armen und Beinen und vor allem – langen, messerscharfen Klauen und Zähnen…

Als er seine Augen von dem toten Körper abwandte und auf den Boden daneben blickte, entdeckte er etwas, was sein Herz noch schneller schlagen ließ, als es dies ohnehin schon getan hatte. Der Waldboden um Garab herum war übersät mit jenen Fußabdrücken, die er vor etwa drei Monden zum ersten Mal in der weichen Erde der Caradann eingegraben gesehen hatte: Die

Abdrücke von vier großen Zehenballen und vier fingerlangen Klauen.

Sein Kopf hob sich langsam, während er mit seinen Augen dem zertrampelten Waldboden in die Schatten der Bäume hinein folgte – in jene Schatten, hinter denen Toak lag…

Verteidigt nur von einer Schar Männer, die in ihren dunkelsten und verzweifeltsten Träumen noch nichts annähernd so Schrecklichem gegenübergestanden hatten, als jenem Unheil, welches sich ihnen nun näherte…

* * *

Kenem wischte sich den Schweiß von der Stirn und nahm einen tiefen Schluck aus dem Wasserschlauch, welcher ihm von einem seiner Männer gereicht wurde. Der Krieger sprang nun an seiner Stelle in den Graben, um mit dem knappen Dutzend Männer darin die letzten Arbeiten an den neuen Wehranlagen Toaks zu verrichten.

Kenem sah den Männern im Graben einige Augenblicke lang zu, ließ seinen Blick dann zu den Arbeitern am Erdwall über ihm und schließlich zu denen, welche an den Befestigungen zwischen den Häusern arbeiteten, hinüber schweifen.

Kenem war nicht zufrieden. In Wahrheit hätten sie jedoch auch noch fünf weitere Tage arbeiten können und er wäre mit den Anlagen immer noch nicht zufrieden gewesen. Er betrachtete alles, was sie seit ihrer Ankunft aufgebaut hatten und versuchte sich die Kreaturen, welche er am Morgen zum ersten Mal selbst gesehen hatte, vorzustellen… versuchte abzuschätzen, wie hoch und weit sie springen konnten… ob der Graben tief und der Wall hoch und beides zusammen breit genug war… fragte sich, ob die Pfähle dick genug waren, um unter dem Gewicht der Kreaturen nicht zu zerbrechen…

Und wenn sie die Anlagen überwinden, was wird dann geschehen…?

Kenem wurde von einer sich an seinem Nacken ausbreitenden Wärme aus seinen Gedanken gerissen. Er wandte sich um und sah die Sonne gen Horizont sinken – ihre letzten wärmenden Strahlen dabei auf den Wald werfend...

Es wird Zeit.

Der Hauptmann wandte sich vom Graben ab und suchte bei den Männern auf dem Wall nach Nodan. Die Arbeiten mussten vor Einbruch der Dämmerung beendet werden, damit die Posten bemannt werden konnten.
Er wusste, dass die meisten seiner Männer von der Arbeit ermüdet sein würden. Es war nicht zu ändern. Im Nahkampf eins gegen eins gegen die dunklen Kreaturen zu bestehen, war ohnehin so gut wie unmöglich. Auch wenn die Männer noch so ausgeruht gewesen wären.
Ihre einzige Hoffnung bestand daher in den Wehranlagen, gut gezielten Pfeilen und in der Herstellung von zahlenmäßiger Überlegenheit im Nahkampf.
Oder am besten der absoluten Vermeidung des Nahkampfes, dachte Kenem grimmig.
Wenn Graben, Wall und die Häuserfront hielten und höchstens einzelne Kreaturen durchließen, konnten sie bestehen.
Wenn der Feind sich jedoch an einer Stelle einen Durchgang verschaffte, würden sie schnell in Bedrängnis geraten. Verschafften sich die Dämonen an zwei Stellen Durchgang...
Kenem dachte den Gedanken nicht zu Ende, während er mit schnellen Schritten zu seinem Unterführer hinüberging, um die Verteilung der Männer auf den Wällen und Häusern durchzugehen.
Hinter ihm sank die Sonne langsam aber stetig dem Horizont entgegen, um den Himmel der nachziehenden Dunkelheit zu überlassen...

* * *

Finsternis umfing die Caradain Toaks und ihre Mitstreiter aus Fenga als wären sie alle mit Blindheit geschlagen. Kein Stern war am bewölkten Nachthimmel zu sehen und auch der Mond vermochte die Dunkelheit nicht zu durchdringen.

Der rote Schein der Fackeln fiel auf Chilvans Gesicht, der einige Schritte neben Kenem hinter dem Erdwall am Dorfeingang Aufstellung genommen hatte. Seine vier verbliebenen Krieger waren entlang des Walles verteilt.

Kenem hatte dieser Aufstellung gerne zugestimmt, da ihm die Präsenz der mächtigen Krieger hier am sinnvollsten erschien. Chilvans Männer waren die einzigen, die es im Nahkampf alleine mit zumindest einer der Kreaturen aufnehmen konnten. Geschützt durch die Pfeile der Caradain sollten sie eigentlich in der Lage sein, mehreren der Wölfe die Stirn zu bieten.

Ein Knistern der Fackel neben ihm ließ Kenem aufschrecken und sein Blick wanderte wieder über die Barrikaden hinaus zum Waldrand. Das ganze Feld bis dorthin war übersät mit kleinen Wachfeuern, die so angelegt waren, dass sie bis zum Morgengrauen vor sich hin glühen und damit hoffentlich genug Licht spenden würden, um nahende Lebewesen für die Bogenschützen so früh wie möglich erkennbar zu machen.

Doch auch mit diesen spärlichen Lichtquellen würde es eine große Herausforderung selbst für die besten der Tangal sein, die meist schwarz behaarten und wahrscheinlich mit großer Geschwindigkeit herankommenden Kreaturen zu treffen.

Kenems Blick wanderte hinüber zu dem alten, einsamen Baum, an dem Garab nach ihrer Ankunft in Toak oft gestanden hatte. Da sich der Baum auf einer Anhöhe befand, er dicke, ausladende Äste hatte und außerdem etwa auf der Hälfte des Weges zum westlichen Waldrand stand, hatten einige der besten Schützen Kenem vorgeschlagen, dort ihren Wachposten zu beziehen. Er war sehr schnell darauf eingegangen. Er hatte bereits an etwas Ähnliches gedacht, da er den Feind nicht völlig ungehindert das freie Feld überqueren lassen wollte. Die fünf Schützen hatten von ihrer einfachen hölzernen Plattform – welche innerhalb eines knappen halben Tages hatte gebaut werden können – die

Möglichkeit, jedes Wesen mit Pfeilen zu treffen, welches sich nur einige dutzend Schritte aus dem östlichen Wald herauswagte. Sollten die Feinde dann den Baum angreifen wollen, würden sie in die Reichweite der Schützen auf den Hausdächern des Dorfes geraten und im Licht der um den Baumstamm herum platzierten, großen und hellen Feuer wunderbare Ziele abgeben.

Anschließend würden sie sich dann entweder zur Flucht – was Kenem jedoch nicht zu hoffen wagte – oder dem Dorf selbst zuwenden. Hier würden sie wohl am ehesten den Graben und den Wall attackieren, da sie die Bogenschützen auf den Dächern von den Häusern fernhalten würden.

Und wenn sie die Barrikaden angreifen..., Kenem ließ den Blick über die Männer neben sich schweifen: Jeweils drei Krieger standen zusammen Wache. Immer zwei trugen lange, starke Speere und ein Dritter war mit einer schweren Axt bewaffnet. Kenem hoffte, dass die Cûzhal, welche Graben und Wall überwanden, von den Speerträgern festgesetzt werden konnten, um somit den Axtträgern Gelegenheit zum tödlichen Streich zu geben.

Sein Blick wanderte zur zweiten Reihe von Kriegern, welche einige Schritte hinter ihnen standen – sie waren alle mit Bögen ausgerüstet. Nicht die besten Schützen der Tangal, jedoch alle kräftig genug, um die größten Bögen zu tragen, die die Bogner Fengas zu fertigen vermochten. Zur Unterstützung der Nahkämpfer hatte Kenem ein knappes Drittel seiner Tangal hier aufgestellt.

Große Bögen für starke Pfeile und genug Schusskraft, um wilde Eber in ihrer größten Raserei umzuwerfen...

Kenems Blick schweifte über die Dächer, auf denen die besten seiner Schützen und einige Harokhar – überwiegend die unerfahrenen Schüler – standen. Kenem rechnete nicht damit, dass sie dort gebraucht würden, jedoch konnte er die Dächer auch nicht gänzlich ohne Nahkämpfer lassen.

Nur für den Fall, dass wir es mit klügeren Dämonen zu tun haben, als die Ga'hel zugeben wollen..., ging es dem Sohn des Etar-Dál Fengas durch den Kopf.
Das Schlachtfeld war bereit, alle Pläne gemacht und die Schlachtordnung aufgestellt. Wie stark beide Gegner wirklich waren, davon würde abhängen, wer und wie viele Figuren der jeweiligen Seite das nächste Morgenrot erblickten...

* * *

Ein langgezogenes Heulen wehte durch die Nacht über das freie Feld von Toak zu den Verteidigern herüber. Rastlos suchten Kenems Augen den Waldrand ab und fanden nach einiger Zeit, was sie gesucht hatten: den Umriss einer riesigen Kreatur, mit schwarz-grauem Fell, riesigen Gliedmaßen und weiß schimmernden Klauen...
Der Cûzhal kauerte auf allen Vieren, richtete sich nun jedoch zu seiner vollen, schrecklichen Größe auf und ließ ein markerschütterndes Brüllen ertönen. Kenem spürte, wie die Männer um ihn die Luft anhielten und er konnte beinahe fühlen, wie sie den Griff um ihre Waffen verstärkten – es war jedoch noch nicht vorüber. Die Kreatur erhielt aus den Tiefen des Waldes Antwort auf ihren Ruf: Aus unzähligen Rachen erscholl ein blutdurstiger Chor und wurde vom Nachtwind als grausame Herausforderung nach Toak geweht...
Und dann tauchten sie auf – ein grausamer Schatten nach dem anderen schälte sich aus der Finsternis des Waldes heraus und wandte sich der Heimstatt der Sterblichen zu. Einer nach dem anderen... ihre Zahl wuchs mit jedem Herzschlag der Verteidiger und alle hofften bei jedem neuen Schatten, es möge doch der letzte sein... ihre Hoffnung wurde viele Schläge lang nicht erhört...
Kenem betrachtete die lange Reihe von Dämonen, welche am östlichen Waldrand Aufstellung genommen hatte – es waren ihrer an der Zahl mehr als die Krieger, welche er befehligte. Die

Hoffnung des jungen Anführers, seine Männer heil durch die Nacht zu bringen, schwand in diesem Moment fast zur Gänze.

Für einen Augenblick schloss er die Augen, atmete tief ein und stieß dann einen einzigen, langgezogenen Kampfschrei aus. Mit diesem Schrei ließ er all seine Ängste vor Tod und dem eigenen Versagen, all seine Wut über die Grundlosigkeit dieses Kampfes und all seinen maßlosen Zorn über die Sinnlosigkeit allen gewaltsamen Sterbens aus seinem Herzen hinaus- und über das weite Feld hinfort ziehen. Er wandte sich zu seinen Kriegern um, stieß die Faust mit seinem Schwert in die Luft und brüllte ein zweites Mal, so laut, dass er meinte, schon jetzt heiser sein zu müssen, bevor die Schlacht überhaupt begonnen hatte. Seine Krieger stimmten nach einem kurzen Augenblick des Zögerns in das Brüllen ihres Hauptmanns mit ein.

Am jenseitigen Ende der Ebene vernahmen die dunklen Schatten die Annahme ihrer Herausforderung und setzten sich, wie eine sich langsam aufbäumende Flutwelle, in Bewegung...

... *es begann!*

DIE SCHLACHT UM TOAK

Kenem beobachtete aufmerksam, wie die Wölfe langsam auf das Dorf zukamen. Nur ganz allmählich wurden sie schneller. Doch noch immer erschien es ihm nicht so, als wollten sie wirklich angreifen. Es kam ihm vielmehr so vor, als wüssten die Kreaturen nicht genau, wie sie vorgehen sollten, oder vielleicht sogar, was sie eigentlich überhaupt zu tun beabsichtigten.

Tiere auf der Jagd verhalten sich nicht so.

Der Gedanke, keine Tiere vor sich zu haben, beunruhigte Kenem auf sonderbare Weise. Nichtmenschlichen Waldbewohnern in ihrer tödlichen Angriffswut entgegenzutreten, war für ihn keineswegs ungewohnt. Zu oft hatten sie in Fenga während langer und harter Winter mit Horden ausgehungerter Wölfe kämpfen müssen. Auch Bären und Wildschweine, welche ihre Jungen oder ihr angestammtes Gebiet verteidigten, kannte er zu Genüge. Doch diese Kreaturen verhielten sich auf eine ihm völlig unbekannte Art und Weise…

… anders.

Die Gedanken des Caradain-Anführers hielten nur bis zu dem Augenblick an, da der Feind in Reichweite der Bogenschützen auf dem alten Baum gelangte. Als der erste Pfeil auf einen Cûzhal herniederging und das Wesen wütend aufbrüllen ließ, brach über die Verteidiger Toaks der Ansturm herein, den sie so lange gefürchtet hatten.
Die Wölfe hielten zuerst für einen Moment in ihrem Vormarsch inne, als der Getroffene unter zwei weiteren Pfeilen zu Boden ging. Dann jedoch stürmte die ganze Schar auf einmal mit riesigen Sätzen und Gebrüll dem Dorf entgegen.

Sie greifen den Baum nicht an. Jedes Tier wendet sich einem Feind zu, der es verletzt.

Ein weiterer beunruhigender Gedanke, der Kenem fast vergessen ließ, dass der Tod in vielzahliger Gestalt auf ihn und seine Männer zustürmte. Schließlich schüttelte er alle Zweifel und ablenkenden Gedanken von sich ab und wandte sich zu den Bogenschützen hinter ihm um: „Vergesst nicht: Schießt auf keinen, der sich Graben und Wall nähert! Wir wollen sie nicht dazu ermutigen, die Häuser anzugreifen. Schießt nur auf die, die Graben und Wall überwinden. Solange bis ich etwas anderes befehle."
„Sie scheinen keinerlei Interesse an den Häusern Eurer Landsleute zu haben, Kenem." Chilvan deutete auf die rasch herankommende Schar, die tatsächlich direkt auf die Barrikaden am Dorfeingang zuhielt. Kenem nickte dem Ga'hel grimmig zu: „Nun dann, sind die Schwerter der Neiathan bereit?"
Chilvan neigte kurz den Kopf vor Kenem, zog dann, begleitet von einem metallischen Singen seine zwei Schwerter aus den Scheiden, während das gleiche Geräusch auch einige Schritte zu beiden Seiten von ihnen erklang: „Die Ga'hel sind bereit, gemeinsam mit ihren sterblichen Brüdern aus den unendlichen Wäldern der Finsternis entgegenzutreten!"
Kenem führte seinen Schwertgriff in einem Gruß zur Brust und neigte ebenfalls kurz den Kopf.
Dann wandten sich beide wieder dem Wall zu – der Feind war herangekommen.

* * *

Bei der Überquerung des Feldes hatten die Cûzhal mehr als ein halbes Dutzend ihrer Schar verloren, doch noch immer waren sie mehr an der Zahl, als Kämpfer in den Reihen der Caradain standen. Als die dunkle Woge der Feinde den Graben erreichte, hielten alle Verteidiger den Atem an, in Erwartung dessen, was nun geschehen würde – ob ihre Verteidigung standhalten oder sich als zu schwach erweisen würde, um die schwarze Woge zurückzuhalten.

Kenem wusste nicht, was er erwartet hatte, jedoch nicht das, was er nun sah: Die Wölfe, welche als erstes die Barrikaden erreichten, hielten am Rande des Grabens keinen Augenblick inne, sondern sprangen mit riesigen Sätzen darüber hinweg.
Der Anblick, der sich ihm dann bot, war für Kenem erleichternd und grauenhaft zugleich: Die Angreifer wurden grausam auf den Pfählen aufgespießt, wo sie unter qualvollem, schrillem Gebrüll eines furchtbaren Todes starben.
Einer der Cûzhal schaffte es auf die Spitze des Walles zu gelangen, verletzte sich dabei jedoch an der letzten Pfahlreihe und fiel Chilvan hilflos vor die Füße. Dieser wartete zu Kenems Überraschung ab und hielt sogar die Caradain neben sich mit einer Geste zurück. Der Cûzhal rappelte sich schwankend auf, während einer seiner Hinterläufe aufgerissen und schlaff an seiner Seite hing und beäugte den Ga'hel vor sich in lauernder Haltung. Kenem und die Krieger in seiner Nähe starrten den Anführer der Ga'hel und seinen finsteren Widersacher fasziniert an.
Schließlich stürzte sich der Wolf mit unerwarteter Behändigkeit, ein wütendes Brüllen ausstoßend, auf Chilvan – doch dieser war zu schnell für seinen Gegner. Wie er es bereits am Vortag auf der Lichtung im Dornengebüsch getan hatte, bohrte Chilvan seine Schwerter erneut von unten in den Leib seines Gegners. Diesmal jedoch nicht durch dessen Schädel, sondern durch die Brust des Cûzhal, so dass sie an dessen Rücken wieder heraustraten. Das Brüllen der Kreatur wandelte sich zu einem Schrei der Qual und des Todes, der kein lebendes Wesen unberührt und selbst die dunklen Schatten jenseits des Grabens erstarren ließ.
Kenem und seine Krieger beobachteten fassungslos, wie Chilvan die Kreatur grausam hinrichtete. Der Ga'hel drehte seine Schwerter im Leib seines Gegners, so dass dessen Schreie immer

schriller und verzweifelter wurden und die Kreatur in Kenems Ohren um Erlösung zu bitten schien…

Er spürte, dass er auf einmal sein Schwert hob, einen schnellen Schritt an Chilvans Seite machte und seine Klinge zwischen den Waffen des Ewigdauernden hindurch der Kreatur ins Herz stach. Das Gebrüll der Kreatur verstummte mit einem Mal und Kenem sah – und wie in einem Traum schien es ihm – dass die Kreatur ihren Kopf zu ihm wandte und ihn anblickte. In den nur noch schwach glänzenden Augen meinte der Caradain etwas zu erkennen, was er bei diesem Lebewesen niemals zu finden erwartet hätte: Dankbarkeit.
Ein letztes Zittern lief durch den riesigen Körper und die Augen des Wesens schlossen sich, während seine Seele ihn verließ.
Chilvan schleuderte seinen leblosen Feind zu Boden und riss seine Schwerter aus dem riesigen Leib. Wutentbrannt fuhr er zu Kenem herum, welcher noch immer fassungslos dastand und nun, noch immer wie im Traum, das Blut auf dem Stahl seines Schwertes anstarrte.
„WIE KÖNNT IHR ES WAGEN, IHR NICHTSWÜRDIGER…" Ein langgezogenes Heulen ließ den Ga'hel in seinem Zorn innehalten. Die Verteidiger Toaks wandten ihren Blick dem jenseitigen Rand des Grabens zu, an dem im flackernden Feuer unzählige Schatten reglos kauerten. Erst langsam, dann immer schneller, wandte sich einer nach dem anderen von ihnen um und setzte mit großen Sprüngen über das Feld hinweg auf den dunklen Waldrand zu, wo der schwarzgraue Wolf stand und seine Armee zu sich rief.
Der Feind zog sich zurück.

* * *

Kenems Augen folgten den schattenhaften Kreaturen, bis auch die letzte von ihnen unter den Bäumen am jenseitigen Waldrand verschwunden war. Auch dann noch stand er reglos da und starrte auf den Wald. Ganz so, als wäre alles nur ein dunkler

Traum gewesen und als gäbe es nichts Gefährlicheres in der Welt als Wölfe und Bären…

Auf einmal brach um den jungen Tangal-Hauptmann herum ein wilder Jubel los, als die Caradain begriffen, dass sie ihren übermächtigen Feind zurückgeschlagen hatten. Das Siegesgeschrei war ohrenbetäubend und Kenem hörte, wie inmitten des Jubels mehrfach sein Name aus vielen Kehlen erklang. Doch der Jubel vermochte ihn nicht zu erreichen – die Erleichterung seiner Krieger fand in das Herz des jungen Anführers keinen Eingang.

Ein kaltes, singendes Geräusch riss ihn aus seiner Versunkenheit und es schien ihm, als sei er eine Ewigkeit bewegungslos dagestanden. Verwirrt fuhr er sich mit der Hand über die Augen und eine bleierne Müdigkeit legte sich auf seine Glieder, als habe er das Schwert nicht nur gegen einen der Dämonen, sondern gegen die ganze Horde geschwungen…

Das seltsame, singende Geräusch ließ Kenem erneut aufhorchen und sich umwenden: Hinter ihm stand Chilvan und wischte eines seiner Schwerter an einem dunklen Tuch ab, welches ihm einer seiner Krieger, der nun ehrerbietig wartend vor seinem Anführer stand, gereicht hatte.

Das Schwert gab, während es über das schwere, grobe Tuch gezogen wurde, ein hohes Singen von sich, welches Kenem bereits gehört hatte, als Chilvan die Waffen zog. Ein Singen, welches ihn innerlich erschauern ließ.

Als Chilvan die Klinge gereinigt hatte und dazu ansetzte, sie wieder in die Scheide zu stecken, bemerkte Kenem zum ersten Mal, dass das Metall von glänzender, nachtschwarzer Farbe war.

Chilvan steckte das Schwert weg und warf seinem Krieger achtlos das Tuch zu, während er Kenem mit einem abschätzigen Blick musterte.

„Ihr seid ein kluger Anführer, Sohn Elows. Doch die Macht des Schreckens, welche unseren Feind soeben zurückgeschlagen hat, wagt Ihr nicht anzurühren."

Kenems Blick fiel auf den leblosen Körper des Cûzhal und mit einem Mal erinnerte er sich wieder seines Zorns auf den Ga'hel.

Mit drei schnellen Schritten stand er unmittelbar vor dem Ewigdauernden und starrte ihm drohend direkt in die Augen: „Es ist mir gleichgültig, ob Ihr mich für töricht und unser Volk für schwach haltet – Ihr werdet so etwas kein zweites Mal tun!"
In Chilvans Gesicht zuckte ein Muskel und Kenem fragte sich einen Wimpernschlag lang, ob der Ga'hel ihn schlagen würde. Doch welche Kräfte auch immer hinter Chilvans Stirn und in seiner Brust miteinander rangen, die Vernunft, oder was auch immer es sein mochte, obsiegte. Langsam senkte Chilvan den Kopf vor Kenem. Als er ihn wieder hob, war seine Miene erneut reglos.
Kenem starrte ihn noch einen langen Augenblick an, dann wehte der erste Schrei vom anderen Ende des Dorfes zu ihnen herüber…

* * *

Kenem wusste sofort, was geschehen sein musste – und er verstand nun, was ihn daran gehindert hatte, in das Jubelgeschrei seiner Krieger einzustimmen: „Sie haben viel zu entschlossen angegriffen, als dass sie sich so schnell vertreiben lassen würden!"
Kenem hatte die Häuser noch nicht erreicht, als er bereits dunkle Schemen über die Dächer kommen und auf der Innenseite herabspringen sah – die Cûzhal hatten sie in Sicherheit gewiegt und dann, während alle den Sieg gefeiert und ihre Posten vernachlässigt hatten, das Dorf umgangen und von der Westseite aus angegriffen.
Ein kurzer Blick auf die vielen einzelnen Kämpfe sowie die schnell anwachsende Zahl an Feinden genügte und Kenem wusste, dass es nun um Leben und Tod ging.
Als er gerade auf eine Gruppe Krieger zulaufen wollte, welche von einer Überzahl der Cûzhal bedroht wurde, spürte Kenem eine Bewegung hinter sich und wirbelte blitzschnell herum. Mit der Wende führte er gleichzeitig einen waagerechten Hieb in Bauchhöhe, welcher jeden normalen Gegner kampfunfähig

machen musste – jeden normalen Gegner, doch nicht das Wesen, welches nun vor ihm stand.

Sein Schwert traf die Bestie, welche gerade vom Dach des Hauses hinter ihm gesprungen war und auf allen Vieren kauerte, am linken Vorderlauf. Anstatt diesen jedoch einfach abzutrennen, erlitt das Wesen nur eine oberflächliche Wunde – weiter vermochte Kenems Klinge nicht durch das zähe Fleisch zu dringen.

Der Cûzhal zog sich sofort von seinem unerwartet starken Gegner zurück und beäugte ihn scheinbar argwöhnisch. Anstatt ihn jedoch seinerseits anzugreifen, worauf sich Kenem bereits gefasst gemacht hatte, hob das Wesen seinen Kopf und starrte mit einem kehligen Knurren an ihm vorbei.

„Geht, Kenem und helft Euren Männern. Ich nehme diesen hier auf mich."

Kenem spürte, wie Chilvan neben ihn trat und der Cûzhal sich dem Ga'hel zuwandte.

Der junge Anführer zögerte keinen Augenblick, wandte sich ab und sprang seinen Kriegern bei, von denen bereits einer reglos am Boden lag, während die restlichen vier verzweifelt versuchten, sich sechs der Wolfsdämonen gleichzeitig vom Leib zu halten.

Kenem griff den ihm am nächsten stehenden Feind, der gerade seine Klaue hob, um sie auf einen taumelnden Krieger hinabfahren zu lassen, mit einem mächtigen Überkopfschlag an. Sein Schwert traf den riesigen Schädel der Kreatur und Kenem hatte das Gefühl, als hätte er auf einen Stein eingedroschen. Er schrie auf, als die Wucht seines zurückgeworfenen Hiebes ihm fast das Schwert aus der Hand prellte. Sein Gegner erlitt nur eine stark blutende Wunde und brachte sich mit einem schrillen Schmerzenslaut und einem schnellen, jedoch unsicheren Satz aus der Reichweite der Klinge. Kenem hatte seinem Gegner jedoch nicht einmal ansatzweise den Schädelknochen zu verletzen vermocht.

Während er sich noch mit der linken Hand sein rechtes Handgelenk rieb, um die Taubheit daraus zu vertreiben, wandte

sich der Cûzhal – wie jener, den Chilvan vorhin auf sich genommen hatte – von Kenem und seinen Kriegern ab und starrte an ihnen vorbei in Richtung Dorfausgang. Und nicht nur dieser eine – alle sechs Kreaturen hoben ihre Köpfe und richteten ihre schwarzen Augen auf einen unbekannten Ort, während ein Choral bedrohlichen Knurrens ihren Kehlen entstieg.
Während Kenem noch die Kreaturen anstarrte, fuhren drei Ga'hel wie entfesselte Naturgewalten unter die Cûzhal. Doch diese stürzten sich mit einer Wildheit und ohne auf die Unversehrtheit ihrer eigenen Leiber zu achten auf ihre Feinde, dass Kenem und seine Krieger für einen Augenblick nur erschrocken zuzusehen vermochten. Dann stürzten sich die Krieger ebenfalls in den Kampf.
Als er sah, dass die Wölfe zurückgedrängt wurden, beugte sich Kenem über den reglosen Mann am Boden und stellte erleichtert fest, dass dieser bis auf eine blau angelaufene Prellung im Gesicht, nicht verletzt zu sein schien. Angesichts der mörderischen Klauen und Zähne der Cûzhal erschien dies Kenem in diesem Augenblick wie ein Wunder.
Als er den Kopf hob, fiel gerade der letzte Gegner unter einem wuchtigen Hieb eines Ga'hel. Ein kurzer Blick über den Dorfplatz und die Hausdächer genügte jedoch, um Kenem erkennen zu lassen, dass der Kampf keineswegs gewonnen war. Überall standen zwar jeweils mindestens zwei Krieger einem der dämonischen Kreaturen gegenüber, jedoch wuchs deren Zahl stetig an, da auf den Hausdächern kaum noch Bogenschützen standen, welche ihren Ansturm hätten zurückhalten können. Und selbst diese wenigen Schützen mussten sich mehr ihrer eigenen Haut erwehren, als dass sie das Dorf hätten verteidigen können.
Sein immer noch schmerzendes Handgelenk missachtend, rief Kenem die Krieger zu sich, bevor sie sich verstreuten. Während die Männer zu ihm kamen, ging sein Blick zurück zu den Wehranlagen am Dorfeingang. Dort widerstand die Reihe aus Bogenschützen und Nahkämpfern, – unter ihnen der vierte Ga'hel – nun mit dem Wall und dem Graben im Rücken, noch immer den anstürmenden Feinden.

Wir müssen uns an einer haltbaren Position zusammenscharen, sonst werden wir aufgerieben!

Als die fünf Krieger um ihn herum standen und ungeduldig seine Befehle abwarteten, gab er ihnen allen einen Auftrag, welcher jeden von ihnen ungläubig die Stirn runzeln und mehr als einen von ihnen an der Führungsstärke Kenems zweifeln ließ.
Während er ihnen nachsah und sich selbst auf den Weg machte, um seinen Plan in die Tat umzusetzen, dachte er grimmig: *Sollen sie mich nur für schwach, feige oder unfähig halten. Wenn ich sie nur so retten kann, soll es mir das wert sein.*
Und mit schnellen, entschlossenen Schritten ging er dem Kampfeslärm entgegen

SCHWARZES FEUER

Doel schlug die Augen auf und wusste für einen langen Moment weder, wo er sich befand, noch was geschehen war. Er lag auf einem weichen Lager und fühlte sich so frisch und ausgeruht wie lange nicht mehr. Ganz so, als hätte er drei Tage ununterbrochen geschlafen.
Während seine Augen die Finsternis um ihn herum zu durchdringen suchten, vernahm er Geräusche wie aus weiter Ferne, welche ihn verwirrten...

... und tief in seinem Innersten beunruhigten.

Etwas am äußersten Rand seines Blickfeldes lenkte seine Aufmerksamkeit auf sich – es war nicht völlig dunkel im Raum. Doel wandte seinen Kopf zur Seite und erkannte in der Finsternis einen sachten Schimmer, etwa auf Hüfthöhe, höchstens zwei Schritte entfernt. Je länger er in das klare, weiße Licht blickte, umso deutlicher konnte er erkennen, was dessen Quelle war: Das Licht wurde von Tal'gháns Schwert ausgestrahlt, welches auf einer groben Holztruhe an der Wand des Raumes ruhte.
Doel setzte sich auf. Nach einem Augenblick des Innehaltens, in dem er sich vergewisserte, dass seine Frische und Kraft ihn nicht täuschten, erhob er sich und ging zu der Waffe hinüber. Er ergriff sie mit ehrfürchtigem Staunen und betrachtete sie genauer.
Das Leuchten rührte von einer kleinen Stelle des großen Edelsteins her und drang aus dessen Innerem durch die Öffnung in der milchig-weißen Oberfläche...
Doel berührte die Stelle mit dem Fingernagel und stellte fest, dass der Stein dort, wo das Licht hindurchdrang, vollkommen glatt, die matte Oberfläche darum herum jedoch seltsam rau war. Vorsichtig kratzte Doel mit dem Fingernagel am Rand der glatten Fläche und vergrößerte sie dadurch ein klein wenig.

Taled muss den Stein bemalt haben um das Leuchten zu verbergen!

Doel kratzte entschlossen an den Rändern der sich immer weiter vergrößernden, leuchtenden Öffnung in der matten Oberfläche des Steins und plötzlich löste sich ein großer Flecken Farbe ab und gab den Blick auf die Quelle des geheimnisvollen Leuchtens frei...

In dem weißen Kristall am Heft schien ein Licht eingeschlossen zu sein, welches sich langsam umherbewegte und dabei pulsierend mal stärker und mal schwächer leuchtete.
Es schien Doel, als wäre es ein kleines Herz, welches in dem Kristall lebte und schlug...

Er hob den Kopf und sein Blick richtete sich suchend wieder ins Dunkel – die Geräusche von außerhalb des Raumes schienen lauter zu werden und er meinte, Männer rufen zu hören.
Doel schloss die Augen und versuchte seine Sinne zur Gänze auf die Klänge zu richten, doch er konnte nichts genaueres als verworrene Töne wahrnehmen. Zu schwach ertönten sie und zu viele vermischten sich miteinander, als dass er hätte daraus schließen können, was draußen vor sich ging. Jedoch war er sich sicher, dass es keine gewöhnlichen Geräusche von Menschen und eines Dorfalltages waren.

Es sind nicht die Klänge des Friedens.

Diese Erkenntnis ließ auf einmal Bilder vor Doels Augen aufsteigen. Bilder von Kriegern in Rüstungen... Bilder und Klänge von Kämpfen... Bäume, welche rasch an ihm vorüberzogen... Geräusche, wie das Brüllen großer Tiere... dunkle Schatten, welche durch die Finsternis der Wälder auf ihn zukamen...

Doel schauderte und packte schließlich, getrieben von einem unbestimmten Gefühl, mit der rechten Hand den Griff des Schwertes – und in jenem Augenblick schien das Pulsieren des weißen Steines durch seinen ganzen Körper zu strömen. Er fühlte sich lebendiger als er es jemals zuvor getan hatte. Es war, als hätte er einen Teil von sich selbst gefunden, den er vor so langer Zeit verloren hatte, dass er sich nicht mehr daran erinnern konnte…

Doch noch etwas geschah, als er den Griff des Schwertes berührte. Mit jedem Pulsieren, das durch seinen Körper ging, hatte er das Gefühl von einer Welle von Sinneseindrücken überschwemmt zu werden. Seine rechte Hand fühlte die winzigen Linien in dem feinen, weißen Leder des Schwertgriffes während das grobe, schwarze, mit welchem er die Scheide umhüllt hatte, seiner linken Hand dagegen fast so rau wie Fels erschien. Er spürte jede kleine Unebenheit des abgewetzten Holzes auf dem seine nackten Füße standen und selbst in seinen Kleidern konnte er jede Faser des Stoffes fühlen.
Um Doel herum schien es auf einmal viel heller zu sein. Er konnte die Truhe direkt vor sich und auch die Wand dahinter sehen, als wären sie bis gerade eben von Nebel verhüllt gewesen, welcher sich nun vor seinen Augen lichtete und auflöste.
Auch seine Ohren nahmen jeden seiner Atemzüge so deutlich war, als stünde er inmitten eines kräftigen Herbststurmes, dessen Windböen um ihn herum tosten.
Doch etwas anderes zog auf einmal seine ganze Aufmerksamkeit auf sich: Die Geräusche von draußen erklangen mit einem Mal so laut, dass er sich verwirrt nach der Tür des Raumes umsah, in fester Erwartung, diese müsste auf einmal geöffnet worden sein. Jedoch fanden seine Augen die Tür nach wie vor geschlossen.
Doel schloss noch einmal die Lider und nun hörte er, was sein Gefühl ihm bereits verraten hatte: das Geräusch vieler, schnell laufender Füße… das Klirren von Waffen… das Sirren von Bogensehnen… und über allem die Stimmen zweier Feinde in

tödlichem Kampf – Schlachtrufe von Männern und das drohende Gebrüll gewaltiger Raubtiere …

Was ihn jedoch schließlich aus seiner Starre weckte, in welche er lauschend verfallen war, was ihn das Schwert mit einem Ruck aus der Scheide ziehen, die Tür aufreißen und ihn aus dem Zimmer stürmen ließ, waren die Geräusche, die alle anderen übertönten: nicht die Schlachtrufe, das Klirren der Waffen und Singen der Bogensehnen – Es waren die Schreie der Angst, des Leids und des Todes, welche in Doel alle anderen Gefühle auslöschten...

…welche das weiße Licht in seinem Körper, in seinen Gedanken und in seiner Seele schwarz färbten und zu einer lodernden Flamme der Finsternis werden ließen, die mit nie verlöschender Gier nach dem Blut der Feinde hungerte…

* * *

Kenem duckte sich unter einem mächtigen Hieb seines Gegners hindurch und stieß mit seinem Schwert nach dessen Hinterläufen. Die Klinge durchdrang zwar die Haut des Wesens, der Stoß war jedoch zu schlecht gezielt und rutschte ab. Für die Schützen hinter Kenem hatte die Zeit jedoch ausgereicht, um ihre Bögen erneut zu spannen und aus wenigen Schritten Entfernung auf die Kreatur zu schießen. Der Wolf brüllte kurz auf und taumelte. Dann schien er sich jedoch wieder zu fangen, krümmte sich zu einem erneuten Sprung zusammen…
…doch Kenem hatte sich inzwischen wieder aufgerichtet und rammte der Bestie sein Schwert zwischen Hals und Schulter in den Leib – die Kreatur brüllte noch einmal schrill auf und fiel dann schlaff zu Boden.
Der junge Hauptmann zog sein Schwert aus dem riesigen Körper und wischte sich mit dem linken Ärmel den Schweiß vom Gesicht – doch es blieb ihm keine Zeit sich auszuruhen. Die Diener des Abgrunds brandeten wie eine nicht enden wollende

Flut gegen die Reihen der Verteidiger, die Kenem in all dem Chaos – er wusste selbst nicht mehr wie – weg von den Häusern geschafft, vor dem Verteidigungswall zusammengezogen und neu aufgestellt hatte. Noch hielten ihre Reihen stand – doch wie lange noch?
Kenem hörte einen Hilferuf hinter sich und wandte sich um. Eine große Schar der Wölfe warf sich gegen die linke Flanke der Verteidiger, unter denen neben zwei der Ga'hel auch Chilvan weilte.

Warum greifen Sie die Ga'hel an? Sie könnten uns viel leichter niedermachen, indem sie zuerst uns Caradain töten und sich dann die Ewigdauernden vornehmen.

Kenem hatte sich die Frage bereits mehrfach gestellt. In jedem freien Augenblick war sie ihm durch den Kopf gegangen. Die Antwort konnte nur die sein, dass der Hass der schwarzen Wesen, der Diener Durazcs, des Verräters, auf die Kinder Engadans so endlos war, dass er jegliche Vernunft hinwegfegte.
Kenem versicherte sich mit einem kurzen Blick, dass die Mitte und der rechte Flügel dem Ansturm noch standhielten und stürmte dann hinter den eigenen Reihen zu den bedrängten Männern hinüber.
Kurz bevor er dort ankam, fiel der erste Ga'hel unter den Hieben eines Cûzhal...
Kenem erstarrte in seinem Lauf und verfolgte mit abgrundtiefem Entsetzen, wie der Krieger sich mit einigen verzweifelten letzten Hieben zur Wehr setzte, die sein Gegner jedoch todesverachtend auf sich nahm und den Ga'hel schließlich an der Kehle packte und ihn mit einem schnellen Zuschnappen der riesigen Kiefer tötete.
Die Caradain, welche die Niederlage des Ewigdauernden gesehen hatten, schienen in diesem Moment ihren Kampfeswillen völlig zu verlieren. Schritt um Schritt wichen sie nun zurück und nicht einmal Chilvan, welcher den Tod seines Gefolgsmannes verfolgt hatte, konnte die Kreaturen

zurückschlagen. Selbst seine Hiebe schienen nun langsam und kraftlos zu sein, auch wenn auf seinem Gesicht noch immer der gleiche Hass wie zu Beginn der Schlacht glühte.
Kenem befreite sich unter Anstrengung all seiner verbliebenen Willenskraft aus der Starre, warf sich in die vorderste Reihe der Verteidiger und schlug wie ein Besessener auf die Wand aus schwarzen Leibern ein, welche sich nach dem Tod eines ihrer Erbfeinde mit doppelter Wut auf ihre Gegner zu werfen schienen.
Noch während Kenems Schwert seinem nächsten Gegner fast den Schädel abtrennte, dämmerte ihm die Erkenntnis, dass sie alle den Morgen nicht erleben würden.

Es endet heute Nacht – jetzt und hier.

Und die Angst, die nun von ihm Besitz ergriff, war eine so tiefe und allumfassende, wie er sie noch niemals zuvor auf der Jagd oder im Kampf gefühlt hatte.
Er kannte die Geschichten der großen Krieger der Caradain – er kannte vor allem die Heldentaten von Elow, dem Unüberwindlichen. Er hatte schon unzählige Male die Behauptung gehört, dass im Angesicht des Todes die wahren Helden nur eine tiefe Ruhe fühlten und dass keine Angst und keine Verzweiflung sie verzagen ließe. Dies, so erzählten die Alten, sei der Grund, weshalb die großen und besungenen Krieger auch die aussichtslosesten Schlachten überlebten – weil sie sich nicht der Mutlosigkeit anheim fallen ließen, weil sie nicht wankten und niemals den Tod fürchteten.

So sei es denn, dass ich sterbe und zuvor den Tod fürchte, war Kenems Gedanke, als er sich der alten Erzählungen erinnerte.
Und zuletzt, bevor die Bewegungen seines Schwertarms und das Brüllen seiner Feinde sein Bewusstsein zur Gänze auszufüllen begannen, dachte er:

Wie könnte ich wahrlich lebendig sein, diese Welt und mein Leben mit all meinem Sein lieben und doch nicht dessen Ende fürchten?!

* * *

Ein großer, dunkler Schatten nähert sich gemeinsam mit vielen anderen den wankenden Reihen der Sterblichen. Einer unter vielen seiner Art, der seit Jahrhunderten in den dunklen Tiefen der Welt wandelte.

Einer unter vielen seiner Art, der sein früheres Sein aufgegeben, sein Volk verlassen und sich in die Finsternis begeben hatte.

Einer unter vielen seiner Art, der nun aus der Finsternis emporgestiegen war, um blutig zu vergelten, was vor Zeiten getan.

Kenem parierte mit Mühe und schwindender Kraft den furchtbaren Hieb eines riesigen Cûzhal, der plötzlich vor ihm aufragte. Obwohl er sich an dem Schwert fast selbst seine eigenen Klauen abschlug, packte der Dämon die Klinge jedoch ohne zu zögern und riss sie Kenem aus den Händen. Er schleuderte sie davon, um sogleich ein weiteres Mal auszuholen – und diesmal würde der schwache Sterbliche ihm nicht mehr widerstehen können...
Kenem wappnete sich gegen den fürchterlichen Schlag, der kommen musste, indem er seine gepanzerten Unterarme schützend vor sich in die Höhe riss und im Wissen um die Sinnlosigkeit seines Tuns die Augen schloss...

... doch der erwartete Aufprall und der sicher geglaubte Schmerz kamen nicht.

Kenem öffnete zögernd die Augen und nahm seine Arme vorsichtig ein kleines Stück herunter – sein Gegner hatte sich von ihm abgewandt, genauso wie alle anderen Cûzhal, welche die linke Flanke der Verteidiger Toaks angriffen. Der Wolf starrte wie gebannt etwas an, das Kenem nicht sehen konnte, da die riesigen Leiber ihm die Sicht verstellten.

Der Träger des dunklen Schattens, der gerade kurz davor gestanden hatte, den Anführer der Sterblichen zu besiegen, starrt die Erscheinung an, welche sich vor ihm erhebt.

Es scheint ein Sterblicher zu sein. Jung, noch nicht in der vollen Blüte seiner Rasse – jedoch...

In der Hand des Sterblichen liegt ein Schwert, welches in kaltem, weißem Licht strahlt und dem Schatten mit sengender Hitze entgegen brennt...

Der Träger des Schattens spürt, dass der Sterbliche eine Macht besitzt, welche zu bändigen niemand aus dessen Volk mächtig genug sein kann – niemand von ihnen mächtig genug sein DARF!

Der Cûzhal vor Kenem wölbte seine gewaltigen Schultern und stieß ein herausforderndes Brüllen aus. Dann krümmte sich die schwarze Gestalt zu einem Sprung zusammen und Kenem konnte für einen kurzen Augenblick sehen, dass einige Schritte entfernt ein Mann stand, mit einem Schwert in der Hand, von dem ein blendend weißes Licht ausging...
Der Wolf sprang so entsetzlich schnell und weit, dass er vor Kenems Augen für einen Augenblick nur noch ein dunkler, verschwommener Schatten war. Und er war sich sicher, dass er den Mann mit dem weißen Schwert einfach zerschmettern würde...
Doch als der Schatten wieder zu der Form des Wolfes geronn und ein qualvolles Heulen die Nacht zerriss, wusste er, dass anderes geschehen war.

Der Schatten fliegt durch die kalte Nachtluft. Sein Träger öffnet weit den Schlund und streckt die Klauen, gleich tödlichen Dolchen, nach seinem Opfer aus.
Das sengende Licht, die tödliche Macht, das Weiß zu vertilgen, auszulöschen, zu vernichten...

... doch der Schmerz, der ihn trifft, ist so grenzenlos, wie er es niemals zuvor für möglich gehalten hätte.

Das Weiß durchdringt seinen Körper, schneidet ihn, brennt ihn und löst auf, was immer es berührt...

Keine Finsternis, welche der Schattenträger geschaut, war jemals so tödlich wie das Licht, welches sein Leben nun hinweg nimmt...
Und der Träger weiß auf einmal – er nimmt den Tod von einer Macht entgegen, die die Finsternis seiner Welt aufzulösen vermag...

Und er verstummt in seinem Wehklagen und seine Augen schließen sich...

Und der Schatten vergeht...

Kenem starrte wie gebannt auf den gewaltigen Leib, aus dessen Rücken ein weißer Lichtstrahl zu dringen schien. Dann zog der Fremde sein mächtiges Schwert aus dem Körper des besiegten Feindes, ließ diesen zu Boden fallen und der Anführer der Caradain erkannte nun endlich, wer vor ihm stand.

* * *

Doel atmete schwer und schnell die kalte Nachtluft ein, doch schien deren Klarheit seinen Geist nicht zu erreichen. Noch immer tobte in seinem Inneren jenes Feuer, welches er bereits auf der Waldlichtung gefühlt hatte, als er zum ersten Mal einen Cûzhal niederstreckte.

Wie schwarze Flammen, welche sich schnell durch trockenes Holz fraßen, tanzten vor seinen Augen die Umrisse der verhassten Wesen – der Wölfe des Abgrunds.

Wie Feuer brannte in seinem Inneren eine Kraft, welche ihn vorangehen und ein neues Opfer suchen ließ, an dessen Blut sie sich laben konnte und welches sie nähren würde.

Doel spürte kaum, wie seine Feinde sich zu wehren und wie sie ihn anfangs noch zu verletzen suchten – die dunkle Flamme in seiner Brust ließ ihn schneller sein als sie…

Er spürte den Widerstand nicht, welche ihr Fleisch und ihre Knochen durch das Schwert hindurch seinen Muskeln entgegensetzen – die dunkle Flamme in seiner Brust ließ ihn stärker werden als ihre Körper…

Doel spürte nicht, wie viele es waren, die er niederstreckte, deren Leben er nahm – die dunkle Flamme zählte sie nicht, doch würde sie brennen, bis keiner von ihnen mehr übrig war…

Doel spürte nur die Hitze des schwarzen Feuers der Gewalt, des Hasses, der Rache …

… und er wusste nicht, ob die Flamme verlöschen würde, wenn er alle getötet hatte – oder ob sie dann ihn verbrennen und sich mit ihm selbst verzehren würde…

* * *

Der Horizont leuchtete in weichen Rottönen, welche sich, dort wo sie auf das Schwarzblau der Nacht trafen, mit selbigem zu unzähligen und jeden Augenblick neuen Farbtönen mischten.

Als die Sonne schließlich über den Wipfeln der Bäume erschien und ihre ersten, nur einen Hauch von Wärme verströmenden Strahlen aussandte, schloss Kenem die Augen. Er wünschte sich, dass, wenn er sie wieder öffnete, es eine andere Zeit, ein anderer Ort, eine andere Welt sein möge, welche sie schauen würden. Doch selbst durch die geschlossenen Lider drangen die Bilder von Blut, Schmerz und Tod der langen, finsteren Nacht…

Kenem stand allein auf dem Wall am Dorfeingang und hatte Toak den Rücken zugewandt. Außer ihm hielten nur noch einige wenige Krieger Wache und nichts schien den Frieden der Wälder in der heraufziehenden Morgendämmerung trüben zu können.

Als sich Kenem jedoch umwandte, sah er die vielen dunklen Umrisse auf dem Platz zwischen den Häusern liegen – die meisten zu groß, um menschlich zu sein, doch immer noch genug kleinere, um ihm Schmerzen zu bereiten.

Und kaum war diese Schlacht vorbei, begann für die, deren Begabung nicht zuerst darin lag, Waffen zu führen, eine weitere Schlacht. Im größten Haus des Dorfes kämpften heilkundige und barmherzige Männer und Frauen einen Kampf gegen Leid, Angst und Tod – und verloren diesen nur allzu oft.

Der junge Hauptmann hätte den Kopf geschüttelt angesichts der Sinnlosigkeit allen willkürlich herbeigeführten Leidens und Sterbens, hätte er nicht gewusst, dass die Männer ihn beobachteten, zu ihm aufsahen und sich von ihm Stärke und Führung erhofften. Für sie war es ein Sieg, den sie um ihrer selbst Willen errungen hatten – für Kenem war es ein Sieg der Bosheit und des Hasses, der alles Leben zu durchdringen und zu vergiften schien.

Kenem schüttelte die finsteren Gedanken ab und blickte über die Toten hinweg, zwischen denen sich langsam gebückte Schatten bewegten, um die gefallenen Helden aus dem Schmutz des Schlachtfeldes zu erretten. Sein Blick schweifte in die Schwärze des westlichen Himmels, den die aufgehende Sonne noch nicht erreicht hatte.

Doel hatte beinahe zwei Dutzend Feinde besiegt...

...oder besser: niedergemetzelt.

Als Kenem sich an die Wildheit in den Augen des jungen Mannes erinnerte, lief ihm ein eiskalter Schauer den Rücken hinunter.

Er war völlig von Sinnen – es hätte nicht viel gefehlt und er hätte das Schwert gegen mich erhoben, als ich ihn ansprach.

Die Caradain hatten beim Anblick des mächtigen Kriegers auf ihrer Seite wieder neuen Mut geschöpft und die Kreaturen zurückzudrängen begonnen, bis sie sie schließlich richtiggehend vor sich her getrieben hatten. Getrieben, bis zu den Häusern, wo diese entweder über die Dächer geflüchtet oder zwischen den Häusern und den Schwertern ihrer Feinde zermalmt worden waren.
Doch eigentlich, dachte Kenem, *war der Kampf mit Doels Erscheinen bereits vorüber.*
Die Kreaturen hatten den Träger des weißen Schwertes anfangs noch angegriffen. Nachdem dieser jedoch den dritten oder vierten von ihnen vernichtet hatte, war ihr Kampfgeist sichtlich erloschen und sie hatten nur noch wenig Gegenwehr geleistet.

Kenem verdrängte die Erinnerung an die Geschehnisse, welche sich abgespielt hatten, als die Schlacht in den letzten Zügen lag. Als die Verteidiger, welche sich zuvor vor der Grausamkeit ihrer Feinde gefürchtet hatten, selbst zu Kreaturen von Hass und Erbarmungslosigkeit wurden. Als sie ihre Opfer nicht nur getötet, sondern hingerichtet hatten…
Der Hass macht uns alle gleich, dachte Kenem, während ihn eine tiefe Traurigkeit überfiel, *ob wir ihn selbst verbreiten oder durch fremde Hand erdulden müssen.*

Der Hass macht uns alle zu Opfern.

Und während sein Blick sich dem südlichen Himmel zuwandte und er zur selben Zeit im Osten die Strahlen der aufgehenden Sonne und im Westen den schwarzblauen Nachthimmel sehen konnte, schien es ihm, als habe die Finsternis sich ein wenig ihres Raumes zurückerobert – als würde sie sich nun aufmachen, den Morgen zu verdrängen und ewiges Dunkel über die Welt zu breiten.

DIE GEFALLENEN VON DÄMMERLICHT

Es war ein kühler Abend, welcher bereits die Vorboten des aufziehenden Winters von den Gipfeln der Karan-Gahar bis in die Täler der Caradann hinabzutragen schien.
Garab musterte, schwer atmend von seiner schnellen Wanderung, doch unfähig, auch nur einen Schritt zu tun bevor er Atem geschöpft hatte, das Dorf Toak vom westlichen Waldrand aus.
Er erkannte sofort, dass die Ereignisse, welche er gefürchtet hatte, fast einen ganzen Tag vor seiner Ankunft stattgefunden hatten.

Ich bin zu spät – die Wölfe sind nach Toak gekommen.

In der zunehmenden Dunkelheit konnte er nun sehen, wie zwischen den Häusern zuerst eins und dann nach und nach immer mehr Lichter entzündet und in Richtung Dorfausgang getragen wurden. Garab spürte ein unangenehmes Gefühl beim Anblick der sich lautlos bewegenden Lichter…
Während er sich trotz des schmerzhaften Brennens in seiner Brust und in seinen Beinen schnellen Schrittes in Richtung Toak aufmachte, hoffte er inständig, dass ihn dort nicht wieder ein neuer Verlust erwartete.

* * *

Kenem folgte mit seinen Männern und den Bewohnern Toaks den Worten Teviks, des Etar-Dáls, während dieser den Gruß an die Verstorbenen sprach.
Sie hatten sich auf dem Ruhefeld Toaks versammelt, einem fast kreisrunden Platz, welcher neben dem Dorfeingang lag und von

den Häusern nur durch eine Reihe Bäume getrennt war. Inmitten des Platzes erhob sich ein Fels, welcher dort wie eine natürliche Säule in den Himmel empor ragte.

Nachdem Tevik seine letzten Worte zum Gruß der Toten vollendet hatte, hob er seinen Krug zu ihren Ehren. Alle auf dem Platz taten es ihm nach und richteten ihren Blick auf die drei Reihen neu aufgeworfener Grabhügel. Mehr als ein Dutzend Männer des Dorfes lagen dort, Seite an Seite mit noch einmal fast genau so vielen Männern Fengas, welche mit Kenem ausgezogen waren.

Ausgezogen, voller Mut und festen Willens ihre Brüder und Schwestern, Frauen und Kinder zu verteidigen, kam es Kenem traurig in den Sinn.

Vergeblich werden sie am Sternenwasser ihre Blicke nun nach Süden richten und Ausschau halten. Weder werden diese die Tore Fengas in dieser Welt noch einmal durchschreiten, noch werden wir Lebenden die Toten nochmals schauen, bevor wir selbst den Weg ins Unbekannte beschreiten.

Und weshalb all dies Leid?

Diese Frage hatte sich Kenem während dieses scheinbar unendlich langen Tages unzählige Male gestellt. Sie hatte ihn gequält, während die Überlebenden das Blut von ihren Händen gewaschen hatten, die Verwundeten versorgt, die Toten in ihre Gräber gelegt worden waren. Sie hatte ihn auch gequält, als das Feuer gierig an dem Haufen toter, schwarz behaarter Körper gezüngelt hatte, welcher mitten auf der Ebene zwischen Dorf und Wald aufgeschichtet worden war.

Warum? Weshalb? Wofür?

Kenem schreckte aus seinen langen Gedanken auf, da er meinte, etwas gehört zu haben. Doch auf dem Totenfeld herrschte

gänzliche Stille. Tevik, welcher soeben seinen Becher in Richtung Kenem, Doel sowie Chilvan erhoben hatte, stand reglos da und starrte – wie alle anderen auch – auf einen unförmigen Gegenstand, welcher vor seinen Füßen lag.
Es bedurfte eines längeren Blickes, um unter all dem Blut, den grausamen Verstümmelungen und unter all den Würmern und Schmeißfliegen, welche sich am toten Fleisch gütlich taten, zu erkennen, was es war – ein riesiger Wolfsschädel. Es war jener Schädel, welchen Chilvan auf einen Speer gespießt und vor dem Scheiterhaufen aufgepflanzt hatte, als Warnung an alle Cûzhal, welche es wagen sollten, sich Toak noch einmal zu nähern.
Nachdem alle auf dem Platz erkannt hatten, was dort vor die Füße des Etar-Dáls geworfen worden war, richteten sie den Blick auf den Frevler, welcher am Eingang des Totenfeldes stand – es war Garab.
Kenem runzelte die Stirn und blickte unvermittelt zu Doel hinüber, der den Jäger jedoch genauso fassungslos anstarrte wie alle anderen auch.
Garab warf Doel einen kurzen Blick zu, erleichtert, ihn gesund und wach wieder zu sehen.
Dann wandte er sich erneut Chilvan zu. Bevor irgendjemand das Wort ergreifen konnte, deutete Garab mit seiner Hand auf den Wolfsschädel und begann zu der versammelten Menge zu sprechen: „Tapfer habt Ihr gekämpft und die Körper Eurer Feinde säumen die Grenze Eures Landes, Bewohner Toaks, Krieger Fengas, Caradain der unendlichen Wälder!"
Garab wandte den Kopf den Ga'hel zu: „Tapfer habt wohl auch Ihr gekämpft, Ga'hel, Erstgeborene, Ewigdauernde von jenseits der großen Berge."
Den Blick nun genau auf Chilvan richtend, in dessen Augen Kenem, trotz seiner äußeren Reglosigkeit, ein gefährliches Funkeln zu erkennen vermeinte, fuhr er fort: „Diesmal habt Ihr Euer Ziel erreicht, ehrwürdiger Chilvan: Die Caradain Toaks sind gerettet und Ihr habt Verbündete für den Kampf gegen die Cûzhal gewonnen. Anders als es in Perut geschehen ist, nicht wahr?!"

Garabs Stimme war gänzlich ruhig und ihr Ton so gleichmäßig, dass man nur vermuten konnte, was in seinem Inneren vorging. Chilvan rührte sich nicht und obwohl keiner der beiden irgendeine feindselige Regung zeigte, spürte jeder der Umstehenden, dass zwischen ihnen ein erbitterter Kampf ausgefochten wurde.

Garab richtete den Blick in die Runde, sah dann wieder Chilvan an und wies mit einer ausladenden Geste auf die Caradain, welche sie beide gebannt anstarrten: „Hier sind sie nun, Eure Verbündeten, Chilvan. Doch bei uns, den Caradain, den Kindern der ewigen Wälder, ist es Brauch, dass sich Verbündete die wahren Gründe für ihre Kämpfe und Kriege nicht vorenthalten. Wie hält es das Volk der Ewigdauernden, wie hält es EUER Volk damit, Chilvan?"

Alle Augen richteten sich auf den Anführer der Ga'hel, doch Chilvan antwortete nicht.

Garab wartete einen langen Moment, ehe er die Antwort vorwegnahm: „Ein so altes und mächtiges Volk wie das Eure ist sich der Tugend der Wahrheit und Aufrichtigkeit doch sicher viel mehr verpflichtet als wir, die wir ein junges Volk der Sterblichen sind?"

Die Stille auf dem Platz war – wenn sie überhaupt noch hatte zunehmen können – nun absolut und die Anspannung lag wie ein heraufziehendes Sommergewitter in der Luft.

„Ihr antwortet nicht – doch widersprecht Ihr meinen Worten auch nicht. So frage ich Euch denn im Namen aller Caradain Fengas, aus welchem Grund sie den weiten Weg von ihrem Heimatdorf im Norden gehen mussten, um hier in den Kampf zu ziehen? Ich frage Euch im Namen aller hier versammelter Caradain gegen wen sie in der vergangenen Nacht ihre Leben verteidigen mussten?"

Während Garab sprach war seine Stimme immer lauter geworden, bis sie zuletzt durchdringend und fordernd über den Platz hallte: „Und ich frage Euch zuletzt im Namen der Toten Fengas und Toaks, welche hier auf diesem Platz in ihren frischen Gräbern ruhen, wofür sie STERBEN mussten?"

….Stille…

…und auf dem Gesicht des Hauptmannes der Ga'hel regte sich kein Muskel…

Garabs Atem ging in tiefen Zügen, fuhr dann jedoch mit ruhigerer Stimme fort: „Es besteht eine Verbindung zwischen Euch und den Wölfen, Chilvan. Ihr habt sicher nicht erwartet, dass mir dies in Perut verborgen bleiben würde?! Weshalb sonst würdet Ihr sie so verbittert jagen und schlachten. Erzählt mir Chilvan – erzählt uns: Wer ist VOLCAM?"

Garab schwieg und alle Blicke gingen unstet von ihm zu Chilvan und wieder zurück, während die Worte noch immer in den Köpfen widerhallten.

* * *

Als die Ruhe sich beinahe bis zur Unerträglichkeit gestreckt hatte, erklang – kühl und gemessen, jedoch für Kenem klar erkennbar mit einem Unterton mühsam unterdrückter Wut – Chilvans Antwort: „Kühn habt Ihr gesprochen, Garab. Jedoch denke ich nicht, dass es sich bei den Caradain geziemt, die Ehrung der Toten zu stören, um über Nichtigkeiten zu debattieren!?"
„Ich wage Euch hierin zu widersprechen, Hauptmann der Ga'hel!"
Alle wandten sich überrascht dem dritten Sprecher zu, der es gewagt hatte, seine Stimme in der Auseinandersetzung zu erheben – Es war Kenem, welcher vorgetreten war und sich neben Garab gestellt hatte.
„Garab hat mitnichten die Ehrung der Toten gestört, da Etar-Dál Tevik diese bereits beendet hatte." Mit diesen Worten machte Kenem eine kleine Verbeugung in Richtung des

Dorfoberhauptes, der von der Situation offensichtlich zu verwirrt war, um mehr als ein knappes Nicken zustande zu bringen.
Kenem wandte sich wieder Chilvan zu: „Darüber hinaus würde ich als Anführer der Krieger Fengas und Sohn Elows des Unüberwindlichen, des höchsten Etar-Dál der Caradain, sehr gerne hören, welche *‚Nichtigkeiten'* es sind, von denen Ihr soeben spracht! Und weshalb Ihr einen der Wölfe mit Namen kennt? Weshalb dieser Dämon überhaupt einen Namen hat?"
Einen kurzen Augenblick herrschte Stille, während welcher Kenem ruhig den stechenden Blick des Ewigdauernden erwiderte, bevor er weitersprach: „Die Männer Fengas haben mit Euch, den unsterblichen Ga'hel, zusammen gekämpft und haben mit Euch zusammen gesiegt, auch wenn einige von ihnen dies teuer mit ihrem Leben bezahlt haben. Solltet Ihr uns über die schwarzen Wölfe etwas verschwiegen haben, so fordere ich es hier und jetzt im Namen Fengas von Euch ein!"

Doel beobachtete wie gebannt die beiden Männer, welche er so gut zu kennen geglaubt hatte, wie sie nun unerschütterlichen Willens vor dem unsterblichen und mächtigen Krieger standen. Seine Augen huschten zu Tevik hinüber, welcher noch immer verunsichert neben der großen Steinsäule stand und die Kontrahenten schweigend beobachtete. In diesem Augenblick huschte jedoch ein älteres Mädchen unauffällig zu dem Etar-Dál hin und redete von hinten über dessen Schulter auf ihn ein. Doel erkannte, wie Tevik angesichts der Worte zu erbleichen schien, schnell den Kopf schüttelte und das Mädchen mit abwehrender Geste davon schicken wollte.
Das Mädchen ließ sich jedoch offensichtlich nicht vertreiben und trat schließlich mit drei entschlossenen Schritten vor den Etar-Dál. Tevik konnte sie nicht mehr zurückhalten und schon hallten ihre Worte hell und klar über den Platz: „Auch die Männer und Frauen Toaks haben sich dem Feind entgegengestellt und sind ohne zu zögern mit Euch durch den Tod zum Sieg gegangen! Auch ich – wir alle – fordern die Wahrheit von Euch ein, Chilvan!"

Doel sah die Caradain Toaks zustimmend nicken und einige stumm ihre Lippen bewegen. Jedoch war keiner so unerschrocken wie das Mädchen, derartige Worte an einen der Ewigdauernden zu richten.

Tevik trat vor und ergriff das Mädchen nachdrücklich an der Schulter, worauf sich dieses umwandte und ihm einen wütenden Blick zuwarf. Tevik senkte unter ihrem Blick kurz die Augen, wandte sich dann zu Chilvan um und straffte sichtbar seine Schultern: „Auch ich, Tevik, Etar-Dál Toaks, fordere Euch als Euer Verbündeter und als Euer Gastgeber auf, das Vertrauen, welches wir noch immer in Euch haben, zu würdigen und aufrichtig zu uns zu sein."

Doel beobachtete wie das Mädchen Tevik einen teilweise zufriedenen, teilweise jedoch auch zornigen und fast verachtenden Blick zuwarf. In diesem Augenblick war er sich sicher, dass sie die Tochter des Dorfoberhauptes sein musste. Wäre es zu einer anderen Zeit und an einem anderen Ort gewesen, er hätte über die Frechheit des Mädchens lauthals losgelacht.

Doch somit standen drei Anführer der Caradain auf dem Totenfeld und erwarteten von den Unsterblichen, welche Teil ihrer ältesten Legende und Schöpfungsgeschichte waren, Antworten auf Fragen ein, welche zu stellen sie sich noch vor einem Mond niemals hätten vorstellen können…

* * *

Es schien eine Ewigkeit zu dauern bis Chilvan schließlich antwortete. Überraschenderweise schien er jegliches Debattieren aufgegeben zu haben und seine Stimme erzählte nun von Ereignissen, welche weit vor der Geburt jedes einzelnen Wesens auf der Lichtung stattgefunden und welche die Caradain bisher nur aus ihren Legenden gekannt hatten. Der Ga'hel erzählte die Geschichte des Falles der zwei Götter vor den Toren der Unterwelt, von deren Versiegelung und schließlich auch davon, was sich danach zugetragen hatte…

Als unser Volk Engadan, den Großen, schließlich in allen Ehren beigesetzt hatte, hielten sie Rat, was nun geschehen solle. Denn obwohl die Scharen Durazcs zurückgetrieben und der Abgrund versiegelt worden war, hatten doch alle deren gewaltige Zahl geschaut und ihre dunkle Macht erkannt, welche es ihnen eines Tages möglicherweise wieder erlauben konnte, die Tiefen ihres Reiches ein zweites Mal zu verlassen und das Antlitz der Welt von Neuem zu beflecken. Auch versteckten sich die Reste des großen Dämonenheeres noch immer in den zahllosen Höhlen rund um den Abgrund und warteten auf eine Gelegenheit, die Lande der Ga'hel heimzusuchen.

Schließlich beschlossen die ältesten und mächtigsten unter den Kriegern, Magiern und Weisen der Ga'hel, dass am Rande des Abgrunds, vor den Toren Zchûls ein großer Wachturm errichtet werden und auf ewig bemannt sein solle.

Sofort begann unser Volk mit all seinen weltlichen und magischen Kräften am nördlichen Rand des Abgrunds eine gewaltige Feste zu errichten. Im Laufe eines ganzen Jahrhunderts wuchs sie zu immer gewaltigerer Größe an, bis ihr höchster Turm, der den Namen Empalargir – die Treppe des Herrn – trägt, schließlich die niederen Wolken durchdrang und es an klaren Tagen dem scharfsichtigen Auge erlaubte bis zum fernen Siel'Garad, der Hauptstadt unseres Reiches, zu blicken.

Die Mauern der Feste wurden aus Steinen, größer als Häuser, errichtet. Ausgehend von dem Wachturm umringte im Osten und im Süden ein Wall den schwarzen Abgrund und schloss dort an das schwarze Gebirge an, womit die Tore Zchûls gänzlich umschlossen waren. Der Wall trug den Namen Tûrkunhar – die Dämonenklippe. An ihr sollten die Wogen der Finsternis zerschellen wie die schwere See an den Felsen der Nordküste und auf ihren Steinen ruhten die stärksten Zauber unserer mächtigen Vorväter.

Als die Feste schließlich nach einhundert Jahren vollendet war und in Gold und Silber und dem strahlenden Weiß von Sternenstahl erstrahlte, wurde sie zu Ehren des Lichts aus dem wir kamen und welches der Dunkelheit immer trotzen wird, Terre Herír n'iindan genannt: Die Festung von Dämmerlicht.

Über eintausend Jahre lang wachte mein Volk über den Abgrund und obwohl dessen Tore verschlossen blieben, verließen wir nie unsere Wache und hielten die Reste von Durazcs' Heer stets im Zaum. Alle hundert Jahre wurden die Krieger der Feste, welche mit ihren Frauen und Kindern in den vielen Türmen wohnten, von neuen Wächtern aus Siel'Garad abgelöst. Es galt als hohe Ehre, für ein Jahrhundert am Abgrund gewacht und gekämpft zu haben und die, welche nach Hause zurückkehrten, wurden mit großem Ruhm bedacht.

Chilvan hielt inne und die Züge seines Gesichts ließen für einen kurzen Moment erkennen, welche Mühsal es ihm bereitete das Folgende auszusprechen...

Mein Volk wurde in dieser Zeit müde und selbst viele der Weisesten wurden unzufrieden ob der Jahre an Leben, die uns gegeben waren. Wir strebten nach der Unsterblichkeit unseres Schöpfers und in vielen wuchs der Zweifel an Engadan, der uns die Unsterblichkeit versagt hatte.
Die Mächtigsten und Weisesten suchten über Jahrhunderte hinweg nach Wegen zur Unsterblichkeit und verlängerten unsere Jahre mit Magie um ein Vielfaches ihrer ursprünglichen Dauer...

..doch es genügte uns nicht!

Eines Tages schließlich, nach langer Mühsal, an jenem glorreichen Tag vor dreihundert Jahren – enthüllten wir zuletzt das Geheimnis.

Garab hörte in Chilvans Tonfall deutlich den Stolz und die Zufriedenheit heraus, welche er über die Leistung seines Volkes empfand. Als der Ga'hel fortfuhr, mischte sich jedoch noch etwas anderes hinein: Trauer!

Der Rat der dreizehn, unsere mächtigsten und weisesten Magiekundigen, führten ein Ritual durch, welches allen Mitgliedern unseres Volkes den Zugang zur Unsterblichkeit ermöglichte. Der Rat wurde bei diesem Ritual, bis auf ein Mitglied, völlig vernichtet. Die Macht, die sie freigesetzt hatten, war zu gewaltig, als dass sie von so wenigen kontrolliert werden konnte.

Auf dem Platz herrschte vollkommene Stille. Und Chilvan setzte seine Erzählung fort...

Es gab jedoch auch einige in unserem Volk, welche die Gabe des ewigen Lebens ablehnten und sogar davor warnten. Sie bezeichneten es als Versuchung, der wir widerstehen müssten, denn wenn Engadan oder sein Vater Av'r'un unsere Unsterblichkeit gewollt hätten, hätten sie sie uns selbst verliehen. Die Macht, die wir erlangt hatten, bezeichneten sie als Kraft der Finsternis, welche uns verderben und Unheil über uns bringen würde...

Chilvan schloss die Augen und ballte die rechte Faust, als er mit leiser Stimme weitersprach.

Die Zweifler wurden aus unserem Reich verbannt. Viele von ihnen zogen über die Berge und vermischten sich hier mit den Völkern der Caradain und der Menschen des Königreichs. Wir Ga'hel feierten unsere Macht und fürchteten uns vor nichts mehr...
Schließlich erreichten uns in der Hauptstadt Nachrichten vom Rand des Abgrunds, aus der Festung von Dämmerlicht: Sie kündeten von einem unerklärlichen Rückzug der übrigen

Dämonen Durazcs'. Die Kämpfe seien vollständig zum Erliegen gekommen. Stattdessen jedoch, so die Botschaften, stiege ein dunkler Nebel aus dem Abgrund, welcher die Wächter in Angst und Furcht versetze. Da sich den Berichten nach jedoch keine dämonische Kreatur mehr zeigte, schenkten wir dem keine Beachtung.
ICH, als einer der höchsten Generäle unserer Armee, schenkte den Nachrichten keine Beachtung!

Irgendwann erhielten wir dann keine Nachrichten mehr aus Terre Herír n'iindan. Ich ersuchte unseren Dala'run – unseren Führer im Dunkeln, der als einziger der dreizehn Weisen das Ritual überlebt hatte – darum, eine Armee an den Abgrund führen zu dürfen. Doch unser Führer gestattete es mir nicht.

Chilvan hielt an dieser Stelle kurz inne und schüttelte mit düsterer Miene, als würden ihn die Geister der Vergangenheit noch heute quälen, den Kopf, ehe er sich erneut aufzuraffen schien und weitersprach:

Je länger das Schweigen dauerte, desto mehr fürchtete ich, die Tore zum Abgrund könnten sich wahrlich wieder geöffnet haben und die Feste überrannt worden sein.
Als ich es schließlich nicht mehr ertrug, rief ich meine getreuesten Krieger zusammen und ritt mit einer kleinen Gefolgschaft des Nachts gen Süden davon.
Als wir die große Ebene erreichten, erblickten wir bereits von fern den großen Turm Empalargir, welcher nun nicht mehr strahlte, sondern dessen Glanz erloschen und dessen helles Weiß wie von großer Finsternis verdunkelt war.
Da ergriffen düstere Ahnungen von den Herzen meiner Krieger Besitz, denn sie fürchteten großes Unheil, wenn es den Mächten der Finsternis sogar gelungen war, ihre Schatten auf die Treppe des Herrn zu werfen.
Wir führten unseren Marsch mit großer Eile fort und gelangten schon bald an das Tor der Feste, welche zwar dunkel vor uns

aufragte, jedoch keinerlei Schäden aufwies. Auch der große Wall Tûrkunhar war ungebrochen – und die düsteren Ahnungen in unseren Herzen wuchsen...
Ich ließ das silberne Horn erschallen, um unsere Ankunft zu verkünden. Lange rührte sich in der Feste nichts, bis ich schließlich selbst vor die Reihen meiner Krieger trat und mit dem Knauf meines Schwertes an das Tor hämmerte.
Da öffneten sich die Tore der Feste und es war uns, als hätten sich die Pforten Zchûls selbst vor uns aufgetan und ihre Finsternis entfesselt...
Aus der Festung des Dämmerlichts traten die Wächter, welche dorthin gesandt, um dem Dunkel Einhalt zu gebieten – doch statt ihre Pflicht zu erfüllen, hatten sie der Finsternis Einlass in ihre Mauern und in ihre Herzen gegeben und ihre verdorbenen Gestalten zeugten von ihrem schändlichen Verrat.

Ein weiteres Mal hielt Chilvan inne und blickte in die Runde der Männer, Frauen und Kinder der Caradain, welche ihn mit Entsetzen anstarrten.

„Ja", fuhr Chilvan an alle gerichtet fort und Bitterkeit und Trauer klang aus seinen Worten, „wir erblickten unsere Brüder und Schwestern, die Gefallenen, welche nun Diener und Sklaven des Abgrunds waren. Sie hatten sich mit den finsteren Mächten von Durazcs abscheulicher Brut verbündet. Die Diener des Abgrunds traten zum ersten Mal aus den verfluchten Mauern hervor, die wir nun *Ûnundarg* nennen. Den *Aschenturm*."

Chilvans Blick schien nacheinander jeden auf dem Platz zu treffen, ehe er die letzten Sätze sprach:

So schnell wir es vermochten, kehrten wir nach Siel'Garad zurück, wo wir unserem Dala'run die schrecklichen Nachrichten überbrachten.
Mein Volk schmiedete neue Waffen aus mächtigem, schwarzem Stahl, um die Dämonen zu vernichten. Das größte Heer der

Ga'hel seit den Tagen Engadans rückte aus, um unsere Feste zu säubern von dem Unheil, welches sie befallen hatte.
Erneut meldeten sich Zweifler unter uns, welche riefen, wir könnten unsere Brüder und Schwestern von dem Dunkel heilen, anstatt sie zu töten.
Doch diese Narren hatten nicht gesehen, was ICH gesehen habe!

Zorn brannte in Chilvans Augen, als er fortfuhr:

Wir erstürmten die Festung und begannen die Diener des Abgrunds niederzumetzeln, als auf einmal die Heerscharen der Dämonen aus dem Abgrund hervorbrachen, den Tûrkunhar sprengten und wie eine schwarze Flut über uns zusammenschlugen...
Wir verloren die Schlacht und die wenigen meines Volkes, welche noch konnten, flohen in die Berge, wo wir bis heute in unserer geheimen Zuflucht, der Festung Val'Garad, leben und auf den Tag unserer Rache warten.

* * *

„Dies ist die Antwort, Menschen aus dem Volk der Caradain, Bewohner der friedlichen Wälder südlich des Gebirges. Dies ist die Wahrheit, welche auszusprechen Eure Anführer in Eurem Namen gefordert hatten und welche nun Eure Herzen verdunkelt. Die Wölfe, welche ihr bekämpft habt, sind keine Kreaturen des Schattens, es sind Gefallene des Lichts. Verräter an ihrem hohen Schöpfer, Verräter an allem Leben dieser Welt selbst!
Die Macht, welche Ihr bis heute gefürchtet, ist mächtiger als Ihr alle Euch jemals vorzustellen vermocht hättet. Es ist nicht nur eine Macht, welche Schrecken und Verzweiflung unter den Sterblichen sät – nein, es ist auch eine Macht, welche selbst die Erstgeborenen des Lichts zu versuchen und zu entstellen vermag.

Es ist eine Macht, welcher auch wir Ga'hel letztlich nicht alle zu widerstehen vermochten."

Chilvans Stimme war bei den letzten Worten so mut- und kraftlos erschienen, dass Kenem, als er seinen Blick über die Caradain Toaks und über die Krieger Fengas gleiten ließ, nun das sah, was er gefürchtet hatte. Die Caradain waren entsetzt. Sie wussten nun von der tatsächlichen, schrecklichen Stärke der dunklen Macht und mussten mit ansehen, wie der starke, unerschütterliche und unsterbliche Krieger, dessen Ankunft alle mit Hoffnung erfüllt hatte, angesichts dieser Macht zu verblassen und zu schwinden schien.

Und auch in Kenems Herz breitete sich Angst und Dunkelheit aus:

Wenn selbst diese mächtigen Wesen der Finsternis nicht zu widerstehen vermocht hatten, was erwartet uns Sterbliche dann, wenn die Schatten des Abgrunds sich regen und an die Oberfläche steigen...?!?

Selbst Garab war seine Erschütterung anzumerken, als er nochmals die einzige Frage stellte, die Chilvan noch nicht beantwortet hatte: „Doch ... , wer ist Volcam?"

Chilvan schloss erneut die Augen und die Muskeln seines Kiefers traten so stark hervor, dass Garab meinte, das Knacken der Knochen hören zu müssen.

„Volcam war der Anführer der Wache von Dämmerlicht. Nun ist er der Oberste der Gefallenen *Ûnundahls,* welche Verrat begingen an ihrem Volk. An ihren Brüdern und Schwestern...

...und an ihren Müttern und Vätern."

Chilvan öffnete die Augen und starrte Garab an:

„Er ist mein Sohn!"

Viertes Buch:
Der Leferín

Ankunft

Jahr der Ankunft:

Kalt schlug der Wind in das Gesicht des Wanderers, der wankend inmitten der weißen Ewigkeit stand, und trug dessen Atemwolken in einem Gemisch aus Eis und Schnee mit sich fort. Zum ersten Mal seit Tagen öffnete sich der weiße Schleier und gab den Blick auf die Welt jenseits der Berge frei.
Das einzige Lebewesen auf dem Dach der Welt zog die Kapuze seines Mantels zurück und musterte aus tiefliegenden, von Müdigkeit gezeichneten Augen den Anblick, der sich ihm bot: Gipfel um Gipfel reihten sich vor ihm aneinander, wie schon die ganzen letzten Tage seiner beschwerlichen Reise. Nun jedoch hatte er endlich den höchsten Punkt der Berge erreicht und die schneebedeckten Zinnen vor ihm fielen immer weiter ab und in der Ferne ließ ein grüner Schimmer inmitten des grauen und weißen Schleiers eine Welt jenseits von Eis und Felsen erahnen.
Der Wanderer strich sich mit der Hand über den grauen Bart, welcher ungepflegt und verfilzt von der Mühsal seines Weges kündete. Vom Ort seiner Herkunft und seinem bisherigen Leben kündeten alleine die Narben auf dem Rücken seiner Hand – ein Leben, welches er nur zu gern eintauschte gegen eines in Einfachheit und körperlicher Mühsal. Ein Leben, welches vielleicht auch ein Vergessen ermöglichte – das Vergessen von all den Dingen, vor welchen er über hunderte und tausende von Meilen hinweg geflohen war.

* * * *

Ein erstickes Geräusch riss den Wanderer aus seinen düsteren Erinnerungen und ließ den Blick zu dem dick in Schaffell

eingehüllten Bündel in seinem Arm sinken. Das kleine Wesen in seinem Arm regte sich und sein Träger war erneut erleichtert, dass es in der eisigen Bergwelt noch nicht erfroren war.
Bei dem Gedanken an den Verlust von Familie, Heimat und Herkunft, den das kleine Geschöpf bereits jetzt erlitten hatte, fühlte der Wanderer einen seltsamen Schmerz in seiner Brust. Auch er hatte all dies hinter sich gelassen, jedoch einem unschuldigen Kind all dies zu entreißen, bevor es überhaupt etwas davon zu begreifen vermochte, erschien ihm zutiefst ungerecht und grausam. Und dass er selbst es war, der einen Teil dieses Unrechts verübte, ließ ihn zweifeln, ob er jemals wieder fähig sein würde, sein eigenes Spiegelbild anzusehen.
Mit einem Ruck straffte sich der Ga'hel und seine Gesichtszüge nahmen wieder jenen Ausdruck fester Entschlossenheit an, der ihm so sehr zu eigen war. Er wusste, was er tat, war die einzige Möglichkeit.

Und mit einem kurzen Blick zurück zu der vermummten Gestalt, welche das zweite Kind trug, setzte Tal'ghan seine Flucht aus dem Reich seines Volkes und in die Welt der Menschen fort.

* * * *

15 Jahre später:

Die große, zweibeinige Kreatur arbeitete sich beinahe mühelos durch den tiefen Schnee und hatte seit Tagen weder gerastet, noch Nahrung zu sich genommen. Dazu würde es am Ende der Jagd noch zu genüge Möglichkeit geben...
Die Kreatur erreichte die Passhöhe und hielt inne, ohne zu ahnen, dass es sich nun an eben jenem Ort befand, an dem vor so vielen Jahren auch der Wanderer mit dem Kind im Arme inne gehalten und das ferne grüne Land gemustert hatte. Doch nun trübte kein Schneesturm den Blick aus den dunklen Augen, der bis zu den endlosen Weiten der Caradann hinabreichte. Dorthin,

wo seine Opfer den Tod durch seine Zähne und Klauen erwartete...

Der gewaltige Wolf wandte sich einen Augenblick um, ehe er seinen Weg entschlossen und mit unnachgiebigem Willen fortsetzte. Und hinter ihm folgten, in einer langen, nicht enden wollenden Reihe, unzählige weitere riesige, schwarz behaarte Körper...

* * * *

Jahr der Ankunft:

Die Flammen tanzten vor den Augen des rastenden Wanderers und hätten es jedem normalen Menschen unmöglich gemacht, in der nächtlichen Finsternis unter den Bäumen überhaupt noch etwas zu erkennen – doch Tal'ghán war kein gewöhnlicher Mensch. Er sah nicht nur viele hundert Schritte weit in den Wald hinein, er hörte auch das Rascheln von Blättern unter den Pfoten nächtlicher Jäger, die Atemgeräusche eines Hirschrudels und selbst das Scharren eines Dachses in seinem unterirdischen Bau. Nichts blieb ihm verborgen – auch nicht die Schritte des unsterblichen Jägers, welchen er seit den Höhen der Karan-Gahar nicht abzuschütteln vermocht hatte. Zwischenzeitlich hatte Tal'ghán geglaubt, ihn getäuscht zu haben – doch Fedra'varach verlor die Spur seiner Beute nie. Zu gut war er von seinem Lehrmeister unterwiesen worden. So groß waren die Fähigkeiten von Tal'gháns einstigem Schüler, dass er es mittlerweile bereute, ihm nicht einiges von seinem Wissen vorenthalten zu haben...

* * * *

Das Lagerfeuer war bereits beinahe erloschen, als sich ein dunkler Schatten aus dem Schutz der Bäume wagte, wo das Mondlicht sein Abbild auf den Boden der Waldlichtung warf.

Langsam und vorsichtig, ohne ein Geräusch zu verursachen, zog der Schatten behutsam dahin – in Richtung des schwach glühenden Feuers und der zwei reglosen Körper daneben.
Der Schatten hielt inne, die Spitzen seiner Schuhe berührten beinahe einen der beiden Körper. Nach kurzem Zögern beugte sich die Gestalt nach unten, der weite Umhang enthüllte eine Hand, welche sich lautlos ausstreckte...
Ein scharfer, schleifender Laut ließ den Schatten innehalten – dies und das plötzliche Gefühl kalten Metalls an seiner Kehle. Einige Augenblicke herrschte Stille, dann unterbrach eine ruhige Stimme die Stille der Nacht: „Ich bitte dich nur einmal!"
Der Schatten zog seine Hand zurück und richtete sich langsam auf, wobei ihm die im Mondlicht hell glänzende Klinge aufmerksam folgte.
Der Führer des Schwertes atmete erleichtert auf: „Ich danke dir. Wobei – ich werde den Gedanken nicht los, dass es nicht unsere Vorräte waren, welche du unter meiner Decke vermutet hast! Ist es nicht so, mein alter Freund?!"
Der Schatten hob seine Hände in Richtung der Kapuze seines Umhangs und Tal'ghán ließ ihn gewähren, indem er sein Schwert eine handbreit zurückzog. Fedra'varach enthüllte sein Gesicht und blickte seinem alten Lehrmeister mit unergründlicher Miene entgegen.
Nun erhob sich die zweite Gestalt, welche auf der gegenüberliegenden Seite des Feuers gelegen hatte und trat neben Tal'ghán. In einem Arm hielt sie ein Kleinkind, an der Hand zu ihrer Linken hielt sie einen Jungen von etwa drei Sommern, dessen Blick furchtsam zwischen den beiden Männern hin und her schweifte.

Fedra'varach musterte die Kinder mit demselben, noch immer reglosen Blick.
Tal'ghán runzelte die Stirn, als er zuerst die Kinder und dann wieder seinen alten Freund betrachtete: „Weshalb bist du hier?"

Einen kurzen Moment lang hingen die Worte unheilschwanger in der Luft. Dann fuhr der Ga'hel fort: „Wer hat dich gesandt?"
„Wie kommst du darauf, dass ich gesandt wurde?"
Die Worte hingen einen weiteren Moment in der Luft, in dem die beiden Männer sich wachsam musterten. Die namenlose Gestalt brach das Schweigen und eine weibliche Stimme erklang in der Nacht: „Töte ihn Bruder, wenn er dir darauf keine Antwort gibt, kannst du ihm nicht vertrauen!"
Tal'ghán wandte seinen Kopf ein wenig in ihre Richtung, ohne jedoch sein Gegenüber aus den Augen zu lassen. Bevor er jedoch sprechen konnte, ergriff Fedra'varach erneut das Wort: „Baé-nevra, Ihr seid sehr hart geworden. Dies passt nicht zu Eurem so schönen Gesicht, welches Ihr vor mir verbergt!"
Die Angesprochene antwortete nicht, sondern warf Fedra'varach nur einen verächtlichen Blick zu.

Tal'ghán jedoch musterte den Neuankömmling weiterhin aufmerksam: „Weshalb bist du hier? Genügt dir deine Unsterblichkeit nicht? Musst du mir Ruhe und Frieden nehmen, welche ich gewählt habe?"
Fedra'varach blickte ihn an und da begriff Tal'ghán – sein Freund focht einen Widerstreit in seinem Innersten aus! Und er meinte zu wissen, wer ihn gesandt hatte nach ihm und den Kindern zu suchen...

„Der Dala'run hat dich gesandt! Ist es nicht so?"
Fedra'varach antwortete nicht.
„Was will er von mir? Ich bin ihm doch nun aus dem Weg, nicht wahr?"
Die Antwort des Ga'hel kam zögerlich: „Er will wissen, wohin du gehst... und wohin du deine Kinder bringst!"
Tal'ghán starrte Fedra'varach durchdringend an: „Was bedeuten ihm schon meine Kinder?!"
Der Angesprochene musterte Tal'ghán neugierig: „Ich weiß es nicht. Aber ich denke, dass du mir auch nicht alles von dir erzählt hast! Du weißt was er will, oder nicht?"

Tal'ghán erwiderte zuerst nichts, bevor er schließlich ausweichend antwortete: „Selbst wenn es um das geht, was ich vermute, verstehe ich immer noch nicht, weshalb es ihn interessieren sollte!"
„Ich weiß es auch nicht. Ich weiß nur, dass ich nicht zurückkehren kann ohne ihm mitzuteilen, wo ihr seid!"
Die weiße Klinge hob sich von der Brust Fedra'varachs hinauf zu dessen Hals: „Wenn dem so ist..."
Fedra'varach hob schnell seine Hand: „Ich will jedoch auch nicht sterben!"
Tal'ghán wartete einen Moment ab.
„Ich werde nicht zurückkehren, sondern mich hier im Schatten der Berge niederlassen." Fedra'varach blickte seinen alten Lehrmeister hoffnungsvoll an: „Niemand wird von mir etwas erfahren! Du hast mein Wort!"
„Du verzichtest auf deinen hohen Stand, deine Macht und das Leben, das du bisher geführt hast, um hier im Wald unter Menschen zu leben?"
Baé-nevra sah ihren Bruder einen Moment erschrocken an, so als ahnte sie bereits, was in ihm vorging: „Du wirst ihm doch nicht etwa glauben?"
Tal'ghán erwiderte nichts.
„Du KANNST ihn nicht leben lassen! Es ist nicht allein deine Entscheidung! Es ist nicht nur dein Leben und Schicksal, welches du damit gefährdest und ich spreche nicht von mir, Bruder!"
Tal'ghán zögerte noch einen Moment, dann zog er das Schwert zurück und rammte es mit einer ruckartigen Bewegung in die Scheide an seinem Gürtel. Dann wandte er sich gänzlich zu seiner Schwester um und deutete auf die zwei Schützlinge, welche sie hütete: „Das Leben dieser beiden Kinder ist noch nicht vom Blute und der Grausamkeit des Krieges und Mordes befleckt. Willst du ihre Leben und ihre Sicherheit auf den Tod eines anderen Lebens bauen?"
Baé-nevra hielt dem Blick ihres Bruders grimmig stand: „Ja!"

Die Antwort schwebte einen Augenblick in der Luft, bevor sie fortfuhr: „Und wenn du nicht willens bist es zu tun, dann nimm mir die Erben unseres Volkes ab und lass es mich selbst tun!"

Tal'ghán betrachtete seine Schwester einen langen Moment, bevor er sich erneut zu Fedra'varach umwandte: „Geh, 'alter Freund'! Such nach einem Leben, welches dir lebenswerter erscheinen mag als der Wahnsinn, welcher hinter uns allen liegt. Solltest du uns jedoch ins Königreich folgen und das Schwert gegen mich, Baé-nevra oder diese Kinder erheben oder jemandem von uns berichten, so wirst du sterben!"

Der Schatten hielt noch einen Moment inne, bevor er seine Kapuze ins Gesicht zog, sich ruckartig umwandte und unter den Bäumen verschwand.

Tal'gháns Blick folgte ihm, bis seine Schwester vor ihn trat und ihm in die Augen sah: „Dieser Mann wird dir den Tod bringen. Entweder er selbst oder die Schwäche, welche ich in seinem Herzen gesehen habe!"

Lange noch stand Tal'ghán am Rand des Waldes und sein Blick folgte dem Weg seines alten Freundes nach Osten...

MACHT

Die Linie verlief in einem sanft geschwungenen Bogen. Sie verästelte sich und an einigen Stellen war er sich nicht sicher, ob sie sich teilte oder ob sie abbrach und das, was er für die Fortführung hielt, in Wahrheit der Beginn einer neuen Linie war... der Beginn eines neuen Lebens, in einer neuen Welt vielleicht...
Doels Blick starrte auf die Fläche seiner Hand, ohne die große Linie, welche den Ursprung seines Daumengelenks zu markieren schien, weiterhin zu mustern. Seine Gedanken schweiften zum wiederholten Male zu jener Nacht in einem längst vergangenen Leben...
Schließlich schloss er die Augen und atmete einmal tief durch, während er die Hand zur Faust ballte. Er hob seinen Kopf, spürte den kalten Nachtwind, in dem er bereits die erste winterliche Schärfe zu spüren vermeinte und öffnete zuletzt wieder die Lider: Seinem Blick bot sich ein Meer von Sternen, welches sich wie ein gigantisches, rundes Zeltdach über ihm zu wölben schien.
Auch in jener Nacht waren unzählige Sterne am Himmel gewesen...

Doel schrak aus dem Schlaf hoch und es dauerte einige Augenblicke, in denen sich auch sein Atem wieder beruhigte, bis er erkannte, was ihn aufgeweckt hatte: Er hörte Schritte auf der Treppe und dann das vertraute Scharren der schweren Haustür.
Da er das vertraute Geräusch von Locans Atemzügen unverändert neben sich hörte, konnte es eigentlich nur Taled sein, der mitten in der Nacht das Haus verließ.
Doel sank wieder zurück auf sein Kissen und schloss die Augen. Ihm kam nicht in den Sinn, seinem Ziehvater zu folgen. Taled hatte seine Gründe, wenn er nachts das Haus verließ.

Doch der Schlaf kam nicht wieder zurück und Doel fühlte sich mit jedem Atemzug, den er tat, wacher und aufmerksamer. Schließlich seufzte er und stand so leise wie möglich, um Locan nicht zu wecken, auf und verließ ihr gemeinsames Schlafzimmer.
In der Wohnstube füllte sich Doel einen Becher mit Wasser und während er trank, spähte er verstohlen durch das Fenster neben der Tür.
Der Mond schien hell und erleuchtete gemeinsam mit unzähligen Sternen die Nacht. Der Umriss seines Ziehvaters zeichnete sich deutlich nur wenige Schritte vor dem Fenster ab. Plötzlich wandte sich Taled um und sah Doel direkt in die Augen. In seinem Blick lag eine Eindringlichkeit, die Doel, nach einigen Momenten in scheinbarer Erstarrung dazu bewegte, den Becher abzustellen und zur Tür zu gehen...

Doel musterte die Sterne, als würde die Antwort auf seine vielen Fragen in ihnen verborgen liegen.
Er hatte es gewusst – seine und Locans Herkunft, ihr Erbe, ihre Abstammung vom Volk der Ga'hel...
Doch all dies hatte ihn nicht darauf vorbereitet, was mit ihm geschehen, was er fühlen würde, wenn seine Geschichte ihn einholen und all das... *Unmenschliche* in ihm erwachen würde.

„*Du wirst anders sein als die anderen, Doel.*
Du wirst Dinge wahrnehmen, die anderen gänzlich verborgen bleiben.
Du wirst mächtig sein, selbst unter den größten Kriegern der Sterblichen.
Du wirst länger leben als jeder andere Mensch, der dir auf deinem Weg begegnen wird.
Doch all diese Dinge müssen keinen Einfluss auf dich selbst haben.
Sie müssen keinen Einfluss darauf haben,
wie du denken,
wie du fühlen
und welche Entscheidungen du treffen wirst.

Du wirst selbst entscheiden können und auch müssen, wer der Mann sein wird, der du sein willst."

* * * *

Doel spürte, wie sich neben ihm etwas bewegte und er wandte den Kopf ruckartig um: Ein kleiner roter, weiß gepunkteter Käfer krabbelte langsam einen Grashalm hinauf, welcher sich kaum merklich unter seinem Gewicht nach unten bog.
Er starrte den Käfer an und auf einmal war es ihm, als erkenne er die unendlich feine Maserung auf dessen Flügeln, die Haare auf den dünnen Beinchen... als könne er selbst die Augen dieser winzigen Kreatur sehen und durch sie hindurch die Seele des Tieres...

„Du wirst Dinge wahrnehmen, die anderen gänzlich verborgen bleiben."

Doel schloss die Augen und wandte ruckartig den Kopf ab, als wolle er die Worte seines Ziehvaters abschütteln. Die Momente, in denen sich die Welt in großen Sprüngen vor ihm auftat, häuften sich. Momente, wie auf dem Übungsplatz der Harokhar, als sich die Zeit und die Bewegungen seines Gegners vor ihm verlangsamt hatten und er bereits gespürt hatte, was geschehen würde, noch bevor es wirklich geschah...
Momente wie der, in dem er durch seine Wut die beängstigende Kraft in sich gespürt und zum Schwert Tal'gháns gegriffen hatte... Momente wie die, in denen er getötet hatte...
... in denen das Blut nicht an der weißen Klinge gehaftet war, weil er sie zu schnell durch die feindlichen Körper gestoßen hatte, die ihm beinahe keinen Widerstand entgegengebrachten...

„Du wirst mächtig sein, mächtiger als die größten Krieger der Sterblichen...

...und mächtig selbst unter den Unsterblichen."

Ein Laut zog Doels Aufmerksamkeit auf sich. Ein Geräusch von Schritten auf dem Waldboden. Jedoch noch weit entfernt.

„Was bin ich?"
Die Worte kamen beinahe lautlos aus seinem Mund und Doel bemerkte nicht einmal, dass er seine Gedanken ausgesprochen hatte.
Tal'ghán hatte ihm damals, viele Jahre vor der letzten Nacht seines Lebens, die Geschichte der Ga'hel erzählt. Wie sie ihren langen Weg zu Macht und letztlich Unsterblichkeit zurückgelegt hatten – und wie sie in Dunkelheit gefallen waren.
Er hatte Doel jedoch nicht mehr über die Macht erzählt, welche die Ga'hel sich in ihrer langen Geschichte durch ihre Weisheit und Magie erkämpft hatten, als die wenigen Sätze, welche die Geschichte des ewigen Volkes begleiteten. Nichts von dem, was Doel nun fühlte und womit er nun in sich selbst kämpfte, hatte ihr Ziehvater ihm und Locan offenbart. Nichts, was ihm nun helfen konnte zu verstehen und was ihm helfen konnte anzunehmen, was er geworden oder schon immer gewesen war. Und was er sein ganzes, langes Leben sein würde...

„Du wirst länger leben als jeder andere Mensch, der dir auf deinem Weg begegnen wird."

Der Gedanke, alle Menschen, welche sein Leben begleiteten, zu überleben und jung zu bleiben, wo sie der Zeit verfielen und verwelkten im Herbst ihrer Lebens, dieser Gedanke quälte ihn immer wieder.
Und er quälte ihn am meisten, seit er entdeckt hatte, wie viel ein Mensch ihm bedeuten konnte...

* * * *

Das Geräusch der Schritte war nun nahe gekommen. Doel erhob sich und wandte sich in die Richtung, aus der der

Neuankömmling zwischen den Bäumen erscheinen musste. Er brauchte nicht lange zu warten, um das schwarz-rote Gewandt Chilvans zwischen braunen Stämmen und herbstlich gefärbten Blättern des Waldes erkennen zu können...

Der Ga'hel hielt am Waldrand inne und blickte Doel an, ganz so, als erwarte er die Erlaubnis, näher zu treten und ihn in seinen Gedanken stören zu dürfen.
Doel spürte den neuen Respekt, den der Ga'hel ihm entgegenbrachte – und er wusste nicht, ob er sich darüber freute...

Chilvan trat näher und neigte den Kopf in einem respektvollen Gruß: „Was beschäftigt Euch, Doel aus dem Königreich der Menschen?"
Auch aus Chilvans Worten konnte Doel eine Achtung lesen, welche der mächtige Krieger nicht einmal Kenem in diesem Maße angedeihen ließ.
Er wusste nicht, wie er antworten sollte. Ihm war bewusst, dass der Ewigdauernde und seine Krieger die einzigen waren, die ansatzweise verstehen konnten, was er auf einmal um sich herum sehen, hören und fühlen konnte. Doch andererseits... Tal'ghán hatte gute Gründe dafür gehabt, das Reich seines Volkes im Geheimen zu verlassen...

Wem kann ich vertrauen?

Doel zögerte einen Moment, dann beschloss er, dass er kein Stück weiterkäme, wenn er nicht bereit war, etwas von seiner Geschichte zu offenbaren.

„Ihr kanntet Tal'ghán?"

Chilvan nickte: „Ich hatte bereits vermutet, dass du von einem der Vergehenden abstammst. Aber dass du der Sohn des Anführers derjenigen bist, die der Unsterblichkeit entsagten..."

Doel brauchte einige Augenblicke um Chilvans Worte zu begreifen.

„Tal'ghán war nicht mein Vater. Er hat mir gesagt, dass er keine eigenen Kinder gehabt und sich erst nach dem Tod unserer Eltern um uns gekümmert hat."

Chilvan sah Doel nachdenklich an: „Ich weiß nicht, weshalb Tal'ghán dir dies erzählt hat. Fest steht für mich, dass du seine Züge auf deinem Gesicht trägst!"

Doel spürte sein Herz rasen, als der Ewigdauernde kurz innehielt bevor er das aussprach, was Doel in der Tiefe seines Herzens irgendwie schon immer geahnt hatte: „Tal'ghán hat unser Volk vor unserer Niederlage am Abgrund verlassen. Seine Frau war im Kindbett gestorben und so nahm er mit sich nur seine Schwester und seine zwei Söhne."

IN DEN SCHATTEN

Die große, dunkle Kreatur beugt sich über den gestürzten Kommandanten und riecht das Blut, welches aus dessen Wunde fließt.
Der Zorn ist noch immer da – noch immer wogt er durch das Blut des Dunklen...
Doch er vermag ihn zu zügeln und lässt zu, dass der Geschlagene sich unsicher und mühsam aufrichtet, um sich dann demütig zurück zu ziehen.
Die Nahestehenden öffnen ihre Reihen, um ihn hindurchzulassen und blicken dann wieder erwartungsvoll auf ihren Anführer – auf ihn und die Frau.

Der Dunkle wendet sich von seinen Dienern ab und blickt zwischen den Bäumen hindurch zu den Sternen hinauf...
Seine Gedanken schweifen in die Vergangenheit, zu glücklicheren Tagen und zu einer Zeit, in der er jemand anderes war...
Manchmal wäre es so viel einfacher, aufzugeben und zu sterben und sich nicht um die Finsternis in der Welt zu kümmern, die sich anschickte, alles zu verschlingen.

Eine leise, jedoch eindringliche Stimme bringt seine Gedanken wieder zurück in die Gegenwart:

„Wir müssen mit diesem Jungen aus dem Königreich sprechen!"

Der Dunkle wendet den Kopf nur leicht und sendet seine Gedanken aus, um zu antworten:
„WIE? DU HAST KURAK GEHÖRT - ER IST VOLLER HASS AUF UNS! ER WIRD UNS NICHT ZUHÖREN!"

Die Stimme antwortet nicht sofort. Als sie erneut spricht, klingt sie jedoch so, als hätte ihr Besitzer sich jedes Wort bereits vor Beginn des Gespräches zurechtgelegt:
„Er ist jung. Sein Hass ist nicht so fest an Euch gebunden wie der Hass unseres Volkes!"

Der Dunkle schnaubt unwillig:
„UNSERES VOLKES? DEINES VOLKES! MEIN VOLK WURDE VERSTOSSEN UND WIRD NUN HINGESCHLACHTET!"

Die Stimme antwortet sofort – laut und bestimmt: „DEIN Volk wird dahingeschlachtet weil Ihr Euch selbst vom Hass hinreißen lasst! Und DU weißt das! Weshalb sonst hättest du Kurak soeben für genau diese Schwäche, für sein Versagen beim Angriff auf Toak, bezahlen lassen?!?"

Der Dunkle erwidert nichts.

Die Stimme fährt fort: „Eine Schwäche, die auch die deine ist!"

Tief im Rachen des Dunklen zieht ein Donnergewitter auf und bahnt sich seinen Weg durch den riesigen Körper und die gewaltigen Zähne ins Freie...

Die Stimme fährt unbeirrt fort: „Wenn du deine Hoffnung schon nicht in IHN und in dein Volk..."

Das Donnern schwillt an und übertönt die nächsten Worte beinahe...

„Ja DEIN Volk! Du willst es nur nicht wahrhaben, dass du noch immer zu uns gehörst, weil es dann leichter ist, IHN zu hassen!"

Das Donnern verstummt. Der Dunkle lauscht schweigend. Sie kann seine Trauer spüren und es fällt ihr schwer weiterzusprechen: „*Wenn du schon keine Hoffnung mehr in deinen Vater setzen kannst – dann setze deine Hoffnung in den Sohn Tal'gháns!*"

Der Dunkle antwortet lange nicht.

Als sie sich schließlich mit einem resignierten Seufzer abwendet und gerade zwischen den Reihen schweigender Riesen hindurch treten will, erklingt ein Wort in ihrem Kopf:

„WIE?"

Sie wendet sich um und lächelt: „*Auf Schlachtfeldern lässt sich schwerlich miteinander sprechen. Mach es genau so, wie du es mit mir gemacht hast, Volcam!*"

* * * *

Auf einer eisigen Höhe, in einem gewaltigen Turm steht eine helle Gestalt mit geschlossenen Augen. Ihr Geist wandert an Orten, welche viele Tagesreisen entfernt sind und schaut Dinge, die auch der Adler mit seinem scharfen Auge nicht zu erblicken vermag.
Lange steht die helle Gestalt in ihren leuchtenden Gewändern reglos und stumm...
... auf einmal öffnen sich ihre Lider ruckartig und entblößen Augen, die so schwarz sind wie die dunkle Ewigkeit zwischen den Sternen...
...schwarz, voller Hass und unstillbarem Hunger...
Die Gestalt bleckt die Zähne und öffnet den Mund für einen kurzen Moment weit, als ob sie einem unsichtbaren Gegner die Kehle aufreißen wollte... und für einen Wimpernschlag scheint es, als würde im Rachen der Gestalt ein dunkles Feuer lodern...
Der Moment in dem jemand ihr wahres Wesen hätte erahnen können, währt nur kurz... die Gestalt beruhigt sich, schließt ihre Kiefer und verhüllt das dunkle Feuer...

...die Lider senken sich für einen Moment und als sie sich wieder öffnen, zeigen sich an Stelle der schwarzen Finsternis leuchtend blaue Augen.

Die Gestalt hat Dinge gesehen, die sie in große Sorge versetzen. Der lange ersonnene Plan ist bedroht. Weit entfernt verändern sich die Dinge – verändern sich gefährlich...

Die Gestalt spürt, dass sie nicht mehr alleine ist. Der Gerufene ist angekommen.
Die Tür des Raumes öffnet sich und ein junger Krieger in schwarzem Harnisch, mit ebenso schwarzem Haar und bleichem Gesicht steht unter dem runden Bogen. Mit einer kurzen Verbeugung gibt er seine Ehrenbezeugung ab und wartet dann darauf, angesprochen zu werden.

Die Gestalt atmet noch ein Mal tief durch, um ihr inneres Feuer wieder soweit zu zügeln, dass es den unzulänglichen Körper nicht verbrennt, in dem es wohnt. Langsam wendet sie sich zu dem Krieger um und mustert ihn einen Moment lang.

Er hat sich bereits weit entwickelt und ist ein gutes Werkzeug geworden. Die Klinge, die die Gestalt gegen ihre Feinde führen wird.
Doch ist sie schon scharf genug?
Es ist früh... zu früh...

Die Gestalt fasst ihren Entschluss: „Die Dinge drohen sich zu unserem Nachteil zu verändern und dein Wunsch wird in Erfüllung gehen!"

Die Augen des Kriegers leuchten auf, als brenne in ihm ein ähnliches Feuer wie in der Gestalt seines Herrn.

„Du wirst sofort aufbrechen. Deine Rache naht!"

Der Krieger neigt ruckartig seinen Kopf und wendet sich mit wehendem Umhang ab, um die lange Treppe hinter der Tür hinabzusteigen.

Die Gestalt sieht ihm noch einen Moment lang nach. Sie ist sich nun sicher, dass sie ihr Werkzeug noch nicht auf sich alleine gestellt losschicken durfte. Sie würde ihn nicht aus den Augen lassen. Und sollte ihr Werkzeug sich als stumpf erweisen... nun, so gäbe es andere Wege, um zum Sieg zu gelangen.

Ein grausames Lächeln umspielt die Lippen der Gestalt und in ihre Augen kehrt die Dunkelheit zurück. Wie Schlangen bohren sich schwarze Fühler in das Blau und Weiß bis zuletzt nurmehr Finsternis bleibt...

ZWISCHEN DEN SÄULEN DER CARADANN

Doel musterte den gegenüberliegenden Waldrand. Seit zwei Tagen waren sie nun schon auf der Spur der Cûzhal, welche den Angriff auf Toak überlebt hatten. Es konnten höchstens noch ein gutes Dutzend sein und sie waren nicht mehr weit von ihnen entfernt. Im Wald hatten sie viele Blutspuren und andere Anzeichen entdeckt, dass die meisten der Wölfe verwundet waren und nun, nach ununterbrochener Flucht, am Ende ihrer Kräfte sein mussten. Heute morgen waren sie auf den ersten verendeten Cûzhal gestoßen. Wahrscheinlich würden weitere folgen – oder sie stießen heute noch auf die ganze Rotte...
Mit Doel waren sie eine Gruppe von dreißig Caradain. Den Befehl hatte Garab.
Kenem würde mit Nodan und dem größten Teil der restlichen Krieger heute von Toak aus wieder nach Fenga aufbrechen. Mit ihnen würde Chilvan gehen, um Kenems Vater persönlich zu berichten, dass die Ewigdauernden zurückgekehrt waren, um die Schatten des Abgrunds zu jagen.
Da niemand wusste, wie viele Cûzhal es in den Caradann noch gab und wie viele vielleicht noch kommen würden, war es von hoher Wichtigkeit, groß angelegte Vorbereitungen zu treffen, um der Bedrohung begegnen zu können.
Doel wunderte sich selbst jeden Tag wieder aufs Neue, dass er erst vor einigen Monden noch mit Locan und Tal-ghán sein friedliches Leben in Baglan geführt hatte. Natürlich hatte er von seinem Vater in jener Nacht vieles erfahren über das Erbe, welches er in sich trug, obwohl er nie darum gebeten hatte...

Mein Vater...

Doel war noch immer überwältigt von Chilvans Behauptung. Er hatte bislang keinen Grund gefunden, aus dem ihn der Ga'hel anlügen sollte.

Spielt es für Chilvan eine Rolle ob ich mich für den Sohn irgendwelcher Ga'hel oder für Tal'gháns Sohn halte?

Auch Doel war nach der Schlacht bewusst geworden, dass das, was er getan hatte, selbst über die Kräfte Chilvans und seiner Krieger hinaus ging. Selbst wenn er nicht über ihre Unsterblichkeit verfügte, so floss doch das Blut eines der mächtigsten Mitglieder ihres Volkes durch seine Adern.

Ich bin Tal'gháns Sohn!

Doel wusste nicht, was er empfinden sollte. Sein Vater oder Ziehvater, war tot und was er ihm hinterlassen hatte, überschattete schon seit langem Doels Leben. Sein Leben, welches selbst ohne die Macht der Unsterblichkeit, die Tal'ghán abgelehnt hatte, mehrere Generationen dauern würde...

ZU lange... VIEL ZU LANGE!

Besonders seit Doel sich in Enea verliebt hatte, packte ihn immer wieder eine Wut über das Schicksal, welches verhinderte, dass er jemals ein normales Leben unter Menschen führen konnte. Er würde Generationen überleben und unzählige geliebte Menschen zu Grabe tragen müssen. Oder er entsagte allen Wünschen nach Liebe, Familie und Freunden und zog sich in die Einsamkeit zurück. Manchmal in den letzten Tagen hatte er sich schon gefragt, ob er nicht einfach verschwunden bleiben und nie mehr nach Baglan zurückkehren sollte.

Enea würde jemanden finden, der sie glücklich machen könnte und ich würde ihr nicht weh tun müssen...

... und sie nicht altern und sterben sehen müssen, während ich selbst noch mehrere verdammte Leben vor mir habe!

Doels Blick ging hinüber zu dem einzigen verbliebenen Ga'hel-Krieger, welcher von Chilvan mit ihnen gesandt worden war. Sein Name war Rhu'vel.
Vielleicht, so dachte Doel traurig, *sind die Ga'hel das einzige Volk, welches mir bleibt!*

* * * *

Das Gesicht des Ga'hel war reglos, während Doel es beobachtete. Rhu'vel spürte über die Grenzen seinen Körpers hinweg in die Wälder um sie herum hinein und suchte nach ihren Feinden.
Doel spürte es einen Augenblick bevor der Krieger seine Augen öffnete:

Er hat sie gefunden!

* * * *

Doels Blick huschte zwischen den Stämmen der Bäume um ihn herum hin und her. Er und die anderen Krieger bewegten sich schnell durch den Wald – Garab und Rhu'vel ihnen voraus.
Der Ga'hel war sicher und zögerte nie in seinem Schritt. Er wusste, wo die Cûzhal waren und jagte sie erbarmungslos.
Ein kurzer Ruf des Ga'hel schreckte den ganzen Trupp auf und mit einem Mal verdoppelten sie ihren Schritt und rannten los.
Nach kurzer Zeit sah Doel den ersten Cûzhal vor ihnen zwischen den Stämmen davon hasten – schemenhaft, undeutlich und immer wieder mit den Schatten verschmelzend.
Er beobachtete wie Rhu'vel den Wolf einholte, überholte und ihm mit einer schnellen Bewegung nebenbei den Kopf abschlug.
Weitere Schatten wurden vor ihnen sichtbar.

„Wir müssen uns beeilen, wollen wir sie vor Einbruch der Dunkelheit noch erledigen."

Garabs Stimme klang angespannt, jedoch gleichzeitig beherrscht und entschlossen. Die Caradain legten im Laufen ihre Pfeile ein und weitere dunkle Körper stürzten in das trockene Laub der ewigen Wälder.

Doel beschleunigte seine Schritte und bemerkte überrascht, wie leicht es ihm fiel, sich an den Caradain um sich herum vorbeizuschieben und fast auf gleiche Höhe mit Rhu'vel zu gelangen. Garab war hinter dem Ga'hel zurückgeblieben, der entschlossen schien, alle Cûzhal völlig allein dem Tode zu überantworten.

Doel sah, dass ein Cûzhal von dem Ga'hel im Zentrum wegstrebte und sich auf seine Seite zubewegte. Er holte zum Schlag aus und die weiße Klinge verfehlte seinen Gegner nur um Haaresbreite. Schwarze Haare stoben auf, die er dem Cûzhal abrasiert hatte.

Doel fluchte in sich hinein und setzte dem Wolf nach, der seine weiten Sätze nun schräg von ihm weg lenkte.

Er wird uns entkommen, ging es Doel durch den Kopf, als er sah, dass der ganze Trupp sich stur hinter Rhu'vel her bewegte und niemand den einzelnen Cûzhal beachtete, der sich von der Schar abgesondert hatte.

Doel wusste, dass er ein Risiko einging, überlegte trotzdem nicht länger als einen Wimpernschlag bevor er dem Wolf nachsetzte, der auf eine Gruppe dicht stehender Tannen zulief.

* * * *

Doel brach durch die tief hängenden Äste und hielt inne. Eine große Stille umfing ihn plötzlich und er hörte die Geräusche der Jagd nur noch undeutlich und wie aus großer Ferne.

Seine Augen passten sich schneller an die Dunkelheit an als früher und so stellte er innerhalb von zwei Atemzügen fest, dass der Cûzhal verschwunden war.

Doel fühlte sein Herz in der Brust hämmern, obwohl er nur wenig Müdigkeit von der Jagd verspürte. Dass er den Gefallenen nicht sehen konnte, verwirrte ihn und er wurde sich bewusst, dass er trotz seiner neu entdeckten Kräfte noch immer Angst empfinden konnte...
Sein Schwert fester umfassend, bewegte er sich mit schnellen Schritten zwischen den Bäumen hindurch. Seine Sichtweite beschränkte sich auf wenig mehr, als er mit seiner Schwertspitze erreichen konnte, so dicht standen die Tannen zusammen.
Mit jedem Schritt verstärkte sich in Doel das Gefühl, dass er einen Fehler beging, seinen unsichtbaren Feind noch weiter zu verfolgen.

Ich müsste ihn wenigstens hören können... so schnell wie er sich bewegt hat...

Doels eigene Gedanken brachten ihn zum Stehen.

Aufmerksame Augen verfolgen jede Bewegung des mächtigen, aber unerfahrenen Jägers mit dem verdunkelten Herzen...

Doel unternahm noch einen weiteren vorsichtigen Schritt und seine linke Hand schob einen weiteren Ast zur Seite – und noch bevor der massige Körper in seinem Blickfeld auftauchte, wusste Doel, dass er da war...

...und dass er nicht mehr allein war.

Doel zerbrach den dicken Ast, während er mit der Rechten nach dem Cûzhal dahinter schlug. Doch sein Arm verfing sich – in den riesigen Klauen einer fellbedeckten Hand...

* * * *

Das Licht des Wintermondes leuchtet hell über den kahlen Wipfeln der Caradann und taucht die dicken Stämme in

weißkalten Schein. Eine Wolke schiebt sich vor die glänzend weiße Scheibe und taucht die Welt in völlige Finsternis.
Ein junger Hase sitzt witternd zwischen den großen Wurzeln eines Baumes. Nase, Ohren und Augen bewegen sich ruckartig und suchen nach Anzeichen einer Bedrohung. Schließlich ist sich der Hase sicher, dass keiner der gefürchteten Jäger, vor denen ihn seine Vorfahren gewarnt hatten, auf ihn lauert. Sein über Generationen vererbtes Wissen sagt ihm, dass er sich nun gefahrlos bewegen und auf Futtersuche gehen kann, um sich für den langen Winter zu rüsten.
Nach einigen entschlossenen Sprüngen hält der Hase erneut inne. Verwirrt wittert er mit all seinen Sinnen – doch weder Geruch, Geräusch oder sichtbare Schatten tragen sie ihm zu. Trotzdem ist er beunruhigt. Ein anderer Sinn, tief in seinem Innersten verwurzelt, sagt ihm, dass er nicht mehr allein ist zwischen den Säulen der Caradann ...

Eine tiefe Dunkelheit verweilt im Schatten eines Baumes und wird dort des kleinen Vierbeiners gewahr. Das Wesen wäre normalerweise bedeutungslos für die Dunkelheit, doch die weite Reise von den Gipfeln der Berge hat sie geschwächt...
Sie spürt den Hunger nach dem Leben des Wesens in seinem Inneren nagen...
Die Dunkelheit streckt ihre Fühler nach dem Wesen aus...

Das Herz des Hasen schlägt schneller...
er spürt, dass sich ihm etwas nähert, er kann es jedoch nicht sehen...
nicht hören...
nicht riechen...
Die Bedrohung wird so groß, dass der Hase unfähig ist, sich zu rühren...
Irgendwo tief in seinem Inneren spürt er wohl, dass er vor diesem Feind nicht davonlaufen kann...
Eine tiefe Kälte berührt das kleine Tier...
Fährt in seine Glieder und durch seinen ganzen Körper...

Erreicht sein Herz...
Jeder Schlag dauert nun länger als der vorherige...
Der Hase spürt, dass er verloren ist...

Die Wolken über den Caradann geben auf einmal einen Spalt des Nachthimmels frei und von einem Augenblick zum nächsten taucht der Mond den Waldboden wieder in seinen hellen Schein...

Die Dunkelheit spürt das Licht, welches sich durch seine ausgestreckten Fühler brennt und zischt lautlos und voller Hass, als sie sich zurückziehen muss...

Das Herz des Hasen schlägt wieder schneller und die Kälte verlässt sein Herz und seine Glieder.
Der Hase blickt noch einmal voller Angst um sich und rennt dann so schnell er kann davon.
Und nie in seinem ganzen Leben wird er die dunkle, kalte Macht vergessen, die ihn in dieser Nacht heimgesucht hat, um nach seinem Leben zu greifen...

Die Dunkelheit nimmt das verhasste Leben wahr, welches sich ihr entzieht und schwört für einen Augenblick bittere Rache...

... bevor sie sich ihrem eigentlichen Ziel widmet und ihre Aufmerksamkeit einem gewaltigen, schwarzen Leib zuwendet, welcher reglos einige Schritte entfernt auf dem Boden des Waldes liegt.
Einem unter mehreren Leibern, welche den Waldboden in eine Hügellandschaft verwandeln – eine Landschaft voll Schmerz und Tod.
Die Dunkelheit würde lachen, wenn sie über einen Mund und eine Stimme verfügte und vor Stolz und Häme zerbersten angesichts der gewaltigen Lüge, welche sie in die Herzen ihrer beiden mächtigsten Feinde gesät hatte, so dass diese sich gegenseitig zerfleischen...

... und bald würden weitere Feinde sich ihnen in ihrem selbstzerstörerischen Wahn anschließen und dabei helfen, die Caradann mit dem Blut der Lebenden zu tränken...

Es raschelt und nur wenige Schritte entfernt von der Dunkelheit hüpft ein weiterer Hase aus einem Gebüsch.
Die Dunkelheit frohlockt – es würde sich doch noch am Leben eines Lebenden stärken können in dieser Nacht...
Gierig huschen die Fühler voller Hass und Bosheit durch die Nacht und greifen nach dem unschuldigen Leben...

RÜCKKEHR ANS STERNENWASSER

Garab hörte sich die Nachrichten seiner Männer nacheinander an und fühlte sich mit jeder weiteren niedergeschlagener. Doel war verschwunden und die Spuren mehrerer Cûzhal, die jedoch in viele verschiedene Richtungen führten, konnten keinen Hinweis auf seinen Verbleib geben.
Er fühlte sich, wie er sich nach der Schlacht um Perut gefühlt hatte – leer, ausgehöhlt und müde dieses Lebens, das ihm immer nur aufs Neue Schmerzen zufügen wollte.
Erst die vorsichtige Ansprache von einem der Männer riss Garab aus seinen Gedanken und er wurde sich bewusst, dass er noch immer die Verantwortung für andere trug.
Schweren Herzens gab er den Befehl zum Aufbruch ans Sternenwasser und besiegelte damit gleichzeitig den Verlust Doels.
Garab würde die Männer zurück in ihr Dorf führen. Danach würde er diesen Landen den Rücken kehren und versuchen, sein altes Leben zu vergessen.

Garab wollte soeben das Signal zum Aufbruch geben, als sein Fuß gegen etwas Weiches stieß. Flüchtig glitt sein Blick zu Boden und erblickte den leblosen Körper eines Hasen. Eigentlich war daran nichts besonderes, jedoch fesselte das tote Wesen Garabs Blick aus irgendeinem Grund.
Garab ging in die Knie und musterte den Hasen genau. Dabei stellte er fest, dass keinerlei Insekten, Maden oder Würmer sich an dem toten Fleisch zu schaffen machten und das, obwohl der Körper bereits einen deutlichen Verwesungsgeruch ausströmte und damit alle möglichen Aasfresser anlocken musste.
Und noch etwas fesselte Garabs Aufmerksamkeit: Die Augen des Hasen waren noch im Tode weit aufgerissen, als hätte das Tier einem ungeahnten Schrecken gegenübergestanden. Garab runzelte verwirrt die Stirn. Der Körper des Hasen wies keinerlei

Verletzungen auf und das Tier war auch nicht in dem Alter um an Schwäche zu sterben. Selbst Spuren einer Krankheit konnte Garab nicht entdecken.

Ein seltsames Gefühl beschlich den erfahrenen Jäger und er rang einen Augenblick mit sich selbst, nur um dann auf das zu vertrauen, was ihn schon öfter gerettet hatte: sein Gefühl.

„Rhu'vel!"

Der Ga'hel kam mit schnellen Schritten auf Garab zu. Rhu'vel war ein guter Krieger, der sich bislang als sehr wertvoll erwiesen hatte. Ohne ihn hätte die Jagd auf die Cûzhal einige Opfer mehr unter den Caradain gefordert.

Rhu'vels Schritte waren verstummt, während Garab den Hasen weiter musterte. Er hob nun den Kopf und stellte mit Erstaunen fest, dass der Krieger mehr als fünf Schritte vor ihm stehen geblieben war und seine rechte Hand am Schwertgriff lag. Garab brauchte einen Moment um zu begreifen, dass die schreckgeweiteten Augen des Ga'hel auf das tote Tier zu Garabs Füßen gerichtet waren.

Er sah sich hastig um: Noch hatte keiner der Männer die Reaktion des Ewigdauernden bemerkt und Garab wollte dies unbedingt verhindern. Er blickte den Krieger an und machte eine nachdrückliche Geste, welche der Ga'hel wohl verstanden haben musste, denn er näherte sich noch drei weitere Schritte und nahm dann Haltung an.

„Hauptmann, Ihr wünscht?"

„Rhu'vel, wenn Ihr Euch den Körper dieses Hasen genauer anseht, könnt Ihr mir dann sagen, woran das Tier gestorben ist?"

Rhu'vels Miene war eindeutig angespannt. Er zögerte und machte keine Anstalten näher zu treten.

Schließlich sprach er: „Dazu brauche ich nicht näherzutreten. Die Ursache des Todes dieser bedauernswerten Kreatur ist mir bekannt. Ich spüre es so deutlich, als würde der Dämon noch immer hier weilen."

Garabs Lippen waren trocken, als er antwortete: „Woran ist er gestorben?"

„Diesem Tier wurde die Seele entrissen!"

Garab benötigte einige Augenblicke um zu begreifen, was der Ga'hel gesagt hatte. Dann fiel ihm etwas ein, was dieser zuvor gesagt hatte: „Ihr sagtet, ein 'Dämon' habe dies getan?"
Rhu'vel beobachtete Garabs Reaktionen sehr interessiert: „Ja, die mächtigsten unter den Kreaturen des Abgrunds pflegen sich von der Lebenskraft der Sterblichen zu nähren."
Garab lief es kalt den Rücken hinunter: „Willst du damit sagen, dass außer den Cûzhal noch weitere Kreaturen in den Caradann ihr Unwesen treiben?"
Rhu'vel zögerte, bevor er antwortete: „Eine solche Macht wie sie den Körper dieses Tieres noch immer umgibt, habe ich noch nie gespürt. Es muss ein hoher Herr der Dunklen sein, welcher hier geweilt hat."
Garab dachte sofort wieder an Doel und die nächste Frage drängte sich ihm mit Macht über die Lippen: „Kannst du mir sagen, wohin dieser Dämon gewandert ist?"
Rhu'vel schloss für einen Moment die Augen und hob den Kopf. Er drehte ihn langsam von rechts nach links und noch langsamer wieder zurück. Schließlich hielt er inne und öffnete die Augen. Er hob die Hand und wies nach Norden: „Dorthin. In Richtung der Karan-Gahar."
Garab richtete sich ruckartig auf und blickte nach Norden – dorthin, wo am Sternenwasser die Stadt der Caradain lag.

* * * *

Das Wasser schwappte in kleinen Wellen über den steinigen Grund am Ufer des Flusses. Kenem beobachtete, wie es das Leder seiner Stiefel dunkel färbte. Für einen Moment vergaß er beinahe, weshalb er an den Thel'Nia zurückkehrte. Als er ein Geräusch vernahm, welches die Männer hinter ihm beim Einrichten ihres Nachtlagers verursachten, hob er den Kopf und richtete seinen Blick wieder ans andere Ufer des Singal.
Der Singal war einer der beiden Flüsse, welche aus dem Thel'Nia entsprangen. Sein Lauf führte ihn in einigen Windungen nach Süden. Auf seinem Weg wurde er durch viele

Bäche genährt und wuchs so, bis er an der Grenze des Waldes anlangte bis auf das dreifache seiner ursprünglichen Größe an. Kenem erinnerte sich an die Ereignisse, welche sich seit seinem Aufbruch zugetragen hatten. Angesichts seiner Erfolge hätte er erleichtert und stolz sein können. Zwar wusste er, dass die Anwesenheit Chilvans seine Erfolge in den Augen seines Vater schmälern würden, jedoch würde selbst er nach den Berichten von der Jagd die Leistungen seines Sohnes als Anführer würdigen müssen.

Während die Sonne sich senkte und dabei von den spitzen Wipfeln der Tannen am anderen Ufern durchbohrt wurde, versuchte Kenem erfolglos seine leichte, jedoch seit dem Morgen anhaltende Beunruhigung abzuschütteln. Spät führten ihn seine Schritte zurück zum Lager und in dieser Nacht lag er noch lange wach und musterte die Sterne, welche schließlich von dunklen Regenwolken verhüllt wurden.

Morgen würden sie den Thel'Nia und Fenga erreichen.

* * * *

Ein schwarzer Fuß senkt sich in die Steine des Flussufers. Aufmerksame Augen durchdringen die Nacht und mustern das andere Ufer.

Die Gestalt verharrt reglos. Sie spürt, dass Sterbliche in der Nähe sind. Doch es kümmert sie nicht, wer sie sind, wohin sie gehen oder welche Pläne sie haben. Sie sind ungefährlich für die Gestalt, sie mögen ihre unbedeutenden Pläne schmieden und am Ende ihres kurzen Lebens werden sie vom Angesicht der Welt verschwinden.

Das Ziel ist nahe und der Unbekannte dürstet nach Rache. Sein Meister gebietet ihm, die schwachen Sterblichen aufzusuchen und als Verbündete zu gewinnen. Unwillig ruckt sein Kopf zur Seite. Er würde seinem Meister gehorchen und daran glauben, dass in dessen Plänen die Sterblichen ihre Rolle zum Vorteil seines Volkes spielen und ihnen letztlich dienlich sein würden.

Der Unbekannte spürt seine Krieger ankommen. Einer nach dem anderen treten sie aus dem Wald. Er spürt ihre Ungeduld, ihren Hunger nach Rache und ihren Durst nach dem Blut der Feinde.
Die Gestalt hebt den Kopf und blickt den Flusslauf entlang. Ihre Augen treffen auf die Mauern der Karan-Gahar und wandern diese nach oben. Höher und höher hinauf bis zum höchsten Gipfel hinter dem die geheime Festung liegt.
Die Gestalt weiß um die Macht ihres Meisters und fühlt sich geehrt, ihm dienen zu dürfen und in seinem Namen zu handeln.

Was die Gestalt nicht weiß, ist, dass ihr Meister schon längst unter den Wipfeln der Caradann weilt und jeden Schritt seiner Sendboten beobachtet. Die Bosheit dieses Wesens übertrifft jeden Hunger nach Rache und jeden Durst nach Blut seiner Diener bei weitem.
Doch der Meister ist weise. Das Wissen von Äonen windet sich durch seine Adern und sein Plan wird sich seinen Feinden bis zuletzt nicht offenbaren. Blind werden sie auch weiterhin in ihr Verderben laufen.
Und die Sterblichen... sie werden jubeln angesichts ihrer mächtigen Retter, welche sie von den Wölfen befreien und sie werden sich ihnen unterwerfen.
Und die Retter selbst? Die Sendboten des Meisters?
Sie ahnen nicht, dass all dies allein ihretwegen geschieht – dass sie selbst mit jedem Schritt ihre eigene Vernichtung heraufbeschwören.
Sie hatten vor Zeiten das Böse in ihre Herzen gelassen und würden nun ernten, was sie gesät.

* * * *

Chilvan betrachtete die Palisaden Fengas und verzog spöttisch das Gesicht. Die Caradain waren in seinen Augen Kinder, wenngleich einige von ihnen aus der unwissenden Masse herausragten und zu Höherem fähig zu sein schienen. Chilvan wandte sich um und beobachtete, wie Kenem die letzten Schritte zwischen den Bäumen auf ihn zukam.

Den Caradain beschäftigte etwas und Chilvan wusste, was es war: Der junge Mann dürstete nach der Anerkennung seines Vaters Elow, des Herrschers über Fenga.

Chilvan hatte diese Erkenntnis durch Beobachtungen und aufmerksames Zuhören gewonnen.

Er konnte das Bedürfnis Kenems nicht nachvollziehen. Er selbst war Vater eines Sohnes, dessen Durst nach Anerkennung er nicht verstanden und den er nicht hatte stillen können. Eines Sohnes, der deshalb in eine Welt hinauszog, für die er noch nicht reif gewesen war.

Chilvan war sich zwar nicht seines Versagens als Vater, jedoch dafür umso mehr seines Versagens als Lehrmeister schmerzlich bewusst. Wie sonst hätte Volcam ins Dunkel fallen können, wenn nicht deshalb, weil Chilvan ihn nicht genug vorbereitet hatte auf das Böse...

Der General schüttelte die unwillkommenen Gedanken ab. Es spielte keine Rolle. Seinen Sohn gab es nicht mehr und das, was nun durch diese Wälder streifte, würde von den Ga'hel und den jungen Caradain vernichtet werden. Denn, waren sie auch jung und unwissend, so waren sie – gemessen am Alter ihres Volkes – doch auch tapfere und starke Krieger.

Kenem nickte Chilvan kurz zu und trat dann an ihm vorbei auf sein Heimatdorf zu.

Chilvan beobachtete ihn und spürte die Anspannung des jungen Mannes. Aufmerksam folgten seine Augen den entschlossenen Schritten Kenems. Einen Augenblick später folgte er ihm.

Während Chilvan auf die Palisaden und das Tor zwischen den beiden Wachplattformen zuschritt, wuchs ein seltsames Gefühl in seinem Inneren heran, das er lange nicht einordnen konnte...

Verwirrt hob er seinen Kopf und erblickte eine schwarze Gestalt, welche bis vor einem Moment noch nicht auf den Palisaden zu sehen gewesen war. Ein Krieger, der eine ungewohnte Macht ausströmte.

Es war jedoch nicht dieser Mann, der das seltsame Gefühl auslöste...

Chilvan blieb stehen und ließ die gesamte Schar an sich vorbeiziehen, während er nach der Ursache für seine Unruhe suchte.

Und auf einmal wusste er es.

Mitten auf der Wiese zwischen Wald und dem Dorf blieb Chilvan stehen. Langsam drehte er sich herum, während ihn die Caradain und Kenem verwirrt beobachteten. Der Blick des Generals ging zum Waldrand – und dort stand, hoch aufgerichtet und den Blick auf seinen einstigen Vater gerichtet – *Volcam*.

* * * *

Chilvan bemerkte nicht, wie schnell ihn seine Beine über das Feld trugen und wie seine Schwerter wie von selbst in seine Hände zu springen schienen – wie sich seine Arme hoben, um endlich die erlösenden Schläge auszuführen, die ihn von dieser Kreatur befreien würden.

Als er nur noch wenige Schritte von der abscheulichen Kreatur entfernt war, traten zwei Gestalten zur Rechten und zur Linken Volcams aus dem Wald.

Chilvan nahm in seiner Raserei nichts wahr, außer seinem Feind und seine Schwerter senkten sich mit aller Kraft und Schnelligkeit, die der Ga'hel aufbieten konnte...

Mit einem lauten Klirren wurden die schwarzen Klingen nur eine Handbreit vor dem Schädel des Wolfes aufgehalten. Die Wucht seines eigenen Angriffs ließ Chilvan zurückprallen.

Als er sich wieder aufrichtete, glaubte er seinen Augen nicht, wer ihm gegenüberstand: Neben der riesigen Gestalt standen Ilijé und Doel. Beide die Schwerter erhoben und zu dessen Schutze vor dem Körper des Wolfes gekreuzt.

Chilvan wurde zurückgestoßen und starrte die drei Gestalten unverwandt an.

Ilijé war es schließlich, die das Wort ergriff: „Chilvan, wir sind nicht hier, um mit dir zu kämpfen. Dein Sohn ..."
Chilvan brüllte, als würde er bei lebendigem Leibe verbrannt: „NENNE DIESE KREATUR NICHT MEINEN SOHN! MEIN SOHN IST TOT!"
Ilijé versuchte fortzufahren, ehe der Zorn Chilvan blenden konnte: „Chilvan, Volcam ist nicht unser Feind! Alle Angriffe, außer die auf Perut und Toak, sind nicht von seinen Wölfen verübt worden! Und bei diesen Angriffen haben sie immer versucht, Opfer unter ihren Gegnern zu vermeiden! Du selbst warst in Perut – war es nicht so, dass bis zum Rückzug der Wölfe fast kein Soldat der Caradain den Tod gefunden hatte?"
Chilvans Augen sprühten noch immer vor Hass, jedoch sorgte seine Verwirrtheit dafür, dass er Ilijé vorerst zuhörte. Die Heilerin fuhr fort: „Und in Toak war es nur dem Ungehorsam von Volcams Unterhauptmann geschuldet, dass dieser Angriff überhaupt stattgefunden hatte! Volcam hatte ihm dergleichen verboten, doch er konnte seinen grenzenlosen Hass auf uns Ga'hel nicht bändigen! Sie sind hier in den Caradann – genau wie wir – auf der Jagd nach den wahren Mördern, den wahren *Dämonen*!"
Hinter Chilvan waren Kenem und seine Caradain herangekommen, standen nun auf eine befehlende Geste ihres Anführers starr und verfolgten nervös das Geschehen.
Auf den Palisaden Fengas war selbst auf diese Entfernung hektische Betriebsamkeit erkennbar.
Ilijé musste bewusst sein, dass ihr nur wenig Zeit blieb, bis die Krieger Kenems oder die aus Fenga oder Chilvan selbst handeln würden. Sie fuhr mit schnellen und nachdrücklichen Worten fort: „Chilvan, ich selbst habe bei dem Krieger, den wir mit Garab zusammen fanden, eine dunkle Kraft gespürt. Der Mann war jedoch nicht von den Klauen eines Cûzhal verletzt worden. Ich wusste nicht, was es war, was mich damals an den Verletzungen störte, doch nun weiß ich es: Es war die dunkle Kraft des Abgrunds, welche ich fühlte."

Ilijé hielt kurz inne und ihre Augen bohrten sich in die des Generals, bevor sie die Worte aussprach, die alles veränderten: „Chilvan, Volcam und seine Krieger sind nicht von der Finsternis des Abgrunds verdorben worden. In einem magischen Ritual teilten sie ihre Körper und ihr Wesen mit Wölfen, den vergessenen Wächtern der Unterwelt, um den dunklen Kräften widerstehen zu können, welche die dunklen Horden ihnen entgegenwarfen. Sie..."

Doch in eben diesem Moment erschallte von der Rückseite Fengas der durchdringende Ton eines Horns. Verwirrt sahen Ilijé und Doel in Richtung der Stadt. Kenem war der erste, der sprach: „Das ist ein Wachhorn. Fenga wird aus dem Osten angegriffen!"

Ilijé richtete einen verzweifelten Blick an Chilvan – doch es war zu spät.
„SCHWEIG, TRUGBILD DER FINSTERNIS!", brüllte Chilvan Ilijé an. Seine Augen verrieten ihr, dass er nun kein Wort mehr von dem glaubte, was sie gesagt hatte.
Dann wandte er sich an den Wolf: „EGAL ÜBER WELCHE VERABSCHEUUNGSÜRDIGEN KRÄFTE DU AUCH VERFÜGEN UND WIE DU AUCH VERSUCHEN MAGST UNS ZU TÄUSCHEN, LÜGNERISCHER *CÛZHAL*", Chilvan spie das Wort seinem einstigen Sohn geradezu vor die Füße, „ICH WERDE DICH HINRICHTEN, DEINEN KÖRPER VERBRENNEN UND DEINE ASCHE IN EBEN JENEN SCHMUTZ TRETEN, ZU DEM DU GEWORDEN BIST!"
Volcam bäumte seinen gewaltigen Körper auf und brüllte Chilvan herausfordernd an.
Der General fegte Ilijés und Doels Klingen mit zwei schnellen Schlägen zur Seite und stürzte sich auf seinen verhassten Gegner, um den letzten Kampf mit ihm auszufechten – bis zum Tode.

DIE KLINGEN DER GA'HEL

Garab lehnte schwer keuchend an einem Baumstamm und starrte voller Entsetzen auf das Grauen, welches sich vor ihm ereignete. Er beobachtete aus dem Schatten der Bäume, wie Chilvan mit Volcam focht – sah, wie die Cûzhal zu Dutzenden aus dem Wald brachen und mit Kenems Männern zusammenstießen – sah die Tore Fengas sich öffnen und bewaffnete Harokhar ausspucken, während die Pfeile der Tangal über ihnen in dunklen Wolken gegen ihre Feinde flogen.
Garab glaubte nicht, dass Volcam, der Ilijé und Doel offensichtlich am Leben gelassen hatte, nun einfach Fenga angreifen würde. Es war in Garabs Augen ein völlig unsinniges Vorgehen für eine Kreatur, die bewiesen hatte, dass sie strategisch denken und handeln konnte.

Wenn er Fenga angreifen wollte, hätte er es gleich mit seiner ganzen Schar aus dem Hinterhalt und am wahrscheinlichsten auch bei Nacht getan.
Ganz offensichtlich hat Volcam das Aufeinandertreffen bei Tageslicht gewollt und sich dafür sogar selbst in Gefahr gebracht...

Garab hatte selbst auf die große Entfernung die Worte Ilijés hören können, die versucht hatte, Chilvan von der Unschuld der Wölfe zu überzeugen.

Doch wenn die Wölfe nicht für die vielen Toten meines Volkes verantwortlich sind...
Wenn nicht Volcam es war, der Helana und Todar getötet hat...

Die Worte Rhu'vels, des Ga'hel, der mit ihm gemeinsam den toten Hasen gefunden hatte, gingen ihm durch den Kopf:

Ein Dämon, der Seelen stehlen kann.

Er erinnerte sich außerdem an den Fûh-ra und dass er lange darüber nachgegrübelt hatte, was dieses mächtige Wesen aus den Bergen vertrieben haben konnte.

Ein hoher Herr der Dunklen, hatte Rhu'vel gesagt.

Die Leferín waren Wesen, welche die Dunkelheit spüren konnten und sei sie auch Meilen von ihnen entfernt. So hatte sie Av'r'un geschaffen, damit sie das Böse finden und jagen konnten, wo immer es sich versteckte.
Was aber, wenn das Böse mächtiger war als diese Wesen des Lichts? Würde nicht selbst ein mächtiger Fûh-ra die Flucht ergreifen?

Ein hoher Herr der Dunklen.

Garabs Gedanken kreisten weiter und nach und nach fügten sich die einzelnen Teile zu einem Bild, welches ihn erschreckte.

Was konnte ein solcher Dämon wohl noch alles tun, um seine Gegner unschädlich zu machen? Wäre es nicht am einfachsten, sie dazu zu bringen, sich gegenseitig umzubringen?

Garab fasste einen Entschluss und rannte los – zur Rückseite Fengas. Dorthin, wo der Hinterhalt stattfand.

* * * *

Doels Sinne erfassten das Chaos um sich herum nur undeutlich und er fühlte sich wie in einem Alptraum: Volcam und Chilvan hatte er aus den Augen verloren – die Wölfe waren aus dem Wald gestürmt und hatten sich zuerst noch schützend vor ihren kämpfenden Anführer gestellt – Kenem hatte seine Caradain zurückgehalten und versucht mit Doel zu sprechen – doch bevor die Situation vielleicht noch hätte gerettet werden können, öffneten sich die Tore Fengas und die Harokhar der Stadt stürmten heraus. Doch ihnen voran stürmten Krieger der Ga'hel, welche offensichtlich nicht Chilvan, sondern einem Krieger in schwarzem Harnisch und Gewand unterstellt waren, welcher mit einem klingenbewehrten Kampfstab durch Kenems Reihen rannte und sich wie ein Wirbelsturm auf die Cûzhal stürzte...

Wir müssen diesen Kampf beenden ehe er völlig außer Kontrolle gerät, ging es Doel durch den Kopf. Doch noch ehe er auch nur einen weiteren Gedanken fassen konnte, stand ihm ein Caradain aus Fenga gegenüber, welcher Doel offensichtlich für ein Trugbild oder einen Verräter hielt und entschlossen angriff. Doel wehrte die Hiebe des Harokhar ab und bemerkte schnell, dass dieser zwar über mehr Erfahrung verfügte, es jedoch nicht mit Doels Kraft und Schnelligkeit aufnehmen konnte.
Er wehrte zwei Hiebe ab und setzte den Krieger dann, mit einem Schlag der flachen Seite seines Schwertes an den Kopf, außer Gefecht.
Verzweiflung keimte in Doel auf, als er das Kampfgeschehen vor sich sah und nirgendwo Ilijé entdeckte. *Ich muss sie finden! Nur sie kann allen die Wahrheit erklären.*
Bevor sich Doel jedoch für eine Richtung entscheiden konnte ergriff ein sonderbar vertrautes Gefühl von ihm Besitz. Langsam wandte er sich um – vor ihm stand der schwarze Hauptmann der Ga'hel.

Die beiden Krieger musterten sich einen Augenblick bevor der Ga'hel sprach: „Hallo, Bruder."

Doels Herz schien ihm einige Schläge lang auszusetzen, während der Ga'hel das Visier seines Helmes öffnete und die so vertrauten und doch veränderten Züge seines kleinen Bruders offenbarte.
„Locan?"
Locans Mund zuckte zu einem kurzen Lächeln.

Doel konnte nicht recht fassen, was es war, was den jungen Mann, den er so lange kannte wie er denken konnte, irgendwie anders aussehen ließ. Seine Züge schienen härter, sein Mund verkrampft und seine Augen ernst, fast lauernd...
Doch all das ging ihm nur einen kurzen Moment durch den Kopf – zu groß war die Freude, seinen Bruder wieder getroffen zu haben!
Doel trat einen Schritt näher: „Du lebst?!"
Als Locan jedoch den Kampfstab auf seine Brust richtete, blieb er ruckartig stehen. Doel starrte verständnislos von der Waffe zum Gesicht seines Bruders: „Locan?"
Locans Augen waren hart, während er seinen Bruder anstarrte: „Auf welcher Seite kämpfst du, Doel? Hast du den Verstand verloren?"
Doel benötigte einen Augenblick, um zu verstehen – Locan konnte nicht wissen, was Doel erst vor kurzem erfahren hatte. Selbst für Ilijé und Volcam war die Ursache der Angriffe in den Caradann und die Identität der falschen Cûzhal, der wahren Mörder, noch immer nicht gelöst. Fest stand nur, dass Volcam und seine Krieger nur Perut und Toak angegriffen, jedoch kein einziges Dorf der Caradain vernichtet hatten. Die Vernichtung Peruts hatte während der Verfolgungsjagd von Chilvan und seinen Kriegern auf Volcams Wölfe stattgefunden und auch die Frauen und Kinder Peruts, Garabs Frau und Sohn, waren von Unbekannten getötet worden. Für den Angriff auf Toak hatte Volcam seinen unbeherrschten Unterhauptmann bestraft, denn niemals hätten Caradain zu Tode kommen sollen – dies war Volcams Wille gewesen.
„Locan", Doels Herz schmerzte, als er an die Ereignisse dachte, welche sie beide hierher geführt hatten, „Taled wurde nicht von Volcams Wölfen getötet."
Und es gab noch etwas, was Locan nicht wusste: „Unser VATER, Locan, wurde von Unbekannten getötet, welche den Schein erweckten, sie wären Wölfe aus Volcams Schar!"

Locan reagierte völlig anders auf die Worte als Doel für möglich gehalten hätte und die Kälte in seiner Stimme ließ ihn erschauern: „Ich weiß, dass Tal'ghán unser Vater war!"

Wie konnte Locan das wissen? Und wieso trug er eine Rüstung der Ga'hel und führte eine Truppe von ihnen hier in den Caradain an?

„Ich wurde nach dem Angriff der Cûzhal von Fedrav nach Val'Garad, der letzten Stadt der Ga'hel gebracht. Dort erfuhr ich vom Dala'run, dem Anführer der Ewigdauernden alles über die feige Flucht unseres Vaters und wie er uns unser rechtmäßiges Erbe vorenthalten hat."
Doel konnte nicht glauben, was Locan sprach.
„Unsterblichkeit, Doel! Das ist es, was unser Vater nicht die Kraft hatte, als sein Recht anzunehmen. Er, der größte Heerführer und einer der Mächtigsten seines Volkes, floh noch vor dem Angriff auf die Cûzhal des Aschenturms wie ein Feigling aus dem großen Reich der Ga'hel! Er raubte uns nicht nur die Unsterblichkeit, sondern verschwieg uns auch Zeit unseres Lebens, dass wir zum großen Volke der Ga'hel gehören!"
Doel fand zum ersten Mal wieder die Kraft seinem Bruder zu antworten: „Das ist nicht wahr, Locan! Volcam und seine Wölfe sind zu dem geworden, was sie sind, um ihr Volk zu verteidigen! Weil ihre Kräfte als Ga'hel nicht länger ausgereicht haben, um der Finsternis zu widerstehen! Sie brauchten die Körper der Wölfe, welche als Wächter der Unterwelt gelten und immun sind gegen die finsteren Mächte des Abgrunds, die ihre Gedanken und Herzen immer mehr mit Dunkelheit überschwemmt hatten!"
Locan verzog geringschätzig die Lippen, während er die Klinge seines Stabes noch näher an Doels Hals heranführte: „Der Dala'run hat mich gewarnt, dass du verloren sein könntest. Ich wollte ihm nicht glauben, ich habe bis zuletzt gehofft..."
In Locans Augen schimmerte Trauer: „...und ich hoffe noch immer!"

Doel stand starr und erwartete ungläubig, was nun kam: „Löse dich von dem Schein, dem du erlegen bist, Bruder! Die Cûzhal sind unsere Feinde! WIR gehören zu den Ewigdauernden, zu den mächtigsten Wesen auf dieser Welt! Kämpfe gegen die Mächte, die dich täuschen und hilf mir, die Diener des Abgrunds zu vernichten!"

Der Ältere hob langsam sein Schwert und legte das weiße Schwert mit einem leisen Klirren an die schwarze Klinge seines jüngeren Bruders: „Locan, DU bist derjenige, der getäuscht wurde! Hilf mir, diesen Kampf zu beenden! Volcam und seine Wölfe wollen nicht kämpfen! Wir..."

Aber Doel begriff in diesem Moment, dass er mit Worten nicht zu seinem Bruder vordringen konnte. Locan verzog sein Gesicht zu einer Maske aus Trauer und Zorn, trat von Doel zurück und schloss mit der linken Hand sein Visier: „Du bist verloren, Bruder. Ich kann dir nicht helfen, aber ich werde dich von dem Fluch erlösen, der auf dir liegt! Wie es der Dala'run vorhergesagt hat, muss es im Tod enden!"

Und beinahe schneller als Doel reagieren konnte, traf ihn der Angriff seines Bruder und die weiße Klinge Tal'gháns parierte die schwarzen Klingen des Stabes aus Val'Garad.

Doel hatte keine Wahl mehr – er musste kämpfen oder aufgeben und sterben!

DIE SCHLACHT DER DUNKLEN JÄGER

Garab schob sich vorsichtig durch die Büsche am Waldrand östlich von Fenga. Er hatte das große Dorf nördlich umrundet und schließlich den Ort des Angriffes gefunden. Eine kleine Gruppe von etwa einem Dutzend Cûzhal stürmten gegen die Mauern und hatten sie teilweise sogar bereits überstiegen. Die Caradain leisteten verzweifelte Gegenwehr, waren den dunklen Wölfen jedoch meist unterlegen.
Doch nicht hier lag Garabs Ziel.
Irgend etwas oder jemand kontrolliert diesen Angriff, ging es Garab durch den Kopf, *ich muss wissen, wer!*
Vorsichtig pirschte er sich weiter durch den Wald, bis er nach einiger Zeit die Anwesenheit weiterer Wesen fühlen konnte. Langsam arbeitete er sich durch ein dichtes Gebüsch und spähte schließlich durch die Zweige in eine Senke hinab, in der sich drei Gestalten befanden. Drei Gestalten in mattschwarzen Roben, welche die gleichen Muster trugen wie die Wämser und Rüstungen von Chilvan und seinen Kriegern.
Das seltsame Bild ließ Garab einige Augenblicke ratlos.

Was tun drei Ga'hel hier im Osten Fengas im Wald?

Er musterte den mittleren der drei genauer: Dieser hatte im Gegensatz zu seinen zwei Begleitern die Kapuze nicht aufgesetzt.
Er erschien Garab um einiges älter als Chilvan und die anderen, die er kannte. Er hatte langes Haupt- und Barthaar, welches ihm weit auf Rücken und Brust fiel. Die Hände des Ga'hel waren seitlich erhoben, die Handflächen jedoch nach unten gerichtet. Und noch etwas erkannte Garab nun, als er die Gestalt genauer musterte: Aus der Erde um den Ga'hel herum stiegen schwarze Nebelschwaden auf und flossen in die Hände des Ga'hel, der dazu undeutliche Beschwörungsformeln von sich gab.

Garab wusste, dass die Sprache der Caradain der der Ga'hel stark ähnelte, da viele Ewigdauernden nach der Niederlage im letzten großen Krieg über die Berge geflohen waren und sich dort mit den Menschen vermischt hatten. Doch die Worte, die jener in der Senke von sich gab, hatten nicht die geringste Ähnlichkeit mit dieser Sprache. Es waren Laute voller Härte und Bosheit...
In Garab stieg ein Verdacht auf und als sein Blick zu der Näherstehenden der beiden anderen Gestalten glitt, liefen ihm Schauder grausamer Gewissheit durch den ganzen Körper: Die Gestalt war völlig in der Robe verborgen, sogar die Hände. Jedoch ragten aus beiden Ärmeln Waffen, die geeignet waren, genau die Art von Wunden zu reißen, die Garab in den letzten Monden so oft gesehen hatte – fünf parallele und beinahe unterarmlange Klingen.

Wie die Klauen der Cûzhal.

Irgendwie, so begriff Garab in diesem Moment, musste der Alte mit schwarzer Magie dafür sorgen, dass seine Diener, die Fenga aus dem Osten angegriffen und damit den Kampf am Tor ausgelöst hatten, wie die Wölfe Volcams aussahen.

Ich habe den dunklen Herrn und seine falschen Cûzhal gefunden.

Er hatte jedoch keine Gelegenheit sich über diesen Erfolg zu freuen. Ihm wurde bewusst, dass er mit seinen Kräften wahrscheinlich nicht das Geringste gegen diese Kreatur und seine Diener unternehmen konnte.

Und unsere Zeit läuft ab...

* * * *

Kenem beobachtete verzweifelt das Chaos um sich herum und versuchte noch immer zu verstehen, was überhaupt geschehen war.
Doel war gemeinsam mit dem Cûzhal und der Ga'hel aus dem Wald getreten.

Wie ist das möglich?

Kenem erinnerte sich an die Worte der Heiler- und Kriegerin und versuchte zu begreifen, was er gehört hatte. Und er versuchte sich zu entscheiden, was er glauben wollte: Dass Doel und sie Täuschungen schwarzer Magie waren, mit denen Volcam ein Ablenkungsmanöver schaffen wollte, um Fenga aus dem Osten anzugreifen, oder ob sie die Wahrheit sagten.

Und wenn es die Wahrheit ist, wer trägt dann die Schuld für all die Toten in den Caradann?

Kenem erspähte den großen Wolf und den Hauptmann der Ga'hel, welche sich nur einige dutzend Schritte vor ihm im wilden Todeskampf befanden.
Der Häuptlingssohn wusste, dass dieser Kampf der entscheidende in dieser Schlacht war: Gewann Chilvan, würden die Wölfe wahrscheinlich fliehen – gewann Volcam, würden zumindest die Caradain wahrscheinlich den Mut verlieren und in den Schutz Fengas fliehen und die Ga'hel in ihrer Unterzahl mit Sicherheit alle sterben.
Kenem wusste, er konnte die Wahrheit hinter all den Fragen jetzt nicht ergründen – nicht so schnell, wie es nötig wäre.
Aber vielleicht konnte er die Schlacht entscheiden!
Kenem wusste, dass er durch das Kampfgetümmel nicht zu den beiden gelangen konnte.

Aber das muss ich auch nicht.

Der junge Hauptmann der Tangal stand frei am Rande des Kampfes und hatte die beste, vielleicht sogar einzige Gelegenheit aller seiner Krieger, um einen gezielten Schuss anzubringen. Das Gewicht seines Bogens und des Pfeils auf der Sehne lag wie Blei in seinen zitternden Händen, als er beides anhob. Er legte an und wusste, dass er treffen würde, wenn er sich entschloss zu schießen.

Aber auf wen?

Die Pfeilspitze verharrte auf dem Oberschenkel des Ga'hel – eine sichere Methode um diesen auszuschalten, ohne ihn zu töten. Kenem wusste, dass dies nicht die Wahl wäre, die sein Vater treffen würde.
Und die Pfeilspitze wanderte zu der riesigen Gestalt des Cûzhal...

...und Kenem war sich sicher:

Dafür werde ich Ruhm ernten – und die höchste Anerkennung Elows, meines Vaters!

Kenem wusste nun, wie er sich entscheiden würde und als er seine Wahl getroffen hatte, übte das Gewicht seiner Waffe eine tiefe Ruhe auf ihn aus. Das vertraute Gefühl der abgewetzten ledernen Griffbänder in der rechten und das der Bogensehne und des Pfeilschaftes in seiner linken Hand gaben ihm die verlorene Sicherheit zurück, die er seit dem Auszug aus Fenga vermisst hatte.
Kenem schloss noch einmal die Augen, atmete – dann öffnete er sie und schoss.

*****

Er spürte das Nahen des Pfeils und hätte ihm wahrscheinlich mit seiner übermenschlichen Schnelligkeit ausweichen können, wenn ihn nicht in diesem Moment eine Attacke seines Gegners zur Abwehr zwang und an Ort und Stelle festnagelte.

Der Schmerz war gering, die Wut über den Treffer und seine lähmende Wirkung auf das verwundete Bein jedoch überwältigend – Chilvans Brüllen hallte über das Schlachtfeld.

* * * *

Doel hob das weiße Schwert, um einen Schlag Locans abzufangen, erkannte jedoch zu spät die Finte seines Bruder. Nur mit letzter Not konnte er seinen Oberkörper noch zur Seite drehen, so dass die schwarze Spitze des Kampfstabes nur einen brennenden Schnitt auf seinem Bauch hinterließ. Er brachte sich mit einigen taumelnden Schritten schnell außer Reichweite eines zweiten Angriffes.

Fassungslos starrte Doel seine Wunde und dann seinen Bruder an: Locan hatte seinen Helm nach einer Attacke Doels, welche sein Visier beschädigt und ihm die Sicht genommen hatte, weggeworfen. Darunter trug er einen dünnen Stirnreif mit einem dunkelroten Stein auf der Stirn. Der Ältere konnte in den ungewohnt dunkelblau leuchtenden Augen seines Bruders ein gefährliches Glitzern sehen, das er nicht kannte – sein Bruder dürstete nach Blut.

Das ist nicht Locan!

Doel spürte mit seinen gestärkten Sinnen, dass sein Bruder von brodelndem Zorn, verzehrender Grausamkeit und finsterer Gier umspült wurde. Gefühle, die nicht zu Locan gehörten.

Doch woher stammen sie?

Doels Blick glitt zu dem Stirnreif und dem Stein darauf. Er erkannte, wie sich etwas wie schwarzer Rauch unter der roten Oberfläche zu bewegen schien...

...und dann war er sich mit einem Mal völlig sicher – aus diesem Stein kam die dunkle Kraft, die seinen Bruder beeinflusste.
Doch er erkannte auch etwas anderes – es würde fast unmöglich sein, Locan von diesem Stein zu trennen ohne ihn zu töten.

So nah lässt er mich nicht an sich heran – es sei denn, ich kann ihn überwältigen ohne ihn zu verletzen.

Doel wusste nun, dass er nicht nur für sein, sondern auch für das Leben Locans kämpfte – das er um keinen Preis der Welt verlieren durfte.

* * * *

Garab rannte um sein Leben. Er spürte die Nähe der schwarzen Diener mit den tödlichen Klauen hinter sich und er war sich völlig sicher, dass der Dämon ihm ebenfalls folgte.

Ich kann seine Finsternis spüren!

Garab hatte die beiden Diener mit schnellen Pfeilschüssen erlegen können, doch dann waren weitere von Fenga gekommen, um ihren Meister zu verteidigen, der den Caradain mit Flüchen aus dunklen Worten bedacht hatte.
Garab wusste, dass die einzigen, die dieses Wesen bezwingen konnten, die Ga'hel und die Wölfe Volcams waren. Und er fragte sich mit jedem neuen, brennenden Atemzug, ob sein Plan wirklich aufgehen würde...

Keine Kraft zu denken – LAUF!

* * * *

Der oberste der Wölfe blickte auf seinen knienden Vater herab und spürte die Wut in seinen Adern. Doch er würde sich nicht von ihr übermannen lassen.

Ilijé trat humpelnd neben Volcam. Sie war von einem Schlag Chilvans verletzt worden, als sie versucht hatte, ihn gemeinsam mit seinem Sohn zu überwältigen. Sie blickte den Wolf fragend an, doch dieser sandte ihr eine deutliche Antwort auf ihre Frage.

Worte nützen hier nichts mehr!

Und mit seiner linken Klaue fegte Volcam die Schwerter seines Vaters zur Seite und griff mit der rechten nach dessen Hals. Langsam hob er ihn vom Boden an, bis sie sich auf Augenhöhe befanden. Dann griff der Wolf mit den Klauen seiner Linken nach dem Kopf des Ga'hel.
Ein kurzer, heftiger Ruck ließ Chilvan kurz in der Luft taumeln – dann verschwanden Volcams Umrisse und die der Schlacht um ihn herum vor seinen Augen...

DIE GEBURT DER WÖLFE

Chilvan stand auf einer hohen Brustwehr und blickte über eine weite, schwarze Ebene. Verwirrt ließ er den Blick an seinem Körper hinunter wandern und stellte überrascht fest, dass der Pfeil in seinem Oberschenkel verschwunden war.
Jedoch waren auch seine Schwerter und seine Rüstung verschwunden und er trug nur ein schlichtes, hellweißes Wams. Eine Farbe, welche die Ga'hel seit Jahrhunderten nicht mehr trugen.
Chilvan hob seinen Blick und ließ ihn über die Zinnen, Türme und Wehrgänge um sich herum schweifen. Eine beunruhigende Vorahnung ergriff von ihm Besitz und als er sich gänzlich zu den Mauern der gewaltigen Festung umgewandt hatte, erkannte er an dem gigantischen Hauptturm, der vor seinen Augen bis in den Himmel zu ragen schien, wo er sich befand.

Der Aschenturm.

Er starrte noch einen Augenblick auf die Mauern der verhassten Festung und wandte sich dann erneut zu den Zinnen und der Ebene darunter um. Er sah nun, nur wenige Schritte vor sich, einen jungen Krieger in dem gleichen weißen Gewand an der Brüstung stehen und in die Ferne blicken.
Ein sonderbar vertrautes, jedoch wie vergessen geglaubtes Gefühl stieg in Chilvans Herz auf.

Nein, das kann unmöglich wahr sein!

Der Krieger wandte sich um – es war Volcam.

* * * *

„Hallo Vater."

Volcams Stimme schmerzte in Chilvans Ohren und das Einzige was ihn schützen konnte, waren die Enttäuschung und die Wut über das Versagen seines Sohnes.
„Du hast versagt, Volcam", zischte Chilvan und sein Gesicht verzog sich vor Zorn.
Doch sein Sohn blieb unbewegt. Er hob die rechte Hand ein wenig in Richtung seines Vaters und Chilvan fiel, wie von einem unsichtbaren Schlag getroffen, auf die Knie.
„Nein, Vater", Volcams Stimme war erfüllt von einer tiefen Traurigkeit.
„Der Zorn, den du in dir trägst, gilt dir selbst! Du kannst den Gedanken nicht ertragen, dass du mich nicht genug auf das vorbereitet haben könntest, was mich in der Festung von Dämmerlicht erwarten würde. Doch du hast Unrecht – ich bin dort nicht gefallen! Im Gegenteil!"
Chilvan verstand kein Wort von dem, was sein Sohn sprach. Verwirrt sah er sich erneut um: „Wo bin ich hier – womit versuchst du mich nun zu täuschen?"
Volcam blickte ihn traurig an: „Du vertraust mir nicht mehr, Vater – und ich weiß, du hättest auch Ilijé kein Vertrauen geschenkt, wenn sie noch einmal versucht hätte, es dir zu erklären!"
Der junge Ga'hel richtete seinen Blick in die Ferne jenseits der Zinnen: „Aus diesem Grunde, habe ich dich hierher gebracht. In meine Erinnerungen. Ich werde dir zeigen, was hier am Abgrund geschehen ist!"

Vor Chilvans entsetzten Augen brach unvermittelt eine gewaltige Schlacht los. Überall waren auf einmal Krieger in weißen Rüstungen, die mit leuchtenden Schwertern gegen Kreaturen kämpften, die über die Zinnen kletterten. Selbst am Himmel wimmelte es von fliegenden Dämonen.
Chilvan trat an die Brüstung heran und blickte hinunter: Vor ihm tat sich die dunkle, zerklüftete Ebene vor dem gewaltigen Abgrund zur Unterwelt auf. Aus finsteren Höhlen rund um den

versiegelten Schlund strömte ein Meer von schwarzen Kreaturen auf die Festung zu.
Der gewaltige Wall *Tûrkunhar,* die Dämonenklippe, hielt die Fluten zurück, doch erbebten die gewaltigen Steine unter dem Ansturm der entfesselten Macht.
Chilvan blickte fassungslos auf die Schlacht, während Volcam neben ihn trat.
„Unser Volk kämpfte hier Jahrhunderte lang. Ich selbst kämpfte für Jahrzehnte. Und obwohl der Ansturm von Durazcs' altem Heer nie verebbte, wichen wir nicht zurück und ließen nie auch nur für einen kurzen Moment nach! Das Geschrei der Bestien hallte Tag und Nacht durch die Hallen unserer Festung. Es gab keinen Ort des Friedens, bis auf die höchsten Stockwerke im Turm *Empalargir,* welcher selbst für das Geschrei der Dämonen zu hoch ragt."
Chilvan verfolgte das Geschehen gebannt, während sein Sohn weitersprach: „Doch dann veränderte sich alles!"

Urplötzlich kehrte Stille ein.
Chilvan blickte sich verwirrt um. Alle Dämonen waren verschwunden und *Tûrkunhar* und selbst der Abgrund lagen verlassen vor ihm. Er wandte sich wieder zu Volcam um, der ihn finster anblickte: „Doch statt der Dämonen... kam die Angst!"
Chilvan folgte der Handbewegung Volcams in Richtung Abgrund und er sah, wie ein dunkler Nebel durch das Tor zur Unterwelt heraufstieg, ungehindert die Mauern der Festung erklomm und ihr strahlendes Weiß verdunkelte. Er sah die bewegungslosen Wachen aufgereiht vor sich auf dem Wehrgang stehen – und wie der Nebel sie erreichte...
Chilvan meinte, kaum ertragen zu können, was er erblickte: Die Besatzung der Festung schien über Tage und Wochen, die in schnellen Bildern an ihm vorüberzogen, an einer geheimnisvollen Seuche zu erkranken. Es gab keine äußeren Anzeichen der Krankheit – sie befiel die Herzen und Seelen der Krieger, ihrer Frauen und Kinder.

Die Betroffenen litten unter furchtbaren Visionen, aus denen sie nachts aufschraken und die sie bald auch tagsüber heimsuchten. Viele verfielen in Panik und nicht wenige desertierten und wurden wegen Fluchtversuchen verurteilt. Andere wurden untauglich für die Wache, weil sie nur noch weinten und um Erlösung flehten. Wieder andere verfielen dem Wahnsinn, verübten Gräueltaten an ihren Kameraden oder stürzten sich von den Mauern in den Tod.

Chilvan verfolgte sprachlos das Grauen und wandte sich schließlich ab. Die Stimme seines Sohnes erklang erneut in seinen Ohren und marterte ihn weiter: „Ich suchte nach einem Ausweg und beriet mich mit den Weisen und Magiern, die der Besatzung angehörten, doch niemand wusste Rat. Schließlich entschieden wir, Boten zur Hauptstadt zu senden und um Hilfe zu bitten." Volcam blickte seinen Vater ohne Groll, jedoch voll Trauer in die Augen: „Doch die Heerführer antworteten nicht auf unser Bitten!"
Chilvan fühlte die Scham in sich aufsteigen, doch sagte er nichts.

Volcam blickte wie abwesend in die Ferne: „Schließlich erklärte ich mich selbst bereit zu gehen."
Erneut blickte er seinen Vater an: „Ich hoffte, dass ich meinen Vater dazu bringen könnte, zu handeln!"
Bevor Chilvan etwas erwidern konnte, sah er erneut Bilder in schneller Folge an sich vorüberziehen: Sein Sohn auf einem Pferd, der aus dem Tor der Festung ritt – sein Sohn, nachts allein an einem Feuer sitzend und im Schlaf mit dunklen Visionen ringend – sein Sohn, wie er sich in der Wildnis verirrte, sein Pferd verlor und schließlich mit zerrissener Kleidung, halbverhungert, kraft- und mutlos unter einem kahlen Baum lag...
„Doch Av'r'un ließ mich nicht sterben – er sandte mir die Rettung für uns alle."
Und vor Chilvans Augen trottete ein Wolf aus den Schatten zu seinem Sohn und sprach lautlos zu ihm.

Volcam trat neben seinen Vater und gemeinsam sahen sie zu der Szene hinüber: „Die Wölfe widerstanden dem Bösen, welches uns aus dem Abgrund heimsuchte. Seit jeher sind sie die Wächter der Tore zur Unterwelt. Wir hatten sie nur vergessen – die Geschichte der Leferín."

Chilvan blickte seinen Sohn verständnislos an, bis dieser fortfuhr und sich gleichzeitig die Bilder vor ihnen erneut veränderten: „Av'r'un bestimmte drei Tierrassen zu seinen Jägern, welche das Böse aufspüren und erlegen sollten, wo immer es seine Schöpfung bedrohte. Doch waren den Leferín als Wesen des Lichts auch eigene Gebiete zugewiesen worden, wo sie wachen und jagen sollten. Die großen Adler, die *Fín-hír*, in der Luft, die *Fûh-ra* die großen weißen Bären in den Bergen und zuletzt die *Ewe-nín,* die Wölfe in den Wäldern und Ebenen, welche der Heimat der Dämonen am nächsten waren."

Volcam hielt inne, während Chilvan die Tiere betrachtete, die vor ihnen in immer neuen Bildern dämonische Kreaturen jagten und töteten.

Dann wechselten die Bilder und Chilvan sah, wie die Dämonen durch die großen Kriege weniger wurden und schließlich für lange Zeit vom Angesicht der Erde verschwanden.

„Die Leferín wurden nach Engadans Sieg nicht mehr gebraucht und so vermischten sich die meisten von ihnen mit den Gewöhnlichen ihrer Art und ihr Blut verschwand fast völlig vom Angesicht der Welt. Doch jener Wolf, den ich traf, war einer in dem das alte Blut noch rein war und der mit mir einen Pakt schloss, der uns vor dem Verderben retten sollte."

Die Bilder, die folgten, weckten in Chilvan zuerst Überraschung: Er sah, wie die Wächter der Festung durch Magie ihre Körper mit denen der Wölfe vereinten.

Dann fühlte Chilvan Bestürzung, als sich ihm offenbarte, wie die *Ewedrím*, die Wolfskrieger, wie sich die Wächter der Festung nun nannten, dem schwarzen Übel aus dem Abgrund widerstanden und ihre Wache unangefochten fortsetzen konnten. Ein großer Sieg für die Wächter, welcher die Reste von Durazcs' Heer zu erneuten, aber hoffnungslosen Angriffen aus ihren

Höhlen hervortrieb. Der Kraft der Klauen des Aschenturms waren sie jedoch noch weniger gewachsen als den Schwertern der Ga'hel zuvor.
Schließlich weckten die letzten Bilder Scham und Verzweiflung bei Chilvan, als er seine eigenen Taten mit ansehen musste: Wie er vor Entsetzen vor dem Antlitz der Ewedrím von *Terre Herír n'iindan* davonritt – wie er das große Heer rüstete – wie er mit seinen Kriegern die Wölfe in der Festung niedermetzelte...

... und wie sich der Abgrund erneut auftat und die Dämonen die grausame Gelegenheit des Brudermordes unter den Ga'hel nutzten, um den letzten großen Krieg zu gewinnen...

Chilvan sah die vielen Unschuldigen, die er mit seinen eigenen Händen ermordet hatte, bevor die Dämonen gekommen waren.
Er beobachtete machtlos sich selbst, wie er Ewedrím erschlug, die weniger als ein Jahr alt sein mussten.
Als er den Hass und die Blutgier auf seinem eigenen früheren Antlitz sah, fühlte er nur noch Scham und er verachtete sich selbst.

„Ich wollte euch Hilfe senden, als wir keine Nachrichten mehr erhielten!" Chilvans Stimme bebte vor Verzweiflung und er fuhr herum und sah seinem Sohn bittend in die Augen.
Volcam erwiderte den Blick lange und voll Trauer, ehe er antwortete: „Und was hat dich selbst daran gehindert uns zu helfen – MIR zu helfen, Vater?"

Chilvan erwiderte den Blick seines Sohnes und mit einem Mal erinnerte er sich wieder an sein letztes Gespräch mit Tal'ghán, kurz bevor er mit dem Heer ausgerückt war, um die Festung Dämmerlicht zu säubern. Tal'ghán war einer derjenigen gewesen, die Chilvan zu dem unerlaubten Ritt zur Festung begleitet hatten...

...und er war der einzige, der mich bis zuletzt gewarnt hat, die Festung anzugreifen. Er hat gewusst, dass es falsch war!

Vor Chilvans Augen drehte sich alles und er spürte, wie die Last seiner Fehler ihn niederdrückte...
Doch dann erinnerte er sich noch an etwas anderes und der Gedanke war wie eine rettende Insel im Meer seiner Schuld:

Der Befehl!

Er erinnerte sich an den Marschbefehl, der ihm und Tal'ghán und den anderen Heerführern verweigert worden war, als keine Nachrichten aus Dämmerlicht mehr eingetroffen waren. Noch bevor Volcam und seine Wächter nach der letzten Hoffnung greifen mussten, die sich ihnen im Pakt mit den Wölfen bot.

Als wir noch hätten helfen können.

Chilvan erinnerte sich noch an die unzähligen Audienzen, in denen er um den Befehl gebeten hatte.
Er sah das Gesicht des Mannes deutlich vor sich, der ihn ihm immer wieder verweigert hatte... und er spürte die Wut in sich brodeln...

ER hat Volcam seinem Schicksal überlassen!

Der geheimnisvolle, einzige Überlebende des großen Rituals und von da an Anführer der Ga'hel:

Der Dala'run!

DER GEIST DES NÂLKAR

Chilvan stürzte unsanft in das zertrampelte Gras auf dem Schlachtfeld von Fenga.

Verwirrt, jedoch noch immer von Scham und Wut erfüllt, kam er unsicher auf die Knie, den Schmerz in seinem Bein nun wieder deutlich fühlend.

Vor Chilvan war auch Volcam zu Boden gesunken und blickte ihn aus seinen großen Wolfsaugen durchdringend an.

Chilvan zögerte, doch dann hob er langsam seine rechte Hand und berührte das dicht behaarte Gesicht seines Sohnes...

Für eine kurze Weile verharrten sie so, während um sie herum das Schlachtgetümmel scheinbar zum Stillstand gekommen war.

Chilvan fühlte etwas Neues, während er seinem Sohn in die Augen sah: Ein großes und tiefes Bedauern, vermischt mit einem Anflug von Hoffnung, etwas von dem Versäumten vielleicht noch nachholen zu können...

Doch auf einmal lief ein Schauer durch Volcams Körper und seine Augen schlossen sich, während er langsam zu Boden sank.

Chilvan starrte seinen Sohn verständnislos an, während Volcams Gesicht ihm entglitt. Er starrte nurmehr auf die leeren Finger seiner Hand und er benötigte einige Augenblicke um zu begreifen, dass es Blut war, welches sie dunkel färbte...

Chilvan begriff mit einem Mal, dass es Volcams Blut und nicht das seine war. Als er zu seinem am Boden liegenden Schwert hinabsah, wurde seine Angst zur grausigen Gewissheit: In dem Moment, als Volcam mit den Klauen nach Chilvans Kopf gegriffen hatte, kurz bevor er in dessen Erinnerungen eingetaucht war, hatte er seinen eigenen Sohn erstochen.

* * * *

Doel fühlte den brennenden Schmerz an seiner Schulter und es erforderte all seine verbliebene Kraft, um den folgenden Hieb seines Bruders gerade noch abzuwehren.

Er taumelte zum wiederholten Male einige Schritte fort und schnappte nach Luft, während seine Lungen, seine Arme und Beine vor Anstrengung brannten.

Locan setzte ihm nicht nach – er war sich seines nahen Sieges zu sicher.

„Gib auf, Bruder! Gib auf und lass dich gefangen nehmen. Vielleicht kann der Weise, Dala'run, dich in Val'Garad von deinem Wahn befreien und es könnte wieder so werden wie es war!"

Doel starrte seinen Bruder ungläubig an: „Hörst du dich überhaupt selbst reden?"

Locans Blick verfinsterte sich.

„Bemerkst du nicht, was dieser *Weise* mit dir angestellt hat? Was würde geschehen, wenn du mich gefangen nehmen würdest?"

Locan antwortete nicht.

„Du würdest mit deinen Kriegern Volcam und seine Wölfe niedermetzeln. Du würdest UNSCHULDIGE töten!"

Doel richtete sich auf, die Schmerzen ignorierend und schüttelte den Kopf: „Mein Bruder würde so etwas nicht tun! Wenn Dala'run das Gleiche aus mir macht wie aus dir, dann verzichte ich lieber!"

Locan verzog den Mund als würde er die Zähne fletschen und als er sprach, schien jedes Wort wie Eis von seinen Lippen zu kommen: „Du trägst das Schwert unseres Vaters als Erbe – aber du hast auch seine Schwäche von ihm erhalten!"

Er hob eine Klinge seines Stabes wie zum Gruß senkrecht vor sich: „So stirb als Sohn eines Feiglings und Narren!"

Und schneller als Doel reagieren konnte, sprang Locan mehrere Schritte weit auf ihn zu und drosch von oben auf ihn ein.

Doel gelang eine notdürftige Abwehr, die ihn jedoch wieder aus dem Gleichgewicht brachte und diesmal wartete Locan nicht ab – er trieb seinen Bruder mit immer schnelleren Schlägen vor sich her und durchbrach schließlich mit einer wirbelnden

Schlagkombination seine Deckung. Der schwarze, gezahnte Stahl duchtrennte mühelos die lederne Panzerung, riss Doel die Brust auf und schleuderte ihn zu Boden.
Doel fühlte den Schmerz an seinem Körper und an seiner Seele und er fühlte wie ihn das Leben in Strömen von Blut, verlorener Hoffnung und enttäuschter Liebe verließ...

* * * *

Locan erhob seinen Stab um seinen Bruder zu töten. Er fühlte dabei nichts, was ihn auch nur einen Wimpernschlag lang hätte zögern lassen. In seinem Inneren wirbelten nur Hass und der unnachgiebige Wille, all die Schmerzen, die er fühlte, auszulöschen. Angefangen hatte es mit dem Tod des Mannes, der sein Vater gewesen war, ihm jedoch alles vorenthalten hatte, was er als sein ursprünglichstes Recht ansah. Dann sein Bruder – der von seinem Vater bevorzugt worden war – bis hin zu den abscheulichen Kreaturen, die sein Meister ihn zu töten befohlen hatte und die das Volk bedrohten, zu dem er nun gehörte.
Auf Locan wartete nach dieser Schlacht die Ewigkeit – eine Ewigkeit voller Macht und Triumph. So wie er es sich immer erträumt hatte. Er spürte den nagenden Durst in seinen Adern rauschen und er setzte an zum tödlichen Stoß...

Der junge Krieger zögerte – er fühlte etwas, was er hier an diesem Ort nicht erwartet hätte.
Verwirrt hob Locan den Kopf und blickte zum Waldrand nördlich des Dorfes...
In eben diesem Moment brach dort ein Mann zwischen den Bäumen hervor – ein Mann in der Kriegskluft der Caradain – und rannte um sein Leben. Dabei brüllte er unartikuliert, so dass er die Aufmerksamkeit der Kämpfenden auf sich zog, die jedoch zu Locans Erstaunen fast gänzlich ihre Waffen und Klauen gesenkt hatten. Er blickte sich verwirrt um und entdeckte einige Schritte von sich entfernt den größten der Cûzhal tot am Boden liegen – niedergestreckt von Chilvan, dem Heerführer der Ga'hel.

Die Schlacht ist bereits gewonnen, fuhr es Locan halb bedauernd, halb euphorisch durch den Kopf.

Er beobachtete, wie auch die letzten der Cûzhal verwirrt und entmutigt den Kampf einstellten – jedoch setzten ihnen die Ga'hel und Caradain nicht nach: Die verwirrten Blicke aller Umstehenden waren auf Locan und Doel gerichtet. Sie sahen einen Ga'hel, der einen Mann in der Rüstung der Caradain – einen *Verbündeten* – niedergestreckt hatte und nun mit erhobener Waffe über ihm stand.
Locan verfluchte sich innerlich für sein Zögern – hätte er schneller gehandelt, hätte niemand gesehen, wie er seinen Bruder getötet hätte.

Erneut hörte er den Schrei des Kriegers, der noch immer auf die Kämpfenden zurannte. Doch war er nicht mehr allein – ein Cûzhal verfolgte ihn und schickte sich soeben an, ihn einzuholen.

* * * *

Kenem erwachte aus seiner Erstarrung: Er hatte den Kampf zwischen Chilvan und Volcam beobachtet und er wusste, dass der Heerführer der Ga'hel etwas Entscheidendes erkannt haben musste. Seit dieser das Blut seines Sohnes an seinen eigenen Händen gesehen hatte, kauerte er wie erstarrt am Boden und rührte sich nicht mehr.
Kenem erkannte den Mann, der vom Waldrand auf sie zulief – es war Garab. Und als er nun den dunklen Schatten sah, der ihn verfolgte, wusste er zuerst nicht, was er tun sollte.

Was ist wahr?

Bereits nach einem Wimpernschlag jedoch, entschloss er sich erneut zu handeln.

Die Fragen haben Zeit!

* * * *

Garab spürte, wie sein Fuß in eine Unebenheit des Bodens rutschte. Er meinte sogar, das Brechen des Knöchels hören zu können, während er stürzte und erst nach mehreren Überschlägen auf dem Rücken zum Liegen kam.
Er hob den Kopf und konnte nur noch zusehen, wie der Cûzhal auf ihn zuraste und zum letzten Sprung ansetzte.
Garab schloss die Augen während der schwarze Körper auf ihn zuschoss und er hoffte, dass die gewaltige Lüge, die er entdeckt hatte, auch nach seinem Tod nicht unerkannt bliebe...

Ein Pfeil schlug in den Schädel des Cûzhal ein und ließ ihn kraftlos zu Boden stürzen.
Garab spürte einen schmerzhaften Stich in der Brust und als er seine Augen öffnete, lag der Cûzhal auf ihm – eine der Klauen ragte aus Garabs lederner Rüstung, während das Blut aus den fünf Stichwunden sickerte.

Eines kann ich noch tun...

Und mit letzter Kraft griff Garab nach den Klauen des Cûzhal...

* * * *

Locan beschloss, dass er nicht länger warten konnte – während alle Augen den Todeskampf des Caradain beobachteten, musste er die Gelegenheit ergreifen und Doel töten.
Er wollte den Blick soeben wieder seinem Bruder zuwenden, als er ein Splittern wie von zerbrechendem Glas hörte und einen schmerzhaften Stich an der Stirn spürte.

Locan wirbelte zornerfüllt herum und sah, dass sein Bruder sich auf den linken Ellbogen aufgestützt und das weiße Schwert erhoben hatte...

Eine Welle von Gefühlen, Gedanken und Bildern brach über Locan herein... entschlossen schob er sie beiseite, hob seinen Stab und rammte ihn seinem Bruder in die Brust.

Dann sackte er selbst in die Knie, während ihn Schwindel erfasste und er gegen die Bewusstlosigkeit ankämpfte, die auf einmal von ihm Besitz ergreifen wollte.

Erst nach einigen Augenblicken legte sich der Sturm in Locans Innerem wieder und er öffnete die Augen. Zuerst begriff er nicht, was geschehen war.

Er befühlte die Wunde an seiner Stirn und stellte fest, dass der Stirnreif nicht mehr dort saß.

Was zum...

Locan erblicke den Reif einige Schritte entfernt auf dem Boden. Er starrte erstaunt den roten Stein darauf an: Er war in zwei Teile zerbrochen und schwarzer Rauch stieg zwischen den Hälften auf. Der Stein, den Dala'run ihm gegeben hatte, als er in Val'Garad angekommen war und der nun unter der flüchtigen Berührung von Doels weißem Schwert zersprungen war.

Der Stein...

Locan blickte Doel an, der mit geschlossenen Augen vor ihm lag – er sah die schwarze Klinge des Stabes – den Griff in seinen eigenen Händen – und auf einmal wusste er nicht mehr, was er getan hatte – er wusste nicht mehr, wer er war.

Nein!

* * * *

Garab spürte stählerne Klingen, als seine Hand die Klauen des Cûzhal berührten. Er schnitt sich in die Hände als er die Hand des schwarzen Kriegers aus dem Griff der Waffe zu befreien versuchte...

... es gelang ihm nicht.

Verzweiflung stieg in Garab auf und er sah vor sich die Bilder der vielen Toten Peruts – Helana – Todar ...

Eine Welle des Zorns überschwemmte ihn und mit einem kurzen Schrei riss er die Hand des Toten von der Waffe, die in seiner Brust steckte. Einen Moment bevor er bewusstlos wurde, sah er noch, wie die Klauen zu den schwarzen Stahlklingen wurden, die sie in Wahrheit immer gewesen waren – befreit von der Gestalt eines falschen Wolfes...

Garabs Kopf sackte ins Gras und er spürte, wie das Leben ihn verließ. Er begrüßte den Tod.

Ich komme nach Hause.

Er wusste, er hatte nun alles getan, um die Unschuldigen zu schützen, die in diesen Wäldern lebten.

Seine letzte Hoffnung in diesem Leben war, dass es Doel gut ging, nicht wissend, dass dieser wenige Schritte entfernt sterbend im Gras lag.

* * * *

Jeder der Ga'hel, Caradain und auch jeder der Wölfe konnte sehen, wie die Klauen des toten Cûzhal zu schwarzen Klingen wurden, als der sterbende Caradain die Hand seines Mörders davon trennte.

Und jeder hörte das grausame Lachen, welches vom Waldrand her über das Schlachtfeld schallte und ihnen das Blut in den Adern gefrieren ließ...

* * * *

Aus dem Dunkel des Waldes trat der Dämon hervor und süßer Triumph durchströmte seine Adern.
Er sah die vielen Toten auf dem Schlachtfeld liegen und wusste – auch wenn der Plan, seine Feinde gänzlich gegeneinander in den Krieg zu treiben, fehlgeschlagen war, so hatte er doch genug Tod hervorgebracht, um den Dunklen seinem Sieg näher zu bringen.
Er erblickte den ältesten Sohn Tal'gháns sterbend – getötet von der Hand seines Bruders, der an dieser Tat zerbrechen würde.
Er erblickte den Heerführer der Ewedrím, Volcam, sterbend – getötet von der Hand seines eigenen Vaters. Den mächtigen Heerführer der Ga'hel würde diese Tat in den sicheren Wahnsinn treiben.
Er erblickte den mächtigsten Krieger und Anführer der Caradain, Garab, tot – den Sterblichen, dem es zuletzt sogar gelungen war, den Plan aufzudecken.

MEINEN PLAN!

Der Dämon schloss die Augen und fühlte, dass die Zeit gekommen war.

Vor Jahrhunderten hatte er gespürt, dass die Ga'hel den großen Fehler begingen, den er vorausgesehen hatte.
In ihrer Gier nach dem ewigen Leben hatten sich ihre Mächtigsten auf der Spitze der höchsten Zitadelle für die Ströme der Leere geöffnet, um ihr die Unsterblichkeit zu entreißen.

Doch die Leere enthielt MEHR als das Geheimnis der Ewigkeit...

Sie war auch der Geburtsort des Todes und ein Weg, den die mächtigsten der Nâlkar beschreiten konnten.

Und ER hatte ihn beschritten...

Die Geister der mächtigsten Ga'hel hatte er während des Rituals offen vorgefunden und die Leere in sie gesät, so dass sie von Wahnsinn ergriffen wurden.

Und den Mächtigsten hatte er als sein Werkzeug erkoren und von da an die Geschicke der Ga'hel gelenkt...

... gelenkt, bis zu diesem Tag!

Lange genug hatte er den Körper Dala'runs für seine Zwecke benutzt, unbemerkt von allen, selbst seiner Enkelin, selbst unbemerkt von Dala'run selbst.

Der Nâlkar war klug vorgegangen.

Anfangs waren es nur sanfte Einflüsterungen gewesen. Wie weise Gedanken, die den Ratsherrn überraschend überfielen.

Später war er zu einer beharrlichen Stimme in seinem Kopf geworden – einer Stimme, die Dala'run vielleicht manchmal unheimlich geworden wäre, wäre sie nicht so voller Wissen und Weisheit gewesen...

Und dann hatte der oberste Ratsherr eines Tages nicht mehr zu unterscheiden gewusst, welches die Stimme und welches seine eigenen Gedanken waren.

An diesem Tag war der Ratsherr gestorben – sein Körper hatte jedoch weitergelebt.

Der Nâlkar hatte weitergelebt.

Und nun würde er diesen Körper als Tor für seine wahre Gestalt nutzen und ihn verbrennen...

... und aus seiner Asche würde sich der Herr der Nâlkar erheben.

DER KAMPF DES LEFÉRIN

Eine riesige Kreatur bewegt sich durch den Wald nahe der Ufer des großen Wassers. Sie hält inne – umherblickend, suchend, witternd. Sie fühlt etwas, was sie bereits vor vielen Monden in den großen Bergen nahe der Stadt der alten Zweibeiner gefühlt hatte. Ein dunkler Schatten, welcher der Kreatur auf ihrer Flucht in die Ebene schließlich gefolgt ist und der nun seit vielen Tagen auf die Wälder fällt... und der in der falschen Gestalt von Wölfen Caradain und Ga'hel mordet!

Doch die Kraft, die der große Jäger nun spürt, ist um ein Vielfaches größer, dunkler und mächtiger!
Es ist, als sei die Quelle des dunklen Schattens nun selbst in die Wälder gekommen.

Der Jäger zögert. Tief in sich spürt das Tier, dass es nicht dazu geboren wurde, vor dieser Macht zu fliehen wie die gewöhnlichen seiner Art.

Der Jäger ist unschlüssig. Er schwankt zwischen zwei Wegen...
Auf einmal spürt das Tier noch etwas in der Finsternis – es fühlt das Wesen, welches ihn vor einiger Zeit in diesen Wäldern verletzt hat.
Verletzt – mit einer WEISSEN KLINGE.

Und dieses Wesen, dessen Gegenwart der Jäger nun erneut spürt, es stirbt in diesem Moment.

Das Tier spürt in sich die Kraft, die der Allmächtige vor Urzeiten in sein Herz gelegt hat und die es beinahe vergessen hatte.
Die Kraft, die im Kampf mit dem weißen Schwert vor vielen Tagen neu erwachte und seitdem immer stärker wurde.

Stark genug, um den Jäger den Weg in Richtung des großen Wassers und der Behausung der Zweibeiner einschlagen zu lassen – den Weg seiner Bestimmung.

* * * *

Ilijé glaubte, sich in einem bösen Traum zu befinden. Mühsam hatte sie sich von Chilvans Hieb erholt und war nur schwer wieder auf die Beine gekommen.
Mit ungläubigen Augen sah Ilijé nun ihren eigenen Großvater, den obersten Ratsherrn ihres Volkes am Waldrand stehen – und sie hörte das grausame Lachen, das einfach nicht aus der Kehle dieses gütigen, geliebten Mannes stammen konnte.
Ilijé fragte sich, ob er wahnsinnig geworden war.
Ihr Blick wanderte wieder zu Garab, dem Wolf und den sichtbar gewordenen, stählernen Klauen. Nur langsam bahnte sich das Begreifen in ihrem schmerzenden Kopf seinen Weg.

Doch der letzte Beweis fehlt noch immer...

Ilijé hob langsam ihre Hand und richtete ihre Augen auf den leblosen Wolfskörper, der auf Garab lag.
Sie suchte nach der Macht, die den leblosen Körper als etwas erscheinen ließ, was er nicht war – und sie fand sie!
Ilijé schloss die Augen und drehte ihre erhobene Hand mit der Innenfläche nach oben. Blauer Nebel wurde in der Luft um ihre Finger sichtbar und zog sich in ihrer Handfläche zusammen. Immer mehr von der leuchtenden Energie sammelte sich zu einer blau strahlenden Kugel.
Schließlich schloss Ilijé ihre Hand zur Faust, öffnete die Augen und schleuderte die magische Sphäre auf den falschen Cûzhal. Die Kugel flog wie ein Komet mit blauem Schweif durch die Luft und fuhr in den leblosen Wolfskörper – und aus ihm trat ein schwarzer Nebel aus, der zu seinem Ursprung am Waldrand zurückkehrte: der erhobenen Hand Dala'runs.

Ilijé starrte ihren Großvater an und in dessen unbewegtes Gesicht trat ein grausames Lächeln während die schwarze Kraft seine Finger umspielte.
Ihre Augen lösten sich nur mühsam von dem entsetzlichen Anblick und sie blickte zurück zu dem Körper, den sie von dem dunklen Zauber befreit hatte: Es war eine menschliche Gestalt, die einen schwarzen Mantel trug – geschmückt mit den Symbolen der Ga'hel.

Dies also ist der Ursprung – der Kern der grausamen Täuschung.

Ilijé erinnerte sich, dass sie selbst die dunkle Kraft gespürt hatte, mit der der Dämon seine Mörder als Cûzhal getarnt hatte, um auch die Caradain gegen die tapferen Wächter von Dämmerlicht aufzubringen. Sie hatte sie in den Wunden von Rodar, Garabs Cousin gespürt, als sie diesen geheilt hatte. Doch sie hatte nicht erkannt, was es gewesen war, sondern es als weiteren Beweis gesehen, dass Volcam und seinesgleichen der Dunkelheit anheim gefallen waren.

Ich war ebenso blind wie Chilvan – wie wir ALLE!

Vor den Augen aller wurden die Mörder von Baglan, Perut und vieler weiterer Orte in den Caradann enthüllt. Die wahren Cûzhal – die wahren Diener des Abgrunds, traten hervor.

Doch wer ist ihr Meister?

In Ilijés Geist stritt sich die Wahrheit, die sie längst begriffen hatte, mit der, die sie viele Jahre lang geglaubt hatte: Dass ihr Großvater nach dem großen Ritual noch er selbst gewesen sei.
Durch die Tränen, die ihre Augen verschleierten, meinte die Enkelin Dala'runs den Körper ihres Großvaters verschwimmen zu sehen. Sie blinzelte und rieb sich die Tränen aus den Augen – doch der seltsame Eindruck blieb.

Der Körper des obersten Ratsherrn schien vor den Augen aller Caradain, Ga'hel und Ewedrím zu zittern und seine Umrisse begannen sich in dunklem Rauch aufzulösen.
Die Kreatur, die Ilijés Großvater zu sein vorgegeben hatte, hob die Arme seitlich und waagrecht an – dann stiegen dichte Wolken schwarzen Rauchs aus der Erde zu ihren Füßen auf und zu ihren Händen empor.
Der Körper Dala'runs schien zu wachsen und sich gleichzeitig zu verdunkeln.
Die Kreatur öffnete die Lider und blickte die Versammelten an: Aus ihren schwarzen Augen schossen dunkle Flammen und ein Kreischen entrang sich ihr, das aus einer mächtigeren Kehle zu stammen schien, als der kleine Körper sie besaß:
„SEHET NUN, IHR UNBEDEUTENDEN MADEN, EUREN WAHREN HERRN! ERZITTERT VOR MEINEM NAMEN: ICH BIN DA'AK-ÛRAZH!"

Der Körper Dala'runs ging in Flammen auf und wuchs weiter in immer schnellerem Tempo. Durch die Flammen wurde eine neue, schattenhafte Gestalt sichtbar, die sich aus dem Körper des Ratsherrn befreite: schwarze Glieder – lange Klauen – lederne Schwingen – eine Haut wie flüssiges Gestein...

Ilijé verfolgte das Geschehen und wusste, dass niemand von ihnen dieser Kreatur gewachsen war.

Wir sind verloren.

* * * *

Der Jäger sieht vor sich die schwarze Kreatur aus Schatten und Feuer – eine mächtigere, als die, gegen die er vor Urzeiten gekämpft hatte – eine, die stärker ist als die Kraft des Jägers.
Doch die schwarze Kreatur ist noch nicht gänzlich angelangt, noch nicht völlig neu erstanden aus dem Körper, den sie in Besitz genommen hat.

Der Leférin zögert nur einen Moment lang – dann stürzt er sich auf seine dämonische Beute.

* * * *

Der Körper des Ratsherrn verschwand in Flammen und Rauch, während sich aus ihm der beinahe völlig manifestierte Dämon mit seinem gewaltigen Körper erhob. Er streckte seine Flügel aus, bis ihre Spitzen beinahe die Wipfel der Bäume hinter ihm überragten.
Noch immer bestand der schwarze Körper aus wirbelndem Nebel – welcher jedoch bereits jetzt alles Licht um ihn herum einzusaugen schien – und für eine kurze Dauer, in der er den Körper Dala'runs verlassen und sich seine wahre Hülle noch nicht völlig gefestigt hatte, war der Nâlkar verletzbar...

Ein gewaltiges Brüllen entrang sich der Kehle des Lichtverzehrers, als plötzlich ein leuchtend weißer Schemen durch die Bäume hinter ihm brach und sich mit erhobenen Klauen auf ihn warf – der Fûh-ra, der mächtigste Jäger der Leférin und erbitterter Feind aller Kreaturen der Unterwelt, war gekommen um seiner Bestimmung zu folgen.
Da'ak-Ûrazh schien die Gefahr im letzten Moment wahrgenommen zu haben und versuchte sich dem Angriff des weißen Bären zu entziehen. Es gelang ihm jedoch nicht gänzlich...
Die Klauen des Fûh-ra trafen auf den rechten Flügel des Nâlkar – für einen Wimpernschlag leistete ihm die neblige Haut Widerstand, dann zerstoben die Knochen der gewaltigen Schwinge zu Staub und der Nâlkar brüllte vor Zorn und Schmerz.
Der Dämon versuchte sich vor dem Leférin in Sicherheit zu bringen und auf Abstand zu gehen, dies ließ der Jäger Av'r'uns jedoch nicht zu. Instinktiv wusste der Fûh-ra, dass seine Gelegenheit verstreichen würde wenn er seinen Feind nicht in den nächsten Augenblicken bezwang.

Mit all seinem Gewicht warf sich der große Weiße auf den Dämon, doch diesem gelang es, sich mit einer Bewegung seiner linken Schwinge außer Gefahr zu bringen.
Der Fûh-ra versuchte es erneut – und scheiterte.
Der Kehle des Dämons entrang sich ein triumphierendes Kreischen und Ilijé beobachtete mit Schrecken, wie sich der neblige Körper der Kreatur ein wenig mehr verfestigte und an Kontur gewann...

Wir haben keine Zeit mehr...

Ilijé entriss dem Ga'hel, der ihr am nächsten Stand seinen Speer, zielte kurz und schleuderte die Waffe auf den Nâlkar. Der Speer flog wie ein schwarzer Blitz durch die Luft, traf den Dämon in die Brust – und flog durch ihn hindurch.
Der Dämon wandte sich kurz der tiefschwarzen Wunde zu, welche in seiner Brust klaffte und stieß ein weiteres triumphierendes Kreischen aus, welches in Ilijés Ohren beinahe wie Gelächter klang.
Und sie erkannte den Grund dafür, als sich eine mächtige Stimme ihrer Gedanken bemächtigte und sie schreiend in die Knie brechen ließ.

„Ich danke dir, Abkömmling des schwächlichen Dala'run. Die Leben, die mit diesem Speer genommen wurden, wurden von dem schwarzen Stahl aufgenommen und sind nun auf mich übergegangen. Ich fühle, wie sie mich stärken – gleich werde ich erwachen! HAHAHAHAHAAAAA!"

Ilijé sah die dämonisch grinsende Fratze des Nâlkar in ihrem Kopf und begriff, wie tief der Verrat reichte, den diese Kreatur mithilfe des Körpers ihres Großvaters begangen hatte.

Die schwarzen Schwerter, die er uns schmieden ließ nach dem vermeintlichen Fall der Wächter von Dämmerlicht – sie sind tödlich für alle Lebewesen jedoch schlimmer als wertlos gegen Dämonen.

Während sie die vergeblichen Bemühungen des Fûh-ra beobachtete, den Dämonen mit seinen Klauen zu treffen, erkannte Ilijé, dass ihr Volk bereitwillig die Waffen niedergelegt hatte, die Engadan, der Sohn Av'r'uns sie zu schmieden gelehrt hatte und gegen den dämonischen Stahl eingetauscht hatten, um ihre eigenen Brüder besser töten zu können.
Ilijé kauerte sich zu Boden, die Hände vors Gesicht geschlagen und ihre Gedanken wanderten zu den alten Waffenkammern ihres Volkes – dorthin, wo die Klingen aus weißem Sternenstahl nun nutzlos in der Finsternis ruhten.

* * * *

Locan wandte die Augen ab von dem grausigen und hoffnungslosen Kampf am Waldrand. Er ertrug die Erkenntnis, diesem Monster bei seinem Aufstieg geholfen zu haben, nicht.
Noch schlimmer war ihm jedoch der Anblick seines Bruder mit dem schwarzen Stahl seines Kampfstabes in der Brust. Locan konnte den Blick nicht von dessen Gesicht abwenden – zu wenig Zeit blieb ihnen bis Doel diese Welt verlassen und Locan alleine zurückbleiben würde. Auch wenn er ahnte, dass er nicht lange überleben würde, wenn die Bestie am Waldrand ihre gänzliche Gestalt angenommen hatte...

Locan kauerte sich nieder und strich über das Gesicht seines Bruders – bis er bemerkte, dass dieser seine Augen nicht völlig geschlossen hatte: Doels Blick war auf den Waldrand geheftet und er beobachtete, wie der schwarze Speer Ilijés wirkungslos durch den Körper des Monsters flog.
Dann richtete er die Augen auf seinen Bruder. Doels Lippen bebten, als wollte er ihm etwas sagen, doch seine Kraft reichte nicht aus – seine Augen schlossen sich.

Locan kämpfte gegen die aufsteigenden Tränen an, bis er plötzlich eine Berührung an der Hüfte spürte. Er blickte verwirrt an sich herab und sah, dass Doel ihm den Griff von Tal'gháns Schwert in die Seite drückte. Die Finger seines Bruders öffneten sich und gaben die weiße Klinge frei...
Locan starrte die Waffe an, bis er begriff:

Der schwarze Stahl verletzt den Dämon nicht...

Locan sah die Klinge des Schwertes in einem sanften Licht erstrahlen und er erinnerte sich...

Mit Waffen wie dieser hat unser Volk vor Jahrhunderten Dämonen bekämpft.

Und Locan wusste, was er zu tun hatte.

* * * *

Der Fûh-ra war am Ende seiner Kräfte angelangt und blickte aus trüben Augen zu dem Dämon hinüber, dessen Körper nun beinahe völlig materialisiert war und der ihn aus schwarzen Augenlöchern höhnisch anblickte.
Der Weiße erkannte, dass sein Kampf gescheitert war und dass er sterben würde, sobald die Kreatur ihre volle Macht erlangt hatte.
Wenn nur der Zweibeinige mit seiner weißen Klinge, dessen Körper der weiße Bär gerade sterben fühlte, kämpfen könnte...
Der Leférin spürt, dass er alleine ist in diesem Kampf und er sammelt das Wenige, was ihm noch an Kraft geblieben ist, für den letzten Angriff...

Die strahlenden Augen des weißen Jägers starren mit tödlicher Entschlossenheit hinüber zu dem siegessicheren Dämon...

... als in dessen Augen auf einmal ein Flackern des Zweifels sichtbar wird...

...und kurz darauf sein gewaltiges Brüllen die unendlichen Wälder bis hinauf zu den Hängen der Karan-Gahar zum Erzittern bringt.

* * * *

Locan spürte wie der weiße, hell glühende Stahl durch das neblige Fleisch und die noch brüchigen Knochen des Dämonenbeins schnitt.
Der gewaltige Körper verlor die Balance und sackte in eine halb kniende Haltung.
Locan erhob Tal'gháns Klinge – die nun grell leuchtete und auf der dunkles Dämonenblut verdampfte – und sprang mit einem Satz auf den Rücken der Kreatur.

* * * *

NEIN, DAS IST NICHT MÖGLICH!

Da'ak-Ûrazh spürte durch den grausamen Schmerz das Gewicht des jungen Kriegers auf seinem Rücken – und er fühlte die Nähe des weißen Stahls.

ICH HÄTTE DIESEN WURM TÖTEN SOLLEN, ALS ICH DIE MÖGLICHKEIT DAZU HATTE!

Mit aller Kraft versuchte Da'ak-Ûrazh die Bedrohung abzuschütteln, doch als die Klinge erneut wie ein Blitzschlag in seinen Körper fuhr, ahnte er, dass er diese Schlacht verloren hatte...

Mit all seinem Hass bäumte sich der schwarze Fürst noch einmal auf und langte nach der Klinge und seinem Träger, um sie zu zermalmen.

Ein tödliches Gewicht riss den Dämon jedoch von den Füßen und er schlug der Länge nach auf den zertrampelten Boden.
Ein Schatten warf sich auf das Gesicht des Herrschers über die Nâlkar – ein Schatten und dann das leuchtende Fell des Leférin.
Das letzte was Da'ak-Ûrazh sah, war sein eigener Tod in den Augen des weißen Jägers, kurz bevor sich die gewaltigen Kiefer um seinen Schädel schlossen.

* * * *

Der Geist des Dämons zog sich aus der sterbenden Hülle zurück und floh als schwarzer Nebel unter die Erde – in sein Reich und zu den Heerscharen an schwarzen Dienern, die der Führerschaft des schwarzen Fürsten harrten und gierig waren auf das Blut der Lebenden...

DIES WAR NICHT DIE LETZTE SCHLACHT!

DIE WAHRE MACHT DES ABGRUNDS HABT IHR NOCH NICHT EINMAL GESEHEN!

OPFER

Enea trat aus dem Wald und blickte auf die Stadt der Caradain am anderen Ufer des Sternenwassers. Neben sie trat Bana, die Heilerin Baglans, mit der Karolfs Tochter viele Tage durch die Wälder gewandert war.
Enea schenkte der alten Frau einen kurzen Blick. Es fiel ihr immer noch schwer, sie als Taleds Schwester und damit auch Locans und Doels Verwandte anzusehen. Etwa einen Mond nach Doels Verschwinden war Enea wegen ihrer anhaltenden Schlaflosigkeit zu der Heilerin gegangen. Und bereits nach kurzer Zeit hatte die alte Frau nicht mehr verbergen können, dass sie mehr über die Vorkommnisse, Locans Verschwinden und Doels Reise wusste, als sie zugeben wollte.
Enea hatte Baé-nevra, wie ihr wahrer Name lautete, dazu gebracht, ihr alles zu erzählen.

Vielleicht hat sie nach den vielen Jahren auch jemanden gesucht, dem sie all das anvertrauen konnte, was sie so lange verbergen musste.

Enea hatte mit ihren Vorwürfen, dass Bana und Taled mit dem Verheimlichen der Wahrheit letztlich mit für die ganze Situation verantwortlich waren, sie zuletzt auch dazu gebracht, mit ihr dorthin zu gehen, wo sie am ehesten etwas über Doels und vielleicht auch Locans Verbleib erfahren konnten: Zu den Dörfern der Caradain.
Als sie jedoch ein Dorf nach dem anderen zerstört vorgefunden hatten, hatte Bana vorgeschlagen, direkt nach Fenga, der Stadt der Caradain zu ziehen. In der Hoffnung, dass diese nicht zerstört sei und sie dort vielleicht irgendeine Neuigkeit über die verschollenen Brüder in Erfahrung bringen könnten.

* * * *

Bana schien etwas gehört zu haben, denn sie wandte sich um und blickte zu den Bäumen. Der erstickte Laut, den sie von sich gab, ließ auch Enea sich umwenden – was sie sah, ließ sie vor Angst erstarren.
Unter den Bäumen stand ein sehr großer, auf die Hinterbeine aufgerichteter Wolf. Die Kreatur stand reglos und blickte auf die beiden Frauen herab.
Einige Zeit reagierte keine der beiden Seiten. Schließlich waren hinter dem Wolf Schritte zu hören und ein Krieger in rotem Gewand und schwarzem Harnisch trat unter den Bäumen hervor.
Bana sog hörbar die Luft ein beim Anblick des Ga'hel und auch Enea ahnte, wer ihnen nun gegenüberstand.

* * * *

Enea trat durch das Tor Fengas und erblickte im Inneren noch mehr der unglaublichen Wölfe, die ihnen der Krieger als *Ewedrím* vorgestellt hatte, und auch noch mehr Ga'hel.
Sie verstand nicht, was sie sah, genauso wenig wie Bana, die nur schweigend neben ihr her lief.
Der Ga'hel, der sie nach Fenga geleitet hatte, trat nun auf eine junge Kriegerin, die ebenfalls als Ga'hel erkennbar war und auf einen jungen Caradain zu. Er schien kurz Bericht zu erstatten und wandte sich dann nach einer Geste des Mannes ab, um zu gehen.
Der Caradain und die Ga'hel-Kriegerin kamen auf Enea und Bana zu. Der junge Mann grüßte und begann zu sprechen: „Ihr kommt von Baglan? Aus dem Königreich?"
Enea war es, die das Wort ergriff: „Ja. Ich bin Enea und das ist Bana, die...", weiter kam sie nicht, denn auf einmal sah sie Locan.
Er trat aus einem Haus und sah zu ihr hinüber – er benötigte einige Augenblicke, ehe er zu begreifen schien, wer sie war.
Dann ging er langsam auf sie zu.

Der Caradain und die Ga'hel-Kriegerin beobachteten das Geschehen und schwiegen.
Enea lief auf Locan zu und blieb erst eine Armlänge vor ihm stehen. Sie erkannte den Jungen nicht wieder, den sie für tot geglaubt hatte. Locan wirkte gealtert. Er hatte tiefe Ringe unter den Augen, ging gebückt und in seinem Haar zeigten sich einige weiße Strähnen. Er hatte Mühe, Enea in die Augen zu sehen. Als er es schließlich doch tat, fürchtete sie zu wissen, weshalb er nicht sprach.
Locan ergriff Eneas Hand und ging mit ihr aus Fenga hinaus in den Wald.

* * * *

Enea konnte nicht glauben, was sie hörte, während sie Locans Bericht über die Ereignisse seit seinem Verschwinden aus Baglan hörte. Zwar hatte sie von Bana bereits vieles gehört, von den Ga'hel, von den Kriegen der Vorzeit und von ihrer und Taleds Abkehr von ihrem Volk, nachdem diese entschieden hatten, den Krieg zu ihren Brüdern am Abgrund zu tragen. Den Brüdern, welche sie für verdammt und verloren geglaubt hatten und die sie unrechtmäßig und grausam abschlachteten und damit doch nur den Mächten der Unterwelt in die Hände spielten...
Doch nichts von alledem hatte sie auf das vorbereiten können, was Locan erzählte.
Als er schließlich von der Schlacht vor den Toren Fengas berichtete, konnte sie nur noch schwer an sich halten.

Locan sah, wie Enea mit den Tränen rang und legte ihr beruhigend die Hand auf die Schulter: „Doel kämpfte mit dem Tod. Auch die Magierin und Heilerin der Ga'hel, Ilijé – du hast sie vorhin in Fenga getroffen – konnte ihm nicht helfen."
Enea schluckte schwer und Locan fuhr eilig fort: „Doch dann war auf einmal der Leférin da."
Sie starrte Locan an, während er nach Worten suchte, das zu beschreiben, was geschehen war.

„Ich weiß nicht wie... aber auf einmal...", Locan brach ab und sah nach vorne.
Als Enea seinem Blick folgte, wollte sie zuerst instinktiv die Flucht ergreifen – vor ihr stand ein weißer Bär.
Das Tier war riesig. Selbst auf allen Vieren hätte er ihren Vater, Karolf, noch überragt. Doch Enea konnte keine Bedrohung durch das Tier spüren und sie erinnerte sich der Worte, die Locan ihr über den Fûh-ra gesagt hatte. Sie blickte erneut Locan an, der ihren Blick zuerst erwiderte und dann mit einer leichten Neigung seines Kopfes auf den Bären wies.

Konnte es sein, dass...?

„Er meidet Fenga und streicht seit Tagen durch den Wald." Enea sah die Trauer in Locans Augen während er weitersprach.
„Es ist meine Schuld, Enea! Ich bin es, der versagt hat und ...", Enea schüttelte den Kopf, während sie Locan über die Wange strich und Mitleid mit ihm fühlte.
„Nein, Locan! Doel hat dich geliebt! Er ist ohne Zögern in den Wald gegangen um dich zu suchen und er hätte gegen alle Kreaturen der Unterwelt gekämpft, um dich zu beschützen! Trauere nicht und gräme dich nicht!"
Enea schenkte Locan noch einen ermutigenden Blick, den dieser mit einem gepressten Nicken erwiderte, während ihm ungeweinte Tränen in die Augen traten.
„Ich werde diesen Dämon suchen, Enea! Ich werde ihn finden und ich werde ihn töten, für das, was er getan hat! Das schwöre ich dir!"
Enea nickte, dann blickte sie wieder den Fûh-ra an und sprach, halb zu Locan, halb zu sich selbst: „Und du wirst nicht alleine gehen!"

*   *   *   *

Wie im Traum tritt die junge Frau auf das gewaltige Tier zu, welches mit gesenktem Kopf ruhig abwartend unter den Bäumen steht.
Sie nähert sich ihm bis auf einen Schritt und blickt ihn abwartend an. Dann hebt sie zögernd eine Hand und nähert sich damit dem Kopf des Tiers – einen Wimpernschlag zögert sie noch, als würde sie eine wichtige Entscheidung treffen – dann berührt sie das gewaltige Wesen.
Der Bär lässt es geschehen und hebt schließlich den Kopf, um der Frau in die Augen sehen zu können.
Sie erkennt die Augen und sie sieht die Trauer und die Angst darin, sie für alle Zeit verloren zu haben.
„Nein, hab keine Angst!" Die junge Frau ergreift den gewaltigen Kopf mit beiden Händen und drückt ihre Stirn an seine: „Ich habe dich verloren und wiedergefunden! Ich verlasse dich nicht mehr!"
Dann blickt sie wieder in die Augen des Bären – Augen, die sie seit Jahren kennt und niemals vergessen könnte.

EPILOG

Ilijé beobachtete den Schmied während er mit aller Kraft, die seinen sterblichen Armen innewohnte, auf den Stahl einhämmerte, der ihm ungewohnten Widerstand entgegensetzte.

Ihre Gedanken waren unruhig und wanderten immer wieder zu den Ereignissen der vergangenen Tage, Nächte und Monde. Sie war sich bewusst, dass auch der Verlust ihres Großvaters dazu beitrug, dass ihre Aufmerksamkeit nie lange an einem Ort verweilte. Sie würde sich dem Schmerz noch früh genug stellen müssen, doch im Moment war die Enkelin des verstorbenen Dala'run froh um die vielen Dinge, die sie ablenkten.

Das Volk der Ga'hel war zu dieser Zeit zwar nicht völlig führerlos, jedoch kam der augenblickliche Zustand dem ziemlich nahe. Ilijé hatte bereits eine Botschaft nach Val'Garad geschickt und die Ereignisse in den Caradann geschildert.

Wer weiß, was seit dem Verschwinden des Dala'run geschehen sein mag.

Ein weiteres Ereignis, welches die Ga'hel tief in ihren Überzeugungen erschüttern würde, war die Wahrheit über die Wächter der Festung von Dämmerlicht. Die Wahrheit über die Ewedrím und über die mörderischen Diener des Dämons, die versucht hatten, weiteren Hass zwischen den Ga'hel und ihren Brüdern und Schwestern zu säen.

Die ein so gewaltiges Opfer auf sich genommen haben, um ihre Wache am Abgrund zu erfüllen.

Nach der Schlacht waren die letzten Diener des Dämons, die durch den Angriff auf der Ostseite Fengas erfolgreich den

Beginn der Schlacht provoziert hatten, gejagt und getötet worden. Sie wurden sämtlich verbrannt und ihre Asche versteckt im Wald vergraben. Ilijé hatte unter keine der Kapuzen geblickt.

Ich werde in Val'Garad noch früh genug erfahren, welche anderen Angehörigen unseres Volkes der Dämon noch verdorben und zu Mördern gemacht hat.

Ilijé war sich nicht sicher, ob die Ga'hel und die Ewedrím nach dem Geschehenen wieder zu einem Volk zusammenwachsen konnten. Aber sie würden Seite an Seite gegen die dunkle Brut kämpfen, wenn diese erneut aus dem Abgrund steigen sollte.

Und das wird sie...

Ilijé dachte auch an Fedra'varach, oder Fedrav, Tal'gháns besten Hauptmann während dessen Zeit als Heerführer der Ga'hel. Nachdem sie Locans Bericht gehört hatte, war sie sich sicher, dass die Schergen des Dämons Fedrav gezwungen hatten, Tal'ghán in Baglan aufzusuchen und einen seiner Söhne zu entführen, während sie selbst den mächtigen Feind und seinen zweiten Sohn töteten. Der Herr der Nâlkar hatte wohl darauf gehofft, mit Locan ein noch mächtigeres Werkzeug zur Vernichtung seiner Feinde kontrollieren zu können, als er es mit Dala'run bereits getan hatte.

Die Gier nach noch größerem Leid unter seinen Feinden und danach, unsere größten Krieger gegen uns selbst zu wenden, war sein Untergang.

Nachdem Fedrav seine Aufgabe erfüllt und Locan nach Val'Garad gebracht hatte, hatten die Schergen des Dämons Fedravs Dorf zerstört, seine Familie und zuletzt auch ihn selbst ermordet. Ilijé hatte wenig Verständnis für Verräter, jedoch bedauerte sie das furchtbare Schicksal des verzweifelten Mannes.

Ihre Gedanken trieben zu Chilvan. Sie hatte ihn nach dem Ende der Schlacht neben dem Leichnam Volcams, seinem Sohn, gefunden. Doch hatte niemand aus dem Heerführer der Ga'hel auch nur ein einziges Wort herausgebracht. Chilvan war am Morgen danach spurlos verschwunden.
Ilijé vermutete, dass er sich entweder freiwillig ins Exil begeben oder dass sein Verstand ihn angesichts des Leides, das er erlitten, völlig verlassen hatte und er vom Wahnsinn getrieben in die Wälder geirrt war.

Möge seine Seele Frieden finden.

Nach der Schlacht waren die Leichen aller Gefallenen – Ga'hel, Caradain und Ewedrím – gemeinsam vor den Toren Fengas ehrenhaft bestattet worden.
Auch Volcam, der Anführer der Ewedrím, ruhte nun dort.
Die Ewedrím waren ursprünglich durch die großen Adler, die Fín-hír, Leférin des Himmels, über die Angriffe in den Caradann unterrichtet worden. Volcam hatte selbst eine Horde seiner Wölfe über die Karan-Gahar geführt, um zu erfahren, dass die Ga'hel in die Reiche der Sterblichen zogen, um Cûzhal zu jagen. Da Volcam wusste, dass niemand seines Volkes dahinter steckte, versuchte er selbst herauszufinden, welcher Art die Kreaturen waren, die Ga'hel und Caradain mit ihren Morden täuschten und gegen die Ewedrím aufbrachten.
Wahrscheinlich hatte er zudem gehofft, eine Gelegenheit zu erhalten, mit seinem Vater zu sprechen.
Ilijé hatte selbst gesehen, wie verzweifelt Chilvans Sohn die Kämpfe in den Caradann unter Kontrolle und die Opfer so gering wie möglich zu halten, versucht hatte. Doch er hatte nicht überall zugleich sein können.
Um die Cûzhal in den unendlichen Wäldern zu finden, war er gezwungen gewesen, seine Wölfe aufzuteilen und sich auf andere zu verlassen – darauf, dass sie in seinem Namen handelten. Sie war dabei gewesen, als er Kurak, einen seiner

Hauptleute, hart bestraft hatte für dessen Angriff auf Toak, bei dem die Ewedrím ihrem Hass auf die Ga'hel beinahe ohne Rücksicht auf Verluste nachgegeben hatten. Und bei dem Doels Hass auf die Wölfe derart geschürt wurde, dass Volcam nichts anderes übrig geblieben war, als ihn – wie Ilijé zuvor – zu entführen, um ihm die Wahrheit sagen zu können. Die Wahrheit, die den Plan des Dämonen unmöglich gemacht hätte, hätten andere ihr früher Glauben geschenkt.
Auf dem Grab Volcams, welches mit einem weißen Stein geschmückt worden war, standen unter seinem Namen die Worte:

Der für seine Pflicht, sein Volk und seinen Vater seine Gestalt, seine Ehre und sein Leben gegeben hat.

Ilijé schrak aus ihren Gedanken, als der Schmied zum wiederholten Male fluchte, während er gegen die Härte des Metalls ankämpfte. Ein kurzes Schmunzeln huschte über ihr Gesicht, während sie den muskulösen Mann bei seiner schweren Aufgabe beobachtete.
Plötzlich spürte sie die Anwesenheit einer vertrauten Person – Kenem trat neben sie.
Sie hatte den jungen Caradain während der Zeit in Fenga sehr zu schätzen gelernt. Nicht nur hatte er in der Schlacht seinen Scharfsinn und seine Entschlusskraft unter Beweis gestellt, er war darüber hinaus auch ein Mann, der weder Ruhm noch persönlichen Vorteil suchte. Sie spürte in ihm nur die Reste eines ungestillten Hungers nach Anerkennung...

Reste, die nun möglicherweise schnell verschwinden könnten.

Ilijé hatte beobachtet, dass es unter den Caradain Fengas seit der Schlacht zu vielen Unstimmigkeiten gekommen war. Wie es schien hatte Elow, der Etar-Dál Fengas, in der Schlacht vor den Toren keine besonders gute Figur abgegeben. Es schien, als würde das Volk ihrem alt und starrsinnig gewordenen Führer

nicht mehr zutrauen, weiterhin die Verantwortung des Amtes zu tragen.
Es zeichnete sich bereits ab, wer der mögliche Nachfolger werden würde...

Kenems Gedanken schienen nicht im Geringsten um seine mögliche große Zukunft in Fenga zu kreisen. Er sprach Ilijé leise an: „Was werdet Ihr nun tun?"
Sie antwortete einen Moment lang nicht. Ihr Blick versank in den Funken, die vom Amboss sprühten und in dem Flackern des Feuers dahinter. Sie wusste, wo ihr Platz war in dem Sturm, der bald aufziehen würde...
„Ich werde gemeinsam mit Baé-nevra nach Val'Garad reisen. Das Volk der Ga-hel braucht eine neue Führung und dies muss schnell geschehen. Wir müssen vereint zusammenstehen in den schweren Zeiten, die kommen."
Kenem nickte und blickte ebenfalls ins Feuer.

* * * *

Der Schmied hob das Metallstück aus dem rauchenden Wasser und betrachtete sein Werk, beinahe am Ende seiner Kräfte.
Mit müder, aber ruhiger Hand befestigte der Mann die weiße Klinge in der angepassten Fassung des Holzstabes. Er arbeitete gewissenhaft und mit Stolz darüber, dass die Wahl zur Anfertigung dieser Waffe auf ihn gefallen war.
Zufrieden wischte sich der Mann den Schweiß aus der Stirn und ergriff schließlich die Waffe. Er drehte sie einige Male herum, untersuchte beide Klingen auf ihren tadellosen Sitz und befühlte den Griff auf seine Passform. Dann drehte er sich zu der Ga'hel-Kriegerin um und nickte. Die Frau trat näher und mit einer tiefen Verbeugung überreichte der Schmied den Kampfstab.
Ilijé nahm die Waffe mit einer dankbaren Neigung ihres Kopfes an. Ihre scharfen Augen tasteten über jeden Zoll des Stabes und ihre Hände spürten jede noch so kleine Schwäche. Es war eine sehr gute Arbeit, wenn auch keine Waffe, die an die Perfektion

heranreichte, die die Schmieden der Ga'hel zu erreichen vermochten. Dies wäre für den zukünftigen Träger der Waffe jedoch auch nicht angemessen gewesen.

Er ist bei den Sterblichen aufgewachsen und die Unsterblichkeit unseres Volkes hat sein Vater in seiner Weisheit bereits von Anfang an abgelehnt.

Ilijé musterte die Bruchstücke des Schwertes Tal'gháns, welches das Feuer des sterbenden Dämonen nicht unbeschadet überlebt hatte. Der Stab trug an jedem Ende eine Hälfte der geborstenen weißen Klinge und auch einige kleinere Stücke waren als todbringende Dornen jeweils direkt darunter eingearbeitet worden.
Der weiße Stein funkelte genau in der Mitte des Stabes. Der Schmied hatte aus dem Metall der Parierstangen eine neue, angemessene Fassung für das Juwel gearbeitet.
Ilijé ahnte, wohin der Weg Locan, Sohn eines der mächtigsten und edelsten unter den Ewigdauernden, schon bald führen würde.

Du wirst eine gute Klinge benötigen, wenn du in die Finsternis steigst, Locan.

Namen, Orte, Sprache

Personen:

Königreich Turad

Bana	– Heilerin von Baglan
Doel	– der ältere Bruder
Enea	– von Karolf und Fahra
Fahra	– Karolfs Frau
Forl	– Schmied von Baglan
Garda	– Bewohnerin von Baglan, Händlerin
Halgaun	– König von Turad
Karolf	– Bauer aus Baglan bei dem die Brüder arbeiten, Ratsherr des Dorfes
Locan	– der jüngere Bruder
Taled (Tal-ghán)	– Einsiedler; der Ziehvater und Lehrer der zwei Brüder

Caradain

→ **Caradain aus Perut** :

Diara	– Gorars Frau
Galdas	– Heiler des Dorfes
Garab	– oberster Wächter der Caradain; Anführer des Dorfes Perut
Fulfar	– der beste Bogenschütze des Dorfes Perut und zweiter Anführer der Tangal
Harulf	– ein Jäger und das erste Opfer der geheimnisvollen Bestien in den Caradann
Helana	– Garabs Frau
Horam	– der Anführer der Harokhar und damit der Stellvertreter von Garab

Ildann Har	– Garabs neuer Name; wörtl.: *der Tod des Waldes*
Rodar	– Cousin von Garab
Todar	– Garabs und Helaras Sohn

Caradain aus Fenga:

Elow	– Oberhaupt des Dorfes Fenga
Fedrav	– der Bote aus den Caradann
Hetwir	– junger Harokhar-Schüler
Ilmer	– junger, abgelehnter Harokhar Schüler-Anwärter
Kenem	– Anführer der Tangal des Dorfes Fenga; erster Vertreter des Dorfoberhauptes
Lemat	– Ratsmitglied

Ga'hel

Chilvan	– Heerführer der Ga'hel nach dem Untergang von En'ethor
Dala'run, der	– Titel „Führer in der Finsternis", der einzige überlebende der Ältesten nach Anbeginn der → Dún'chalTa; Großvater von → Ilijé
Ilijé	– Enkelin von → Dala'run; Angehörige von → Chilvans Leibgarde;
Volcam	– Chilvans Sohn; Anführer der Krieger der Ewedrím

Götter der Caradain:

Av'r'un	– der Göttervater; wörtl.: *Schöpfer allen Lebens*
Durazc	– Name der Ga'hel für Engadans Bruder; wörtl.: *Verräter*
Engadan	– der Gott, der die Welt erschuf, Sohn Av'r'uns

Tiere und andere Wesen:

Da'ak-Ûrazh	– zweiter Herr der Nâlkar nach dem Fall von → Nâc-Ûrazh im ersten großen Krieg der Ga'hel mit den Dämonen
Ewe-nín	– Name der Caradain für die Wölfe
Fûh-ra	– Name der Caradain für die alten Gebirgsbären der Karan-Gahar; wörtl.: *der große Weiße*
Fín-hír	– Name der Caradain für die großen Adler
Nâc-Ûrazh	– Herr der Nâlkar im ersten Krieg der Ga'hel gegen die Dämonen; wörtl.: *der Herr des schwarzen Feuers*
Leferín, die	– die erwählten Arten und Herrscher der Tiere
Nâlkar	– die Heerführer von Durazcs Horden, wörtl.: *Lichtverzehrer*

Orte:

Athoran	– das alte Königreich
Caradann, die	– die Jungen Wälder
Baglan	– Dorf der zwei Brüder südlich der ewigen Wälder
die jungen Lande	– das Land von der Küste im Westen bis zu den Schluchten im Osten, von den → Karan-Gahar im Norden bis zum → Nijanmeer im Süden
Dret	– Getrovs Dorf in den Caradann
Turad, Königreich	– das junge Königreich der Menschen
Fenga	– das größte Dorf in den Caradann am See → Thel'Nia
Beron	– Hauptstadt des Königreichs Turad
Goldener Kessel	– Gasthof in Baglan
Ga'hel	– das alte Volk der *Geisteswanderer*
Graue Wälder, die	– die alten Wälder im Norden der → Karan-gha'Har
En'ethor, Reich von	– das alte, ewige Reich der → Ga'hel
Karan-Gahar	– Gebirge im Norden, wörtl.: *Säulen des Himmels*
Nijanmeer	– das große Meer südlich der jungen Lande
Perut	– Garabs Dorf in den Caradann
Síel'Garad	– Hauptstadt von En'ethor, wörtl. *Stadt der Wissenden*
Thel'Nia	– See im Hügelland der Caradann, wörtl.: *Sternenwasser*
Val'Garad	– Hauptstadt der letzten Ga'hel in den → Karangha'Har, wörtl.: *Zuflucht der Wissenden*

Sprache der Ga'hel:

Dún'chalTa, die	– die Neue Zeit, oder: Zeit der Neuerung
Ewedrím	– das Wolfsvolk, die Wolfskrieger
Ga	– Geist
Ga'hel	– Geisteswanderer
Hel	– Wanderer
Delúen	– respektvolle Anrede für einen weisen oder aus anderen Gründen geachteten Mann jungen Alters
Terre Herír n'iindan	– die Festung von Dämmerlicht
Empalargir	– die Treppe des Herrn, höchster Turm der Feste
Tûrkunhar	– die Dämonenklippe, der Wall der Feste
ívle	– heilig
Lejad	– Innerwelt; Ívle-Lejad – Bezeichnung der Ga'hel für die Sphäre innerhalb der sie sich mit anderem Leben verbinden können
Vvelken	– Feiglinge
Niergan	– Verräter...
Morgutan	– Mörder
Ûnundarg	– der Aschenturm

Sprache der Caradain:

Av'r'un	– Schöpfer allen Lebens, Name des Göttervaters → siehe auch: „Personen" → ‚Götter'
Cara	– Dämmerung
Caradann	– Dämmerlicht, Name der großen Wälder

Caradain	– *Volk der (Morgen-)Dämmerung; Volk des entzündeten Lichts*
Cûzhal	– *Diener des Abgrunds*
Dann	– *entzündetes Licht;* oder sinnbildlich: *Wald* (da die Wälder für die Caradain das „*Licht der Morgendämmerung*" – des Entstehens allen Lebens sind
Durazc	– *Verräter* → siehe auch: „Personen" → ,Götter'
Etar-Dál	– *Bezeichnung der Caradain für ihre Dorfoberhäupter*, wörtl.: *Finder des Weges*
Har	– *Tod, Verderben*
Harokhar	– *Krieger, Nahkämpfer*; wörtl.: *Tod/Verderben der Feinde, Feindestod*
Herír	– *Feuer, Geist,* auch: Name von → Engadans Schwert
Ildann	– *gelöschtes Licht,* auch sinnbildlich für: *ausgelöschtes Leben, Vernichtung*
Ildann Har	– *Tod des Waldes*
Lhanadu/-n	– Titel der/des Dorfältesten bei den Caradain; wörtl.: *Die sich Erinnernde*
Neiathan	– „*die, welche ewig sind*" – *die Ewigdauernden;* Bezeichnung der Caradain für die Ga'hel
Nia	– *Wasser*
Tangal	– *Jäger, Krieger;* wörtl.: *Wächter*
Thel	– *Stern*
Thel'Nia	– *Sternenwasser*
Zchûl	– Name der Unterwelt, wörtl.: *Abgrund*
Fúh-ra	– *der Weiße*
Ûrac	– *Finsternis, Schwarz*

Tei hilna - vaet di Caradann
– Seid gegrüßt, Söhne der Dämmerung

Neí Harast! Èo neía dan Har, Dalav ge Engadan! Valat dor Aruná!

– Keine Angst! Ich bin nicht dein Tod, Geschöpf Engadans! Geh in Frieden!

Engadan, nué vuel Dann en Ûrac.
– Engadan, sei uns Licht in der Finsternis!

Printed in Poland
by Amazon Fulfillment
Poland Sp. z o.o., Wrocław